Papierfresserchens MTM-Verlag

Bibliografische Information der Deutschen Nationalbibliothek:
Die Deutsche Nationalbibliothek verzeichnet diese Publikation in der Deutschen
Nationalbibliografie; detaillierte bibliografische Daten sind im Internet über
http://dnb.d-nb.de abrufbar.

Titelbild: Malin Reuter
Illustrationen:
Luisa Meyer (Landkarte Illionäsia)
Kai Niklas Bakes (Zeichen S. 320)

Lektorat: Sandy Penner


1. Auflage 2013
ISBN: 978-3-86196-132-1

Das Werk einschließlich aller seiner Teile ist urheberrechtlich geschützt.

Copyright (©) 2013 by Papierfresserchens MTM-Verlag GbR
Sonnenbichlstraße 39, 88149 Nonnenhorn, Deutschland

www.papierfresserchen.de
info@papierfresserchen.de

Sonja Bakes

# Der Stein von Azur

# Illionäsia

*Magie.*
*Magie ist niemals greifbar oder sichtbar gewesen.*
*Viele glauben daran und viele tun sie als Märchen oder Fantasie ab.*
*Einige halten sie für die Sehnsucht nach Wundern*
*und die Kunst, die kleinen Faszinationen zu erkennen.*
*Keiner kann sie eindeutig definieren,*
*keiner Beweise für sie vorbringen*
*und keiner sie erklären.*
*Doch eines steht fest:*
*Sie ist da, schon immer, und wird es immer sein.*
*Auf die eine oder andere Weise.*
*Magie.*
*Wer sich ihr verschließt, dem zeigt sie sich nie,*
*aber wer nach ihr sucht, dem offenbart sich eine neue Welt und eine andere*
*Sicht auf die Dinge.*

– nach einer alten illionäsianischen Schrift

# Prolog

Der Mond war in dieser Nacht so klar zu erkennen, wie schon lange nicht mehr. Er hatte seine volle Form erreicht und die kleinen Krater und Unebenheiten auf seiner Oberfläche waren scharf umrissen. Die Sterne verblassten neben seiner Schönheit und lugten nur zaghaft in die unzähligen, dunklen Fenster des Schlosses. Wenn man die Fenster des Schlosses von Gyndolin betrachtete und ihre Vielfalt bestaunte, konnte man leicht vergessen, dass sie sich in einer Welt befanden, in der nur noch wenige an Magie glaubten.

Das Schloss war in einer Zeit der Künstler und Schöngeister erschaffen worden und der damalige König von Gyndolin hatte keine Kosten und Mühen gescheut, um den Wohlstand seines Landes zu demonstrieren und das Bauwerk zu etwas Besonderem zu machen. Unzählige Architekten hatten lange Jahre an dem Schloss gearbeitet und geschickte Handwerker und Glaser verwirklichten sich in seinen prunkvollen Fenstern. Sie waren Einzelstücke von unschätzbarem Wert und wiesen alle nur erdenklichen Formen, Farben und Größen auf. Leuten, die von Weitem einen Blick auf das Schloss erhaschen konnten, blieb vor Staunen der Mund offen stehen.

Aber jetzt war es still. Die Dunkelheit hatte die Welt wie jede Nacht zu einem unwirklichen Abbild des Tages gemacht. Sie besaß ihren ganz eigenen, unheimlichen Zauber. Aus den Fenstern waren bedrohlich aufgerissene Mäuler, Fratzen hässlicher Kreaturen und Augen geworden, die einen bei jedem Schritt beobachteten. Wer genauer hinsah, konnte hinter dem Glas manchmal sogar Schatten vorbeihuschen sehen. Doch ob sie zu einem harmlosen Schlafwandler, dem Geist eines Verstorbenen oder Schlimmerem gehörten, hätte niemand sagen können.

Die Kerzen im Thronsaal waren bis auf einige verlaufene und nur noch schwach flackernde bereits erloschen. Der König kauerte in einer dunklen Ecke in seinem Sessel und flüsterte lautlose Gebete in die Dunkelheit. Sein Blick war verbissen auf das goldene Portal gerichtet, als ob er sich durch Konzentration von seiner Angst ablenken könnte. Doch hin und wieder huschte sein Blick zum einzigen Fenster des Thronsaals. Es nahm eine komplette Seite des Raumes für sich ein und reichte vom Boden bis zur Decke, sodass man, wenn man sich dicht vor die Scheibe stellte, das Gefühl hatte, direkt vor dem Abgrund zu stehen. Bei näherer Betrachtung konnte man im Glas die Konturen vergangener Könige und die Bildnisse toter Helden erahnen. Wenn die Sonne besonders günstig hineinschien, leuchteten die winzigen Gestalten wie von Zauberhand auf und warfen Schatten an die Wände.

Aber der Herrscher von Gyndolin war in Kummer versunken und konnte sich an diesen Details schon lange nicht mehr erfreuen. Sein Herz schmerzte bei jedem verzweifelten Schlag und seine traurigen Gedanken erinnerten ihn immer wieder an die tragischen Fehler, die er begangen hatte. Die Schmerzen waren manchmal sogar erträglich, aber die Schuld lastete immer auf ihm.

Wie lange würde es noch dauern, bis der Bote mit Nachrichten zurückkam? Vor fünf Tagen hatte er ihn losgeschickt und ein Reiter konnte die Strecke bis zur Hauptstadt von Morofin innerhalb von zwei Tagesritten bewältigen. Er war sicherlich schon ganz in der Nähe. Hoffentlich. Diese Ungewissheit konnte er nicht mehr lange ertragen. Aus einem tiefen Instinkt heraus hatte er in dieser Zeit zum ersten Mal seit Langem wieder begonnen, zu den Göttern zu beten: flehend, verzweifelt, auf den Knien und dann wieder zornig. Eine Antwort auf seine Fragen hatte er von ihnen nicht bekommen. So war es schon immer gewesen. Gerade in Zeiten, in denen er sie am meisten brauchte, hatte er am wenigsten das Gefühl, dass sie bei ihm waren. Sie hatten ihn verlassen, genau wie das Glück. Was hätte er auch anderes erwarten können?

In den endlos erscheinenden Stunden des Wartens hatte er angefangen, alles zu vernachlässigen. Taktvollerweise hatte sich sein Hauptmann in den letzten Tagen um seine politischen Angelegenheiten gekümmert und seinen Dienern war es zu verdanken, dass er das Nötigste an Essen und Trinken zu sich genommen hatte. Doch nachts war er ganz allein mit seiner Angst. Am Anfang hatte er noch versucht, ein wenig Ruhe zu finden, doch mittlerweile war er dazu übergangen, im Thronsaal die Nächte zu durchwachen und bis zum Morgengrauen auf den Boten zu warten. Jetzt spürte er, wie unaufhaltsam die Müdigkeit in ihm aufstieg. Seine Augenlider schlossen sich fast von selbst und eine vereinzelte Träne kullerte über seine faltige Wange.

Der König war immer eine imposante Gestalt gewesen. Er war ein hochgewachsener, muskulöser Mann, der mit zunehmendem Alter auch weiser geworden war. Sein Haar war bereits ergraut und sein sonst so ordentlich gestutzter Bart verlieh ihm Würde. Die Menschen liebten ihren König. Er war immer darauf bedacht, zu ihren Gunsten zu handeln, und hatte zu seiner Zeit Frieden geschaffen, der bis heute anhielt. Auch die anderen Könige und Königinnen wussten seine Politik zu schätzen. Aber er war nicht mehr so, wie er einmal gewesen war. Ein Krieger war er schon lange nicht mehr, doch nun begann er, auch die Freude am Leben zu verlieren und in seinem Kummer zu versinken. Seine Vergangenheit hatte ihn gezeichnet und er konnte noch immer nicht loslassen.

Als seine Tochter leise den Raum betrat, fühlte sie sofort, dass es schlimmer geworden war. Es schien, als wäre ihr Vater innerhalb kürzester Zeit ein ganzes Stück gealtert. Zusammengesunken saß er in seinem Sessel, den Kopf in die zu Fäusten geballten Hände gestützt. Sie schlich zu ihm und umarmte ihn sanft. Sein ganzer Körper wurde immer wieder von heftigem Zittern geschüttelt und es war seltsam, ihren sonst so starken Vater so schwach zu erleben. Sie hatte das Gefühl, ihn beschützen zu müssen, nicht umgekehrt.

Melankor hob langsam den Kopf und sah in ihre Augen, in der Hoffnung, irgendwo Halt zu finden. Lucia hatte wunderschöne smaragdgrüne Augen, die ihn unvermeidlich an ihre Mutter erinnerten. Vielleicht tat es deshalb so weh, ihr Lächeln zu sehen und gleichzeitig zu wissen, dass Rika niemals zurückkehren würde. Lucia war zierlich und hatte schon immer etwas zerbrechlich gewirkt, doch dieser Anblick täuschte. In ihr steckte die Sturheit ihres Vaters und sie besaß einen gewaltigen Dickschädel, gegen den niemand ankam. Sie war sein Ein und Alles.

Zwölf Jahre waren lang genug, um loszulassen, doch die Wunde war wieder aufgerissen. Es hatte sich damals angefühlt, als hätte jemand einen Teil seines Herzens aus seiner Brust gerissen, und er fürchtete, dass dies erneut geschehen würde. „Dieses Mal wird selbst Lucia es nicht schaffen, mich aufzumuntern", dachte er voller Bitterkeit. Die bösen Gedanken nisteten sich erneut in seinem Kopf ein und breiteten sich rasch aus.

Sein bester Freund, Adenor, lag im Sterben. Die letzte Nachricht über die Gesundheit des Königs von Morofin war entmutigend gewesen. Zwar lebte Adenor, doch lag er in einer Art Koma, über das keiner der Ärzte etwas wusste. Eine solche Krankheit hatte es noch niemals in Illionäsia gegeben und man wusste nicht, wie sie zu heilen war. Adenor war langsam aber stetig schwächer geworden und niemand konnte etwas für ihn tun.

Gyndolins König Melankor war verzweifelt. Er hatte seinen Freund noch einmal sehen wollen. Die beiden hatten als junge Männer in der großen Schlacht zwischen den sieben Ländern gekämpft und entscheidend zum Frieden beigetragen. Adenor hatte kurz nach dem Krieg das Erbe seines Vaters, des Königs von Morofin, antreten müssen und Melankor war für seine besonderen Verdienste mit dem Thron des Nachbarlandes Gyndolin geehrt worden.

Doch nun stand es schlecht um ganz Illionäsia. Zwischen den Ländern bestand seit einigen Jahren eine starke Spannung, die sich immer weiter vertiefte. Seit der undurchschaubare und berechnende Zerbor in Kiborien an die Macht gekommen war, gab es Unstimmigkeiten und Konflikte zwischen den sieben Königreichen, die vorher offen gelöst worden wären. Zwist und Gier waren zurückgekehrt und schwebten über ihnen, bereit zuzuschlagen.

Adenors Tod konnte die Situation eskalieren lassen und Zerbor dazu dienen, einen seiner Handlanger in Morofin zu positionieren. Ein Streit um das Erbe würde leicht die ohnehin gereizte Stimmung zum Kippen bringen. Das durfte auf keinen Fall geschehen. Es ging nicht nur um sein eigenes Wohl, sondern um das seines ganzen Volkes. Und das der sechs anderen Länder.

Melankor biss die Zähne zusammen und richtete sich auf. Adenor durfte, nein er würde nicht sterben. Alles würde so bleiben wie bisher!

Lucia fuhr erschrocken zurück, als ihr Vater plötzlich den Kopf hob. Er wirkte so müde und zermürbt, dass sie sich nicht nur um Adenor, sondern auch um ihn Sorgen machte.

Ein gewaltiger Blitz zuckte über den Himmel. Für einen Moment war es taghell und sie schrie leise auf. Gleich darauf war ein lautstarkes Donnern zu hören, das in den Ohren schmerzte. Das Geräusch war viel näher und bedrohlicher als sonst, Lucias ganzer Körper wurde davon erfasst. Sie starrte betroffen aus dem Fenster. Der Blitz war in die prächtige Eiche eingeschlagen, die seit Jahrzehnten vor dem Schloss stand. Und als sie zum Fenster hinüberblickte, sah sie, wie Flammen das trockene Astwerk verzehrten und der Baum immer stärker Feuer fing. Nach dem letzten großen Krieg hatten die endlich miteinander versöhnten Länder beschlossen, als Zeichen des Friedens diese Eiche zu pflanzen. Unter normalen Umständen hätte das Lucia nicht sehr beunruhigt, da sie nicht an solche Geschichten glaubte, doch nun konnte sie einfach nicht anders: Es musste ein schlechtes Omen sein.

Im nächsten Moment öffnete sich mit einem Ächzen das Portal. Der Bote trat herein. Seine schwarze Rüstung schmiegte sich wie ein Schatten in die Dunkelheit. Ein erneuter Blitzschlag erleuchtete den Saal und ließ alles in einem bizarren Licht erstrahlen. Für einen Augenblick war Lucia wie gelähmt. Es war Lord Neriell, begleitet von zwei in Umhänge gehüllte Gestalten. Lord Neriell. Sie vertraute ihm nicht. Seine Augen funkelten sie jedes Mal, wenn sie ihm begegnete, tückisch an und sie hatte das Gefühl, dass er zu jeder Intrige fähig war. Sein Körper war muskulös, doch er war nicht der Stärkste der Lords. Sein heller Verstand und seine List zeichneten ihn aus. Es war ihr unangenehm, dass ihr Vater gerade ihn als Boten geschickt hatte.

„Lord Neriell!" Sie bemühte sich, fest und mutig zu klingen. Es gelang ihr nicht. Ein leichtes Zittern und der Anflug von Angst hatten sich unweigerlich in ihre Stimme geschlichen. Der Lord achtete nicht auf sie und wandte sich direkt an Melankor: „Mein König, ich muss Euch eine furchtbare Neuigkeit mitteilen. König Adenor verweilt nicht mehr unter den Lebenden!" Mit diesen Worten senkte er betroffen den Blick. Melankors Gesicht blieb unbewegt und ausdruckslos, doch dann verzog es sich zu einer Grimasse aus Zorn und Schmerz, und der König brach in sich zusammen.

# Die Versammlung

Helles Sonnenlicht strömte durch die gewaltige Glaskuppel des Schlosses und tauchte alles in goldenen Glanz. Auf dem obersten Treppenabsatz kauerte die Prinzessin. Sie hatte die Beine dicht an den Körper gezogen und sah durch die Stäbe des Geländers auf die Treppe herab. Trotz des warmen Spätsommerwetters, das sich in diesem Jahr besonders lange gehalten hatte, war ihr kalt. Lucia beobachtete, wie Leute die Stufen hinauf und wieder hinuntereilten, gemächlich dahinstolzierten oder stehen blieben und einen Blick über die Brüstung warfen. Doch alles war heute anders als sonst. Ein Dienstjunge unterhielt sich gedämpft mit einer Magd und beide machten traurige Gesichter, bevor sie sich mit kurzem Nicken wieder trennten. Eine kleine Gruppe Lords ging wortlos an Lucia vorbei. Die Trauer um König Adenor hatte sich wie ein Schleier über das Schloss gesenkt und ließ es nicht mehr los. Alle wussten, wie sehr ihr eigener König an seinem Freund gehangen hatte, und fühlten mit ihm. Doch der Tod eines Herrschers brachte Veränderungen mit sich und sie fürchteten, dass es sich nicht um positive handeln würde.

Lucia war mit ihren beinahe sechzehn Jahren die jüngste Tochter des gyndolinischen Königs. Sie war kein Kind mehr, doch in den Augen ihres Vaters würde sie immer sein kleines Mädchen bleiben, das er behüten und beschützen musste. Er versuchte, all seine Sorgen vor ihr zu verbergen, doch sie war alt genug, um nicht mehr darauf hereinzufallen. Schon seit längerer Zeit bemerkte sie immer wieder, dass sich zwischen den sieben Ländern Illionäsias etwas veränderte.

Seit acht Jahren war Zerbor König von Kiborien. Es war offensichtlich, dass sich nicht alle anderen Herrscher mit ihm verstanden, doch man war sich, soweit es ging, einfach aus dem Weg gegangen und hatte nur das Nötigste gemeinsam entschieden. Aber in letzter Zeit hatten sich die Beziehungen verschlechtert und das Ganze steuerte mehr und mehr auf einen größeren Konflikt zu. Lucia hatte die Gespräche zwischen ihrem Vater und seinem Hauptmann, Lord Wyn, oft genug mit angehört – auch wenn die beiden nichts davon mitbekommen hatten –, um zu wissen, wie die Situation stand.

Zerbor hatte vor Kurzem einen Vertrag mit seinem Nachbarland Uton geschlossen. Es handelte sich zwar nur um irgendein Handelsbündnis, aber es stärkte dennoch die Verbindung der beiden Länder. Königin Islena würde Zerbor in jeder Angelegenheit zur Seite stehen. Ebenso verhielt es sich mit Wegenn. Das mittlere Königreich wurde vom greisen Antilian regiert, der in der Vergangenheit schwelgte und sich nichts sehnlicher wünschte als einen Krieg, um noch einmal wie in alten Zeiten in die Schlacht zu ziehen. Mit dem rücksichtslosen Zerbor hatte er jemanden gefunden, der seiner Vorstellung von einem echten Mann entsprach. Antilian wurde in seinen Entscheidungen zwar weitestgehend von seinem Sohn Amir gezügelt, neigte jedoch zu übereilten Reaktionen und Wutausbrüchen.

Nur Zigonien würde im Fall einer Meinungsverschiedenheit oder gar einem Krieg mit Sicherheit auf ihrer Seite stehen. Die Herrscherin war eine begnadete junge Strategin, der Gerechtigkeit sehr am Herzen lag. Doch für eine Schlacht konnte Gyndolin nicht auf Morofins Hilfe verzichten. Denn auf das Königreich Lirin, in dem die Elfen lebten, würden sie nicht zählen können. Lirin war stets um Neutralität und Frieden bemüht.

Irgendwo in der Stadt begann die Glocke einer Kathedrale zu schlagen. Lucia zählte mit: acht ... neun ... zehn! Sie kam zu spät zur Versammlung. Sofort sprang sie auf und hastete die Treppe hinunter, so schnell sie konnte. Als sie um eine Ecke bog, hätte sie beinahe einen jungen Mann umgerannt, der ihr mit einem Stapel Pergamente in den Armen entgegenkam. Sie entschuldigte sich kurz und rannte dann weiter.

Als sie endlich an das goldene Portal trat, hörte sie von drinnen bereits Stimmen. Sie hatten schon angefangen! Warum musste sie immer zu spät kommen? Die Lords und ihr Vater würden nicht gerade erfreut über ihre Verspätung sein. Zaghaft klopfte sie und merkte, wie die Geräusche schlagartig verstummten.

„Herein!", ertönte die kraftvolle Stimme Lord Wyns. Sie öffnete das Portal und trat ein. Zahlreiche strenge Gesichter starrten sie an und sie senkte den Kopf, um ihre vorwurfsvollen Blicke nicht mehr ertragen zu müssen. Spannung lag in der Luft und für einen Moment befürchtete sie, dass sie der Grund dafür war.

Aber die Unpünktlichkeit der Prinzessin war nebensächlich im Vergleich zu dem politischen Dilemma, das sich vor den Gyndolinern ausgebreitet hatte. Ihr Vater saß auf seinem Thron und sah nach und nach in jedes einzelne Gesicht, als könnte er darin etwas finden, dass Adenor wieder lebendig machte. Erst dann sah er sie an. Kurz huschte ein schwaches Lächeln über seine Züge, doch dann verblasste es so schnell, wie es gekommen war. Jetzt, bei Tageslicht, konnte sie die dunklen Ringe sehen, die sich unter seine Augen geschlichen hatten, und sie war sich sicher, dass er noch vor einigen Tagen weniger Falten gehabt hatte. Es zerbrach ihr beinahe das Herz, ihn so sehen zu müssen.

Rasch huschte sie zu ihrem Platz, zwischen dem Thron ihres Vaters und ihrem Bruder Merior. Dessen hochgezogene Augenbrauen ignorierte sie mit hocherhobenem Kopf. Stattdessen konzentrierte sie sich auf Lord Wyn, den sie gerade unterbrochen hatte.

„Ich sage es noch einmal: Wir können uns nicht über Probleme Gedanken machen, die noch gar nicht entstanden sind! Vielmehr sollten wir uns überlegen, wie wir ihnen entgegenwirken können. König Adenors Tod wird mit Sicherheit Auswirkungen haben, doch zunächst sollte es unsere Aufgabe sein, seinen Nachfolger zu unterstützen. Lord Neriell, wenn ich Euch bitten dürfte?" Mit einer Handbewegung winkte er den Boten zu sich in die Mitte.

Als Neriell vor seine Kameraden trat, folgten ihm zwei Gestalten in maigrünen Kapuzenmänteln. Da sie sich zur Menge drehten, sah Lucia sie nur von hinten und konnte ihre Gesichter nicht erkennen. Eine der beiden hielt sich im Hintergrund, während die andere vortrat, als Lord Neriell zu erklären begann.

„Ich habe diesen Notar aus Morofin mitgebracht. Er wird uns Adenors Testament vortragen." Mit diesen Worten wich er einige Schritte zurück und verschränkte die Arme.

Alle Aufmerksamkeit richtete sich nun auf die größere der beiden Gestalten, die eine Pergamentrolle aus den Tiefen ihres Umhangs hervorzog und mit nüchterner Stimme zu sprechen begann:

*Ich bin stolz darauf, der König eines Landes voller treuer und fleißiger Bürger gewesen zu sein, die mich in allen meinen Entscheidungen unterstützt und bekräftigt haben. Das einzige Glück, das mir verwehrt worden ist, ist eine Familie. Da ich weder Kinder noch andere Verwandte zurücklasse und mit mir der letzte Nachkomme meines Geschlechts gestorben ist, übergebe ich das Schicksal meines Volkes mit vollstem Vertrauen an jemanden, dem ich mehr verdanke, als irgendjemand ahnt.*

*Lieber Melankor, ich bitte auch dich um eine letzte Hilfe. Ich bitte dich darum, die endgültige Auswahl meines Erben zu treffen und ihn in seinem Amt zu bestätigen. Ich weiß, dass ich mich auf dich verlassen kann. Mein ganzes Leben lang konnte ich das. Lasse dich weder von Hass, Trauer oder Unverständnis leiten.*

*Ich weiß, dass du kein steinernes Herz besitzt, deshalb bitte ich dich, auch den Geringsten der Geringen nicht außer Acht zu lassen und keine vorschnellen Entscheidungen zu treffen.*

*Morofin braucht einen neuen, mutigen Herrscher, der die Kraft besitzt, sich und sein Reich zu verändern. Es ist seit Langem offensichtlich, dass die Zeiten sich wandeln, und niemand kann das Schicksal aufhalten.*

*Auf dass eure Suche erfolgreich sein möge und ihr alles zum Guten wendet.*
*Mögen die Götter euch zusammenführen!*
*Im Vollbesitz meiner geistigen Fähigkeiten,*
*Adenor von Morofin*

Lucia kniff die Augen zusammen. Steinernes Herz, Geringster der Geringen, Schicksal? Was hatte das alles zu bedeuten? Die letzten Worte wirkten in ihren Augen rätselhaft. Hatte Adenor das alles nur geschrieben, um ihrem Vater mitzuteilen, dass er seinen Nachfolger auswählen sollte? Hatte er sich keine eigenen Gedanken gemacht? In der Geschichte Illionäsias hatten kinderlose Könige häufig einen ihrer treuesten Gefolgsleute oder einen Volkshelden gekrönt. So war der Thron ja auch an ihren Vater gegangen. Warum hatte Adenor seine Wahl bis zu seinem Tode aufgeschoben? Er wusste doch, dass danach innerhalb von einem Monat ein neuer König auf seinem Thron sitzen musste. Vielleicht hatte er einfach nicht erwartet, schon so früh ums Leben zu kommen. Das war die einzige vernünftige Erklärung, die sie fand.

Aber das konnte doch nicht alles sein. Diese rätselhaften Andeutungen mussten etwas zu bedeuten haben. Sie mussten einen tieferen Sinn verbergen, eine versteckte Botschaft, die nur ihr Vater verstehen konnte.

Doch der König war im Augenblick genauso enttäuscht wie alle anderen. Er war tiefer in seinen Thron gesunken und starrte ausdruckslos an einen Punkt an der Hallendecke. Seine dunklen Augenbrauen stießen fast aneinander und auf seiner Stirn kräuselten sich nachdenkliche Falten.

„Reicht mir das Testament", forderte er plötzlich und unterbrach so die Stille. Noch einmal las er das Pergament sorgfältig durch, verweilte an einigen Textstellen länger als an anderen und ließ es schließlich sinken. Keiner der Anwesenden hatte damit gerechnet, dass Adenor niemanden als Thronfolger ausgewählt hatte.

Melankor ließ zu, dass die Diskussion wieder aufgenommen wurde. Lady Xenarin, eine der Ältesten, hatte sich als Erste wieder gefangen. „Die Aussage dieser Zeilen ist sehr eindeutig, obwohl auch – wie ich zugeben muss – ein wenig enttäuschend. Adenor hat unserem König Melankor die Wahl des neuen Regenten überlassen. Ich schlage vor, dass ein Teil von uns nach Morofin reist und die Übrigen hier in Gyndolin bleiben. Wir müssen auf dem schnellsten Wege die Fürsten Morofins über alles in Kenntnis setzen. Sie waren die engsten Vertrauten des Königs und haben deshalb den meisten Anspruch auf seinen Thron. Allerdings sollten wir auch seine übrigen Gefolgsleute nicht außer Acht lassen. Hauptmann Meandros wäre ja wohl ebenfalls ein geeigneter Kandidat."

Melankor antwortete bedächtig: „Weise gesprochen, Lady Xenarin. Angesichts des Zeitdrucks wird dies das Beste sein."

Lucia lief ein kalter Schauer über den Rücken. Die Zeit, genau das war ihr Problem. Es gab eine Regel in Illionäsia: Starb ein König oder eine Königin, so musste innerhalb eines Monats durch Vererbung oder Testament ein neuer Herrscher gefunden werden, damit das Land nicht lange ungeschützt blieb und möglichst schnell wieder in seinen alltäglichen Rhythmus zurückfinden konnte. Und wenn kein neuer Herrscher gefunden wurde, durfte der König einen Ersatz bestimmen, dessen Land die meisten Einwohner hatte. Und das war leider eindeutig Zerbor, denn Kiborien, hoch im Norden gelegen, war beinahe doppelt so groß wie Gyndolin.

Viele der kiborischen Bürger waren unfrei. Sie mussten hohe Abgaben zahlen, ein Siebtel ihrer Ernte an die Fürsten, die Stellvertreter des Königs in den einzelnen Teilen des Landes, abgeben und immer loyal bleiben. Ihr Einkommen war meist so gering, dass sie kaum ihre Familien ernähren konnten. Nur eine kleine Oberschicht ließ Zerbor an seiner Macht teilhaben. Sie waren seine Lords, Fürsten, Berater oder Polizisten. Die Gesetzeshüter waren besonders verachtet. Sie verhängten Strafen, wo sie nur konnten, und das oftmals zu Unrecht: Wegen eines Freundes im Ausland konnte man des Verrats beschuldigt werden, nicht bezahlte Steuern wurden doppelt verlangt und jedem, der nicht vor Sonnenuntergang im Haus war, konnten beliebig Verbrechen angelastet werden. Sogar die Todesstrafe, die in den anderen Ländern längst abgeschafft war, kam noch zum Einsatz.

Lucia wurde schwindelig, wenn sie an die Hinrichtungen dachte. Es war einfach nur widerwärtig, sogar Unschuldigen so etwas anzutun. Sie konnte nicht verstehen, warum die Kiborier sich nicht gegen all diese Ungerechtigkeiten zur Wehr setzten. Wahrscheinlich waren sie zu verängstigt für einen Aufstand. Sie konnte gar nicht daran denken, was geschehen würde, wenn Zerbor auch die übrigen Länder einnehmen würde.

Einen Tag nach Adenors Tod hatte ihr Vater Lord Neriell losgeschickt. Sieben Tage waren vergangen, bis sie davon erfahren hatten, und ihr Vater war nach der Ankunft des Boten zunächst nicht ansprechbar gewesen. Die Versammlung hatte Lord Wyn in aller Eile einberufen. Es blieben ihnen noch – Lucia zählte es an den Fingern ab – dreiundzwanzig Tage! Kaum mehr als drei Wochen. Sie grübelte. Jetzt, in diesem Augenblick, verstrich jeder einzelne Moment so langsam, dass sie den Druck der Zeit spüren konnte. Als ob es an ihr lag, diese wichtige Sache zu erledigen. So ein Unsinn. Es war doch nicht ihre Aufgabe, darüber nachzudenken. Wozu gab es denn die ganzen Erwachsenen? Die Lords und Ladys, ihren Vater, Lord Wyn. Sie selbst, Lucia, war doch nur ein Kind. Es lag doch nicht an ihr, für Frieden zu sorgen. Und doch, in ihrem Bauch rumorte es, so wie immer, wenn sie etwas Dringendes zu erledigen hatte. Sie hatte das Gefühl, dass sich etwas Großes ankündigte.

Plötzlich meldete sich ein junger Lord unaufgefordert zu Wort. Lady Xenarin warf ihm einen strengen Blick zu, doch er ließ sich davon nicht beirren. „Es tut mir leid, wenn ich Euch widersprechen muss, aber ich habe nicht das Gefühl, dass in diesem Testament alles so eindeutig ist. Soweit ich mich erinnere, hat sich Adenor immer klar und deutlich ausgedrückt."

Tadelnde Blicke von allen Seiten. Es war höchst unangemessen, ohne Erlaubnis das Wort zu ergreifen, es war eine Geste der Missachtung, einen König ohne seinen Titel anzusprechen. Das, was er sagte, verlor seine Glaubwürdigkeit schon durch sein ungebührliches Verhalten.

„Das Testament enthält Andeutungen, bestimmte Ungereimtheiten, die mit Sicherheit etwas zu bedeuten haben. Vielleicht wollte er sichergehen, dass nur König Melankor ihn verstehen kann. Der Geringste der Geringen – könnte damit nicht sogar ein gewöhnlicher Bürger gemeint sein?" Er sprach das aus, was auch Lucia gedacht hatte.

„Lord Jekos", unterbrach ihn der Hauptmann. „Ihr wisst doch selbst, wie lächerlich Eure Vermutung klingt. König Adenor wusste, dass uns nach seinem Tod nur ein einziger Monat bleiben würde, um jemanden zu krönen. Er kann unmöglich gewollt haben, dass wir jeden einzelnen Morofiner in unsere Überlegungen miteinbeziehen. Es würde Jahre dauern und am Ende wäre alles vergeblich. Die Geringsten besitzen leider nicht einmal die Bildung, um zu schreiben oder zu lesen, wie sollten sie da ein ganzes Land regieren können?" Lord Wyn schenkte Jekos ein nachsichtiges Lächeln. Im Grunde mochte er den jungen Mann für seinen unaufhörlichen Drang, Neues zu entdecken, und die Fähigkeit, die alten Denkweisen umzustürzen, danken. Aber Lord Jekos ließ sich auch nicht so einfach abschütteln.

„Was sagt Ihr dazu, Eure Majestät? Könnt Ihr darin eine geheime Botschaft erkennen?", wandte er sich direkt an den König.

Melankor schüttelte langsam den Kopf.

„Was hat König Adenor mit dem Wandel der Zeiten gemeint und welches Schicksal kann niemand aufhalten?", hakte Lord Jekos nach.

„König Adenor war nicht blind", erwiderte Melankor. „Auch er hat mitbekommen, dass sich seine und unsere Beziehung zu König Zerbor verändert haben. Der Frieden verliert immer mehr den Halt. Nichts anderes hat er damit gemeint. Auch wenn ich nicht glaube, dass wir unaufhaltsam auf einen Krieg zusteuern. Wenn er mir eine Botschaft übermitteln wollte, hätte er dies auf andere Weise tun können." Der König musterte ihn nachdenklich.

Lord Jekos wandte seinen Kameraden den Blick zu. Lucia spürte, dass er nicht aufgegeben hatte. Er hatte noch immer einen letzten Trumpf, den er sorgsam vorbereitete, um die anderen von seiner Ansicht zu überzeugen. Sie musste zugeben, dass sie seine Überlegungen nur zu gut nachvollziehen konnte. Aber sie war sich ebenso sicher, dass ihr Vater niemals an einen tieferen Sinn des Testaments glauben würde. Es fehlte ihm an handfesten Beweisen. Denn er sollte alle ungeschriebenen Regeln ihrer Welt auf einmal außer Kraft setzen und das konnte man nicht einfach mit wilden Vermutungen.

„Was soll der plötzliche Perspektivenwechsel im letzten Absatz des Testaments bezwecken? *Auf dass eure Suche erfolgreich sein möge und ihr alles zum Guten wendet.* Das passt doch alles nicht zusammen!"

In den Augen seiner Zuhörer stand Ablehnung. Lucia stellte sich vor, wie es sich anfühlen musste, diese Missachtung auf sich gerichtet zu spüren. Sie beobachtete, wie Lord Wyn dem aufgebrachten jungen Mann beschwichtigend einen Arm auf die Schultern legte und ihn zur Seite führte. „Ich denke, das reicht, Lord Jekos. Eure Schlussfolgerungen sind interessant, aber nicht hilfreich. Ihr habt nichts, mit dem Ihr sie belegen könntet. Möchte sonst noch jemand etwas dazu sagen?"

Die Diskussion plätscherte weiter vor sich hin. Lucia hörte kaum noch zu, denn sie war in Gedanken immer noch bei Adenors Letztem Willen.

„He Lucia." Die Prinzessin wurde von der Seite angestupst. Es war Merior, ihr älterer Bruder. Er wurde gemeinsam mit anderen adligen Jungen bereits zum Lord ausgebildet und gab damit mächtig an. Zwar war er der jüngste ihrer Brüder, aber ihr gegenüber war er überheblich und ging ihr nicht selten auf die Nerven. Merior tat so, als wäre sie ein kleines, zerbrechliches Mädchen, das andauernd jemand beschützen musste. Dabei war er gerade mal siebzehn Jahre alt. Es trennte sie nur ein Jahr. Wenn er wüsste, dass sie heimlich mit ihrem ältesten Bruder Terin den Umgang mit Waffen übte, würde er sie vielleicht ein bisschen gleichberechtigter behandeln. Jetzt sah er sie erwartungsvoll an.

„Kommst du auch mit nach Morofin? Soweit ich weiß, warst du erst einmal dort." Er hatte recht. Die meiste Zeit ihres Lebens hatte sie in Gyndolin verbracht und das lag vermutlich daran, dass ihr Vater ständig Angst um sie hatte. Nur selten durfte sie ihn bei seinen Reisen begleiten. Sie hoffte inständig, dass er dieses Mal eine Ausnahme machen würde. Deshalb nickte sie Merior zu.

„Ach so." Er verzog das Gesicht mitleidig. „Wahrscheinlich wird Vater das sowieso nicht erlauben. Schade eigentlich."

Sie konnte nicht erkennen, ob er nur wieder versuchte, sich über sie lustig zu machen oder es ernst meinte. Lucia zischte etwas zurück und drehte sich weg. Waren sie nicht langsam zu alt für solchen Firlefanz? War sie nicht langsam alt genug, um mitkommen zu dürfen? Ihr Vater musste endlich einsehen, dass sie gut auf sich selbst aufpassen konnte. Sie würde noch vor Langeweile sterben, wenn sie ihr Leben für immer auf diesem Schloss verbringen sollte.

Die Erwachsenen verteilten nun die einzelnen Versammlungsmitglieder auf die verschiedenen Gruppen. Lucia musste danach unbedingt mit ihrem Vater reden und alle ihre Überzeugungskräfte einsetzen. Melankor selbst wollte direkt nach Ajuna, der Hauptstadt von Morofin, reisen. Lucia fand es spannender, die einzelnen Fürsten kennenzulernen und dabei etwas vom Land zu sehen. Aber er würde ihr vermutlich nie erlauben, dass sie ohne ihn irgendwohin ging.

Sie blickte zu Lord Jekos hinüber, der mit angespanntem Blick die Unterhaltung verfolgte. Hatte Adenor vielleicht doch noch einen Schlüssel hinterlassen, mit dem man seine Botschaft entziffern konnte? Bisher hatten sie erst das Testament gehört, das seinen wichtigsten Nachlass betraf – Morofin. Aber er musste auch noch ein privates Testament verfasst haben, in dem er seine Besitztümer verteilte. Er konnte ihrem Vater noch einen Brief hinterlassen haben, in dem er ihm alles erklärte.

Sie flüsterte ihrem Vater diese Idee zu. Er nickte und gab ihre Frage an den morofinischen Notar weiter, als sich ein günstiger Moment bot.

Dieser holte eine weitere dickere Schriftrolle hervor und überflog rasch die Zeilen. Dann hob er kurz verwundert den Blick. „Zwei der hier Anwesenden haben tatsächlich etwas geerbt. Möchtet Ihr das Testament gleich jetzt oder lieber später im kleineren Kreis hören?", fragte er an Melankor gewandt.

„Ich habe meinen Freunden nichts zu verschweigen", erwiderte der König und forderte ihn auf vorzutreten.

Es folgte eine lange Liste mit kostbaren und sehr persönlichen Dingen, die der Verstorbene an Melankor vererbt hatte. Darunter befand sich nichts, dass irgendjemanden überrascht hätte, doch Lucia befand, dass das nichts heißen musste. Sie musste ihren Vater später fragen, ob ihm etwas Besonderes an all den Gegenständen aufgefallen war.

Doch dann horchte sie auf.

„Den Stein von Azur vermache ich Lucia von Gyndolin, auf dass sie ihm eine gute Besitzerin ist und seinen Wert zu schätzen weiß."

# Rana-Voliennuss-Creme

Lucia starrte den Notar an. Adenor hatte ihr etwas vermacht! Was konnte der Stein von Azur sein? Womit hatte sie die Ehre verdient, dass der König ihr etwas hinterließ? Adenor war aufgrund seiner engen Freundschaft zu Melankor ein gern gesehener Gast in Gyndolin gewesen. Er war ihr schon immer sympathisch gewesen, weil er ihrem Vater ähnelte, im Gegensatz zu diesem aber großes Vertrauen zu ihr gehabt und sie schon immer gleichberechtigt behandelt hatte. Ihre Gespräche hatten ihr das Gefühl gegeben, wirklich wichtig zu sein. Aber sie hätte nie damit gerechnet, dass sie ihm so viel bedeutet hatte, dass er ihr etwas vererbte.

Inzwischen war das Testament vollständig verlesen worden. Außer ihr schien sich niemand über ihr unverhofftes Erbe zu wundern.

„Habt Ihr die Gegenstände mitgebracht?", fragte Melankor.

„Ja", antwortete Lord Neriell. „Ihr werdet sie nach der Versammlung erhalten."

Melankor nickte. „Wir werden also morgen aufbrechen. Beim achten Glockenschlag treffen wir uns vor dem Haupttor. Es bleibt noch eine Frage zu klären, die mir sehr am Herzen liegt: Warum musste König Adenor sterben? Sind nach seinem Tod weitere Untersuchungen angestellt worden?"

Lord Neriell trat erneut vor den König und seine Miene verdunkelte sich. „Es war höchstwahrscheinlich Mord. Bevor er in dieses Koma fiel, erfreute er sich schließlich noch bester Gesundheit. Vermutlich handelt es sich um ein Giftattentat, denn die unterschiedlichen Giftmischungen werden von den meisten Auftragsmördern selbst hergestellt und können deshalb schwerer bekämpft werden."

Melankor wurde blass im Gesicht. „Auftragsmord", flüsterte er vor sich hin und schüttelte leicht den Kopf. Dann ballte er die Hände zu Fäusten und verkündete mit ernstem Blick: „Es wird ab jetzt nicht nur meine Aufgabe sein, einen Nachfolger für König Adenor zu finden, sondern auch seinen Mörder und seinen Tod zu rächen." Er nickte Lord Wyn zu, der daraufhin die Versammlung beendete.

Die Lords und Ladys erwachten aus ihrer Erstarrung und begannen nach und nach, ihre Unterlagen aufzuklauben. Einige verließen den Saal überhastet, um noch nötige Vorbereitungen treffen zu können, andere schlossen sich zu kleinen Gruppen zusammen und begannen, leise ihre Standpunkte zu vertreten und über Krieg und Frieden zu debattieren.

Merior wurde auf einige seiner Freunde aufmerksam und ließ Melankor und Lucia mit dem Notar und dem anderen Morofiner allein.

Die kleinere Gestalt trat auf Lucia zu: „Eure Majestät, der Stein von Azur!" Es war die Stimme einer Frau, nein eher die eines Mädchens. Überrascht versuchte Lucia, unter der dunklen Kapuze einen Blick auf sie zu erhaschen. Eine Hand, um die ein Band aus bunten Fäden gewickelt war, kam unter dem Gewand hervor und reichte ihr ein gut verschnürtes Päckchen.

Das dunkle Verpackungspapier knisterte, als sie es entgegennahm und die Knoten darum löste. Kurz hielt sie inne und wog es mit der Hand. Der Stein war schwerer, als sie gedacht hatte. Sie streifte die letzte Schicht Papier zur Seite und stolperte über die wenigen Worte, die Adenor auf die Innenseite geschrieben hatte.

*Der Stein von Azur*
*Stein der Weisheit*
*oder Lapislazuli*
*Für einen besonderen Menschen mit einem besonderen Auftrag.*

Einen Moment lang sog sie die Worte in sich auf und versuchte, sie zu verinnerlichen, doch dann überwog ihre Neugier und sie betrachtete den Stein zum ersten Mal. Er war überwältigend schön. Zarte weiße Schlieren zogen sich durch ein Meer aus unterschiedlichen Blautönen und wirbelten elegant umeinander. Winzige goldene Flecken sprenkelten den glatt geschliffenen Stein, der sich so perfekt in ihre Hand schmiegte, als wäre er eigens für sie erschaffen worden. Der Stein fühlte sich angenehm auf der Haut an. Dieses Gefühl unterschied ihn von gewöhnlichen Kieseln, und verwirrt stellte Lucia zunächst fest, dass sie dieses Besondere nicht benennen konnte. Dann erst fiel ihr auf, wie unnatürlich warm sich der Lapislazuli anfühlte. Seine Oberfläche war nicht kälter als ihre Hand, so wie es eigentlich hätte sein sollen. Seltsam.

„Er ist wunderschön!", flüsterte sie andächtig und hob abwesend den Kopf.

„Ihr habt recht, Eure Majestät." Das fremde Mädchen zog die Kapuze mit einer beiläufigen Bewegung fort und ließ endlich zu, dass sie ihr ins Gesicht sehen konnte. Kurzes, blondes Haar umrahmte ein Gesicht mit einem breiten Unterkiefer und einer kleinen, sehr geraden Nase. Obwohl die Züge des Mädchens markant waren, wirkte sie nach Lucias Auffassung durchaus hübsch. Von ihr gingen ein starkes Selbstbewusstsein und etwas Herausforderndes aus. Ihre grauen Augen funkelten leicht amüsiert, und die Prinzessin stellte fest, dass sie von diesen ebenfalls gründlich gemustert wurde.

„Wer bist du?", fragte Lucia.

„Ich bin die Tochter des morofinischen Hauptmanns, Lord Meandros", erwiderte sie mit einem breiten Grinsen. Lucia versuchte, sich zu erinnern, ob sie dieses Mädchen auf einem ihrer Besuche kennengelernt oder gesehen hatte. Hauptmann Meandros Name war ihr vertraut, aber bisher war sie seiner Tochter noch nicht begegnet.

„Und Ihr seid also Prinzessin Lucia von Gyndolin. Ehrlich gesagt hätte ich mir Euch anders vorgestellt."

Sollte das ein Kompliment oder eine Beleidigung sein? Das Mädchen lächelte weiter und schien sich an ihrer verwirrten Miene nicht zu stören. Als Prinzessin zeigten die meisten Menschen ihr gegenüber von Anfang an Respekt und so etwas wie eine natürliche Scheu. Lucia hatte es noch nie gemocht, so behandelt zu werden, und sich immer gewünscht, von Gleichaltrigen so angenommen zu werden, wie sie war. Sie hatte gehofft, dass sie eines Tages einfach vergessen würden, dass sie die Tochter des Königs war. Doch dieser Wunsch war unerfüllt geblieben.

Bewusst oder unbewusst hatte diese Fremde mit ein paar persönlichen Worten die dünne, aber beständige Grenze zwischen ihnen zerbrochen. Sie wusste nicht, ob sie sich dadurch bedroht oder befreit fühlen sollte.

„Ich muss gehen", bemerkte das Mädchen, als der morofinische Notar sie zu sich winkte. Sie drehte sich um, ohne auf eine Entgegnung zu warten, und verließ mit ihm gemeinsam den Saal.

Leicht verwirrt sah Lucia zum nun geschlossenen Portal. In ihrem Kopf hatten sich plötzlich eine Reihe unbeantworteter Fragen gebildet, die sie diesem Mädchen zu gerne gestellt hätte. Weshalb fühlte sich der Stein von Azur so lebendig an und was sollten die Worte auf dem Papier bedeuten?

Hilflos drehte sie sich zu ihrem Vater um, der sich über seine Erbstücke gebeugt hatte. Er hatte einen großen Berg an Büchern und Pergamentrollen erhalten, die sehr alt zu sein schienen, aber auch persönlichere Gegenstände, wie ein abgenutztes Spielbrett, mit dem sie viel Zeit verbracht hatten, ein kostbares Schwert und eine Brosche.

Lucia erhob sich von ihrem Stuhl und trat zu ihm, den Stein fest in ihre Hand gepresst. Melankor sah von einem Ring auf und sie konnte gerade noch einen Blick auf das Wappen Morofins darauf erhaschen, bevor er das Schmuckstück sinken ließ. Es musste sich um einen der alten Krönungsringe handeln.

Lucia hielt ihm den Stein von Azur entgegen und legte den Kopf schräg. Vielleicht wusste ihr Vater etwas darüber. „Er ist sehr wertvoll, nicht wahr?", fragte sie gespannt.

Im Gesicht ihres Vaters blitzte kurz etwas auf, was ihr Angst machte. Einen Moment später hatte er sich jedoch wieder einigermaßen gefangen und konnte sich zu einer Antwort durchringen. „Lucia, du darfst das nicht zu hoch einschätzen. Der Stein hat König Adenor etwas bedeutet, aber ich verbinde ihn nicht mit schönen Dingen." Seine dunklen Augen waren erfüllt von Angst und schmerzlicher Erinnerung.

„Was soll das heißen?"

„Der Stein von Azur, Himmelstein oder Stein der Weisheit, das sind nur Namen, die nichts bedeuten. Er glaubte daran, dass er besondere Kräfte besitzt, aber es ist nur ein harmloser Glücksbringer!"

„Adenor hat an Magie geglaubt?", hakte sie verwundert nach. Die Aussage ihres Vaters hätte lächerlich geklungen, wenn sie nicht selbst so ein beunruhigendes Gefühl gehabt hätte.

„Vergiss, was ich gesagt habe. Es war … mehr eine Art Spiel." Sie wusste sofort, dass er sie anlog, doch gegen seinen eindringlichen Blick konnte sie nichts ausrichten. Er war nicht bereit, ihr mehr darüber zu sagen.

Sie versuchte, das Thema zu wechseln und ihn auf die Reise nach Morofin anzusprechen. Seine Reaktion auf ihre Bitte, ihn begleiten zu dürfen, fiel so aus, wie sie es erwartet hatte.

„Nächstes Jahr beginnt deine Ausbildung zu einer Lady und du musst bis dahin die Grundlagen beherrschen. Du kannst es dir im Moment nicht leisten, einen Monat des Unterrichtsstoffes zu verpassen. Außerdem wird es für dich in all den politischen Besprechungen sehr langweilig werden und ich möchte dich nicht den Gefahren der Reise aussetzen." Natürlich ging es nicht um ihren Unterricht, sondern wie immer um ihre Sicherheit. Er glaubte bis heute, dass sie nicht auf sich selbst aufpassen könnte und er sie ihr ganzes Leben hier einsperren könnte. Nun gut, sie würde dieses Spiel mitspielen.

„Und weshalb darf Merior dann mitkommen?"

„Bei Merior ist das etwas anderes", erwiderte er nun gereizt.

„Ist es gar nicht. Ich bin alt genug, um mir den Lernstoff selbstständig anzueignen und langsam in die höheren Kreise eingeführt zu werden. Bitte, Vater! Ich werde schon nicht gleich entführt werden, nur weil ich einen Schritt aus dem Schloss wage." Sie setzte einen mitleiderregenden Blick auf und hoffte, dass er seine Wirkung nicht verfehlen würde. „Es ist mir so wichtig. Du kannst mich doch nicht einfach hier alleine lassen."

Melankor rang mit sich. Fast sah es so aus, als wollte er Nein sagen. Schließlich seufzte er nur. „Ich weiß zwar nicht, was mich dazu bewegt – aber in Ordnung. Du hast ja recht. Eine Bedingung habe ich allerdings: Du musst dich im Hintergrund halten und stürzt dich nicht in irgendwelche Abenteuer. Ergor wird dich beschützen."

Lucia nickte eifrig. In Gedanken schlug sie vor Glück Saltos und tanzte durch den Thronsaal. Ergor war eine Art Beschützer, der auf sie und ihre Geschwister aufgepasst hatte, als sie noch sehr klein waren. Ihre Brüder waren nach der Sicht ihres Vaters jedoch nicht mehr schutzbedürftig. Lucia war die Einzige, die er noch ab und zu beaufsichtigen musste. Ergor war muskulös und hatte immer einen grimmigen Gesichtsausdruck, aber er war sehr liebenswert und manchmal etwas schwer von Begriff. Zur Not würde sie ihm leicht entkommen können. Vielleicht würde er sich auch überreden lassen ...

„Nun gut, es ist wirklich besser, wenn ich dich in meiner Nähe habe", seufzte Melankor und ließ die stürmische Umarmung seiner Tochter über sich ergehen, die ihre Freude nicht mehr zurückhalten konnte.

Ohne anzuklopfen, öffnete Lucia die schwere Holztür und trat ein. Sofort strömten ihr die angenehme Wärme und der Duft von frisch zubereiteten Köstlichkeiten in die Nase. Die Küche von Gyndolin war vor allem vor den Mahlzeiten ein geschäftiger Ort. Köche, Mägde und Küchenjungen waren mit ihrer Arbeit beschäftigt, liefen auf der Suche nach Zutaten in die Speisekammer oder hatten sich versammelt, um die Gerichte für die kommende Woche zu planen. Lucia liebte diesen Ort, weil seine Atmosphäre sie faszinierte und sie gerne Teil dieses riesigen, perfekt funktionierenden Systems gewesen wäre.

„Prinzessin Lucia!" Eine Magd mit strähnigem, unter einer Kappe hervorlugendem Haar wandte den Blick vom Schweinefilet, das sie gerade zerteilt hatte, ab. Zehn Paar Augen richteten sich kurz auf Lucia und lächelten ihr zu, bevor sie sich wieder ans Zubereiten des Mittagessens machten. Die Prinzessin stattete ihnen häufig einen Besuch ab und war ein gern gesehener Gast.

Die Magd ließ ihr Messer sinken und wischte sich die von Blut verklebten Hände an der Schürze ab. „Wollt Ihr irgendetwas Bestimmtes?" Obwohl sie ihr dreißigstes Lebensjahr noch lange nicht überschritten hatte, wirkte die Frau alt. Ihr Gesicht war grau und ihre Hände rot und rau von der ständigen Arbeit in der Küche. Sie war schon lange keine gewöhnliche Kartoffelschälerin mehr, sondern eine der besser bezahlten Aufseherinnen und für viele der Jüngeren ein Mutterersatz.

„Ist Corillis da?" Lucia blickte sich suchend um, konnte den Küchenjungen aber nirgendwo entdecken.

„Er ist hinten bei den Herden. Geh ruhig zu ihm, er braucht auch einmal eine Pause. Corillis?" Ihre Stimme schreckte alle kurz aus ihrer Konzentration.

„Nein, ich habe schon genug zu tun", ertönte eine genervte Stimme.

„Spar dir deine Ausreden. Hier ist jemand für dich!"

Corillis schien schlechte Laune zu haben, denn als er zu ihnen trat und Lucia sah, brachte er nur ein schwaches Grinsen zustande. Normalerweise war er immer überglücklich, sie zu sehen. Auch wenn er noch so viel zu tun hatte und alles schiefzugehen schien, blieb er meistens optimistisch. Er hatte sandfarbene Haare, helle Augen in der Farbe von Regen und war groß und schlaksig.

„Alles in Ordnung?", fragte sie leise und zog ihn in eine Ecke mit Putzzeug, in der nicht jeder ihnen zuhören konnte.

„Das musst du doch wissen. Schließlich warst du in der Konferenz und nicht ich. Ich habe nur ein ziemlich ungutes Gefühl, was die Zukunft unseres Landes angeht. Ehrlich gesagt würde ich lieber weiterhin Koch bleiben, anstatt zum Kriegsdienst abgeordnet zu werden." Er seufzte leicht und griff nach einem Lappen auf einer der Theken, um beiläufig einen Soßenfleck von der Oberfläche zu entfernen.

Aus seiner Sicht hatte sie die Situation noch nicht gesehen. Er lebte in einer Familie mit sieben Geschwistern und war auf diese Stelle angewiesen. Wenn er in den Krieg ziehen musste, würde seine Familie auf sein nicht zu unterschätzendes Gehalt verzichten müssen. Sein Vater war nur ein einfacher und schlecht bezahlter Gehilfe in einer Metzgerei.

„Denk doch nicht gleich an das Schlimmste. Mein Vater versucht alles, um es nicht dazu kommen zu lassen", meinte Lucia. Die Sorgenfalten auf seiner Stirn beunruhigten sie.

„Dein Vater ist auch nicht unfehlbar", sagte er leise und starrte zu Boden.

„Ich weiß", gab sie zu und berichtete ihm kurz von der Versammlung und dem Testament. Ihre Zweifel an Adenors Worten konnte er durchaus nachvollziehen, aber dem Stein von Azur maß er keine besondere Bedeutung bei. Vielleicht hatte er damit sogar recht und sie dachte einfach zu viel nach. Unangenehmes Schweigen breitete sich zwischen ihnen aus. Sonst konnte es wunderbar sein, nicht miteinander reden zu müssen und sich trotzdem zu verstehen, doch dieses Mal lag etwas Unausgesprochenes in der Luft.

„Du gehst auch nach Morofin", begann Corillis und sah sie prüfend an.

„Ja, aber es ist ja nur für einen Monat", beschwichtigte sie ihn und lehnte sich gegen die Wand. Dann kam ihr plötzlich ein Gedanke, der ihr Gesicht zum Strahlen brachte. „Machst du mir noch ein Abschiedsgeschenk", hauchte sie zuckersüß und er verstand sofort.

„Das Übliche?" Das war wieder der Corillis, den sie kannte.

„Das Übliche!"

Sofort machte er sich an das Zusammensuchen der Zutaten und Lucia folgte ihm gespannt. In der Speisekammer nahm er verschiedene Gewürze mit, füllte Milch in ein kleines Schälchen und griff nach einer besonders schönen Voliennuss und einer kleinen Ranarillenfrucht, zwei Zutaten, die jedes Jahr aus Wegenn, Morofin und Zigonien eingeliefert werden mussten und es Lucia sehr angetan hatten.

Sie suchten sich einen freien Platz und Lucia zog sich auf die Theke hoch, während Corillis nach einem Messer und einer Unterlage suchte.

Die Prinzessin mochte es, ihn dabei zu beobachten, wie er ihr Lieblingsgericht zubereitete. Sie hatten es zusammen entworfen und sie war die Einzige, die den außergewöhnlichen Geschmack ihrer Kreation zu würdigen wusste.

Corillis' Handbewegungen waren geübt und sicher und beruhigten sie jedes Mal, wenn sie innerlich so aufgewühlt und durcheinander war wie heute. Es funktionierte tatsächlich, ihm dabei zuzusehen, wie er die handgroße Nuss vorsichtig in zwei Hälften teilte und die darin enthaltene zähflüssige und sehr süße Creme auf eine Seite fließen ließ. Als Nächstes begann er, die Kräuter mit gleichmäßigen und exakten Bewegungen zu zerhacken und über die Speise zu streuen. Die Krönung bildete die orangefarbene Ranarille, die mit ihrem sehr sauren Geschmack einen starken Kontrast zur Voliennuss bildete.

„Fertig!" Ein Grübchen hatte sich in seiner rechten Wange gebildet und Lucia musste lachen. Er reichte ihr die Nuss und einen kleinen Löffel und sah ihr beim Essen zu. Das nussig süße Aroma wurde durch die Würze der Kräuter perfekt ergänzt und die Ranarille gab dem Ganzen den Hauch des Außergewöhnlichen und ließ es gleichzeitig frisch schmecken.

„Es ist köstlich", meinte sie mit vollem Mund und leckte sich die Lippen. „Ich frage mich, wie ich es auch nur einen Tag ohne Rana-Voliennuss-Creme aushalten soll. Und wie soll ich es einen Tag ohne dich aushalten?"

„Vielleicht ist es ja ganz gut für dich. Ich bin sowieso nicht der beste Umgang für dich. Du kannst dich ein bisschen mit der höheren Gesellschaft bekannt machen." Es sollte unbeschwert klingen und sie über seine Sorgen hinwegtäuschen, aber der traurige Unterton in der Stimme ihres Freundes entging ihr nicht. Vielleicht hatte er Angst, dass sie andere Freunde finden und ihn vergessen würde, aber so war sie nicht. Es war ihr egal, ob er adelig war oder nicht, solange er diese köstliche Creme für sie machte und für sie da war.

Lilliana Turwingar, die Tochter des Hauptmanns von Morofin, atmete tief durch, lauschte auf das Geräusch der zuschlagenden Flügeltüren hinter sich und fühlte sich zum ersten Mal an diesem Tag unbeobachtet. Es war eine vollkommen neue Erfahrung für sie gewesen, sich ohne die Begleitung ihrer Eltern auf einem unbekannten Schloss aufzuhalten und so vielen fremden Menschen zu begegnen. Sie hatte viel Selbstbewusstsein und Gelassenheit gebraucht, um diesen Tag einigermaßen sicher zu überleben und einen guten Eindruck am Hof zu hinterlassen.

Was Lord Neriell ihnen auf der zweitägigen Reise nach Gyndolin vom Schloss erzählt hatte, war in ihren Augen vollkommen untertrieben gewesen. Es war nicht einfach nur schön und außergewöhnlich, sondern atemberaubend, einzigartig und faszinierend. Ihr gefielen die tausend Augen des Schlosses, die Fenster, die es so ganz anders wirken ließen als all die anderen Schlösser. Sie hatte das Gefühl, sich an einem Ort der Träume zu befinden, in einer Heimat der Künstler und Schreiberlinge.

Den Blick auf die Fassade des Bauwerks gerichtet, schritt sie durch den Garten und betrachtete alles von außen, in der Hoffnung so ein wenig mehr von seiner Schönheit erfassen zu können.

Sie entdeckte hoch über ihr zwei Fenster, die sie auf dem Weg zum Thronsaal schon einmal gesehen hatte: Sie besaßen die Form eines elegant geschwungenen Flügelpaares. Von Nahem hatte sie eine feine Federmusterung darauf erkannt und zwischen ihnen stand auf der Innenseite eine Statue, die Iramont, die Göttin der Wünsche, darstellte. Darunter spiegelte sich in einer Fenstergruppe, die wie die Blütenblätter einer Blume um einen kleinen Kreis angeordnet waren, der Schein der späten Abendsonne, und weiter unten erkannte sie die Galerie mit den Bildnissen verstorbener Könige. Ihre Gesichter waren aus Tausenden bunten Glassplittern zusammengesetzt. Besonders beeindruckt hatte sie auch die gewaltige Kuppel, die sich über alles erstreckte und von jedem Stockwerk des Schlosses aus gesehen werden konnte. Als sie in der Nacht eingetroffen waren, war sie reglos und wie verzaubert stehen geblieben, den Kopf zur Decke gewandt, und hatte den Mond und die Sterne angestarrt, die wie selbstverständlich auf sie herabgeschienen hatten.

Wirklich, in jeglicher Hinsicht umwerfend. Vielleicht sollte ihr Vater dem zukünftigen König von Morofin den Vorschlag unterbreiten, dass er einige Renovierungsarbeiten an seinem Schloss durchführen müsse, um mit dem Schloss Gyndolin mithalten zu können.

Als sie das Gebäude umrundete und immer wieder neue Wunder entdeckte, wurde ihre Aufmerksamkeit plötzlich von etwas anderem angezogen. In der Nacht war der morofinische Notar noch einmal zu ihr gekommen und hatte ihr erzählt, dass die Friedenseiche vom Blitz getroffen worden war, aber sie hatte dieser Information keine größere Bedeutung beigemessen. Sie glaubte nicht an Schicksal, zumindest hatte sie das bis zu dem Tag, an dem Adenor gestorben war, gedacht.

Die Friedenseiche war trotz ihrer für einen Baum recht kurzen Lebensdauer eine weit ausladende und prächtige Vertreterin ihrer Art gewesen, doch den Naturgewalten hatte sie nicht standhalten können. Der Blitz hatte sie besonders ungünstig getroffen und den Giganten zum Wanken gebracht. Der Stamm war in zwei Hälften geteilt worden, von denen die eine sich bedrohlich zum Boden gesenkt hatte. Sie drohte abzubrechen. Einige zarte Ausläufer berührten bereits das Gras. Ein sicheres Todesurteil. Die trockenen Zweige der Krone mussten sofort zu brennen begonnen haben, während die kräftigeren Äste verschont geblieben waren.

Gedankenverloren strich sie über die faltige Rinde und musste mit einem Mal an Adenor denken. Er und dieser Baum hatten etwas gemeinsam: Sie waren gefallene Krieger.

Von irgendwoher drang eine leise und traurige Melodie. Ein Lied, das jemand vor sich hin summte und das für niemandes Ohren bestimmt war.

Lilliana löste sich von dem Baum und ging weiter. Sie gelangte in eine der Ecken des königlichen Grundstückes und erblickte die Prinzessin, die vor einer Hecke niederkniete und einen selbst gepflückten Blumenstrauß in Händen hielt.

Warum Lucia? Warum hatte Adenor ausgerechnet sie ausgewählt? Oder hatte er das gar nicht und es war tatsächlich Schicksal?

Eine Weile blieb sie stehen und lauschte auf den Klang der Musik, doch es kam ihr ungerecht vor, das Mädchen in einem Moment zu beobachten, in dem sie vermutlich nicht gestört werden wollte. Zuerst überlegte sie, sich einfach heimlich zurückzuziehen, doch diese Idee erübrigte sich, als sie mit einem Mal in ein Paar verwunderte smaragdfarbene Augen blickte.

„Entschuldigung. Ich wollte nicht …" Sie brachte keinen vernünftigen Satz mehr heraus und wartete stattdessen auf eine Reaktion.

Die Prinzessin starrte sie zunächst reglos an, doch dann verwandelte sich ihre Miene nach und nach in ein freundliches Lächeln. „Ist nicht so schlimm. Ich brauchte nur ein bisschen Zeit zum Nachdenken."

„In Ordnung. Dann gehe ich wieder."

„Brauchst du nicht. Wie heißt du eigentlich? Es ist seltsam, wenn jeder weiß, wer ich bin, aber sich mir niemand vorstellt."

Die Hauptmannstochter grinste nur: „Lilliana, Eure Majestät."

Lucia stand auf und klopfte sich ein bisschen Erde vom Rocksaum: „Würde es dir etwas ausmachen, wenn du mich Lucia nennst?" Ein bisschen verlegen sah sie die andere an. Sie hatte Angst, sie durch ihre Offenheit abzuschrecken.

„Das ist gar kein Problem." Lilliana lachte und überwand den Abstand zwischen ihnen mit ein paar entschlossenen Schritten.

„Was hast du hier gemacht? Außer nachdenken?", fragte sie.

„Meine Mutter ist gestorben, als ich vier war, und ich komme ab und zu hierher, um mit ihr zu sprechen. Sie antwortet nie." Sie lächelte ein bisschen. „Wie sollte sie auch? Aber manchmal wünsche ich es mir."

„Das tut mir leid."

„Braucht es nicht. Es ist schon so lange her, dass ich mich nicht mehr an sie erinnern kann." Sie drehte den Blumenstrauß in ihren Händen hin und her und warf Lilliana dann einen neugierigen Seitenblick zu. „Welches von den Fenstern gefällt dir am besten?"

Lilliana zog die Augenbrauen hoch. „Schwere Frage. Ich habe ja erst ein paar gesehen. Aber … wenn ich mich entscheiden müsste, würde ich sagen, die dort oben." Sie deutete auf das höchste Stockwerk, in dessen Wand viele kleine Glasstücke eingearbeitet waren, die sie an den Sternenhimmel erinnerten.

„Eine gute Wahl", stellte Lucia zufrieden fest und verschränkte die Arme, so als wäre sie selbst die Besitzerin des Schlosses, die gerade das fertige Werk ihrer Arbeiter bestaunte.

„Welches ist dein Lieblingsfenster?", fragte Lilliana zurück.

„Ein kleines, rundes. Man kann es von hier aus nicht sehen. Weißt du, ich glaube, selbst ich kenne noch nicht alle Fenster dieses Schlosses, obwohl ich hier schon mein Leben lang wohne. Ist das nicht komisch?"

„Um ehrlich zu sein: kein bisschen."

# Finstere Gedanken

Hoch über der Stadt Fundrak ragte das *Schloss der Finsternis* in den Himmel. Es lag an einem steilen Berghang und wirkte wie ein düsteres Ungeheuer, das sich bedrohlich über die winzigen Häuser beugte. Jeden Moment konnte es über die Stadt herfallen und sie in einem Stück verschlingen. Das *Schloss der Finsternis* war ein trostloser und kalter Ort, an dem sich niemand wirklich wohlzufühlen schien und der in jedem halbwegs vernünftigen Menschen den starken Wunsch auslöste, sich so weit wie möglich davon zu entfernen. Es war nicht allein der Verdienst des Königs, dass Bosheit und Angst an dem alten Gemäuer hingen wie hartnäckige Spinnenweben, aber er schätzte die Macht dieses Ortes und die Wirkung, die es auf seine Bürger hatte. Furcht war immer gut, denn nur sie konnte Menschen gefügig machen.

Zerbors Gesicht glich einer Maske aus Eis, als er auf das armselige Dorf unten am Hang hinabblickte und seinen Blick weiter über die dahinter liegenden Ebenen und Wälder wandern ließ.

Ein wohliger Schauer der Zufriedenheit überkam ihn, als ihm bewusst wurde, wie perfekt zurzeit alles lief. Sein Einfluss wuchs stetig und Adenors Tod war die beste Gelegenheit für ihn, seine Grenzen zu erweitern. Der König von Morofin war ihm schon lange ein Dorn im Auge gewesen. Nicht etwa, weil er sich gegen ihn gewendet oder Kritik an seiner Regierung ausgeübt hätte, sondern weil er ihn seit seinem Amtsantritt vor neun Jahren niemals als Konkurrenten betrachtet hatte. Er hatte ihm Respekt entgegengebracht, aber da war nicht einmal der winzige Hauch von Unsicherheit gewesen. Adenor war immer die personifizierte Ruhe gewesen, obwohl sie eigentlich Erzfeinde hätten sein sollen. Er hatte ihn ganz einfach unterschätzt. Der größte Fehler, den man in Bezug auf Zerbor machen konnte. Es hatte viele gegeben, die an ihm gezweifelt hatten, und jeder Einzelne von ihnen hatte schmerzhaft seine Macht spüren müssen.

Selbstzufrieden wandte er sich vom Fenster ab und ging zu einem gläsernen Schrank in der gegenüberliegenden Ecke.

Der Diener, der an der Tür auf Befehle wartete, konzentrierte sich darauf, unauffällig zu bleiben. Alles in diesem Raum war unangenehm. Die nackten Wände aus Stein wurden nur an einer Seite des Zimmers von einem gewaltigen Wandteppich bedeckt. Dieser zeigte ein blutiges Schlachtenszenario voller grausamer Krieger und schrecklich zugerichteten Leichen. Schon ein einziger Blick darauf brachte ihn dazu, sich zu einer einfacheren Anstellung zurückzuwünschen. Und dies war der erste Tag, an dem er hier diente.

Nicht einmal geheizt wurde dieser Raum, obwohl man Zerbor keineswegs als geizig bezeichnen konnte und ein hässliches Exemplar von einem Ofen eine Seite des Zimmers beherrschte. Gerüchten zufolge war das Herz des Königs so kalt, dass es weder Gefühle noch Schmerzen empfinden konnte.

Zerbor war bei der Vitrine angelangt und schob einen winzigen Schlüssel in das Schloss. Es sprang mit einem Klicken auf und ließ zu, dass er seinen wertvollsten Besitz von dem samtenen Kissen nahm. Der Diener warf einen verängstigen Blick zur Seite und erschrak, als er den wahnsinnigen Ausdruck in den Augen seines Königs entdeckte. Das musste mehr für ihn sein als ein Gegenstand. Wegen solcher Dinge wurden von Menschen wie Zerbor Kriege begonnen und Menschenleben eingetauscht. Für einen Moment erzitterte der Mann unter den überwältigenden Vorstellungen, die der Wahrheit so viel näher kamen, als er sich in seinen finstersten Albträumen ausmalen konnte.

Zerbors Stein hatte die Form eines vollen, nahezu perfekten Herzens und die Berührung erzeugte in der Hand des Königs ein erwartungsvolles Kribbeln. Durchdringendes blutrotes Licht ging von seinem Heiligtum aus, das einen blendete, wenn man zu lange hineinsah. Sein Inneres schien aus dunklen, lodernden Flammen zu bestehen. Zerbor starrte den Stein voller Begierde an, wiegte ihn in seinen Händen wie ein geliebtes Kind und berauschte sich an dem Strom von Energie, der durch seinen Körper floss.

Sein Diener richtete den Blick zu Boden und versuchte die Panik, die in ihm aufstieg, zu besiegen. Der König schien seine Anwesenheit verdrängt zu haben, doch er fürchtete den Moment, in dem sich seine glühenden Augen auf ihn richten würden – in der Erkenntnis, dass ihn jemand bei seinem krankhaften Ritual beobachtet hatte. Er wusste nicht, was ihn dann erwartete. Wenn Zerbor doch zumindest menschlicher gewesen wäre. Aber selbst dessen konnte man sich nie vollständig gewiss sein. Denn obwohl niemand wagte, darüber zu sprechen, war doch mehr als nur beängstigend, dass seine Augen die blutrote Farbe seines Steines angenommen hatten. Erklären konnte es sich niemand. Vor langer Zeit war das angeblich einmal anders gewesen, aber jetzt zogen sich dicke Adern über seine Augäpfel und seine Iris war stechend rot. Selbst die Pupillen schienen schwärzer zu sein als die anderer Menschen. Es war, als schluckten sie jegliches Licht. Er musste ein Dämon sein. Dämonen …

Konnte es denn Zufall sein, dass der Boden des Raumes über und über von solchen grässlichen Fratzen bedeckt war? Sie beobachteten jeden Besucher und schienen sich sogar zu bewegen, wenn man genau hinsah. Missgestaltete Leiber, die in grotesken Stellungen ineinander verschränkt waren, beherrschten den Raum. Wer immer sie erschaffen hatte, musste noch wahnsinniger als Zerbor gewesen sein. Sie waren grauenvoll.

Als er langsam seinen Blick hob, spürte er mit erschreckender Gewissheit, dass Zerbors Aufmerksamkeit sich nun mit beängstigender Intensität auf ihn gerichtet hatte. Er war gefangen wie ein Kaninchen, dessen Kopf bereits zwischen den Zähnen seines Jägers ruhte. Reißzähne, fast sanft auf seiner Kehle, doch bereit zuzuschlagen. Ein klopfendes Herz, das verräterisch gegen seine Brust schlug.

„Was hältst du davon?", fragte Zerbor und deutete auf die Dämonen. Die Frage klang beiläufig, aber der hungrige Blick in seinen Augen verriet, dass eine falsche Antwort fatale Folgen haben würde. Es konnte nur die Ruhe vor dem Sturm sein, vor dem Zuschlagen der Zähne. Eine letzte Chance für das Kaninchen zu entkommen. Nicht aus Gnade, sondern um das Spiel amüsanter zu machen. Natürlich gab es keine Chance.

Der Mann schloss ganz kurz die Augen. „Ich finde es sehr beeindruckend, Eure Majestät", erwiderte er.

Der König lächelte herablassend. „Dieser Meinung bin ich auch. Es ist nicht gerade schön, aber sehr stilvoll. Mich würde interessieren, was sie tun würden, könnte man sie freilassen."

„Das wäre grauenvoll. Diese Kreaturen, sie ... Es gibt sie in Wirklichkeit doch gar nicht", protestierte der Diener und merkte gleich darauf, was für einen entsetzlichen Fehler er begangen hatte. Warum hatte er nicht einfach schweigen können. Mit wachsender Furcht stellte er fest, dass Zerbor ihm bedrohlich nahe gekommen war. Er hatte nur auf einen solch unbedachten Fehler gewartet.

„Hast du denn gar keine Fantasie? Was weißt du schon über die Willkür der Götter? Manchmal ist die Grenze zwischen einer Vorstellung und der Realität dünn. Zerbrechlich dünn." Die Stimme des Königs klang bittersüß in seinen Ohren.

„Das ist ganz und gar unmöglich", wisperte sein Untergebener, wie um sich selbst zu beruhigen. In seinem Kopf wirbelten die Gedanken durcheinander. Nein, die Dämonen allein hätten ihm unter normalen Umständen keine Angst gemacht, aber da war etwas an Zerbor, das ihn glauben ließ, sie könnten tatsächlich aus dem Fußboden kriechen und sich auf ihn stürzen.

Der König stand nun so dicht bei ihm, dass er kühlen Atem auf seinem Gesicht spüren konnte. Er schluckte und stellte im nächsten Moment fest, dass sich ein Zeigefinger des Königs zielsicher auf die Pulsader an seiner Kehle gelegt hatte und er mit der anderen Hand bestimmt gegen die Wand gedrückt wurde, dazu gezwungen, seinen Kopf in den Nacken zu legen. Vor Angst wagte er nicht einmal mehr zu atmen, geschweige denn sich zu bewegen. Ganz allmählich, fast als wollte er ihn nicht verletzen, bohrte sich ein Nagel in seine Haut und hinterließ einen halbmondförmigen Abdruck.

Zerbor spürte den unregelmäßigen und hastigen Herzschlag seines Gegenübers. Das Leben dieses Mannes lag buchstäblich in seiner Hand und dessen war er sich vollkommen bewusst. Ja, er genoss das Gefühl sogar, jemanden so unter Kontrolle zu haben. Es war nur ein Spiel, ein Spiel, das ihm immer wieder zeigte, wie schwach er selbst war und wie viel erbärmlicher diese Kreaturen, die sich vor ihm im Staub wälzten, nur um seinem Zorn zu entkommen. Er ließ sich immer wieder dazu hinreißen, in diesen Momenten seine Selbstbeherrschung zu verlieren. Menschen waren schwach und Macht ließ sie nicht über ihre schwächlichen Empfindungen hinauswachsen, auch wenn das viele glaubten.

Ein einziger Tropfen Blut konnte genügen. Der Stein brauchte das Blut, es ließ ihn beinahe zu einem lebendigen Herzen werden und es verlieh ihm Fähigkeiten, für die andere ihre Seele verkauft hätten, aber viel brauchte er nicht davon. Zerbor fuhr sich mit der Zunge über die Lippen, riss sich von dem Anblick des verängstigten Mannes los und stieß ihn von sich. Mit weit geöffneten Augen starrte er Zerbor an, von seinem Hals tropfte ein dünnes Rinnsal leuchtenden Blutes.

Er verstand nicht, was der König von ihm wollte. Er hätte ihn, ohne mit der Wimper zu zucken, umbringen können, ohne Grund, einfach nur zum Spaß. Kurz zuvor hatte er diese Person noch gefürchtet, doch jetzt überkam ihn eine entsetzliche Abscheu und er wusste, dass er es nicht mehr lange mit diesem Menschen in einem Raum aushalten würde. Mit wachsender Panik beobachtete er, wie Zerbor den Stein mit blutverschmierter Hand liebkoste und dieser noch heller zu leuchten begann. Es musste irgendein widerliches Ritual oder schwarze Magie sein. Da er ihn jetzt nicht mehr beachtete, zog er sich in eine Ecke zurück und hoffte, dass er eine Chance nutzen konnte, um zu fliehen.

In diesem Moment öffnete sich die Tür und Linda trat ein. Zerbors Gemahlin trug ein Kleid aus schwarzer Seide und ihre dunklen Haare waren zu einer eindrucksvollen Frisur hochgesteckt, aus der einzelne Strähnen herausfielen und ihr Gesicht umschmeichelten. Sie schenkte Zerbor ein zauberhaftes Lächeln, ohne dem Stein auch nur die geringste Aufmerksamkeit zukommen zu lassen. Es sah aus, als kämpfe sie gegen eine Konkurrentin und versuchte, diese mit Missachtung zu strafen.

Der König verdrängte für einen Moment den Hass in seinem Herzen, als er sie sah. Sie war die einzige Person, der er je vertraut hatte, und er betrachtete sie als beinahe ebenbürtig. Er liebte sie, falls er überhaupt ein solches Gefühl empfinden konnte. Und Linda schien ihn auch zu lieben. Es gab so viele Lügner und Betrüger um ihn herum, doch Linda teilte fast alle Gedanken mit ihm. Und vor allen Dingen hatte sie keine Angst vor ihm, was ihn schon von Anfang an fasziniert hatte.

„Was gibt es Neues, meine Liebe?", fragte er erwartungsvoll.

Linda reichte ihm ein Schriftstück, das mit unsauberer Schrift bedeckt war. Er überflog es schnell, während sie erklärte: „Romeley Pinless fordert eine größere Belohnung, als wir für ihn eingeplant haben."

Zerbor lachte heiser. „Der gute alte Roy", sagte er. „Er ist jetzt reich. Aber gut. Wenn er mehr möchte, soll er es haben."

Linda nickte zustimmend. „Er hat es verdient. Und ich habe keine Lust, ihn zu verärgern und eines Tages ohne Kopf aufzuwachen."

„Da magst du recht haben. Zuzutrauen wäre es ihm. Roy ist für uns von unschätzbarem Wert. Wir sollten ihn nicht reizen, wenn wir nicht wissen, ob wir nicht eines Tages erneut seine Hilfe benötigen. Ich spiele noch mit dem Gedanken …" Er brach nachdenklich ab und ging zur Vitrine zurück, um den Stein auf seinem Polster abzulegen. Die Leidenschaft in seinen Augen war der üblichen Kälte gewichen.

„Niemand vermutet, dass Adenor an Gift gestorben ist. Sie glauben nicht, dass es jemand wagen könnte", flüsterte Linda, zu süß, für diese teuflischen Worte.

Dem Diener entfuhr ein leises Aufkeuchen und seine Nackenhaare stellten sich auf. König Adenor war also keinen natürlichen Tod gestorben. Es war Mord gewesen. Und ausgerechnet Zerbor steckte dahinter. Der morofinische König war einem der berüchtigtsten Auftragsmörder Illionäsias zum Opfer gefallen. Roy Pinless also …

Er nahm nur noch wahr, wie eine hauchfeine Nadel sich in seine Wange bohrte. Das Gift breitete sich rasch in seinem Kopf aus, vernebelte seine Sinne und löschte die Angst, die er soeben noch gespürt hatte, vollkommen aus.

„Kannst du deine Diener nicht vorher aus dem Zimmer schicken, wenn wir über so wichtige Dinge reden? Ich habe bald keine Nadeln mehr übrig." Linda warf dem König einen vorwurfsvollen Blick zu und verschränkte die Arme.

„Eine halbe Stunde?"

„Ja, in diesem Zeitraum sind jetzt keine Erinnerungen mehr vorhanden. Gib ihm ein paar Tage frei und denk dir eine gute Geschichte aus."

Als hätte er so etwas nötig. Niemand interessierte sich für den Gedächtnisverlust eines armseligen Bediensteten.

# Legendär

Warme Sonnenstrahlen bahnten sich einen Weg durch das ovale Fenster und kündigten den Anbruch eines neuen Tages an. Die Prinzessin lag zusammengerollt in ihrem Himmelbett. Im Schlaf hatte sie die Decke halb von sich geschoben, weil sie von schrecklichen Träumen heimgesucht worden war, die sie immer wieder hatten aufschrecken lassen.

Als Lucia erwachte, hatte sie das Gefühl, dass sie nicht allein im Zimmer war. Die Vorhänge vor dem Bett waren noch geschlossen, sodass sie nicht erkennen konnte, ob sich noch jemand im Raum befand. Vorsichtig richtete sie sich ein wenig auf und lauschte dann auf Geräusche. Alles war still, vielleicht ein bisschen zu still. Sie hatte keine Idee, weshalb jemand in ihr Zimmer einbrechen sollte, weil es nichts Wertvolles gab, was er hätte stehlen können.

Kurzerhand beschloss sie, Licht ins Dunkel zu bringen, und schob die Vorhänge mit einem entschlossenen Ruck zur Seite. Ertappt hielt die unbekannte Frau in der Bewegung inne und starrte sie einen Moment überrascht an. Lucia schrak zusammen und rang sich schließlich zu einer Frage durch: „Was tut Ihr hier in meinem Zimmer … und wer seid Ihr überhaupt?"

Die Frau hob hilflos einen Krug mit Wasser hoch und zuckte die Schultern.

„Es tut mir unendlich leid, dass ich Euch so erschreckt habe. Mein Name ist Lady Edilia und mir wurde aufgetragen, Euch frisches Wasser zu bringen und Euch zu wecken. Vielleicht hätte ich das zuerst tun sollen."

Ein wenig schuldbewusst blickte sie zu Boden und fuhr sich durch die zerzausten schwarzen Haare.

„Schon in Ordnung", stammelte Lucia, die immer noch ein wenig irritiert war. Sie rutschte aus dem Bett und griff nach dem Stein von Azur, den sie auf ihrem Nachttisch abgelegt hatte. Kurz blieb der Blick der Lady daran hängen, und wenn Lucia darauf geachtet hätte, hätte sie eine Mischung aus Sehnsucht und Enttäuschung in ihren Augen entdecken können.

„Dann gehe ich mal wieder. Beeilt Euch ein bisschen. Die Abreise ist in zwei Stunden und Euer Vater wollte Euch vorher noch einmal sehen." Lady Edilia lächelte zaghaft, goss das Wasser in eine Schale und verließ das Zimmer.

Die Prinzessin blieb eine Weile schlaftrunken auf der Bettkante sitzen und versuchte, von irgendwoher Kraft zum Aufstehen zu bekommen. Vor ihr lag hoffentlich ein Monat voller spannender Begegnungen und Abenteuer, doch gerade heute fühlte sie sich unausgeschlafen und wäre am liebsten zu Hause geblieben. Schließlich stand sie doch noch auf und ging zunächst zum Fenster. Das flache Oval, das den Körper eines Fisches bildete, sah von außen aus wie ein Auge. Sie drückte das Gesicht gegen das Glas und sah kurz auf die Stadt hinab, in der schon um diese Zeit eine Menge los war.

Dann öffnete sie ihren Kleiderschrank und suchte sich ihr Lieblingskleid aus schlichten blauen Leinen und eine dazu passende beigefarbene Jacke heraus. Angezogen, ein wenig frisiert und dank einiger Spritzer kühlen Wassers auch viel wacher, blieb sie unschlüssig in der Mitte des Raumes stehen. Ihr Blick huschte zu ihrem fertig gepackten Rucksack, der etwas verloren in einer Ecke lag. Ihre Hand hatte sich fest um den Stein von Azur geklammert, so als wollte sie ihn beschützen.

Schon seit gestern hatte sie das Gefühl, etwas über Adenors Erbe herausfinden zu müssen. Sie wusste, dass es da etwas gab, was sie darüber wissen sollte. An irgendetwas erinnerte der Stein sie, doch an was, fiel ihr einfach nicht ein. Der einzige Ort, an dem sie eine Antwort auf ihre Fragen finden konnte – wenn es denn eine gab – war die Bibliothek des Schlosses. Und genau dorthin wollte sie jetzt.

Als die schwere Tür hinter ihr zufiel und kalte Luft ihr entgegenwallte, wusste sie, dass sie hier richtig war. Die flüchtige Erinnerung schien nun ein ganzes Stück näher gekommen zu sein, obwohl sie ihr jedes Mal, wenn

Lucia sie in Gedanken zu greifen versuchte, wieder entglitt. Was hatte der Stein für eine Bedeutung?

Die Prinzessin steuerte an den gigantischen Regalreihen vorbei auf die Garderobe mit den Lesemänteln zu. Ein kurzer Blick verriet ihr, dass in ihrer Größe noch ein Exemplar vorhanden war. Sie griff danach und schlüpfte in das warme Kleidungsstück. Lord Kemtil, ein netter und etwas schwatzhafter Bibliothekar, hatte ihr einmal erzählt, dass einer seiner Vorgänger die Lesemäntel erfunden hatte und sie nur hier in der königlichen Bibliothek verwendet wurden. Jeder dieser Mäntel besaß Taschen, in denen man Bücher transportieren konnte, und war mit einer Übersichtskarte über die unterschiedlichen Themen und Werke ausgestattet. Ohne eine solche Karte hätte Lucia sich bestimmt schon mehr als einmal hier verirrt.

Tief in den Mantel gekuschelt tauchte sie ins Meer der Bücher ein und betrat den ersten Gang. Die Regale standen dicht aneinander gedrängt und reichten bis an die hohe Decke des Saals. Viele der literarischen Schätze konnte man nur mithilfe von Leitern erreichen.

Wo sollte sie nur beginnen, wenn sie noch nicht einmal wusste, wonach sie eigentlich suchte? Es würde ihr nichts nützen, auf gut Glück die Bibliothek zu durchkämmen, dafür war sie eindeutig zu groß. Steine. Sie war sich fast sicher, dass es kein eigenes Themengebiet der Mineralien gab. Vielleicht in einem der wissenschaftlichen Bereiche … Sie überlegte kurz. Medizin. Sie verzog das Gesicht, als sie sich erinnerte, wie viele der Regale von medizinischen Schriften beansprucht wurden. Es musste mindestens ein Dutzend sein. Vielleicht Theologie und Legenden? Dort würde sie wohl am ehesten fündig werden.

Lucia stieß einen tiefen Seufzer aus, ließ den Stein in eine der Taschen gleiten und betrachtete die Karte. Nachdem sie sich orientiert hatte, konnte es losgehen.

Was das geschriebene Wort anging, befand sich Illionäsia in Zeiten des Umbruchs. Schon vor vielen Jahrtausenden hatte man begonnen, Geschichte auf Pergament, getrockneter Tierhaut, festzuhalten. Es hatte sich vor allem als lange haltbar erwiesen und die zumeist mit winziger Schrift übersäten Rollen, die heute noch existierten, stammten teilweise aus der Zeit, bevor die Götter vor 627 Jahren die Erde verlassen hatten.

Doch dann war die Herstellung von Papier entwickelt worden, wofür man lediglich Pflanzenfasern benötigte, und kurze Zeit später gab es Druckverfahren, um Texte zu vervielfältigen. Noch waren beide Entwicklungen jung und es gab ständig neue Techniken und Verfeinerungen. Hauptsächlich die Könige und ihre Lords und Ladys erfreuten sich bisher an den ersten Büchern und so hatten auch die Schlossbibliotheken davon profitieren können. Hier war der Anteil der Bücher schon fast genauso hoch wie der der Pergamente, wohingegen man im restlichen Teil der Hauptstadt Mirifiea lange danach suchen würde.

Lucia bog in einen der Mittelgänge ein und strich gedankenverloren über die Regalwände, während sie sich auf das weit entfernte andere Ende der Bibliothek zubewegte. Warum wurden die Legenden in solch einer abgelegenen und verstaubten Ecke aufbewahrt? Waren sie weniger wert als die wissenschaftlichen Dokumente? Hielt ihr Vater sie für sinnlose Fantastereien? Sie hatte den letzten Gang erreicht und trat einige Schritte zurück, um sich eine Übersicht zu verschaffen. Die Regale waren hier nur recht dünn bestückt und ihr Inhalt bestand größtenteils aus vergilbten und vom Zerfall ergriffenen Pergamenten. Eingeteilt waren sie nur in Werke, die vor und nach dem Jahre null verfasst worden waren. Viele von ihnen kannte sie bereits. Die Sage von Königin Isabella, der Halbelfe, nach deren Tod Illionäsia in sieben Länder geteilt worden war, die Legende um König Tasekial den Glorreichen und natürlich die großen Kriege, nach denen die Götter die Erde verlassen hatten und sich die sieben Völker endgültig voneinander entfernt hatten. Nicht zu vergessen die unzähligen Märchen und Erzählungen von Monstern und Ungeheuern, von gestaltwandlerischen Cyrämnen und furchterregenden Greifen, die Lucia in ihrer Kindheit Tausende Male gehört hatte.

Irgendwie hatte sie auf eine Art Eingebung oder einen Wink des Schicksals gehofft. All diese Pergamente zu durchforsten, war einfach unmöglich und sie fürchtete, dass die meisten unter ihren Händen zu Staub zerfallen würden.

Während sie vor sich hin starrte und überlegte, ob es nicht klüger wäre, wenn sie ihre Suche abbrach und stattdessen noch etwas frühstückte, bewegte sich etwas neben ihr. Sie zuckte zusammen und drehte sich nach links. Nichts. Sie blickte in eine Sackgasse. Ein einsamer blauer Samtsessel stand vor einem hohen Mosaikfenster. Wahrscheinlich war im Garten jemand daran vorbeigegangen. Die Mosaiksteine, aus denen das Fenster bestand, waren allesamt durchsichtig und gaben dem Betrachter das Gefühl, vor einer splitternden Scheibe zu stehen, die jeden Moment auf ihn herabregnen konnte. Lucia trat näher heran und steckte die Hände in die Taschen. Ihre Finger glitten über kühles Gestein und mit einem Mal durchfuhr ein sanftes Kribbeln ihre Hand. Es pulsierte über ihren Arm, stieg bis zu ihrer Schulter und schwappte dann wie eine zarte Woge durch ihren gesamten Körper. Sie zuckte zurück, als hätte sie sich verbrannt.

Der Stein. Sie brauchte einen Moment, bis sie es wagte, ihn erneut zu berühren. Wieder glaubte sie, ein Kribbeln zu spüren, dieses Mal jedoch viel schwächer. Konnte es sein, dass sie sich so etwas einbildete? So etwas war ihr vorher noch nie passiert.

Sie zog den Stein aus der Tasche heraus und ließ ihn mit einem lautlosen Schrei zu Boden fallen. Dumpf prallte er auf dem Boden auf, rollte einige Zentimeter weiter und blieb kurz vor dem Regal liegen.

Der Stein glühte.

Das durfte doch nicht wahr sein. Es konnte gar nicht möglich sein.

Zitternd kniete sie sich hin und näherte sich dem Stein, um zu überprüfen, ob sie sich getäuscht hatte. Sie hatte Angst, dass irgendetwas Seltsames geschehen würde. Er könnte explodieren oder in Flammen aufgehen oder eine übermenschliche Stimme könnte mit ihr Kontakt aufnehmen.

Aber so sehr sie es auch befürchtete, sie war nicht verrückt geworden. Es gab keinen Zweifel. Der Stein leuchtete! Anders konnte sie es nicht beschreiben. Selbst im hellen Sonnenlicht konnte sie erkennen, wie ein strahlendes Glänzen von ihm ausging, ähnlich wie bei einer Kerze oder einer Öllampe.

„Das hat mit Sicherheit eine ganz natürliche Erklärung", versuchte sie sich einzureden. „Vielleicht habe ich im Unterricht nicht aufgepasst, als wir das durchgenommen haben. Ach, verdammt, das kann nicht sein. Ich hätte es doch mitbekommen, wenn es neuerdings leuchtende Steine gäbe." Sie kniff die Augen zu, atmete tief durch und versuchte es dann noch einmal. „In Ordnung. Ganz ruhig bleiben. Jetzt nur nicht durchdrehen! Vielleicht sollte ich einfach so tun, als ob es ganz normal ist." Sie überhörte die boshaften Verspottungen ihrer inneren Stimme und hob den Stein wieder auf. Als sie ihn mit beiden Händen umschloss, drangen einzelne Lichtfetzen sogar durch ihre Hand hindurch. Sie konnte sich wirklich nichts vormachen.

Als sie sich erhob, begannen ihre Hände erneut zu kribbeln, und sie wurde von einem seltsamen Schwindelgefühl erfasst. Lucia glaubte, plötzlich keinen sicheren Halt mehr zu haben. Sie taumelte hilflos zurück und streckte die Arme aus, um sich irgendwo festzuhalten. Ihre Finger fassten zunächst ins Leere und stießen dann gegen eine kühle Scheibe, die von winzigen Unebenheiten übersät war.

Als sie sich ein wenig beruhigt hatte, machte sie einen entschlossenen Schritt nach vorne, um die Bibliothek zu verlassen – als könnte sie dadurch alles vergessen, was geschehen war. Erst dann realisierte sie, gegen was sie gerade eben gestolpert war, und sie wusste plötzlich, dass sie noch nicht gehen konnte.

Das Fenster war nur etwa eine Armlänge hoch, aber lang. Sehr lang. Genau genommen erstreckte es sich über die ganze Wand hinweg, die den Themen *Einblicke in die menschliche Seele* und *Legenden* gegenüberlag. Sie war sich sicher, dass sie dieses Fenster noch nie gesehen hatte, obwohl sie eigentlich darauf zugelaufen sein musste, als sie nach den Legenden gesucht hatte. Sie konnte es gar nicht übersehen haben.

Das war ... seltsam. Nein, mehr als das. Äußerst verwirrend und in höchstem Maße beunruhigend.

Das Fenster war in viele kleine Abschnitte eingeteilt, auf denen Personen und Landschaften abgebildet waren. Das bemalte Glas stellte eine Geschichte dar, und als Lucia zu ihrem Anfang schritt, hatte sie bereits das deutliche Gefühl, ihr Wunder gefunden zu haben. Plötzlich war sie sich nicht mehr sicher, ob sie dafür bereit war.

Das erste Bild bestätigte ihre Vorahnungen. Ob durch Zufall – oder sogar Magie – war sie tatsächlich fündig geworden. Der Künstler hatte auf dem ersten Bild vier farbige Kleckse im Kreis formiert. Erst auf den zweiten Blick konnte man sie als Steine identifizieren. Lucia hielt den Stein von Azur neben sein übergroßes Abbild. Sogar die goldenen Sprenkel waren eingearbeitet.

*Weisheit*, entzifferte sie die altertümlichen Buchstaben. *Hoffnung*. Der zweite Stein war orangefarben und versehen mit winzigen weißen Flecken. *Liebe*. Ihr gefielen das dunkle Rot und die Herzform des Steins. *Mut*. Der letzte der vier war grün und von feinen Linien übersät, die in unterschiedlichen Nuancen gefärbt waren. Sie hatte nicht gewusst, dass man auf Glas so wunderschön detailliert und vielfarbig malen konnte und das, obwohl sie in Bezug auf Fenster einiges gewohnt war.

Über dem Ganzen stand eine Überschrift: *Die Legende der Steinträger*.

Das war sie also. Eine der weniger bekannten Fassungen der Geschehnisse, die um das Jahr null geschehen waren. Nicht ganz so spannend und einfallsreich wie die übrigen Versionen, aber dennoch geheimnisvoll.

Lucia wandte sich den nächsten Abbildungen zu. Auf der zweiten waren zwei Gestalten zu sehen. Sie brauchte nicht lange raten, um die beiden Götter Iramont und Esnail zu erkennen. Weiß und schwarz, ihre charakteristischen Farben, verrieten sie. Iramont hatte dem Betrachter ihre Handflächen entgegengestreckt und hielt ihm die vier Steine entgegen, Esnail stand mit missmutiger Miene hinter ihr. Sie konnte sich daran erinnern, dass die beiden damals in einem Tempel in der Mitte des Landes gelebt haben sollen. Offensichtlich hatten sie die Steine geschaffen.

Es folgte eine Collage aus vielen kleineren Bildern. Darauf waren Könige, Herrscher und mächtig aussehende Gestalten in Umhängen und Rüstungen zu sehen. Einer ritt auf einem edlen Pferd durch eine Menschenmenge, die sich vor ihm verneigte, ein König blickte hochmütig von seinem Thron hinunter und ein tapferer Kämpfer schlug sich durch eine tobende Menge und hinterließ eine blutige Spur. Lucia konnte sogar eine Frau entdecken, die sich über einen Verletzten beugte und einen Mann, der wie ein Elf aussah. Seine Haare liefen auf seiner Stirn spitz zu und seine Augen waren ungewöhnlich groß und mandelförmig. Alle hatten ein unnatürliches Strahlen gemeinsam, dass sie miteinander verband. Sie alle trugen leuchtende Steine bei sich.

Der nächste Abschnitt war nur in vier Teile geteilt und Lucia erkannte, dass erst hier die eigentliche Geschichte begann. Jedes Bild zeigte ein Kind, fast so real, als könnten sie jeden Moment neben ihr auftauchen. Ihre Gesichtszüge waren unverwechselbar und die starken Emotionen darauf deutlich zu erkennen. Der Glanz, der sie umgab, war heller als der ihrer Vorgänger und vollkommener, obwohl sie ohne ihn gar nicht heldenhaft oder eindrucksvoll gewirkt hätten.

Da war zunächst ein Junge mit dunklen, lockigen Haaren. Im Hintergrund standen zwei Erwachsene in einer Halle voller Säulen. Sie waren Königin und König, was man unschwer an den silbernen Kronen auf ihren Köpfen erkannte. Rechts daneben befand sich das Bild eines Mädchens mit beneidenswert blonden Haaren. Sie kniete am Ufer eines kleinen Baches und streckte die Hand nach etwas Glitzerndem aus. Ihre Finger schlugen im Wasser Wellen und sie wirkte verblüfft. Das dritte Bild zeigte einen Jungen, der deutlich jünger war als die beiden anderen. Ein wenig hilflos blickte er zu der hochgewachsenen Gestalt neben ihm auf, die Lucia erst bei genauerer Betrachtung als Elfe erkannte. Wie um ihn zu beruhigen, hatte sie ihm eine Hand auf die Schulter gelegt. Mit der anderen reichte sie ihm den orangefarbenen Stein. Übrig blieb die beklemmende Darstellung einer Menschenmenge, in der ein völlig verwahrlost wirkender Junge einer alten Dame unbemerkt einen Gegenstand aus ihrem Korb stahl.

Lucia bemerkte, dass sie die Luft angehalten hatte. Diese Bilder waren genauer als jede andere Zeichnung und jedes Gemälde, das sie je gesehen hatte. Wie konnte es sein, dass sie etwas so Gigantisches und Sonderbares noch nie bemerkt hatte?

Magisch. Atemberaubend. Einzigartig. Mehr fiel ihr dazu nicht ein.

Auf dem nächsten Bild waren alle vier Kinder gemeinsam zu sehen. Der Königssohn stand mit hoch erhobenem Kopf zwischen seinen Eltern, während die drei anderen ihn scheu musterten und aussahen, als wollten sie auf der Stelle wieder verschwinden. Das Mädchen und der kleine Junge hatten sich herausgeputzt, während der Taschendieb noch immer etwas schäbig wirkte. Lucia glaubte, sich zu erinnern, dass der König in der Geschichte nach den Steinträgern hatte suchen lassen. Nur den Grund wusste sie nicht mehr.

Etwas an diesem Mosaik war überaus seltsam. Sie glaubte, von ihm immer tiefer in das Geschehen hineingezogen zu werden. Der Sog wurde immer stärker und sie konnte mehr sehen, als auf den Bildern tatsächlich dargestellt war. Es fühlte sich an, als würde sie neben den Personen stehen, ihnen zusehen und immer mehr in ihre Wirklichkeit eintauchen.

Den vier Steinträgern stand nun eine schwere Ausbildung bevor. Sie bekamen gemeinsam Unterricht in den verschiedensten Disziplinen und wurden nach und nach reifer, bereit für die Schrecken, die sie bald ereilen würden. Währenddessen fing die politische Situation an zu eskalieren. Die Greife und Menschen begannen, die übrigen Arten um sich zu scharen, Bündnisse wurden geschlossen, Intrigen gesponnen und Freundschaften bröckelten. Und schließlich ging es nicht mehr nur um Strategie und Gebiete, sondern darum, sich von den anderen abzuheben, mächtiger und klüger zu sein als sie. Zwischen den sieben Arten gab es keine Gemeinsamkeiten mehr und es begann ein verheerender und zermürbender Krieg, der sich zunächst nur in kleineren Auseinandersetzungen um Gebiete und Rechte zeigte, aber rasch zu etwas Größerem wuchs.

Die Steinträger erlangten Fähigkeiten, die sie für ihr Volk wichtig machten, und Iramont und Esnail nahmen sich ihrer an, um sie zu warnen. Sie durften nicht in den Krieg eintreten, durften das Unrecht nicht noch vergrößern und die Kinder schworen es feierlich.

Doch schon kurze Zeit später konnten sie ihr Versprechen nicht mehr einhalten. Die Menschen, das größte und zäheste Volk von allen, stand tatsächlich im Begriff, von den Greifen unterworfen zu werden. Die Menschenkönige flehten die Steinträger an, ihnen zu helfen. Sie wollten die alte Einigkeit wiederherstellen und gaben vor, den Krieg nicht gewollt zu haben. Es war der Straßenjunge, der die anderen aufforderte, ihre Heimat und ihre Familien zu verteidigen, und die drei folgten ihm in die Schlacht, obgleich sie wussten, dass es falsch war. Wie konnten sie glauben, Frieden mit Krieg erkämpfen zu können? Sie schienen unbesiegbar und die Feinde gingen vor ihnen reihenweise in die Knie. Doch sie waren bloß Kinder, um ihre Kindheit betrogen, denn an ihren Händen klebte das Blut von Hunderten.

In dem Straßenjungen entwickelte sich nach und nach ein unerklärlicher Hass auf alle Lebewesen und er begann, sich von den anderen abzuwenden. Er hatte beinahe den Glauben an das Gute verloren, nur ein einziger Gedanke hinderte ihn daran aufzugeben. Er hatte sein Herz an das Mädchen verloren und hoffte, dass sie seine Gefühle erwiderte. Inmitten der Schlachten zwischen Tod und Leid gestand er ihr, was er empfand, und bat sie, mit ihm vor all dem Chaos zu fliehen. Doch sie konnte nicht. Ihr Platz war an der Seite der Menschen und sie konnte ihr Schwert nicht fallen lassen. Von Zorn getrieben verschwand der Junge in der Wildnis und beschloss, nie zurückzukehren. Aber bald darauf wurde er von den Greifen entdeckt. Sie witterten ihre Chance und überzeugten ihn davon, dass er es als ihr Anführer allen heimzahlen konnte, die er so verabscheute. Zunächst lehnte er entschieden ab, jedoch verlockte ihn der Gedanke an Macht und Sieg. Er wusste, dass die Greife stark und geschickt waren und er an ihrer Seite die Gelegenheit haben würde, sich zu rächen.

Die Schlachten wurden grausamer, Unzählige auf allen Seiten verloren ihre Leben und es sah so aus, als käme nie ein Ende in Sicht. Keiner war den anderen überlegen. Niemand würde aufgeben, bevor nicht der letzte Krieger gefallen war.

Es vergingen zwei Jahre voller Grauen. Tod legte sich wie Asche auf das Land und bedeckte alles mit einer trostlosen und grauen Schicht aus Hoffnungslosigkeit und Verzweiflung. Die Wesen dieser Zeit waren nicht mehr als Schatten ihrer selbst. Viele hatten keinen Antrieb, weiter zu leben, schwangen gleichgültig ihre Waffen und kümmerten sich nicht mehr um Nahrung, ihre Kinder oder ihre Kleidung. Ihre Augen waren leer. Das

Feuer darin war verloschen. Nicht einmal Schmerzen oder Trauer konnte man erkennen.

Es war, als hätte der Tod selbst seine Herrschaft auf die Lebenden ausgedehnt, und es gab keinen Ausweg mehr. Die Götter hatten erkannt, dass ihre Geschöpfe sich gegenseitig auslöschten und sie sie nicht aufhalten konnten. Sie verschwanden und ließen Illionäsia hinter sich. Erst tausend Jahre später wollten sie zurückkehren.

Die drei Steinträger hatten einige wenige Male versucht, die Entwicklungen aufzuhalten und rückgängig zu machen, doch dafür war es schon viel zu spät.

In ihren Köpfen hatte sich längst die Vorstellung verankert, dass der letzte von ihnen damals verschwunden und getötet worden war. Niemand konnte sich vorstellen, dass er sie verraten haben könnte, und das Mädchen hatte ihnen verschwiegen, was er ihr anvertraut hatte. Sie und der Prinz hatten sich ineinander verliebt und sie hatte die Erinnerung an den verloren gegangenen Steinträger verdrängen wollen. Es gab nicht viel, woran sie sich noch hätten festhalten können, doch gemeinsam fühlten sie sich etwas sicherer und konnten sich zumindest in einigen wenigen Momenten der Illusion hingeben, es könne alles ein gutes Ende nehmen.

Eines Tages jedoch begegneten sich die vier wieder. Der Tag war voller Blut und den Klagelauten der Sterbenden, als sie sich plötzlich gegenüberstanden. Zuerst begriffen die drei nicht, wen sie vor sich hatten. Er trug eine glänzende schwarze Rüstung und einen Helm mit Visier, sodass sie sein Gesicht nicht erkennen konnten. Doch als er ihnen gegenübertrat und sein Schwert heben wollte, hielt er inne und ließ es schließlich sinken. Erst als er sein Pferd wendete, um zurückzureiten und dabei noch einmal den Kopf umwandte, wussten sie, wer er war. Die Greife um ihn herum verneigten vor ihm ihre Häupter wie vor einem König und einige von ihnen waren ständig bei ihm, um ihn zu beschützen. Die Steinträger versuchten, ihn wiederzufinden, sich eine Bresche durch die Feinde zu schlagen und ihn zur Rede zu stellen, aber dazu bot sich ihnen keine Gelegenheit mehr. Den Rest des Tages ließ er sich nicht mehr blicken, und als sie abends ihr Nachtlager aufschlugen, wurden sie von Schuldgefühlen und Fragen gequält.

Während der Jüngere von ihnen früh zu Bett ging, um sich auf den nächsten Tag vorzubereiten, blieben der Prinz und das Mädchen länger wach. Lange Zeit saßen sie nur da und wussten nichts zu sagen, bis es dem

Mädchen gelang, ihm ihr Herz auszuschütten. Zum ersten Mal seit Jahren begann sie zu weinen und der Prinz schloss sie beruhigend in die Arme.

Sie konnten nicht ahnen, dass der vierte Steinträger beschlossen hatte, an diesem Abend zu ihnen zu kommen. So recht wusste er nicht, was er sich davon erhoffte. Er wollte angenommen werden, doch er hatte gleichermaßen Angst davor, dass sie ihn ablehnen würden. Es gelang ihm, sich aus seinem eigenen Lager fortzustehlen und zu ihnen zu gelangen. Was er sah, versetzte ihm jedoch den letzten, entscheidenden Stich. Da war immer noch etwas in ihm gewesen, das daran geglaubt hatte, dass das Mädchen ihn eines Tages würde lieben können. Jetzt sah er sie in den Armen des anderen. Obwohl er hätte wissen müssen, dass er nie einen Anspruch auf sie gehabt hatte, wandelten sich alle noch verbliebenen hoffnungsvollen Gefühle in ihm in alles zerstörenden Hass.

Nicht mehr Herr seiner Sinne stürzte er auf die beiden zu, zog sein Schwert und forderte den Prinzen zum Kampf. Dieser versuchte, ihn zu beschwichtigen, denn er kannte den Grund für seinen Zorn auf ihn nicht. Hätte irgendjemand in die Seele des Jungen blicken können, so hätte er gewusst, dass es in diesem Moment nichts hätte geben können, um ihn aufzuhalten.

Das Mädchen wurde blass und hielt den Prinzen am Arm fest.

„Tu es nicht", flüsterte sie, doch sie sah nicht ihn an, sondern seinen Konkurrenten. Der Prinz stellte sich beschützend vor sie, als dieser noch einen Schritt auf sie zu machte.

„Nun kämpf schon. Zeig mir, was für ein Held du wirklich bist!" Seine Stimme klang wie die eines knurrenden Tieres und steigerte sich beinahe zu einem Orkan.

Der Prinz starrte ihn weiterhin fassungslos an.

„Feigling!", brüllte ihm der andere entgegen.

Dann hielt auch er es nicht mehr aus. „Weißt du, was du bist? Ein verlogener, dreckiger Verräter! Du bist damals fortgegangen und hast uns im Stich gelassen. Wie konntest du denken, dass du jetzt einfach zurückkommen kannst? Du bist jetzt auf der Seite der Feinde. Du gehörst nicht mehr zu uns. Schließlich hast du es nicht anders gewollt. Du verdienst es nicht, ein Steinträger zu sein." Der Prinz hatte langsam sein Schwert gezogen und drückte das Mädchen sanft zurück. Doch ihm wurde schon einen Augenblick später das Schwert aus der Hand gerissen. Eine Druckwelle schleuderte es meterweit fort, so als wöge es nur so viel wie eine Feder.

„Du hast vergessen, dass ich kein gewöhnlicher Gegner bin, den du einfach niedermetzeln kannst. Ich werde immer ein Steinträger bleiben und daran kannst auch du nichts ändern."

Ein Energiestrahl riss den Verräter von den Füßen und warf ihn zu Boden, doch ehe der Prinz ihn unschädlich machen konnte, wurde auch er von einem Druck getroffen, den er nur schwer abwehren konnte. Die beiden begriffen schnell, dass sie einander magisch ebenbürtig waren, und gingen dazu über, miteinander zu ringen.

Doch erneut gab es keinen Überlegenen und der Königssohn verlor die Geduld. Er ballte seine Kraft und setzte zu einem vernichtenden, magischen Schlag an. Der Straßenjunge war unvorbereitet und stürzte so hart, dass er beinahe das Bewusstsein verloren hätte. Gleich darauf war der Prinz über ihm und griff nach seinem Schwert, bereit sein Leben zu beenden.

„Nein!" Das Mädchen stieß ihn voller Entsetzen zurück. Er spürte die Abscheu in ihrer Stimme und taumelte zurück, sah, wie der andere Junge wieder aufstand, ebenfalls eine Waffe in der Hand. Sie gingen gleichzeitig aufeinander los, blind für ihre Umgebung.

Keiner von beiden reagierte, als sich das Mädchen zwischen sie warf und keiner von ihnen sollte jemals begreifen, was dann geschah. Es war die Klinge des Prinzen, die ihr Herz durchstieß, doch in diesem Moment machte es keinen Unterschied. Erst als sie wahrnahmen, wie sie langsam, beinahe unwirklich niedersank, und ein hässlicher roter Fleck sich auf ihrer Brust ausbreitete, hielten sie inne. Sie hatten so oft Blut vergossen, so oft gemordet und die Schreie von Leidenden vernommen, doch schon lange hatten sie vergessen, mit ihnen zu fühlen. Die Steinträgerin starb lautlos und keiner der beiden zweifelte daran, dass sie sofort tot gewesen war. Regungslos blieben sie stehen und wagten nicht, sie zu berühren.

Dann drehte sich der Verräter um und verschwand.

Am nächsten Morgen fand man das Mädchen genau an dieser Stelle, doch von den beiden Jungen war nichts mehr zu sehen. Der Prinz hielt seine Schuldgefühle nicht lange aus und stürzte sich von einer Klippe in ein ausgetrocknetes Flussbett. Einige Tage später wurde seine zerschmetterte Leiche geborgen und zu seinen Eltern zurückgebracht.

Der Verräter kehrte zu den Greifen zurück, doch er wollte nicht mehr kämpfen. In ihm war der Wunsch nach Frieden entstanden, den die Greife jedoch nicht nachvollziehen konnten. Er wollte sie verlassen, aber sie konnten ihn nicht zu ihren Feinden zurückkehren lassen und so wurde auch er ermordet. Er empfing den Tod fast mit Erleichterung.

Es blieb ein letzter Steinträger, der jüngste. Viele Jahre vergingen, doch das Grauen, das sein Leben bestimmte und das seiner Freunde eingefordert hatte, sollte er nie vergessen. Er änderte seinen Weg und bemühte sich um ein Ende des Krieges. Sein ganzes Leben setzte er dafür ein und erlebte, wie gerne sich ihm viele angeschlossen hätten, doch wie wenige es tatsächlich taten. Auch als die Hoffnungen auf ein friedliches Ende längst aufgegeben waren, machte er weiter. Er fiel in einer Schlacht und ließ eine Frau und zwei Kinder zurück.

Lucia blieb fassungslos und mit weit aufgerissenen Augen vor dem letzten Bild stehen. Ihr Puls raste und die winzigen Haare auf ihren Armen standen ihr zu Berge. Was gerade mit ihr geschehen war, hatte sie mitgenommen. Diese Geschichte war plötzlich mehr als eine Geschichte gewesen. Sie hatte nicht länger vor einer Reihe von Fenstern gestanden, sondern war immer tiefer und tiefer in die Bilder eingetaucht, bis sie glaubte, die Stimmen der Kinder hören zu können und den Geruch von Blut in der Luft zu schmecken. Das war ganz und gar nicht mehr erklärbar. Wenn die Legende, die ihr vor langer Zeit schon einmal jemand erzählt hatte, tatsächlich wahr war, bedeutete das ... dass der Stein von Azur mehr darstellte, als nur ein gewöhnliches Erbstück. Und Adenor ... Weshalb hatte das niemand gewusst?

„Lucia!" Meriors Stimme.

Sie seufzte, wandte sich von dem Fenster ab und lief zu ihm. Er stand wartend in der Bibliothekstür und warf ihr einen vorwurfsvollen Blick zu.

„Bei Esnail, da bist du ja! Es gibt Frühstück. Du hast Nerven, so kurz vor der Abreise noch zu verschwinden." Ihr Bruder wartete gar nicht erst darauf, dass sie sich verteidigte, sondern stapfte einfach los.

Lucia starrte ihm zunächst ein wenig orientierungslos nach, bis sie ihm schließlich folgte.

„Sag mal, Merior. Hast du schon mal das Fenster an der hintersten Wand in der Bibliothek gesehen? Das, bei den Legenden?"

Er runzelte die Stirn. „Eins von den Mosaiken?"

„Eigentlich nicht. Es stellt eine Geschichte dar."

„Eine Geschichte? Ich kann mich jedenfalls nicht mehr daran erinnern."

Außer Lucia hatte niemand dieses Fenster jemals gesehen.

# Lieblos

Der Junge presste sich schwer atmend an die Wand und lauschte auf die Schritte seines Verfolgers. Im Schatten der Mauernische waren von seinem Gesicht nur zarte Umrisse erkennbar. Als das Schnaufen eines Mannes näher kam, hielt er die Luft an. Doch anstatt weiterzugehen, hielt dieser keine zwei Meter von ihm entfernt inne und blickte sich suchend um. Der Junge konnte ihn von seinem Versteck aus beobachten.

Sein Verfolger war sehr viel größer und stärker als er, trug eine von Schmutzflecken übersäte Schürze und eine ehemals weiße Mütze, unter der einige fettige Haarsträhnen hervorlugten. Der Koch stemmte die kräftigen, behandschuhten Hände in die Seiten und stieß die Luft wütend durch die Nase aus. Sein Blick glitt flüchtig über die Mauernische und der Junge zog seinen Kopf hastig zurück. Kurz darauf entfernten sich die Schritte von ihm und er konnte noch hören, wie der Koch verärgert vor sich hin fluchte: „Dieser Lausebengel! Wo steckt diese verdammte Teufelsbrut?"

Mit einem traurigen Lächeln sah der Junge ihm nach. Teufelsbrut. Wie recht der Koch doch hatte! Er leckte sich die köstliche Soße von den Lippen, die seine Eltern heute Abend hätten genießen sollen. War es nicht richtig, wenn er sich seinen rechtmäßigen Anteil daran holte? Er durfte nie mit ihnen essen, wenn sie vornehmen Besuch hatten. Das war sogar eher der Dauerzustand und er bekam an diesen Abenden nur eine jämmerliche Suppe auf sein Zimmer. Doch eigentlich hatte er nichts dagegen, denn zusammen mit seinen Eltern zu essen, war die Hölle.

Derrick trat aus der Nische heraus, als er ganz sicher war, dass der Koch nicht zurückkehren würde. Ein schwacher Lichtstrahl fiel auf sein Gesicht und blendete ihn, sodass er ein paarmal blinzeln musste. Seine Haut war vornehm blass, was er der Tatsache zu verdanken hatte, dass er nur selten das Schloss verlassen durfte und sich die meiste Zeit in den finsteren und bedrückenden Gängen aufhielt. Er kniff seine klaren blauen Augen zusammen und schlenderte den Gang entlang. Seine Schritte waren auf dem Steinfußboden nicht zu hören.

Derrick ähnelte seinem Vater kaum. Er hatte weder die roten Augen noch das schwarze Haar geerbt. Sein Gesicht war von blonden Locken eingerahmt und besaß weiche, fast noch kindliche Züge, obwohl er schon siebzehn war. Von Zerbors hartem Gesichtsausdruck war darin nichts zu finden. Derrick wusste genau, dass auch das ein Grund dafür sein musste, dass sein Vater ihn hasste. Kaum jemand wusste davon, dass der kiborische König einen Sohn hatte. Bei seiner Amtseinweihung und auch schon davor hatte er ihn der Öffentlichkeit nie vorgestellt – angeblich, um ihn zu schützen. Seit er sieben war, also seit Zerbors Krönung, hatte er das Schloss nur in den seltensten Fällen verlassen dürfen.

Weshalb er ihn aber tatsächlich so strikt von der Außenwelt versteckte, hatte ihm nie jemand verraten. Schließlich war er Zerbors und Lindas Sohn und hätte ein ganz normales Leben als Prinz führen können. Ihm war schon häufiger der Gedanke gekommen, dass vielleicht ein anderer Mann sein Vater war, und dass das der Grund für Zerbors Hass war. Doch er war sich mittlerweile sicher, dass Linda ihn niemals betrogen hätte, und auch die vielen Merkmale, die Derrick von beiden geerbt hatte, belegten deutlich seine Herkunft. Und dennoch: Nur ein kleiner, vertrauenswürdiger Teil des Schlosspersonals wusste von ihm. Zerbor ließ ihn fühlen, dass er für ihn nichts weiter als ein lästiges Anhängsel war und seine Aufmerksamkeit und Zeit nicht verdiente.

Alles, was er ihm in seinen ersten Lebensjahren versucht hatte beizubringen, war vergeblich gewesen. Derrick hatte kein Talent für den Schwertkampf und auch für Politik hatte er sich nie wirklich interessiert. Damals hatte er immer wieder versucht, die Anerkennung seines Vaters auf andere Weise zu erlangen, ihn irgendwie stolz zu machen. Aber auch das war vergebliche Mühe gewesen. Lob oder aufmunternde Worte hatte es nie gegeben und auch keine kleinen Gesten, an denen er erkennen konnte, dass er geliebt wurde. Irgendwann hatte er sich damit abgefunden, dass es sich nicht lohnte, weiter darauf zu hoffen, denn Liebe war in Zerbors Herz für ihn schlichtweg nicht vorhanden und es gab keine Möglichkeit für ihn, das jemals zu ändern.

Vielleicht war er tollpatschig und nutzlos. Aber konnte das Grund genug sein, ihn vor allen zu verstecken? Derrick war sich bewusst, dass er kein völliger Versager war. Lesen und Schreiben hatte er sehr früh gelernt. Er war als kleiner Junge sehr neugierig gewesen und hatte jede Menge interessante Entdeckungen, von kleinen Tieren bis zu verborgenen Orten, gemacht. Seit er auf dem Schloss gefangen war, hatte sich diese Eigenschaft zum Negativen entwickelt. Häufig streifte er nun in dem alten Gemäuer umher und machte sich auf die Suche nach den Geheimnissen anderer Leute, die er still und leise belauschte, um ihre dunkelsten Seiten ans Licht zu bringen. Nein, er war keineswegs unbegabt, doch er konnte sich einfach nicht für die Machenschaften seines Vaters begeistern. Anders zu sein zählte nicht.

Er strich sich das Haar aus der Stirn und wollte die nächste Treppe hinaufsteigen, als er Zerbors unverkennbare, durchdringende Stimme nach ihm rufen hörte: „Derrick! Wo steckst du jetzt schon wieder? Ich weiß, dass du hier irgendwo sein musst, also komm her und hör auf, vor mir davonzulaufen."

Derrick blieb stehen. Seine Hand lag noch auf dem Treppengeländer und seine Muskeln spannten sich bis in die kleinste Faser. Von einem Moment auf den anderen war sein Körper in Alarm versetzt und in der Lage zu flüchten. Doch dafür war es schon zu spät, denn Zerbor war um die Ecke gebogen und hatte ihn sofort entdeckt. Ihm war eindeutig anzusehen, dass er noch schlechter als sonst gelaunt war. Seine roten Augen glühten vor Wut und sprühten förmlich Funken. Bedrohlich rauschte er auf ihn zu und baute sich am Fußende der Treppe vor ihm auf. Obwohl Derrick für sein Alter eigentlich recht groß war, fühlte er sich in der Gegenwart seines Vaters klein und zerbrechlich. So wie ihm ging es auch den meisten anderen Menschen. Trotzdem nahm er allen Mut, den er aufbringen konnte, zusammen und blickte dem finsteren Herrscher unbewegt ins Gesicht.

„Da bist du ja!", schnaubte Zerbor. Einen schrecklich eisigen Moment lang sahen sie einander an. Die Ähnlichkeiten zwischen ihnen wären für einen Beobachter nun deutlich erkennbar gewesen. Beide hatten denselben angespannten Gesichtsausdruck, dieselben zusammengekniffenen Augen und dieselbe aggressive Körperhaltung. Bei Zerbor sah das Ganze jedoch viel imposanter und Furcht einflößender aus. Es war, als besäße er eine natürliche Gabe dafür, andere in Angst und Schrecken zu versetzen.

„Was fällt dir eigentlich ein?" Er funkelte ihn weiter an.

Derrick antwortete nicht. Er hatte natürlich gewusst, dass er Ärger bekommen würde. Das war das Chaos in der Küche wert gewesen, aber er hatte nicht so bald damit gerechnet. Er hatte vorgehabt, seinem Vater gelassen und kalt entgegenzutreten, aber jetzt konnte er nicht verhindern, dass sich ein feines Lächeln in sein Gesicht stahl. All die zerschmetterten Töpfe, die exquisiten Speisen, die auf dem Küchenboden eine widerliche Masse bildeten, und der zorngerötete Koch ließen seinen Mut ungeheuer steigen. Eigentlich war das alles gar nicht seine Schuld gewesen, überlegte er. Er hatte doch bloß versucht, eine Hühnchenkeule zu stehlen. Er konnte doch nichts dafür, dass er dabei alle anderen Töpfe mit zu Boden gerissen hatte. Die Ungeschicklichkeit der Küchenjungen hatte den Schaden noch weiter vergrößert. Zerbors Gäste würden an diesem Abend gewöhnliche Suppe schlürfen müssen.

Doch sein Vater ließ nicht mit sich spaßen. Eine heftige Ohrfeige traf seine Wange. Sein Gesicht brannte wie Feuer, aber noch immer war sein Widerstand nicht gebrochen. „Du hast die ganze Küche verwüstet! Du undankbarer ..."

„Undankbar? Wofür soll ich dir denn danken? Dafür, dass du mich wie ein Tier in diesem Schloss gefangen hältst?", brüllte Derrick zurück. Sein Herz raste nur so vor Spannung. Zerbor jedoch wurde immer gereizter. Eine Ader pulsierte an seinem Hals und in seinem Blick war ungebremster Hass. „Wie kannst du es wagen, so mit mir zu sprechen?", presste er gefährlich langsam zwischen den Zähnen hervor.

Derricks Lippen zitterten. „Du hast es nicht anders verdient", sagte er mit bitterem Unterton. Wieder landete eine Ohrfeige auf Derricks Wange. Diesmal war sie noch heftiger als die Erste. Zerbor war nun völlig aus der Fassung geraten.

„Geh mir aus den Augen, du armseliger Dieb, du Schande von einem Sohn. Wage es ja nicht, mir je wieder unter die Augen zu treten."

Noch bevor er Derrick erneut schlagen konnte, war dieser schon verschwunden. Er war darauf gefasst gewesen und spurtete nun so schnell wie möglich die Treppe hinauf. Als er kurz darauf endlich stehen blieb und sich erneut in eine Mauernische zurückzog, schlug sein Herz noch immer wie wild. Er ließ sich in den Schutz der kalten Mauern gleiten und sank erschöpft zu Boden. Die Begegnung mit Zerbor hatte ihn einen Großteil seiner Willenskraft gekostet. Es kam nicht häufig vor, dass er dem König so die Stirn bot. Genauer gesagt war es das erste Mal gewesen. Normalerweise fand Zerbor auch so genug Gründe, ihn zu schlagen, und normalerweise ließ er alles willenlos über sich ergehen. Aber davon hatte er genug. Er wusste, dass er das nicht verdient hatte. Sein größter Wunsch waren normale Eltern, die stolz auf ihn waren und ihn mit allen seinen Fehlern liebten. So waren seine Eltern nie gewesen. Linda legte ab und zu ein gutes Wort für ihn ein, doch auch sie hasste ihn. Alle hassten ihn.

Zerbor und Linda ließen ihn noch nicht einmal mit anderen Kindern in Kontakt treten. Er war siebzehn und war sehr lange sehr einsam gewesen. Warum durfte er keine Freunde haben, wie jeder andere auch?

Wieder und wieder gingen ihm die Worte seines Vaters durch den Kopf: „Geh mir aus den Augen!" Warum tat er das eigentlich nicht? Wenn er weiterhin auf dem Schloss sein trauriges Dasein fristete, würde er nie die Anerkennung seines Vaters gewinnen können. Es war doch das Beste, wenn er floh und sein Leben allein in die Hand nahm. Mit etwas Geld konnte er sich versorgen und vielleicht einen Beruf finden. Im Grunde wollte er einfach nur weg. Und wenn es auch nur für wenige Tage war. Überall musste es besser sein als hier. Draußen wartete ein anderes Leben auf ihn.

Derrick schüttelte heftig den Kopf, um seinen Träumen ein Ende zu bereiten. Wie sollte er sich da draußen in einer Welt beweisen, die er kaum kannte? Er war viel zu unvorbereitet und würde dort draußen vor die Hunde gehen. Ein Bettler werden, im Straßenstaub enden … Nein, es war dumm zu glauben, dass da draußen irgendwo Glück auf ihn wartete. Dort lebten so viele Menschen, die dieselben Träume von einer besseren Welt hatten wie er und hoffnungslos enttäuscht worden waren.

Aber ihm kam eine bessere Idee. Er musste ja nicht ein neues Leben außerhalb des Schlosses beginnen, aber ein paar Tage würden vielleicht schon genügen. Zerbor und Linda würden außer sich sein vor Wut und er würde gelassen und in dem Bewusstsein zurückkehren, eine Grenze überschritten zu haben. Einmal in seinem Leben hätte er selbst eine Entscheidung getroffen. Es würde ganz einfach sein. Und das Beste daran war: Zerbor würde keine Macht mehr über ihn haben.

Warum nicht? Warum nicht jetzt auf der Stelle? Das Verrückte wagen und erst zurückkommen, wenn er es wollte. Er zögerte nur kurz.

Es dauerte keine fünf Minuten, bis er sein Zimmer erreicht hatte. Hastig klaubte er einige Gold- und Silberstücke zusammen, warf sich einen Umhang über und verließ den Raum wieder.

Die Eingangshalle, durch deren Portal er seinem Gefängnis entkommen wollte, war genauso trostlos und beängstigend wie der Rest des Schlosses. Steinstatuen standen in zwei endlos erscheinenden Reihen regungslos nebeneinander und schienen jeden Besucher lediglich mit ihren Blicken wieder vertreiben zu wollen. Die früheren Könige konnte nicht alle grausam und böse gewesen sein, doch ihre Abbilder wirkten allesamt unnahbar und bedrohlich. Derrick kam nur sehr selten hierher, weil die Gefahr groß war, dass er zum Beispiel von einem der Lords gesehen wurde, die nur zum vorderen Teil Zutritt hatten. Zerbor hatte es ihm streng verboten, aber er hielt sich sowieso selten an solche Regeln.

Vor dem Portal standen zwei Wachen und ein Lord und eine Lady verließen gerade heftig diskutierend den Raum, ohne von Derrick Notiz zu nehmen. Er verschwand unauffällig hinter einer der Skulpturen und wartete einen günstigen Moment ab. Die zwei Männer unterhielten sich gelangweilt, zupften hin und wieder ihre Uniformen zurecht und ließen ihre Blicke über die Könige ihres Landes schweifen. Sie kannten ihn nicht und es gab keinen Grund, weshalb sie ihn nicht hinauslassen sollten.

Er verließ seinen Platz hinter der Statue und versuchte, in gemäßigtem Tempo zum Portal zu schreiten. Innerlich wurde er jedoch mit jedem Schritt, dem er seiner Freiheit näherkam, aufgeregter.

„Wohin des Weges, Kleiner?" Er hielt ertappt inne, als ihn einer der beiden an der Schulter packte und grob zurückzog. Gleich darauf breitete sich Erleichterung in ihm aus, als er den freundlichen Gesichtsausdruck des Mannes registrierte.

„Nach Fundrak", erwiderte er verlegen.

Die Männer lachten. „Nach Fundrak, soso. Ich dachte schon nach Milbin." Derrick lachte mit ihnen. Das wäre gar keine so schlechte Idee. Die Hauptstadt von Wegenn, den Mittelpunkt ganz Illionäsias, hatte er schon immer einmal sehen wollen. Aber so weit würde er es ja nie im Leben schaffen.

„Hab dich hier noch nie gesehen. Bist du einer von diesen Möchtegern-Lords von der Schule?"

Derrick nickte nur. Die gleichaltrigen Töchter und Söhne von Adligen gingen alle seit ihrem sechzehnten Lebensjahr dorthin. Warum er nicht?

„Ich muss wieder zum Unterricht", entschuldigte er sich hastig und die beiden halfen ihm, das schwere Portal aufzustemmen.

„Na dann: noch viel Spaß. Und nicht arrogant werden!"

Er hörte ihnen schon gar nicht mehr zu, weil er so überwältigt von dem Gefühl war, draußen zu sein. Frei! Eisiger Wind stach ihm ins Gesicht und wirbelte sein Haar durcheinander. Er lief weiter, ohne anzuhalten, bis er den Schutz der Stadt erreicht hatte. In ihm breitete sich eine warme, alles übertreffende Euphorie aus. Er fühlte sich stark, unbesiegbar und vor allem frei. Erst als er in die Schatten Fundraks eingetaucht war, bemerkte er, wie kalt und abweisend die kleinen Häuschen wirkten. Die Stadt sah trostlos und verloren aus, die wenigen Menschen, denen er auf den Straßen begegnete, sahen ihn misstrauisch an. Es war nicht das, wovon er geträumt hatte. Kein Ort, an dem man sich wohlfühlen konnte.

Trotzig sah Derrick auf sein altes Zuhause zurück. Die dunklen Mauern ragten in den bewölkten Himmel hinauf. Er war froh, aus diesem Gefängnis entkommen zu sein. Doch gleich darauf fuhr ihm wieder ein Windstoß ins Gesicht. Er fröstelte und bekam eine Gänsehaut. Der Umhang wärmte ihn kaum. An Essen hatte er auch nicht gedacht. Und wo sollte er übernachten? Auf dem Schloss war wenigstens seine Versorgung selbstverständlich gewesen. Er schlug wütend die Hände vors Gesicht. Was für ein Leichtsinn! Er würde entweder verhungern oder erfrieren. Aber wenn er jetzt ins Schloss zurückkehrte, würde er sich doch ewig selbst dafür hassen, diese Chance nicht genutzt zu haben. Es gab kein Zurück mehr.

# Geheimnisvolle Geräusche

Lautes Hufgetrappel und klirrende Rüstungen kündigten an, dass bald eine große Gruppe Menschen den Pfad entlangkommen würde. Verängstigt verkrochen sich die größeren Tiere oder verschwanden zwischen den dicht benadelten Bäumen. Einige vorwitzige Vögel lugten neugierig von den Zweigen auf die Reitergruppe herab.

Den Anfang des Zuges bildete eine violette Kutsche, die von mehreren stolzen Rossen gezogen wurde. König Melankor hatte das Fenster geöffnet und starrte nach draußen, ohne etwas wahrzunehmen. Hinter der Kutsche folgten unzählige Pferde, auf denen Männer und Frauen in den violetten Uniformen Gyndolins saßen. Mitten unter ihnen befand sich auch Lucia. Sie genoss das Gefühl, endlich wieder längere Zeit unterwegs zu sein. Ihr Hengst Tristan schien ebenso aufgeregt zu sein, denn er begann immer wieder, aus der Reihe zu tanzen, und Lucia hatte Mühe, ihn ruhig zu halten.

Die Prinzessin atmete die nach Baumharz und Nebel duftende Waldluft tief ein. In zwei Tagen würde sich ihre Gruppe vom Tross trennen und die beiden Fürsten besuchen, die im Norden des Landes über zwei Regionen herrschten. Sie hatte durch ihren Vater und Lord Wyn bereits herausgefunden, wer alles zu ihrer Gruppe gehören würde. Zunächst war da leider Merior, auf dessen Begleitung sie gern verzichtet hätte. Auch Lilliana gehörte zu ihrer Gruppe, ebenso Lord Neriell, sein Freund Baldur, Lord Sorron, Lady Olivianna und noch einige weitere. Außerdem durfte natürlich ihr Leibwächter nicht fehlen, allerdings hatte sie ihn das letzte Mal im Thronsaal gesehen und er hatte seitdem keine Anstalten gemacht, auf sie aufzupassen. Das konnte Lucia nur recht sein. Die Prinzessin wünschte, sie hätte wenigstens eine Freundin, die sie begleitete und mit der sie das erschreckende Erlebnis in der Bibliothek besprechen konnte. Aber sie hatte nur einen Freund, Corillis, wie sie sich eingestehen musste, und der war zu vernünftig, um an so etwas zu glauben. Außerdem war er jetzt zu Hause auf dem Schloss.

Die Legende der Steinträger wollte ihr einfach nicht mehr aus dem Kopf gehen. Mittlerweile hatte sie jedoch eingesehen, dass sie sich vermutlich nur eingebildet hatte, in die Bilder einzutauchen. Vielleicht war es doch nur Zufall gewesen, dass sie die Fenster erst jetzt entdeckt hatte. Nur eines konnte sie nicht leugnen. Der Stein leuchtete. Und das hatte er bisher jedes Mal getan, wenn sie einen vorsichtigen Blick in ihre Tasche geworfen hatte. Als wollte er ihr etwas sagen.

Nachdenklich blickte sie in die waldige Landschaft und schmiegte sich noch dichter an Tristans Fell. Seine gleichmäßigen Bewegungen beruhigten sie. Vor einigen Stunden waren sie an Silberborg, einer größeren Stadt, vorbeigekommen. Die Einwohner hatten sie aufgeregt empfangen und sich auf der Hauptstraße dicht zusammengedrängt. Es gab kaum ein Durchkommen und Melankor und seine Kinder hatten den Leuten immer wieder zuwinken müssen. Sie kam sich dabei unbehaglich vor. Dieser ganze Jubel fühlte sich falsch an. Es war jedes Mal seltsam, von so einer gewaltigen Menschenmenge angestarrt zu werden, sie konnte sich einfach nicht daran gewöhnen. Nachdem sie Silberborg verlassen hatten, durfte sie allerdings aus der Kutsche steigen und auf Tristan weiterreiten. Merior hingegen zog die Bequemlichkeit bei seinem Vater vor.

Außer Merior hatte sie noch zwei weitere Brüder: Terin und Edward. Die beiden waren schon um einiges älter und ständig auf Reisen. Edward war einundzwanzig und befand sich zurzeit in Lirin bei einem wichtigen Gespräch mit Königin Rosetta. Und Lucia war mal wieder die Einzige, der niemand gesagt hatte, worum es ging. Sie konnte sich noch deutlich an seinen Gesichtsausdruck erinnern. „Das braucht dich nicht zu interessieren", hatte er mit möglichst gleichgültiger Stimme gesagt und sie zärtlich umarmt. Immer musste er sich so furchtbar erwachsen benehmen. Schließlich hatte sie erst von einem anderen Mädchen erfahren, dass er eine Verlobung mit Prinzessin Dalima eingehen wollte. Ihr Vater hatte ihr das bestätigt, obwohl er nicht besonders glücklich darüber zu sein schien, dass sein Sohn dies nur seinem Land zuliebe tun wollte.

Ihr ältester Bruder Terin war ganz anders. Er war für jeden Streich zu haben und verhielt sich ihr gegenüber, als wäre sie genauso alt wie er. Terin war ein großartiger Schwertkämpfer und hatte ihr ohne Bedenken alles beigebracht, was er darüber wusste. Sein Durst nach Abenteuern war unstillbar, weshalb er vor einigen Monaten mit seinen Freunden aufgebrochen war, um mit dem Schiff die Welt hinter den Ozeanen zu erkunden und Neues zu entdecken. Lucia konnte sich nicht vorstellen, was er dabei finden würde. Sie hatte Angst um ihn.

In diesem Fall hatte sie die Sorgen ihres Vaters gut verstehen können. Aber niemand hätte Terin von einer solchen Idee abbringen können. Wenn Melankor es ihm verboten hätte, wäre er vermutlich sogar ohne seine Einwilligung verschwunden. Sie vermisste schon jetzt sein schelmisches Lächeln und seine stets gute Laune.

„He!" Lucia hob überrascht den Kopf. Ihre Gedanken waren so weit abgeschweift, dass sie gar nicht bemerkt hatte, wie ein wunderschönes Pferd mit glänzend schwarzem Fell neben ihr aufgetaucht war. Das blonde Haar der Reiterin stand dazu im starken Kontrast. Erst dann erkannte sie, dass es Lilliana war, die sie ja bereits kennengelernt hatte.

„Hat Eure Majestät etwas dagegen, wenn ich Euch etwas Gesellschaft leiste? Ihr wirkt so verloren zwischen all den Erwachsenen."

Die Prinzessin wollte sie gerade darauf hinweisen, dass sie ihr bereits am vorigen Tag angeboten hatte, sie Lucia zu nennen, als das andere Mädchen zu grinsen begann.

„Gerne. Ich habe sowieso gerade nichts Besseres zu tun." Sie kam sich ein wenig dumm vor und ärgerte sich, dass ihr keine schlagfertigere Antwort eingefallen war. „Dein Pferd sieht sehr vornehm aus. Stammt es aus einer speziellen Züchtung?"

„Oh. Ehrlich gesagt glaube ich das nicht. Vater hat sie mir vor einem Jahr geschenkt. Sie stammt von einem Markt in Ajuna und ich konnte gar nicht anders, als mich in sie zu verlieben." Sie fuhr dem Tier liebevoll durch die seidige Mähne. Lucia verstand sofort, was sie meinte. Es war nicht nur die Eleganz dieser Stute, die sie so besonders wirken ließ, sondern auch die Sanftheit in den großen, dunklen Augen, die einem das Gefühl gab, verstanden zu werden. Tristan mit seinem jugendlichen Temperament und seiner ungestümen Neugierde konnte da nicht mithalten.

„Weshalb bist du eigentlich mit nach Gyndolin gekommen?", fragte sie nach einer Weile. Das breite Grinsen auf Lillianas Gesicht erlosch abrupt.

„Aus denselben Gründen, aus denen du nach Morofin mitkommen musst." Wenn das eine Anspielung auf etwas sein sollte, hatte Lucia sie nicht verstanden.

„Abenteuer? Abwechslung? Was meinst du damit", hakte sie zweifelnd nach.

„Zugegeben ... es war schon verlockend, endlich Mirifiea zu Gesicht zu bekommen. Außerdem interessiert mich, was sich aus der ganzen Geschichte um den Tod unseres Königs entwickelt, und eine echte Prinzessin kennenlernen wollte ich auch schon immer mal. Damit konnte Morofin ja bisher nicht aufwarten." Lucias Unbehagen war mit einem Schlag weggewischt.

„Vielleicht hat der nächste König ja eine Familie oder zumindest eine Frau."

„Oder er ist unverheiratet, jung und gut aussehend. Naja, schön wär's. Aber ich hätte vermutlich nicht so gute Chancen. Er würde lieber dich heiraten wollen." Sie kicherte, während Lucia die Augenbrauen zusammenkniff.

„Aber wieso denn mich?"

„Schon vergessen? Du bist eine Prinzessin und ich nur die unbedeutende Tochter seines Hauptmanns, sofern mein Vater sein Amt behält."

Lucia musste grinsen. „Aber es wäre noch schlauer von ihm, Königin Serafina zu heiraten. Sie könnten ihre Reiche verbinden, um noch mächtiger zu werden."

Lilliana wurde nachdenklich. „Allein Morofin ist viel zu groß, um es durch eine Person regieren zu lassen. Die Armut wächst immer mehr. Selbst Adenor, der versucht hat, es allen recht zu machen und alle zu versorgen, ist es nicht gelungen, daran etwas zu ändern."

„Er wird einen sehr willensstarken Nachfolger brauchen. Ich bin der gleichen Meinung wie Lord Jekos und finde, dass Adenors Testament irgendeinen versteckten Hinweis verbirgt."

„Weißt du, deshalb bin ich hier. Es ist natürlich nicht einfach, einen neuen König auszuwählen, weil Adenor so unerwartet gestorben ist, dass er keine Zeit mehr hatte, um selbst darüber zu entscheiden. Aber ich glaube, er hat sich sehr wohl darüber Gedanken gemacht. Das beweist doch schon sein Testament. Weshalb konnte er sich dann verdammt noch mal nicht etwas klarer ausdrücken?" Sie hatte die Stimme gesenkt, so als befürchte sie, dass jemand sie belauschen könnte.

„War Adenor irgendwie eigenartig?", fragte Lucia und schluckte. Sie musste doch irgendwie etwas über ihn herausfinden können, ohne dafür ihren Vater fragen zu müssen.

„Eigenartig? Nein, eigentlich nicht. Ich habe mich nur immer gewundert, dass er nie jemanden näher an sich herangelassen hat. Er war ein Einzelgänger und umgab sich gleichzeitig gerne mit Leuten. Ich denke, unsere Väter waren die einzigen Freunde, die er hatte. Aber das meinst du nicht mit seltsam, oder?"

Der Ausdruck in ihrem Gesicht verwirrte Lucia, denn sie hatte das Gefühl, dass jetzt nur eine bestimmte Antwort mehr Informationen aus Lilliana hervorlocken konnte. Ein einziger passender Schlüssel.

Sie war sich nicht sicher, ob es eine gute Idee war, eine fast völlig Fremde in ihre Entdeckungen einzuweihen, nur weil sie sie sympathisch fand. Hatte sie nicht all die Jahre lang von ihren Lehrern gelernt, die wichtigen Dinge nur an Leute weiterzugeben, denen sie auch ihr Leben anvertrauen würde oder die damit keinen Schaden anrichten konnten? Aber musste man nicht auch ab und zu riskieren, etwas mehr von sich preiszugeben als notwendig? Was konnte schon passieren?

„Das hier ist seltsam", sagte sie, die Stimme gesenkt und darauf bedacht, dass niemand sie beobachten oder ihr Gespräch belauschen konnte. Sie verdeckte möglichen Beobachtern mit der anderen Hand den Blick und sah Lilliana zweifelnd an.

Die Hauptmannstochter blinzelte kurz, betrachtete erst den Stein und danach Lucia. Der Stein hatte noch immer nicht aufgehört zu leuchten. „Du hast recht. Das ist wirklich seltsam. Trotz allem, was ich über Adenor weiß – mit so etwas hätte ich nicht gerechnet." Lucia spürte, dass sie das Geheimnis nicht verraten würde, aber etwas an ihrer Reaktion kam ihr seltsam vor.

Bald darauf fielen die ersten Regentropfen und schließlich brach ein heftiges Gewitter über sie herein. Der Regen durchnässte ihre Kleidung, berührte ihre Haut mit Kälte und weichte den Waldboden so stark auf, dass die königliche Kutsche kaum noch vorankam. Es war allen klar, dass sie es vor Einbruch der Nacht nicht mehr bis in die nächste Stadt schaffen würden. Die Hufe der Pferde sanken immer häufiger in den matschigen Untergrund ein und nach einer Weile stiegen ihre Reiter ab, um ihnen das Gehen zumindest ein wenig zu erleichtern. Lilliana und Lucia hatten sich, wie alle anderen, mehrere Lagen Kleidung übergeworfen, doch auch das schützte sie nicht vor der eisigen Kälte. Sie waren schon ganz durchgefroren und benötigten dringend ein Feuer und etwas Warmes zum Essen. Lucia konnte ihre Hände kaum noch spüren und zitterte am ganzen Leib, bis die Gyndoliner weiter vor ihnen endlich einen Platz entdeckten, an dem sie übernachten konnten.

Schon von Weitem konnte sie erkennen, wie dieser Platz entstanden war. Die Schneise, die der gefallene Riese in den Wald geschlagen hatte, war ebenso gigantisch wie der Baum selbst. Es sah aus, als wäre mitten in der Schlacht ein übermenschlich großer Krieger besiegt worden. Er war von überwältigendem Ausmaß und Lucia war fasziniert von seinem Anblick. Die Wurzeln waren fast vollständig aus der Erde herausgerissen worden und bildeten eine etwas schräge Kuppel, unter der genug Platz für sie alle war. Die ersten Lords begannen, die Wurzeln mithilfe ihrer Schwerter zu durchtrennen, damit sie wenigstens aufrecht darunter sitzen konnten. Es stellte sich jedoch heraus, dass diese Aufgabe harte Arbeit war, da einige der Wurzeln so dick waren wie normale Bäume und hartnäckig Widerstand leisteten.

Lucia war beeindruckt von der Kraft dieses gigantischen Baums. Es glich schon beinahe einem Wunder, dass dieses Exemplar überhaupt umgestürzt war. Es gab nur einen einzigen Baum, der länger lebte und unter noch widrigeren Bedingungen wuchs. Lucia duckte sich unter den äußersten Wurzeln hindurch, die einen erdigen Vorhang bildeten, und machte sich gemeinsam mit den anderen an die Arbeit.

Unter Lord Wyns Anleitung entstand nach und nach ein sicheres Lager. Auf dem aufgewühlten und von zahlreichen Wurzelüberbleibseln durchzogenen Erdboden wurden notdürftige Schlaflager errichtet, in der Mitte des Lagers brannte ein prasselndes Feuer und darüber köchelte in einem gigantischen Suppentopf das Abendessen. Langsam wärmten sich die durchgefrorenen Menschen wieder auf und auch den Tieren schien es besser zu gehen, nachdem sie mit etwas Futter versorgt worden waren. Die Pferde wurden in einiger Entfernung vom Wurzeldach untergebracht und mehrere Lords wechselten sich dort als Wächter ab. Die Kutsche des Königs war ebenfalls zu groß für den Unterstand, weshalb sie in einiger Entfernung vom Lager abgestellt worden war.

Endlich stellte sich Gemütlichkeit ein. Der Regen hatte zögerlich aufgehört und sich verzogen, doch die Luft war noch immer erfüllt von seinem schweren Duft und dem Rauch des Feuers. Alle versuchten, es sich so bequem zu machen, wie das unter den gegeben Umständen möglich war. In Decken gehüllt, zusammengerollt und aneinander gedrängt hockten, saßen oder lagen die violett gekleideten Gyndoliner um das Feuer, immer darauf bedacht, noch ein Stück näher heranzurutschen, um ihre frierenden Körper zu wärmen. Mehrere Töpfe wurden über dem Feuer platziert, bis ihr Inhalt zu dampfen begann und Suppenschüsseln wurden herumgereicht. Als Lucia endlich den ersten Löffel der Flüssigkeit zu sich nahm, störte es sie noch nicht einmal, dass sie sich dabei die Zunge verbrannte. Die Wärme lief ihre Kehle hinunter und sättigte sie rasch. Natürlich war dieses Essen nicht wie das, was sie sonst bekam, doch es befreite sie von der Kälte und stillte ihren Hunger. Ihre Lippen hörten auf zu bibbern und ihre Wangen färbten sich langsam wieder etwas röter.

„Ist alles zu Eurer Zufriedenheit, Eure Majestät?"

Lucia stolperte erneut über diese Anrede. War das in Lillianas Stimme echter Respekt, Wohlwollen oder doch nur Spott?

„Ich kann mich nicht beklagen."

„Bist du nicht normalerweise Besseres gewohnt? Vor-, Haupt- und Nachspeise, Diener, die dir jeden Wunsch erfüllen, und ein weiches Federbett?" Sie zog eine Augenbraue mit fast beängstigender Sorge nach oben. Dafür schien sie ein Talent zu haben.

„Schön wäre das ja. Aber ich glaube, du hast zu viele Vorurteile gegenüber Prinzessinnen. In Wirklichkeit sind wir gar nicht so schrecklich verwöhnt."

„Ich muss sagen, dass ich fast ein wenig enttäuscht bin. Oder bist du nur zu stolz, um es zuzugeben?"

Lucia seufzte schwach. „Du hast mich durchschaut. In Wirklichkeit werde ich es keinen Tag länger auf diese Weise aushalten und jetzt lieber ein Paar neuer Schuhe anprobieren."

„Wusste ich es doch." Lilliana lehnte sich zurück und starrte gedankenverloren ins Feuer.

Lucia hätte das Mädchen gerne gefragt, wie oft sie auf ihrer Reise hierher draußen übernachtet hatten. Aber was sie noch mehr interessierte, war ihre Meinung zum Stein. Nur allzu gerne hätte sie Lilliana von der Legende der Steinträger erzählt, von dem Glas und der seltsamen Bemerkung ihres Vaters. Doch inmitten einer so großen Reisegruppe würde sich ihr dazu vermutlich keine Gelegenheit bieten.

Es dauerte nicht lange, bis alle satt waren. Nun schlossen sich alle zu kleinen Grüppchen zusammen und begannen, sich im Flüsterton zu unterhalten. Ihre Stimmen übertönten kaum das Knistern der Flammen, hier und da war ein Lachen über eine gelungene Geschichte oder einen peinlichen Vorfall zu hören. Neuester Klatsch wurde ausgetauscht, über unangenehme Nachbarn getratscht und gewitzelt. Sie taten so, als wären sie nach einer Versammlung noch zu einem gemütlichen Abend zusammengekommen, nicht als würden sie mitten in der Wildnis unter einem Baum übernachten.

„Es wäre schön, jetzt die Sterne sehen zu können", bemerkte Lilliana. Sie hatte sich auf den Rücken gelegt, die Arme hinter den Kopf geschoben und sah nach oben.

„Finde ich auch." Lucia legte den Kopf in den Nacken. Ihr fiel eine feine Wurzel auf, die sich ihr wie ein Spinnenbein entgegenstreckte und mit kleinen Erdklümpchen bedeckt war.

„Auf dem Weg hierher haben wir einmal zwei Nächte hintereinander unter freiem Himmel verbracht. Lord Neriell konnte jeden einzelnen Stern beim Namen nennen. Aber ich glaube, dass er ein bisschen dazuerfunden hat."

„War es nicht etwas seltsam, nur in Begleitung zweier erwachsener Männer nach Gyndolin zu reisen?"

„Ich habe es mir schließlich selbst ausgesucht."

Nach und nach wurde es immer dunkler. Als der Mond zwischen einigen dicken Wolken verschwand, wurde es so dunkel, dass man im Lager des gyndolinischen Königs kaum noch die Hand vor Augen sah. Lucia konnte von den Lords, die auf der gegenüberliegenden Seite saßen, nur noch schwache Umrisse erkennen. Die Schatten der Flammen tanzten über ihre Gesichter.

Um diese Stunde begannen selbst Leute, die normalerweise nichts für Grusel übrig hatten, an Geister und Gespenster zu glauben.

*In einer kalten und dunklen Nacht wie dieser, in einem finsteren Wald wie diesem ...* So oder so ähnlich begannen diese Geschichten. Wahlweise fanden sie auch in zwielichtigen, engen Gassen oder in heruntergekommenen Zimmern einer billigen Pension statt. Hauptsache war, dass die geschilderten Vorfälle eine möglichst abstrakte Logik aufwiesen, der Realität aber ein Stück weit ähnelten, um doch zumindest ein leises Unbehagen und dunkle Ahnungen hervorzurufen. Es war eine Kunst, die Grenzen zwischen Wirklichkeit und Fantasie so stark verschwimmen zu lassen, dass das Unheimliche greifbar und bedrohlich lebensnah wurde.

Lucia liebte diese Art von Geschichten. Sie liebte den Hauch des Ungewissen, der in den Sagen mitschwang, den Reiz des Verbotenen und beinahe Vergessenen.

Die ersten zwei Geschichten waren gut, wenn auch ein wenig blutrünstig für ihren Geschmack, doch sie wussten alle, wer unter ihnen der wahre Meister des Grusels war.

„Nun habt Euch doch nicht so." Einer der Lords stieß Lord Gilbur bedeutsam in die Seite.

„Ich weiß nicht. Möchte nicht lieber jemand anderes erzählen?"

„Soll das ein Witz sein? Wer könnte uns besser unterhalten als Ihr?"

Doch er ließ sich nicht lange bitten. Er räusperte sich vernehmlich und schloss kurz die Augen. Dann erhob er die Stimme und Lucia bemerkte die Veränderung, die in ihm vorging, als ihm die ersten Worte über die Lippen geflossen waren. Alle Blicke richteten sich auf ihn und seine Stimme wurde eine Lage tiefer, fester. Ein bedrohlicher, Unheil verkündender Unterton schwang in ihr mit, sodass es ihm schon in den ersten Augenblicken gelang, sie alle in seinen Bann zu schlagen.

„Diese Geschichte ist anders als die anderen, die ihr an diesem Abend bereits gehört habt. Sie ist echt und nicht bloß erfunden. Aber ich möchte euch damit keine Angst einjagen, sondern lediglich dazu bringen, eure Vorurteile zu überdenken."

Seine Worte erzählten von einem sagenhaften Ungeheuer, das jeder Illionäsianer schon seit Kindesbeinen kannte: dem Troll, dem größten Feind einsamer Wanderer. Anders als in all den anderen Mythen, die sich um seine Existenz rankten, entpuppte er sich dieses Mal als treu sorgender Gastgeber für all jene, die sich in den Wäldern verliefen und keinen Weg mehr herausfanden. Was Lucia beeindruckte, war nicht der Inhalt seiner Worte. Es war die Überzeugung, der Ton, die scheinbare Gelassenheit, mit der er alles vortrug. Aufmerksam verfolgte sie, wie der Protagonist sich trotz aller Warnungen des Trolls dazu entschloss, zu seiner Familie zurückzukehren.

„Was war es für eine Freude, als er seine geliebte Ehefrau wieder sah. *Margret,* rief er. *Welch ein Glück, dass ich dieses Abenteuer überlebt habe.*

Doch die Frau starrte ihn nur verwundert an und da erkannte er, dass es gar nicht seine liebe Frau war. Trotz einer gewissen Ähnlichkeit war sie viel jünger.

*Ich bin nicht Margret. Mein Name ist Julietta.*
Da verstand der Ärmste, wen er vor sich hatte. Es war seine Enkelin, die Tochter seines Sohnes, die kurz vor seiner Abreise geboren worden war. Er begriff, dass die Zeit im Reich des Trolls viel schneller vergangen war als gewöhnlich. Obwohl er höchstens einen Monat fort gewesen war, mussten hier mindestens drei Jahrzehnte vergangen sein.
Mit zitternder Stimme sagte er: *Ich bin dein Großvater, mein Kind.* Stockend berichtete er, was geschehen war.
Die junge Frau sah ihn mit großen Augen an, glaubte ihm aber am Ende. Unsicher fragte er seine Enkelin, wie es seiner Frau ginge. Da antwortete sie mit gesenktem Haupt: *Sie ist vor einem Jahr gestorben."*
Der Erzähler kostete den Moment des Verklingens seiner Worte aus und schenkte seinen Zuhörern ein wissendes Lächeln.
Lucia fing seinen Blick auf und wurde plötzlich nachdenklich. Ihr kam eine Idee, die ihr vielleicht noch ein Stück weiterhelfen könnte. „Lord Gilbur?"
Er hob den Kopf und entdeckte die Prinzessin vor sich. „Lucia, wie kann ich dir helfen?" Noch bis vor einem Jahr war er ihr Lehrer gewesen und hatte sie gemeinsam mit fünf gleichaltrigen, adligen Jugendlichen unterrichtet. Er musste sich eingestehen, dass sie eine überaus intelligente Schülerin war und sich leidenschaftlich an Diskussionen beteiligen konnte, wenn sie das Thema interessierte. Doch zu seinem Bedauern war das überaus selten der Fall und er hatte sie als ein Mädchen in Erinnerung, das ständig in Tagträume versunken war und sich die meiste Zeit über von seinen Mitschülern entfernt hielt. Was sie wohl von ihm wollte?
„Sie kennen sich doch mit der Geschichte Illionäsias aus. Mir geht momentan immer wieder durch den Kopf, dass ich keine Ahnung habe, wie viele der Mythen, die sich um das Jahr null ranken, tatsächlich bewiesen werden konnten."
„Das Jahr null. Du musst wissen, dass wir noch nicht einmal die Existenz der Götter beweisen können, geschweige denn, dass sie nach der versprochenen Frist von tausend Jahren wieder auf die Erde zurückkehren werden. 627 Jahre sind ja bereits verstrichen."
„Ich weiß", sagte sie schnell. „Aber hat es die Schlachten damals wirklich gegeben? Und die Steinträger? Sie können sich doch bestimmt noch an die Legenden erinnern?"
„Wie könnte ich die vergessen! Um ehrlich zu sein: Auch darüber sind

uns kaum Überlieferungen geblieben. Die wenigen noch lesbaren Dokumente könnten genauso gut aus den Jahren davor oder danach stammen. Kriege hat es schließlich schon immer gegeben und es sind bereits 627 Jahre seit Beginn unserer Zeitrechnung vergangen! Und was die Steinträger betrifft: Ich glaube nicht, dass sie wirklich existiert haben. Nur ein einziges Pergament erwähnte sie überhaupt und dies wurde erst fünfzig Jahre später verfasst. Vielleicht hat man dem Volk Hoffnung machen wollen, dass die Götter zurückkehren werden, und dafür eine Geschichte erfunden. Ich glaube aber nicht, dass es wirklich Magie gegeben hat."

Lucia sah sein schwaches Lächeln und hatte das Gefühl, dieses Gespräch mit ihrem Vater zu führen, der ebenso wenig für ihre Fantasien übrig hatte wie Lord Gilbur. Doch es war schon zu spät, um sie noch von etwas anderem zu überzeugen. Sie wusste, dass es Magie gab, auch wenn sich diese Gewissheit nur auf einen Stein, ein rätselhaftes Mosaik und ihr Bauchgefühl stützte.

„Danke. Mehr wollte ich gar nicht wissen." Während sie aufstand, wanderte ihr Blick zu Lilliana hinüber, die inzwischen Gesellschaft bekommen hatte. Lucias Bruder hatte es sich auf ihrem Platz gemütlich gemacht und die Morofinerin in ein angeregtes Gespräch verwickelt. Na wunderbar. Lilliana schien ihn sogar lustig zu finden.

Lucia schenkte ihrem Bruder einen säuerlichen Blick und setzte sich neben ihn. Lillianas Lächeln war plötzlich wie weggewischt und der sorgenvolle Ausdruck in ihrem Gesicht verwirrte die Prinzessin. „Alles in Ordnung mit dir?"

„Natürlich, was sollte sein?", antwortete Lucia.

Merior grinste und verschränkte die Arme vor der Brust. Er war unglaublich stolz auf seine Uniform, die er seit dem Beginn seiner Ausbildung tragen durfte. Das Wappen mit der violetten Smingfe, einem Schmetterlingswesen mit menschlichen Gesichtszügen, und dem von Efeuranken umwobenen Leichtschwert, das darauf eingestickt war, zeichnete ihn bereits als Mitglied des gyndolinischen Adels aus. „Wo ist eigentlich Ergor geblieben? Ich bin mir ziemlich sicher, dass er nicht da ist", fragte er.

Lucia wollte gerade zu einer bissigen Bemerkung ansetzen, als in der Ferne das Heulen eines Tieres ertönte. Es klang auf seltsame Weise verzweifelt und verletzt. „War das ein Wolf?", fragte sie leise.

„Ich nehme es an." Lilliana zuckte mit den Schultern. „Aber die sind mit Sicherheit viel zu weit weg, um uns gefährlich zu werden."

„Das meine ich nicht. Findet ihr nicht, dass es so klingt, als bräuchte er Hilfe?"

„Oh Mann, Lucia! Das ist ein Wolf. Was glaubst du, könntest du für ihn tun? Gar nichts. Es ist doch ganz normal, dass sich Tiere gegenseitig verletzen." Merior verdrehte die Augen und schüttelte nachdrücklich den Kopf.

„Wölfe jagen in Rudeln", fügte Lilliana hinzu. „Mach dir also keine Sorgen um sie."

„Und wenn schon. Ich …" Da war es schon wieder. Das klagende Rufen eines Tieres. Nein, sie wusste, dass es lächerlich war, ihm helfen zu wollen. Sie würde sich hoffnungslos im Wald verirren und vermutlich überhaupt nichts machen können. Aber dennoch: Tief in ihrem Bauch machte sich ein seltsames Gefühl breit. Ein starker Drang, einfach aufzuspringen, wegzulaufen und dem Ruf des Wolfes zu folgen. Bedingungslos. Sie schüttelte leicht den Kopf, um den Gedanken loszuwerden, und bemerkte erst jetzt, dass die anderen beiden sie anstarrten.

„Es ist nichts. Ich mache mir keine Sorgen." Sie lächelte, um sie zu beschwichtigen.

Es dauerte nicht lange, bis Merior und Lilliana sich einem anderen Thema widmeten, Lucias Gedanken kehrten dennoch immer wieder zu dem Wolf zurück.

# Len Ording

Derrick war am Ende seiner Kräfte. Hunger, Müdigkeit und Kälte machten ihm immer mehr zu schaffen. Die letzte Nacht hatte er in einer verlassenen Scheune verbracht und am Morgen die Stadt auf der Hauptstraße in Richtung Wegenn verlassen. Er wollte sehen, wie weit er kommen würde, und dann umkehren, wenn er das Gefühl hatte, etwas erreicht zu haben. Er war den ganzen Tag zwischen Händlern und Reisenden unterwegs gewesen und hatte bei einer Bauernfamilie Mitleid erregen können, sodass sie ihr Mittagessen mit ihm geteilt hatten. Erst spät am Abend hatte er die nächste Stadt erreicht, musste aber feststellen, dass bereits alle Häuser verriegelt waren. Keine Chance für ihn, irgendwo unterzukommen.

Seine Vergangenheit war furchtbar, seine Zukunft ungewiss und die Gegenwart sah auch nicht viel besser aus. Derrick hatte keine Ahnung, was er überhaupt wollte. Sein Ziel, von dem er aber nicht wusste, ob er es erreichen würde, war Milbin, die Hauptstadt von Wegenn. Was er sich davon versprach, wusste er selbst nicht. Vielleicht geschah ja irgendein Wunder und verlieh seinem Leben wieder einen Sinn.

Einsam schlenderte er durch die engen Gässchen. Nirgendwo brannte Licht und auf der Straße war außer ihm keine Menschenseele. Die Wachmänner achteten streng darauf, dass sich nach Sonnenuntergang keiner mehr draußen herumtrieb, und patrouillierten in den dunklen Straßen auf und ab. Eine vollkommen übertriebene Idee seines Vaters. Wenn er Pech hatte, würden sie ihn schnappen. Dann konnte er sich spätestens morgen am Galgen wiederfinden oder noch schlimmer: bei seinem Vater.

Wenn er bei dieser Kälte auf der Straße übernachtete, wäre das ebenso sein Tod. Wie er es auch drehte und wendete: Überall fand er nur Verderben. Trübsinnige Gedanken machten sein Herz schwer und nahmen ihm allen Mut, den er am Tag zuvor noch gehabt hatte.

Doch als er gerade die Suche aufgeben wollte, nahm er aus dem Augenwinkel Licht wahr. In einer benachbarten Gasse war jemand anscheinend noch nicht schlafen gegangen. Derrick lief zu dem beleuchteten Haus und erkannte erleichtert, dass es ein Gasthaus war. Über der Tür hing ein großes Schild, von dem schon die Farbe abblätterte. Er musste die Augen zusammenkneifen, um die Schrift entziffern zu können. *Zum lachenden Essel* hatte jemand vor längerer Zeit mit schwungvollen Buchstaben auf das Schild gepinselt. Esel mit doppeltem S? Derrick verzog das Gesicht. Welcher Trottel hatte dieses Schild geschrieben? Für das Niveau des Gasthauses sprach das nicht. Aber was konnte er schon Besseres verlangen?

Ihm war nicht ganz geheuer, als er gegen die schwere Holztür klopfte. Drinnen rührte sich nichts. Kurzerhand drückte er die Klinke hinunter und trat ein.

Innen erwartete ihn eine völlig neue Welt. In dämmeriges Licht gehüllt saßen an kleinen Tischen lauter zwielichtige Gestalten. Viele von ihnen tranken Alkohol, andere amüsierten sich bei Kartenspielen und wieder andere unterhielten sich im Flüsterton miteinander. Derrick wollte gar nicht wissen, was für schmutzige Geschäfte sie hier abwickelten. Kaum jemand sah auf, als er hereinkam, und darüber war er überaus glücklich. Er fühlte sich gar nicht wohl in seiner Haut. Eine müde aussehende Frau wandte ihm den Kopf zu und lächelte säuerlich. „Na, Süßer?", murmelte sie verschwörerisch.

Als Derrick einen weiteren zögerlichen Schritt in den Raum setzte, verstummten alle Gespräche und ein Dutzend Augenpaare starrte ihn an. Er tat so, als bemerkte er nichts, und richtete seine Aufmerksamkeit auf den Wirt. Er stand hinter dem Tresen und säuberte mithilfe eines zerrissenen Lappens und dreckigem Spülwasser einen Krug. „Willkommen, Kleiner. Ich bin Essel, der Herr dieses Ladens." So erklärte sich also der Name des Gasthauses. Besonders lustig sah Essel allerdings nicht aus. Vielleicht war er vor zwanzig Jahren noch gut aussehend und lebensfroh gewesen, aber jetzt war nur noch ein Mann in den mittleren Jahren mit Bierbauch und Doppelkinn zurückgeblieben. Derrick nickte leicht und setzte sich schüchtern auf einen der Barhocker.

„Gibt es hier ein Zimmer, in dem ich übernachten kann?"
„Klar! Willst du was trinken?"
„Was gibt es denn?"
Der kugelrunde Mann reichte ihm zur Antwort eine durchweichte Speisekarte, auf der ein dicker dunkelroter Fleck prangte. Rotwein. Hoffentlich. Derrick nahm sie mit spitzen Fingern entgegen und versuchte, nicht zu überlegen, wer dieses Stück Papier wohl schon alles angegrapscht hatte.

Als er die unleserliche Handschrift erst einmal entziffert hatte, runzelte er enttäuscht die Stirn. Die Karte war in Bezug auf die Getränke sehr aufschlussreich. Eine große Auswahl von alkoholischen Kreationen würde das Herz jedes Säufers höherschlagen lassen, allerdings konnte Derrick nirgendwo ganz gewöhnliches Wasser entdecken. Nun gut, wer würde in diese Kneipe kommen, um Wasser zu trinken? Zu essen gab es entsprechend wenig – die Gerichte waren allesamt einfach, aber dafür auch nicht besonders teuer.

Derrick spürte, wie sein Magen zu knurren begann. Er hatte genügend Geld dabei, doch er entschied sich vorsichtshalber für das Billigste: eine Suppe. Ganz auf ein Getränk verzichten konnte und wollte er jedoch auch nicht. Nach längerem Überlegen bestellte er schließlich ein Elkin – ein typisch kiborisches Getränk. Es wurde für gewöhnlich warm serviert und unterschied sich von Haus zu Haus in der Zusammensetzung. Hauptsache es war scharf und man konnte die Zutaten nicht herausschmecken. Er hatte schon ein paar Mal Elkin auf dem Schloss probieren dürfen. Ihm persönlich schmeckte es nicht so sehr, aber die übrigen Gesöffe wollte er auch nicht probieren, da er sich von ihnen keine besondere Qualität erhoffte. Soweit er es beurteilen konnte, hatten sie alle einen recht hohen Alkoholgehalt.

Doch er hatte sich zu früh gefreut. Leider hatte der Wirt keine Ahnung von traditionellem Elkin. Es war kalt und hinterließ auf der Zunge ein seltsam flaumiges Gefühl. Die Suppe war genauso wässrig und sättigte ihn kaum. Fast hätte er sie erst gar nicht angerührt, denn darin schwammen lauter undefinierbare Dinge herum, die einfach nur widerlich aussahen. Als er sie endlich probierte, musste er seinen Magen dazu zwingen, die unappetitliche Kost zu verdauen, anstatt wieder hoch zu würgen. Im Gegensatz zu dem Essen auf dem Schloss war dies der reinste Teufelsfraß. Er würde sich daran gewöhnen müssen, dass nicht jeder sich solche Köstlichkeiten leisten konnte wie seine Eltern. Außerdem sah der Wirt nicht so aus, als ob er Kritik annehmen würde.

Nachdem er den letzten Rest Suppe hungrig ausgeschlürft hatte, spürte er auf einmal, dass ihn jemand beobachtete. Sein Rücken kribbelte. Ruckartig drehte er sich um und entdeckte in der hintersten Ecke der Kneipe einen Mann, der fast zu offensichtlich zu ihm herüberstarrte. Er trug einen großen, breitkrempigen Hut, der sein Gesicht fast vollkommen verdeckte, und einen weiten schwarzen Mantel. Vor sich hatte er einen Becher mit einer klaren roten Flüssigkeit stehen, vermutlich Wein. Der Mann hob den Kopf und blickte ihm durchdringend in die Augen.

Und in die Seele. Derrick erstarrte vor Schreck. Was sollte das? Es handelte sich doch nicht um einen Mann seines Vaters?

„Na Junge, so ganz alleine hier? Vermutlich dein erster Besuch." Er hatte den Fremden gar nicht bemerkt, der sich nun auf einen der Barhocker neben ihm sinken ließ und ihm freundschaftlich auf die Schulter klopfte.

Derrick zuckte zurück. Wie sollte er reagieren?

„Jetzt sei doch nicht so schüchtern! Keine Lust auf einen kleinen Trunk? Ich geb dir was aus." Eine deutliche Fahne schlug ihm ins Gesicht.

„Nein, danke", erwiderte er reserviert. Das Gesicht des Mannes war leicht gerötet, seine Augen nicht mehr ganz klar.

„Das darf doch nicht wahr sein." Mit einem dumpfen Laut schlugen seine muskulösen Unterarme auf den Tresen. Dann drehte er sich um und rief zu seinen Kumpels hinüber: „Leute, können wir zulassen, dass dieses Bürschchen hier immer noch bei klarem Verstand ist? Hier wird sich doch gefälligst amüsiert, oder?" Seine Leute grölten zustimmend.

„Wie gesagt, nein danke. Ich bin nicht in der Stimmung für Gesellschaft." Verdammt, das klang nicht wirklich überzeugend. Aber woher sollte er auch wissen, wie man sich in einer solchen Situation verhielt?

Sein Sitznachbar brach in Gelächter aus und stieß ihn grob in die Seite. „Das kann ja wohl nicht dein Ernst sein, Kleiner. Bist du sicher, dass du dich nicht in der Tür geirrt hast? Solltest du nicht schon lange im Bett sein?"

Langsam wurde es wirklich unangenehm. Er rutschte auf seinem Hocker hin und her, warf dem Wirt einen Hilfe suchenden Blick zu.

„Bitte. Ich habe eine Menge hinter mir und will jetzt nur noch alleine sein." Das entsprach sogar der Wahrheit.

„Gerade das ist doch ein Grund für ein bisschen Stimmung! Du kannst dich doch hier nicht einfach in die Ecke verkrümeln und in Selbstmitleid baden."

„Hast du nicht gehört, was der Junge gesagt hat?" Derrick blickte auf. Hinter ihnen stand der Mann, der ihn vorhin so seltsam angesehen hatte. Seinen Hut hatte er abgesetzt und langes, dunkles Haar kam darunter zum Vorschein, die Arme hatte er fest über der Brust verschränkt. „Er möchte in Ruhe gelassen werden."

Verwirrt sah der andere Mann ihn an und räumte dann zögernd seinen Platz. „Man wird ja wohl noch fragen dürfen." Er kniff misstrauisch die Augen zusammen und gesellte sich wieder zu seinen Freunden.

Derrick sah zur Seite, weil ihm die ganze Situation peinlich war, spürte aber noch immer den Blick des Fremden auf sich ruhen.

„Ich bin Len", sagte dieser nach einer Weile.

„Derrick."

„An meinem Tisch ist übrigens auch noch ein Platz frei und ich werde dich ganz sicher nicht dazu zwingen, Alkohol zu trinken." Derrick zögerte. Er kannte diesen Mann genauso wenig wie all die anderen und seine vermeintlich freundliche Art konnte eine Falle sein. Warum er schließlich aufstand und ihm zu seinem Tisch folgte, wusste er selbst nicht genau. Vorsichtig warf er einen Blick zurück auf die feuchtfröhliche Runde von Kartenspielern und senkte den Kopf, als ihm die abgemagerte Frau von vorhin ein anzügliches Lächeln schenkte.

Der Fremde ließ sich wieder vor seinem Weinglas nieder und wartete darauf, dass Derrick sich zu ihm setzte. Solange er noch stand, fühlte er sich sicher und überlegen.

„Komm schon. Ich beiße nicht."

Verdammte Neugier. Mit einem innerlichen Seufzer sank er auf den angebotenen Stuhl. Der Mann nahm einen kleinen Schluck Wein und betrachtete Derrick durchdringend. „Findest du es nicht ein bisschen riskant, hier alleine herumzulaufen? Du hast vermutlich einen Haufen Geld in der Tasche und diese Kerle ...", er machte eine ausschweifende Bewegung, „... haben ganz bestimmt keine Skrupel, es einem Schnösel wie dir wieder abzunehmen."

„Was soll das?" Sofort erwachte sein Misstrauen. „Sagt Ihr das jedem von uns, der hierherkommt? Glaubt Ihr nicht, dass wir manchmal unserem Leben entkommen wollen und uns hier ein bisschen ... vergnügen?"

„Oh, natürlich. Daran habe ich ja auch gar keinen Zweifel. Aber normalerweise verirrt ihr euch nie ganz alleine in unsere Viertel. Nachfragen schadet ja nicht. Und, vergnügst du dich hier? Mit einem harmlosen Elkin und einer Suppe?" Die Art, wie der Fremde ihn ansah, so triumphierend und überlegen, brachte Derrick aus der Fassung.

„Was wollt Ihr von mir?"

„Ich will die Wahrheit von dir hören. Kann es sein, dass du aus einem ganz anderen Grund hier bist, kleiner Lord? Bist du geflohen vor dem Leben, aus deiner Welt voller Gold und Glanz? Voller Grausamkeit und Intrigen? Glaubst du, etwas Besseres zu sein als die anderen?"

„Und wenn es so wäre." Wer konnte ihn denn schon verstehen. Er war ja nicht nur einer von den unzähligen Lords und Ladys, sondern ein Prinz. Wie seltsam dieses Wort in Verbindung mit ihm klang. Er hatte sich einfach noch nie so gefühlt, war nie so behandelt worden.

Der Mann nahm Derricks abwesenden Gesichtsausdruck wahr und fuhr nun plötzlich sehr ernst und sanft fort: „Ich habe vor etwa zwanzig Jahren genau dasselbe durchgemacht. Ich will dich davor warnen, den vielleicht größten Fehler deines Lebens zu begehen." Derrick starrte ihn feindselig an. Warum sollte er ihm Glauben schenken? Das konnte doch auch nur eine Masche sein, um sein Vertrauen zu gewinnen und ihn dann auszurauben. Es war immer noch möglich, einfach wegzugehen, versuchte er sich selbst zu erinnern.

„Jeder würde von dort fliehen, das könnt Ihr mir glauben. Habt Ihr es etwa später bereut?"

„Für kurze Zeit schon. Du hast keine Ahnung, in was für einer Welt du dich wiederfindest, wenn du dein Zuhause verlässt. In welchem Dreck du leben wirst und wie oft du dir wünschen wirst, wieder in einem ordentlichen Bett zu schlafen oder an einem Ball teilzunehmen. Ich gebe zu, ich habe das alles damals auch unterschätzt. Vielleicht haben sie dir von mir erzählt: Mein Name ist Len … Len Ording."

Len, Len, der Name sagte ihm etwas. Er versuchte krampfhaft, sich zu erinnern. War da nicht etwas gewesen? „Hast du schon von mir gehört? Ich bin der Sohn eines Lords gewesen. Jetzt nicht mehr. Er ist wahrscheinlich schon tot. Als ich noch jünger war, wollte ich auch erfahren, wie es so außerhalb der reichen Gesellschaft ist. Allerdings war ich schon älter und besser vorbereitet als du. Erst hat es ganz gut geklappt, doch dann wurde ich ausgeraubt. Das war das Ende des Traums. Es war ein harter Weg, aber ich habe es geschafft, mir eine neue Existenz aufzubauen. Ich bin nie zu meinem alten Leben zurückgekehrt."

Er erinnerte sich tatsächlich. Len Ording. Er galt als Beispiel für Undankbarkeit. Linda hatte ihm manchmal von ihm oder einem der anderen Flüchtlinge erzählt. Damals, als sein Vater noch unbedeutend gewesen war. Wie hatte es sein Vater schon damals geschafft, Derrick zu verbergen? *Du wirst enden wie der dumme Len. Im Straßenstaub. Niedergestreckt von Meuchelmördern.* Ihm war diese Vorstellung immer furchtbar vorgekommen und er hatte nicht verstanden, wie man so dumm sein konnte, vor Reichtum zu fliehen. Mittlerweile konnte er sich jedoch nur zu gut in ihn hineinversetzen.

„Du hast Glück, dass du mich getroffen hast. Ich kann dir zeigen, wie man hier überlebt." Derrick war nicht überzeugt. Er wollte ja nicht dauerhaft flüchten. Das würde er wohl kaum durchhalten, da machte er sich nichts vor. Obwohl ... vielleicht war Len Ording gerade das Wunder, nach dem er gesucht hatte.

„Ich wollte eigentlich nur nach Milbin und dann wieder zurück", gab er zögerlich preis.

„Wieder zurück. Du siehst eher so aus, als könntest du es gar nicht erwarten, Kiborien hinter dir zu lassen. Soll das wirklich nur ein kleiner Ausflug sein, machst du das alles wegen des Nervenkitzels?"

„Natürlich nicht. Aber ich bin auch nicht so dumm, mich der Illusion hinzugeben, dass ich weit kommen werde. Ich würde am liebsten ganz von vorne anfangen und Z... das alles hinter mir lassen."

„Vielleicht hast du hier deine Möglichkeit gefunden, neu anzufangen. Ich muss nach Morofin und könnte dich nach Milbin mitnehmen."

„Ihr würdet ... Ich weiß doch gar nicht, was ich dort machen soll. Und überhaupt ..." Derrick spürte, dass sich seine natürliche Schutzschicht aus Argwohn in Luft aufgelöst hatte. Die Aussicht, nie wieder nach Fundrak zurückkehren zu müssen, ließ ihn innerlich Luftsprünge vollführen und alle Vorsicht vergessen.

„Und Ihr macht das einfach so, ohne irgendeine Gegenleistung? Niemand hilft umsonst", zweifelte er zunächst.

„Es reicht mir, wenn ich das Gefühl habe, dass ich dir weitergeholfen habe. Ein bisschen Gesellschaft auf meiner Rückreise würde mir guttun. Es gibt mit Sicherheit eine Menge neuen Klatsch der Adligen, von dem du mir erzählen kannst."

Derrick verzog unwillkürlich das Gesicht. Er hatte weniger Ahnung vom Alltag auf dem Schloss, als die Gestalten am Nebentisch. Es würde nichts zum Erzählen geben. Nun gut, er bekam eine Menge mit, aber er befürchtete, dass die Beziehungen, die sich zwischen dem Hauspersonal entwickelten, und die ständigen Krisen in Lindas und Zerbors Ehe ihn nicht sonderlich interessieren würden.

„Ich weiß immer noch nicht, weshalb ich mit Euch gehen sollte. Man hat mich dazu erzogen, niemandem zu vertrauen."

„Ich weiß." Für einen Moment schwiegen sie beide. Derrick schloss müde die Augen. Er würde sich liebend gerne jemandem anvertrauen, aber da war immer noch sein Verstand, der ihm riet, nicht zu voreilig jemandem sein Herz auszuschütten. Len würde ihn hassen, wenn er die Wahrheit über ihn wusste. Alle taten das.

„Wer bist du wirklich?", fragte Len plötzlich.

„Was meint Ihr damit?", erwiderte Derrick alarmiert. Es war, als hätte Len gerade seine Gedanken gelesen.

„Du erinnerst mich an jemanden …"

„Das kann eigentlich nicht sein", begann er vorsichtig. Für einen Moment hoffte er, dass Zerbor vielleicht doch nicht sein Vater war. Len Ording könnte einen Lord gekannt haben, dem er ähnlich sah. Aber im Grunde glaubte er selbst nicht daran. Linda traute er niemals eine Affäre zu und Zerbor hätte den Übeltäter auf der Stelle umgebracht und Linda hinausgeschmissen, wenn auch nur der geringste Verdacht bestanden hätte. So weit ging seine Liebe vermutlich dann doch wieder nicht.

Len Ording kniff die Augen zusammen und musterte ihn gründlich von oben bis unten. „Es sind deine Augen und etwas in deiner Stimme. Lass mich kurz nachdenken. Es ist eben doch schon ein Weilchen her." Seine Stirn legte sich in Falten und Derrick konnte sich vorstellen, wie es dahinter arbeitete. Plötzlich verzog Len das Gesicht. Ungläubig starrte er ihn an.

„Das kann doch wohl nicht wahr sein!", hauchte er erstaunt. Derrick ahnte bereits, was er dachte. „Bist du …" Er flüsterte fast, sodass niemand sie hören konnte. „Zerbors Sohn?" Derrick sah ihm hilflos in die Augen. Dann nickte er leicht verzweifelt. Wie hatte er je daran zweifeln können? „Zerbor hat einen Sohn? Wer ist deine Mutter?" Das zuvor noch so verständnisvolle Gesicht sah auf einmal abweisend und entsetzt aus. Derrick fühlte sich nicht wohl. Er hatte noch keinem von diesem Geheimnis erzählt, und obwohl er mit einer solchen Reaktion hätte rechnen müssen, schmerzte es doch mehr, als es sich bloß vorzustellen.

„Linda ist meine Mutter. Aber ich kann doch auch nichts dafür. Ich bin nicht wie sie. Sie hassen mich." Der Fremde sah nun noch überraschter aus. Zerbors unehelicher Sohn zu sein, wäre ja beinahe schon wieder ein Privileg gewesen.

„Ehrlich gesagt: Das verstehe ich nicht. Weshalb weiß ..."

„Das weiß ich doch auch nicht", unterbrach Derrick ihn und begann, ihm alles zu erklären, so gut er konnte, ohne es selbst zu verstehen.

Plötzlich kam alles, was er sagen wollte, wie von selbst über seine Lippen und das Gefühl von Befreiung, dass er gestern nur für so kurze Zeit gespürt hatte, kehrte zurück. Diesmal war es anders. Er fühlte sich tief in seinem Innern erleichtert und zum ersten Mal erfuhr er, wie gut es tat, sich alles von der Seele reden zu können und von jemandem einfach akzeptiert zu werden.

„Das ist einfach unglaublich. Wenn davon jemand erfahren würde ...", stammelte Len, als Derrick eine kurze Pause einlegte.

„Dann würde es mir niemand glauben", führte er seinen Satz zu Ende. „Wenn ich jetzt verschwinde, gibt es so gut wie nichts mehr auf dem Schloss, das daran erinnert, dass ich überhaupt da gewesen bin. Es ist, als hätte es mich nie gegeben."

„Wie haben sie es geschafft, dich in den Jahren davor zu verstecken? Bevor Zerbor König wurde."

„Soweit ich mich erinnern kann, haben wir damals recht abgeschieden gelebt. Es gab für ihn immer eine strikte Trennung zwischen Privatleben und Beruf. Aber jetzt, wo er König ist, gibt es für ihn so gut wie kein Privatleben mehr. Er hat Besseres zu tun, als sich jetzt noch um Kinder zu kümmern."

„Und irgendwie ist es ihm gelungen, alle deine Spuren gründlich zu verwischen. Ich bin mir sicher, dass dafür eine ganze Menge Bestechungsgelder geflossen sind", überlegte Len Ording.

„Möglich." Derrick trank einen Schluck seines dritten Elkins und spürte, wie ihm das Gesöff langsam zu Kopf stieg. Misstrauisch warf er einen Blick über die Schulter zum Nebentisch. Ein unrasierter Kerl hatte seinen Bierkrug umgestoßen und schien sich nicht einmal darum zu kümmern. Die Flüssigkeit sickerte langsam aus dem Gefäß heraus, bahnte sich einen Weg zur Tischkante und tropfte von dort aus in gleichmäßigem

Rhythmus zu Boden. Mittlerweile hatte sich die Kneipe mehr und mehr geleert, sodass sie nun fast alleine hier waren. An der Bar kauerte eine Gestalt, deren Kopf auf den Tresen gesunken war. Ein laut vernehmliches Schnarchen deutete darauf hin, dass der Wirt an diesem Abend nicht so bald zur Ruhe kommen würde. Essel warf einen missmutigen Blick auf seine letzten Gäste und schob weiter Geschirr mit fast mechanischen Bewegungen durch das Spülbecken.

„Kommt dir das nicht auch seltsam vor? Es sieht fast so aus, als hätte er schon von deiner Geburt an geplant, dass nie jemand etwas von dir erfahren durfte. Aber anstatt dich einfach wegzugeben, behält er dich bei sich und geht das Risiko ein, dass du doch noch entdeckt wirst oder, so wie du es tatsächlich getan hast, vor ihm fliehst."

Derrick hätte am liebsten gelacht, doch seine Kehle fühlte sich trotz des Alkohols trocken an, und es reichte nur zu einem sarkastischen Lächeln.

„Und jetzt ratet, worüber ich mir schon mein ganzes Leben Gedanken mache."

# Der Vergessene

Die Wölfin bewegte sich mit kraftvoller Entschlossenheit durch den Wald und hielt erst inne, als der Geruch nach Tierkadavern erneut stärker wurde. Der Gestank setzte sich in ihrer feinen Nase fest und schien allgegenwärtig zu sein. Irgendwo hier war er. Es wäre ihr unmöglich gewesen, ihn zu finden, wenn er nicht diesen schrecklichen Duft des Todes verströmen würde.

„Was soll das? Du weißt genau, dass du dich in diese Angelegenheit genauso wenig einmischen darfst wie ich!", knurrte sie und warf hastig den Kopf herum, als sie glaubte, eine Bewegung wahrzunehmen. Abwartend drehte sie sich im Kreis und versuchte, irgendein Zeichen zu entdecken, durch das er sich womöglich verraten hatte. Dass er da war, war eindeutig, aber sie hasste es, dass er sich ihr nicht zeigte.

„Rajonis." Sie sprach seinen Namen voller Verachtung aus. „Du bist feige. Feige, weil du glaubst, ein kleines Mädchen behindern zu müssen, und feige, weil du dich mir nicht stellst!"

Selten geriet sie so in Rage, obwohl sie zu häufigen Gefühlsausbrüchen und intuitiven Handlungen neigte, doch wenn sie einmal wirklich zornig war, dann hatte es meistens mit ihm zu tun.

„Feige, ich? Das darf nicht dein Ernst sein, meine Liebe. Du weißt, dass es lächerlich klingt. Beinahe unter deiner Würde. Wovor sollte ich Angst haben? Du bist es, die sich davor fürchtet, dass diese lächerlichen Sterblichen scheitern könnten. Du hängst an ihnen, obwohl sie nur einen Atemzug existieren werden, kaum genug, um wirklich etwas Außergewöhnliches vollbringen zu können. Und wo hast du Esnail gelassen? Wollte er dich etwa nicht begleiten?"

Seine Stimme jagte ihr einen Schauer über den Rücken, so kühl und berechnend klang sie. Waren wirklich nur 627 Jahre vergangen, seit sie sich das letzte Mal begegnet waren? Seit die Menschen Rajonis vergessen und eine neue Zeitrechnung begonnen hatten. Sie glaubten, dass Iramont und Esnail nach tausend Jahren zurückkehren würden.

„Zeig dich! Ich will dich wenigstens einmal ansehen können", forderte sie und bleckte die Zähne.

Sie hatte nicht erwartet, dass er sich wirklich dazu herablassen würde, doch nun bildete sich vor ihren Augen eine dichter und dichter werdende Nebelwand. Ihre Pfoten trugen sie ein Stück näher heran und sie konnte die winzigen Wassertröpfchen erkennen, die von den Nadeln der Bäume und aus der Luft heranschwebten, um seine Umrisse zu formen.

„Der Junge und das Mädchen stehen unter meinem Schutz", stieß sie so eindringlich wie möglich hervor. „Du wirst keine Macht über sie haben und ich werde jedes von dir ausgelöste Unheil von ihnen abwenden."

„Und was ist mit den anderen beiden?", hakte die Stimme in ihrem Kopf nach.

„Sie ... Wie kannst du nur? Sie stellen doch keine Gefahr für dich dar!"

„Noch nicht. Aber schon sehr bald wird sich das vermutlich ändern. Wir haben nur noch ein Jahr, macht dir das keine Sorgen, Iramont? Der Junge ist schon siebzehn. Sie müssen Kinder sein."

Sie fauchte und ihre Ohren legten sich dichter an ihren Kopf, während sie einige Schritte zurückwich. Ihr war der bedrohliche Unterton in seinen Worten nicht entgangen. Er war unberechenbar geworden. Auch für sie.

„Was spielt das schon für eine Rolle? Ist dir deine Existenz wichtiger als das alles hier?"

„Oh ja, ich hänge sehr daran. Mehr, als an diesen schwachen und erbärmlichen Kreaturen."

Sie sog die Luft rasselnd ein. Der Körper, dessen sie sich bediente, war einer von diesen erbärmlichen Kreaturen. Aber wie konnte etwas so Wunderbares und Vollkommenes dem Untergang preisgegeben werden?

„Vielleicht ist das ja der Grund", stellte sie mit Bitterkeit fest. „Vielleicht ist es ein Fehler von dir, dich selbst im Mittelpunkt von alledem zu sehen. Vielleicht ist es falsch, Macht und Stärke über alles zu stellen. Vielleicht ..."

„Sei still! Du bist bereits genauso schwach! Du hast Mitleid mit ihnen und fühlst wie sie. Du bist deiner Aufgabe unwürdig geworden. Du hast dich genauso schuldig gemacht wie ich."

„Ich weiß." Für einen Moment glaubte sie, die Gestalt vor ihr erkennen zu können, so wie sie ganz zu Anfang einmal gewesen war, bevor sich vor so langer Zeit ihre Wege getrennt hatten. „Wir haben es nicht mehr verdient, Götter genannt zu werden." Sie sprach die Worte mit Verachtung aus, ohne zu ahnen, was für eine Wirkung sie auf ihn haben würden.

Ohne Vorwarnung stürzte der Schemen auf sie zu und hüllte sie ein. Feuchte Wassertropfen umschlossen das dichte Fell, Kälte durchströmte sie, doch dann wurde ihre Wahrnehmung mit einem Mal von einem viel stärkeren Gefühl beansprucht. Nie zuvor hatte sie etwas vergleichbar Schreckliches oder Erniedrigendes gefühlt. Beinahe ohnmächtig von dem Schmerz, der plötzlich eines der Vorderbeine der Wölfin betäubte, blieb sie am Boden liegen und fühlte sich zum ersten Mal, seit sie diese Erde betreten hatte, wirklich schwach. Sie war nie so hilflos und verletzlich gewesen wie jetzt. Ein klägliches Jaulen drang aus der Kehle des Tieres und fand seinen Weg in die Nacht hinaus.

„Es war naiv von dir, hierherzukommen", spottete er. „Du hast vergessen, wie verwundbar deine Geschöpfe sind. Es ist ein großer Fehler, zu glauben, dass du mit deinen klugen Worten irgendetwas bewirken kannst. Vergiss das nie wieder! Willst du nicht deine Meinung ändern und mir helfen, dein Leben zu retten? Hast du jetzt immer noch das Gefühl, dass der Tod eine Leichtigkeit ist? Schmerzen, Iramont, du kennst keine Schmerzen. Du musstest so etwas niemals fühlen. Wie, glaubst du, wird es sich anfühlen, zu sterben?"

Lilliana erwachte mitten in der Nacht, ohne zu wissen, weshalb. Als sie die Augen aufschlug und die ersten verschwommenen Momente zwischen Schlaf und Wirklichkeit vergangen waren, starrte sie zunächst nur in Dunkelheit. Erst dann dämmerte ihr allmählich, dass sie irgendwo in einem Wald in Gyndolin unter dem Wurzelwerk eines Baums lag. Und ehe sie sich versah, war sie hellwach. Keine Chance, wieder einzuschlafen.

Missmutig schob sie sich aus ihrem Deckenberg, den sie am Abend zuvor sorgfältig um sich drapiert hatte, und versuchte, irgendetwas zu erkennen. Rechts von ihr glommen schwach die Überreste des Feuers. Ein Windhauch strich darüber und ließ eine der letzten Flammen verlöschen.

Als sie genauer hinsah, entdeckte sie, dass die Wache, deren Aufgabe es eigentlich gewesen wäre, das Feuer am Brennen zu halten, sich bequem zusammengekauert hatte und schlicht und ergreifend weggedämmert war. Es würde am nächsten Morgen ziemlich kalt werden.

Mit einem innerlichen Seufzen drehte sie sich zur anderen Seite um und hielt mitten in der Bewegung inne. Ein Schauer des Erschreckens durchfuhr sie und sie spürte, wie das Blut in immer schnelleren Stößen durch ihren Körper schoss. Etwas war ganz und gar nicht in Ordnung. Lucia war nicht da. Ihre Decke, ihre Tasche, alles lag so zerwühlt da, wie es sein sollte, aber ohne Lucia. Verdammt, konnte man dieses Mädchen denn keinen Augenblick alleine lassen? Musste sie jetzt auch noch eine Rolle als Kindermädchen für sie annehmen? Hatte sie dafür nicht irgendeinen Leibwächter? Wo steckte dieser Kerl und wieso hatte er die Prinzessin nicht aufgehalten? Ein dumpfes Gefühl in ihrer Magengegend sagte ihr, dass sie nicht bloß einen kleinen Mitternachtsspaziergang machte. Vielleicht hätte sie sich nicht in dieses Abenteuer stürzen sollen.

Der Körper der Wölfin erbebte unter einer neuen Welle des Schmerzes und es gelang ihr nur mäßig, die in ihr aufsteigende Verwirrung vor Rajonis zu verbergen. Die Wolke aus Tautröpfchen, die seine Konturen umrissen, war vor ihr zurückgewichen und hatte sich ein Stück von ihr entfernt erneut verfestigt. Die Atmosphäre war angespannt und voller Bedrohung.

Nein, sie hatte nicht gewusst, wie sich körperliche Schmerzen anfühlten, sie hatte bisher immer nur anderen beim Leiden und Sterben zusehen müssen.

„Ich weiß nicht, wie es sein wird. Aber ich glaube, dass es friedlich ist. Du hast sie doch alle gesehen, Rajonis. Hast du nicht gesehen, dass viele von ihnen mit Ruhe im Herzen und einem Lächeln auf den Lippen diese Welt verlassen?" Erst jetzt, wo sie darüber nachdachte, kamen ihr die Gesichter der Toten in den Sinn. Sie waren so zahlreich, dass es sie traurig machte.

„Du bist so lächerlich gutgläubig. Verschließ deine Augen doch nicht vor der Realität. Sieh dir an, wie diejenigen leiden, die einen gewaltsamen Tod sterben. Sieh dir an, wie sie kämpfen, flehen und um Gnade betteln. Du nimmst nur wahr, was du auch sehen willst." Seine Stimme fühlte sich in ihrem Kopf überwältigend und mächtig an. Sie schien von allen Seiten zu kommen und brachte die Gedanken, die sie sich so sorgfältig zurechtgelegt hatte, hoffnungslos durcheinander. Wie sehr wünschte sie sich jetzt, nicht in dieser Gestalt vor ihm auf dem Boden kriechen zu müssen und zurück in ihren unverletzten und gesunden Körper zu fliehen. Aber das wäre ein Siegeseingeständnis für ihn und sie war nicht in der Lage, diese Wölfin zu verlassen, ohne gleichzeitig ihr Todesurteil zu unterschreiben.

„Es ist nicht … Ich bin lange genug auf diesem Planeten, um zu wissen, wie seine Geschöpfe leben. Ich glaube nur, dass der Tod auch eine Erlösung sein kann. Für uns. Endlich alle Verantwortung ablegen und einem Ende entgegenstreben zu können wie alle anderen auch. Manchmal glaube ich, dass ich es keinen Augenblick länger aushalte."

„Wir sind nicht wie alle anderen und es würde alles in noch größeres Chaos stürzen, wenn wir gehen."

„Nein, ich habe nicht das Gefühl, noch gebraucht zu werden. Und sag du mir nicht, dass du nicht schon viele Tausend Stunden über unseren Sinn nachgedacht und die Zeit zu zählen versucht hast. Das sind Qualen. Und sie sind schlimmer als viele Leiden der Lebenden, weil sie niemals aufhören."

Die Schritte der Prinzessin waren nur ein leises Knistern und Rascheln auf dem Boden, das unter dem Rauschen der Nadelbäume und den Lauten nächtlicher Jäger kaum zu hören war. Lucia glaubte sogar, ihren Herzschlag deutlicher zu spüren und trotz der Dunkelheit alles ein wenig schärfer als bei Tag wahrnehmen zu können. Wolkenfetzen jagten wie in einem Wettlauf über den Himmel und verdeckten von Zeit zu Zeit den Mond, ihre einzige Lichtquelle. Sie konnte nicht genau sagen, was sie dazu getrieben hatte, die Sicherheit des Lagers zu verlassen und ohne klares Ziel oder den blassen Schimmer von Orientierung loszulaufen. Hinein in die Fänge der Finsternis, ins Ungewisse. Doch wenn sie in sich hineinhorchte, war da eine leise, ihr bisher unbekannte Stimme, die sich wünschte weiterzugehen. Nein, sie korrigierte sich selbst. Sie verlangte danach. Ohne Rücksicht auf die Regeln der Logik und ohne die Notwendigkeit einer Begründung. Vielleicht waren es die Rufe des Wolfes irgendwo in der Ferne gewesen, die sie aufgeschreckt hatten, die sie dazu zwangen, ihnen nachzugehen.

Ihre Füße bewegten sich langsamer und blieben schließlich stehen. Sie lauschte in die Dunkelheit und hörte für einen Moment nur das Geräusch ihres eigenen Atems. Gleichmäßig und ruhig. Dann ertönte es erneut. Das Wehklagen eines Tieres. Die kleinen Härchen auf ihrer Haut stellten sich auf und ein Frösteln durchlief sie. Sie war dem Geräusch bedeutend näher gekommen.

Erneut setzte sie sich in Bewegung und bahnte sich einen Weg durch das dichte Gestrüpp aus Zweigen. Sie nahm kaum wahr, dass sich die kleinen Nadeln in ihrem Haar verfingen und in ihre Haut piksten. Schritt für Schritt folgte sie dem längst verklungenen Ruf, zielstrebig und gerade so, als wäre der Weg vor ihr gepflastert. Mit jedem Fuß, den sie vor den anderen setzte, fühlte sie sich sicherer. Sie hörte auf, darüber nachzudenken, weshalb sie immer weiterging. Unter normalen Umständen wäre ihr längst bewusst geworden, dass sie den Weg zurück ins Lager nicht mehr wiederfinden würde. Flüchtig kam ihr der Gedanke, dass sie sich bloß in einem der Realität sehr nahen Traum befand. Es war doch möglich, dass das Heulen des Wolfes sich auch im Schlaf in ihren Kopf geschlichen hatte und sie weiter verfolgte. Doch bevor sie hinterfragen konnte, weshalb sie aufgrund dieser Erkenntnis noch nicht aufgewacht war, verlor sie den Gedanken. Er verblasste einfach, entfernte sich von ihr und wurde von einer stärker werdenden Macht ersetzt.

Die Wölfin wagte es nicht, sich zu rühren, als sich die schwebende Gestalt auf sie zu bewegte. Es war ein seltsames Gefühl, so hilflos vor ihm auf der Erde zu kauern und ihm ausgeliefert zu sein. Sie hatte immer geglaubt, zumindest ebenbürtig mit ihm reden zu können. Was hatte sich geändert?

Sie nahm wahr, wie einige der Wassertröpfchen gegeneinanderstießen und sich zusammenschlossen. Fast zärtlich fuhren sie in der Gestalt von Rajonis' Händen über ihr Fell, verharrten über dem kräftigen Herzschlag der Wölfin, strichen über ihren sich hektisch auf und ab bewegenden Brustkorb. Das Geheimnis des Lebens hatte sie schon immer fasziniert. Es fühlte sich nicht richtig an, diesen Körper zu benutzen, es fühlte sich nicht an, als gehörte sie hier her, aber manchmal glaubte sie, die Grenzen verschwimmen lassen zu können.

„Iramont." Beim Klang ihres Namens wallte Ablehnung in ihr hoch. Versuchte er, sie an ihrem empfindlichsten Punkt zu treffen?

„Nein, ich werde meine Meinung nicht ändern", beharrte sie, so fest sie konnte. „Ich werde sie dir nicht kampflos überlassen!"

„Kampf?" Etwas Prickelndes, fast wie ein Lachen drang zu ihr durch. „Du vergisst, wie schwach du bist. Du hast keine Wahl. Ich brauche deinen Segen nicht mehr."

„Was soll das heißen?" Ein Adrenalinstoß durchzuckte die Wölfin und unter gewaltiger Anstrengung gelang es ihr, sich in die Höhe zu stemmen. Die Wassertröpfchen zerstoben zu feinem Nebel und zogen sich schlagartig zurück. Seine Reaktion bestätigte ihr die schreckliche Vermutung, die in ihr aufgekeimt war.

Hastig sandte sie ihren Geist aus, tastete sich über die unzähligen Leben des Waldes und fand schließlich, wonach sie gesucht hatte. Es war das Mädchen. Er hatte sie bereits in seinen Fängen. So fest, dass sie beinahe willenlos war und es ihr nicht ohne Weiteres gelingen würde, sie daraus zu befreien.

„Wie konntest du nur?"

Lilliana fluchte vor sich hin, während sie den Abdrücken von Lucias Schuhen folgte. Irgendetwas stimmte hier nicht, denn ihre neue Freundin hatte sich schnurstracks auf ein Ziel zu bewegt, als ob sie an einem Faden dorthin gezogen worden war. Sie selbst musste sich durch das unwegsame Gelände vorankämpfen, doch die Prinzessin hatte auch die dichtesten Gebüsche nicht gescheut, obwohl ein Umweg sie kaum Zeit und Mühe gekostet hätte. Was, bei Iramont, hatte dieses Mädchen vor?

Mit einem Mal teilte sich der Wald vor der Prinzessin und sie stolperte unbeholfen auf eine Lichtung. Ihre Gedanken beschränkten sich auf das, was sie wahrnahm. Schwaches Mondlicht, das eine Wand aus Wassertropfen zum Leuchten brachte und dahinter ein Wolf mit gefletschten Zähnen, angelegten Ohren und einem merkwürdig abgespreizten Bein. Der Wolf schien bei ihrem Anblick in sich zusammenzufallen, doch Lucia beachtete ihn kaum. Ihre Aufmerksamkeit richtete sich auf den Nebel vor ihr. Mit weit aufgerissenen Augen starrte sie darauf und wartete auf Anweisungen.

„Rajonis." Keuchend betrachtete sie das Mädchen, dieses verletzliche und unschuldige Wesen, das er so einfach zu Fall bringen konnte. Sie versuchte mit ihrem Geist, den seinen fortzuschieben, drängte sich zwischen seine Umklammerung und versuchte, sie von innen zu sprengen. Voller Entsetzen musste sie jedoch feststellen, dass sie nichts an der Situation ändern konnte. Nicht auf diese Weise.

„Rajonis, es ist erbärmlich. Findest du nicht? Glaubst du wirklich, diese Kleine könnte uns ernsthaft gefährlich werden? Hältst du sie für so mächtig? Weshalb lässt du ihr nicht eine gerechte Chance, anstatt sie einfach zu zerquetschen? Du bist noch tiefer gesunken, als ich gedacht hätte."

Bedrohlich näherte er sich ihr erneut. „Hör auf damit. Das sind lächerliche Anschuldigungen, und das weißt du auch."

„Aber denkst du etwa nicht so? Hast du wirklich Angst, dass sie stärker als du werden könnte?"

„Das reicht." Sie hatte nicht damit gerechnet, dass er erneut die Kontrolle verlieren würde, nicht so bald und nicht so heftig. Als sie dieses Mal zu Boden ging, spürte sie jedoch kaum noch den Schmerz, denn aus den Augenwinkeln nahm sie wahr, wie das Mädchen sie nun ansah. Ihre Augen fixierten das Gesicht der Wölfin und hellten sich plötzlich auf, so als könnte sie ihre wahre Gestalt erahnen. Die Starre fiel von ihr ab und ein Ausdruck tiefster Verwirrung trat auf ihre Züge.

„Was?", flüsterte sie schwach, als redete sie mit sich selbst, ohne den Blick von der Wölfin abzuwenden. „Wo bin ich?"

Rajonis' Bann war von ihr gewichen, ohne dass sie sich dessen überhaupt bewusst gewesen war. Die Wölfin bäumte sich kraftlos auf und wich einige Schritte zurück. Was das Mädchen hier sah, war nicht für ihre Augen gedacht. Sie musste ihren Weg allein zurücklegen, so wie es von Anfang an gedacht gewesen war. Die Kraft der Verzweiflung reichte aus, um das Tier weit genug in den Wald hineinzutragen, um das Mädchen auf der Lichtung zurückzulassen.

„Du bist immer noch da?", stellte die Wölfin fest. Da war sein Geruch in der Luft.

„Lass uns eine Vereinbarung treffen." Keine Spur von Überraschung. Hatte er damit gerechnet, dass das Mädchen schon jetzt solche Kräfte besitzen würde?

„Woher plötzlich diese Einsicht?"

„Sie hat mich neugierig gemacht. Mich interessiert, was aus ihr werden kann. Du hast recht, sie wird niemals ihre Aufgabe erfüllen können. Ich werde mich aus dieser Angelegenheit heraushalten, solange du dasselbe tust."

„Woher soll ich wissen, dass du dich daran hältst?"

„Vertrau mir."

Sie hätte am liebsten darüber gelacht, aber sie hatte keine andere Wahl, als auf sein Angebot einzugehen. Mehr konnte sie nicht tun. Über die Kinder wachen und darauf achten, dass er sich an dieses Versprechen hielt.

„Lucia!" Die Prinzessin blinzelte leicht und stellte fest, dass sie irgendwo mitten im Wald stand und ihr unglaublich schwindelig war. Eine warme Hand legte sich auf ihre Schulter und kurz darauf war Lilliana neben ihr.

„Da bist du ja! Was für ein Glück, dass ich dich überhaupt gefunden habe. Weißt du eigentlich, was du mir für einen Schrecken eingejagt hast?" Sie wirkte wie eine besorgte Mutter, die endlich ihre Tochter wiedergefunden hatte. Doch als sie Lucia zu sich drehte, verschwand ein wenig von der Erleichterung. „Was ist passiert? Du siehst so blass aus."

Lucia starrte sie an. Sie war genauso verwirrt und hatte keine Ahnung, was gerade geschehen war. Die Erinnerung war verschwunden und sie wusste nur noch, dass irgendetwas passiert war. „Ich glaube, ich bin geschlafwandelt", begann sie langsam. Ihr Mund fühlte sich trocken an und erst jetzt spürte sie auch die Kälte in ihren Gliedern. „Ich habe so was noch nie gemacht", fügte sie hinzu und zuckte die Schultern. „Da war irgendetwas. Ich habe diesen Wolf gesehen und … ich weiß es nicht mehr. Tut mir leid."

Lilliana betrachtete sie prüfend und seufzte dann: „Immerhin ist dir nichts passiert. Ich dachte, du bist verrückt geworden und versuchst wirklich, dieses Tier zu retten."

„Ich wollte das nicht", beeilte sich Lucia zu sagen und schlang die Arme um den Körper. „Bitte erzähl meinem Vater nichts davon. Er würde gar nicht mehr aufhören, mich mit Vorwürfen zu überschütten. Darauf habe ich wirklich keine Lust."

„In Ordnung. Von mir wird er nichts erfahren." Lilliana kniff die Lippen zusammen und rang sich zögernd dazu durch, noch etwas zu ergänzen. „Dein Stein, der Stein von Azur, du hast mir doch gezeigt, dass er leuchtet. Ich glaube, du hast mir noch nicht die ganze Geschichte erzählt. Es wäre vielleicht besser, wenn du jemanden ins Vertrauen ziehen würdest."

Die Prinzessin stieß den Atem in einer winzigen Nebelwolke aus. Nebel. Das erinnerte sie flüchtig an etwas. „Ja", sagte sie schließlich. „Das muss ich wohl. Ich weiß nicht besonders viel, aber gestern Morgen ist mir etwas wirklich Unheimliches passiert."

Und dann erzählte sie ihr von der Legende der Steinträger und den eindeutigen Parallelen zum Stein von Azur.

# Durch das Moor

Der nächste Morgen begann für Lucia mit einer mehr als unliebsamen Überraschung. An die vergangene Nacht und ihren unfreiwilligen Spaziergang erinnerte sie sich erst, als Lillianas schuldbewusstes Gesicht neben ihr auftauchte. Gerade erst war sie einem Netz von verwirrenden Träumen entkommen und hatte feststellen müssen, dass die meisten schon auf den Beinen waren und entweder dabei waren, zu frühstücken oder das Lager abzubauen.

„Dein Vater möchte dich sprechen. Er weiß nicht, dass du bis eben geschlafen hast, also würde ich mich an deiner Stelle ein bisschen beeilen. Ich hoffe, er hat nicht mitbekommen, was gestern passiert ist."

Lucia rieb sich die Augen und gähnte. „Wie sollte er davon erfahren haben?", murmelte sie verschlafen.

„Naja, ich habe es Merior erzählt", gab Lilliana zu und sah verlegen zur Seite. „Tut mir leid. Ich wollte das wirklich für mich behalten, aber er wollte dich schon vor einer Stunde nicht besonders liebevoll wecken und hat nicht verstanden, weshalb ich dir noch ein bisschen Zeit lassen wollte. Wie könnte dein Vater dir einen Vorwurf daraus machen, dass du geschlafwandelt bist?"

Während die Prinzessin schlaftrunken den Kopf schüttelte, warf sie ihre Decke zur Seite und stellte fest, dass ihr linker Fuß nicht darunter gelegen hatte. Er fühlte sich kalt und verspannt an. „Vielleicht keinen Vorwurf, aber eine seiner endlosen Tiraden darüber, wie viele Sorgen er sich um mich gemacht hat, ist um diese Zeit auch zu anstrengend für mich."

Lilliana folgte ihr bis zur königlichen Kutsche, schenkte ihr ein kurzes, aufmunterndes Lächeln und ging dann zurück zum Rest der Gruppe. Kurz nachdem Lucia angeklopft hatte, öffnete ihr Vater und bat sie stumm, sich ihm gegenüber auf einem samtenen Polster niederzulassen.

Sein Gesicht zeigte keinerlei Emotionen, an denen sie hätte ablesen können, worüber er mit ihr reden wollte und wie sie sich verhalten sollte.

„Wie geht es dir, Lucia? Hast du gut geschlafen?", fragte er.

„Ja, Vater", erwiderte sie brav und beobachtete, wie seine Züge für einen Moment ihre Härte verloren.

„Du weißt, dass jetzt die letzte Gelegenheit ist, noch umzukehren. Noch kann ich dich mit einer kleinen Gesandtschaft zurück nach Mirifiea schicken."

Lucia verschränkte die Arme. „Was soll das? Wieso sollte ich zurück wollen? Ich habe mich dafür entschieden mitzukommen und diese Meinung werde ich auch so schnell nicht ändern. Dass ich schlafgewandelt bin, ist doch noch lange kein Grund, mich abzuschieben."

„Lucia, ich möchte dich nicht abschieben, ich … du bist schlafgewandelt?"

„Du wusstest es nicht?", fragte Lucia perplex und ärgerte sich innerlich zu Tode. Natürlich nicht. Sie war so dumm gewesen zu glauben, dass Merior gleich mit jeder Kleinigkeit zu ihrem Vater laufen würde. Sie hatte es tatsächlich geschafft, sich selbst ein Bein zu stellen. „Ja, ich bin schlafgewandelt. So etwas in der Art. Nur ein bisschen. Lilliana hat mich aufgeweckt und ich bin wieder ganz normal eingeschlafen. Ich weiß nicht. Das war völlig harmlos." Ihre Worte überschlugen sich beim Lügen und klangen in ihren Ohren nicht sonderlich überzeugend.

Ihr Vater lehnte sich zurück und blickte für einen Moment starr aus dem Fenster, so als wäre sie gar nicht anwesend. „Das will ich hoffen", sagte er schließlich und sah sie wieder an. „Aber sonst ist alles in Ordnung? Fühlst du dich wohl?"

„Natürlich. Was sollte sein?"

„Ich habe erst gerade eben erfahren, dass Ergor in Mirifiea mit Gliederschmerzen im Bett liegt. Du hast also keinen Leibwächter mehr. Er hat es nicht einmal mehr geschafft, mich zu informieren. Es ist Zufall, dass ich das überhaupt mitbekommen habe." Es folgte ein weiterer Moment des Schweigens, in dem Lucia versuchte, sich ihre Erleichterung nicht anmerken zu lassen. Einen Leibwächter auf dem Schloss zu haben, der einem bei allem Möglichen helfen konnte, war eine Sache, aber einen Leibwächter, der einen in aller Öffentlichkeit begleitete und auf sie aufpasste, war einfach nur peinlich. Vor allem, wenn sie in der Begleitung von sechzig Lords und Ladys war, die sie alle genauso gut beschützen konnten. Es war nicht schön, dass Ergor krank war, aber sie musste zugeben, dass dieser unwahrscheinliche Zufall sie freute. Was auch sonst?

In diesem Moment klopfte es plötzlich an die Tür der Kutsche. Die Lady, die sich nun mit einem beladenen Frühstückstablett zu ihnen gesellte, kannte Lucia. Sie konnte sich daran erinnern, ein- oder zweimal mit der jungen Architektin gesprochen zu haben, und nach einigem Nachdenken fiel ihr sogar der Name ein: Lady Zynthia. Während sie den Tisch deckte, erschien ein herzliches Lächeln auf ihren Lippen, das so gar nicht zu Melankors Stimmung passen wollte. Lucia blickte kurz zu ihrem Vater hinüber und stellte fest, dass seine verbissene Miene sich wieder ein wenig entspannt hatte. Das war eine Unterbrechung, die genau zur richtigen Zeit gekommen war.

„Lady Zynthia wird auch in deiner Reisegruppe sein", bemerkte Melankor, um die Stille zu überwinden.

„Genau", versicherte die Genannte eifrig und fügte hinzu: „Wenn du also irgendwelche Probleme hast oder in Schwierigkeiten geraten solltest, kannst du gerne zu mir kommen."

„Danke schön, das werde ich." Sie war sich nicht ganz sicher, ob sie dieses Versprechen würde einhalten können, wenn ihre Probleme etwas mit dem Stein zu tun hatten.

Mit einem gut gelaunten Grinsen verabschiedete Zynthia sich kurz darauf wieder und verließ die Kutsche.

„Macht es dir etwas aus, wenn ich draußen bei den anderen esse?", fragte Lucia vorsichtig. Ihr Vater schüttelte nur den Kopf. Plötzlich schien wieder alle Kraft aus ihm gewichen zu sein. Adenors Tod nahm ihn wirklich mit. Tröstend legte Lucia den Arm um ihn. Es war kein Wunder, dass er so gereizt auf alles reagierte und mit seiner Aufgabe überfordert war. Sie hoffte sehr, dass diese Veränderung nicht von Dauer sein würde und er bald wieder der gutmütige Vater sein würde, den sie kannte und liebte.

„Ich gehe dann. Soll ich dir Merior zurückschicken?" Sie hatte gehofft, sich so aus der Affäre ziehen zu können, doch sie hatte sich zu früh gefreut.

„Lass nur. Und Lucia … der Stein von Azur. Du hast ihn doch zu Hause gelassen, oder?"

Ehe sie wirklich darüber nachgedacht hatte, rutschte ihr schon die Lüge von den Lippen. „Wieso sollte ich ihn mitnehmen? Natürlich ist er zu Hause." Sie senkte den Blick und drehte sich um, weil sie wusste, dass sie seinem nicht hätte standhalten können.

In der Zwischenzeit hatten die Lords einen Großteil des Gepäcks auf ihre Pferde geladen. Lucia schlang rasch eine Scheibe Brot herunter, die Lilliana für sie aufgehoben hatte, und ging dann zu Tristan, der beladen mit zwei schweren Satteltaschen neben Lillianas Stute stand. Lucia umarmte seinen kräftigen Hals und sog den Geruch des Pferdes in sich auf.

„Wie war es bei deinem Vater?", fragte Lilliana und blieb neben ihr stehen.

„Sagen wir es mal so: Merior hat das mit dem Schlafwandeln nicht weitererzählt, aber ich war so dumm und bin selbst darauf zu sprechen gekommen. Es gibt allerdings auch eine gute Nachricht: Mein Leibwächter ist in Gyndolin geblieben."

Lilliana zog eine Augenbraue hoch. „Du hast einen Leibwächter? Das ist ziemlich beeindruckend."

„Ich weiß, wie albern das klingt."

„Doch, wirklich. Ich hätte auch gerne einen Leibwächter." Als sie zu grinsen begann, boxte ihr Lucia beleidigt in die Seite.

Es dauerte nicht lange, bis Lord Wyn den Befehl zum Aufbruch gab, sich alle auf ihre Pferde schwangen und der Zug sich langsam in Bewegung setzte. An der Spitze ritt der Hauptmann mit seinen Gefolgsleuten. Danach kam die Kutsche mit dem König. Merior und die beiden Mädchen folgten ihr. Die restlichen Lords und Ladys ritten in Dreierreihen zusammen und ganz zum Schluss rollte der Verpflegungswagen über den Waldboden. Hunderte Hufe hinterließen tiefe Abdrücke.

Sie waren noch nicht weit geritten, als sich Merior plötzlich auf seinem Pferd Sturmschweif zwischen sie schob. Lucia quittierte sein überfreundliches „Guten Morgen" mit dem halbherzigen Versuch zu lächeln. Sie hatte wenig Grund, auf ihn wütend zu sein, aber es störte sie, dass er Lilliana mit seinen so offensichtlichen Annäherungsversuchen für sich zu gewinnen versuchte. Er war nun mal ihr Bruder und das war ihr sehr peinlich.

„Vater hat noch keinen neuen Aufpasser für dich gefunden, oder?", fragte er sie.

„Nein, und ich brauche keinen mehr."

„Ich stehe jederzeit für dich bereit, wenn du in Gefahr geraten solltest oder von bösartigen Kreaturen entführt wirst. Und für dich natürlich auch." Er wandte sich Lilliana zu und schenkte ihr ein mehr als deutliches Lächeln.

„Vielen Dank für das Angebot, aber das ist wirklich nicht nötig. Ich glaube nicht, dass du uns besser verteidigen könntest als ich."

Sein Blick glitt an ihrer Hüfte entlang und fiel auf ihren ledernen Gürtel, an dem ein im Takt der Pferdehufe auf und ab hüpfendes Leichtschwert befestigt war. Er nickte anerkennend und sah ihr wieder in die Augen. Trotz der geringen Kraft, die man mit einem Leichtschwert aufwenden musste, war es eine gefährliche Waffe. Sie zu beherrschen war schwerer, als es auf den ersten Blick aussah, und viele Lehrlinge unterschätzten sie, wenn sie den Umgang damit im ersten Lehrjahr beigebracht bekamen.

„Gehe ich recht in der Annahme, dass du mit Schwertern umgehen kannst?" Merior brachte es nicht über sich, seine Anerkennung auszusprechen. Lilliana hatte mit ihrer Ausbildung schließlich noch nicht einmal begonnen.

„Ja, das könnte man durchaus sagen."

„Dann fordere ich dich hiermit zu einem Duell auf!"

Lucia sog die Luft scharf ein. Wie würde ihre Freundin reagieren? Lilliana schien genau so überrascht wie sie selbst zu sein. Ihre Lippen kräuselten sich nachdenklich und eine ihrer Augenbrauen schnellte erneut in die Höhe. Doch lange zögerte sie nicht.

„Es wäre mir sogar eine Ehre. Was hältst du von einem Duell auf Leben und Tod? Das würde alles ein wenig dramatischer machen. Oder möchtest du lieber um die Gunst einer Prinzessin kämpfen?" Sie reckte den Hals und sah huldvoll auf ihn herab.

Merior wirkte etwas beleidigt. Er meinte es wirklich ernst und es kostete ihn einiges, seinen Stolz herunterzuschlucken und nichts darauf zu erwidern. „Gut, dann ist es abgemacht. Heute Abend. Schwert gegen Schwert. Als Einsatz genügt deine Ehre", sagte er grimmig.

„Meine Ehre? Ich glaube nicht, dass ich davon so viel zu verlieren habe", gab Lilliana zurück und nickte ihm noch einmal zu, bevor er sich verabschiedete und davoneilte. „Das wird interessant. Er glaubt, dass er mich mit links besiegen wird, aber da täuscht er sich." Lucia war sehr gespannt auf dieses Duell. Wer von den beiden war wohl stärker? Merior war älter und kräftiger als ihre Freundin, aber dafür war sie die Tochter von Hauptmann Meandros.

„Hast du eigentlich Geschwister?", fragte Lucia.

„Leider nein. Weißt du, manchmal hätte ich gerne welche. Du solltest dankbar dafür sein, gleich drei Brüder zu haben. Auch wenn du das anders siehst. Ohne sie wärest du mit Sicherheit häufig einsam."

„Es ist nicht so, dass sie wahnsinnig viel Zeit mit mir verbringen würden. Außerdem hätte ich viel lieber eine Schwester." Lilliana konnte nicht wissen, dass sie sich trotzdem alleine fühlte. Daran konnten alle Brüder der Welt nichts ändern.

Gegen Mittag erreichten sie Oberstadt, eine größere Ansammlung von Häusern, die keinem einheitlichen Baustil zuzuordnen waren. Unter den neugierigen Blicken der Bevölkerung schlugen sie ein Mittagslager zum Ausruhen auf. Nach einer kleinen Stärkung blieb ihnen noch ein wenig Zeit, und Lilliana bat Merior und Lucia, mit ihr die Stadt zu erkunden. Die drei schlenderten gemütlich durch die schmalen Gassen, warfen Blicke in die Auslagen und betraten einige Läden.

„Wartet mal!" Lilliana war plötzlich stehen geblieben, und als die beiden anderen sich umdrehten, entdeckten sie, dass sie beinahe ein Geschäft übersehen hätten.

Das Haus war aus grobem Stein erbaut worden und besaß noch nicht einmal ein Schaufenster. Nur ein kleines, handgeschriebenes Schild verriet, dass es sich um ein Geschäft handelte. Die Ladentür war sehr niedrig und jemand hatte sie in verschiedenen Brauntönen angestrichen. Als sie neugierig eintraten, bimmelte eine helle Glocke. Der grauhaarige Verkäufer blickte sofort von der Theke auf, und als er das königliche Wappen an Meriors Uniform wahrnahm, verwandelte sich seine ernste Miene in ein freundliches Lächeln. Nervös strich er sich kurz über den Anzug und schüttelte ihnen dann höflich die Hand.

„Herzlich willkommen! Was für eine Ehre, einen Lord hier begrüßen zu dürfen", sagte er.

Merior grinste verlegen. „Um genauer zu sein, habt Ihr es mit Merior und Lucia von Gyndolin zu tun, und das hier ist die Tochter des Hauptmanns von Morofin."

Lucia nahm kaum Notiz von den Lobtiraden des Mannes, sondern atmete das köstlich duftende Aroma ein, das den ganzen Laden durchströmte. Ihr lief das Wasser im Munde zusammen. Hier wurde nichts anderes als Schokolade angeboten.

„Nehmt doch Platz!", forderte der Mann sie auf und deutete auf ein niedriges Tischchen, um das vier Hocker aufgebaut waren. Das Geschäft wirkte sehr gemütlich. Im ganzen Raum verteilt standen Regale, Tischchen und Vitrinen und überall gab es die unterschiedlichsten Schokoladenvariationen zu bestaunen. Das Besondere an den Schokoladensorten waren ihre außergewöhnlichen Formen und Farben. Hinter der winzigen Theke gab ein großes Fenster einen Blick auf den Innenhof frei.

Der Verkäufer erzählte ihnen voller Stolz, dass es einer seiner Vorfahren gewesen war, der die Kakaopflanze entdeckt hatte. Bis dahin hatte man nämlich angenommen, dass sie ungenießbar wäre. Doch dieser Vorfahre hatte den Kakao mit anderen Zutaten vermischt und eine köstliche Kreation nach der anderen erfunden. Der Rest der Geschichte war schnell erzählt: Nach und nach waren die Menschen auf den Geschmack gekommen und das kleine Geschäft war eines der beliebtesten geblieben. Lilliana hatte sogar schon einmal davon gehört. Während sie kostenlose Schokolade verspeisten, die ihnen großzügig angeboten wurde, brachte der Besitzer des Geschäfts einen Tee und erzählte strahlend von anderen berühmten Persönlichkeiten, die schon bei ihm Schokolade erworben hatten. Lucia, Lilliana und Merior hörten schweigend zu. Sie waren zu sehr mit Probieren beschäftigt.

„Auf ihren Staatsbesuchen kamen Königin Rosetta und König Adenor oft bei mir vorbei. Stellt Euch vor: Die Elfenkönigin behauptete sogar, die Schokolade hier schmecke ihr besser als jene, die es in Lirin gibt. Sie meinte, meine Schokolade wäre jeden weiten Weg wert."

Lucia lächelte und fragte sich, ob er nicht ein wenig übertrieb.

„Und was für ein Zufall, dass gerade Ihr heute zu mir kommt. So kurz nachdem König Adenor verstorben ist, kann ich endlich seinen Auftrag erfüllen." Lucia horchte auf. König Adenor hatte diesem Mann einen Auftrag erteilt? Sie blickte zu Lilliana hinüber, deren Lippen ein seltsames Lächeln umspielte. Fast so, als hätte sie das schon geahnt und nur darauf gewartet, dass dieser Mann darauf zu sprechen kam. Er erhob sich, ging um die Theke herum und machte sich mit einem Schlüssel daran zu schaffen.

Kurze Zeit später brachte er ein Päckchen zu ihnen herüber. Es war in das gleiche Papier eingewickelt, in dem sie auch den Stein von Azur erhalten hatte. *Für Lucia von Gyndolin* stand in Adenors Schrift darauf.

Ihr Herz begann, schneller zu schlagen. Was konnte das nur wieder sein? Mit zitternden Fingern begann sie, das Papier aufzureißen. Zum Vorschein kam eine Schachtel mit Schokolade. Enttäuscht starrte sie auf die kleine Packung. Sie hätte wirklich mehr erwartet als nur ein paar Süßigkeiten.

„Diese Schokolade gibt es in meinem Laden gar nicht!", stellte der Verkäufer empört fest. „Seltsam. Lasst mich die Beschriftung betrachten." Ohne eine Antwort abzuwarten, hob er die Schachtel hoch und kniff die Augen zusammen. „Sie stammt aus Kiborien!", sagte er bestimmt. „Noch dazu ist es eine sehr edle Sorte. Sie ist für ihre sehr lange Haltbarkeit und das unverkennbare Aroma bekannt. Genießt sie. So etwas Gutes bekommt man nicht oft." Er stellte die Schokolade zurück auf den Tisch und Lucia öffnete sie. Ein himmlischer Duft stieg in ihre Nase. Lilliana und Merior beobachteten gespannt, wie sie ein kleines Stück davon abbrach und in den Mund schob.

„Köstlich!", kommentierte sie und gab den anderen etwas davon ab. Sie wurde das Gefühl nicht los, dass es sich nicht nur um ein großzügiges Geschenk handelte. Vielleicht steckte mehr dahinter. Es konnte doch nicht einfach eine Schachtel mit Schokolade sein.

Ein Blick zu Lilliana zeigte ihr, dass das Mädchen noch enttäuschter war als sie. „Ich hatte gehofft, dass er dir eine Botschaft hinterlassen hat", sagte sie leise.

Einen Moment später stürzte Lord Baldur in das Geschäft: „Da seid ihr ja! Folgt mir. Wir brechen gleich auf."

Rasch erhoben sie sich und Lucia verstaute das Päckchen in ihrer Manteltasche. Bedauernd verabschiedeten sie sich und liefen zurück zum Marktplatz, auf dem sich bereits alle versammelt hatten.

Hauptmann Wyn wartete noch ein paar Minuten, bis weitere Nachzügler eingetroffen waren, dann erklärte er ihre Situation: „Der Regen, der uns gestern gestoppt hat, hat den Wald von Oberstadt vollkommen unter Wasser gesetzt. Die Wege sind nicht mehr befahrbar, weil einige Bäume umgestürzt sind und den Weg versperren. Es bleibt uns nur noch der andere Weg. Durch das Moor."

Lucia zog ihre Jacke enger um sich. In ihrem Geist tauchten Bilder von schrecklichen Kreaturen auf, die sich im Moor verbargen und unbekümmerte Wanderer vom Weg ablenkten, in die Irre führten und schließlich im Sumpf rettungslos versinken ließen. Wie viel Wahrheit wohl in diesen Geschichten steckte? Gab es sie wirklich, die Greifer, die einen tief in den

Morast hineinzogen, wenn man die festen, sicheren Wege verließ? Was war mit dem Schlingschlamm? Handelte es sich um lebendige Wesen oder einen natürlichen Vorgang? Und waren die Irrlichter, von denen so viele verängstigte Menschen berichteten, Wirklichkeit oder bloß Lichtspiegelungen?

Lord Wyn nickte ernst, als eine leichte Unruhe aufkam. „Ja, ich weiß, was ihr darüber gehört habt. Ich möchte euch daher alle inständig bitten, zusammenzubleiben. Wir können den Vorratswagen und die königliche Kutsche nicht mitnehmen. Die Dorfbewohner werden sie uns über den Waldweg bringen, sobald dieser geräumt ist. Der Boden könnte sie nicht tragen. Die Pferde können wir mitnehmen, aber auf ihnen zu reiten, ist zu gefährlich. Behaltet immer euren Vordermann im Auge und verlasst nicht die Wege. Wenn wir in dieser Nacht noch das Moor durchqueren wollen, müssen wir sofort aufbrechen."

Ein Gastwirt mit rotem Kopf trat zu dem Lord. „Ich entschuldige mich dafür, Euch unterbrechen zu müssen, aber Ihr müsst wissen, dass dies keine weise Entscheidung ist. Wir Dorfbewohner wagen seit Jahren nicht mehr, einen Fuß ins Moor zu setzen. Kaum jemand ist von dort lebend zurückgekehrt."

Lord Wyn schmunzelte leicht über den Aberglauben des Mannes. „Ich denke, uns bleibt keine andere Wahl. Außerdem sollte es sicher sein, mit sechzig gut ausgebildeten Männern und Frauen durch das Moor zu ziehen. Ich glaube nicht daran, dass ein Moor es mit uns allen aufnehmen kann."


„Findest du nicht, dass Lord Wyn ein bisschen vorschnell war?" Lucia starrte angestrengt auf den Boden, um keinen Schritt an die falsche Stelle zu setzen.

„Wieso das?" Sie konnte Lillianas Stimme, irgendwo hinter Tristan, kaum verstehen. „Glaubst du etwa daran, dass das Moor uns alle verschlingen wird? Das klingt schon sehr abwegig." Lillianas Lachen klang sehr überzeugt, aber Lucia konnte sich ihr nicht anschließen. Vor ein paar Tagen hatte sie selbst noch geglaubt, die Grenzen des Möglichen zu kennen, zu wissen, was es wirklich gab und was erfunden war. Und jetzt war plötzlich alles so anders, dass ihr sogar das Moor, das viel harmloser aussah als gedacht, Angst machte.

„Nein, ich … Doch, irgendwie habe ich schon Angst." Sie konnte sich nur allzu gut vorstellen, wie Lilliana eine ihrer Augenbrauen hochzog und die Arme verschränkte, so vertraut waren ihr diese Bewegungen in der kurzen Zeit schon geworden. Lucia warf einen kurzen Blick nach vorne und stellte voller Erleichterung fest, dass sie die anderen noch nicht verloren hatten. Es war nur ihre überstrapazierte Fantasie, die ihr ständig einzureden versuchte, dass gleich etwas Schreckliches geschehen würde.

Sie bemühte sich, das Moor so zu sehen, wie es war. Als ein Lebensraum vieler Tiere und Pflanzen, die allesamt friedfertig waren und nichts mit den Sagengestalten zu tun hatten, über die sie ständig nachdachte. Der Boden unter ihr war zwar fest, federte aber bei jedem Schritt ein wenig. Ihr war aufgefallen, dass ihre Fußabdrücke darauf kaum erkennbar waren, Tristan aber immer ein kleines bisschen einsank. Um sie herum war es sehr nebelig und sie konnte die anderen, die irgendwo vor ihr gingen, nicht mehr erkennen. Der Weg war höher gelegen als das Moor und durch allerlei Moose und Farne von den gefährlicheren Teilen des Sumpfes abgegrenzt. Lucia glaubte zu spüren, wie ihr Herzschlag sich langsam beruhigte.

„Hast du dir schon Gedanken über Adenors Schokolade gemacht?", fragte Lilliana plötzlich. Es klang so, als hätte sie die ganze Zeit nur darauf gewartet, diese Frage zu stellen.

„Natürlich. Aber ich bin mir nicht sicher, ob wir ihr wirklich Bedeutung schenken sollten oder ob das einfach nur ein nettes Geschenk war. Eines, das nichts mit seinem Erben zu tun hat."

„Das glaube ich nicht." Lucia hätte Lillianas Gesicht in diesem Moment gern gesehen. „Weshalb nicht?"

„Weil Adenor das unter normalen Umständen niemals getan hätte. Er würde nicht einfach Schokolade kaufen und hoffen, dass du sie dort zufällig findest. Er hätte sie dir sofort geschickt."

„Woher willst du das wissen? Kanntest du ihn so gut? Steckt noch irgendetwas anderes dahinter? Verschweigst du mir etwas? Ich habe seltsamerweise das Gefühl, dass du ganz genau weißt, was diese Schokolade bedeutet."

Lucia drehte sich kurz um und war überrascht, wie erschrocken Lilliana sie anstarrte. Sie hatte nicht so direkt sein wollen, wünschte sich, dass ihre Worte behutsamer, weniger heftig geklungen hätten. Es sollte schließlich keine Anklage sein und sie glaubte nicht, dass Lilliana etwas aus böser Absicht vor ihr verbarg.

„Lucia, lass uns später darüber reden. Nicht hier. Es tut mir leid. Ich wollte dir später alles sagen."

„Und das soll ich dir glauben?" Auch das hatte sie nicht sagen wollen. Die Worte brachen ungefragt an die Oberfläche und sie hatte das Gefühl, von ihnen verspottet zu werden.

„Was soll das? Du hast keine andere Wahl, als mir zu glauben. Ich bin nur deinetwegen überhaupt hierhergekommen und woher sollte ich denn wissen, dass ich dir vertrauen kann?"

„Ich …", setzte Lucia an.

„Weißt du was? Wenn wir hier erst einmal raus sind, sag ich dir, was ich zu sagen habe, und dann entscheidest du, ob dir das als Antwort reicht. Mach es nicht noch schwieriger, als es ist."

Lucia war verwirrt und spürte, wie ihre Wangen vor Scham zu glühen begonnen hatten. Wie konnte sie daran zweifeln, dass Lilliana ihr helfen wollte? Und wie konnte sie so dumm sein und ihr auch noch Vorwürfe machen? Ihr Hals schnürte sich zusammen und sie hätte am liebsten sofort alles rückgängig gemacht. Sie hasste sich für ihr Misstrauen.

Etwas flackerte kurz an ihren Augen vorbei und ließ sie erstarren. Sie meinte, ein Gesicht gesehen zu haben.

Und was dann passierte, ließ nicht zu, dass sie sich länger Vorwürfe machte. Im ersten Moment sah sie nur, was geschah, konnte es aber nicht begreifen. Niemand konnte später sagen, weshalb sich das Pferd tatsächlich erschreckt hatte. Tatsache war, dass es von einem Moment auf den anderen in Panik geriet und mit einer unerwarteten Kraft nach vorne preschte. Der junge Lord, der es am Zügel geführt hatte, versuchte, es zurückzuhalten, taumelte einige Schritte zur Seite und versank sofort tief im Moor.

„Lord Jekos!" Sie wusste nicht, wer seinen Namen geschrien hatte, aber sehr wohl, dass er keine Gelegenheit mehr haben würde zu antworten. In das Moor schien mit einem Mal Leben gekommen zu sein. Aus allen Richtungen drang ein markerschütterndes Zischen. Es klang nach einem Windzug, der schneidend durch hohes Gras strich, und nach Blättern, die von den Bäumen gerissen wurden. Da war etwas Bedrohliches, dass Lucias Herz einen Takt aussetzen ließ.

„Wir müssen ihn da raus holen." Ehe die Prinzessin sich auch nur bewegen konnte, kniete Lilliana bereits am Boden neben dem Lord und griff nach seiner Hand. Zwei weitere Lords und Lady Edilia, die Lucia am Tag zuvor geweckt hatte, taten es ihr gleich und waren innerhalb kürzester Zeit bei ihnen. Doch Lucia stand wie versteinert da und sah zu, wie sich Lord Jekos voller Angst wand und die Kreaturen des Moores zum Leben erwachten. Es gab sie wirklich, die Greifer, deren faustgroße Körper durch den zähflüssigen Schlingschlamm wie durch Wasser glitten und ihr Opfer umkreisten.

Lucia spürte tief in sich einen seltsamen Impuls, den sie nicht näher benennen konnte. Etwas regte sich in ihr, vielleicht der Drang, zu helfen und Lord Jekos zu retten, vielleicht aber auch etwas anderes.

Doch dann verschwand das seltsame Gefühl und sie erwachte aus ihrer Starre, lief zu den anderen und versuchte mit ihnen, Lord Jekos wieder auf den sicheren Boden zu zerren. Seine Schreie waren verzweifelt, sie schmerzten in ihren Ohren und zwangen sie zu noch größerer Anstrengung. Das Moor wurde aufgepeitscht von den Schlägen zahlreicher Flossen. Brauner Schlamm spritzte in alle Richtungen und Augen, Schuppen und Zähne blitzten im Wasser auf. Lucia spürte, wie ihnen mit einem Mal eine gewaltige Kraft entgegenwirkte. Jekos drohte nun endgültig in den Tiefen des Moores zu verschwinden. Erst nach einigen Augenblicken des Kampfes ließ der Druck abrupt nach, ein dumpfes Platschen ertönte und Jekos' Retter taumelten zurück.

Keuchend und zitternd betrachteten sie den am Boden liegenden Mann, dessen gesamter Unterleib voller Schlamm und Dreck war. Das Moor neben ihm war noch immer unruhig und aufgewühlt, doch es gelang den Greifern nicht, an Land zu kommen.

„Wir müssen ihm helfen. Jetzt. Sofort. Bringt mir ein Stück Stoff!" Edilias Stimme klang panisch schrill und angsterfüllt. Erst in diesem Moment erkannte Lucia, dass an der Stelle, an der normalerweise Jekos' linker Arm hätte sein müssen, nur noch ein blutiger, von Schlamm überzogener Stumpf existierte.

In ihrem Kopf begann sich alles zu drehen und sie konnte nur mit Mühe die aufsteigende Übelkeit unterdrücken.

„Verdammt. Das kann doch nicht wahr sein", fluchte Lord Baldur. Lucia glaubte zunächst, dass er sich auf das gerade Geschehene bezog, doch als sie zu ihm aufsah und seinem Blick folgte, verstand sie, was er meinte. „Sie haben uns allein gelassen. Die anderen sind einfach weitergezogen, ohne zu merken, was geschehen ist."

Lucia richtete sich auf, starrte in den dichter werdenden Nebel und versuchte zu begreifen, wie es überhaupt möglich sein konnte, dass ein Teil des Trosses verloren ging. Man musste ihr Fehlen doch jeden Moment bemerken.

Doch je länger sie so dastand und die langsam in ihre Glieder steigende Kälte ignorierte, desto bewusster wurde ihr, dass etwas nicht stimmte. War es denn einfach Zufall gewesen, dass ausgerechnet Lord Jekos, der direkt vor ihr gegangen war, in das Moor gestürzt war? Und hatte es etwas zu bedeuten, dass sie kurz vor dem Unglück das Gesicht einer Frauengestalt in ihrem Kopf gesehen hatte?

# Planänderungen

*Euer Majestät König Zerbor von Kiborien,*

*bedauerlicherweise gab es in diesem Jahr überall im Lande Missernten. Besonders in unserem südwestlichen Fürstentum leiden die Menschen unter entsetzlichem Hunger. Regen, Hagel und Überschwemmungen haben die Ernte vollkommen zerstört. Zahllose Kinder sind zu Waisen geworden, Eltern haben ihre Söhne und Töchter verloren und ganze Familien sind ausgerottet. Krankheiten suchen die Überlebenden heim und breiten sich unaufhaltsam auch in unsere Nachbargebiete aus.*
*Aus diesem Grund bitte ich Euch dringend ...*

Zerbor ließ den Brief mürrisch und mitleidlos auf seinen Schreibtisch sinken. Vielleicht würde er später ein Antwortschreiben formulieren. Ändern konnte er an der Situation Kiboriens nichts und das wollte er auch gar nicht. Es war vielleicht herzlos, aber die Verluste waren unausweichlich und bestimmt würde nächstes Jahr alles schon wieder anders aussehen.

Er ließ sich langsam im Sessel zurücksinken und schloss erschöpft die Augen. Wo konnte dieser verdammte Junge bloß stecken? Nie hätte er für möglich gehalten, dass ihn sein Verschwinden so durcheinanderbringen würde. Nein, er wäre nicht auf den Gedanken gekommen, ihn zu vermissen oder sich Vorwürfe zu machen, weil er ihn schlecht behandelt hatte. Aber er brauchte diesen Jungen. Nicht umsonst hatte er sich die Mühe gemacht, ihn vor der Öffentlichkeit verborgen zu halten und diesen kleinen Parasiten großzuziehen. Es war so demütigend, dass er auf ihn angewiesen war, um seine Pläne in die Tat umzusetzen. Vielleicht war es ein Fehler gewesen, ihn zu unterschätzen. Er hätte damit rechnen müssen, dass er irgendwann fliehen würde.

Ein Klopfen an der Tür befreite ihn von den quälenden Zweifeln, die ihn seit Derricks Flucht heimsuchten. Gut, im Moment konnte er nichts tun und man erwartete von ihm, dass er sich um andere Angelegenheiten kümmerte.

„Herein!", forderte er kühl. Drei Männer traten ein und verbeugten sich vor ihm. Zerbor nahm ihre Geste mit einem leichten Nicken zur Kenntnis und forderte sie auf, sich auf die vorbereiteten Plätze vor ihm zu setzen. Er hielt es nicht für nötig, sie lange zu begrüßen und mit Höflichkeiten zu umschmeicheln. Sollten sich Arlenion und Mogetron auch darüber ärgern. Sie waren auf ihn angewiesen und nicht umgekehrt.

„Ihr habt uns zu Euch gerufen?", versuchte Lord Ninget, das Gespräch zu beginnen. Er war der Jüngste der drei, gerade erst vierundzwanzig, doch bereits oberster Führer des kiborischen Heeres. Einer der wenigen Menschen, die Zerbor schätzte, weil er ihm absoluten Gehorsam entgegenbrachte und mit voller Überzeugung hinter seinem König stand. Ganz anders war das bei seinem Hauptmann Arlenion und dem Leiter der Ausbildungsschule für junge Lords und Ladys, Lord Mogetron.

Arlenion war schon seit seiner Jugend sein erbitterter Konkurrent gewesen. Eine Zeit lang hatte es so ausgesehen, als wollte Zerbors Vorgänger Narvoss ihn zu seinem Nachfolger ernennen. Kein Wunder, dass Arlenion Zerbor hasste, seitdem dieser ihm den ersehnten Titel gestohlen hatte. Stellvertreter zu sein genügte ihm nicht. Zerbor wusste, dass er sich vor ihm in Acht nehmen musste.

„Nun." Zerbor ordnete beiläufig einige Pergamente neu und sah die drei schließlich nacheinander an. Während Ninget vor Erwartung an seinen Lippen hing, schienen die beiden anderen ihn mit ihren Blicken durchbohren zu wollen.

„Es geht um König Adenors Tod." Arlenion lehnte sich zurück und verschränkte die Arme. „Nach reiflicher Überlegung bin ich zu dem Entschluss gekommen, nach Morofin zu reisen und der Krönung seines Nachfolgers beizuwohnen. Lord Arlenion, Ihr werdet mich während meiner Abwesenheit vertreten. Es ist wichtig, den anderen Ländern zu zeigen, dass wir ständig präsent sind und all ihre Schritte verfolgen. Melankor wird dafür sorgen müssen, dass sein Kandidat auch unseren Anforderungen entspricht. Gleichzeitig werde ich den neuen König schon vor Beginn seines Amtsantrittes kennenlernen und ihn in seine Grenzen weisen. Ich denke, das verschafft uns einen gewissen Vorteil gegenüber den übrigen Ländern."

Lord Mogetron zog seine buschigen Augenbrauen hoch. Er war verschroben und jähzornig und stammte aus einer Zeit, in der es ständig Kriege und Missstände gegeben hatte. Er stellte einen wichtigen Ratgeber für Zerbor dar. „Was ist mit einem eigenen Kandidaten? Viele unserer Ratsmitglieder und vier der Fürsten haben sich ausdrücklich dafür ausgesprochen. Was ist mit Eurem Schwager Lord Lohran oder Hauptmann Arlenion?"

Mogetrons verdammte Ehrlichkeit. Nie konnte er Befehle einfach akzeptieren, ohne sie zuvor hinterfragt zu haben. Jegliche Bedenken äußerte er, wie sie ihm passten, und sein Missfallen war ihm auch jetzt wieder deutlich anzumerken.

„Ich habe dies selbst zunächst in Erwägung gezogen. Aber Pläne ändern sich. Und ich halte es für angemessen, diesen nur im äußersten Notfall umzusetzen. Morofin reagiert im Moment sehr empfindlich auf unsere Annäherungsversuche und wir können nicht erwarten, dass ein König, der von uns eingesetzt wird, vom Volk willenlos akzeptiert wird."

Lord Ninget nickte. „Das sehe ich genauso. Gyndolin könnte sich ebenfalls in die Enge gedrängt fühlen. Und sollten dadurch irgendwelche Kurzschlussreaktionen entstehen … unser Heer ist auf den Ernstfall jedenfalls noch nicht vorbereitet."

„Ein junger und unerfahrener König in Morofin kann uns sehr von Nutzen sein. In den ersten Jahren sind sie noch manipulierbar und immer dankbar für Bündnisse, weil sie sich so in Sicherheit wiegen können", fügte Zerbor hinzu. Nach ihm hatte es nur eine neue Königin in Illionäsia gegeben. Die frühzeitig verwaiste Serafina, die die Herrschaft über Zigonien übernommen hatte. Bei ihr hatte es sich ganz genauso verhalten, doch jetzt, wo sie älter wurde, begann sie, sich seinem Einfluss wieder zu entziehen. Zerbor hatte die Geschichte Illionäsias sehr gründlich studiert und wusste, dass diese Entwicklung keine Seltenheit war.

Mogetron wiegte nachdenklich den Kopf hin und her. „Das sind nur Vermutungen. Ihr könnt den neuen König nicht einschätzen, bevor er überhaupt dazu bestimmt wurde. Melankor ist erfahren genug, um einen würdigen Mann auszuwählen."

„Zu diesem Zweck reise ich nach Morofin. Wenn wir Glück haben, ist er sogar bereit, sich auf unsere Seite zu stellen. Wenn nicht, müssen wir ihn mit anderen Mitteln überzeugen."

Arlenion, der bis jetzt nur geschwiegen hatte, mischte sich nun ein. „Was wollt Ihr wirklich, Eure Majestät? Manchmal scheint es mir, als setztet Ihr alles daran, Melankor bis aufs Blut zu reizen und einen Krieg anzuzetteln. Dann wiederum spielt Ihr bloß auf Zeit, lauert auf die Reaktionen Eurer Gegner und versucht sie milde zu stimmen. Das kann auf die Dauer nicht gut gehen, das wisst Ihr genau. Vielleicht ist es an der Zeit, dass Ihr uns mit Euren größeren Plänen vertraut macht."

Zerbor war überrascht, aber nicht unvorbereitet. So bald hatte er noch nicht mit einer Konfrontation gerechnet, aber er konnte nicht der Einzelkämpfer bleiben, der er schon immer gewesen war. Wenigstens die groben Züge seiner Zukunftsvisionen konnte er mit den dreien teilen, den vergleichsweise harmlosen ersten Teil der Wahrheit. Früher wäre das alles viel einfacher gewesen. In dem Zeitalter, als der König noch unantastbare Macht besaß und durch nichts infrage gestellt werden durfte.

„Ihr habt recht. Mein Verhalten wirkt auf euch sehr widersprüchlich, obwohl es das eigentlich nicht ist. Es hat alles seinen Sinn. Ihr wisst, dass ich Gyndolin und Morofin dazu bringen will, sich mir zu unterwerfen, aber bisher habe ich mich friedlich verhalten. Ich bin sicher, dass König Melankor freiwillig nie einen Krieg anzetteln würde, und wenn er von uns dazu genötigt wird, wird er verlieren. Dessen ist er sich bewusst. Und durch unseren Druck, der ständig erhöht und wieder abgesenkt wird, wird er langsam aber sicher keine andere Wahl haben, als uns entgegenzukommen. Ich habe vor, Krieg gegen Gyndolin zu führen, aber nur, wenn es zum Äußersten kommt und es sich nicht mehr vermeiden lässt."

Doch das war tatsächlich nur die halbe Wahrheit. Früher oder später würde dieser Krieg beginnen. Es war in seinen Augen unausweichlich – der richtige Zeitpunkt war nur noch nicht gekommen. Bis dahin hatte er noch genug zu tun, denn es galt, Derrick so schnell wie möglich wiederzufinden. Noch war er eine wirkungsvolle Waffe und konnte die ganze Sache wesentlich unkomplizierter machen.

Nein, Zerbor war nicht auf die lächerliche Weltmacht aus. Zu viele Wahnsinnige hatten bereits dieses Ziel angestrebt und waren reihenweise gescheitert. Er hatte bedeutsamere und weitgreifendere Pläne.

# König Adenors Tod

Sie setzten ihren Weg durch das Moor fort. Es waren nur noch fünfzehn Personen, von denen einer schwer verletzt auf dem Pferd von Lady Zynthia festgebunden worden war. Niemand wusste, ob Lord Jekos aus seinem schlafähnlichen Zustand erwachen und überleben würde. Lady Edilia hatte sie gewarnt, dass er noch auf dem Weg nach Grefheim sterben konnte und die Wahrscheinlichkeit dafür nicht gerade gering sei. Dementsprechend war die Stimmung gedämpft, und wenn jemand sprach, dann nur das Nötigste. Es schien, als stände ihre Reise nach Morofin schon jetzt unter einem schlechten Stern.

Lilliana beobachtete voller Besorgnis, wie sehr Lucia dieses Erlebnis mitnahm. Die Prinzessin war vollkommen unkonzentriert, stolperte immer wieder oder schreckte zusammen, wenn Geräusche die Stille durchbrachen.

„Lucia?" Sie überlegte angestrengt, wie sie sie ablenken konnte, bis ihr einfiel, wo ihr Gespräch geendet hatte, bevor Jekos verunglückte. Vielleicht war es an der Zeit, ihr die Wahrheit zu sagen. Es gelang ihr, auf dem nach und nach breiter werdenden Weg neben Lucia Platz zu finden. Anstatt ihr zu antworten, blickte Lucia nur kurz auf. Ihre Augen waren feucht und gerötet.

„Du hast vorhin gesagt, dass ich dir nicht die ganze Wahrheit gesagt habe. Um ehrlich zu sein, hattest du recht. Ich habe dir etwas verheimlicht." Sie sah sich um und stellte mit Erleichterung fest, dass ihnen niemand zuhörte.

„Warum bist du wirklich nach Morofin gekommen? Meinetwegen? Das war es doch, was du mir sagen wolltest? Aber warum? Du kanntest mich doch gar nicht."

„Nein. Ich wusste selbst nicht, was mich erwarten würde, wusste nicht, was für ein Mensch du bist und warum, bei Iramont, ausgerechnet du Adenors kostbarsten Besitz erben solltest. Und trotzdem bin ich hergekommen."

„Tut mir leid, dass ich so ungeduldig bin, aber könntest du bitte damit aufhören, lauter verwirrende Andeutungen von dir zu geben? Ich verstehe immer noch nicht, was das alles zu bedeuten hat", stellte die Prinzessin müde fest.

„Es ist wahrscheinlich am besten, wenn ich ganz von vorne anfange. Und zwar mit Adenor." Lilliana schluckte leicht und versuchte, sich zu sammeln. Sie hatte bisher noch niemandem davon erzählt und erst jetzt merkte sie, wie schwer die Last des Geheimnisses auf ihren Schultern gelegen hatte.

„Der Abend, an dem Adenor sein Bewusstsein verlor, die letzten Stunden, in denen er noch ansprechbar war, da war alles noch ganz normal. Es gab keinen Hinweis darauf, dass es ihm nicht gut ging oder er sich nicht wohlfühlte. Er hat mit meiner Familie und einigen anderen der Lords zu Abend gegessen – das ist nichts Besonderes und findet meistens alle zwei Wochen statt – er ist aber früher als die anderen zurück auf sein Zimmer gegangen."

Sie machte eine plötzliche Pause und Lucia spürte, dass es jetzt erst interessant werden würde.

„Und weiter?", fragte sie und entdeckte einen abwesenden, beinahe verstörten Ausdruck in Lillianas Augen.

„Ich habe ihn gefunden. Mein Vater wollte, dass ich ihm noch eine Nachricht überbringe. Eine Antwort auf eine Frage, die er ihm gestellt hatte. Als ich das Zimmer betrat ... Das war keine zehn Minuten später, weißt du? Da saß er regungslos in seinem Sessel, an seinem Schreibtisch und blickte zum geöffneten Fenster. Ich wusste gar nicht, was ich tun sollte, ich bin zu ihm hingelaufen und habe ihn am Arm gerüttelt, aber er hat sich einfach nicht bewegt. Dann hat er plötzlich angefangen zu sprechen ..."

„Ich dachte, er hätte sich nicht mehr bewegt?"

„Nein, er hat mich vollkommen ausdruckslos angestarrt, nur sein Mund hat sich bewegt."

„Und was hat er gesagt?" Lucias Herz begann, schneller zu schlagen.
„Dass ich dir den Stein von Azur bringen soll und du seinen Erben finden musst."
Lucia riss die Augen auf und blieb abrupt stehen. In ihrem Kopf fügten sich bereits die ersten Teile eines gigantischen Puzzles zusammen, noch ehe sie die Worte wirklich verstand. Und nachdem sie einigermaßen fähig war, klar zu denken, kristallisierte sich eine Frage heraus: warum gerade sie? Weshalb hatte er sie dazu ausgewählt und was hatte der Stein damit zu tun? „Was ist dann passiert?", flüsterte sie.
„Er hat die Augen zugemacht und war weg. Ich habe das Päckchen mit dem Stein auf dem Schreibtisch gefunden, direkt unter seiner Hand und bin sofort zu den anderen zurückgelaufen, um Hilfe zu holen. Das war alles. Endgültig. Ich war die Letzte, mit der er gesprochen hat. Drei Tage später ist er gestorben, weil niemand mehr etwas für ihn tun konnte."
„Das war alles?"
„Ja, hast du gedacht, er würde mir alles ausführlich erklären, irgendeinen Notfallplan präsentieren und sich noch mal verabschieden? Glaubst du, er hat seinen Tod geplant?"
Es hatte eigentlich ironisch klingen sollen, aber die letzte Frage ließ Lucia stocken. Lillianas Beschreibung gab einem tatsächlich das Gefühl, dass er zumindest Vorkehrungen getroffen hatte. Anstelle einer Antwort zuckte sie nur hilflos mit den Achseln.
„Stellt sich immer noch die Frage, weshalb er gerade dich für diese Aufgabe ausgewählt hat. Ich dachte, ich könnte das vielleicht herausfinden, wenn ich dich zunächst nur beobachte, aber ich weiß immer noch nicht, was das alles zu bedeuten hat."
„Das klingt so, als hätten wir in den nächsten Tagen noch eine ganze Menge Arbeit und Geheimnisse vor uns", seufzte Lucia.
„Wir? Du bist schließlich die Auserwählte und ich nur eine Botschafterin. Mein Auftrag ist genau hier beendet."
„Das kann nicht dein Ernst sein! Soll ich von jetzt an alles mit jemand anderem herausfinden? Glaubst du, mein Vater oder die Lords würden mir glauben?"
Das breite Grinsen auf Lillianas Gesicht vertiefte sich. „Ich hatte gehofft, du würdest das nicht sagen. Normalerweise macht ihr Helden doch alles im Alleingang. Du weißt schon."
„Ich, eine Heldin? Hast du es immer noch nicht verstanden?"

„Adenor hat ausdrücklich von einer gewissen Lucia von Gyndolin gesprochen und ich kenne nur eine einzige Person, die so heißt."

„Vielleicht sollte ich es aufgeben, dich von etwas überzeugen zu wollen." Sie warf einen zweifelnden Blick zu Lilliana, deren Gesichtsausdruck erneut sehr ernst geworden war. Kein Wunder, sie glaubte vermutlich genauso wenig wie sie selbst daran, dass Lucia für diese Aufgabe geeignet war. Entweder das war alles ein großes Missverständnis – und sie hoffte sehr, dass es sich als ein solches entpuppen würde – oder Adenor hatte sich tatsächlich etwas dabei gedacht. Und mit ein bisschen Glück hatte er ihr weitere, eindeutigere Hinweise hinterlassen, die ihr den Weg weisen würden.

Es verging eine lange Zeit, in der Lilliana der Prinzessin immer wieder nachdenkliche Seitenblicke zuwarf und Lucia ihre Konzentration vollends auf den Weg vor ihnen richtete. In Lilliana machte sich mehr und mehr ein seltsames Gefühl der Unsicherheit breit. Sie hatte bisher geglaubt, dass ihre Rolle in der ganzen Geschichte verschwindend gering sein würde und sie nach diesem Gespräch die ganze Verantwortung auf Lucia übertragen könnte. Doch mit einem Mal bezweifelte sie, dass es ihr Adenor so einfach gemacht hatte.

Als sie endlich das Moor hinter sich ließen und dem nächsten Ziel ihrer Reise, der Stadt Grefheim, ein ganzes Stück näher gekommen waren, machte sich mehr und mehr Erleichterung unter den Reisenden breit. Jekos' Verletzung hatte sie immer wieder gezwungen, Pausen einzulegen, in denen Lady Edilia seinen Zustand überprüfen und durchweichte Verbände austauschen musste. Noch immer war er nicht ansprechbar, und obwohl es niemand aussprach, befürchteten alle das Schlimmste.

Einige Zeit später zeichnete sich ein Hoffnungsschimmer am Horizont ab, verkörpert durch fünf Reiter, deren violette Uniformen schon von Weitem erkennbar waren. Ihre Gefährten hatten ihr Fehlen erst in Grefheim bemerkt und waren umgekehrt. Nachdem sie die verlorene Gruppe erreicht hatten, erfuhren sie, was mit Jekos geschehen war. Lady Zynthia unterbrach den Ansturm von Fragen nach seiner Verletzung und forderte alle zur Eile auf.

„Lucia." Merior, der ebenfalls unter den fünf Reitern gewesen war, hatte seine jüngere Schwester nach einem Moment der Panik entdeckt und lenkte sein Pferd zu ihr. „Du bist am Leben! Weißt du, wie viele Sorgen ich mir gemacht habe? Wenn dir irgendetwas zugestoßen wäre, hätte

Vater mir den Kopf abgerissen. Und bei deinem Glück wäre es ja nicht einmal unwahrscheinlich gewesen, dass du sogar den Verlorenen verloren gehst oder im Moor versinkst." Ein überdimensionales Grinsen lief über sein Gesicht und Lucia war mit einem Mal genauso froh, ihn zu sehen.

„Mit ein bisschen mehr Glück, wäre ich jetzt wohl ..." Sie verstummte und nahm zur Kenntnis, dass er ihr schon längst keine Aufmerksamkeit mehr schenkte, sondern sich Lilliana zugewandt hatte.

„Im Übrigen glaube ich, dass du das alles mit Absicht eingefädelt hast, um unserem Duell heute Abend entgehen zu können." Merior betonte das Wort „Duell", als handelte es sich um eine romantische Verabredung.

Während Lucia demonstrativ den Kopf in die andere Richtung reckte, hatte Lilliana nur ein mattes Lächeln für ihn übrig. „Daran habe ich überhaupt nicht mehr gedacht. Im Moment wissen wir noch nicht, ob Lord Jekos es überleben wird."

„Möchtest du nicht mehr kämpfen?"

„Doch, aber weißt du noch, was du vorhin gesagt hast? Jekos ritt genau vor Lucia. Es hätte jeden von uns treffen können."

„Lord Jekos wird durchkommen." Man spürte deutlich, dass Merior die unangenehmen Gedanken am liebsten verdrängen und über andere Themen reden wollte.

„Uns bleibt nichts anderes übrig, als abzuwarten, aber wir sollten das Duell deswegen nicht ausfallen lassen. Vielleicht hebt es die Stimmung wieder ein bisschen." Lilliana dachte kurz nach. „Eine Stunde nach unserer Ankunft? Was hältst du davon?"

Merior nickte nur.

Lilliana sollte recht behalten. Die Schaulustigen, zu denen sich nach und nach auch einige der Stadtbewohner gesellten, konnten etwas Ablenkung gut gebrauchen. Der Bürgermeister der Stadt hatte den beiden Kontrahenten erlaubt, ihr Duell auf dem Marktplatz Grefheims auszutragen, und eigenhändig dafür gesorgt, dass sie dort genügend Platz hatten.

Als Lucia und Lilliana eintrafen, war Merior bereits da und stolzierte vor seinem Publikum auf und ab. Noch immer trug er die violette Uniform, doch seine schweren Stiefel hatte er gegen ein Paar leichtere Schuhe eingetauscht. In den Händen drehte er lässig ein aus dunklem Holz gefertigtes Übungsleichtschwert, schwang es zur Probe hin und her und wirbelte es mehrmals um sich selbst. Wie ein richtiges Leichtschwert besaß seine

Waffe zwei stoffbespannte Griffe, die einem ermöglichten, das Schwert zum Schutz mit beiden Händen zu halten. Es war aber durch seine hölzerne Klinge weniger gefährlich. Lucia konnte sich gut daran erinnern, wie schmerzhaft sich die Schläge anfühlten, denn sie hatte sich im Kampf mit Terin schon den einen oder anderen blauen Fleck eingefangen. Sie war unendlich froh darüber, dass sie nicht an der Stelle ihrer Freundin stand.

Im Gegensatz zu ihr hätte sie auch niemals so ruhig und entspannt in die Mitte des Kreises treten können. Lilliana hatte die maigrüne Rüstung der Morofiner angelegt und ein Schwert aus hellem Holz mit dunkelgrünem Griff ausgewählt.

Merior wandte sich mit einem charmanten Lächeln zu ihr um und stellte sich ihr mit verschränkten Armen entgegen. „Wer soll Kampfrichter sein?", fragte er ohne die feierliche Begrüßung, die Lucia erwartet hatte.

Lilliana sah sich prüfend um. „Lord Wyn könnte das übernehmen, aber ich denke, er gibt sich nicht mit solchem Kinderkram ab." Die gut drei Dutzend Zuschauer straften ihre Worte Lügen.

Merior folgte ihrem Blick. Der Hauptmann von Gyndolin hatte ihnen den Rücken zugewandt und redete mit Melankor, auf dessen Stirn noch immer sorgenvolle Falten zu sehen waren. Mit selbstsicheren Schritten ging Merior zu ihnen hinüber. Über die Schulter warf er Lilliana noch ein provozierendes Lächeln zu, das Lucia die Augen verdrehen ließ. Ihr hing dieses übertriebene Gehabe schon jetzt zum Hals heraus. Nicht auszudenken, wenn … Sie schüttelte sich bei dem Gedanken und mischte sich unter die Leute.

Lord Wyn runzelte zunächst die Stirn, als der Prinz ihm seine Bitte vortrug, doch dann nickte er entschlossen. „Es wäre mir eine Ehre, euer Kampfrichter zu sein. Solange euer Duell keine politischen Folgen nach sich zieht." Er schmunzelte und bezog Position in der Mitte ihres improvisierten Kampfplatzes.

Es dauerte noch eine Weile, bis Ruhe eingekehrt war und alle einen Platz gefunden hatten. Lucia machte es sich auf einem der Steine bequem, die den Platz vom Wald abtrennten, und wartete gespannt auf den Beginn des Duells. Sie warf einen kurzen Blick zu ihrem Vater und stellte fest, dass die gute Laune ihn nicht angesteckt hatte. Vielleicht lag es ja daran, dass er im Gegensatz zu den jüngeren Lords vor vielen Jahren selbst auf einem Schlachtfeld gestanden hatte und auch an einem harmlosen Kampf keinen Gefallen mehr finden konnte.

Ganz so harmlos war es wahrscheinlich auch nicht, mit voller Wucht auf den steinernen Untergrund aufzuschlagen, und auch die leichte Rückenpolsterung milderte einen Fall nur schwach, doch in diesem Kampf ging es schließlich nicht um Leben und Tod. Verloren hatte derjenige, der als Erstes bewegungsunfähig war oder seine Waffe verlor.

Lilliana und Merior musterten einander noch immer abschätzend und zogen die Schwerter langsam nach oben. Ihre Hände steckten in dicken Handschuhen, die sie vor Schlägen schützen sollten.

Lord Wyn war ein wenig näher gekommen und hob seine Hände über die beiden. „Möge dies ein gerechter Kampf werden. Merior von Gyndolin, Lilliana Turwingar, Tochter des Meandros, werdet ihr euch an die euch bekannten Regeln halten und einander nicht mutwillig stark verletzen?"

Sie antworteten beide gleichzeitig.

„Ja", erwiderte Merior ernst.

„Gerne!", sagte Lilliana.

„Gut. Dann geht es jetzt los!" Bei diesen Worten ließ Lord Wyn die Hände sinken und trat einige Schritte zurück.

Sofort trat Merior nach vorn und versuchte, Lilliana an der ungeschützten Seite zu treffen. Doch sie reagierte noch schneller als er und wehrte seinen Hieb mühelos ab. Lucia erinnerte sich an ihren Unterricht bei Terin. Er hatte ihr vor allen Dingen den Umgang mit größeren Waffen und Schwertern beigebracht, aber auch seine Lektionen über Leichtschwerter waren ihr im Gedächtnis geblieben. Das Schwierige an diesem Kampfstil war, dass man auf jede Bewegung seines Gegners reagieren und ihm sogar zuvorkommen musste. Wenn man selbst angriff, musste man gleichzeitig darauf achten, dass der Verteidiger nicht seinerseits dasselbe tat. Für einen Angriff nahm man das Schwert nur mit einer Hand hoch und stach mit der Spitze zu. Als Verteidiger musste man die Klinge des Gegners mit der Kante des eigenen Schwertes wegdrücken. Für einen echten Nahkampf wurde die Waffe kaum noch verwendet, da der ständige Wechsel von Angriff zu Verteidigung einige Nachteile mit sich brachte. In Übungskämpfen war sie dennoch beliebt, da sie hohe Geschicklichkeit und Aufmerksamkeit von ihrem Träger forderte.

Merior schien den Kampf schon gleich zu Anfang für sich entscheiden zu wollen. Holz traf auf Holz, Kraft auf Kraft und Angriff auf Verteidigung. Lilliana konnte ihm jedes Mal ausweichen. Noch handelte es sich bloß um Annäherungsversuche, eine Einschätzung ihrer Kräfte.

Dann verebbte der Hagel an Hieben und sie ließ ihre Deckung zögernd etwas sinken. Merior zuckte nicht einmal mit der Wimper, wirkte nicht im Geringsten außer Atem, während sich sein Blick immer stärker in ihren bohrte, als ob er sie auf diese Weise bezwingen könnte. Einige Momente vergingen, bis sie sich schließlich wie zwei rivalisierende Raubtiere zu umkreisen begannen. Die Distanz zwischen ihnen verringerte sich bei jedem Schritt ein wenig und Lillianas Nerven waren bis zum Zerreißen gespannt. Jeden Augenblick musste sie bereit sein, denn sie wusste bereits jetzt, dass sie seiner Kraft unterlegen war und ihren einzigen Trumpf geschickt nutzen musste.

Meriors Hände zuckten leicht vor und sie zog das Schwert reflexartig vor die Brust. Die Kante zeigte abweisend auf seine Holzklinge. Doch Merior hatte etwas anderes vor. Er schnellte nach unten und versuchte noch aus derselben Bewegung heraus, hinter sie zu gelangen. Im letzten Moment wirbelte sie herum und stieß ihn heftig von sich. Augenblicke später stellte sie fest, dass sich die Klinge nur wenig bewegt hatte und erneut auf sie zuflog. Sie spürte, wie Holz gegen ihre Uniform stieß, und mit geballter Kraft gegen ihren Brustkorb drückte. Ein dumpfer Schmerz breitete sich in ihr aus wie zähes Gift. Merior hatte den ersten Treffer erzielt und es war kein sanfter gewesen. Hatte sie gehofft, dass er gegen ein Mädchen nicht seine volle Gewalt einsetzen würde, so musste sie sich nun von dieser Illusion verabschieden. Seine Ehre schien ihm einiges wert zu sein. Schade nur, dass für sie dasselbe galt.

Es gelang ihr, die durcheinanderwirbelnden Gefühle zu verdrängen und zum Gegenangriff überzugehen. Bevor Lucias Bruder erneut zuschlagen konnte, umfasste sie ihr Schwert mit beiden Händen und versuchte, ihn von der Seite zu erwischen. Merior konnte sich in diesem Winkel nicht verteidigen und sprang stattdessen einen Schritt zurück. Als sie zu ihm aufblickte, konnte sie ein amüsiertes Lächeln in seinem Mundwinkel entdecken. Machte er sich über sie lustig?

Die Prinzessin beobachtete gebannt, wie der Kampf nun immer schneller und schneller hin und her wogte. Beide steckten einige schwache Hiebe ein, konnten sich jedoch immer wieder fangen und griffen dafür umso verbissener an. Dass Lilliana Merior besiegen könnte, war jedoch unmöglich. Während sie bei jedem Treffer leicht zusammenzuckte, schüttelte Merior ihre Klinge ab wie eine lästige Fliege. Sie fragte sich, wie lange Lilliana wohl noch durchhalten würde.

Doch Lucias Aufmerksamkeit wurde abrupt abgelenkt. Eine Windböe fegte vom Wald her hinüber und wehte ihr die langen Haare ins Gesicht. Als sie sie abwesend zur Seite streichen wollte, fing ihre Nase einen Geruch auf, den sie schon einmal gerochen hatte. Sie bekam eine Gänsehaut. Das konnte nicht sein, oder? Rasch drehte sie sich um und meinte, gerade noch einen düsteren Schatten im Wald verschwinden zu sehen. Es musste ein Tier gewesen sein.

Kurz zuckte eine Erinnerung an die vergangene Nacht durch ihren Kopf. Da war dieser Wolf gewesen ... Der Gestank ließ sie an Verwesung denken, an Tod oder abgestorbene Blätter.

Doch als sie erneut die Luft einsog, war der Geruch wieder verschwunden. Irritiert blinzelte sie kurz und wandte sich wieder dem Kampf zu. Es stand nicht besonders gut für Lilliana. Meriors Strategie bestand nun darin, sie in die Ecke zu drängen. Seine Angriffe folgten schneller und schneller aufeinander, sodass ihr keine Zeit blieb, ihn ihrerseits zu treffen. Doch ergeben wollte sie sich trotz allem nicht. Ein Blick über ihre Schulter verriet ihr, dass sie der Grenze des Platzes sehr nahe gekommen war. Überschritt sie sie, hatte sie sofort verloren. Nach einem kurzen fieberhaften Abwägen entschloss sie sich, ihre Deckung ein wenig zu verringern. Natürlich würde das Merior noch mehr Möglichkeiten geben, sie zu treffen, doch sie musste langsam anfangen, ihn zurückzudrängen und zum Gegenangriff überzugehen. Ihre Anspannung verstärkte sich und ein flüchtiger Blick zu Merior verriet ihr, dass er sich ebenso sehr anstrengte wie sie. Das Grinsen war ihm mittlerweile vergangen und er starrte sie verbissen an.

Vielleicht hätte sie sich nicht zu sehr ablenken lassen sollen, denn bei seinem nächsten Schlag streifte die Schwertspitze flüchtig ihre Wange und Lilliana widerstand dem Reflex, die brennende Stelle mit der Hand zu bedecken. Sie brauchte dringend eine Pause, musste den Kampf innerhalb kürzester Zeit beenden.

Sie zog die Klinge abwehrend vor ihren Brustkorb und wich zur Seite. Es gelang ihr, der bedrohlichen Situation zu entgehen und wieder in den Mittelpunkt des Platzes zurückzufinden. Atemlos verharrte sie dort und wartete auf seine nächsten Züge.

Lilliana wusste, dass sie verlieren würde. Der Prinz war ihr überlegen. Obwohl sie fast am Ende ihrer Kräfte war, was vermutlich daran lag, dass sie auf einen schnellen und kurzen Kampf gehofft hatte, wollte sie dieses

Schicksal nicht einfach hinnehmen. In ihr war ein Ehrgeiz erwacht, den sie seit Langem nicht mehr erlebt hatte. Vermutlich war sie einfach eine schlechte Verliererin. Nun, besser sie wäre eine gute Gewinnerin.

Merior begann nun, vorsichtigere Hiebe auszuführen. Er schlug nicht mehr einfach drauflos, sondern versuchte gezielt, eine Schwachstelle zu entdecken. Auch er war etwas geschwächt und ihr auf Hochtouren arbeitendes Gehirn wusste plötzlich, wie sie ihn austricksen konnte. Seine Waffe würde sie ihm vermutlich niemals aus der Hand schlagen können.

Anstatt vor seinen Angriffen zurückzuweichen, bewegte sie sich zwischen seinen Hieben langsam immer näher auf ihn zu. Merior stieß ein verwirrtes Keuchen aus und versuchte, sie noch stärker von sich zu stoßen. Es kostete ihre letzten Kräfte, ihm weiterhin standzuhalten, da er aus dieser geringen Entfernung viel stärker war als sie. Innerlich zählte sie bis zehn und versuchte, ihre zitternden Hände unter Kontrolle zu halten. Sie hatte diese Strategie noch nie ausprobiert und würde sich vermutlich nur lächerlich machen.

Dann sauste seine Klinge erneut auf ihre Schulter zu und sie ließ ihre Deckung wider alle Logik sinken. Wie sie es erwartet hatte, durchzuckte sie kurz darauf der Schmerz, doch diesmal ließ sie nicht zu, dass das Gefühl sie betäubte. Noch im selben Augenblick, in dem sein Holzschwert ihre Schulter berührte, duckte sie sich und stieß ihm das Schwert mit der Wucht ihres Körpergewichts gegen die Fußgelenke.

Merior verlor sein Gleichgewicht und taumelte einen unsicheren Schritt zurück. Noch bevor er seinen festen Stand wiederfinden konnte, gelang es Lilliana instinktiv, den Punkt zu treffen, der seine Balance endgültig durcheinanderbrachte. Sie stieß das Schwert mit der flachen Seite in seinen Bauch und war blitzschnell über ihm, als er stolperte.

Ein entschiedener Stoß genügte, um ihn hinunterzudrücken. Ohne dass er überhaupt wusste, was geschehen war, presste sich ihre Klinge an seine Kehle und er war bewegungsunfähig. Ungläubig sah Merior sie an. Seine dunklen Augen waren weit aufgerissen und Schweißperlen liefen über sein Gesicht. Matte Erleichterung durchströmte sie. Vermutlich sah sie in diesem Moment nicht viel besser aus als er, aber das war ihr vollkommen egal.

Gleich darauf war Lord Wyn bei ihnen. „Du bist die Siegerin, Lilliana Turwingar." Er warf ihr einen anerkennenden Blick zu und ergänzte leise: „Langsam könntest du ihn aber auch aus dieser Erniedrigung erlösen."

Lächelnd ließ sie ihr Schwert sinken und streckte ihm eine Hand entgegen. Er ergriff sie und rappelte sich auf. Allerdings mehr aus eigener Kraft, als mit ihrer Hilfe.

Viel länger hätte sie es nicht mehr ausgehalten. Nur noch am Rande nahm sie wahr, wie das Publikum applaudierte und Lucia mit einer Wasserflasche angerannt kam, um ihr stürmisch zu gratulieren.

Schließlich trat Merior auf sie zu. Sie war viel zu erschöpft, um einen vernünftigen Satz zu formulieren, während sich auf seinem Gesicht schon wieder ein überlegenes Lächeln ausbreitete. „Gar nicht so schlecht, wie ich dachte!", sagte er. „Du bist fast so gut wie ich!"

Lilliana seufzte tief. Was für ein Kompliment! Trotz ihrer Schwäche konnte sie das aber einfach nicht so stehen lassen. „In einem echten Kampf wärst du jetzt tot. Egal, ob stärker oder nicht."

„In einem echten Kampf hätte ich mit ganzer Kraft gekämpft." Er konnte es einfach nicht lassen. Schließlich war es nicht so, als hätte er sie mit Samthandschuhen angefasst.

# Quellenzwerge

Derrick war erschöpft. Es war bereits der zweite Tag, an dem er mit Len Ording gemeinsam reiste, und der Vagabund verfolgte das ehrgeizige Ziel, Milbin am nächsten Tag zu erreichen. Einen Grund zur Eile hatten sie beide nicht, doch obwohl Derrick ihn immer wieder darauf hinwies, lief Len unbeirrt in strammem Tempo vorweg und ließ ihn kaum ausruhen.

„Wir haben noch einen weiten Weg zurückzulegen. Es war dumm von dir zu glauben, dass du ganz alleine zu Fuß den Weg nach Milbin finden könntest. Ich glaube, diese Stadt wird dir sehr gefallen. Eine größere und fortschrittlichere gibt es meines Wissens in ganz Illionäsia nicht. Dort pulsiert der Handel, weil die größten Handelsstraßen und der Fluss Empfer daran entlanglaufen. Du wirst begeistert sein."

Die größte Stadt. Der Junge wusste nicht so genau, ob er begeistert sein würde. Er war es nicht gewohnt, von vielen Menschen umgeben zu sein.

Sie liefen eine Weile schweigend hintereinander her, jeder in seine eigenen Gedanken versunken. Len Ording hatte an diesem Morgen beschlossen, dass sie nicht den gewöhnlichen Weg nach Milbin nehmen würden, da er zu viele Biegungen machte und ihre Reise unnötig verlängerte. Stattdessen liefen sie nun querfeldein und steuerten direkt auf einen Wald zu. Eine Abkürzung.

Len schien diese Strecke schon häufiger bewältigt zu haben, denn er wirkte zielsicher und fand sich mühelos zurecht.

Etwas Positives fand Derrick schließlich doch noch an dem unebenen und stellenweise verschlammten Weg. Ihnen begegneten zahllose kleine Tiere, die er noch nie zuvor gesehen oder schon fast vergessen hatte. Schwache Erinnerungen an eine beinahe unbeschwerte Kindheit wurden in ihm wach, von der er nicht einmal mehr gewusst hatte, dass sie einmal für ihn existiert hatte.

Ein ganzer Schwarm von elfenhaften Smingfen flatterte an ihnen vorbei und hüllte sie in einen Wirbel aus leuchtenden Schwingen. Derrick streckte seine Hand nach ihnen aus und versuchte, nach ihnen zu schnappen. Im Vergleich zu ihnen fühlte er sich unendlich tollpatschig und ungeschickt, denn sie entwichen seinen Fingern voller Anmut und wagten sich sogar noch näher an ihn heran als zuvor. Ihre Flügel schillerten in allen Farben des Regenbogens und strahlten mit der Sonne um die Wette. Eine besonders vorwitzige Smingfe blieb dicht vor seinem Gesicht in der Luft hängen, um mit einem ihrer winzigen Finger seine Nase anzustupsen. Eine andere zog übermütig eine blonde Haarsträhne zu sich heran und wickelte sich darin ein. Egal, was er tat, sie spielten nur mit ihm und gaben ihm keine Chance, sie zu erwischen.

Als sie verschwanden, geschah dies so schnell, als hätte ein Windhauch sie allesamt fortgeweht. Derrick fasste sich an die Nase. Er glaubte, dort noch immer die Berührung dieses wunderschönen Geschöpfs spüren zu können. Wie seltsam, dass ihre Gesichter denen von Menschen so ähnlich waren.

Len Ording drehte sich stirnrunzelnd nach dem Jungen um und musste über den verzückten Ausdruck auf seinem Gesicht lächeln.

„Hast du noch nie eine Smingfe gesehen?", schmunzelte er.

„Nein, aber ist das ein Wunder? Ich wünschte, ich könnte eine von ihnen fangen und aufs Schloss mitnehmen."

„Du hättest keine Freude daran. Ohne Sonnenlicht und frische Luft vergehen sie wie die Fliegen. Hier werden wir noch vielen von ihnen begegnen. Pass auf, dass du die kleinen Biester nicht zu lange mit dir rumschleppst. Sie können sehr aufdringlich werden." Seinem Ton war zu entnehmen, dass er Derricks Faszination nachvollziehen konnte.

„Es ist unglaublich, wie viel ich verpasst habe! Was zum Beispiel ist das?" Er deutete mit dem Finger auf ein Tier, das so groß wie eine Maus war und auf die Hinterbeine stieg, um an die Körner eines Weizenhalmes zu gelangen.

„Ein Twisler. Sie sind sehr intelligent und ernähren sich von Samen und Pflanzen. Junge, du hast eine Menge zu lernen! Was für Tiere hast du überhaupt schon gesehen?"

„Oh, ich denke sehr wenige. Es liegt jedenfalls lange zurück, dass ich sie in ihrem natürlichen Umfeld gesehen habe. Ich habe ein paar Bücher über Tiere und Pflanzen gelesen, aber es ist etwas ganz anderes, sie hier zu beobachten. Bei Esnail, ich kannte nur Fliegen und Spinnen." Er verzog das Gesicht.

„Man hat dir wirklich eine Menge vorenthalten." Derrick nickte. Er beneidete die hübschen Smingfen. Sie flogen ein Leben lang unbeschwert durch die Welt und hatten den ganzen Tag nichts Besseres zu tun, als Nektar zu trinken und sich an den bunten Farben zu vergnügen. Sie schienen alle glücklich, hatten eine Aufgabe und keinerlei Sorgen. Wie gern wäre er selbst so unbeschwert. Obwohl ... Er war doch zumindest frei. Wenn er nicht wollte, brauchte er nie wieder zurückkehren und es war fast unmöglich, dass Zerbor ihn aufspürte.

Mit Len Ording durch das Land zu streifen fühlte sich gut an. Aber er machte sich keine falschen Hoffnungen. Er kannte diesen Mann erst seit zwei Tagen und es war recht unwahrscheinlich, dass er auf die Dauer Lust dazu hatte, einen siebzehnjährigen Jungen überall mit hinzuschleppen und zu versorgen. Vielleicht hatte er sogar irgendwo eine Familie, die auf ihn wartete. Kinder, eine Frau. Traurig ließ er den Kopf hängen. Auf ihn wartete niemand.

Als Len zu ihm zurückblickte, schenkte Derrick ihm ein schwaches Lächeln. Len starrte nur ausdruckslos zurück und betrat das kleine Wäldchen. Derrick trottete langsam hinter ihm her. Er hatte plötzlich das Gefühl, dass er keinen Schritt mehr weitergehen konnte. Wie lange waren sie schon unterwegs? Als sie aufgebrochen waren, hatte es gerade erst gedämmert und jetzt stand die Sonne schon an ihrem höchsten Punkt.

Len ging die ganze Zeit nur ein einziger Gedanke durch den Kopf: „Er ist Zerbors Sohn, Zerbors Sohn! Len, wen hast du da wieder aufgegabelt?" Er bog einen Ast zur Seite und wartete darauf, dass Derrick ihn eingeholte. „Zerbor hat einen Sohn." Selbst nach zwei Tagen mit dem Jungen konnte er es noch immer nicht so recht glauben. Zweifel gab es keine, aber wieso musste ausgerechnet er ihm begegnen.

Sie bahnten sich ihren Weg durch die Natur: über umgestürzte Baumstämme, durch Stellen, an denen das Gras in den Kniekehlen kitzelte, an

Büschen vorbei und durch das Laub, das die Bäume von sich geworfen hatten. Manchmal sahen sie Tiere, ein Eichhörnchen, ein paar Vögel und sogar ein kleines Raubtier, dessen Namen nicht einmal Len kannte. Derrick hielt die Augen offen und ließ die vielen neuen Eindrücke auf sich wirken. Es war kühl und eine leichte Brise wehte ihnen ins Gesicht, doch ihre Fellmäntel schützten sie vor der Kälte und sie kamen einigermaßen schnell voran. Sie sprachen kaum noch miteinander, denn sie mussten sich sehr auf den Untergrund konzentrieren, der langsam immer unberührter und verwachsener wurde.

„Vielleicht ist hier noch nie jemand gewesen", dachte Derrick aufgeregt. Der Gedanke verursachte in ihm ein abenteuerliches Kribbeln. Er konnte es sich wirklich gut vorstellen. Niemand außer Len, hoffentlich. Er hatte keine Lust, sich hier zu verirren. Es wunderte ihn nur, dass der Wald so groß war, obwohl er ihm zunächst geradezu winzig vorgekommen war. Als sie schon längere Zeit gelaufen waren, sprach er Len auf seine Zweifel an. Dieser lachte wieder sein heiseres Lachen. Es klang fast, als würde er daran ersticken.

„Wir werden hier schon noch eine ganze Weile unterwegs sein. Es stimmt schon. Das Äußere täuscht. Bald kommen wir zu einer Quelle, die wir vom Weg aus nicht erreicht hätten." Er blieb stehen, so als wollte er noch etwas sagen. „Derrick, glaubst du, dass dein Vater nach dir suchen wird?"

Der Junge riss erschrocken die Augen auf. „Weshalb fragt Ihr?"

„Heute Morgen habe ich ein paar Lords gesehen und ich hatte das Gefühl … Ich kann mich natürlich auch irren." Er wirkte etwas hilflos.

Derrick verkrampfte sich unwillkürlich. War das vielleicht der Grund, weshalb sie diese „Abkürzung" genommen hatten? Wollte Len nicht mit ihm gesehen werden?

„Wenn Ihr Angst habt, dass ich geschnappt werde, könnt Ihr mich auch alleine lassen. Ich komme schon ganz gut selbst zurecht."

„Du weißt, dass das nicht stimmt. Ich ziehe ein Versprechen, das ich jemandem gegeben habe, nicht zurück. Aber Vorsicht ist manchmal doch angebracht."

„Vorsicht? Ich glaube nicht, dass irgendjemand nach mir suchen wird. Das bin ich nicht wert." Die Ähnlichkeit zwischen Derrick und seinem Vater war für einen Moment unübersehbar. War er wirklich anders als seine Eltern?

„Hör mal, ich lasse dich nicht im Stich, Kleiner!", sagte er sanft und doch nachdrücklich. Sofort entspannte sich der Ausdruck auf Derricks Gesicht und er wirkte erleichtert.

„Danke. Vielen Dank."

Und Len spürte, dass dieser Junge ihn wirklich brauchte.

Was die Quelle betraf, so hatte er sich nicht getäuscht. Schon bald hörten sie sprudelndes Wasser und wenig später sahen sie es auch. Derrick fiel auf, dass sie sich auf einer kleinen Anhöhe befanden. Der dünne Strom floss den Hügel hinunter und plätscherte sanft über Steine und Pflanzen. Als Derrick einen Schritt auf das Wasser zu trat, erkannte er plötzlich, dass er von hier aus weit über die Dächer der Bäume hinwegsehen konnte. Dass sie so weit hinaufgestiegen waren, hatte er gar nicht gemerkt. Len konnte das nachvollziehen. Sein Geist musste sich noch auf ebendiese Feinheiten einstimmen. Selbst nach jahrelangem Reisen durch die Welt konnte die Natur sogar ihn immer wieder überraschen.

„Ich gebe dir ein paar Ratschläge mit, die du hier draußen brauchen wirst. Erstens: Vertraue nur dir selbst und vor allem deinen Empfindungen. Zweitens: Bleib immer besonnen. Drittens … Ach, was versuche ich, dich mit Regeln zu nerven. Das Wichtigste findest du mit Sicherheit selbst heraus."

„Ihnen fallen wohl keine wichtigen Überlebensregeln mehr ein, was?", hakte Derrick nach. „Unterschätz das alles nicht", brummte Len. „Und nun trink schon! Du wirst sehen: So sauberes Wasser sollte eines Königssohns würdig sein." Der Prinz wollte sich bereits über die glitzernde, klare Flüssigkeit beugen, als seinem Begleiter noch etwas einfiel.

„Halt!", rief er. „Eins musst du noch wissen. Trink aus dem Wasser, aber beschmutze es nicht! Es kann sein, dass es hier Quellenzwerge gibt."

Derrick legte fragend den Kopf schief, erhielt jedoch keine Antwort. Was waren Quellenzwerge? Sollte das bloß ein Scherz von Len Ording sein? Rache für seinen mangelnden Respekt? Wie auch immer. Er hatte nicht vor, diese Quelle zu verdrecken, also bestand wohl auch keine Gefahr.

Derrick schöpfte mit den Händen ein wenig Wasser und begann zu trinken. Im ersten Moment spürte er nur die Kälte, die seine Lippen und Hände betäubte. Sie schnürte ihm die Kehle zu und ließ ihn bibbern. Doch schon der nächste Schluck fühlte sich nicht mehr ganz so eisig an.

Er gewöhnte sich an die Temperatur und begann, die Reinheit und Frische des Wassers zu genießen. Er hatte so viel auf dem *Schloss der Finsternis* versäumt.

Nachdem die beiden getrunken hatten, füllten sie ihre Wasserflaschen auf und ruhten sich noch ein Weilchen aus. Das weiche Gras unter ihm fühlte sich angenehm an. Es war warm von der Sonne, und als er seinen Kopf drehte, kitzelte ihn ein Grashalm an der Wange. Derrick beobachtete die Vögel, die über seinen Kopf hinwegflogen, weite Kreise zogen oder in Schwärmen über sie hinwegschwebten. Seine erschöpften Glieder wurden nach und nach immer schwerer, seine Augenlider schlossen sich und er döste ein.

Geweckt wurde er von einem aufgeregten Keckern und etwas, das ihn an den Hosenbeinen zupfte. Schläfrig öffnete er ein Auge und starrte gleichgültig auf ein seltsames bläuliches Etwas, das vor ihm im Gras kniete. Ein ebenso bläuliches Gesicht schob sich in sein Blickfeld und ein Paar durchdringend gelber Augen starrte ihn an. Das Wesen verzog seine blutroten Lippen zu einem Albtraum von einem Lächeln, bei dem es einige spitze, kleine Zähne entblößte. Und dann nahm er auch den Speer wahr, den das Wesen bedrohlich auf ihn gerichtet hatte. Einen Speer? Er stieß einen angsterfüllten Schrei aus, rappelte sich auf und wich erschrocken zurück.

„Len Ording?", fragte er vorsichtig und wagte es nicht, das Wesen aus den Augen zu lassen. Klein oder nicht, er wollte lieber kein Risiko eingehen. Als sich der Angesprochene nicht rührte, versuchte er es noch einmal etwas lauter. Len wälzte sich auf die Seite und öffnete dann langsam die Augen.

„Bei Iramont!", flüsterte er voller Entsetzen. Vorsichtig drehte sich Derrick um, denn er ahnte schon, was er sehen würde. Und wirklich: Es mussten Hunderte sein, wenn nicht sogar Tausende.

„Quellenzwerge", schoss es ihm durch den Kopf. Was wollten die so plötzlich von ihnen? Sie hatten diesen Wesen nichts getan und alles unberührt gelassen. Doch die Quellenzwerge schienen das etwas anders zu sehen. Einem unsichtbaren Befehl folgend setzten sie sich nun in Bewegung und liefen auf den noch immer am Boden liegenden Len Ording zu. Er war zu überrascht, um rechtzeitig zu reagieren, und wurde innerhalb kürzester Zeit von ihnen umstellt und mit einem dicken grünen Tau gefesselt.

Derrick wäre es ähnlich ergangen, wenn er nicht geistesgegenwärtig aufgesprungen wäre. Mit einem großen Satz überwand er den Kreis der Zwerge und gelangte außerhalb ihrer Reichweite. Sein Herz hämmerte mit einer Heftigkeit gegen seinen Brustkorb, die ihn noch schneller werden ließ. Er lief mehrere Meter in den Wald hinein, bevor er sich selbst zwang, stehen zu bleiben. Vor zwei Tagen noch wäre es ihm leichtgefallen zu fliehen, ohne sich auch nur einmal umzusehen, aber nun war es sein Gewissen, das ihn zur Rückkehr zwang. Er konnte Len Ording nicht einfach im Stich lassen. Entschlossen drehte er sich um und bewegte sich langsam auf die Lichtung zu, darauf bedacht, nicht gesehen zu werden. Hinter einem breiten Baumstamm fühlte er sich relativ sicher und konnte Len gut sehen. Ein wenig überraschte ihn nur, dass niemand ihn verfolgt hatte.

Len lag hilflos auf dem Boden. Etwa ein halbes Dutzend der Zwerge hatte sich auf seine Brust gesetzt und malträtierte ihn mit winzigen Speeren, während die übrigen eine dichte Mauer um ihn gebildet hatten. Sie hätten ihn ernsthaft verletzen können, doch es sah mehr danach aus, als versuchten sie, ihn lediglich einzuschüchtern. Vielleicht stand ihm Schlimmeres bevor, wenn Derrick nicht eingriff. Len verdrehte den Kopf, blickte beinahe in seine Richtung und rief nach ihm: „Verschwinde, Derrick! Lauf weg!" War ihm sein eigenes Schicksal etwa egal? Die Quellenzwerge machten grimmige Gesichter und bleckten angriffslustig die Zähne. „Was soll das? Wir haben euch doch nichts getan", keuchte Len. Er verzog vor Schmerz das Gesicht, als ihn eines der Biester mit einem Stöckchen in die Wange stach. Die Meute quiekte ärgerlich, schien ihn aber nicht zu verstehen. Ihr grässliches Gekreische tat Derrick in den Ohren weh. Es war nicht zum Aushalten. Irgendwie musste er Len retten. Er war bestimmt viel stärker als diese Zwerge, aber hatte er gegen eine solche Übermacht eine Chance? Ängstlich sah er zu, wie die winzigen Kreaturen das Gesicht ihres Gefangenen aufkratzten, ihn mit Stöckchen überallhin pikten und Anstalten machten, ihn fortzuzerren.

Wenn er zu lange zögerte, würden sie ihn wegschleifen. Er konnte auf eine günstige Gelegenheit warten, aber die würde es vermutlich nicht mehr geben. Er musste ...

Dumpf klatschte etwas gegen seinen Rücken und etwas Spitzes bohrte sich schmerzend in seine Schulterblätter. „Sie haben mich!", dachte er, stolperte und fiel vornüber. Sofort wollte er sich wieder aufrappeln, Land gewinnen und diesen scheußlichen Wesen für immer entkommen, doch sie drückten ihn mit einer Macht zu Boden, die er nicht erwartet hatte. Verzweifelt strampelte er mit Armen und Beinen, um die kleinen Hände abzuwehren, die seinen Körper festzurrten und ihn bewegungsunfähig machten. Überall waren ihre kleinen, schnellen Finger, überall ihre zustoßende Speere und überall ihre schrecklich verzogenen, höhnischen Gesichter. Er glaubte, kaum noch Luft zu kriegen und sein Kopf fühlte sich seltsam benommen an. Ein gleichmäßiges Pochen ging von der Stelle an seinem Rücken aus, in die die Quellenzwerge einen ihrer Speere gebohrt hatten. Vor seinen Augen verschwamm alles und er spürte keine Schmerzen mehr. Seine Glieder erschlafften und er spürte zum Glück nicht mehr, wie sie seinen reglosen Körper über den Boden zerrten.

Erst viel später kam Derrick wieder zu Bewusstsein. Als er vorsichtig die Augen öffnete, glaubte er zunächst, in einem Traum gefangen zu sein. Absolute Dunkelheit umgab ihn. Er blinzelte mehrmals, kniff sich in den Oberarm und zwinkerte erneut. War er etwa blind? „Ist hier jemand? Könnt Ihr mich hören, Len?", rief er und seine Stimme zitterte in der Stille. Derrick klammerte sich an die Worte, aber sie verklangen viel zu schnell. Einen Moment fürchtete er, ersticken zu müssen.

Als er plötzlich Lens unterdrücktes Stöhnen hörte, machte sich Erleichterung in ihm breit. Er musste irgendwo dicht neben ihm sein. Er klang sehr erschöpft und keuchte schwer: „Sei ruhig, Junge! Ich habe solche Kopfschmerzen." Zumindest war er nicht alleine.

Derrick musste in der Dunkelheit lächeln und versuchte, sich aufzurichten. Er hatte dabei einige Schwierigkeiten, weil seine Hände noch immer auf seinem Rücken zusammengebunden waren und seine Gelenke von der rauen Faser bei jeder Bewegung aufgerieben wurden. Ruckartig hob er seinen Kopf und stieß prompt gegen die Decke. Er fluchte leise.

„Was haben wir diesen Quellenviechern denn getan?", fragte er verzweifelt. „Und was haben sie mit uns vor?"

„Ich weiß es nicht!", seufzte Len.

Sie schwiegen.

Bald hielt Derrick es nicht mehr aus. Kein Lichtstrahl erreichte sein Gesicht und selbst die Luft zum Atmen war knapp und stickig. Vorsichtig setzte er sich ein wenig auf. Dann versuchte er, seine Hände nach vorne zu ziehen, aber es wollte ihm nicht gelingen. Zum Zerreißen war seine Fessel zu fest und mit den Fingerspitzen konnte er sie auch nicht lösen. Wütend zerrte er weiter und zwang seine Hände Millimeter für Millimeter auseinander, ohne darauf zu achten, dass die Wunden an seinen Handgelenken zu bluten begannen.

Erst als der Schmerz nicht mehr auszuhalten war, gab er es auf und begann mit den Fingerspitzen vorsichtig, den Boden hinter sich abzutasten, um einen spitzen Stein oder ähnliches Werkzeug zu finden. Zu seinem Erstaunen waren sowohl der Boden als auch die Decke vollkommen glatt und ohne jegliche Kanten oder Ungleichmäßigkeiten. Derrick robbte auf dem Bauch umher und erkundete auf diese etwas umständliche Weise die Größe ihres Gefängnisses. Besonders geräumig war es jedoch nicht. Nach seiner Schätzung konnten sich vier Erwachsene nebeneinander ausgestreckt hinlegen, zum vollständigen Hinsetzen war es auch für Kinder zu niedrig. Die ganze Höhle war leer und nur an einer Stelle ertastete er eine Unebenheit. Es handelte sich um eine Rille, die sich vom Boden bis an die Decke zog und von dort aus wieder hinunterlief. Ob dies wohl der Ausgang ihres Gefängnisses war? Nach einem angestrengten Drücken ließ er sich erschöpft dagegen sinken und befand, dass sie diesen Stein jedenfalls nicht herausschieben konnten. Er kroch zu seinem Platz zurück, um zur Ruhe zu kommen. Bei dem Gedanken, hier noch länger eingesperrt sein zu müssen, wurde er jedoch nervös. Wie lange würde es dauern, bis die Zwerge zurückkehrten? Stunden, Tage, vielleicht sogar Monate? Warteten sie einfach ab, bis ihre Gefangenen gestorben waren? Schließlich hatten sie nichts zum Essen und ihre Wasserflaschen hatte man ihnen anscheinend abgenommen.

Die Zeit verging quälend langsam und sie begannen, sich von ihren Leben zu erzählen. Len berichtete leise von seinen Abenteuern und Derrick vom *Schloss der Finsternis*, von Zerbor und von Linda. Ihre Worte klangen in der Dunkelheit leer und traurig, weil es sonst keine Geräusche gab. Doch das Erzählen brachte auch ein wenig Licht, gerade so viel, um den Kummer, der über ihnen zusammenzufallen drohte, abzuhalten.

„Werden wir überhaupt hier herauskommen? Geben sie uns Nahrung?" Angst lag in der Schwärze verborgen, versteckt in der Dunkelheit, die Freiheit nur einen Fingerbreit entfernt.

Dann schilderte Len, wie er aus dem *Schloss der Finsternis* geflohen war und warum. Seine raue Stimme war fast nur ein Wispern, als er sprach: „Ich glaube, es war die Herzlosigkeit, die ich nicht aushielt. Die ganze Burg ist voll von Intrigen, Hinterlist und Grausamkeit. Jeder denkt nur an sich. Seit Zerbor an der Macht ist, ist es vermutlich noch schlimmer geworden, allerdings brachte auch sein Vorgänger, König Narvoss, Verderben über das Land. Ich bin verrückt geworden, bei dem Gedanken, später genauso zu werden wie die anderen Lords in Kiborien. Es durfte natürlich niemand davon erfahren. Sie brachten mir die Grausamkeit bei, und ich hielt still und verhielt mich unauffällig. Ich sagte mir, dass eines Tages alles gut werden würde, aber es änderte sich absolut nichts. Die Bürger leben dort, weil ihnen nichts anderes übrig bleibt und das Land sehr fruchtbar ist. Sie haben zu viel Furcht, um zu protestieren. Einige sind mit Zerbors Regierung sogar einverstanden und ihm hörig, meistens reiche Leute. Aber das weißt du ja selbst.

Eines Tages konnte ich dann nicht mehr. Meine Eltern hatten mich schon oft Hinrichtungen beiwohnen lassen und ich war jedes Mal geschockt von der Blutgier der Zuschauer. Ich fragte meinen Vater, warum sie die Menschen töteten, aber er amüsierte sich nur über meine Angst. Er hat immer behauptet, dass diese Menschen selbst daran schuld wären und sie allesamt eine Strafe verdienten. Doch was verdienten dann die Menschen, die sich an ihren Qualen berauschten? Ich konnte ihn nie verstehen. Als ich erwachsen wurde, wollte er mich dazu zwingen, selbst jemanden zu töten. Er zählte alle Verbrechen des Mannes auf, sagte, dass er ein Mörder sei, und schlug mich. Ich änderte meine Meinung nicht. Ich konnte es nicht tun. Ich hätte es auch jetzt nicht getan." Len Ording verstummte und lauschte auf Derricks Atem.

„Aber Ihr habt andere Menschen getötet?", flüsterte der Junge. Len antwortete zuerst nicht. Derrick biss die Zähne zusammen und spürte, wie Bitterkeit in ihm aufstieg.

„Ich musste es tun. Manchmal hat man keine Wahl. Auf der Straße geht es am Anfang nur um das nackte Überleben, und wenn dich jemand angreift, bist entweder du am Ende tot oder er."

Stille breitete sich aus und legte sich auf Derricks Ohren. Zeit hatte plötzlich keinen Wert mehr.

Endlich sprach Len weiter: „Aus Zorn ließ mein Vater die Person von jemand anderem töten. Ich hasste ihn von da an noch mehr und schmiedete die ersten Ausbruchspläne. Wie du siehst, ist mir die Flucht gelungen."

„Ich kann aber nichts sehen!", stellte Derrick fest.

„Stimmt ja, du hast recht", seine Stimme klang hoffnungslos und traurig. „Erzähl mir, warum du fortgelaufen bist. Falls wir hier sterben sollten, wäre es besser, es jemandem erzählt zu haben."

Derrick begann mit dem Chaos in der Küche, dem Streit mit Zerbor und endete mit seiner übereilten Flucht.

Sobald er fertig war, meinte Len: „Wenn du so von ihnen redest, hört es sich an als seien sie Monster und keine Eltern. Was sie mit dir gemacht haben, ergibt einfach keinen Sinn. Ich hatte zumindest noch meine Freunde auf dem Schloss und meine Eltern ... sie waren nun mal meine Eltern."

Derrick schluckte kurz, um die Trockenheit aus seiner Kehle zu vertreiben. „Ihr habt Zerbor gekannt", sagte er vorsichtig.

„Ja, das habe ich. Ich will nicht sagen, dass ich viel mit ihm zu tun hatte, aber jeder von uns hat von ihm gehört. Dein Vater war einige Jahre älter als ich und hatte seine Ausbildung bereits bestanden. Er war jung, ehrgeizig und machte vor nichts Halt, wenn für ihn etwas dafür heraussprang. Man hatte immer das Gefühl, dass er sich den anderen überlegen fühlte. Zerbor ... Er hatte einen unerfindlichen Hass auf uns alle. Ich weiß nicht, ob er je versucht hat, das vor uns zu verbergen, aber man hat es ihm deutlich angemerkt. Er war ein Außenseiter, wechselte nie mit jemandem ein freundliches Wort und hatte auch für die Höhergestellten und den König nichts als Verachtung übrig. Eins muss ich ihm lassen: Er hat gekämpft und sich bei niemandem eingeschmeichelt. Zumindest war das damals so."

Derrick rückte auf dem harten Boden hin und her und wusste, dass er dazu nichts sagen konnte. Sein Vater war genauso verlogen und intrigant geworden, wie alle anderen auch.

Einschlafen konnte er nicht, so sehr er es auch versuchte. Seine Gedanken waren viel zu aufgewühlt. Auch wenn er sich bemühte, an nichts zu denken, schlichen sich einzelne Erinnerungen in sein Bewusstsein. Seine Glieder waren verspannt und die Wunde an seinem Rücken schmerzte unerträglich. Die Quellenzwerge hatten ihn betäubt und das Mittel schien seinen Körper noch immer zu reizen.

Plötzlich, er konnte nicht sagen, ob einige Stunden vergangen waren oder Len gerade erst seinen letzten Satz vollendet hatte, ertönte das Geräusch von Steinen, die sich ächzend übereinander schoben. Man konnte noch nichts sehen, aber Derrick vermutete, dass die Tür sich öffnete. Gleich darauf trippelten Schritte über den Boden und er wurde mit den Füßen voran aus dem Kerker gezerrt. Len Ording stöhnte auf, als auch er von unzähligen Händen gepackt wurde.

Der Weg, den sie zurücklegten, war nicht besonders lang, doch am Ende waren die beiden Menschen völlig erschöpft und hatten am ganzen

Körper Schürfwunden. Es war ein furchtbar erniedrigendes Gefühl, durch die Tunnel gezogen zu werden und sich nicht gegen die Winzlinge wehren zu können. Die Haut an seinen Armen brannte wie Feuer.

Sie wurden in eine Höhle gebracht, in der durch kleine Öffnungen in der Decke Licht ins Innere fiel. Derrick blinzelte mehrmals, um seine Augen an die plötzliche Helligkeit zu gewöhnen. Erst als sie ihn liegen ließen, konnte er sein Gesicht drehen und sich umsehen. Der Raum war zweimal so hoch wie ein Mensch, und soweit er es beurteilen konnte, maßen seine Seitenlängen etwa das Doppelte: für die Zwerge eine riesige Halle mit zahlreichen Öffnungen, die die Eingänge zu ihrem Höhlensystem bildeten. Die Decke wurde von sechs schlichten Säulen gestützt, deren Oberflächen genauso glatt und kahl waren wie die Wände. Auf dem Boden wuchs weiches, kühles Moos, was seinem Rücken etwas Linderung verschaffte.

Als wollten sie ihn noch weiter quälen, drehten ihn die Quellenzwerge unsanft auf den Bauch. Kurz darauf spürte er jedoch, wie sich der Druck der Fesseln von seinen Handgelenken löste. Ohne nachzudenken, wollte er aufstehen und wich gerade noch einem der Zwerge aus, um ihn nicht zu zerquetschen. Im gleichen Moment spürte er etwas an seinem Knöchel und die kleinen Zwerge kreischten verärgert auf. Ihm wurde mit einem spitzen Miniaturspeer ins Bein gepikst. So stellten sie sicher, dass er nicht zu entkommen versuchte. Ihm blieb keine andere Wahl, als sich wieder zu setzen.

Während Len Ording ebenfalls befreit wurde und fünf Quellenzwerge sich bedrohlich um Derrick positionierten, strömte ein weiteres Dutzend der kleinen Wesen herein. Sie würdigten die beiden Menschen keines Blickes und steuerten sofort ein Podest am Kopf der Höhle an.

Derrick warf Len einen Hilfe suchenden Blick zu, doch dieser schien relativ gelassen zu sein. Aus einem der Gänge trat nun ein Quellenzwerg, der die Übrigen um einiges überragte. Er stellte sich auf das Podest und starrte Len und Derrick unverhohlen und voller Bosheit an. Im selben Augenblick drehten sich alle Köpfe im Saal zu ihnen. Lauter kleine, blasse Augen, blau, grün und gelb. Alle voller Abscheu und Ekel. Ein Schauer lief Derrick über den Rücken, doch er bemühte sich, Haltung zu bewahren, und hielt dem Blick der Zwerge stand. Sollte das hier ein Psychospielchen werden? Nicht mit ihm.

Das Oberhaupt öffnete seinen mit spitzen Zähnchen gespickten Mund und begann, in einer gurgelnden Sprache zu reden, die sich sehr von den

Quietschlauten unterschied. Derrick fühlte sich an den Klang von tosendem Wasser erinnert oder auch an das Grummeln eines Donners.

Seine Aufmerksamkeit wurde abrupt abgelenkt, als ihn etwas zwickte. Er drehte den Kopf zur Seite und entdeckte einen weiteren Zwerg neben seinem Knie. Tiefe Falten zogen sich über seine anthrazitfarbene Stirn und die beinahe farblosen Augen wurden fast gänzlich von Hautwülsten bedeckt.

„Guten Morgen", begann der Zwerg zu nuscheln, wobei er sichtlich Schwierigkeiten hatte, die Worte zu artikulieren und seine hängenden Mundwinkel anzuheben. Aber er sprach wie sie, wenn auch mit einer sehr unmenschlichen Stimme.

„Du kannst unsere Sprache sprechen?"

„Ja, ich bin der Übersetzer." Er schien irgendwie Probleme mit dem Buchstaben T, den er beinahe wie ein D aussprach, und den Zischlauten zu haben. Der große Quellenzwerg vorne auf dem Podest räusperte sich. Das vermutete Derrick zumindest, denn es hörte sich eher an wie ein Hustenanfall.

„Ihr seid nun Gefangene des Großen Quells. Ihr übertreten habt Grenze zu unsere Höhle."

„Wie bitte? Woher sollten wir denn das wissen? Ihr hättet uns ja irgendwie warnen können. Mit Schildern oder ...", empörte sich Derrick.

Len warf ihm einen vorwurfsvollen Blick zu und der Übersetzer schien seinem Ausbruch nicht folgen zu können.

„Das tut uns sehr leid. Wir hatten nicht die Absicht, euch zu nahe zu treten", verbesserte Len und versuchte es mit einem Lächeln, das jedoch auf keine Reaktion stieß.

„Dafür nun zu spät. Menschen hier niemals waren", erwiderte der Übersetzer. Er wechselte ein paar Worte mit seinem Oberhaupt und wandte sich dann an Len Ording: „Höre großer Mensch. Todesurteil wird über euch gelegt. Müsst sterben, weil ihr eindrangt in Gebiet, das uns gehört."

Der Erwachsene starrte unbewegt zurück und Derrick fühlte sich mit einem Mal schrecklich benommen. Das konnte doch nicht ihr Ernst sein. Sie hätten die Quellenzwerge nicht einmal entdeckt, geschweige denn belästigt, wenn sie nicht über sie hergefallen wären. „Es war doch nicht unsere Absicht, euch irgendetwas anzutun."

„Menschen lügen. Menschen immer lügen. Ihr würdet laufen zu anderen Menschen und sie würden zurückkommen und uns alle töten." Harte

129

Bitterkeit drang aus seinem Mund und Derrick fragte sich, ob er sich das nur einbildete. Drückten Quellenzwerge ihre Gefühle überhaupt so aus wie Menschen?

Len nickte leicht und schien noch immer fieberhaft nach einem Ausweg zu suchen. Schließlich drehte er den Kopf zum König der Quellenzwerge. „Frag ihn, auf welche Weise wir sterben sollen!"

Der Übersetzer kniff die Augen zusammen, sodass man sie überhaupt nicht mehr sehen konnte, und drehte eines seiner gefächerten, von hauchdünnen Adern durchzogenen Ohren in seine Richtung. „Wie meinen?"

„Unsere Todesart!", wiederholte Len und seine Stimme schwankte, als er das Wort ausstieß. Das Wesen nickte und vermittelte dem Anführer ihre Frage. „Großer Quell meinen: Schlimmster Tod ist Ertrinken." Die Menge der blauen Wesen schrie erschrocken auf. Dann wurden sie plötzlich still und man konnte nur noch ein leises Weinen hören. Der Zwerg, der es von sich gegeben hatte, war auf die Knie gesunken und seine Artgenossen hatten sich von ihm entfernt, als hätten sie Angst vor ihm. Sowohl der Übersetzer als auch der Große Quell schleuderten ihm böse Gurgler entgegen.

Mühsam erhob sich der Kleine und blickte zunächst Derrick und dann Len an. Seine Gesichtszüge waren feiner und weniger kantig, seine Stimme höher. Dieser Zwerg war weiblich. „Seht ihr nicht? Keine Gefahr für uns!"

Der große Quell brüllte etwas zurück und der Übersetzer rührte sich erst, als Derrick ihn unsanft mit dem Zeigefinger anstieß. Es störte ihn nicht, dass seine Wächter sich daraufhin noch dichter um ihn gruppierten.

„Es ist verboten, Sprache der Menschen zu sprechen. Sie macht böse."

„Fremde haben keine Waffen. Sie sind harmlos. Wir verurteilen sie unschuldig."

„Aber sie sind nicht unschuldig. Menschen immer alles zerstören und töten."

Die Kleine wurde plötzlich von allen Seiten umringt, gepackt und vor den Großen Quell gezerrt. Nun richtete sich der feindselige Blick der Menge auch auf sie. Ihr flehendes Wimmern stieß auf kalte Ablehnung. Der König grummelte lediglich einige Worte. Dies genügte bereits. Die Wachen, die an den Eingängen postiert gewesen waren, nahmen sich ihrer an und schleiften sie fort. Derrick lauschte ihrem Wehklagen, bis es in der Ferne verstummte.

Sie hatte sich für sie eingesetzt und war dafür von ihrem eigenen Volk bestraft worden. War das nicht die Grausamkeit, die die Zwerge so verabscheuten? Oder hassten sie die Menschen nur so sehr, weil sie ihnen überlegen schienen? Weshalb sprach der Übersetzer ebenfalls ihre Sprache, wenn dies doch angeblich verboten war und sie keinen Kontakt zu Menschen hatten? Er war ein wenig überrascht, als Len eine Frage stellte, weil ihm tausend andere Dinge Kopfzerbrechen bereiteten. „Weshalb haltet ihr Ertrinken für die schlimmste Bestrafung?"

„Wasser sind kalt und feucht. Wir ertränken nicht gerne jemanden. Es ist grausam und höchste Strafe. Keinem von uns wir würden das antun."

Die Quellenzwerge hatten Angst vor Wasser, schoss es dem Jungen durch den Kopf. Sie konnten gar nicht schwimmen. Dabei floss dicht neben ihnen ein unterirdischer Fluss. Was für eine Ironie.

Er musste an seine eigenen Schwimmversuche denken. Im Grunde genommen bestanden diese nur aus einem halbherzigen Herumplanschen im königlichen Wasserbecken. Vielleicht hätte ihm diese Fähigkeit jetzt das Leben gerettet.

Len Ording meldete sich noch einmal zu Wort: „Können wir euch nicht irgendeinen Dienst erweisen? Unsere Größe könnte bestimmt nützlich für euch sein."

Der König rief dem Übersetzer nach einer kurzen Pause etwas zu, wobei sein Tonfall betrübt und hoffnungslos klang. „Wenn ihr Schwimmer wärt, ja. Dann könntet ihr Hilfe bringen."

Len warf Derrick einen hilflosen Blick zu. „Was müssten wir tun?", fragte er leise.

„Ihr müsstet zu finsterer Grotte tauchen und Königskrone finden!"

# Streit und Verrat

Sie hatte schon wieder geträumt. Das war das Erste, was Lucia feststellte, als sie in der Gaststätte *Wandrers Glück* in Grefheim, irgendwo im Westen Morofins aufwachte. Träge spähte sie zur anderen Seite des Zimmers und ließ die Augen gleich wieder zuklappen, nachdem sie sich versicherte hatte, dass Lilliana noch schlief. Fast wäre es ihr gelungen, ein zweites Mal wegzudämmern, als ein Sonnenstrahl sich seinen Weg durch das Fenster bahnte und es sich mitten in ihrem Gesicht bequem machte. Es schien dort sehr gemütlich zu sein, denn selbst nach festerem Augenzusammenkneifen blieb er, wo er war.

Mit einem unwilligen Niesen schlug sie die Augen auf und stellte fest, dass es unmöglich werden würde, wieder einzuschlafen. Wie kam es, dass sie plötzlich zur Frühaufsteherin geworden war? Sonst konnte man sie noch nicht einmal wecken, wenn ein ganzes Orchester im selben Raum probte. Und dann hatte sie auch noch angefangen zu schlafwandeln, was sie absolut nicht verstehen konnte, und geträumt hatte sie auch schon seit Wochen nicht mehr. Wann hatte das angefangen? Die Antwort war einfach, aber beunruhigend: in der Nacht, in der Adenor gestorben war. Es schien wirklich alles darauf zurückzugehen. Keine Chance, das zu leugnen.

Aufgewühlt schob sie sich langsam aus dem Bett, bemüht, möglichst wenige Geräusche zu verursachen. Mit nackten Füßen tapste sie über den Holzboden und zuckte zusammen, als eine der Dielen ein durchdringendes Knarren von sich gab. Sie hielt die Luft an und wartete ab, doch Lilliana schlief noch immer tief und fest.

Erleichtert schlich sie an den vielen Zimmern vorbei, die Treppe hinunter und in den Innenhof des Gasthauses, den sie am Tag zuvor entdeckt hatte. Es gab ein großes Gemüsebeet und auf dem Rasen einen kleinen Apfelbaum, an dem schon die ersten Früchte hingen. Der Hof war von mehreren Häusern umsäumt, Schatten lag über allem. Lucia setzte sich auf eine kleine Bank und zog die Beine an. Die Stille tat gut. Das einzige Geräusch, das sie hören konnte, war das des Windes, der die Blätter des Apfelbaums schüttelte. Sie hätte liebend gerne alles um sich herum vergessen, aber das konnte sie nicht. Jetzt hatte sie vielleicht die Gelegenheit, über alles nachzudenken und einen Schritt weiterzukommen. So schnell würde sie vermutlich keine Zeit mehr dafür haben. Da sie nicht wirklich wusste, wo sie anfangen sollte, begann sie in Gedanken alle Dinge aufzulisten, die ihr in den letzten Tagen seltsam vorgekommen waren und ihr eventuell bei der Suche nach Adenors Erben weiterhelfen konnten. Da waren zunächst der Stein von Azur und die kiborische Schokolade, beides Dinge die eine Art Spur bilden konnten, und Lilliana, die Lucia quasi die Anleitung zum Lesen dieser Hinweise gegeben hatte. Die Legende über die Steinträger hatte sie zwar sehr beeindruckt, konnte ihr aber vermutlich nur als Hintergrundwissen dienen. Ihr war schon einmal der Gedanke gekommen, dass Lilliana selbst gemeint sein könnte, doch sie hatte diese Idee wieder verworfen, da Adenor es einfach in seinem Testament hätte schreiben können. Plötzlich kam ihr etwas ganz anderes in den Sinn. Musste Adenor seinen Erben denn bereits gekannt haben? Konnte es nicht sein, dass er sie auf die Suche nach jemandem schickte, der seinen Vorstellungen entsprach und irgendein geheimes Kennzeichen aufwies? Vielleicht hatte Adenor gewusst, wie sie diesen Erben finden würde, aber nicht, wer er war?

Als Lucia nach einiger Zeit auf ihr Zimmer zurückkehrte, summte das Gasthaus schon vor Geschäftigkeit. Im Erdgeschoss schwirrten die Dienstboten in alle Richtungen und die Lords und Ladys hatten sich zu einer kleinen Konferenz im Speisesaal versammelt.
 Lilliana gab nur einen verhaltenen Gruß von sich und schob Lucia eine große Schale mit Wasser zu, als diese eintrat. Ihre Gliedmaßen waren verspannt und die blauen Flecken kaum zählbar.
 Nach einem köstlichen Frühstück, das sie mit Melankor, Merior und einigen anderen Lords einnahmen, versammelten sich alle auf dem Marktplatz von Grefheim. Der König und Lord Wyn gaben bekannt, dass der

Tag den einzelnen Gruppen als Erholungspause und Gelegenheit für erste Nachforschungen dienen sollte. Beim nächsten Sonnenaufgang würden sie sich schließlich trennen. Ein Großteil würde weiter gen Osten reiten und eine kleinere Gruppe, zu der auch die Prinzessin gehörte, sich nach Nordosten wenden.

„Lucia?" Sie wollte gerade mit den anderen ins Gasthaus zurückkehren, als ihr Vater sie aufhielt. „Lucia, mir ist aufgefallen, dass du dir diese Reise sehr zu Herzen nimmst und dein Bestes gibst, um etwas zu unserem Erfolg beizutragen."

Sie nickte zögerlich und fragte sich, wer ihm das erzählte hatte. In den letzten Tagen hatte er wohl kaum genug Zeit gehabt, um das selbst festzustellen.

„Ich habe dir nur erlaubt mitzukommen, damit du etwas von den Lords und Ladys lernst. Nicht, damit du dich einmischst und ihnen im Weg herumstehst."

„Wie bitte?", stieß sie entrüstet hervor und blickte ihn unverwandt an. Hatte sie sich gerade verhört oder hatte ihr Vater gesagt, dass sie seine Suche behinderte? Hatte sich etwa jemand bei ihm beschwert?

„Versteh mich nicht falsch. Es ist nicht nur von Vorteil, dass du dich für die Sache einsetzen möchtest und eigene Nachforschungen anstellst."

„Moment mal ... Vater, ich habe deine Anweisungen befolgt und mich im Hintergrund gehalten. Bin ich jetzt etwa an Lord Jekos' Unfall schuld oder daran, dass ihr bis jetzt noch nicht den Hauch von einem Schimmer habt, was mit Adenor geschehen ist?"

„Lucia, das geht zu weit. Glaubst du etwa immer noch, dass Adenors Testament einen doppelten Sinn hat? Meinst du nicht, dass ich ihn besser kannte als du?"

„Und was ist, wenn du dich in ihm täuschst? Wenn er dich gar nicht damit beauftragt hat, seinen Erben zu finden? Ich glaube, wenn Edward an meiner Stelle gestanden hätte, hättest du ihm nicht gesagt, dass er sich im Hintergrund halten soll. Du hättest ihm wenigstens zugehört und ihn ernst genommen. Was ist, wenn ich später Königin werden will? Hätte ich je eine Chance gegen ihn? Du kannst mich nicht für immer gefangen halten." Lucia zitterte vor Anspannung. Noch nie hatte sie ihm so etwas vorgeworfen. Nie hatte sie an ihrem Vater laut gezweifelt.

Einen Moment sah sein Gesicht aus wie das eines Fremden und er hob seine rechte Hand, als ob er sie schlagen wollte. Im letzten Augenblick schien er sich zu fangen und ließ den Arm kraftlos sinken. „Sag so etwas nicht, Lucia. Du weißt nicht, wovon du sprichst."

„Das weiß ich nicht, ach ja? Wenn es nach dir ginge, hätte ich überhaupt keine Ahnung von nichts." Kochende Wut durchströmte sie, und bevor sie noch etwas kindlich Naives oder Dummes sagen konnte – etwas anderes schien sie nicht zustande zu bringen – drehte sie sich um und stürmte mit hoch erhobenem Haupt an einer völlig entgeisterten Lilliana vorbei.

Lucia hörte noch, dass ihr Vater ihr nachrief, aber sie beachtete ihn nicht und verschwand in einer Gasse. Lilliana fand sie, an die Wand gepresst und vollkommen aufgelöst.

„Lucia, was war denn das gerade? Bist du nicht mehr ganz bei Trost? Dein Vater macht sich Sorgen um dich, was ich sehr gut nachvollziehen kann. Er hat Angst." Ihre Stimme wurde sanfter und Lilliana versuchte, Lucia in die Augen zu sehen.

„Angst? Um mich? Ich bin doch gar nicht in Gefahr! Er tut immer so als ob … als ob … Auch wenn ich eine Prinzessin bin, möchte ich nicht ständig wie ein wertvoller Vogel behandelt werden. Vater lässt mich nie etwas alleine tun … als würde ich mich ständig in Lebensgefahr begeben."

„Darf ich dich daran erinnern, dass du dich fast im Wald verlaufen hättest und im Moor hättest untergehen können?", warf Lilliana vorsichtig ein. „Außerdem wird er ab morgen nicht einmal mehr die Möglichkeit haben, dich zu beschützen. Ich glaube, dass Adenors Tod ihn sehr verändert hat."

„Glaub mir, er war schon immer so. Er wird Lord Sorron und Lady Zynthia den Befehl geben, mich rund um die Uhr zu bewachen und vor jedem Grashalm zu beschützen", schnaubte Lucia.

„Meinst du nicht, dass du gerade ein wenig überreagierst?" Lilliana wollte ihr einen Arm um die Schultern legen und ihr sagen, wie lächerlich sie gerade klang, doch Lucia stieß sie wütend von sich weg. Der Stoß war nicht besonders kräftig, doch er traf sie an ihrem verletzten Arm und in der Seele. Die Prinzessin bemerkte es noch nicht einmal.

„Du kennst mich doch überhaupt nicht! Weißt du überhaupt irgendetwas aus meinem Leben?", jammerte sie. „Weißt du, wie es ist, unter all den verzogenen, hochnäsigen Lordkindern, die sich nur mit dir abgeben, um in deiner Gunst zu stehen? Ich habe es jedenfalls satt!" Sie begann, vor Wut und Enttäuschung zu zittern.

Ein kalter Ausdruck trat in Lillianas Augen. „Hast du schon daran gedacht, dass ich die Tochter eines Hauptmanns bin? Glaubst du, ich bin blind? Natürlich kenne ich diese verzogenen Lordkinder, wie du sie nennst. Und weißt du was: Du bist auch nicht besser als sie! Wie kannst du nur so undankbar sein? Eines Tages wirst du die Befehlsgewalt über ein ganzes Reich haben, aber du beschwerst dich nur über all den Reichtum, von dem du umgeben bist. Andere Menschen haben gar nichts und das scheint dir ganz egal zu sein. Sei froh, dass du dir dein Essen nicht erarbeiten musst und es dir gut geht! Es ist schwer, immer die richtigen Entscheidungen zu treffen, und dein Vater übertreibt es womöglich auch mit seiner Fürsorge. Aber hast du schon einmal daran gedacht, dass er das alles nur tut, weil er dich liebt? Er hat Angst, dich zu verlieren, und versucht, dir so viel wie möglich zu erleichtern, aber du bedankst dich noch nicht einmal dafür und hast keinerlei Verständnis für seine Trauer. Gerade jetzt, wo er dich am meisten braucht." Sie senkte ihre Stimme und sah Lucia traurig an. „So wirst du nie eine gute Königin werden. Ich habe mich in dir getäuscht. Adenor hat sich in dir getäuscht!"

Die Worte trafen Lucia heftiger als beabsichtigt. Ein stechender und gleichzeitig betäubender Schmerz bohrte sich in die Prinzessin. Sie fühlte sich verraten, von der einzigen Person, der sie in den letzten Tagen alles anvertraut hatte.

Sie zerrte an ihrem Beutel und schleuderte ihn fort. Ein wenig erschrocken starrte Lilliana auf die Stelle, an der sich der Inhalt von Lucias Beutel entleert hatte. „Da nimm! Hol dir ruhig den Stein. Ich bin ja nicht gut genug für diese Aufgabe und Adenor hat einen Fehler gemacht. Vermutlich hast du auch nur wegen ihm so getan, als könnte ich dir vertrauen. Geh einfach. Du bist eine so viel bessere Steinträgerin als ich. Und ich bin nur ein kleines, verwöhntes Mädchen, das sich für etwas Besonderes gehalten hat." Ihre Stimme versagte und sie rannte davon, ohne sich noch einmal umzusehen. Durch die Straßen von Grefheim, kreuz und quer, bis ihre Wut ein wenig vergangen war und sie, ohne es zu merken, fast wieder an ihrem Ausgangspunkt angelangt war. Tränen rannen über ihr Gesicht und überzogen die Welt vor ihr mit einem verschwommenen, unwirklichen Schleier. Unwirklich wie das, was sie gerade erlebt hatte. Gestern noch hatte sie geglaubt, in Lilliana eine wahre Freundin gefunden zu haben, die sie verstand und ernst nahm. Vielleicht hätte sie schon zu diesem Zeitpunkt merken müssen, dass sie wohl lediglich Adenors Auftrag ausgeführt hatte.

Völlig verzweifelt blieb sie stehen und fragte sich, wo sie war. Der Weg war ihr während des Laufens furchtbar lang vorgekommen. Doch nachdem sie zögerlich um die nächste Ecke geblickt hatte, entdeckte sie, dass sie in Wirklichkeit nur wenige Meter vom Versammlungsplatz entfernt war. Am Eingang der Stadt, zwischen kleinen Ständen, deren Besitzer mit lauter Stimme ihre Waren anpriesen. Etwas abseits von dem Trubel ließ sie sich auf eine Bank sinken und gab sich ganz ihrem Selbstmitleid hin. Dies schien ganz und gar nicht ihr Tag zu sein. Nicht nur, dass sie ihren Vater vollends davon überzeugt hatte, dass man sie nicht alleine lassen konnte. Jetzt war es ihr auch noch gelungen, Lilliana zu verletzen.

Sie fuhr sich mit dem Handrücken über die Augen und blinzelte trotzig. Dann würde sie eben alleine nach Adenors Erben suchen und von nun an niemandem mehr vertrauen. Ein Schluchzen drang aus ihrer Kehle, als ihr einfiel, dass sie Lilliana den Stein überlassen hatte. Hätte sie am Ende doch in Gyndolin bleiben sollen?

„Lucia?" Sie schreckte hoch und versuchte, Haltung anzunehmen. Merior, ausgerechnet er. Die geballte schlechte Laune würde vermutlich auch noch ausreichen, um ihn loszuwerden.

„Hau ab! Geh doch zu Lilliana und tröste sie. Ich bin dir doch sowieso egal", schluchzte sie.

„Was ist denn los mit dir? Natürlich bist du mir nicht egal. Seit wann bist du in dieser *Die-ganze-Welt-ist-gegen-mich-Stimmung*?" Er ließ sich nicht von ihrer traurigen Grimasse abschrecken und setzte sich neben sie. „Also los, was ist passiert? Sag nicht, dass du Heimweh hast! Oder vielleicht Liebeskummer? Hat dir jemand das Herz gebrochen, soll ich ihn in den Kerker werfen lassen?"

Ein schwaches Lächeln stahl sich auf ihr Gesicht. „Quatschkopf. Ganz bestimmt nicht." Sie blickte zu Boden und wusste nicht, was sie sagen sollte. Es wunderte sie ein bisschen, dass Merior ebenfalls ruhig blieb und nicht zu einer gehässigen Bemerkung ansetzte. Er war einfach nur da, in ihrer Nähe und seltsamerweise ging es ihr dadurch ein bisschen besser.

„Weißt du, ich hab mich mit Lilliana gestritten und gerade erfahren, dass ich eine hochnäsige, egoistische und verwöhnte Göre bin."

Merior sah sie von der Seite an. „Ist das eine Überraschung für dich?"

Sie versetzte ihm einen kleinen, beleidigten Knuff. „Ich weiß nicht. Eigentlich schon. Aber das Schreckliche ist, dass sie recht hat und sie mich jetzt wahrscheinlich für alle Zeiten hasst."

„Weißt du was?" Er kniete sich vor sie hin und zwang sie, ihn anzusehen „Das ist lächerlich. Lilliana hasst dich nicht. Das kann sie gar nicht. Trotz aller deiner Schwächen bist du nämlich eine wunderbare Schwester. Und wenn du nur halb so egoistisch wärst, wie du denkst, dann würdest du nicht einmal einen Gedanken daran verschwenden, dass sie recht haben könnte."

„Woher willst du das so genau wissen?", hakte Lucia zögerlich nach.

„Ganz einfach. Weil Lilliana gerade in der gleichen Verfassung ist und du nur noch zu ihr gehen musst, um dich wieder mit ihr zu vertragen. Du bedeutest ihr nämlich schon jetzt eine Menge und es wäre verdammt traurig, wenn ihr nie wieder miteinander reden würdet."

Es gelang Lucia, sein Lächeln schwach zu erwidern. „Danke", flüsterte sie.

Nachdem Merior sich zurückgezogen hatte – nicht ohne ihr noch einmal zu versichern, dass alles nur halb so schlimm war – wusste Lucia, was sie zu tun hatte. Erst, als sie sich sicher war, dass sie nicht mehr verweint aussah und sie ihrem Vater unter die Augen treten konnte, ohne wütend auf ihn zu sein, erhob sie sich von der Bank und kehrte auf den Versammlungsplatz zurück.

Auf Lord Sorrons Gesicht trat ein erleichterter Ausdruck, als er sie entdeckte, und er kam ihr nervös entgegen. „Prinzessin, da seid Ihr ja. Frau Jessina ist eine interessante Persönlichkeit und den Besuch bei ihr solltet Ihr nicht verpassen. Wir haben alle auf Euch gewartet und ich muss zugeben, dass ich mir langsam Sorgen gemacht habe. Aber wie ich sehe, seid Ihr unversehrt."

Lucia mochte Lord Sorron sehr. Er war ein großer Mann mittleren Alters mit einem auffälligen Kinnbart und sanften Augen. Obwohl die Uniform an ihm immer irgendwie deplatziert wirkte, strahlte er eine natürliche Autorität aus.

„Mir geht es gut. Wir können gerne aufbrechen, wenn Ihr wollt." Ihr Blick huschte zu den Personen, die sich um Lord Sorron versammelt hatten. Lady Zynthia, Lady Edilia sowie Lord Neriell, Merior und Lilliana. Sie trat einen verlegenen Schritt auf sie zu. „Es tut mir leid", begann sie und kaute zerknirscht auf ihrer Unterlippe.

„Nein, mir tut es leid", erwiderte Lilliana schnell und drückte sie kurz und fest an sich. „Und der hier gehört dir. Adenor hat ihn dir vererbt." Als das warme Gestein Lucias Handfläche berührte, wusste sie, dass wieder alles in Ordnung war und Lilliana sie nicht im Stich lassen würde.

Das Haus, das Jessina bewohnte, war größer als die meisten in der eher ärmeren Gegend und besaß einen kleinen Vorgarten, in dem wilde Kräuter vor sich hin wucherten und einen angenehmen Geruch ausströmten. Sie stiegen nacheinander die Treppe hinauf, die zum Hauseingang führte, und Lord Sorron betätigte mehrmals den Türklopfer. Zunächst rührte sich im Haus nichts, doch nach einer Weile erschien eine ältere Dame im Türrahmen, deren faltiges Gesicht zu einem überschwänglichen Lächeln verzogen war. Sie war klein und hatte langes weißes Haar, das ihr offen über den gebeugten Rücken fiel. Ihre Augen funkelten erwartungsvoll und sie faltete die Hände vor einem bunt geblümten Rock.

„Schön, dass ihr gekommen seid! Der Tee ist gerade fertig geworden!" Jessina bat sie höflich herein und führte sie durch den Flur zum Wohnraum. Lucia war zunächst unbehaglich zumute, da das Zimmer etwas befremdlich auf sie wirkte. Die Mitte des Raumes wurde von einer gemütlichen Sitzecke und einem winzigen Tisch eingenommen, auf dem sich ein Teeservice und eine Vase mit Gladiolen befanden. Die Wände waren fast vollständig von Regalen bedeckt, in denen sich alte, verstaubte Schriftrollen und einige Bücher stapelten. Der Rest des Raumes war mit farbigen Tüchern verhängt, die sogar die Fenster bedeckten. Die einzige Lichtquelle waren unzählige Kerzen, und das, obwohl draußen die Sonne schien.

„Herein in die gute Stube!", meinte Jessina mit warmer Stimme und bedeutete ihren Gästen, sich zu setzen. An den verblüfften Mienen schien sie sich nicht zu stören, denn sie schenkte ihnen in aller Ruhe Tee ein und sah sie dabei nacheinander an. Lucia meinte zu spüren, dass Jessinas Blick auf ihr etwas länger ruhte.

„Man hat mir gesagt, dass ihr kommen würdet. Ihr wollt mit mir über Adenor sprechen", stellte sie fest, als niemand das Wort ergriff.

„So ist es. Unser König hat erzählt, dass Ihr eine enge Vertraute von ihm wart", setzte Lord Sorron an, doch Jessina unterbrach ihn.

„Ich war nicht enger mit ihm befreundet als der König selbst. Aber ich weiß, wieso er euch zu mir geschickt hat. Melankor hat vermutlich kein Wort darüber verloren, nicht wahr?" Sie lächelte leicht.

„Er hat tatsächlich keinen genaueren Grund für diesen Besuch genannt. Vielleicht hat er gehofft, Ihr hättet Adenor vor Kurzem getroffen oder könntet uns sagen, ob er Feinde hatte, die für seinen Tod verantwortlich sein könnten." Lord Sorron rutschte unbehaglich ein Stück vor und hob seine Tasse an, um einen weiteren Schluck zu trinken. „Vorzüglich übrigens."

Jessina bedachte ihn mit einem wissenden Blick. „Ein selbst entwickeltes Rezept. Und ich glaube nicht, dass Melankor darauf spekuliert hat. Schließlich lebe ich viel zu weit von der Hauptstadt entfernt und jedes Kind dort kann euch vermutlich mehr über die Stimmung am Hof erzählen als ich. Aber Adenor hat mich tatsächlich vor einigen Monaten besucht und er wirkte auf mich schon zu diesem Zeitpunkt auf unerfindliche Weise erschöpft und ausgezehrt. So als wüsste er, dass ihm etwas Schlimmes bevorstehen würde."

Sie machte eine Pause.

Lilliana schluckte leicht. „Seid Ihr sicher, dass diese Müdigkeit im Zusammenhang mit seinem Tod steht? Ich bin die Tochter von Hauptmann Meandros und ich glaube, dass es uns aufgefallen wäre, wenn es Adenor längerfristig so schlecht gegangen wäre."

Jessina nickte leicht. „Es ist möglich, dass sein Zustand sich wieder besserte. Adenor war stark. Er hat sich vor niemandem Schwächen eingestanden und war nach außen hin immer Herr der Lage. Keiner von uns weiß, was in ihm vorgegangen ist. Ich möchte euch erzählen, wie ich ihn kennengelernt habe, denn diese Information könnte euch womöglich weiterhelfen." Die Art, wie sie Lucia ansah, ließ das Mädchen die Hand fester um den Stein von Azur schließen. Wusste sie, was es damit auf sich hatte? Wenn sie etwas wusste, so ließ sie es sich nicht anmerken, denn sie sprach einfach weiter.

„Als ich noch ein junges Mädchen war, also vor vielen Jahren, weihte mich meine Mutter in ihr Geheimnis ein. Sie gehörte zum *Bund der Hüter*, eine Gruppe von Leuten, die sich mit der verborgenen Energie in allen Gegenständen beschäftigten."

„Mit anderen Worten Magie?", fragte Lady Zynthia und sank ein Stück in die Kissen zurück.

Die alte Dame nickte wieder und Lady Edilia entfuhr ein Laut der Überraschung.

„Wir sind viele, mehr als ihr euch vorstellen könnt und wir besitzen alle dieselbe außergewöhnliche Gabe. Auch König Adenor gehörte zu unserer Gemeinschaft und so lernte ich ihn schon vor langer Zeit kennen und schätzen." Die Frau schloss die Augen und begann, sich leicht hin und her zu wiegen.

„Verrückt", dachte Lucia. „Sie ist verrückt!" Das konnte doch nur ein schlechter Scherz sein.

„Wusste unser Vater davon?" Merior legte nachdenklich den Kopf schief und erwiderte den ernsthaften Blick Jessinas, die nun die Hände ruhig in den Schoß legte.

„Ja, er wusste davon", sagte sie sanft. „Er hat euch tatsächlich nie davon erzählt. Das ist sehr schade. Aber das liegt vermutlich daran, dass er nicht daran glaubt. Er hasst uns. Nicht mich persönlich, aber unsere Gemeinschaft."

„Warum?", flüsterte Lucia und Jessina sah sie traurig an. Fast sah es aus, als würde sie ihr antworten, doch sie schüttelte den Kopf.

„Könnt Ihr uns mehr über Adenor sagen? Gibt es etwas, was wir wissen müssen, etwas, das mit seinem Testament zu tun hat?" Lord Sorron schien sich nicht wohlzufühlen, denn auf seiner Stirn bildeten sich Falten und er verschränkte die Arme vor der Brust.

„Ihr glaubt mir nicht. Das ist bedauerlich, aber nur allzu verständlich. Und ich muss euch noch einmal sagen, dass Adenor mir nichts verraten hat."

„Könnt Ihr denn sonst nichts für uns tun, außer uns Rätsel aufzugeben? Ihr habt Adenor doch gekannt. Was war er für ein Mensch? Was will er mit seinem Testament sagen?", hakte Merior mit schwindender Geduld nach.

„Etwas hätte ich noch für euch. Überlegt selbst, was ihr davon haltet und ob ihr daran glaubt. Es ist die Abwandlung einer Prophezeiung. Ich bin mir sicher, dass diese sich in naher Zukunft erfüllen wird. Als meine Mutter im Sterben lag, erzählte sie mir davon. Es muss ihr also sehr wichtig gewesen sein. Leider ist sie nicht ganz vollständig. Der wichtigste Teil fehlt wahrscheinlich, die letzten beiden Strophen wurden mir nicht überliefert."

Jessina erhob sich, ging zu den Regalen hinüber und fischte gezielt eine Pergamentrolle heraus. Etwas wie Ehrfurcht machte sich in Lucia breit und sie überkam das gleiche Gefühl wie in dem Moment, in dem sie das Mosaik betrachtet hatte. Das waren nicht irgendwelche Worte, so wie das Glas auch nicht irgendeine Geschichte dargestellt hatte. Das hier betraf sie in einer Weise, die ihr Angst machte.

*Wenn die Zeiten weh'n vorbei,*
*Glück und Frieden einerlei,*
*langer Krieg die Menschen stört.*

*Wenn der Blitz fährt in die Eiche*
*und es fällt des Königs Leiche,*
*wird der Hilferuf erhört.*

*Wenn das Blute fließt in Strömen,*
*nicht der Tod kann sie versöhnen,*
*das Gestein erneut erwacht.*

*Wenn die Völker sind geteilt,*
*Hass durch ihre Reihen eilt,*
*hat der Träger große Macht.*

*Wenn der Weise hegt Gedanken,*
*die verleugnen seine Schranken,*
*ja, dann kommt die große Wende.*

*Wenn Lüge, Hass und Unheil siegen*
*und die Guten sich bekriegen,*
*wird es sein der Zeiten Ende.*

Jessina senkte die Stimme und sah mit einem Mal unendlich erschöpft aus. Es blieb still. Die Prophezeiung sagte einen Krieg vorher. Einen großen, unheilvollen Krieg mit viel Blutvergießen. Fast vierzig Jahre hatte es keinen Krieg mehr gegeben. Lucia wollte nicht, dass so viele Menschen ihr Leben für so etwas Unsinniges wie einen Krieg opfern mussten. Außerdem hatte sie Angst vor der Rolle, die sie dabei spielen sollte. Und wenn man der Prophezeiung Glauben schenkte, bedeutete der Krieg gleichzeitig das Ende aller Zeiten. Wenn man ihr Glauben schenkte.

„Es ist Zeit zu gehen", bemerkte Lord Sorron nach einer Weile, in der ihre Unterhaltung nach und nach zum Erliegen gekommen war. Es schwebten unausgesprochene Dinge in der Luft, aber keiner wagte es, auf die Prophezeiung einzugehen. Die Teetassen waren geleert, die Schale mit

Gebäck hatte Jessina gerade zum zweiten Mal aufgefüllt und Lucia begann, unruhig auf dem Sofa hin und her zu rutschen. Als sie nun endlich den Wohnraum verließ und zur Tür zurückkehrte, war sie in gewisser Weise erleichtert. Doch die vielen Fragen, die sie der alten Damen gerne gestellt hätte, würden sie lange quälen und die eindringlichen Blicke, die sie ausgetauscht hatten, sagten ihr, dass es tatsächlich noch mehr zu erfahren gab.

Es war kein Zufall, dass Lucia sich als Letzte von Jessina verabschiedete und sich noch einmal umdrehte, bevor sie die Türschwelle übertreten hatte. „Ich … hätte gerne das Rezept für diesen köstlichen Tee", flötete sie ein wenig zu hoch und bemühte sich um ein strahlendes Lächeln. „Ihr braucht nicht auf mich zu warten." Eine Minute später waren sie endlich alleine. „Und nun sagt mir die Wahrheit. Was wisst Ihr noch, was Ihr mir vor den anderen nicht sagen konntet?"

Die Haut um Jessinas Mund legte sich in zarte Fältchen. „Weißt du es im Grunde deines Herzens nicht schon? Du trägst Magie in dir, und zwar eine sehr viel stärkere als ich. Es kann noch ein halbes Jahr dauern, bis sie sich gänzlich zeigen wird und du sie verwenden kannst, vielleicht geschieht es auch schon in einigen Monaten. Die Hauptsache ist, dass du bis dahin jemanden gefunden hast, der dich damit vertraut machen kann."

„Und wie soll ich das tun?", fragte Lucia verzweifelt. „Wie soll ich einen Magier auftreiben, wenn sie sich anscheinend vor den Normalsterblichen verbergen? Wie soll ich Adenors Erben finden? Was ist mit der Prophezeiung und dem Weltuntergang gemeint?"

In Jessinas Augen lag eine tiefe Ruhe. Sie schien keineswegs überrascht zu sein. „Es wird sich alles mit der Zeit finden und du wirst stärker werden, an deiner Aufgabe wachsen. Das Schicksal hat dich nicht aus Willkür ausgewählt und man wird dich nicht im Stich lassen. Du wirst deinen Weg finden und ihn bis zu seinem Ende gehen. Was dort auf dich wartet, weiß keiner von uns."

Lucia zitterte noch stärker. „Was ist Magie überhaupt? Ist sie etwas Gutes?"

„Du könntest alle Magier fragen und jeder würde dir eine andere Antwort geben. Wir besitzen sehr unterschiedliche Fähigkeiten, musst du wissen. Ich zum Beispiel bin ganz gut darin, anderen zu helfen und ihre inneren und äußeren Wunden zu heilen."

„Könnt Ihr auch schwere Wunden heilen?" Lucia musste an den armen Lord Jekos denken, dessen Überleben noch immer am seidenen Faden hing. Sie erzählte Jessina von dem verlorenen Arm und den heftigen Fieberkrämpfen.

„Das klingt ja entsetzlich. Aber ich könnte dir eine Salbe mitgeben, die die natürliche Wundheilung beschleunigt. Es wird trotzdem äußerst schmerzhaft bleiben und seinen Arm kann ich leider nicht zurückzaubern, doch es verhindert eine Entzündung. In ein paar Tagen könnte er schon wieder halbwegs auf den Beinen sein."

Jessina ließ Lucia kurz im Flur allein und kehrte mit einem Döschen magischer Salbe zurück. „Deine Mutter wäre stolz auf dich. Sogar sehr."

Das Mädchen sah sie fragend an. „War sie eine von ihnen?"

„Ja, das war sie. Und du hast diese Gabe von ihr geerbt. Lucia, ich bitte dich, vorsichtig zu sein. Du stehst unter dem Schutz der Götter, doch es gibt Schwingungen in eurer Gruppe, die nichts Gutes verheißen. Nicht allen von ihnen kannst du vertrauen." Jessina überreichte ihr die Salbe und hielt Lucias zitternde Finger in ihren warmen, rauen Händen.

Die Prinzessin spürte, wie ihre Handflächen mit einem Mal sanft zu kribbeln begannen. Es fühlte sich an, als ob ein Stückchen Wärme von Jessina zu ihr hinüberströmte. Wie Balsam für ihre hilflose Seele. War das Magie?

# Tauchgang

„Die finstere Grotte?", wiederholte Derrick. „Königskrone?"

„Ja", erwiderte der Übersetzer. „Ist verloren gegangen unserem Volk vor Urzeiten. Müsstet tauchen dort entlang." Er wies in die Richtung des Höhlenflusses und besprach sich wieder mit dem Großen Quell. „Er sagen, dass ihr ein Tag Zeit habt, um vorzubereiten. Entweder gleich sterben oder später ertrinken. Habt die Wahl. Wir lassen euch Zeit zu denken."

Derrick lief ein kalter Schauer über den Rücken. Diese garstigen, heimtückischen Wesen. Er starrte die Zwerge an, die ihm ihrerseits so finstere Blicke zuwarfen, als wollten sie daraus einen Wettbewerb machen oder ihn allein mit ihrer Willensstärke töten. Nun gut, böse gucken konnte er auch. Einer der Zwerge hatte sich förmlich aufgeplustert, den Kopf nach vorne geschoben und die Zähne gebleckt. Derrick fixierte ihn, indem er die Augen feindselig zusammenkniff und eine Grimasse schnitt. Es befriedigte ihn zu sehen, wie der Zwerg ein wenig zurückschreckte und mit einem Mal nur noch hilflos wirkte.

Als man ihm dieses Mal die Hände vor der Brust zusammenband, wehrte er sich nicht. Er hatte die Schmerzen des Hinweges nicht vergessen und wollte sich nicht noch zusätzliche Stöße und Stiche zuziehen. Einer seiner Wächter deutete nach unten, und als Derrick sich nicht regte, wurde er erneut von allen Seiten gestoßen. Sie schienen immer grober zu werden. Die Schmerzen waren so unerträglich, dass er sich zusammenkrümmte und auf die Knie ging.

„Dürft Weg selbst machen", bemerkte die Stimme des Übersetzers.

Derrick stieß ein bitteres Lachen aus. Es musste sehr dämlich aussehen, als die beiden den Weg in ihr Gefängnis antraten. Derrick schluckte seinen Stolz herunter, weil er wusste, dass ihm keine andere Wahl bleiben würde. Als er gerade hinter Len Ording in einen der Gänge hineinkrabbelte, nahm er aus dem Augenwinkel eine Bewegung wahr. Er drehte den Kopf und blickte direkt in die Augen des Zwerges, den er gerade noch mit seiner Grimasse bezwungen hatte. Das Wesen warf den Kopf zurück und spuckte ihm dann mitten ins Gesicht. Derrick versuchte, sich nichts anmerken zu lassen und nicht die Beherrschung zu verlieren, doch gleichzeitig stellte er sich vor, was geschehen würde, wenn er sich von seinen Fesseln befreien könnte. Vermutlich würde er nicht weit kommen. Verdammt. Wussten diese teuflischen Wesen eigentlich, dass sie den Menschen ähnlicher waren, als sie es zugeben wollten?

In absoluter Dunkelheit war es in diesen Gängen schlimmer, krabbeln zu müssen, als gezogen zu werden. Immer wieder stieß er mit dem Kopf oder den Händen gegen die Steinwände und hin und wieder durchdrang ein spitzes Steinchen seine Hose und schlitzte ihm die Haut auf. Von hinten stießen ihn die Zwerge zu allem Überfluss in den Hintern, damit er sich auch ja in die richtige Richtung bewegte. Als er endlich angekommen war, konnte er spüren, wie das Blut im Rhythmus seines Herzschlages aus den Wunden gedrückt wurde. Sie waren zwar nicht groß und jede für sich unbedeutend, doch in ihrer Gesamtheit quälten sie seinen Körper, sodass es kaum auszuhalten war.

Derrick streckte sich soweit es ging auf dem Boden aus, ohne Len den Platz wegzunehmen, und schloss voller Erschöpfung die Augen. Er zuckte ein wenig zusammen, als er spürte, dass plötzlich etwas angenehm Kühles und Feuchtes gegen seine Stirn gepresst wurde. Gleichzeitig wurden seine Fesseln mit einem kurzen Ruck durchtrennt. Er wunderte sich ein wenig darüber, dass die Zwerge seine Wunden versorgten, doch das taten sie vermutlich auch aus eigennützigen Beweggründen. Schließlich wollten sie ja ihre Krone zurückbekommen.

Dann wurde die Tür mit einem Knall geschlossen und sie waren wieder allein in der Stille. Derrick hätte sich am liebsten in einen schützenden, ungefährlichen Traum verzogen, doch plötzlich erklang ein Geräusch. Jemand schluchzte laut. Zunächst war er verwirrt, aber dann fiel es ihm siedend heiß ein. Die Zwergin! Er hatte ganz vergessen, dass jemand anderes wegen ihnen leiden musste.

„Ähm. Hallo?", fragte er vorsichtig. Sie begann nur, noch stärker zu weinen und murmelte unverständliche Worte in ihrer eigenen Sprache vor sich hin. Derrick hätte sie gerne getröstet, doch ihm wollten keine beruhigenden Worte einfallen. In ihm war alles so düster und grau wie in dieser Höhle. Er traute sich auch nicht, sich zu bewegen, da er sie schon bei der leichtesten Bewegung hätte zerdrücken können. Er wartete lange, bis sie endlich still war. Von Len kam lediglich ein gleichmäßiges Atmen. War er eingeschlafen?

Derrick öffnete die Augen und starrte in die Dunkelheit. Was hatten diese Wesen für ein Recht, sie gefangen zu nehmen? Und warum bestraften sie eine der ihren so sehr, nur weil sie die Menschensprache sprach? Das konnte dieser Giftzwerg von Übersetzer doch auch! Dann musste er an die Krone denken. Wie konnte man nur etwas Wertvolles wie eine Krone verlieren? Würden sie sie finden und freigelassen werden? Oder ... sterben? Der Gedanke an den Tod schien im Moment zum Greifen nah. Er wollte sich nichts vormachen. Es gab keinen anderen Ausweg als einen Tauchversuch zu starten.

„He, Kleine?", fragte er noch einmal, um die bedrohliche Stimme in seinem Kopf zum Schweigen zu bringen. Sie war die Einzige, die ihnen mehr über die verlorene Krone erzählen konnte. Wider Erwarten hörte das kaum wahrnehmbare Schniefen abrupt auf. „Hab keine Angst. Wir werden zu dieser Grotte tauchen und die Krone mitbringen. Vielleicht kannst du uns dabei helfen. Du kannst ruhig mit uns sprechen. Wir tun dir nichts!" Weiteres Schweigen. Es klang so lächerlich. Vielleicht konnte sie ihn nicht verstehen, weil er zu schnell sprach. Derrick war unglaublich erleichtert, als Len endlich die Stille brach.

„Es tut uns leid, dass du wegen uns hier gelandet bist, aber wir werden unser Möglichstes tun, um dir zu helfen. Bitte sprich mit uns."

Die Quellenzwergin stieß einen unartikulierten Laut aus. Doch dann begann sie tatsächlich zu sprechen. Langsam und mit Akzent, aber man konnte sie gut verstehen.

„Anno. So heiße ich in eurer Sprache. Ein Mensch hat mich so genannt. Echter Name für euch nicht sprechbar." Sie seufzte tief, als wäre es für sie eine große Anstrengung, in dieser Sprache zu reden. „Könnt euch nicht vorstellen, wie dumm ich war. Niemand wusste davon. Ich spreche die Sprachen der Waldtiere und der Quellenzwerge, das ist erlaubt, nur wir nicht dürfen menschlich sein. Menschen schlecht, sagen sie."

Derrick verstand nicht, was für einen Sinn das ergab. „Warum kannst du sprechen wie wir, wenn doch angeblich noch nie ein Mensch hier war?", fragte er.

„Ich kann es nicht sagen. Ist Geheimnis. Und ich noch immer Quellenzwergin." Es schien sie so in Aufregung zu versetzen, dass sie wieder zu schluchzen begann. Derrick glaubte, in der Dunkelheit kurz ein leuchtendes Paar Augen gesehen zu haben.

„Lassen wir sie in Ruhe. Die Kleine ist ja ganz aufgelöst", raunte Len Derrick zu.

„Nein, nein. Ich erzähle alles, was ihr wissen wollt. Bin nur verwirrt, ein wenig", warf Anno ein.

„In Ordnung. Was hat es mit dieser Krone auf sich?", wollte Len sanft wissen.

„Die Krone ... War schlimme Geschichte. Ein Quellkönig wollte nicht mehr leben, weil ganzer Stamm von ...", sie zögerte, als ob sie nicht wüsste, wie viel sie verraten durfte, „... starb. Er stürzte sich in Wasser und ertrank mit Krone. War ein Zeichen von Macht. Nächste Könige nur groß waren, kein Beweis für Herrschaft. Taucht nicht danach! Ist zu gefährlich. Strömung stark und viele Felsen dort. Keine Luft."

„Aber wir müssen es tun. Wir haben keine andere Chance zu überleben!", meinte Derrick.

„Nein, ihr könnt ihnen nicht entkommen. Besser ihr gebt auf." Die Quellenzwerge bargen irgendein Geheimnis und auch Anno wollte ihnen anscheinend nichts davon erzählen. Weshalb hatten Wasserwesen Angst vor Wasser? Wieso hassten sie die Menschen so sehr, wenn doch angeblich noch nie einer bei ihnen gewesen war? Er wollte die Kleine nicht weiter drängen, es ihnen zu verraten.

„Es hat keinen Sinn, uns davor warnen zu wollen. Er hat recht, Anno! Einen Versuch ist es zumindest wert. Ich kann einige Zeit die Luft anhalten. Wie steht es mit dir, Derrick?" Der Junge schwieg. Blut schoss schlagartig in seinen Kopf, denn daran hatte er überhaupt nicht gedacht. „Oh nein, sag bitte nicht, dass du nicht schwimmen kannst!"

„Das würde ich nicht sagen", erwiderte er kleinlaut.

„Und wo liegt dann das Problem?"

„Ich habe es erst einmal versucht."

Len Ording schien wütend zu werden. „Das sagst du erst jetzt? Das hier ist keine Vergnügungsreise. Du bist verrückt. Wir sind verrückt!"

„Nein, so schlimm ist es nun auch wieder nicht. Ich glaube, ich war ganz gut darin."
„Wie lange ist das her?", fragte Len Ording nun völlig kraftlos.
„Ein halbes Jahr, ein ganzes. Keine Ahnung!"
„Mit der Zeit verlernt man es wieder. Wollen wir hoffen, dass sie uns wirklich üben lassen." Seine Hoffnung schien erschöpft zu sein. Derrick hatte das Gefühl, schon wieder versagt zu haben.
„Die Krone ist wichtig für uns. Sie werden ihr Versprechen halten", beteuerte Anno. Derrick zog die Beine an den Körper und umfasste sie mit den Händen, um sich warm zu halten. Er war unendlich müde, aber ein stetiger Fluss von verängstigten und wütenden Gedanken ließ ihn nicht zur Ruhe kommen.

Die Zeit verrann ungehindert und ungezählt, bis sich die Tür ihres Gefängnisses wieder öffnete und ihnen jemand etwas zu essen brachte. Ein winziger Lichtstrahl fiel in den Kerker und Derrick konnte die Umrisse eines Zwergs erkennen, der ihnen auf winzigen Tellern die Mahlzeit servierte. Gleich darauf wurde es wieder dunkel. Anno hatte anscheinend zu essen begonnen, denn aus ihrer Ecke kam ein unappetitliches Schmatzen und Schlürfen. Derrick wechselte seine Haltung und befühlte vorsichtig den Inhalt der metallenen Schale. Was für ein seltsames Gefühl, im Dunkeln zu speisen. Sehnsüchtig dachte er an die Bankette zu Hause. Zu Hause! Er hatte kein Zuhause mehr. Als ob er je eines gehabt hätte! Seine Hand ertastete etwas Kühles, Glitschiges und er schreckte zurück.
„Was ist das?", fragte er angeekelt.
Len lachte leise. „Fisch." Er schien sichtlich amüsiert. „Roher Fisch!"
Derricks Magen verkrampfte sich. Er hasste Fisch. „Es sind aber keine Augen mehr dran und ..."
„Doch", unterbrach ihn Len. „Augen, Gräten, Flossen, alles noch frisch aus dem Wasser. An deiner Stelle würde ich es essen. Wir bekommen vielleicht nichts Besseres mehr und wir brauchen die Energie, um durchzuhalten. Übrigens ist noch ein Kraut dabei. Ich kann nicht genau sagen, was es ist, aber es schmeckt gut. Iss bitte nicht alles davon auf, denn ich habe so eine Vermutung."
Das brauchte er Derrick nicht zweimal sagen. Das Kraut schmeckte entgegen Lens Behauptung scheußlich bitter, sodass er den Rest gerne stehen ließ. Was es allerdings mit der Vermutung auf sich hatte, erfuhr

er nicht. Stattdessen zupfte er winzige Stückchen von dem Fisch ab und würgte sie hinunter.

Stunden vergingen, bis die Quellenzwerge ein weiteres Mal auftauchten. Einer von ihnen wies Anno in ihrer Sprache an, zurückzubleiben und dirigierte Derrick und Len hinaus. Derrick warf einen Blick zurück und konnte unter dem kaum sichtbaren Lichtschein die Silhouette der Zwergin entdecken. Einzig ihre Augen leuchteten in der Dunkelheit und schienen direkt auf ihn gerichtet zu sein. Dann war es wieder an der Zeit für sie, durch die Gänge zu kriechen.

Sie wurden durch die *große* Halle in einen nachfolgenden Raum gebracht, durch den der unterirdische Fluss floss. Wasser sprudelte durch das schmale Becken und verschwand dann unter einem herabhängenden Felsen in der Finsternis. Es floss so schnell über die spitzen Steine und Felsen, dass Derrick immer mulmiger zumute wurde. Darin sollten sie schwimmen. Das war lebensmüde. Und es war überhaupt nicht zu vergleichen mit dem Schwimmbecken im Schloss.

Len beobachtete, wie das Gesicht des Jungen immer blasser wurde. Sie hatten beide keine andere Chance. Sie würden sofort mitgerissen werden, und man würde nie wieder von ihnen hören. Jetzt konnten sie verstehen, weshalb die Zwerge solche Furcht vor dem Wasser hatten. In der Versammlungshöhle hatten die Zwerge das Flussbett auf unerklärliche Weise geebnet. Dort floss der Quellfluss ruhig und plätschernd, hier aufgewühlt und spritzend. Wie sollten sie, angenommen, sie würden die Krone finden, den Rückweg gegen die Strömung antreten? Und wie sollten sie überhaupt die Krone finden? Würden sie eine Möglichkeit zum Luftholen haben? Einzig ihre Größe gab ihnen einen Vorteil. Aber sie hatte auch Nachteile: Der Höhlenfluss war nicht besonders breit, vielleicht würden sie irgendwo einfach stecken bleiben.

„Einen Versuch ist es wert. Schlimmer kann es nicht mehr kommen", meinte Derrick sarkastisch. Er biss die Zähne aufeinander und grub die Fingernägel in seine Handflächen. Es war einfach nur unfair.

Len versuchte gerade mittels Zeichensprache, einen Zwerg dazu zu bringen, sie in der großen Thronhalle üben zu lassen. Zuerst schien er überhaupt nicht darauf zu reagieren, doch als Len drohend seine Faust hob, schien er endlich zu verstehen. Die Zwergenwächter an den Gängen blickten sie misstrauisch an, als sie in den Nebenraum wechselten.

Derrick blieb etwas unschlüssig mit Sicherheitsabstand vor dem Fluss stehen, während Len geradewegs darauf zu ging. Auch wenn er sich das selbst nicht eingestand – er hatte schreckliche Angst. Nach einigen langen Augenblicken, in denen sich sein Puls zu seiner Überraschung beschleunigte, begann er zögerlich, Schuhe und Umhang auszuziehen. Er hielt inne und überlegte, dass es eindeutig klüger war, so wenig Kleidungsstücke, wie möglich im Wasser zu tragen, da er sonst später frieren würde. Nur noch in Unterhosen wagte er sich schließlich Stück für Stück an das Becken und hielt eine Zehenspitze hinein. Wieder wurde er von der eisigen Kälte überrascht und zog seinen Fuß schnell zurück.

Es war ihm peinlich, zu merken, dass Len ihm schmunzelnd zusah und selbst die Zwerge ihn anstarrten. Dem Abenteurer schien die Temperatur jedenfalls nichts auszumachen. Er ließ sich langsam in die Strömung gleiten und tauchte dann unter. Sein Körper verschwand und war schon bald nicht mehr zu sehen. Die schwache Beleuchtung musste dafür verantwortlich sein.

Derrick saß am Ufer und versuchte, sich erneut an die Berührung mit dem Wasser zu gewöhnen. Doch er wurde schon nach kurzer Zeit nervös. Weshalb tauchte Len nicht wieder auf? Brauchte er denn gar keine Luft? Die Minuten vergingen und sein Begleiter war noch immer nicht an die Oberfläche zurückgekehrt. Zunächst glaubte er noch, sich unnötig Sorgen zu machen. Doch dann ergriff ihn Panik. Was war geschehen? Hatte Len Ording sich unter Wasser in irgendetwas verfangen? War er fortgetrieben worden? In Gedanken malte er sich das Schrecklichste aus und versuchte gleichzeitig, sich zu beruhigen. Diese verdammten Zwerge zeigten keinen Hauch von Rührung.

Mit der Kraft der Verzweiflung gelang es ihm, seine Beine und einen Teil des Oberkörpers ins Wasser zu bewegen. Dann hielt er die Luft an und ließ auch den Kopf und die Arme hineingleiten. Sofort wurde er wieder an die Oberfläche getrieben. Auch die nächsten beiden Versuche missglückten. Er legte sich auf die Felsplatten und starrte ins Wasser.

„Len, Len! Kommt wieder rauf!" Seine Rufe verklangen ungehört. Hilfe konnte er auch nicht erwarten. Ihre Wächter standen mit dem Rücken zu ihm im Eingang und hatten bestimmt keine Lust, ins Wasser zu steigen und einen Gefangenen zu suchen. Wozu auch, einer lebte ja noch und sie hatten wahrscheinlich nichts dagegen, noch weitere tausend Jahre auf ihren Schatz zu warten. Derrick vergrub den Kopf in den Händen. Er fühlte sich so hilflos und einsam. Len war vermutlich tot und er war ganz alleine in den Fängen der Quellenzwerge. Vielleicht sollte er sie bitten, ihn gleich zu töten. Es hatte doch alles gar keinen Sinn mehr.

Gerade als Derrick jede Hoffnung aufgeben wollte, klatschte ihm ein Schwall Wasser in den Rücken. Er schrie erschrocken auf und drehte sich um. Verstrubbelt und nass lächelte Len Ording ihm zu.

„Wie habt Ihr das hinbekommen?" Der Mann saß nun neben ihm und baumelte zufrieden mit den Füßen im Wasser.

„Tut mir leid, wenn ich dich erschreckt habe. Ich musste einfach herausfinden, ob es funktioniert. Meine Vermutung hat sich bestätigt! Dieses Kraut hat es nämlich in sich. Es hat die Eigenschaft, Luft in großen Mengen aufzunehmen und zu speichern. Wenn man es kaut, wird die Luft freigesetzt und man kann sozusagen unter Wasser atmen. Man muss natürlich immer noch sehr sparsam damit umgehen und ganz langsam ausatmen, aber wie du siehst, hat es ganz gut funktioniert."

Derrick brauchte einen Moment, um diese Informationen zu verarbeiten. Das würde ja bedeuten, dass sie schon mal ein Problem weniger hatten! „Ganz schön verrückt!", meinte er und musste unwillkürlich breit grinsen.

„Aber genial von der Natur eingerichtet. Wir haben allerdings nicht mehr so viel davon, du hast also nicht allzu viele Versuche. Du solltest zunächst versuchen, ohne das Kraut zu tauchen." Len Ording sprang wieder ins Wasser hinein und forderte Derrick auf, es ihm nachzutun. Nach kurzem Zögern kniff der Junge die Augen zu und folgte ihm. Das Wasser klatschte über seinem Kopf zusammen und er wurde nach unten gedrückt. Unter seinen Füßen spürte er den Grund des Flusses. Die leichte Strömung spülte ihn fort. Er versuchte, möglichst lange unten zu bleiben, doch schon nach kurzer Zeit hielt er es nicht mehr aus. Er paddelte hinauf und schnappte gierig nach Luft. Erschrocken stellte er fest, dass er schon sehr weit abgetrieben worden war. Len Ording zog ihn an den Händen zurück.

„An deinen Schwimm- und Tauchkünsten gibt es noch einiges zu verbessern!", tadelte er. Der nächste Versuch war schon besser. Danach zeigte ihm Len, wie man Arme und Beine richtig bewegte und die Luft ganz langsam aus den Lungenflügeln fließen lassen konnte. Derrick gab sich große Mühe und es gelang ihm schon bald, einigermaßen vernünftig zu schwimmen. Doch er hatte trotzdem das Gefühl, überhaupt keine Fortschritte gemacht zu haben. Nun gut, er konnte nun auch ohne die Kräuter sehr lange tauchen, doch das Schwimmen kam ihm nicht viel besser vor als sein früheres Paddeln.

Schließlich saßen sie wieder in ihrer Höhle und diskutierten heftig darüber, was am folgenden Tag geschehen würde. „Wir werden einfach ertrinken. Ich zumindest. Ich bin ein totaler Versager. Tut mir leid. Das war ich schon immer", meinte Derrick niedergeschlagen. In der Dunkelheit der Höhle hatte ihn diese furchtbare Gewissheit gepackt. Vielleicht war es die Trostlosigkeit, die ihn plötzlich so schwermütig werden ließ.

„Du kannst jetzt nicht einfach aufgeben. Denk doch an das Kraut. Es ermöglicht uns, eine ganze Weile unter Wasser zu verbringen. Wir haben eine Chance!"

„Geh du doch alleine. Vielleicht ist es besser, wenn ich vorher sterbe. Ich werde sowieso umkommen."

„Mensch Junge! Was hast du bloß auf einmal? Du hast eine der wichtigsten Lektionen noch nicht gelernt."

„Und welche wäre das?", fragte Derrick trotzig.

„Dass du niemals aufgeben darfst! Man muss hart bleiben. Immer weiter machen. Selbst wenn ein Teil von dir längst am Boden liegt, muss der Rest ihm aufhelfen. Anders kommt man in dieser Welt nicht weiter. Was hast du dir denn vorgestellt, als du aus Fundrak weggelaufen bist? Dass alles ein Spaziergang wird, Zerbors Sohn?"

In Derrick explodierte etwas. „Nenn mich nie wieder so!", zischte er.

„Du musst dich damit abfinden. Irgendwann. Aber im Moment ist das nicht wichtig. Wir müssen zusammenhalten. Wer weiß, vielleicht sehen wir das Tageslicht schneller wieder, als du glaubst."

„Oder gar nicht", murmelte Derrick.

„Ähem", machte sich Anno bemerkbar. „Junge hat recht. Ding der Unmöglichkeit, in der Dunkelheit etwas zu finden und gegen Strom zu kämpfen." Len Ording seufzte und gab es auf, seinem Schützling weiter Mut einflößen zu wollen. Er rollte sich auf dem Steinboden zusammen und versuchte wenigstens für einen Augenblick, nicht an ihre verrückte Lage zu denken. Er blieb lange Zeit wach und starrte unentwegt ins Leere. Insgeheim wusste er selbst, wie hoffnungslos ihre Situation war. Aber das hätte er niemals zugegeben. Er befolgte seine Lektionen, denn sie hatten sich schon unzählige Male bewährt.

Der nächste Tag – jedenfalls glaubten sie, dass ein neuer Tag angebrochen war – begann damit, dass ein Quellenzwerg ihnen Gräser und Früchte zur Stärkung brachte. Erst jetzt bemerkte Derrick, dass er ein riesiges Loch im Bauch hatte. Hungrig machte er sich über das Angebotene her. Obwohl das Obst etwas sauer schmeckte, aßen sie gemeinsam alles auf. Anno begnügte sich mit den Gräsern. Nach diesem *Festmahl* wurden die Menschen aufgefordert, in die Versammlungshöhle zu kommen. Die beiden verabschiedeten sich von Anno und die winzige Frau kämpfte schon wieder mit den Tränen.

„Ich bereue es nicht, hier zu sitzen. Ihr seid gute Menschen. Viel Glück. Könnt ihr gut gebrauchen!" Derrick spürte, wie eine kleine, kalte Hand nach seiner griff und er schüttelte sie ganz vorsichtig. Gelbe Augen blitzten vor ihm auf. Dann lächelte er, in der Hoffnung, dass sie es sehen konnte, und folgte Len durch den Tunnel in die Halle.

Auf dem Weg versuchte Derrick, sich darüber bewusst zu werden, was jetzt auf sie zukam. Es gab kein Zurück mehr. Sie waren so gut wie tot. Was für ein seltsames Gefühl. Es fühlte sich taub an und merkwürdigerweise ließ es ihn völlig kalt. Dann hatten sie die Halle erreicht. Nur sehr wenige Zwerge hatten sich eingefunden, um ihnen zuzusehen und er vermutete, dass es dieselben wie am Vortag waren.

Der große Quell starrte sie finster an, während neben ihm der Übersetzer ausdruckslos in die dunklen Fluten blickte. Sie standen ganz nahe am Fluss. Derrick überlegte, was geschehen würde, wenn er sie hineinschubste. Ganz kurz nur ließ er zu, dass seine Fantasie sich dieser Vorstellung hingab. Ihre Angst, die Panik, ihre Wut ... dann verwarf er die Idee so schnell, wie sie gekommen war. Er war nicht wie Zerbor. Er tötete niemanden. Er konnte so etwas nicht, oder?

Len warf ihm einen besorgten Blick zu, als erriete er, was Derrick dachte. Ein leichter Anflug von Scham stieg in ihm auf. Diese Wesen waren anders als sie. Sie hassten Menschen. Was konnte man anderes erwarten, nach allem, was die Menschen den anderen Völkern angetan hatten? Er lauschte der Ansprache des Großen Quells, die so fremd und düster klang. Zusätzlich untermalte der Anführer der Blauhäutigen seine Worte mit Handbewegungen. Das Ganze hatte einen grausamen Beigeschmack und Derrick konnte sich vorstellen, dass die Gesten allesamt den Tod symbolisieren sollten. Er kam sich vor, als würde er einer Bestattung beiwohnen, während jemand eine Rede über den Verstorbenen hielt. Und er war dieser

Tote. Vielleicht die letzten Worte, die er in seinem Leben hören würde. Der Gedanke wiederholte sich in seinem Kopf, um die stärker werdende Leere auszufüllen. Ein sinnloses Echo.

Der Übersetzer teilte ihnen nur das Ende der Rede mit: „Wenn ihr die Krone findet und zu uns bringt, seid ihr frei. Denkt daran: Dort unten gibt es keine Fluchtmöglichkeit. Kein Ausweg. Und nun schwimmt." Len beugte sich vor und hielt dann doch noch einmal inne. Er wandte sich Derrick zu.

„Es war mir eine Ehre, dich gekannt zu haben", sagte er stockend. Derrick glaubte, in seinen Augen etwas schimmern zu sehen. Noch immer empfand er weder Furcht noch eine andere Emotion. Er streckte die Hand aus, um Len ein letztes Mal die Hand zu schütteln, und war vollkommen überrascht, als dieser ihn in eine herzliche Umarmung zog. Tief in ihm regte sich etwas, der Teil von ihm, der Sehnsüchte empfand, doch es gelang ihm, sie zu unterdrücken. Nicht jetzt. Nichts fühlen. Er wusste, dass der Schmerz unerträglich sein würde, wenn man ihn schutzlos empfing.

Ein letztes Mal rief er sich den Ablauf ins Gedächtnis. Sie hatten vereinbart, abwechselnd den Boden nach dem verloren gegangenen Schatz abzutasten und an der Oberfläche nach mit Luft gefüllten Hohlräumen zu suchen. Es war nur der jämmerliche Versuch, einen Plan zu schmieden, aber es musste genügen. Zumindest konnte man sich daran festhalten.

Er schob sich ein großes Stück des Luftkrautes in den Mund und sprang. Sein Körper versank in den Fluten, als hießen sie ihn willkommen, und er glaubte zu wissen, dass er nicht wieder auftauchen würde. Lange brauchte er nicht, um zu erkennen, dass er zu wenig Luft eingeatmet hatte. Es würde unmöglich für länger als fünf Minuten reichen. Wahrscheinlich war das sein letzter Atemzug gewesen. Ein dumpfer Stich irgendwo in der Nähe des Herzens. „Und wenn schon", beruhigte er sich. „Hauptsache Len findet die Krone. Ich werde ihm helfen, solange ich kann."

Er zwang sich, die Augen zu öffnen. Was er sah, war … nichts. Es war finster, sogar noch schwärzer als in der Gefangenenhöhle. Derrick schwamm mit einigen kräftigen Zügen hinauf. Die Strömung war stark und zerrte an ihm, doch es gelang ihm einigermaßen, oben zu bleiben. Irgendwo musste es doch einen Hohlraum mit Luft geben. Irgendwo musste der Fluss doch auch wieder ans Tageslicht gelangen!

Sein Kopf stieß unter Wasser gegen einen harten Stein. Schon wieder eine neue Wunde. In seinem Kopf begann es zu dröhnen. Er änderte seine

Strategie und tastete sich mit den Händen voran. Als Nächstes versicherte er sich kurz, ob Len noch da war, indem er den linken Arm nach unten ausstreckte. Doch, das war er. Aber es war reines Glück.

Es kostete enorm viel Kraft sich immer wieder hochzudrücken, der Strömung zu widerstehen und nicht zu schnell zu atmen. Das Kraut in seinem Mund produzierte noch immer Luftbläschen, aber wie lange noch? Seine Lunge zog sich bereits langsam zusammen und ihm wurde schwindelig.

Nach einer gefühlten Ewigkeit berührte ihn Len am Fuß. Das vereinbarte Zeichen für einen Positionswechsel. Jetzt lag es an ihm, die Krone zu finden. Seine Finger flogen ohne Halt über den Grund, schlugen gegen kleinere und größere Steine und ertasteten in kurzer Zeit alle möglichen Formen, die einer Krone ähnlich sein könnten. Er hob ein kleines Stück Gestein vom Boden auf und ließ es gleich wieder fallen. Konnte die Krone eigentlich hier sein? Sie könnte wie sie weitergeschwemmt worden sein. Weit weg. Kilometer entfernt. Das war doch alles sinnlos.

Er würde sterben! Der Gedanke erfüllte sein Bewusstsein plötzlich mit solcher Klarheit, dass er für einen Moment die Orientierung verlor. Er hatte keine Kraft mehr, um sie aufzuhalten, die Gefühle, die er solange unterdrückt hatte. Seine Qual währte nicht lange, denn schon bald wurden sie schwächer und er fühlte sich gleichzeitig freier und immer losgelöster. Im Takt seines Herzens floss alles aus ihm heraus.

Keine Chance. Tod. Keine Luft. Tod. Keine Lust. Tod …

Der Sauerstoffmangel vernebelte sein Gehirn und versetzte es in einen rauschähnlichen Zustand, sodass er sich einfach nur noch mitziehen ließ. Wirre Gedanken schwirrten ihm durch den Kopf. Er konnte sie nicht mehr kontrollieren. Erinnerungen an sein Leben, Momente, die schön gewesen waren und die vielen grausamen. Das alles war so stark vermengt, dass er nicht mehr wusste, was wirklich geschehen war und was ihm sein schwaches Bewusstsein nur vorgaukelte. Er bemerkte kaum noch, dass er sich im Wasser befand, und hätte fast der Versuchung nachgegeben, den Mund zu öffnen. Als ob das Wasser ihm zuflüsterte: Ich will dich behalten. Atme doch, dann wirst du ewig schwimmen. Es ist ganz leicht.

Der Drang wurde immer stärker und er wusste nicht einmal, weshalb er sich überhaupt dagegen wehrte. Es klang doch so verlockend. So süß und einfach.

Du wirst es nicht schaffen. Du gehörst mir. Gib auf.

Doch er besaß noch ein letztes bisschen Willen. Dieser Wille war stärker als alles andere in ihm und es lohnte sich, dafür zu kämpfen. Derrick war schon beinahe ohnmächtig geworden, als ein letzter Gedanke ihn durchströmte. Woher er kam, wusste er nicht.

Wenn du jetzt stirbst, wird sich niemand an dich erinnern. Du wirst noch gebraucht. Du darfst nicht sterben.

Eine leise, sanfte Stimme in ihm. Ein leichter Kraftstrom durchfloss ihn, doch es war schon zu spät. Der Wille versagte und Derrick öffnete den Mund, um vergeblich nach Luft zu schnappen. Es war vorbei.

# Der Favorit des Königs

Einige Stunden später, als die Gesandten des Königs bereits gegangen waren, kam ein anderer Besucher den Kiesweg vor der Villa Jessinas hinauf. Er trug einen weiten schwarzen Umhang, der sein Gesicht in Schatten tauchte, und eilte hastig auf die Tür zu, als hätte er Angst, beobachtet zu werden.

Lesarius Mesarill klopfte entschlossen an die Tür und trat dann nervös von einem Fuß auf den anderen. Es war deutlich zu erkennen, dass ihm dieser Besuch schwerfiel. Nach einem weiteren Klopfen öffnete sich die Tür.

Überrascht neigte Jessina den Kopf zur Seite und blinzelte. Erst dann breitete sich ein erkennendes Lächeln auf ihrem Gesicht aus und sie begrüßte ihren unverhofften Gast.

„Lesa!", strahlte sie. „Was führt dich zu mir?"

„Lass mich doch erst einmal hereinkommen. Ich habe dir etwas mitzuteilen." Offensichtlich schien er ihre Freude über das Wiedersehen nicht ganz zu teilen.

„Du bist groß geworden. Wie lange haben wir uns jetzt nicht mehr gesehen?"

„Es muss neuneinhalb Jahre her sein. Das war das letzte Treffen, an dem du teilgenommen hast." Fast hätte sie ihn nicht wiedererkannt, so stark hatte er sich verändert. Er war weniger schlaksig als früher, überragte sie nun um zwei Köpfe und hatte sich einen Kinnbart wachsen lassen. Mit seinen siebenundzwanzig Jahren schien er bereits Wohlstand erlangt zu haben, denn er trug edle Kleidung, obwohl seine Eltern in ärmlichen Verhältnissen gelebt hatten.

Auch an ihr war das Alter nicht unbemerkt vorübergegangen. Lesa war fast ein wenig erschrocken, die vielen Falten um ihren Mund zu sehen, ihren krummen Rücken und die trüben Augen. Doch ihre Lebensfreude hatte sie sich bewahrt. Dessen war er sich schon im ersten Moment bewusst. Die Magie, die von ihr ausging, war wie eh und je in der Luft spürbar und umgab sie wie eine zweite Haut.

Alles im Haus erinnerte ihn an alte Zeiten. Der Geruch nach Kräutertee und nussigen Aromen, die vielen bunten Tücher, das schummerige Licht und die unzähligen, zerlaufenen Kerzen. Als er endlich auf dem alten Sofa saß, fiel es ihm schwer, ihr in die Augen zu sehen. „Heute war die Prinzessin bei dir", stellte er endlich fest.

Sie nickte: „Sie ist ein nettes Mädchen. Ich glaube, ich habe sie ein wenig verängstigt, aber sie hat es sich nicht anmerken lassen. Sie ist die Richtige."

„Nein." Lesa stützte den Kopf in die Hände und sah zu Boden. „Sie ist ein Kind. Du weißt, was das bedeutet."

Jessina starrte ihn einen Moment lang ungläubig an. Das Lächeln auf ihrem Gesicht gefror. „Ihr könnt nicht …", flüsterte sie. „Ihr könnt nicht gegen das Schicksal ankämpfen. Die Zeichen sind eindeutig. Es kann nicht mehr lange dauern."

„Der höchste Rat hat es so beschlossen. Es war nicht nur meine Entscheidung. Wir werden ihr den Stein abnehmen und sie aufhalten, solange es geht."

„Wie könnt ihr es wagen!" Jessina wurde immer blasser. Ihre Augen funkelten vor beherrschter Wut. „Ihr habt jemanden auf sie angesetzt. Ich wusste es. Sie ist doch nur ein kleines Mädchen."

„Eben." Lesa nahm einen würzigen Keks aus der Porzellanschale und ließ ihn im Munde zergehen. Dalakarziensirup und gemahlene Hanalienblätter. „Ich weiß selbst, wie unsinnig es ist, das Schicksal bezwingen zu wollen. Aber wie muss es dann für dieses unschuldige Kind sein. Die Last auf ihren Schultern wird sie erdrücken", erklärte er niedergeschlagen. „Und mit unserer Aufnahme in den Bund haben wir geschworen, die Welt vor dem Untergang zu bewahren. Vielleicht können wir das Ende herauszögern."

„Ihr seid Narren. Das ist verrückt", hauchte Jessina.

Lesa ging nicht darauf ein. Er stand auf und sah sie fest an. „Wie viel hast du ihr gesagt?" Seine Stimme war nun bedrohlich leise und zitterte vor Anspannung. Jessina erhob sich ebenfalls. Sie reichte ihm gerade bis zur Brust, doch sie ließ sich nicht einschüchtern.

„Ich mache nicht mit. Ihr entwickelt euch zu einer sinnlosen Sekte, die verzerrten Träumen nachjagt. Ihr dürft Magie nicht als etwas ansehen, das euch das Recht gibt, die Götter in ihre Grenzen zu weisen. Es ist eine Gabe, eine Segnung."

Lesas Gesicht verzerrte sich zu einer Grimasse. „Ist es denn deine Zukunft, die in Gefahr ist? Mit Sicherheit nicht! Du hast dein Leben gelebt und es kann dir egal sein, ob du jetzt oder in einem Jahr stirbst. Wir haben unser Leben noch vor uns", knurrte er.

„Hältst du mich für so selbstsüchtig? Wenn die Götter es wollen, dann wird Illionäsia untergehen. Die Kinder geben uns eine Chance. Lucia hat einen temperamentvollen Charakter, doch in ihr schlummert wie in uns die Magie. Wir müssen sie unterstützen, anstatt sie zu behindern."

Lesa überging einfach, was sie gesagt hatte. Ein unbändiger Zorn gegen die ganze Welt überkam ihn. „Es kann doch nicht so schwer sein, einer kleinen Göre einen Stein wegzunehmen. Sie weiß doch noch nicht einmal, was für einen Wert er hat. Weshalb soll ein unerfahrenes Kind uns alle in den Untergang führen? Und nun sag schon: Was hast du ihr erzählt!"

Jessina zuckte zusammen. „Lesa, was ist in dich gefahren? Beruhige dich doch! Du hast dich nicht mehr im Griff." In seinen Augen blitzte es unnatürlich auf und seine Lippen verzogen sich zu einem ekstatischen Lächeln. Langsam hob er die Hände. Jessina wich zurück. Keuchend entwich die Luft aus ihrer Lunge. „Tu das nicht! Ich habe dir nichts getan."

Lesa starrte blind in ihre Richtung. „Wir müssen die Welt retten und befreien von der Last des Schicksals."

Ein blauer Funke zuckte um seine Fingerspitzen. Ein Blitz schoss aus seiner rechten Hand und fuhr auf Jessina zu. Mit einem heiseren Schrei sank sie zu Boden und der Blitz entlud sich donnernd in den Fußboden hinter ihr.

Lesa blickte eiskalt auf sie hinunter. Wie von selbst stahl sich ein Lächeln in sein plötzlich verhärtetes Gesicht. Er sah aus, als hätte er schon unzählige Male jemandem Schmerzen zugefügt und selbst Höllenqualen erlitten.

Doch dann erschlafften seine Züge und ein verwirrter Ausdruck erschien. Lesarius begann zu zittern und hob die verbrannten Handflächen vor seine Augen. „Was habe ich getan?", flüsterte er verzweifelt und wagte sich nicht zu rühren.

Jessina stöhnte leise. „Lesa? Hilf mir bitte auf." Er stürzte zu ihr und half ihr, auf die Füße zu kommen.

„Es … es tut mir so leid. Ich weiß nicht, was mit mir geschehen ist. Ich wollte das nicht. Ich wollte dich sicher nicht verletzen", stammelte er. Die Magie in seinem Körper hatte sich eigenständig in Blitzenergie umgewandelt.

„Das hast du glücklicherweise auch nicht", beruhigte ihn Jessina. Fast reflexartig hatte sie eine schützende Mauer um sich errichtet, die sie vor dem Schlimmsten bewahrt hatte. Sie sah nachdenklich auf das qualmende Loch in ihrem Fußboden. Es roch nach Rauch und verbranntem Fleisch.

„Ich glaube dir. Du hättest das nie aus eigenem Antrieb getan. Wir müssen achtgeben, dass keine fremde Macht uns zum Bösen verleitet."

Schatten fielen auf den Marktplatz, als Lilliana und Lucia zwischen den Ständen der Händler herumschlenderten. Das Angebot schien schier endlos zu sein. Frauen priesen handgefertigte Kleidungsstücke, Decken und Tischtücher an, ein Maler war mit zusammengekniffenen Augen in das Porträt eines kleinen Mädchens vertieft und ein Töpfer schwärmte einer interessierten Käuferin von seinen Vasen vor und bot ihr ein ganzes Sortiment zu einem angeblich vergünstigten Preis an. Überall gab es etwas zu sehen. Die vielen Dialoge und Situationen, die sich ergaben, ließen bei einem aufmerksamen Beobachter keine Langeweile aufkommen. Ein Adliger ritt mit seinem edlen Pferd mitten durch die Menge – hinter ihm ein kleiner Hofstaat, der den Leuten immer wieder „Aus dem Weg. Aus dem Weg! So macht doch Platz!" entgegenschrie. In einer Ecke, in der sich die winzigen Stände weniger dicht drängten, stellte ein Bauer in einem Pferch einige seiner Tiere aus. Die Kunden überboten sich gegenseitig, um einen besonders violetten Bechling zu erwerben. Das kleine, kugelrunde Tier konnte noch nicht älter als fünf Monate sein, denn es wies noch die grünen Punkte eines sehr jungen Exemplars auf. Ein Huhn zeterte empört, als sein Verkäufer es grob in die Höhe hob, um die Vorzüge des Tieres zu loben. Von irgendwoher stieg ihnen der salzige Geruch von Fisch in die Nase, aus einer anderen Richtung strömte der süße Duft frisch gebackenen Kuchens. Immer wieder wurden sie angerempelt oder in verschiedene Richtungen gedrückt, weil die Leute es anscheinend eilig hatten.

Lucia genoss das Gefühl, Teil einer großen, hin und her wogenden Menge zu sein und nahm alle Sinneseindrücke genüsslich in sich auf. Sie war sehr dankbar dafür, dass man sie hier nicht als Prinzessin erkennen konnte. Ihr lief das Wasser im Munde zusammen, als sie einen Korb voller leuchtend roter Ranarillen entdeckte. Sie drängte sich an einer Mutter mit zwei kleineren Kindern vorbei, tauchte unter dem Arm eines wild gestikulierenden Heilers hindurch und drehte sich dann zu Lilliana, um sich zu vergewissern, dass sie ihr gefolgt war. Rasch zog sie eine Goldmünze aus ihrer Tasche und drückte sie dem völlig verdatterten Verkäufer in die Hand. Er kratzte sich am Kopf und starrte auf den goldenen Lebensbaum, der in die Münze geprägt war. Er hatte nur einige Kupfertaler erwartet.

Mit einem zufriedenen Lächeln nahm Lucia das Körbchen auf, zupfte eine kastaniengroße Ranarille ab und steckte sie genüsslich in den Mund. Lilliana lehnte ab, als Lucia ihr eine Frucht anbot, denn sie fand die Lieblingsfrucht ihrer Freundin viel zu sauer. Sie wiederholte leise die Zeilen des unheimlichen Gedichts und versuchte, sie zu rekapitulieren. Nach und nach kehrten fast alle Worte zurück, als ob sie jemand in ihren Kopf eingraviert hätte. Das gefiel ihr ganz und gar nicht. Und was Lucia ihr erzählt hatte, beunruhigte sie nur noch mehr. Sie sah zu Lucia hinüber, deren Gesicht vor Aufregung rot glühte. Lucia war die Heldin – nicht sie. War dieses ungute Gefühl in ihr etwa Neid? Neid, auf die magischen Fähigkeiten, die Lucia plötzlich geerbt haben sollte, Neid auf ihre Verantwortung. Das war vollkommen unsinnig und trotzdem …

„Dieses Gedicht …", begann Lucia plötzlich, als sie sich ein wenig vom größten Trubel des Marktes entfernt hatten und niemand ihr Gespräch belauschen konnte. „Meinst du, dass das alles vielleicht stimmen könnte?"

Lilliana schwieg einen Moment. „Ich weiß es nicht. Es gibt so viele Prophezeiungen und man braucht sich nur eine passende aussuchen, um eine bestimmte Wirkung zu erzielen. Ich habe nie daran geglaubt. Aber dieses Mal ist es anders."

Lucia sah sie Hilfe suchend an: „Und was ist mit Magie? Glaubst du, dass es wirklich Menschen gibt, die zaubern können? Oder eine geheime Untergrundorganisation?" Sie hatte die magische Salbe an Lady Edilia und Lady Zynthia weitergegeben, die sich aufopferungsvoll um Jekos kümmerten. Die beiden waren sehr skeptisch gewesen, hatten aber versprochen, sie zu verwenden.

Lilliana musste lachen: „Eine Untergrundorganisation! Das ist gar nicht so schlecht. Magie hätte zu Adenor gepasst und Geheimnisse hat er schließlich auch jede Menge gehabt."

„Ich finde den Gedanken unheimlich, nicht zu wissen, wer diese Leute sind und was für Kräfte sie haben. Hier auf dem Marktplatz: Jeder könnte dazugehören", erwiderte Lucia und dachte an ihre Mutter.

„Aber böse Absichten scheinen sie nicht zu haben. Wenn sie wirklich so viel Macht besitzen, hätten sie damit einen hohen Einfluss in unserer Gesellschaft erlangen können. Entweder sie sind nicht so stark, wie wir es uns vorstellen, oder sie haben Gründe, sich versteckt zu halten. Vielleicht ist es besser, wenn wir einfach abwarten. Jessina hat doch zu dir gesagt, dass sich mit der Zeit alles offenbaren wird."

Lucia verdrehte die Augen. Warten? War Lilliana nicht bewusst, dass sie vielleicht nicht mehr genug Zeit dazu hatten? Diese Überzeugung änderte allerdings nichts daran, dass ihnen absolut keine Wahl blieb.

Sie schlenderten weiter in die Menge hinein, bewunderten die vielfältigen Angebote und überlegten, ob sie noch etwas kaufen sollten. Durch Zufall entdeckten sie den kleinen Stand einer jungen Frau, die frisch gepflückte, selbst gezüchtete Blumen verkaufte. Da die Frau in diesem Moment keine weiteren Kunden hatte, vertieften sie sich in ein lebhaftes Gespräch mit ihr. Die wunderschönen Blumen ließen nach dem langen Verkaufstag schon die Köpfe hängen und am Ende ihrer Unterhaltung schenkte ihnen die Dame einen ganzen Strauß orangeroter Blumen, mit gerüschten Blüten und in sich gedrehten Blättern. Gerade wollte sie sich fröhlich verabschieden, als Lucia spürte, dass etwas an ihrer Tasche zog. Ein kurzer Ruck und die Gurte rissen. Erschrocken drehte sie sich um und sah gerade noch eine Gestalt mit wehendem schwarzem Mantel durch die Menge davon eilen. „Hilfe! Ein Dieb!", schrie sie voller Panik. Siedend heiß schoss ihr das Blut in den Kopf, als ihr einfiel, dass der Stein sich noch in der Tasche befand. Lilliana reagierte eher als ihre Freundin und gleich darauf nahmen sie auch schon die Verfolgung auf. Niemand machte Anstalten, den Dieb aufzuhalten, und schon nach kurzer Zeit war er in der Menge vollständig untergetaucht.

Lucia nahm aus dem Augenwinkel wahr, wie eine Gestalt aus dem Schutz der Leute schlüpfte und die Straße entlanglief. Als sie endlich an dieser Stelle angekommen waren, war schon nichts mehr von ihm zu sehen. „Er hat uns abgehängt!", schimpfte Lucia und stampfte mit dem Fuß auf den Boden.

„Warte mal. Vielleicht finden wir ihn ja doch noch." Lilliana hatte eine Frau entdeckt, die sich aus dem Fenster eines Hauses im ersten Stockwerk lehnte und neugierig zu ihnen hinüber sah. „Habt Ihr den flüchtenden Mann gesehen?"

Die Frau deutete in eine düstere Seitenstraße und entgegnete gelassen: „Ich an eurer Stelle würde mal im *einäugigen Kater* nachsehen. Ein gutes Versteck für Taschendiebe. Aber es ist nichts für euch zwei Hübschen. Lauter zwielichtige Gesellen treiben sich dort herum." Die Mädchen riefen ihr im Vorbeigehen noch ein hastiges „Danke sehr" zu und folgten eilig ihrer Wegbeschreibung.

Bald fanden sie sich in einer kleinen Gasse wieder, die so eng war, dass sie nicht einmal nebeneinander gehen konnten. Die winzigen Häuser lehnten sich in alle Richtungen und im Pflaster des Bodens passten keine zwei Steine zusammen. Hier und da gab es Türen und jemand hatte sogar eine kurze Wäscheleine von der einen Seite zur anderen gespannt, doch nirgendwo ging ein weiterer Weg ab. Die beiden Mädchen hatten ihr Tempo verlangsamt. Lucia hatte ein mulmiges Gefühl und gleichzeitig wusste sie, dass sie dem Stein immer näher kamen.

„Hallo?", fragte Lilliana vorsichtig, als sie eine reglose Gestalt auf der Straße liegen sahen. Langsam kam Leben in die Person und schließlich wandte sich ihnen ein müdes Gesicht zu. Der Mann hatte kleine, verquollene Augen, und als er den Mund öffnete, wurden braune, verstümmelte Zähne sichtbar.

„Habt Ihr hier jemanden vorbeilaufen sehen?", fragte Lucia ohne große Hoffnung. Der Mann war vermutlich ein Betrunkener, der auf der Straße seinen Rausch ausschlafen wollte.

Ein Funkeln erschien in den Augen des Mannes und er rappelte sich ein wenig auf. „Kommt darauf an. Ich liege hier ja schon eine ganze Weile. Gut möglich, dass ich jemanden gesehen habe." Er grinste ein widerliches Lächeln.

„Wie viel wollt Ihr?", fragte Lilliana, ohne zu zögern. Ihrer Stimme war keinerlei Ekel oder Angst anzuhören. Sie ließ eine Silbermünze zu Boden fallen und schwieg, während der Fremde sich gierig darauf stürzte und sie nachdenklich in den Händen drehte.

„Wir suchen einen Dieb. Er ist klein und trug einen schwarzen Mantel. Er hat meine Umhängetasche gestohlen", erklärte Lucia und deutete seine ungefähre Größe an.

„Eine Münze mehr und wir sind im Geschäft." Lilliana gab ihm wortlos ein weiteres Silberstück. „Ihr habt Glück. Ich kenn den Jungen. Purwen klaut Sachen auf Auftrag. Er ist gerade hier vorbeigelaufen. Wenn ihr noch ein bisschen weitergeht, kommt ihr zum *Kater*, dann kommt eine Abzweigung. Ihr müsst dann nach links und kommt in eine Sackgasse. Dort steht ein Wagen, auf dem Purwen seine Beute versteckt, bevor er sie ausliefert."

„Woher wisst Ihr das so genau?"

„Er ist ein Freund von mir."

„Und Ihr verratet ihn einfach?", hakte Lucia misstrauisch nach.

„Irgendwie muss ich auch leben", sagte der Mann verächtlich und spuckte aus. „Außerdem seht ihr nicht so aus, als würdet ihr ihm gleich den mickrigen Hals umdrehen." Er fing an zu lachen und griff nach einer halb leeren Flasche Alkohol, die neben ihm stand.

„Schöne Freundschaft!", zischte Lucia und zog Lilliana mit sich.

Doch so wenig seriös der Mann auch gewirkt hatte, er hatte sie zumindest nicht belogen. Sie kamen schon bald an der zweifelhaften Spelunke vorbei und erreichten die Abzweigung, von der mehrere größere Sträßchen abgingen. Am Ende der Sackgasse stand tatsächlich ein mit Kisten beladener Wagen und ein Junge mit zerzaustem Haar war gerade dabei, eine Plane darüber zu ziehen. Lucia stürmte auf ihn zu und wollte ihn festhalten. „Halt! Rück meine Tasche raus!", schrie sie wütend.

Purwen drehte sich ertappt um und starrte sie an.

Erschrocken stellten die Mädchen fest, dass er höchstens zehn Jahre alt sein konnte. Sein Gesicht war starr vor Dreck und er wich verängstigt näher an den Wagen heran. „Ich habe deine Tasche nicht", rief er. Mit zitternden Händen tastete er unter seinem Mantel nach etwas.

„Lüg nicht. Wir wissen genau, dass du sie gestohlen hast. Warum tust du so etwas?"

„Was stört euch eine kleine Tasche? Ihr habt doch genug Geld." Mit einem Ruck zog er ein kurzes Messer hervor und hielt es schützend vor sich. „Kommt mir ja nicht zu nahe."

Lucia stieß einen überraschten Schrei aus und ging automatisch einen Schritt zurück. Lilliana hingegen blieb ruhig stehen und musterte den Jungen.

„In der Tasche ist etwas, das uns sehr wichtig ist. Wir werden dir nichts tun, Purwen. Du kannst den Inhalt der Tasche behalten, wenn du uns einen Gegenstand zurückgibst."

Der Junge sah sie grimmig an. „Ist es dieser Stein?", fragte er angespannt.

„Woher weißt du das?"

„Mein Auftraggeber hat es mir gesagt." Er schwieg eine Weile und schien mit sich zu ringen. „Man hat mir eine Menge Geld für den Auftrag gegeben. Schon im Voraus einen großen Teil. Mehr als dieser Inhalt wert ist. Wie viel ist er euch wert?", fragte er langsam.

Lucia atmete tief ein und schluckte ihre Wut hinunter: „Bitte, Purwen, gib uns den Stein. Wenn du morgen zur Unterkunft *Wandrers Glück* gehst, werde ich dich ordentlich belohnen." Er senkte den Kopf, doch dann sah er ihr direkt und fest in die Augen. „Niemand gibt mir darauf eine Garantie. Du bist Prinzessin Lucia und Adligen kann man nicht vertrauen", flüsterte er. Lucia musste unwillkürlich lächeln.

„Und das sagt ein kleiner, schmutziger Taschendieb?"

„Dir wird das Grinsen noch vergehen. Einer deiner eigenen Leute hat mich beauftragt, dich zu bestehlen. Mein Auftraggeber war zwar darauf bedacht, anonym zu bleiben, aber das gyndolinische Wappen auf einem der Stiefel war eindeutig zu erkennen. Ich habe mir schon gedacht, dass das kein einfacher Taschendiebstahl ist. Ich bin nicht so dumm, wie die meisten glauben. Du musst einfach die Prinzessin sein. Herzlichen Glückwunsch, einer deiner treuen Untergebenen hat dich verraten. Wie viel ist dir diese Information wert?"

Lucia starrte ihn fassungslos an, während Lilliana eine goldene Münze aus ihrer Hosentasche zog. „Eine ganze Menge", sagte sie leise. „Du brauchst nicht zum Gasthaus kommen. Wir werden dich nicht betrügen." Purwen beobachtete mit offenem Mund, wie sie das Geldstück in den Händen drehte. Sie ließ es vor ihm auf die Straße fallen und er bückte sich gierig danach. Zögernd betrachtete er die Kostbarkeit und nickte dann, als er sicher war, dass sie echt war. Lucia fiel ein Stein vom Herzen, als sie ihre Tasche endlich wieder hatte.

Die Herberge *Wandrers Glück* stand in einer Straße ganz in der Nähe des Marktplatzes. Die Fassade war aus Stein und schon von außen wies alles auf eine edle Unterkunft hin: die mit Teppich versehenen Stufen, die goldenen Türklinken und auch der Mann in Uniform, der sie empfing. Er verbeugte sich höflich vor ihnen. „Prinzessin Lucia und Lilliana. Herzlich willkommen." Doch sein Lächeln verschwand, als er sah, wie die beiden Mädchen zugerichtet waren. Lucias Kleid hatte einige dicke Dreckspritzer abbekommen und wurde zusätzlich von einem auffälligen Riss geziert. Mit dieser Stelle war sie an einem Nagel in der Gasse hängen geblieben. Der Träger ihrer Tasche war durchtrennt und baumelte lose an ihr herab. Die schlechte Laune war den beiden Mädchen deutlich ins Gesicht geschrieben. Dem Portier fiel noch etwas ein: „Hm, Euer Vater erwartet Euch im Speisesaal, Prinzessin. Ein Gast ist eingetroffen." Lucia runzelte verwundert die Stirn.

Als sie den Raum betraten, sahen sie Melankor und den fremden Mann, die angeregt in ein Gespräch vertieft waren. Nun ja, eigentlich sah es eher aus, als würde der Fremde auf Melankor einreden, während dieser geradezu an seinen Lippen hing.

„Lucia!", rief er plötzlich. „Komm doch herüber, ich möchte dir Lord Derlin vorstellen." Der Mann drehte sich um. Er trug einen Mantel in morofinischem Grün, der ihm elegant über seine muskulösen Schultern fiel, und dazu ein gerüschtes Hemd. Sein Haar war von einem dunklen Blond und seine Augen stechend und wässrig blau. Lord Derlins Lippen zierte das perfekteste Lächeln, das Lucia jemals gesehen hatte. Einen Hauch zu perfekt, gerade so viel, dass klar wurde, wie unnatürlich es war. Er hielt ihr die Hand hin und deutete eine winzige Verbeugung an.

„Wie reizend, sehr erfreut, Lady Lucia", säuselte er, doch sie konnte deutlich erkennen, dass er am liebsten die Nase gerümpft hätte. Sie sah mit ihrer verdreckten Kleidung momentan nicht wie eine Prinzessin aus.

Melankor lachte auf: „Eine Lady ist sie noch nicht. Vorläufig Prinzessin, nicht wahr, Lucia?" In Gedanken schickte sie ein Stoßgebet an die Götter. Es fehlte noch, dass ihr Vater sie nach ihrem Nachmittag ausfragte. Und das würde er vermutlich auch, wenn er seine Aufmerksamkeit von diesem Lord Derlin abwenden und sie ein bisschen genauer ansehen würde.

Sie nickte schnell und ergriff die Hand des Lords. „Angenehm. Sollte ich Euch kennen?"

Er blickte hocherhobenen Hauptes auf sie herab und ignorierte ihre freche Bemerkung geflissentlich. „Leider nein. Aber ich hoffe doch, dass Ihr in Zukunft meinen Namen nicht wieder vergesst."

Melankor tätschelte seiner Tochter den Arm. Der König sah zufriedener und glücklicher aus als in den letzten Tagen. „Lucia, er ist ein einflussreicher Lord aus Morofin. Einer der Thronanwärter." Lucias Miene fror für einen kurzen Moment ein und es wurde still.

„Ja, es ist auch für mich kaum zu glauben. Ich als Hauptbeauftragter für den Handel in Ajuna hätte nie damit gerechnet und Ihr habt ja noch nicht einmal von mir gehört." Dann fiel sein Blick auf Lilliana. „Lilliana Turwingar! Ihr werdet Eurem Vater sicher viel zu erzählen haben, nicht wahr? Habt ihr euch angefreundet? Ihr hattet sicher einen angenehmen Tag. "

„Ja, danke der Nachfrage", erwiderte Lilliana höflich. Gleich darauf hatte Lord Derlin die Mädchen schon wieder vergessen. Er begann wieder, mit Melankor zu reden und würdigte sie keines weiteren Blickes. Lucia bemerkte, wie sein Tonfall von zuckersüß auf todernst umschlug.

Am liebsten wäre sie schleunigst auf ihr Zimmer verschwunden, doch ihr Vater hielt sie am Ärmel zurück. „Was ist denn mit euch passiert, Lucia? Wo seid ihr gewesen?", zischte er ihr leise zu.

„Nirgendwo." Sie wagte nicht, ihm ins Gesicht zu sehen. Ihre Augen begannen zu brennen. Hatte sie wirklich geglaubt, er konnte ihren Zustand übersehen haben?

„Du erzählst es mir besser später." Der König wandte sich wieder seinem neuen Freund zu und Lilliana fasste Lucia am Arm und zog sie wortlos mit sich.

Während des Abendessens saß Lucia neben Lord Derlin und sie kam nicht darum herum, den Erwachsenen bei ihrem Gespräch zuzuhören. So bekam sie auch mit, dass Lord Derlin mit einem kleinen Trupp von zehn Leuten dem gyndolinischen König entgegen geritten war. Sie saßen nun alle zusammen beim Essen und die Lords und Ladys der beiden Länder tauschten sich mit Eifer über alles aus. Lucia beobachtete sie verstohlen und fragte sich, wer von ihnen ein Verräter sein könnte. Sie ging alle Leute in ihrer Gruppe in Gedanken durch und stellte fest, dass sie den meisten von ihnen ihr Leben anvertraut hätte. Konnte sie sich so in ihnen täuschen? Der Einzige, dem sie zutrauen würde, sie zu hintergehen, war Lord Neriell. Lag es daran, dass ihm der Stein von Azur entgangen war, dass er heute so schlechte Laune hatte? Als sie zu ihm hinüber sah, wandte er ihr den Kopf zu und ihre Blicke kreuzten sich für einen Augenblick. Mit klopfendem Herzen sah sie langsam in eine andere Richtung, so als hätte sie ihn nur zufällig angesehen.

Und dann war da noch Lord Derlin. Der König hörte ihm noch immer gebannt zu und nickte hin und wieder zustimmend. Melankor stellte Derlin viele Fragen, die dieser alle gewissenhaft und ausführlich zu beantworten schien. Die ganze Zeit redeten sie über Importe und Exporte, über die Verbindung zu Wegenn und was sich alles nach dem Tod des Königs verändert hatte. Lucia hörte immer wieder diesen schmeichelhaften Unterton in seiner Stimme, der ihr überhaupt nicht gefiel. Den Ton hingegen, indem er mit ihr gesprochen hatte, verwendeten Erwachsene normalerweise gegenüber von Kindern, die noch zu klein waren, um sie zu verstehen. Sie musste zugeben, er war ein Meister des schönen Redens und Umschmeichelns. Melankor befand sich zurzeit in einer Stimmung, in der er für Zuspruch und Bestätigung nur allzu offen schien, und Lord Derlin ging auf seine Themen ein, er tat verständnisvoll und lachte höflich über Melankors Witze. Doch Lucia konnte in seinen Augen noch etwas anderes sehen. Da war eine unbeschreibliche Gier. Die Gier nach Macht und Reichtum. Und das Schlimmste war, dass ihr Vater dies nicht bemerkte und ihr das alles nie glauben würde. Er würde nicht verstehen, dass einer seiner eigenen Leute ihn verraten haben sollte oder dass der neue Thronanwärter ein kompletter Reinfall war.

# Roter Skorpion

Während Lucia ihren verzweifelten Gedanken und Derrick der Strömung nachgab, aßen der König und die Königin von Kiborien zu Abend. Linda stieß einen kaum hörbaren Seufzer aus. Sie hatte an diesem Tag ihre Abreise nach Morofin vorbereitet, einen Brief an ihren Bruder Fürst Lohran verfasst und Hauptmann Arlenion Zerbors Anweisungen überbracht. Zudem hatte sie einen Trupp Boten in Richtung Ajuna geschickt, die Melankor über die Ankunft des Königspaares in Kenntnis setzen sollten – und das alles in kürzester Zeit. Ein furchtbarer Migräneanfall machte sich bemerkbar und Zerbor hatte sich noch nicht einmal zu einem Dank herabgelassen. Er hatte sich den ganzen Tag im Thronsaal eingeschlossen und so gut wie nichts getan. Wahrscheinlich hatte er in den alten Mythen Illionäsias gelesen, die ihn so sehr beschäftigten. Es ärgerte sie, dass er ihr seit Derricks Verschwinden keine Aufmerksamkeit mehr schenkte. Immer wenn sie versucht hatte, ihn anzusprechen, gab er ihr mit Blicken zu verstehen, dass er keine Unterhaltung wünschte.

Linda war mehr als nur gereizt, doch sie ließ es sich nicht anmerken. Sorgfältig stach sie die Gabel in das Schweinefleisch und schnitt ein kleines Stückchen davon ab, um es sich genüsslich in den Mund zu schieben. Doch kaum hatte sie hineingebissen, merkte sie auch schon, dass es zäh war. Sie zog eine Augenbraue hoch und winkte den Diener zu sich, der einige Meter vom Tisch entfernt stand. Zerbor musterte seine Frau aufmerksam. Er hatte sehr wohl gemerkt, was in ihr vorging. Doch er hatte weder Lust noch Ruhe, um sie zu besänftigen. Das musste sie doch verstehen.

„Hat man Derrick eigentlich schon gefunden?", fragte er so beiläufig wie möglich.

Sie verzog säuerlich die Lippen: „Natürlich nicht. Sonst hättest du es noch vor mir erfahren. Warum fragst du? Glaubst du nicht, dass er von selbst zurückkommt?" Zerbor schwieg, was Linda nur noch wütender machte. „Was ist denn bloß plötzlich mit dem Jungen? Ist dir ganz plötzlich eingefallen, dass er dir doch etwas bedeutet? Nach all den Jahren, in denen du ihn nicht besser behandelt hast als den Dreck in der Ecke?" Ihr Blick war hart und fest. Manchmal hatte er es schwer, weil sie ihn so gut kannte.

„Das ist es nicht. Natürlich nicht. Es macht mich einfach nur rasend, dass er geflohen ist!", zischte er.

Lindas Blick blieb unerschütterlich. „Du lügst! Was verbirgst du vor mir? Warum vertraust du mir nicht mehr?"

Er zitterte vor beherrschter Wut. „Aber ich vertraue dir doch! Du wirst es früh genug erfahren!"

Linda erhob sich mit einem Ruck: „Mit wem willst du sonst darüber reden, wenn nicht mit mir? Oh nein, glaube nicht, dass ich mich mit ein paar Ausreden zufriedengeben werde. Hat es schon wieder mit diesem Stein zu tun? Was hat es wirklich damit auf sich?"

Er wollte sie nicht verletzen. Er liebte sie doch. Allerdings war der Stein wichtiger und er durfte es ihr auf keinen Fall erzählen. Er konnte es niemandem erzählen. Und wenn er es einem Menschen hätte anvertrauen können, dann ihr. Aber das würde sie auch nicht glücklicher machen.

Linda wartete, doch er reagierte nicht. Enttäuscht drehte sie sich auf dem Absatz um und rauschte aus dem Saal. Ihre Schritte klangen auf dem steinernen Fußboden laut nach, als sie in ihre Gemächer zurückkehrte. Dort angekommen schlug sie mit einem lauten Knall die Tür zu. Lindas Zimmer war riesig und ganz in einem dunklen, blutigen Rot eingerichtet. Den Tag über hatte sie viel zu tun und war nur selten hier, aber nachts blieb sie oft lange wach, bewunderte ihre Kleidersammlung oder sah vom Balkon aus auf die Berge und Fundrak hinaus. Häufig leistete ihr auch Zerbor Gesellschaft. Für ihre Kleidung besaß sie einen eigenen, großen Raum, der an ihr Schlafzimmer angrenzte.

Wütend riss sie die bestickten Vorhänge zur Seite, trat auf den Balkon und lehnte sich über die Brüstung. In Fundrak brannten kaum noch Lichter. Das einfache, trottelige Volk war wie jeden Tag in der Erwartung von neuem Mühsal und neuer, harter Arbeit schlafen gegangen. Wie dumm diese Bauern und Handwerker doch allesamt waren. Sie hatten nur zu arbeiten gelernt und hatten nichts Besseres zu tun, als sich darüber zu beklagen. Diese Menschen hatten keine Ziele, keine Erwartungen und besaßen keine Intelligenz. Sie hatten nichts anderes verdient, diese abscheulichen, bettelnden und im Staube kriechenden Kreaturen. Linda gehörte glücklicherweise nicht zu ihnen und sie kannte auch niemanden, der aus der Unterschicht kam.

Derrick hingegen hatte immer Mitleid mit den Armen gehabt. Er hatte sie verteidigt und behauptet, dass sie nur durch Zufall in ihr Schicksal hineingeboren worden waren. Na ja, wenn man Derrick ansah, konnte man auch glauben, dass er in die Familie eines Bauern gepasst hätte. Sie schlug die Augen nieder und wartete.

Zerbor hatte Derrick gehasst, doch plötzlich war sein Interesse an seinem Sohn schlagartig gestiegen. Es war hart, seine stets wechselnden Launen zu ertragen und aufzufangen.

Es klopfte dreimal an der Tür. Das war das Zeichen, das sie vereinbart hatten. Er war tatsächlich gekommen. Rasch ging sie zurück in den Innenraum, ließ sich in ihrem Sessel nieder und rief ihn herein. Man konnte Romeley Pinless weder als schön noch als gut aussehend bezeichnen. Er hatte durchaus einmal ein wohlgeformtes Gesicht besessen, doch davon war nichts mehr übrig geblieben. Dünne Narben zeichneten sein Gesicht und zeugten so von einer harten Kindheit und den zahlreichen Schlachten, die er geschlagen hatte. Doch Romeley war nie im Krieg gewesen, sondern hatte die Verletzungen von Zweikämpfen mit seinen Opfern und Konkurrenten davongetragen. Er hatte kupferrotes Haar, das Ähnlichkeit mit getrocknetem Blut hatte, und ein undurchschaubares Lächeln. Ihm zu vertrauen war ein großer Fehler – und für manche Menschen auch der letzte. Linda vertraute ihm nicht, doch sie empfand eine gewisse Hochachtung für ihn und schätzte ihn, wie sie nur sehr wenige schätzte. Er arbeitete schnell und ohne Spuren zu hinterlassen und hatte bisher jeden Auftrag erfüllt. Roy Pinless ließ sich angemessen bezahlen und er hatte gute Kontakte. Sein vorheriger Auftrag zeugte von absoluter Genialität. Was ihn so faszinierend machte, war die Tatsache, dass man sich in seiner Nähe auf seltsame Art sicher fühlte, obwohl er alles andere als harmlos war.

Der Auftragsmörder kniete vor ihr nieder und berührte mit dem Mund vorsichtig ihre ausgestreckte Hand. Linda hatte keine Angst vor ihm, genauer gesagt, hatte sie eigentlich vor niemandem Angst. Und falls er den Versuch wagen würde, sie zu töten, hatte sie immer noch ihre Nadeln. Es war stets besser, auf der Hut zu sein.

„Majestät?", fragte er mit rauer Stimme.

Sie lächelte. „Roy, ich habe einen Auftrag für Euch." Er erhob sich wieder und ihr gefiel es nicht, dass er nun auf sie herabblickte. Er sollte sich ruhig überlegen fühlen und das Gefühl haben, selbst entscheiden zu können. Aber er wusste ja nicht, dass sie es genauso beabsichtigt hatte. Zusammengekauert in ihrem Sessel und erschöpft vom Stress der letzten Tage würde er ihr keinen Wunsch abschlagen können. So hoffte sie zumindest.

Roy trug einen einfachen schwarzen Mantel, dessen Kapuze er ausnahmsweise zurückgezogen hatte. Für gewöhnlich zog er es vor, dass man ihm nicht in die Augen sehen konnte. Das machte ihn unberechenbar. Aber gegenüber seinen Auftraggebern und Geschäftspartnern legte er eine ausgesprochene Höflichkeit an den Tag. „Ich wollte mich zur Ruhe setzen, Majestät. Ich habe genug von diesem Beruf." Er meinte es tatsächlich ernst.

Linda seufzte kurz. „Aber Ihr seid der Einzige, den wir mit dieser Aufgabe betrauen können. Ich kenne niemanden, der so zuverlässig ist wie Ihr." Sie musste ihm wohl schmeicheln, um ihm ihren Willen aufzuzwingen. Aber er wirkte nicht gänzlich abgeneigt.

„Ein letzter Auftrag. Ihr hattet es versprochen", erinnerte er sie.

„Das habe ich auch. Ich kann verstehen, dass Ihr dieses Risiko nicht erneut eingehen wollt." Es war die schwerste Mission, die je ein Attentäter vollbracht hatte. Nach Adenors Tod musste das Schloss doppelt gesichert sein. Aber völlig unmöglich war es nicht.

„Ich bitte Euch darum, Roy. Seht es als Abschluss Eurer Laufbahn." Sie sah, wie sich ein Lächeln in sein Gesicht stahl. Er fuhr sich nachdenklich durchs Haar, doch seine Entscheidung war so gut wie getroffen. Er war noch jung genug, um eine Familie zu gründen, sich niederzulassen und einen ordentlichen Beruf auszuüben. Aber er konnte noch ein letztes Mal diesen Nervenkitzel spüren. Seine Pläne konnte er danach immer noch verwirklichen.

Sie hatte ihn überzeugt. Zwei geniale Attentate würden ihm ewigen Ruhm in seiner Branche verschaffen. Eine Krönung, eine glorreiche, ja geradezu perfekte Vollendung seiner Karriere. Er fuhr in geschäftlichem Tonfall fort: „Gut, wann soll es losgehen?"

Linda strahlte ihn an: „Danke Roy, ich wusste, dass ich mich auf Euch verlassen kann. Es ist schon alles vorbereitet. Die Informationen, die Ihr benötigen werdet, sind alle vorhanden. Der Durchführung steht nichts im Wege. Es spricht also nichts dagegen, dass Ihr morgen losreitet."

Er nickte fachmännisch und besah sich kurz die Papiere, die sie ihm reichte. Eine Karte des Schlosses, auf der alle Sicherheitsmaßnahmen innerhalb des Parks und im Schloss selbst eingezeichnet waren, eine Liste mit benötigten Materialien und allen sonstigen Informationen sowie dem Plan selbst. „Ich will den zehnfachen Lohn", forderte er.

„Ihr sollt ihn haben."

„Jeder wird sich an den *Roten Skorpion* erinnern." *Roter Skorpion*, was für ein treffender Name. Skorpione waren äußerst selten in Illionäsia. Während die kleineren Tiere keine ernsthafte Gefahr für den Menschen darstellten, waren die großen Exemplare ihrer Rasse wahre Tötungsmaschinen. Das Gift der beinahe metergroßen Riesenskorpione war auch schon in kleinen Mengen tödlich. Sie schlichen sich leise an ihre Opfer heran und stachen blitzschnell mit dem Stachel zu, noch bevor man überhaupt merken konnte, dass da etwas war. Und dann fraßen sie ihre gelähmte Beute, noch während sie qualvoll dahinsiechte. Roy verwendete ebenfalls starke Gifte und tötete leise und schnell. Seine roten Haare waren eines seiner Markenzeichen und erinnerten an die roten Panzerplatten der Skorpione.

„Viel Erfolg", formte sie langsam mit den Lippen.

Roy sah sie ernst an und ihr wurde bewusst, dass dies ein besonderer Moment für ihn sein musste. Doch kurz bevor er ging, fiel ihm noch etwas ein. „Wozu das Ganze? Es hat doch gar keinen Sinn mehr. Sein Leben zu beenden ist eine Verschwendung. Wie viel Blut muss noch auf diese Weise fließen? Es wird immer gefährlicher. Auch für Euch."

Linda schüttelte langsam den Kopf. Jeden anderen hätte sie für seine Kritik tadeln müssen, aber jeder andere hätte es auch nicht gewagt, so mit ihr zu reden.

„Dieser Auftrag ist anders als die anderen, Roy. Ihr sollt Melankor nicht sofort töten. Das Gift, was Ihr ihm einflößen werdet, wird ihn nur langsam zerstören. Er wird für einige Tage vollkommen handlungsunfähig sein und dann ein wenig genesen. Es wird sehr lange dauern, bis er stirbt, es wird langsam und qualvoll sein und er wird nicht mehr in der Lage sein, sein Land zu regieren."

„Rodoxin also? Hasst Ihr Melankor so sehr, dass er diesen grausamen Tod verdient hat? Wisst Ihr, wie es ist, wenn man nach und nach alles verliert, Stück für Stück?" Er meinte es ernst.

„Ich weiß, Roy. Aber Ihr seid ein Auftragsmörder. Ihr dürft kein Mitleid mit Euren Opfern haben."

„Ich töte sie, aber Ihr gebt den Auftrag dazu. Es gehört zu meiner Aufgabe, jegliche Gefühle zu unterdrücken."

„Da habt Ihr doch Eure Antwort", sagte Linda leise und spürte, wie sie zu zittern begann. „Es ist meine Aufgabe, Melankor auszuschalten, und es war ganz allein Zerbors Entscheidung."

„Ich verstehe." Wieder ganz der professionelle Untergebene verbeugte er sich vor ihr. „Lebt wohl ... Linda." Er warf ihr noch einen eindringlichen Blick zu und wandte sich dann zum Gehen.

„Auf Wiedersehen. Roy, es ist für alle am besten, wenn es zu Ende ist. Ihr müsst es tun." Dann sank sie kraftlos in sich zusammen, unfähig den Schein weiter aufrechtzuerhalten. In ihr hatte sich die Angst breitgemacht, vor der sie sich so fürchtete. Angst vor der Ungewissheit.

# Abschied

Lucia sah aus dem Fenster hinaus auf den sich rötenden Abendhimmel. Die Sonne ging langsam am Horizont unter und tauchte Grefheim mit ihren verbliebenen Strahlen in schwaches, dämmriges Licht.

„Du hast recht", meinte Lucia an Lilliana gewandt. „Lord Derlin ist schrecklich. Wie kann Vater ihn bloß für geeignet halten?"

Lilliana zuckte hilflos mit den Schultern. „Derlin schafft es immer wieder, sich bei den mächtigen Menschen ins richtige Licht zu rücken. Selbst Adenor hat ihn nie durchschaut. Aber er ist wirklich gut in seinem Fachgebiet, der Wissenschaft, und um den Handel kümmert er sich angeblich auch ausgezeichnet. Außerdem überwacht er noch einen Teil der Hauptstadt." Nachdenklich strich Lilliana ihre Bettdecke glatt. „Meiner Meinung nach darf er nur nicht zu viel Macht erlangen. Es muss immer jemand da sein, der über ihm steht und ihn kontrolliert. Sonst würde uns vermutlich eine böse Überraschung erwarten. Lord Derlin wäre möglicherweise ein guter König, aber ich kann dir noch mindestens fünfzehn andere Lords aufzählen, die auf jeden Fall besser sind als er."

Lucia setzte sich neben sie. Lilliana bemerkte ihren verbissenen Gesichtsausdruck. „Was ist, wenn wir uns irren und er wirklich der Richtige ist? Wie können wir glauben, mehr Menschenkenntnis zu haben, als die Erwachsenen?" Die Unsicherheit war ihr deutlich anzumerken.

Ihre Freundin legte ihr tröstend einen Arm um die Schultern. „Es ist nicht alles nur schwarz und weiß. Lord Derlin ist vielleicht kein gutherziger Wohltäter, aber auch kein Unmensch. Er macht sich nur zunutze, dass viele in ihm nur das sehen, was sie auch sehen sollen. Außerdem kenne ich ihn sehr gut und weiß, dass er seine Stellung ausnutzt. Aber das tun mehr Lords, als du denkst."

„Bestechung? Ausbeutung?"

„Genau. Alles Kleinigkeiten. Kaum nachzuprüfen. Und dann wäre da noch seine unangenehme Eigenschaft, Leute einfach fallen zu lassen, wenn sie ihm nichts mehr nützen."

„Woher weißt du das alles so genau?", fragte Lucia.

„Sagen wir, er ist mir schon häufiger über den Weg gelaufen und meinem Vater ist er auch nicht sonderlich sympathisch."

Sie schwiegen eine Weile. Lucia wusste schon jetzt, dass sie sich mit Lord Derlin niemals anfreunden würde.

„Und dann wäre da noch der Verräter", sagte sie traurig und drückte den Stein von Azur fester an sich.

Lilliana nickte nur. „Wir müssen aufpassen, wem wir etwas anvertrauen, und darauf achten, ob jemand etwas Verdächtiges von sich gibt. Hast du schon jemanden in Verdacht?"

„Sieh dir Lord Neriell an", seufzte Lucia. Sie fühlte sich müde nach dem anstrengenden Tag. Kaum zu glauben, dass sie sich erst heute Morgen mit Lilliana gestritten, Jessina begegnet waren und jemand versucht hatte, ihr den Stein abzunehmen. „Immerhin kann ich mich auf dich verlassen", sagte sie und gähnte.

Plötzlich klopfte jemand an die Tür.

„Herein!", rief Lilliana.

Die Tür öffnete sich und Lord Derlin trat ein. Er hatte die Hände hinter dem Rücken verschränkt und sein honigsüßes Lächeln aufgesetzt. Lucia wurde heiß und kalt bei dem Gedanken, dass er sie belauscht haben könnte. Aber ihre Sorge verflüchtigte sich, als er weitersprach. „Prinzessin Lucia, ich möchte Euch noch ein Geschenk von mir überreichen", sagte er, als wäre dies die größte Ehre, die ihm jemals zuteilgeworden war.

Lucia zog überrascht die Augenbrauen hoch. „Das ist überaus großzügig von Euch."

„Es ist nur eine Kleinigkeit. Kaum der Rede wert." Er überreichte ihr eine kleine Porzellanschachtel, die mit einem geschmacklosen Blumenmuster versehen war.

Sie drehte sie in den Händen hin und her, als könnte sie einen tieferen Sinn darin erkennen. Ineinander verschlungene Rosen zierten den Deckel der Schachtel und sie war über und über mit vergoldeten Ranken überschüttet. Lord Derlin musste wirklich über ein großes Vermögen verfügen, wenn er ein so protziges Geschenk als Kleinigkeit bezeichnete. Oder er wollte einfach nur angeben und die Schatulle war weitaus weniger kostbar, als sie aussah. Die Schachtel war so groß wie ihre beiden Hände zusammen und etwa fünf Zentimeter hoch. Vielleicht würde sie sie als Schmuckschatulle verwenden. Aber wirklich nur vielleicht.

„Wollt Ihr denn gar nicht hineinsehen?", fragte Lord Derlin erwartungsvoll. Das war also noch nicht genug der Angeberei! Nach kurzem Zögern klappte sie die Schachtel auf. Sie war mit goldenem Samt ausgekleidet, auf dem ein flacher, durchscheinend blauer Stein lag. In ihm brach sich das Licht und ließ ihn auf wunderschöne Weise glänzen. Es war ein kleiner Anhänger, der an einer feingliedrigen, goldenen Kette hing.

„Der ist wunderschön", hörte sie sich selber hauchen.

„Es freut mich, dass er Euch gefällt. Es ist ein Sternensaphir." Lord Derlin reckte zufrieden sein spitzes Kinn.

„Ich werde ihn morgen tragen", versprach Lucia, bevor ihr bewusst wurde, was sie da eigentlich gesagt hatte. Der Stein hatte sie so verzaubert, dass sie ganz vergessen hatte, dass er ein Geschenk von Lord Derlin war. Als der Lord den Raum verlassen hatte, starrte sie unschlüssig auf den funkelnden Saphir. Sie zog ihn an der Kette hoch und hielt ihn gegen das Licht. Als sie ihn berührte, fühlte er sich kalt und leblos an. So wie es sein sollte. Sie konnte kein Schmuckstück mit dem Stein von Azur vergleichen, konnte nicht verlangen, dass sie alle diese geheimnisvolle Wärme ausstrahlten. Aber solange sie ihn besaß, würde sie keinen anderen Edelstein mehr zu schätzen wissen.

„Was für ein übertriebenes Geschenk. Verheißungsvoll, aber leer wie seine Worte", schimpfte sie und ließ die Schatulle in den Tiefen ihres Rucksacks verschwinden.

Lilliana lächelte: „Lord Derlin versteht nun mal nichts von Magie. Wie kannst du ihm das verdenken?"

Lucia schloss nachdenklich die Augen: „Und wir? Glaubst du, wir verstehen etwas von Magie? Wir wissen doch noch nicht mal, was sie ist, geschweige denn, ob es sie wirklich gibt."

„Ist alles bereit?"
„Ja, wir können gleich aufbrechen."

„Gut. Wir warten nur noch auf Merior und Lucia." Es war ein neuer, herbstlich warmer Tag angebrochen und der König und seine Gefolgsleute standen kurz vor ihrem Aufbruch nach Ajuna, der Hauptstadt von Morofin. Auf den ersten Blick sah Melankor konzentriert und aufmerksam aus, doch Lord Wyn kannte ihn zu gut, um die Müdigkeit in den Augen seines Freundes zu übersehen. Er hätte dem König gern ein aufmunterndes Wort geschenkt, aber er befürchtete, dass er ihm dadurch zu nahe treten würde. Ihre Freundschaft war nicht mehr so wie in alten Zeiten, als sie noch jung gewesen waren und sich gegenseitig mit ihren Leben verteidigt hätten. Er nickte nur und ging zu Lord Sorron hinüber, um ihm einige letzte Anweisungen zu geben.

Melankor sah ihm nach und seufzte leise. Seine Augenlider fühlten sich an, als lastete auf ihnen das ganze Gewicht seines Schmerzes, seiner Trauer und der Angst, die ihn innerlich verzehrte. Er war sich selbst nicht im Klaren, wie er die Kraft aufbrachte, um durchzuhalten. Durchzuhalten, für einen weiteren Tag des Kummers und der Qualen. Vielleicht war es das Bewusstsein, dass er gebraucht wurde. Von seinem Land und seinen Bürgern.

„Vater!" Er drehte sich um und sah seine beiden Kinder auf sich zu laufen. Wie hatte er nur einwilligen können, dass sie sich von ihm trennten? War es ein Teil von ihm, der begriffen hatte, dass er sie loslassen musste? Oder hatte er in all dem Trubel den Überblick verloren und ohne weitere Überlegungen zugestimmt? Er wusste es nicht mehr.

Lucia warf sich in seine Arme und drückte ihn fest. „Viel Glück. Wir sehen uns bei der Krönung wieder. Hoffentlich!", murmelte sie und ihr Streit vom vergangenen Tag schien vergessen. Sie hatte ihm versichert, dass sie den Stein auf dem Schloss gelassen hatte, doch er war sich nicht sicher, ob das der Wahrheit entsprach. In den wenigen Tagen, die sie bereits gereist waren, hatte sie begonnen, sich zu verändern, und er fand immer weniger Zugang zu ihr.

Er umarmte Merior und gab den beiden noch einige gute Wünsche an Fürst Wendrill und Fürst Greggin mit auf den Weg. „Passt gut auf euch auf. Und stellt keinen Unsinn an. Bei allen Schwierigkeiten könnt ihr euch jederzeit an Lord Sorron oder einen der anderen wenden. Sie werden wissen, was zu tun ist, und ihr könnt ihnen vertrauen", erklärte er eindringlich. Lucia verzog ihren Mund, als hätte sie gerade etwas Bitteres verschluckt. Melankor sah ihr ernst in die Augen und sie erwiderte seinen Blick fest. Mit einem resignierenden Seufzer nickte er.

„Nun ja, ich glaube, das war alles. Liegt euch noch irgendetwas auf dem Herzen? Hast du mir noch etwas zu sagen, Lucia?" Sie schwieg einen Moment und rang mit sich, dann schüttelte sie entschieden den Kopf.

„Gut, dann auf Wiedersehen." Er lächelte sie noch einmal an und ging zu seiner Kutsche.

Während Merior neben ihm herging, blieb Lucia unschlüssig zurück. Sie konnte ihm nichts sagen. Alle Worte, die sie sich im Laufe des letzten Tages zurechtgelegt hatte, würden auf ihn wie die Fantasien eines kleinen Mädchens wirken. Er würde ihr nicht glauben, weil er ihr nicht glauben wollte. Und vielleicht würde er sie doch noch mitnehmen wollen, wenn sie ihm ihre Ängste anvertraute. Als der König aus dem Fenster der Kutsche blickte und ihr zuwinkte, fasste sie sich ein Herz. Die königliche Kutsche und die Pferde der Gyndoliner und Morofiner hatten sich bereits in Bewegung gesetzt, als sie plötzlich losstürmte und verzweifelt versuchte, mit ihnen Schritt zu halten. Überrascht riss Melankor die Augen auf. In seinem Gesicht lag ein verwirrter Ausdruck. Lucia hatte ihn schon fast eingeholt, doch ein Pferd trat ihr in den Weg und sie musste ausweichen, um nicht unter seine Hufe zu geraten. Die Kutsche entfernte sich immer schneller und es war unmöglich, dass sie den Vorsprung noch einholte. Da sie keine andere Möglichkeit mehr sah, rief sie ihm einfach zu, was sie ihm mitteilen wollte. „Lord Derlin ist der Falsche! Du darfst ihn nicht krönen!" Sie war sich nicht sicher, ob er sie gehört hatte.

König Melankor hob noch einmal die Hand, dann verschwand die Kutsche hinter einem Haus. Lucia sah ihnen nach, bis sie aus ihrer Blickweite geritten waren, und kehrte zu ihren Leuten zurück.

Am späten Vormittag machte sich ihre Gruppe, angeführt von Lord Sorron, zu dem in der Nähe von Grefheim residierenden Fürsten Wendrill auf. Es dauerte ungefähr zwei Stunden, bis sie das Anwesen erreicht hatten und durch ein weitläufiges Wäldchen ritten, das zu seinem Besitz gehörte. Sie gelangten bald zu einer wunderschönen Allee, deren gepflasterter Boden von Tausenden Laubblättern übersät war. Alles war in leuchtendes Orange, Gold und Rot getaucht. Die herbstliche Sonne ließ die bunt geschmückten Bäume zu ihren Seiten in den schönsten Farben leuchten. Die Reiter zügelten ihre Pferde, um die Pracht des Herbsts zu bewundern. Da bewegte sich ein Reiter auf sie zu und Lord Sorron rief ihm etwas entgegen.

„Seid gegrüßt!", tönte eine freundliche Stimme zurück. Als der Reiter nahe genug herangekommen war, stieg er schwungvoll ab und führte sein Pferd die letzten Meter. Er lockerte seine Kappe und ein Schwall von dunklem Haar ergoss sich über seine Schultern. „Herzlich willkommen auf dem Hof der Familie Wendrill. Meine Eltern erwarten euch schon sehnlichst!", begrüßte sie ein Mädchen.

„Ihr seid Fürst Wendrills Tochter. Was für ein netter Empfang." Lord Sorron schenkte ihr ein Lächeln.

„Ich bin Feane." Lucia schätzte, dass sie in Meriors Alter sein müsste. Als sie ihrem Bruder einen Blick zuwarf, musste sie unwillkürlich lächeln, da seine Augen wie hypnotisiert an dem Mädchen hingen. Von einem Moment auf den anderen hatte er Lilliana, mit der er noch vor ein paar Minuten in ein angeregtes Gespräch vertieft gewesen war, vergessen.

Angeführt von Feane legten sie das letzte Stück bis zum Hof zurück, das sie im Näherkommen viel eher an ein Gestüt als an ein Schloss erinnerte. Der weitläufige Hof wurde von einer flachen Gebäudekette umschlossen und grenzte auf der linken Seite sogar an einen Stall. Vor dessen Toren wurden gerade einige wunderschöne Pferde geputzt und gestriegelt. Im Mittelpunkt des ganzen Baus stand ein märchenhafter, detailliert gearbeiteter Springbrunnen, aus dem eine glitzernde Fontäne schoss. Geschuppte Fischwesen tauchten in schäumende Wellen und Lucia stellte bei genauerem Hinsehen fest, dass die Fontäne von einem Pferd mit Fischschwanz ausgespien wurde.

Als sie gerade von ihren Pferden gestiegen waren, öffneten sich die Tore des Mittelhauses und das Fürstenpaar trat mitsamt einem kleinen Hofstaat heraus. Feane übergab ihr Pferd an einen bereitstehenden Bediensteten und lief zu ihren Eltern, die sie wie selbstverständlich in ihre Mitte nahmen.

„Herzlich willkommen in unserem bescheidenen Heim." Fürst Wendrill verzog seine Mundwinkel zu einem warmen und wohltuenden Lächeln. Lucia und Merior wurden wie immer zuerst begrüßt und waren von der ausgesprochenen Herzlichkeit der Wendrills überrascht. Der Fürst schlug beiden freundschaftlich auf die Schulter, Feane umarmte sie zaghaft und ihre Mutter drückte sie regelrecht an sich. Es kam Lucia so vor, als kannten sie sich alle seit Ewigkeiten und waren die besten Freunde. Die Wendrills gaben ihr ein Gefühl, als wäre sie hier zu Hause. Allem Anschein nach waren sie eine perfekte, glückliche Familie. Sie tauschten Höflichkeiten aus und stellten munter Fragen, als hätten sie sich schon einmal vor langer Zeit getroffen.

Es dauerte eine Weile, bis auch die Lords und Ladys begrüßt waren und der Hausherr sie zum Haupteingang geleitete. „Ich freue mich sehr, dass ihr kommen konntet. Zur Feier des Tages möchte ich euch alle auf eine Jagdgesellschaft einladen, die heute euch zu Ehren stattfindet. In unseren Wäldern wohnen zahlreiche wilde Tiere. Danach findet das Mittagessen statt, bei dem wir uns auch über alle wichtigen Angelegenheiten unterhalten können. Aber eins möchte ich schon gleich klären: Ich habe nicht vor, mich auf den Königsposten zu bewerben." Seine vorher so freundliche Stimme nahm einen eindringlichen Ton an. Auch an ihm war Adenors Tod nicht spurlos vorbeigegangen. Als einer von sieben Fürsten in Morofin, war er eine wichtige Persönlichkeit und musste viel mit Adenor zu tun gehabt haben.

Als sie das Haus betraten, gesellte sich Feane zu Lilliana, Lucia und Merior. „Ihr wollt doch sicher nicht mit auf die Jagdgesellschaft kommen. Habt ihr Lust auf einen kleinen Ausflug durch den Wald?" Feane blickte fragend in die Runde.

„Sehr gerne", stimmte Merior sofort zu.

Lucia nickte ebenfalls: „Das ist eine gute Idee. Ich glaube nicht, dass ich mich sehr amüsieren kann, wenn Tiere dafür leiden müssen."

„Man muss einen Sinn für diese Art der Unterhaltung haben. Aber tröste dich: Die Tiere haben hier nur sehr wenige natürliche Feinde und bleiben zumeist ungestört. Groß angelegte Gesellschaften gibt es nur ganz selten." Feane lächelte. „Ich kann selber nicht dabei zusehen, wenn die Jäger die unschuldigen Rehe töten."

Kurze Zeit später brach die Jagdgesellschaft auf und Feane zeigte den anderen das Haus und die Ställe. Sie und Lilliana kannten sich von früheren Treffen ihrer Eltern und hatten viel Gesprächsstoff. Überhaupt hatte Feane eine Menge zu erzählen. Sie war sehr stolz auf die Pferdezucht ihres Vaters und stellte ihnen in allen Einzelheiten die Pferde vor. Das Haus der Wendrills war im Vergleich zu den luxuriösen Ställen recht einfach eingerichtet, weniger prunkvoll, aber dennoch warm und freundlich. Nachdem sie die wichtigsten Räume begutachtet hatten, wussten sie einiges über die Familiengeschichte der Wendrills und konnten die Zuchthengste und Stuten allesamt beim Namen nennen.

Während Feane Merior über seine Ausbildung zum Lord ausfragte, verließen sie das Haus in entgegengesetzter Richtung zur Jagdgesellschaft und tauchten in den Wald ein. Es war angenehm warm geworden und goldfarbene Sonnenstrahlen tanzten über ihre Gesichter. „Es ist so schön hier", sagte Lucia und meinte es von ganzem Herzen.

„Du solltest den Wald im Sommer sehen. Er ist voller Leben. Alles ist grün, die Vögel singen, die Bäume zeigen ihre ganze Pracht und Herrlichkeit und du kannst so viele Lebewesen beobachten." Feane strahlte sie an.

„Aber das hier hat auch seinen Reiz", bemerkte Merior etwas unsicher.

„Natürlich. Es ist immer toll, hier zu leben." Sie gingen einfach querfeldein. Es schien keinen Weg zu geben, dem sie folgten, und doch ging Feane zielstrebig voran und zeigte ihnen Dinge, die sie sonst nie zu Gesicht bekamen. Als sie einen winzigen Bach erreichten, machten sie eine Pause, zogen Stiefel und Strümpfe aus und hielten ihre nackten Füße ins Wasser. Lilliana legte den Kopf zurück und schloss selig die Augen. Nach einer Weile wollte Lucia weitergehen. Feane schüttelte jedoch den Kopf. „Ich glaube, wir sollten langsam umkehren. Es ist schon spät. Die Gesellschaft könnte schon von der Jagd zurück sein. Wenn ihr noch bleiben wollt, könnt ihr einfach dem Fluss folgen. Er führt direkt zum Anwesen zurück."

„Ich komme mit dir", meinte Merior schnell und Lilliana beschloss, bei Lucia zu bleiben.

Als sich Feane und Merior von ihnen entfernt hatten, begann Lucia zu kichern.

„Was ist denn los?", fragte Lilliana verwirrt.

„Hast du Meriors Gesichtsausdruck nicht gesehen? Ich sage dir: Er ist hoffnungslos in sie verliebt." Sie verdrehte die Augen.

„Was vermutlich nicht das erste Mal sein dürfte", fügte Lilliana hinzu.

„Kein Stück eifersüchtig?"

„Bei Iramont, bloß nicht. Dachtest du das etwa?" Lilliana schmunzelte und hakte sich bei ihr unter. Als Lucia ihr einen zweifelnden Blick zuwarf, prustete sie los. „Na ja, ich gebe es zu. Er ist ja schon irgendwie niedlich und das Duell mit ihm war eine echte Herausforderung, aber letzten Endes war das doch alles nicht ernst gemeint."

„Verschone mich mit niedlich. Er ist schließlich mein Bruder und ich glaube, du weißt nicht, wovon du sprichst", protestierte Lucia.

Sie liefen ein Stück am Bach entlang und gelangten an einen Trampelpfad, der parallel dazu verlief. Anscheinend waren sie nicht die Ersten, die hier entlanggingen. „Es ist so angenehm still hier. Schön, mal einen Moment Ruhe zu haben. Ohne dass irgendetwas Seltsames passiert."

„Lord Derlin, Zerbor, der Stein …", zählte Lilliana genüsslich auf.

„Das ist überhaupt nicht komisch!"

„Schon gut! Hast du mitbekommen, dass es Lord Jekos schon deutlich besser geht? Lady Zynthia war überaus erstaunt, dass die Wunde zu heilen begonnen hat. Das Fieber ist verschwunden, und Lady Edilia fand, dass die Wunde aussah, als wäre der Unfall schon vor einer Woche geschehen. Es scheint wirklich zu … Ist dir aufgefallen, dass es irgendwie ungewöhnlich still ist?"

„Ich finde das gar nicht lustig. Versuch nicht, mir Angst zu ma…" Lucia stieß einen spitzen Schrei aus, als etwas dicht über sie hinwegflog und sich in einen Baum am gegenüberliegenden Ufer bohrte. Für einen Moment blieben sie wie erstarrt stehen. Jemand hatte auf sie geschossen … und sie absichtlich verfehlt.

Lucia befreite sich von ihrer Erstarrung und machte einen Schritt über den Bachlauf hinweg. Ihre Hand zitterte und ihr Herz raste, als sie einen mit schwarzen Federn bestückten Pfeil aus dem Holz zog. Ein schneeweißer Zettel hing daran. Sie zog ihn vorsichtig ab, um ihn nicht zu zerreißen und entfaltete ihn:

*An Lucia von Gyndolin*

*Du bist im Besitz eines der kostbarsten Gegenstände unserer Zeit, ohne dir über seinen tatsächlichen Wert im Klaren zu sein. Lege den Stein von Azur neben den Pfeil auf den Boden. Dir wird nichts geschehen, wenn du nicht versuchst, uns hereinzulegen. Vor uns bist du nirgendwo sicher, deshalb behalte diese Begegnung für dich. Wenn du dich widersetzt, werden wir dir den Stein auf eine nicht allzu freundliche Weise abnehmen müssen. Es ist zu unserer aller Besten.*

Sie konnte das nicht tun. Sie wusste, dass sie nur vor ihren Ängsten fortlief, wenn sie den Stein hier zurückließ und diesen Verrückten hinterließ. Das Wort *uns* deutete ja sogar darauf hin, dass es sich um mehrere Personen handelte. Aber wenn sie so gute Absichten hatten, weshalb bedrohten sie sie dann und versuchten, ihr den Stein mit Gewalt zu stehlen? Ihr Herz hämmerte wie verrückt. Sie brachte nicht nur sich selbst, sondern auch Lilliana in Gefahr, wenn sie die Anweisung nicht befolgte. Mit zitternden Fingern tastete sie nach dem Verschluss ihrer Kette und ließ den Sternensaphir zu Boden gleiten. Vielleicht konnte Lord Derlins Geschenk ihnen das Leben retten.

„Lucia? Was soll das?", fragte Lilliana angespannt.

„Verräter. Es sind mehrere. Sie wollen den Stein", flüsterte sie mit tonloser Stimme. „Wir müssen hier weg. So schnell wie möglich. Hier ist jemand."

Lilliana nickte. Sie rannten los und versuchten, den Pfeil, so schnell sie konnten, hinter sich zu lassen. Lucia war sich sicher, dass sie höchstens eine oder zwei Minuten Vorsprung haben würden. Es konnte nicht lange dauern, bis der Bogenschütze den Betrug bemerkte.

Ihr Gefühl trog sie nicht, denn schon kurz darauf stieß Lilliana einen Schrei des Entsetzens aus. Als die Prinzessin ihren Kopf wandte, sah sie gerade noch einen schwarz gefiederten Pfeil davonzischen. Die Lichtung um den Bach war zu groß. Der Schütze hatte leichtes Spiel. Ihr Herz schlug schneller. Was war, wenn er sie wirklich töten wollte? Sie konnten nur entkommen, wenn sie in den dichteren Teil des Waldes liefen. Und dort saßen sie erst recht in der Falle, weil sie nicht zum Anwesen zurückfinden würden.

Sie zwang ihre Füße, schneller zu laufen, und realisierte, dass weitere Geschosse sie verfehlten. Ihre Angst ließ sie so schnell rennen wie noch nie zuvor. Lilliana, die deutlich trainierter und ausdauernder war, hatte Mühe, mit ihr Schritt zu halten. Kurzerhand packte sie sie am Arm und zog sie mit sich. Lilliana keuchte und stolperte in einem unkonzentrierten Moment über eine Unebenheit im Boden und Lucia spürte nur noch, wie sie mit zu Boden gerissen wurde. Mit schreckgeweiteten Augen sah sie Lilliana an. Jetzt waren sie endgültig verloren. Sie würden nicht rechtzeitig aufstehen können. Leichte Beute.

Sie hatte versagt.

Schon sah sie aus dem Augenwinkel einen Pfeil auf sich zufliegen. Hitze stieg in ihr Gesicht. Er würde sie treffen, wenn sie sich nicht augenblicklich aus der Schusslinie bewegte. Sie konnte sich nicht bewegen … und plötzlich wurde der Pfeil von seinem gradlinigen Weg abgelenkt, zur Seite gewischt und zu Boden gefegt. Eine günstige Windböe? Nein, ganz sicher nicht. Kurz glaubte sie, ein schwarzes Gewand gesehen zu haben, dann verschwand es zwischen den Bäumen und sie war sich sicher, dass der

Verräter aufgegeben hatte. Als wusste er, dass er keine Chance mehr hatte.

*Es war Magie. Ungebändigte, pure Energie. Es geht so schnell. Sie ist noch nicht so weit, das alles zu begreifen, geschweige denn die Magie zu beherrschen. Andere brauchen dafür Jahre, sie hat vielleicht nur noch Monate.*

# Der Höhlensee

Als Derrick den Kampf gegen die Fluten aufgab und sich dem Wasser fügte, schlug sich Len noch immer verzweifelt durch die Strömung. Er hatte bemerkt, dass er mit immer höherer Geschwindigkeit fortgetrieben wurde, und schon nach kurzer Zeit hatte er den Gedanken, die Krone zu finden, aufgegeben. Sein Luftvorrat war schon zur Hälfte verbraucht und er wusste, wie sinnlos es jetzt noch war, verzerrten Hoffnungen nachzujagen. Zu Anfang hatte er geglaubt, dass der Fluss schon sehr bald an die Oberfläche treten würde, aber das war ein Irrtum gewesen. Genauso gut konnte er noch kilometerweit unterirdisch dahinströmen und ihre Leichen erst in einigen Stunden ans Tageslicht bringen.

Wenn er doch zumindest mit dem Jungen reden könnte. Er wollte nicht in Einsamkeit sterben. Von einer plötzlichen bösen Vorahnung erfüllt, begann er in der Dunkelheit nach Derrick zu tasten, doch seine Finger fuhren vergeblich durch das Wasser. Seine Vermutung drohte sich zu bestätigen. Es war gut möglich, dass die Strömung sie auseinandergerissen hatte und der Junge irgendwo vor oder hinter ihm schwebte.

Aber er irrte sich. Plötzlich fühlte er Stoff an seinen Fingerspitzen, und als er beherzt zugriff, bekam er einen Zipfel von Derricks Kleidung zu fassen. Er zupfte daran, wartete auf eine Reaktion und spürte, wie Angst ihn zu überwältigen drohte. Auch weitere, stärkere Versuche, ein winziges Lebenszeichen des Jungen zu erhaschen, scheiterten kläglich. Es war definitiv Derrick, der dort ein Stück neben ihm in der Schwerelosigkeit hing, doch er regte sich nicht mehr. Len erwachte aus seinem leicht dämmerigen Zustand und packte Derrick voller Verzweiflung an den Schultern. „Was ist bloß mit mir los", schrie er sich in Gedanken an. „Ich hätte viel eher nach ihm sehen müssen. Jetzt ist es zu spät. Ich kann ihm nicht mehr helfen. Es ist sowieso vergeblich."

Er machte sich Vorwürfe, weil er den Jungen durch den Wald geführt hatte, weil sie aus der Quelle getrunken hatten und weil sie die schwächlichen Zwerge nicht einfach überwältigt hatten. Doch seine Wut richtete sich noch mehr gegen die Quellenzwerge. Sie waren auf diese vollkommen sinnlose Idee gekommen und hatten sie für etwas bestrafen wollen, was sie gar nicht verbrochen hatten. Er drehte den leblosen Körper mit dem Gesicht zu sich und klammerte sich resigniert an ihn. Es war ihm egal, was mit ihm selbst geschah – er hatte schon oft genug Glück gehabt, aber der Junge tat ihm wirklich leid. Derrick war noch so jung. Verdammt, dieser Höhlenfluss konnte doch nicht vollständig mit Wasser gefüllt sein. Es musste doch irgendwo Luft geben!

„Bitte lasst ihn nicht tot sein. Ich flehe euch an: Wenn es euch wirklich gibt, dann helft mir dieses eine Mal. Iramont, Esnail! Ich bitte nicht für mich, sondern für den Jungen." Er hatte damit rechnen müssen, dass so etwas passieren würde, hätte sich nichts vormachen dürfen. Und jetzt war es tatsächlich geschehen und er musste feststellen, dass er Derrick in der kurzen Zeit ins Herz geschlossen hatte. Dieser Junge, der in der Herberge so verloren und deplatziert gewirkt hatte und von der ganzen Welt verlassen zu sein schien, hatte ihn von Anfang an in seinen Bann geschlagen. Sein verschlossenes Wesen hatte ihn fasziniert, das Rätsel, das ihn umgab. Er hatte hinter der Fassade einen Blick auf einen verletzlichen Menschen erhascht, der sich nichts mehr wünschte als Anerkennung.

Wie war es, wenn man jemanden nie wieder sah? Und was brachte ihm die Rettung, wenn er Derrick hier zurücklassen musste? Es hatte nicht viele Menschen in seinem Leben gegeben, bei deren Tod er gelitten hatte. Nun hoffte er, dass der Tod ihn bald erlösen würde. Noch bevor der Schmerz und die Qualen einsetzten. War Derrick einfach eingeschlafen oder hatte er sich dagegen gewehrt und Len vergeblich um Hilfe gebeten? Was erwartete sie nach dem Tod? Süße, dunkle Unendlichkeit oder der Urteilsspruch durch die Götter? Sollte das eintreffen, würden sie ihm vermutlich endlose Folter als Strafe auferlegen. Er hatte nie an sie geglaubt und sie hatten ihm auch nicht den geringsten Anlass gegeben, seine Meinung zu ändern. Dennoch: Wenn es sie gab, würde er sich ihnen tapfer stellen.

Plötzlich veränderte sich die Strömung. Abrupt wurde er herumgeschleudert, von den Fluten mitgerissen und in eine andere Richtung gedrückt. Seine Finger krallten sich in Derricks Schultern. Verzweifelt hielt er sich an dem Körper fest, obwohl er wusste, dass es keinen Sinn mehr hatte. Es gelang ihm mit Mühe und Not, ihn festzuhalten. Derrick war das Letzte, an das er sich klammern konnte. Sowohl in der Realität als auch in seinem Geist.

Kurz darauf wurde der Sog wieder schwächer, bis er sogar fast zum Erliegen kam. Er öffnete unter Wasser die Augen, konnte aber nichts erkennen. Da war immer noch nichts als alles verschlingende Dunkelheit. Erst, als sein praktischer Verstand zurückkehrte, realisierte er, dass er sich in einem unterirdischen See befand. Irgendwo musste doch Luft sein! Hilflos drehte er sich um sich selbst, als könnte er auf diese Weise der Situation entfliehen. Trotz des zusätzlichen Gewichts spürte er, dass er langsam nach oben getragen wurde, und kurz darauf glaubte er sogar, einen Lichtschimmer in der Leere erkennen zu können. Seine Augen brannten von der Berührung des Wassers, als er sie noch ein Stück weiter aufriss. Er hatte Angst, dass sein Bewusstsein ihm bloß ein Streich spielte und er sich zu viele Hoffnung machte. Doch auch als er mehrmals blinzelte, blieb der Lichtblick, wo er war. Und wo Licht war, musste auch Luft sein! Es konnte sich um keine besonders große Lichtquelle handeln, denn unter normalen Umständen hätte er sie noch nicht einmal wahrgenommen. Doch durch die ununterbrochene Finsternis in ihrem Gefängnis unter der Erde hatten sich seine Augen beinahe daran gewöhnt. Sein Herz machte einen freudigen Hüpfer und er begann, in die Richtung des Lichts zu schwimmen.

Derrick wog unter Wasser glücklicherweise nicht besonders viel, doch seine Kräfte waren fast aufgebraucht und das Kraut in seinem Mund spendete kaum noch Luft. Je weiter er sich voranschleppte, desto schneller sank seine Hoffnung. Er war viel zu weit entfernt, um es jemals erreichen zu können. Wie grausam war das Schicksal, dass es zunächst seinen verloschenen Lebensfunken neu entfachte, um ihn gleich darauf unerbittlich zu ersticken? In seine Panik mischte sich Wut und er schwor sich, nicht eher zu sterben, bis er wieder an der Erdoberfläche war. Mit immer kräftigeren Schwimmzügen bewegte er sich auf das Licht zu. Nur noch ein Gedanke erfüllte ihn: *Er musste es schaffen.*

Seine Beine schmerzten von dem unerträglichen Kraftverbrauch und seine Arme, die Derrick noch immer fest umklammerten, wurden langsam taub, als sein Kopf endlich das Wasser durchbrach. Er öffnete den Mund und sog gierig das kostbare Lebenselixier ein. Sein Verstand wurde klarer und seine Lungen füllten sich mit süßer, angenehm weicher Luft. Noch nie hatte er es so genossen zu atmen. Minutenlang konzentrierte er sich auf nichts anderes, und als er schließlich etwas ruhiger geworden war, begann er den unerwarteten Durchbruch zu untersuchen. Es befand sich eine kantige Mulde an der Decke und durch einen Felsspalt fiel von oben helles Sonnenlicht hinein. Dort musste es an die Oberfläche gehen. Ein Erwachsener passte nicht hindurch, aber vielleicht ein Kind.

„Derrick!", flüsterte er mit matter Stimme und schüttelte den Jungen. „Wach auf! Bitte, ich kann uns nicht beide über Wasser halten … Tu mir das nicht an." Derrick hatte den Mund halb geöffnet, doch er atmete nicht mehr. Hektisch tastete Len mit einem Finger nach seinem Puls, aber weder am Hals noch am Brustkorb war ein schwacher Herzschlag zu spüren. Derrick war tot. Auf der anderen Seite.

„Nein. Lass mich nicht allein …" Seine Stimme versagte ihm. Er konnte es nicht begreifen. Ein vergeudetes Leben. Er war so jung gewesen, hatte noch alles vor sich gehabt. Und jetzt war er tot. Wie zerbrechlich ein Leben sein konnte. Betäubt von Schmerz, Verzweiflung und Selbstvorwürfen suchte er nach Halt, irgendeinem Felsbrocken, an dem er sich festhalten konnte. Aber da war nichts. Ein letztes Mal schüttelte er Derrick, doch der Junge ruckte bloß wie eine Puppe vor und zurück, sein Kopf fiel auf die reglose Brust.

Schweren Herzens löste Len seinen Griff und sah zu, wie die schlanken Finger langsam ins Wasser glitten. Der Körper wurde von seiner eigenen Last in die unergründliche Tiefe gezogen. Einen Augenblick lang trieb der blonde Haarschopf noch an der Oberfläche, dann verschwand er vollständig in der Finsternis. In Gedanken verabschiedete sich Len von ihm. Von einem Jungen, von dem niemand gewusst hatte, einem Jungen, den niemand geliebt hatte. Ausgelöscht. Unwiderruflich von der Erde getilgt. Und seine Eltern wussten es nicht einmal. Sie würden nie um ihn trauern und ihn nicht einmal vermissen.

Len versank in seiner Hilflosigkeit, bis ihn sein Verstand an ihn selbst erinnerte. Er war noch am Leben, und wenn er sich nicht darum kümmerte, konnte sich dieser Zustand schneller ändern, als ihm lieb war. Er fragte sich, wie lange er noch aushalten konnte. Der Fluss bestand ja glücklicherweise aus Süßwasser, aber der Hunger würde ihm schnell zu schaffen machen. Und wie sollte er sich so lange über Wasser halten? Ein Entkommen – das erkannte er schnell – war auch für ihn so gut wie unmöglich. Der Spalt war viel zu eng für ihn. Irgendwo musste es noch einen anderen Ausgang aus der Grotte geben, doch der Fluss würde vermutlich erst nach einigen Kilometern wieder ans Tageslicht gelangen. Der Bach nahm seinen Anfang etwas weiter nordöstlich von der Behausung der Quellenzwerge. Auf seinem Weg vermengte er sich mit unzähligen anderen kleinen Flüsschen und legte schließlich eine große Strecke seines Weges unterirdisch zurück. Das letzte Stück floss er in Richtung Süden, um sich dann mit der Empfer zu vereinen. Er war nur einer von vielen namenlosen Flüssen, aber einer der wenigen, die unterirdisch flossen. Jedenfalls soweit Len wusste. Er schloss müde die Augen und versuchte, sich weit weg in seine Heimat zu denken. Seine Freunde, seine Abenteuer und die raue Wildnis, durch die er sich so häufig gekämpft hatte. Doch es hatte keinen Sinn. Nichts konnte ihn von seiner ausweglosen Situation ablenken.

Als er zitternd die Augen wieder aufschlug, glaubte er abermals an eine Sinnestäuschung. Ein Kopf bewegte sich rasch auf ihn zu und tauchte dann spritzend auf. Derrick öffnete langsam den Mund. Nach einem tiefen Atemzug begann er zu husten und stieß einen Schwall Wasser aus. Sein ganzer Körper bebte förmlich vor Erschöpfung. „Luft!" Das Wort drang verzerrt und heiser aus seinem Mund, doch für Len war es schöner als jedes Lied der Welt.

„Das ist unmöglich! Du warst tot. Du hast nicht mehr geatmet." Er war verwirrt, aber zugleich so glücklich wie schon lange nicht mehr. Er drückte den Jungen vor Freude an sich und strich ihm wie eine besorgte Mutter die Haare aus dem Gesicht. Er vermochte seine Gedanken nicht zu sortieren und ertappte sich dabei, dass er unzählige, sinnlose Sätze aneinanderreihte und die Worte sich förmlich überschlugen, als sie aus seinem Mund strömten. Derrick brach erneut in ein klägliches, schwaches Husten aus, und als Len ihn auf Armeslänge von sich schob und ihn betrachtete, bot er einen erschreckenden Anblick. Beinahe ausdruckslos sah Derrick ihn an und ihn überkam der seltsame Gedanke, er könnte nicht vollständig in die Welt der Lebenden zurückgefunden haben.

Als sich der erste überschwängliche Ansturm des Glücks gelegt hatte, verstummte Len und wartete auf irgendeine Reaktion des Jungen. Da war eine neue Ernsthaftigkeit in seinem Blick und es dauerte lange, bis er etwas sagte.

„Ich war tot, oder?" Seine Stimme war ruhig und er klang älter, als noch vor einer Stunde. Len nickte langsam und wusste nicht, worauf er hinauswollte. „Da ist nur Dunkelheit. Alles umfassende Dunkelheit. Sie wollten mich nicht. Ich gehörte nicht dazu." Er hob langsam den Kopf. „Ich bin sogar unfähig zu sterben. Die Götter wollten mich nicht."

In Derricks Kopf war die Leere, die dort vor wenigen Momenten noch gewesen war, von Chaos erfüllt worden, aus dem sich nach und nach einzelne Gedanken herauskristallisierten. Wäre es nicht einfach gewesen, jetzt zu sterben und alles Schlechte zurückzulassen? Zu einfach. Er wusste, dass es nichts daran geändert hatte, dass sein Leben fast vorüber war. Die Bedingungen, die das Schicksal ihnen gestellt hatte, waren unmöglich zu erfüllen.

Sie steckten in einer unterirdischen Höhle fest und konnten nur entkommen, wenn sie gegen eine unerbittliche Strömung ankämpften und eine verlorene Krone fanden. Er würde sterben und das sogar sehr bald, aber erst, nachdem er lange genug gelitten hatte.

„Was redest du von sterben? Du solltest es als Geschenk der Götter sehen, überlebt zu haben. Es ist ein Wunder und ich werde nicht zulassen, dass du gar nicht erst versuchst, hier herauszukommen." Len zog einen tropfenden Arm aus dem Wasser und deutete nach oben. „Du hast die Chance, hier rauszukommen. Da oben ist eine Öffnung", erklärte er ernst.

Für einen Augenblick war da ein Anflug von Hoffnung in Derricks Herz. Doch es gelang dem zweifelnden Teil in ihm schnell, diese zu zerstören. „Und was ist mit Euch? Ihr wollt doch nicht sagen ..."

Len nickte. Er konnte nicht von dem Jungen verlangen, dass er gemeinsam mit ihm auf ihren Untergang wartete. Der Junge musste für sie beide weiterleben.

Es kostete Derrick viel, gegen seinen Überlebenswillen und seine Feigheit anzukämpfen. Es war das komplette Gegenteil von dem, was vernünftig war. „Nein, auf keinen Fall lasse ich Euch im Stich! Das habt Ihr doch auch nicht getan. Ihr habt mir zugesichert, mich nach Milbin zu bringen, obwohl Ihr wusstet, dass ich der Sohn eines tyrannischen Königs bin. Ihr habt Euch alle meine albernen Sorgen angehört und mir Mut gemacht. Ihr seid der erste Mensch, der mich so angenommen hat, wie ich bin. Ich kann Euch das alles niemals zurückgeben."

Len verzog seinen Mund zu einem traurigen Lächeln. Derrick hoffte, dass das Glänzen in seinen Augen nur vom Wasser kam. „Aber das hast du doch längst", erwiderte Len leise. Er war so anders als alle anderen Menschen, die er kennengelernt hatte, und doch hatte er sein verklemmtes Herz gerührt.

„Wir werden das gemeinsam durchstehen", stellte Derrick mit zitternder Stimme fest.

„Ich verstehe. Wenn ich gehe, gehst du auch. Vielleicht sollte ich versuchen, meinen alten Körper dort hochzuzwingen." Mit gewaltiger Anstrengung streckte er seine Arme aus dem Wasser und zog sich an den Felsen hoch. Als er seinen Kopf durch die Spalte schob, befand er sich in einer meterdicken Gesteinsschicht. Der Spalt war in Wirklichkeit ein enger Schlot, der sich durch die Felsen wand und nach oben hin immer dünner wurde. Das Sonnenlicht musste sich mindestens fünf Armlängen über ihm befinden und sie würden es niemals erreichen können. Schon ein wenig weiter über ihm wurde es zu schmal für sie beide. Len ließ sich vorsichtig wieder ins Wasser sinken. „Sinnlos. Da kommen wir nicht durch. Ich fürchte, wir sitzen hier fest."

Irgendwie gelang es Derrick, diese Erkenntnis nicht an sich heranzulassen. Len hatte recht. Er hatte nicht überlebt, um jetzt aufzugeben. „Dann suchen wir eben nach dieser Krone. Es kann doch sein, dass sie hier irgendwo liegen geblieben ist", schlug er vor.

„Es wäre gut möglich. Die Strömung ist hier viel schwächer, aber ..."

„Ich tauche nach ihr!", unterbrach ihn Derrick.

„Bist du verrückt? Du bist gerade knapp dem Tod entronnen und solltest vollkommen erschöpft sein. Hast du vor, gleich wieder zu ertrinken?"

„Vertraut mir. Ich muss das tun. Ich werde sofort zurückkehren, wenn ich keine Luft mehr habe. Vielleicht kann ich herausfinden, wie groß diese Höhle ist."

Len starrte ihn entgeistert an. „Lass es sein. Du kannst das nicht machen. Du hast nicht einmal mehr das Kraut."

Derrick lächelte leicht. Wider alle Vernunft wusste er, dass Len Ording ihn nicht daran hindern konnte, einfach abzutauchen.

„Bis gleich", sagte er schnell. Er holte so tief Luft, wie er konnte, und tauchte dann unter.

Es war, als wäre er ein zweites Mal gestorben. Die Schwärze um ihn herum schien auf den ersten Blick absolut zu sein. Erst dann erkannte er nach und nach die Umrisse von einigen Felsgruppierungen zu seiner Linken. Der Lichtschein war zu schwach, um mehr zu sehen. Wie tief es wohl hinunterging? Am liebsten wäre er einfach immer tiefer getaucht, um selbst herauszufinden, was dort auf ihn wartete.

„Ich muss die Krone finden", befahl er sich selbst. Die Frage war nur: wie? Er lauschte tief in sich hinein und wartete auf eine Antwort. Derrick konnte zwar kaum etwas sehen, doch er spürte die Anwesenheit von etwas Machtvollem. Irgendwo musste sie einfach sein. Er schwamm zur Seite und tastete die steinernen Wände mit den Händen ab. Es gab einige Plateaus, auf denen die Krone gestrandet sein könnte. Wenn sie nicht hier war, musste sie auf den Grund gesunken sein. Er stellte sich vor, wie sie langsam durchs Wasser trieb, immer tiefer und tiefer, ohne jemals anzukommen. Nein, der See konnte nicht unendlich tief sein.

Mit den Fingern fuhr er durch Moose, Algen und farnähnliche Pflanzen, die sich in der Strömung hin und her wiegten. Die Felsen waren übersät von einer weichen grünen Schicht. Überall konnte sich darunter eine winzige Zwergenkrone verbergen. Er bewegte sich nach und nach immer weiter von der Lichtquelle fort. Und umso weiter er sich von ihr entfernte, desto stärker wurde etwas anderes: eine Anziehungskraft, die ihn sanft, aber bestimmt in eine Richtung lenkte. Plötzlich fiel sein Blick auf etwas Glitzerndes, das ganz in seiner Nähe auf einem kleinen Felsvorsprung lag. Er tauchte tiefer und griff danach. Mit klopfendem Herzen zog er es näher zu sich heran und strich ein wenig Schlamm zur Seite. Soweit er es erkennen konnte, war es ein kleines Stück Silber, das von etwas Größerem abgebrochen war. Derrick spürte deutlich die raue Bruchstelle. Das Stückchen war kunstvoll zu einer winzigen Schnecke geformt. Mit den Fingern fuhr er über die Einkerbungen. Das Silber trug anscheinend eine Inschrift, doch er konnte sie im Dämmerlicht nicht entziffern. Ob es von der Krone abgebrochen war? Er blickte sich um. Die Krone war in diesem Falle weitergetrieben worden. Auf dem Vorsprung war nichts mehr. Dennoch fühlte sich ihr Vorhaben nicht mehr ganz so unwahrscheinlich an, wie er gedacht hatte. Er umschloss den kostbaren Schatz mit der Faust und kehrte zum Licht zurück.

Ein Paar schlitzförmiger grüner Augen war direkt auf ihn gerichtet und beobachtete jede seiner Bewegungen. Es war schon so lange her, dass jemand sich hierherverirrt hatte. Und nun gleich so ein Festmahl. Gleich zwei dieser widerlichen Menschen auf einmal. Aber ein wenig würde sie ihre Hilflosigkeit noch auskosten. Es bereitete ihr größtes Vergnügen, sie dabei zu beobachten, wenn sie langsam begriffen, dass es kein Entkommen gab. Wenn man so lange wie sie in der Dunkelheit verbracht hatte, hatte man genug Zeit zu warten. Doch die Gier nach der Verzweiflung ihrer Opfer war erwacht und die Seeschlange glitt geschmeidig auf die beiden zu.

Derrick taucht prustend auf. „Ich brauche dringend eine Pause. Ich kann nicht mehr!"

Len zog die Augenbrauen hoch. „Ich habe doch versucht, dich aufzuhalten. Aber du musstest ja unbedingt nach der Krone suchen."

„Schaut Euch das hier an und sagt noch einmal, dass wir keine Chance haben." Derrick hielt ihm das kleine Stück Silber entgegen.

„Keine Chance? Muss ich dich daran erinnern, dass du derjenige warst, der vorhin unbedingt sterben wollte?" Er nahm ihm seinen Fund ab und betrachtete ihn eingehend. „Vermutlich stammt es tatsächlich von der Quellenkrone. Hier kann es keine anderen Gegenstände aus Silber geben. Mich wundert nur, dass die Zwerge etwas aus Silber gefertigt haben. Normalerweise sind Metalle für sie wertlos. Sie verarbeiten Gestein und Pflanzenfasern zu Kleidung oder Werkzeugen. Ich muss zugeben, dass ich ihnen so etwas nicht zugetraut hätte. Vor allem Silber …" Er starrte nachdenklich an die Höhlendecke.

„Könnte es nicht sein, dass sie schon einmal Menschen begegnet sind? Es ist doch merkwürdig, dass Anno und der Übersetzer unsere Sprache sprechen."

„Die vergessenen Völker haben seit jeher ihre Geheimnisse." Zu den vergessenen Völkern zählten all jene, die sich nach den langen Schlachten um das Jahr null stark geschwächt und von den Menschen erniedrigt zurückgezogen hatten. Da waren zunächst die Quellenzwerge, deren Existenz Derrick vor einigen Tagen noch abgestritten hätte, die zarten, kaum armlangen Kobolde und die kräftigen Trolle. Diese drei Rassen hatten sich zunächst aus den Schlachten herausgehalten und später miteinander verbündet, als klar wurde, dass man sie nicht verschonen würde und sie allein keine Chance hatten. Doch sie hatten schließlich aufgeben müssen und sich seitdem tief in die Wälder und die von Menschen unbewohnten Gebiete zurückgezogen. Diejenigen, die nicht geflohen waren, hatte man damals versklavt.

Einzig den Elfen war es gelungen, sich mit den Menschen zu arrangieren, was vermutlich an ihrer Ähnlichkeit lag, und bis zur Gegenwart

Bestand hatte. Die Cyrämnen und Greife jedoch, die stärksten Widersacher der Menschen, waren gänzlich aus Illionäsia verschwunden, sodass sie heute nur noch in den Sagen und Legenden weiterlebten.

„Vergessen. Vielleicht war es ein Fehler, sie zu vergessen. Meint Ihr, es könnte die anderen Völker ebenfalls gegeben haben? Die Cyrämnen und Greife?"

Hätte die Seeschlange lächeln können, so hätte sie es in diesem Augenblick getan. Genüsslich sog sie den Geschmack von Angst und Verzweiflung aus dem Wasser und erschauerte vor Wohlbehagen. Bald würde sie noch viel mehr davon bekommen. Einen Augenblick zu früh schloss sie ihre dämonisch glühenden Augen, denn Derrick hatte bereits einen dunklen Schatten im Wasser entdeckt.

# Der unheimliche Besucher

„Da ist jemand!" Luna deutete in die Dunkelheit. Antonios Blick folgte ihrer ausgestreckten Hand. Tatsächlich kam eine schwarze Gestalt auf einem ebenso schwarzen Pferd auf sie zu geprescht. Die Person hob sich nur schwach von ihrer Umgebung ab und erst im Näherkommen erkannten sie, dass es ein vornehm gekleideter Herr war, der sich in einen nachtschwarzen Mantel gehüllt hatte. Luna fröstelte es. „Wer ist das? Ich habe Angst vor ihm."

Antonio legte ihr schützend den Arm um die Schultern und tastete mit der anderen Hand nach dem Stein, den er an einem Lederband um den Hals trug. Der Stein gab ihm immer ein bisschen Kraft. „Du brauchst keine Angst zu haben", flüsterte er beruhigend und dachte an den kurzen Dolch, den ihm sein Vater zu seinem siebzehnten Geburtstag geschenkt hatte. Er trug ihn immer bei sich. Wenn es nötig war, würde er Luna mit seinem Leben verteidigen, denn das Mädchen war für ihn wie eine Schwester. Er teilte Lunas Befürchtungen nicht, denn die Leute, die sich normalerweise in ihr kleines Dorf verirrten, waren Händler, unterwegs zu den großen Städten. Ab und zu durchquerten auch verschlagene Gestalten den Ort, bei denen man lieber nicht nach dem Reiseziel fragte, aber handgreiflich war noch nie jemand geworden.

Reiter und Pferd waren nun bei ihnen angelangt und der Mann stieg rasch ab. Antonio musterte ihn aufmerksam und erkannte sofort, dass Luna nicht ganz unrecht hatte. Unter dem Umhang trug er zwar teure Stiefel mit Sporen, eine elegante Hose und ein Hemd aus wertvollem Stoff, aber ein Lord war er ganz bestimmt nicht. Das Gesicht des Fremden war vernarbt und sein Haar fiel ihm in ungepflegten Strähnen vor die Augen. Außerdem sah der Mann drahtig und zäh aus, ganz im Gegensatz zu den Geschichten über all die wohlgenährten Lords, die sich nie einen Schritt aus dem Haus bewegten und sich vollstopften, während ihre Diener sie verwöhnten. Entweder waren Zerbors Ansprüche sehr gesunken oder der Mann vor ihnen war ein Dieb, der einen Reichen ausgeraubt hatte und nun dessen Kleidung trug. Wer auch immer er war, er war ihm äußerst unsympathisch, vor allem mit diesem herablassenden Ausdruck im Gesicht.

„Guten Abend. Wisst ihr, wo ich eine Unterkunft finde?", fragte der Fremde und baute sich einschüchternd vor ihnen auf.

„Es gibt hier kein Gasthaus, aber Ihr könnt bei meinem Vater unterkommen, wenn Ihr hier übernachten wollt", erwiderte Antonio höflich.

„Von wollen kann keine Rede sein." Der Mann lachte heiser und spuckte dann vor ihnen aus. „Mir bleibt keine andere Wahl, als in diesem Kaff zu bleiben."

Luna war angeekelt vor ihm zurückgewichen und stemmte nun verärgert die Hände in die Hüften. „Wenn es dir hier nicht gefällt, kannst du auch gleich wieder gehen. Meine Eltern nehmen dich ganz bestimmt nicht auf."

Antonio biss sich auf die Lippen. Musste Luna immer so vorlaut sein? Bei diesen Männern musste man mit dem, was man sagte, vorsichtig sein.

„Willst wohl frech werden, Kleine?" Die Laune des Fremden schien von belustigt auf verärgert umzuschlagen. „Ich übernachte, wo es mir passt", stellte er klar.

„Ach, und ich dachte, du willst hier gar nicht übernachten!", erwiderte Luna. Warum konnte Luna nicht einmal die Klappe halten? „Meinetwegen kannst du auch im Wald bleiben!"

Das Gesicht des Fremden wurde rot und er sah aus, als wollte er sie schlagen.

„Sie … sie meint es nicht so. Bei meinem Vater könnt Ihr bestimmt eine Unterkunft finden. Ich hole ihn", versuchte Antonio, ihn zu beschwichtigen. Aber der Mann schien immer noch wütend zu sein.

„Bring deiner kleinen Freundin gefälligst Benimm bei, sonst werde ich es tun. Und lass dir einen guten Rat geben, Mädchen: Pass ein wenig auf deine lose Zunge auf, denn du könntest sie leicht verlieren. Das wäre doch schade." Er funkelte sie böse an.

„Ich denke, zu solch harten Maßnahmen brauchen wir nicht greifen." Emilio trat hinter die Kinder. „Wer seid Ihr überhaupt, dass Ihr es wagt, das Mädchen zu bedrohen?"

„Mein Name tut nichts zur Sache. Ich bin in einer höchst dringenden und wichtigen Mission unterwegs."

Emilio wandte sich an Luna: „Geh schon mal nach Hause und grüß deine Eltern von mir. Und was Euch betrifft: Ihr könnt bei uns bleiben. Vorausgesetzt Ihr kommt für das Essen und die Schlafgelegenheit auf und unterlasst diese Drohungen."

„Ich drohe, wem ich will!"

„In diesem Fall müsst Ihr wohl leider auf der Straße schlafen." Emilio sprach wie immer mit fester Stimme, ungerührt von den Gebärden des Fremden. Diese Eigenschaft bewunderte Antonio an seinem Vater sehr. Seine gelassene Art gab einem das Gefühl von Geborgenheit, doch der Fremde wollte sich nicht beruhigen lassen. Er starrte Luna zornig nach, als sie zu ihrem elterlichen Hof lief. Emilio und Antonio lebten direkt daneben. Sie besaßen einen kleinen Acker, ein Pferd, eine Kuh und einige Hühner. Ihr Häuschen war gerade groß genug für sie beide und Antonio hoffte sehr, dass der unheimliche Mann sich nicht bei ihnen einnisten würde.

Aber alles Hoffen half nichts. Der Fremde hatte einen ganzen Beutel voll Geld dabei und sie konnten es gut gebrauchen. An dem Gemüse, das sie anbauten, verdienten sie nicht genug, um über den Winter kommen zu können. Meist lebten sie in der kalten Jahreszeit von den Resten, die niemand gekauft hatte, und von etwas Fleisch, aber jetzt konnten sie sich nicht einmal mehr ein Schwein oder einen Bechling leisten. Noch stand die Ernte bevor, aber es war wahrscheinlich, dass sie daran nicht viel verdienen würden. Einige heftige Regenschauer hatten den größten Teil der Ernte zerstört, sodass nur noch ein kläglicher Rest auf dem Feld stand. Emilio musste den reichen Mann beherbergen, er hatte keine Wahl, doch das ließ er sich durch keine Einzelheit anmerken. Antonios Vater war so geschickt, dass er auch noch einige Silberstücke mehr herausschlug als gewöhnlich.

Antonio wartete noch, bis die Erwachsenen im Haus verschwunden waren, und lief dann zu dem Verschlag, in dem die Tiere untergebracht waren. Fidelia, die Kuh, blickte neugierig von ihrem Heu auf und begrüßte ihn muhend. Der Junge tätschelte ihr den Hals und ging dann zu Feuerglanz hinüber. Eigentlich war der Name sehr kitschig und vollkommen unpassend, aber Luna hatte sehr bestimmt diesen Namen ausgesucht und verkündet, dass er das Pferd eines Königssohns sei und noch dazu ein ziemlich schönes. Luna dachte sich für alles Mögliche neue Namen aus. Sie sah hinter alle Hüllen und betrachtete alles aus einer anderen Perspektive. Manche im Dorf hielten sie für dumm, nur weil sie ihre Ansichten stur verteidigte. Antonio wusste nicht immer so ganz, was er davon halten sollte. Feuerglanz war in der Realität ein alter Klepper mit stumpfem Fell, der eigentlich Bertram hieß. Aber Antonio mochte Luna viel zu gerne, um sie deswegen zu verspotten. Sie hatte eben Fantasie. Es kümmerte ihn auch nicht, dass sie fünf Jahre jünger war als er. Er kannte sie schon so lange, dass er sich ein Leben ohne sie kaum noch vorstellen konnte.

„Ach, Feuerglanz. Wenn sie doch nur recht hätte. Wenn du wirklich so stark und jung wärst. Wer weiß, vielleicht hast du wirklich mal einem Prinzen gehört?" Er lachte und strich Feuerglanz die struppige Mähne aus dem Gesicht. Feuerglanz ließ den Kopf hängen. Er war schon so alt. Antonio seufzte und holte dem Pferd eine Karotte.

Danach gab er den Hühnern Futter und sammelte noch einige Eier ein, die er in ein kleines Körbchen legte. Er hatte im Moment keine Lust, dem fremden Mann zu begegnen. Er würde es nicht aushalten können, mit diesem Ekel in einem Raum zu sein. Aber irgendwann waren alle Aufgaben erfüllt und Emilio rief ihn zum Essen.

Eine Unterhaltung kam bei der Mahlzeit nicht zustande. Es gab Gemüsesuppe und für jeden ein Stück altes Brot. Antonio beklagte sich nie darüber, dass sie beinahe jeden Tag dasselbe aßen und er kaum satt wurde, denn er kannte Familien, die mehr Kinder und noch weniger zu Essen hatten. Der Gast grummelte undankbar vor sich hin, dass er schon Besseres gegessen hätte. Vielleicht hätte er wirklich im Wald bleiben sollen. Doch als der Fremde ihm einen eisigen Blick zuwarf, der die Temperatur im Raum um einige Grad sinken zu lassen schien, konzentrierte Antonio sich lieber wieder auf seinen Teller.

Er rührte lustlos in der Suppe herum. Ihm war der Appetit endgültig vergangen. Vergeblich zwang er sich, nicht an die Waffenkollektion zu denken, die der Fremde bei sich getragen hatte. Emilio hatte ihn gründlich durchsucht, bevor er ihn ins Haus gelassen hatte und dabei waren unzählige, grausame Tötungsmaschinen zum Vorschein gekommen. Ein Dolch zur Verteidigung – schön und gut – aber eine solch umfangreiche Ausrüstung … Er musste den Angriff einer ganzen Armee erwarten. Seine Sorge war also berechtigt gewesen. Antonio spürte, wie ihm langsam schwindelig wurde. Der Fremde konnte sich mitten in der Nacht hinunterschleichen, die Truhe öffnen, in der Emilio seine Waffen verstaut hatte, sie ermorden und dann einfach verschwinden. Er begann, die Suppe schneller zu essen. Jetzt, wo sich die hinterhältigen Gedanken einschlichen, hielt er es nicht mehr aus. Schnell schleckte er die letzten Tropfen aus der Schüssel und murmelte dann, dass er noch einmal nach den Tieren sehen wollte.

„Du hast dich doch schon um sie gekümmert", wunderte sich Emilio.

„Ja, ich habe noch etwas vergessen", erklärte er ausweichend und sah seinem Vater dabei nur flüchtig in die Augen.

„Wo du schon dabei bist, kannst du auch noch das Pferd von … Da fällt mir ein: Ihr habt uns immer noch nicht Euren Namen verraten."

Der Fremde zögerte erst. „Mein Name ist Edwin. Edwin Romeley. Und ich versorge mein Pferd lieber selbst."

„Wie Ihr wünscht, Edwin", erwiderte Emilio.

Antonio schlug die Tür hinter sich zu. Romeley, dieser Name konnte nur ausgedacht sein. Dieser Mann hatte irgendetwas zu verbergen. Antonio schauerte es bei dem Gedanken. Vielleicht konnte er Hinweise auf die wahre Identität des Fremden in den Satteltaschen seines Pferdes finden. Bestimmt hatte er ihn nicht umsonst vom Füttern des Tieres abgehalten. Womöglich erfuhr er sogar etwas über die geheimnisvolle Mission. Aber weshalb sollte er das tun? Es konnte ihm doch egal sein, was *Edwin* vorhatte. Antonio rang mit sich. Die prickelnde Verlockung des Verbotenen und die warnende Stimme der Vernunft standen sich gegenüber. „Was ist schon dabei? Ich sehe doch nur kurz nach dem Pferd. Er wird schon nicht gleich aus der Hütte kommen und mich erdolchen, wenn ich doch bloß schauen wollte, ob es seinem Pferd gut geht."

Ehe er sich versah, war er schon hinter das Haus gelaufen und musterte das edle Ross mit klopfendem Herzen. Das Tier schnaubte leise.

„Na du? Ich tue dir nichts", versuchte er, sich und das Pferd zu beruhigen. Vorsichtig trat er einen Schritt auf das Pferd zu, dann noch einen und noch einen. Es hielt tatsächlich still, als Antonio mit zitternden Händen die Schnalle der Tasche öffnete. Was er fand, war enttäuschend. Ein einfacher Reiseproviant, bestehend aus Brot, einem Stück Fleisch, Gemüse und einer Feldflasche mit Wein. Letztere war aus Leder und trug die Initialen *R.P.* Dies bedeutete, dass der Besucher wirklich nicht so hieß, wie er vorgab. Trotzdem war es nicht das, was Antonio sich erhofft hatte. Die zweite Satteltasche war viel praller gefüllt. Darin befand sich eine dicke, warme Decke. Antonio wühlte etwas tiefer und entdeckte ein eingesticktes königliches Symbol darauf.

Die Alarmglocken in seinem Kopf schrillten. „Misch dich ja nicht in politische Angelegenheiten ein", hatte sein Vater ihm oft eingeschärft. Obwohl er sich zutiefst dagegen sträubte, suchte er weiter und stieß auf etwas Hartes. Es war eine Phiole aus schwarzem Glas, auf der ein kleines Etikett angebracht war. Antonio musste seine Augen zukneifen, um die Schrift im Dämmerlicht entziffern zu können. „R-O-D-O-X-I-N", buchstabierte er. Er wusste zwar nicht, was das war, aber der Totenschädel darunter sprach eine eindeutige Sprache. Schnell ließ er die Phiole zurückgleiten. Aber da waren noch mehr Fläschchen. Nacheinander beförderte er mehrere giftige Flüssigkeiten zutage und ihm wurde bewusst, dass Edwin Romeley ganz bestimmt kein normaler Reisender war.

# Das Schloss der Rosen

Nachdem die Gyndoliner erschöpft von dem langen Tag nach Grefheim zurückgekehrt waren, trafen sie sich im Salon des Gasthauses. Lucia stützte den Kopf in die Hände und versuchte, sich auf die beginnende Diskussion zu konzentrieren. Sogar Lord Sorron schien langsam seine Gelassenheit zu verlieren. „Wir haben nur noch neunzehn Tage Zeit, um einen Erben für Morofin zu finden. Wenn ihr mich fragt, ist das die schwerste Aufgabe, die uns allen je gestellt wurde. Es bleibt noch immer die Hoffnung, dass einer der verbliebenen sechs Fürsten König wird. Sie haben zumindest Adenors Segen …" Fürst Wendrill hatte bereits dankend abgelehnt. Er fühlte sich der Aufgabe des Herrschers nicht gewachsen und wusste, dass er als König viel weniger Zeit für seine Familie haben würde. Schon damals hatte es Adenors hartnäckige Überredungskünste gebraucht, bis er eingewilligt hatte, Fürst zu werden. Er herrschte gut über den ihm zugeteilten Bereich, doch er beharrte darauf, nicht für Größeres bestimmt zu sein.

Lucia wusste nicht, worüber sie sich am meisten Sorgen machen sollte: den Stein, den Erben oder den Verräter. Sie wusste nicht einmal, was sie tun sollte, wie sie helfen konnte. Das Mindeste war, dass sie den Stein von Azur so lange behielt, bis sie herausfand, was er für eine Bedeutung hatte. Doch ihre Hände begannen noch immer, unkontrolliert zu zittern, wenn sie daran dachte, was im Wald geschehen war. Sie musste dem Verräter das Handwerk legen. Wie weit würde er für den Stein gehen? Es verwirrte sie noch immer, dass er die Verfolgung so plötzlich aufgegeben hatte.

Lucia musste sich wohl oder übel auf ihr Gefühl verlassen. Und mittlerweile war sie sich nicht einmal mehr sicher, ob sie das Richtige getan hatte. Sie wusste nur, dass sie jemandem nicht vertrauen konnte, der sie bedrohte und sich ihr gegenüber nicht zu erkennen gab. Sie musste stark sein und durfte sich nicht von ihm verwirren lassen.

„Wir haben einen ganzen Tag bei den Wendrills verbracht. Das war ein Fehler! Aber ich hätte mir wirklich mehr von diesem Besuch erhofft", schloss Lord Sorron seine Zusammenfassung des Tages.

„Mehr? Wir haben nichts erreicht!", stöhnte Lord Baldur.

„Außer, dass wir Familie Wendrill kennengelernt haben", versuchte Merior, die Stimmung zu lockern. Er schnappte sich ein Gebäckteilchen aus einer Porzellanschale und biss genüsslich hinein.

„Du kannst Feane ja zu uns aufs Schloss einladen", giftete Lucia ihn an. Im nächsten Moment tat es ihr auch schon wieder leid. Merior konnte doch auch nichts dafür, dass sie nicht weiterwusste. Für ihn war dieser Tag nicht lebensbedrohlich gewesen.

Einer plötzlichen Eingebung folgend kramte sie in ihrer Tasche und stellte die Schachtel mit der Schokolade auf den Tisch. „Die habe ich geschenkt bekommen. Adenor hat sie in Oberstadt hinterlegt. Nehmt euch ruhig alle etwas davon. Sie schmeckt wirklich gut."

Zögerlich brachen die Lords und Ladys sich kleine Stückchen ab. Als Letzter griff Lord Baldur nach der Schokolade und blieb mit seinen dicken Fingern prompt in der Verpackung hängen. Ungeschickt versuchte er, seine Hand zurückzuziehen und bewirkte so, dass nicht nur das Polster der Schachtel, sondern auch der gesamte Rest an Schokolade auf dem Boden landete. Baldur machte ein betretenes Gesicht, beinahe wie ein kleines Kind, das eine teure Vase zerbrochen hatte.

„Das tut mir schrecklich leid, Prinzessin!", entschuldigte er sich hastig. Doch Lucia beachtete ihn kaum. Sie starrte wie gebannt auf ein seltsam geformtes Blatt, das langsam zu Boden segelte. Es war unter dem Polster verborgen gewesen, an der Stelle, an der König Adenor es bereits vor langer Zeit platziert haben musste. Sie hob es vorsichtig auf und strich behutsam über die feinen Blattadern. Das Blatt gabelte sich in drei Teile, die alle in einer eigenen Spitze endeten. Es war hauchdünn und hatte eine helle bräunliche Färbung angenommen, als es getrocknet worden war. Lucia war sich sicher, dass sie den Baum, der diese Blätter trug, noch nie gesehen hatte.

„Danke, Lord Baldur, Ihr braucht Euch nicht zu entschuldigen." Langsam breitete sich ein strahlendes Lächeln auf ihrem Gesicht aus. „Ich glaube, Ihr habt soeben einen Hinweis von König Adenor gefunden."

„Aber, aber was ist das?", stotterte Baldur verwirrt.

„Das ist ein Blatt, du Trottel!", stellte Lord Neriell trocken fest.

Lord Sorron kratzte sich an der Stirn. „Weiß jemand, von welchem Baum es stammt?", fragte er und sah sie der Reihe nach an. Alle machten nur ratlose Gesichter oder schüttelten die Köpfe. „Was ist mit Euch, Edilia? Ihr habt Pflanzen studiert!"

Die Lady errötete und wich seinem Blick aus. „Ich weiß es nicht. Es erinnert mich entfernt an Ahorn, aber dafür ist es viel zu schmal. Mit Sicherheit kann ich nur sagen, dass es bei uns nicht heimisch ist." Edilia vermied es, anderen in die Augen zu sehen, als würden sie ständig Schuldgefühle plagen.

Was für wunderbare Aussichten! Endlich gab es einen Hinweis und nun vermochten sie ihn nicht zu deuten. Lucia legte das Blatt zurück auf den Samt und begann mithilfe von Lady Zynthia, die zerbrochene Schokolade aufzusammeln.

„Prinzessin, bitte seid nicht allzu enttäuscht. Ich habe gehört, dass Fürst Greggin, dessen Anwesen wir als Nächstes aufsuchen, einen sehr großen und artenreichen Garten hat. Er kümmert sich liebevoll um seine Pflanzen. Vielleicht werdet Ihr in eben jenem Garten den Baum finden, der diese Blätter trägt", versuchte Lady Edilia, sie aufzuheitern.

„Wird sein Zuhause nicht auch *Schloss der Rosen* genannt?", fragte Lady Olivianna interessiert.

„Oh ja! Fürst Greggin ist bekannt für seine Rosenzuchten!"

„Hoffentlich kann er uns weiterhelfen", fügte Lucia hinzu. Aber ihr Gefühl sagte ihr, dass sie dort nicht fündig werden würde. Sie hätte den Lords auch von dem Stein erzählen können und von dem Verräter, aber etwas in ihr sträubte sich dagegen.

„Kopf hoch, Schwesterherz! Vielleicht ist es einfacher, als es scheint."

„Wann ist im Leben etwas einfach?", fragte Lilliana mit traurigem Gesichtsausdruck. Auch Lucia rechnete nicht damit, dass es einfach werden würde. Hätte Adenor es ihr leicht gemacht, hätte jeder andere die Lösung seines Rätsels zufällig vor ihr finden können. Betreten blickte sie in die Runde. Sie musste aufpassen, dass sie keinem zu viel verriet. Theoretisch konnte jeder der Verräter sein.

„Vielleicht hatte Lord Jekos doch recht und Adenor hat uns tatsächlich Hinweise auf einen Erben hinterlassen …", überlegte Lord Sorron. „Ihr braucht Euch jedenfalls keine Sorgen machen, Prinzessin. Es wird sich alles fügen." Merior verdrehte genervt die Augen. Sie waren nicht mehr in dem Alter, in dem sie die Beschwichtigungen der Erwachsenen einfach akzeptierten.

In diesem Moment öffnete sich die Salontür und ein Bote trat ein. „Ich habe eine schlechte Nachricht für Euch", sprudelte es aus ihm heraus.

„Ojemine! Was ist denn los? Ihr seid ja blass wie Papier!", entfuhr es Lady Edilia.

„Hm, es besteht kein Grund zur Panik. Es ist nur ein vorübergehendes Problem. Wir hatten schon öfter damit zu tun."

„Nun rückt doch endlich raus mit der Sprache!" Lord Neriells Finger sausten immer wieder auf die Tischplatte herab.

„Hm, ja." Der Bote lächelte verunsichert. Er sah ganz und gar nicht glücklich aus. „Trolle haben eine Kutsche südlich von Grefheim angegriffen. Es war nicht die königliche Kutsche, so ist es auch wieder nicht. Reisende fanden die Überreste und einige Verletzte, die berichteten, dass sich Trolle um die Stadt versammeln. Es muss ein ganzes Heer sein. Aber keine Bange. Unsere Stadtmauern haben schon einigen Belagerungen standgehalten."

„Und was wollt Ihr uns damit sagen?" Lord Sorron richtete sich alarmiert zu voller Größe auf.

„Wir raten Euch, so schnell wie möglich aufzubrechen. Eure Mission duldet keinen Aufschub und wir wollen nicht, dass Ihr hier festsitzt, wenn wir uns gegen diese Ungeheuer verteidigen müssen."

„Das ist sehr aufmerksam von Euch", lobte ihn Lady Sydas.

Der Bote wurde rot. „Oh, allerdings …"

„Was ist? Wo liegt der Haken?", fragte Lord Neriell mit schneidend scharfem Unterton in der Stimme. Er war aufgestanden und tigerte im Raum umher wie ein eingesperrtes Tier. Sein muskulöser Arm zitterte vor Anspannung. Lucia empfand noch stärkeres Misstrauen gegen ihn als je zuvor. Seine animalische Art flößte ihr Angst ein.

„Hm, es wurden in letzter Zeit häufiger Trolle in der Umgebung gesichtet. Und dieses Mal scheinen sie, ein Ziel zu verfolgen. Ihr müsst selbst entscheiden, ob Ihr gehen wollt. Es könnte sicherer sein, als zu bleiben."

Lucias Lippen begannen zu beben. Es war im Leben nicht einfach.

Sie brachen tatsächlich noch am selben Tag auf und übernachteten in einem kleinen Dorf namens Ralin. Die Stimmung war gedrückter als auf den bisherigen Reiseabschnitten. Sie waren wachsamer als zuvor und unterhielten sich nur noch im Flüsterton. Jedes Mal, wenn ein Zweig knackte oder der Wind die Blätter zum Rascheln brachte, drehten sich alle wie ertappt um und hielten nach Trollen Ausschau. Doch es war immer falscher Alarm.

Auch in Ralin war die Nachricht über die Trollangriffe angelangt. Sie hatten sogar selbst ein Opfer zu beklagen, wie ihnen die Wirtin ihrer Unterkunft im Plauderton verriet. Fast beiläufig erwähnte sie einen Laden in der Nähe, in dem man Mittelchen zur Abschreckung finden könnte. Als Lucia und Lilliana dorthin gingen, fanden sie heraus, dass der Besitzer des Geschäfts ein Verwandter der Wirtin war. Die angepriesenen Tränke und Pulver sollten nicht nur Trolle, Kobolde und andere Monster fernhalten, sondern auch Unglück und Schicksalsschläge mildern. Zudem gab es verschiedene kleine Pergamentstückchen, auf denen angeblich Zaubersprüche geschrieben standen, doch diese entpuppten sich als sinnlose Kritzeleien.

„Woher wollt Ihr denn wissen, dass diese Talismane tatsächlich wirken, und wie sehen Trolle überhaupt aus?", fragte Lucia skeptisch.

„Natürlich habe ich noch keinen Troll gesehen, aber es gibt Bilder von ihnen, die Leute gezeichnet haben, die einen Angriff überlebt haben", verkündete der Verkäufer geheimnisvoll. Bedächtig hob er einen alten und verstaubten Wälzer aus einem Regal und schlug die erste Seite auf. Lucia zuckte leicht zusammen, als sie das albtraumhafte Wesen musterte. Genauso stellte sie sich diese abscheulichen Kreaturen vor: grobschlächtig, riesenhaft, stark, mit funkelnden kleinen Äuglein, scharfen Klauen und zwei gewaltigen Hörnern über den Ohren. Die Ohren des Trolls waren lang und nach vorne gebogen, außerdem trug er eine verzottelte, lange Mähne und war nur mit einem Lendenschurz bekleidet. Bei dem Gedanken, sie könnten solchen Monstern tatsächlich begegnen, wurde ihr ganz schwindelig. Noch einmal richtete sie ihren Blick auf die Zeichnung. Der Troll starrte sie hasserfüllt an und hatte eine seiner Tatzen drohend erhoben, sodass die Muskeln an seinem Arm deutlich unter der ledrigen braunen Haut hervortraten.

Am vierten Tag ihrer Reise näherten sie sich endlich dem *Schloss der Rosen*. Gegen Abend entdeckte Lord Amon über den Baumwipfeln eine

Turmspitze und machte die anderen darauf aufmerksam. Ihre Zeit lief langsam, aber sicher ab. Lucia hatte mitgezählt. Es waren nur noch sechzehn Tage bis zur Krönung. Sechzehn Tage, in denen Lord Derlin Melankor beeindrucken konnte, sechzehn Tage, in denen Lucia Adenors Rätsel lösen und einen Verräter unter ihren Verbündeten enttarnen musste.

Sie löste die Hand von Tristans Hals und tastete nach ihrer Tasche, deren Riemen sie dank eines netten Zimmermädchens wieder notdürftig zusammengeflickt hatte. Wärme kribbelte in ihren Fingerspitzen und stieg ihren Arm hinauf. Das Glühen des Steins hatte merklich zugenommen. Wenn man ihn jetzt berührte, fühlte es sich an, als fasste man auf einen Kohlenherd, dessen Feuer erst kürzlich gelöscht worden war. Was hatte das zu bedeuten? Kam sie dem Erben etwa näher? Es schien jedenfalls ein gutes Zeichen zu sein, denn die Wärme fühlte sich angenehm an.

„Was ist mit dir los, Lucia? Kannst du mir verraten, über was du die ganze Zeit nachdenkst? Man sieht dir doch an, dass dich etwas beschäftigt." Sie hatte gar nicht bemerkt, dass Merior neben ihr ritt. Natürlich war er nach ihrem Spaziergang mit Feane misstrauisch geworden. Er musste ihre Angst bemerkt haben, nachdem sie dem unbekannten Schützen entkommen und zu ihnen zurückgekehrt waren. Er war schließlich ihr Bruder. Und er würde nicht locker lassen, bevor sie ihm die Wahrheit gesagt hatte. Und es war verständlich, dass er sich Sorgen machte.

„Wovon redest du? Meinst du nicht, dass es eine ganze Menge gibt, worüber ich nachdenken kann?" Er ritt Sturmschweif so nahe an Tristan heran, dass er nach ihrer Hand fassen konnte.

„Du bist anders als sonst. Denkst du, mir wäre das nicht aufgefallen? Und du hast irgendein Geheimnis, von dem ich glaube, dass es gefährlich werden könnte." Er hatte seine Stimme gesenkt, damit niemand außer ihr ihn hören konnte. Lucia fühlte sich in die Ecke gedrängt und unendlich erschöpft. „Und ja, was ist eigentlich mit Lord Derlins Geschenk passiert? Als ihr aus dem Wald kamt, saht ihr beide aus, als wäre das Böse selbst hinter euch her gewesen und du trugst den Anhänger nicht mehr."

Es war ihm also aufgefallen.

„Selbst wenn ich es wollte, könnte ich es dir nicht sagen. Ich weiß, was ich tue."

Er entfernte sich wieder von ihr. „Du willst also nicht, dass ich dir helfe. Ich werde die Augen trotzdem offen halten. Wenn du nicht mit mir reden willst, finde ich eben selbst heraus, was los ist."

Für einen Moment überlegte sie, ihn doch noch einzuweihen. Er würde ihr vielleicht glauben und sie unterstützen. Aber es erschien ihr gleichzeitig sinnlos und sie wollte ihn nicht in Gefahr bringen.

Lucia musterte Lord Neriell, der in einiger Entfernung vor ihnen ritt. Sie hatte ihn noch immer im Verdacht, der Verräter zu sein. Aber mit den Beweisen würde es schwierig werden. Lord Sorron konnte sie mit Sicherheit ausschließen, weil er als Leiter ihrer Gruppe nicht die Möglichkeit gehabt hatte, bei der Jagd mit dem Fürsten unbemerkt zu verschwinden. Ebenso wie sie ihren Argwohn gegenüber Neriell nicht begründen konnte, kam auch ihr Vertrauen zu Lord Sorron aus tiefstem Herzen.

Sie ging sie alle in Gedanken durch: Lady Sydas, Lord Baldur, Edilia, Amon, Mokon, Olivianna, Neriell, Zynthia. Von einigen kannte sie noch nicht einmal die Namen. Wirklich ausschließen oder verdächtigen konnte sie niemanden. Sie musste aufmerksamer werden.

Wenige Minuten später ging der Waldweg in eine breitere, gepflasterte Straße über. Nach einem kurzen Ritt über eine Wiese sahen sie das *Schloss der Rosen* vor sich liegen. Ein weit ausladender Garten umfasste das schneeweiße Gebäude. Der Blick darauf wurde von einem fast vier Meter hohen Messingzaun eingeschränkt. Unzählige tiefrote und weiße Rosenblüten leuchteten ihnen entgegen. Lucia hielt den Atem an, als Tristan auf eine kleine Gruppe Menschen zusteuerte, die vor einem gewaltigen Torbogen auf sie warteten. Bei genauerem Hinsehen erkannte sie, wer von ihnen Fürst Greggin sein musste. Der untersetzte Lord, dessen maigrüne Uniform um den Bauch stark spannte, winkte ihnen fröhlich zu. Ihr Vater musste ihn schon einmal nach Gyndolin eingeladen haben.

Nachdem alle von ihren Pferden gestiegen waren, wies der Fürst einige Pferdeknechte an, die Tiere der Gäste zu den Ställen zu führen. „Herzlich willkommen, meine Freunde!", rief er und schüttelte jedem von ihnen die Hände. „Merior, welche Freude. Die Ähnlichkeit ist verblüffend. Genauso hochgewachsen und kräftig wie Euer Vater und Eure Brüder. Und Lilliana Turwingar begleitet Euch. Schön, dich wiederzusehen, Lilliana." Dann wandte er sich an Lucia. „Prinzessin Lucia! Als ich Euch das letzte Mal gesehen habe, wart Ihr gerade fünf Jahre alt. Wie schnell doch die Zeit vergeht! Ihr seid eine richtige Dame geworden." Er schüttelte ihr die Hand und lächelte. „Das sind meine beiden Töchter Gilandra und Griselda und mein Sohn Gilgar. Die Zwillinge sind in Eurem Alter und Gilgar ist ein Jahr jünger."

Die beiden Mädchen verzogen ihre rot gefärbten Lippen synchron zu einem dämonischen Grinsen. Ihre eiskalten Blicke aus schwarz umrandeten Augen ließen in Lucia eine Erinnerung aufschäumen, die sie tief in einer Schublade mit der Aufschrift *unangenehme und verdrängte Gedanken* verstaut hatte. Nun brach alles wieder hervor und eine verschwommene Szene tauchte vor ihrem geistigen Auge auf.

„Hallo", sagte sie leise.

*Eine bunte Smingfe flatterte summend durch die erhitzte Sommerluft. Die kleine Lucia lachte, jagte ihr glücklich hinterher und sah freudestrahlend zu, wie sich das winzige Geschöpf auf ihrem Finger niederließ.*
*„Seht mal!", quietschte sie und winkte mit der freien Hand ihre beiden neuen Spielkameradinnen zu sich.*

Lucia strich sich fahrig über die Stirn und konzentrierte sich auf die Realität. Das war doch schon lange her. Sie waren Kinder gewesen. Man konnte eine solche Erinnerung nicht auf die Gegenwart übertragen. Sie hatten sich verändert. Lucia sah die beiden Mädchen an. Auf den ersten Blick fiel ihr ein Wort ein, das die Zwillinge sehr gut beschrieb: affektiert. Sie trugen absolut identische, mit Samt, Seide und Spitze überladene Kleider in dunklem Rosenrot. Bei jeder Bewegung wippten die extravaganten Turmfrisuren, die sie mit einigen silbernen Bändern hochgesteckt hatten.

„Ich bin Gilandra!", flötete eine der Schwestern und reckte ihre bepuderte Stupsnase in die Luft.

„Nein, ich bin Gilandra", widersprach die andere. Sie ergriff selbstbewusst Lucias Hand, weil sie das Zögern der Prinzessin bemerkte.

„Die Linke ist Griselda und die Rechte Gilandra", sagte plötzlich jemand hinter ihnen.

Lucia drehte sich um und entdeckte einen schmächtigen Jungen, bei dem es sich nur um den Bruder der Zwillinge handeln konnte.

Die Schwestern schenkten ihm einen verächtlichen Blick. Lucia wandte sich an Gilgar und erwiderte sein schüchternes Lächeln.

„Du musst dir ihre Augenbrauen merken", sagte er leise, ohne sie anzusehen. An Gilgar konnte sie sich nicht erinnern. Vielleicht war er so zurückhaltend gewesen, dass er in ihrer Erinnerung verloren gegangen war. Da war nur dieser bittere Nachgeschmack …

*Die Smingfe war so wunderhübsch und zerbrechlich. Sooo klein und zerbrechlich.*

Nach der Begrüßung durchquerten sie den Garten. Gregorius Greggin und seine Gärtner hatten ein Meisterwerk geschaffen. Sie kamen vorbei an bunten Blumenrabatten, die eine einzige Farbe in allen Nuancen und Facetten widerspiegelten, an Beeten mit den unterschiedlichsten Heilkräutern, an ausladenden Bäumen und Büschen in verschiedenen Formen, eleganten Ranken und natürlich immer wieder Rosen. Rosen umsäumten alles, rankten sich am Schloss empor und verliehen ihm Eleganz. Der ganze Garten verströmte einen süßen und angenehmen Duft. Vieles war zwar schon verwelkt, doch Fürst Greggin erklärte ihnen, dass der Garten so angelegt worden war, dass er zu jeder Jahreszeit ein anderes Gesicht zeigte und seine Pracht nie verloren ging. Lucia freute sich auf einen Spaziergang durch diese Idylle.

Sie hatten den ordentlichen Kiesweg hinter sich gelassen und erreichten ein gigantisches Portal. Wie auf einen unsichtbaren Befehl hin wurde es von innen geöffnet und sie traten ein.

„Nun werden euch meine Mägde die Zimmer zeigen. Richtet euch ein und fühlt euch wie zu Hause. Das Gepäck wird euch gleich gebracht. In einer Stunde gibt es Abendessen." Gregorius Greggin winkte eine ganze Schar Dienstmädchen zu sich und ordnete sie seinen Gästen zu. Lucia wurde einer streng aussehenden Dame zugeteilt, die ihr kurz zunickte und dann wortlos losstapfte, um sie eine der beiden großen Treppen in der Eingangshalle hinaufzuführen.

Lucia war begeistert von dem Zimmer. In der Mitte standen ein riesiges, gemütliches Himmelbett mit einem flauschigen Baldachin und daneben ein Nachttisch mit Öllampe und Spitzendeckchen. Außerdem gab es noch einen riesigen Kleiderschrank und einen bequemen Sessel. Als Lucia die blauen Vorhänge zur Seite zog, strömte warmes Licht hinein und sie entdeckte, dass sich vor ihrem Fenster ein kleiner Balkon mit einem großartigen Blick über den Park befand.

„Kann ich Euch noch etwas bringen, Prinzessin?", fragte die Frau.

„Ein Glas Wasser wäre wunderbar. Ich bin furchtbar durstig."

„Wie Ihr wünscht. Ich lasse Euch auch einen Waschzuber bringen, damit Ihr Euch frisch machen könnt. Gilandra und Griselda werden Euch nach dem Abendessen helfen, ein Kleid für den Ball auszusuchen, der morgen Abend stattfindet. Ihr solltet nicht in Eurer Reisekleidung hier herumlaufen." Ohne eine Antwort zu erwarten, verließ die Magd den Raum. Lucia atmete auf. Die Frau hatte so geklungen, als hätte ihr etwas gründlich die Laune verdorben.

Sie sah sich das Zimmer genauer an, öffnete die Schränke und ließ sich in den Sessel fallen. Doch dann fiel ihr Blick auf einen Wandspiegel, aus dem sie ihr eigenes Gesicht müde anlächelte. Sie sah nicht mehr so aus, wie man sich eine Prinzessin vorstellte. Ihren Haaren sah man an, dass sie sie seit Tagen nicht mehr gewaschen hatte, und der Saum ihres Kleides war mit Dreckspritzern übersät.

Lucia setzte sich auf das Bett. Ihr blieb noch eine volle Stunde bis zum Abendessen und sie wusste nicht, was sie bis dahin tun sollte. Vielleicht konnte sie zu Lilliana gehen und ... mit einem Mal wurde ihr bewusst, dass sie gar nicht mitbekommen hatte, wo ihre Freundin untergebracht war. Sie konnte sich nicht daran erinnern, ob sie überhaupt in dieselbe Richtung geführt worden war.

Sie erhob sich und lief zur Tür. Vielleicht konnte sie Lilliana finden. Die Gäste mussten doch alle im selben Flügel untergebracht sein. Lucia trat auf den Flur. Auf ihrer rechten Seite befand sich die Treppe und links von ihr gingen einige Zimmer ab. Zaghaft klopfte sie an die erste Tür, und als niemand sie hereinrief, versuchte sie es noch einmal etwas lauter. Aber drinnen rührte sich nichts. Sollte sie einfach hineingehen? Ein mulmiges Gefühl beschlich sie, doch sie verdrängte es rasch. Es war anscheinend niemand da und es würde niemanden stören, wenn sie sich das Zimmer kurz ansah. Sie öffnete die Tür und spähte hinein. Die Vorhänge waren zugezogen, sodass sie einige Male blinzeln musste, um sich an das Dämmerlicht zu gewöhnen. Lucia trat ein. Der Raum war größer als ihrer, hatte aber fast dieselbe Einrichtung. Dafür wirkte alles etwas gemütlicher – jemand wohnte hier und hatte sich mit persönlichen Gegenständen eingerichtet. Zusätzlich gab es noch eine Sitzecke und einen Schminktisch, der sich über eine ganze Seite des Raumes zog.

Lucia hatte das unangenehme Gefühl, beobachtet zu werden. Aber hier war niemand. Sie hatte schließlich – dank ihrer guten Manieren – auch angeklopft. Doch als sie ihren Blick durch das Zimmer gleiten ließ, fiel ihr eine deutliche Wölbung unter der Decke des Himmelbettes auf. Neugierig schlich sich Lucia näher heran. Ihr Herz schlug schneller als gewöhnlich, als wollte es sie verzweifelt daran erinnern, dass sie schleunigst verschwinden musste. Sie durfte nicht hier sein. Es war unhöflich in fremden Zimmern herumzuschleichen. Vor allen Dingen, wenn darin gerade jemand schlief. Was war, wenn die Person plötzlich aufwachte und zu Tode erschrak?

Unter der Decke lugte ein Gesicht hervor. Wenn es denn ein Gesicht war. Alles, was Lucia erkennen konnte, bestand aus einer matschigen, rosa Masse. Sie vermutete, dass es sich um eine dieser Pasten aus gepressten Pflanzen- und Blütenblättern handelte, die angeblich die Haut verjüngten. In diesem Falle war die Paste jedoch verschwenderisch dick aufgetragen.

„Jetzt hau endlich ab! Worauf wartest du?", befahl sie sich in Gedanken und trippelte auf leisen Sohlen zum Ausgang. Bloß keinen Lärm machen! Als sie die Türklinke berührte, gab diese einen leisen, knarrenden Laut von sich. Erschrocken drehte Lucia sich um. Die Gestalt im Bett bewegte sich leicht und plötzlich setzte sie sich ruckartig auf. Lucia wagte kaum zu atmen. Doch der erwartete Schreckensschrei blieb aus. Unter der dicken Maske konnte die Fremde gar nichts sehen. Erleichtert beobachtete Lucia, wie sie langsam in die Kissen zurücksank und ihren Schönheitsschlaf fortsetzte.

Erst auf dem Gang traute sich Lucia, nach Luft zu schnappen. Vor ihrer Tür lag ein kleiner Zettel aus Pergament. Neugierig beugte sie sich darüber und entzifferte die unleserliche Schrift:

*Und manchmal bleibt die Zeit*
*abrupt und plötzlich stehen.*
*Du siehst sie lachen, siehst sie leben,*
*siehst sie strahlen, siehst sie schweben,*
*doch dein Herz*
*setzt einfach aus,*
*zu betört,*
*um noch zu schlagen.*

# Der uralte Wächter

Was war das? Derrick war sich ganz sicher, dass er etwas gesehen hatte. Ganz kurz, nur einen winzigen Augenblick lang hatte etwas im Wasser geschimmert.

„Was ist los?" Len glitt zu ihm herüber.

„Da war irgendetwas!" Derrick runzelte nachdenklich die Stirn und kniff die Augen zusammen, um besser sehen zu können.

„Du hast dich wahrscheinlich getäuscht. Vielleicht hat sich das Licht im Wasser gespiegelt."

„Das war mit Sicherheit nicht das Licht. Es sah aus wie zwei Augen."

„Augen? Du meinst, jemand ist dort unten und beobachtet uns? Mach mir bitte keine Angst!"

„Ihr und Angst? Ihr seid der mutigste Mensch, den ich kenne."

„Derrick, das ist lächerlich. Mut hat nichts damit zu tun, dass man keine Angst hat. Es gibt wirklich Leute, die mit geschlossenen Augen durch die Welt laufen, weil sie glauben, dass ihnen nichts geschehen kann. Findest du das mutig? Ich sag dir eins: Behalte Respekt vor deinen Gegnern. Manchmal ist das ziemlich heilsam."

„Eine Eurer Überlebensregeln?", fragte Derrick mit dem Anflug eines Lächelns.

„Wenn du es so nennen willst."

„Ich glaube, wir sollten uns eine Möglichkeit suchen, um uns auszuruhen oder noch besser hier herauszukommen. Wir können ja nicht ewig im Wasser herumpaddeln."

Len strich über einen der feuchten Felsen und betastete das weiche Moos. „Es bleibt uns kaum etwas anderes übrig." Traurig sah er den Jungen an. Derricks Lippen waren blau vor Kälte und sein blondes Haar stand durch die Feuchtigkeit zu allen Seiten von seinem Kopf ab. Die Kleidung, die sie trugen, war vollends durchweicht und wärmte natürlich nicht mehr. Sein Anblick machte Len das Herz schwer. Krampfhaft krallten sich seine Finger in das Moos. Der dünne Flaum kitzelte in den Handflächen, als er ein wenig davon abriss.

„Vielleicht haben wir wenigstens das Problem mit der Versorgung gelöst", sagte er langsam.

Derricks Augen leuchteten auf. „Etwas zu essen? Ich bin unglaublich hungrig!"

Doch Len Ording gebot Vorsicht: „Lass mich zuerst davon kosten. Wir wissen nicht, ob es genießbar ist." Er roch erst an dem Moos und verrieb es dann zwischen den Fingern. „Wir haben Glück! Das ist Amarenmoos. Normalerweise essen nur Fische davon, aber Menschen können es auch vertragen. Es schmeckt gar nicht so schlecht. Derrick? Ist irgendetwas?"

Der Junge hatte erschrocken den Mund aufgerissen, als wäre ihm gerade etwas aufgefallen. „Wenn ich mich nicht sehr irre, dann wächst Amarenmoos unter Wasser."

„Aber dort oben ist es doch sehr feucht." Dann begriff Len.

„Müsste es nicht eigentlich trocken sein?", sprach Derrick seine Gedanken aus.

„Das bedeutet, dass hier ebenfalls Wasser sein müsste."

„Oder, dass es hier gewesen ist", fügte Derrick leise flüsternd hinzu. „Das ist keine Einbildung. Der Wasserstand verändert sich wirklich. Als wir ankamen, stand es zum Beispiel viel höher als jetzt. Eben mussten wir den Arm schon ausstrecken, um an das Moos zu kommen."

„Der Pegel sinkt also. Das heißt dann wohl, dass er irgendwann auch wieder steigen wird." War das ihr endgültiges Todesurteil? Derrick hielt das kleine Silberstück hoch ins letzte Licht. Das war alles, was sie erreicht hatten. Auch die gesamte Krone hätte ihnen jetzt nicht mehr helfen können. Mutlos wollte er seinen Fund fortwerfen, hielt jedoch mitten in der Bewegung inne. Etwas Kaltes, Glitschiges hatte seine Beine gestreift.

Noch ehe er Len Ording warnen konnte, spürte Derrick, wie sich etwas fest um ihn schlang und ihn unter Wasser zog. Er hatte gerade noch Zeit, verzweifelt nach Luft zu schnappen, dann wurde er in die Tiefe gezogen. Er hatte sich nicht getäuscht. Die grünen Augen hatte er tatsächlich gesehen! Heiß durchflutete ihn die Panik und für einen Moment drohte sie, ihn zu überwältigen. Eine Seeschlange!

Der erste Schock hatte ihn erstarren lassen, aber nun trat er mit aller Kraft um sich. So sehr er sich auch bemühte, seine Arme und Beine freizubekommen, so sehr er auch um sich schlug – die kräftigen Windungen der Schlange dämpften jede seiner Anstrengungen.

Die Schlange brachte ihn an einen sicheren Ort, von dem er nicht mehr fliehen konnte. In wenigen Minuten würde er ersticken und diesmal würde es kein Zurück mehr geben. Wenigstens würde er nicht mehr bei Bewusstsein sein, wenn die Bestie ihn verschlang. Aber als sich spitze Schuppen tief in seine Haut bohrten, wusste er, dass es nicht schmerzlos sein würde.

„Hör endlich auf, dich zu wehren!", fauchte eine Stimme in seinem Kopf. Als Erwiderung rammte Derrick seinen Fuß gegen die Panzerschuppen. Für einen kurzen Augenblick lockerte sich der eiserne Griff und er nutzte die Gelegenheit, um einen Arm freizubekommen. „Begreifst du nicht, wie sinnlos es ist? Glaub ja nicht, dass du entkommen kannst, du mickriges Würmchen!", knurrte die Stimme.

Derrick wurde so fest zusammengedrückt, dass die Luft aus seiner Lunge gepresst wurde. Schuppen schabten über seinen Körper und fraßen sich unter seine Haut. Sein Arm war nun zwischen zwei feisten Windungen der Schlange einklemmt und vollkommen bewegungsunfähig. Wohin brachte ihn dieses Scheusal und weshalb konnte er diese Stimme in seinem Kopf hören?

„Nicht besonders originell. Schon mal was von letzten Worten gehört? Noch irgendwelche Wünsche? Vielleicht lasse ich dich ja frei, wenn du mich unterhältst!" Ein kehliges Geräusch hallte schmerzvoll in seinem Kopf nach. Derrick deutete es als Lachen.

„Freilassen! Du kannst es doch gar nicht abwarten, mich zwischen die Zähne zu bekommen! Ich habe nicht mehr viel Zeit und das weißt du auch."

„Da hast du auch wieder recht. Du hast sehr schmackhafte Gedanken. So tragisch und verzweifelt. Du wirst im Selbstmitleid ertrinken, nicht im Wasser. Äußerst köstlich!"

„Soll das witzig sein? Ich kann nicht darüber lachen, dass ich mir bald einen Schlangenmagen von innen ansehen kann. Würgt ihr eure Opfer nicht am Stück herunter?" Eigentlich hatte er nur versucht, etwas Schlagfertiges zu erwidern, um dieser Bestie zu demonstrieren, dass er keine Angst vor ihr hatte, aber erst, als er es aussprach, wurde ihm bewusst, was ihm bevorstand. Würde er noch am Leben sein, wenn sie ihn verschluckte?

„Dein Humor ist nicht viel besser als meiner. Denkst du, ich würde etwas so Vulgäres über mich bringen? Ich bin doch keine gewöhnliche Schlange. Selbst wenn ich dich fressen würde, bekämst du gar nicht viel davon mit. Ein Biss von meinen Giftzähnen und du bist nur noch ein sabbernder Trottel. Kein großer Unterschied. Bei euch Menschen ist das ja der Dauerzustand."

Derrick schmeckte Blut im Mund. Dieses widerwärtige Wesen! Was hatte es mit ihm vor? Es war eine Seeschlange. Ein Raubtier, das nicht viel intelligenter sein sollte als andere Jäger. *Sollte.*

Er spürte, wie sich Entsetzen in ihm ausbreitete. Er wollte noch nicht sterben. Erst vor ein paar Stunden war er dem Tode knapp, verdammt knapp, entronnen und jetzt … Schluss, vorbei, Ende … Das war es dann wohl. Was hatte er falsch gemacht, dass er sich nun in dieser abstrusen Situation befand? Würde sich jemand an ihn erinnern? Nein. Diese Erkenntnis gab ihm den Rest. Er fühlte sich elend und einsam. Früher hätte er nie zugelassen, dass seine Gefühle ihn so überwältigten.

„Angst. Du hast Angst. Dafür brauchst du dich nicht zu schämen. Es wird schon bald vorbei sein!", zischte die Schlange in seinem Kopf.

„Du bist grausam!", dachte Derrick verzweifelt.

Plötzlich änderte sich der Tonfall der Schlange: „Das reicht, wir sind da." Der Druck auf seinem Brustkorb wurde schwächer und mit einem gewaltigen Schwung wurde er aus dem Wasser geschleudert. Er krachte mit voller Wucht auf harten Steinboden und landete auf seinem Arm. Schmerz spiegelte sich in seinem Gesicht, als er ihn unter dem Rest seines Körpers hervorzog. Er konnte sich nicht wirklich darüber freuen, dass nichts gebrochen war. Als er an sich herunterblickte, entdeckte er zahlreiche Schürfwunden und Verletzungen. Er blutete aus unzähligen Wunden, die die mörderisch scharfen Schuppen der Schlange ihm zugefügt hatten. Doch so weh es auch tat, er musste wissen, wo er war und wie er entkommen konnte. Er setzte sich auf.

Derrick befand sich auf einer großen Felsplatte, die über das Wasser ragte. Der Boden war eben, fühlte sich aber an, als wäre etwas Glitschiges darüber gekrochen. Die Decke war nicht weit über ihm. Seltsam war nur, dass es nirgendwo eine Lichtquelle gab und er trotzdem alles erkennen konnte. Voller Ekel stellte er fest, dass dieser Ort das Nest des Ungeheuers war. Knochen verteilten sich überall auf dem Boden. Der Geruch von verwesten Kadavern und den widerlichen Ausdünstungen der Bestie war unerträglich. Er ließ seinen Blick angewidert über die Aasreste wandern. Das meiste waren Fischgräten, aber es gab auch einige größere Knochen, die wahrscheinlich von Zwergen stammten. Als er den Kopf weiterdrehte, blickte er direkt in die leeren Augenhöhlen eines Schädels. Eines Menschenschädels. Das hieß zwar, dass die Schlange ihre Beute tatsächlich nicht ganz herunterschlang, aber das verbesserte seine Situation auch nicht. Er schloss, so fest er konnte, die Augen und versuchte, sein Zittern zu unterdrücken.

Als er sie wieder öffnete, hatte die Seeschlange begonnen, sich aus dem Wasser herauszuwinden. Sie war monströs. Ihr Kopf endete in einer Schnauze und wurde von einem durchscheinenden Kranz aus Haut umschlossen. Das Schuppenkleid an ihrem ganzen Körper war unvollständig und grau. Es mochte sein, dass es einmal bunt und schillernd gewesen war, aber die ständige Dunkelheit hatte ihm alle Farbe entzogen. Nur die Augen glänzten hell vor Verstand – bedrohlich und aufmerksam. Sie war lang, so lang, dass sie fast die gesamte Fläche der Felsplatte ausfüllte. Und anstelle eines Schwanzendes besaß sie nur einen fleischigen Stumpf. Jemand musste sie irgendwann schwer verwundet haben.

Plötzlich ging ein heftiger Ruck durch ihren Körper. Derrick sah verwirrt mit an, wie sich die Schlange krümmte und die Windungen ihres Leibes sich zusammenzogen. Bildete er sich das nur ein oder schrumpfte sie? Vor seinen Augen wurde es für einen Moment schwarz. Nachdem er ein paar Mal geblinzelt und sich die Augen gerieben hatte, war die Schlange verschwunden. Stattdessen wand sich ein schuppiger Körper auf dem Boden, der immer mehr eine andere Form annahm. Aus dem Kranz wurde langes, weißes Haar und die Schnauze bildete sich zu einer Nase zurück. Darunter öffnete sich die Haut zu einem Mund. Der immer kürzer werdende Schwanz teilte sich und wurde zu Beinen, Arme platzten daraus hervor, wie bei einer Smingfe, die sich aus ihrem Kokon schälte.

Derrick starrte erschrocken auf das Grauen, das sich vor ihm abspielte. Die Schlange war keine Schlange mehr, sondern ein Mensch. Das war eindeutig zu viel.

„Was hast du für ein Recht, mich hierherzuschleppen?", brüllte er.

Das Wesen erhob sich langsam, etwas ungelenk stützte es sich erst auf die Knie und stieß sich dann vom Boden ab. Es hatte die Gestalt einer Frau – einer Frau mit geschuppter Haut und zerlumpter Kleidung. Ihre grauen Lippen waren schmal, und als sie die Mundwinkel hochzog, um zu sprechen, wurde eine Reihe kleiner, spitzer Zähne sichtbar.

„Ich brauche keine Erlaubnis. Wer nimmt sich eine Erlaubnis, um zu töten?" Mit überraschend anmutigen, schlangenartigen Bewegungen glitt sie nun auf ihn zu. Ihr Gesicht wäre schön gewesen. Es war nicht von Schuppen bedeckt, sondern von blasser, papierdünner Haut und besaß eine feine, geschwungene Nase und dichte, dunkle Wimpern über ihren grünen Schlitzaugen. Doch da war diese Grausamkeit in ihrem Blick, die sein Herz mit eisigem Griff umklammerte.

Derrick starrte sie an und versuchte fieberhaft zu glauben, dass diese Kreatur nur einem Albtraum entsprungen sein konnte. Doch er spürte seine Wunden mehr als deutlich und in seinen Träumen hatte er nie Schmerzen gehabt. Mit einer Mischung aus Abscheu und irrationaler Faszination wich er vor ihr zurück. Man konnte die blassen Adern unter ihrer Haut erkennen.

„Du Scheusal! Ich habe doch überhaupt keine Chance gegen dich. Und das weißt du auch", flüsterte er.

Die Angesprochene senkte herablassend den Kopf: „Denkst du, mich hat jemand gefragt, ob ich für immer hier unten bleiben will? Natürlich nicht. Es ist nun mal ungerecht und dieses Mal bin ich im Vorteil!" Sie machte einen gigantischen Satz und stand nun so dicht vor ihm, dass er ihren fauligen Atem riechen konnte. Ehe er sich versah, wurde er gepackt und war nicht mehr in der Lage, sich zu bewegen.

„Nein!" Spitze Fingernägel bohrten sich in seine Schulterblätter. Als er versuchte, seinen Kopf abzuwenden, ließ sie ihn unerwartet los.

„Du hast viele Ängste. Ich werde lange davon zehren können." Derrick holte aus und schlug der Schlangenfrau mitten ins Gesicht. Es fühlte sich an, als prallte seine Faust gegen eine Wand aus Stein. Beißender Schmerz fuhr durch seine Hand und ließ ihn zur Seite taumeln.

„Warum tust du das? Weißt du nicht, was es heißt, Angst zu haben?"

„Natürlich weiß ich das. Aber ich kann nicht anders." Ein verfilzter Schleier aus Haaren fiel vor ihr Gesicht. „Außerdem macht es mir unglaublich viel Spaß!" Erregt durch seine Verzweiflung glitt sie auf ihn zu und hob beinahe sanft seine verletzte Hand an ihre trockenen Lippen.

Er konnte seine Hand nicht mehr zurückziehen, so sehr er es auch wollte. Wie aus einem Leck flossen Gefühle aus seinem Körper heraus und ließen ihn allein mit seiner Angst. Mehr und mehr steigerte er sich in seine Panik hinein. Furcht schlich sich in jeden Teil seines Bewusstseins. Er konnte sich nicht mehr davor verstecken oder sich gegen ihr Eindringen wehren.

Die Schlangenfrau schloss genussvoll die Augen, denn sie spürte, dass Derrick sich in ihrem Griff immer weniger regte. Alle seine jämmerlichen, gequälten Gedanken strömten ihr zu und erfüllten sie mit tiefer Befriedigung. Trotz seines zarten Alters litt er schlimmer als die anderen. Seine Seele war schwarz, befleckt von unzähligen Demütigungen, von Hass und Verzweiflung. Sie spürte, wie er sein Schicksal jeden Tag seines kurzen Lebens verwünscht hatte und sich dabei – ohne es zu merken – selbst zerstörte. Es erfüllte sie mit übermächtiger Energie. Seine Qualen verschafften ihr die Erleichterung, nach der sie sich schon so lange gesehnt hatte. Die Zwerge mit ihren lächerlichen Befürchtungen, diesen unbekümmerten kleinen Seelen, hatten alle nur eine einzige wirkliche Angst besessen – sie hatten Angst vor ihr. Die wenigen, die bis hierhin überlebt hatten, hatten ihren Durst nach den Qualen anderer nie so befriedigt wie dieser Junge. Er war wie sie selbst.

Sie erinnerte sich kaum noch an den Tag, an dem man sie hierherverbannt hatte. Es musste ewig her sein. Seitdem war sie eine Ausgestoßene, eine Kreatur, die weder den Tod noch das Leben verdient hatte. Niemand von denen, die ihr das angetan hatten, lebte noch. Und sie war dazu verdammt, für immer eingesperrt zu bleiben. Manchmal wünschte sich ein Teil von ihr, tot zu sein. Sie war sich sicher, dass nur der Tod ihren Hass brechen und ihr Frieden geben konnte. Aber da gab es einen Haken. Sie würde niemals sterben.

Dieser Junge war stark genug, sodass sie ihn eine Weile bei sich behalten konnte. Es war ein wenig schade um ihn. Schließlich trug er eine böse Seite in sich, die seiner guten ebenbürtig war. Gerne hätte sie gewusst, für welche er sich entschieden hätte. Hoffentlich war der Mann ebenso köstlich wie er.

Langsam ließ sie den Jungen fallen, um seine Kraft nicht vollends aufzubrauchen. Seine Hand hatte sich blau verfärbt unter ihrem Druck. Er war nicht vollständig ohnmächtig und würde sich innerhalb kurzer Zeit wieder erholen.

„Stirb!", rief Len Ording und umschloss ihren Hals, so fest er konnte. Die Schlangenfrau war zu überrascht, um sich zu wehren. Lens Finger tasteten nach ihrer Pulsader und drückten unerbittlich zu. Als sie sich nicht mehr regte, drehte er ihr kurz entschlossen den Hals um und ließ sie fallen. Sie blieb verrenkt und reglos liegen, ihre Gliedmaßen in alle Richtungen von sich gestreckt. Len warf ihr einen nervösen Blick zu. Eigentlich hatte er erwartet eine Riesenseeschlange vor sich zu haben, doch stattdessen war da nur diese Frau. Und was sie Derrick angetan hatte, ging über seine Vorstellungen hinaus.

Seine Gedanken wurden von einem leisen Stöhnen unterbrochen. Derrick kam zu sich. „Was ist passiert?", fragte er erstaunt, als er sein Bewusstsein zurückerlangt hatte.

Len wandte sich vom Anblick der Frau ab und sah ihn an. „Sie ist tot. Beinahe hätte ich dich erneut verloren." Er hielt dem Jungen die Hand hin.

„Tut mir leid. Ich kann nicht aufstehen. Meine Beine sind zu schwach."

Len fasste ihn behutsam um die Taille, hievte ihn hoch und stützte ihn.

„Wie seid Ihr hierhergekommen?", fragte Derrick mit zusammengebissenen Zähnen.

„Das war nicht so schwer. Nachdem dich dieses Untier verschleppt hatte, bin ich ihm sofort gefolgt. Du hast es anscheinend etwas aufgehalten. Es gab einen Tunnel unter Wasser, durch den ich schließlich hierhergelangt bin. Aber so schnell wie die Schlange war ich nicht und es hat ein bisschen gedauert, bis ich dich gefunden habe. Apropos Tunnel: Dort hinten ist eine Art Durchgang. Lass uns nachsehen, ob das der Ausgang ist."

Da Derrick noch immer sehr schwach auf den Beinen war, dauerte es ein wenig, bis sie die Öffnung erreicht hatten. Len warf einen Blick über die Schulter. Er hatte getötet, aber er verspürte keine Schuldgefühle. Er hatte seinem Freund das Leben gerettet.

Derricks Gedanken waren aufgewühlt. Die Gefahr war vorbei, doch er konnte nicht begreifen, dass Len die Schlange überwältigt hatte. Sie hatte seine Hiebe so leicht abgewehrt, dass er sie für unverwundbar gehalten hatte. Auf irgendeine Weise war sie in seinen Körper, in seinen Geist eingedrungen und hatte etwas aus ihm herausgesogen. Hätte sie ihn getötet?

Sie waren bei dem Durchlass angekommen und spähten neugierig hinein. Derrick erkannte sofort, dass das sonderbare Licht hier seinen Ursprung haben musste. Doch seine Aufmerksamkeit richtete sich auf den Inhalt der Kammer. Die Höhle war angefüllt mit den schönsten und kostbarsten Schätzen, die Derrick jemals gesehen hatte. Und davon hatte er ausnahmsweise schon eine ganze Menge zu Gesicht bekommen. Ketten, Ringe und Kronen lagen über vergoldeten Truhen und Kelchen aus Elfenmetall. Vor ihren Augen lag eine wahre Schatzkammer voll mit Vasen, Leuchtern, Edelsteinen, Schwertern und Dolchen. Eine unfertige Rüstung mit prachtvollen Verzierungen lag über einem Reitgeschirr, eine Götterstatue badete in einem Berg aus Gold- und Silbermünzen.

„Sie hat diese Schätze bewacht", flüsterte Derrick ehrfürchtig.

Len runzelte die Stirn. „Das Zeug lagert hier ja schon seit Jahrhunderten!", bemerkte er und deutete auf die dicke Staubschicht, die sich auf die meisten Gegenstände gelegt hatte. Einige Schmuckstücke waren beschädigt oder zerbrochen und verschiedene unedle Metalle waren angelaufen. Derricks Blick fiel auf einen Berg alter Pergamentrollen, die in eine durchscheinende Membran gehüllt waren. Sie sahen aus, als würden sie bei der kleinsten Berührung zu Staub zerfallen. Len führte ihn zu einem gläsernen Hocker und half ihm, sich daraufzusetzen. Danach schritt er langsam im Raum umher.

„Wir sind reich!", sagte Derrick lachend.

Len sah ihn eindringlich an: „Wir sollten nichts davon nehmen. Abgesehen von der Krone. Ich bin mir ziemlich sicher, dass sie hier ist."

„Aber wieso denn nicht? Ihr müsstet nicht mehr auf der Straße leben und ich könnte mir eine Existenz aufbauen. Ich müsste nie mehr zurück!" Seine Augen leuchteten glücklich.

„Derrick, das ist Unsinn. Es mag dir verlockend erscheinen, ich weiß, aber Reichtum allein macht nicht glücklich. Außerdem handelt es sich hier nicht um gewöhnliche Gegenstände. Was, meinst du, würde geschehen, wenn plötzlich das Schwert von König Tasekial auftaucht, der die Menschen in den Krieg gegen die Elfen führte?"

Derrick stockte der Atem. „Das ist nicht Euer Ernst, oder?"

Len zog wortlos ein Schwert aus einem Berg mit Schätzen und hielt es ihm hin. Als Derrick den Staub vom Heft gepustet hatte, kam darunter eine Inschrift zum Vorschein: *In tiefer Freundschaft Tasekial dem Glorreichen.* „Die Legende besagt, dass er dieses Schwert zu seiner Krönung von den Elfen geschenkt bekam. Dasselbe Schwert, das er später gegen sie richtete", erklärte Len.

„So weit stimmt die Legende also", flüsterte Derrick. Das Schwert war tatsächlich aus Elfenmetall. Es schimmerte im Dämmerlicht silbern und seine Klinge war so scharf wie vor siebenhundert Jahren.

Len legte es zurück zu den anderen. „Ich nehme nur einen von den Dolchen mit. Auf diesem steht keine Inschrift. Eine Waffe können wir wahrscheinlich gut gebrauchen", überlegte er.

Derrick sah sehnsuchtsvoll zu den goldenen Münzen hinüber. Es war eine ungeheure Verschwendung, alles hierzulassen. Er würde sich auf jeden Fall ein Andenken mitnehmen.

„Der Ausgang!" Len schob eine kleine Truhe und eine Götterstatue am hinteren Ende der Kammer zur Seite. Dahinter verbarg sich eine steinerne, ausgetretene Wendeltreppe. „Aus irgendeinem Grund ist die Schlange nie hier weggekommen", murmelte er nachdenklich.

Derrick wollte gerade sagen, dass sie vielleicht verflucht worden war, als er abrupt unterbrochen wurde. Eine unerträgliche Stimme ertönte in ihren Köpfen und knurrte: „Wollt ihr etwa schon gehen? Findet ihr es hier langweilig? Ich kann euch beruhigen, die Vorstellung hat gerade erst begonnen." Mit diesen Worten schlängelte sich ihnen der dicke Leib der Seeschlange entgegen und es schien, als würden sie aus ihren dämonischen Augen kalt angelächelt.

# Ein unbekannter Verehrer

„Das nehme ich!", meinte Lucia und deutete auf ein schlichtes violettes Kleid.

Gilandra verzog ihren sorgsam geschminkten Mund. „Tu dir das nicht an, meine Liebe. Violett macht dich viel zu blass. Du kannst es unmöglich tragen." Sie ging auf die Prinzessin zu und sah ihr tief in die Augen. „Grün!", verkündete sie. „Du solltest dir ein grünes Kleid aussuchen. Das hier zum Beispiel würde hervorragend zu deinen Augen passen."

„Blau würde dir aber auch gut stehen", warf Griselda ein und zeigte ihnen ein hellblaues Exemplar mit weißer Spitze. „Genau. Blau ist sehr edel und verträgt sich auch sehr gut mit deinen Haaren. Aber ich würde doch eher zu Grün tendieren. Was haltet ihr von diesem?"

Lucia fand es schrecklich. Sie war es, die diese Sachen später tragen sollte, und trotzdem kümmerte sich keine der Zwillinge um ihre Meinung. Die beiden hatten eine sehr herrische Art, mit der sie ihr nach und nach ihre Vorstellungen aufdrängten. Widerworte waren zwecklos.

„Nun stell dich nicht so an. Gegen diesen Pickel müssen wir wirklich etwas tun. Du willst doch nicht so unter die Leute gehen?"

„Die neue Frisur steht dir doch fabelhaft. Was hast du denn dagegen? Es ist doch nicht dein Ernst, dass sie dir vorher besser gefallen hat?"

„Bist du jeden Tag so schmuddelig herumgelaufen? Du bist doch eine Prinzessin. Kümmert sich niemand um dein Aussehen?"

Lucia hatte keine Gelegenheit zu protestieren, und wenn sie ehrlich war, hätte sie sich das auch nicht getraut. Sie wurde parfümiert, geschminkt, bepudert und vollkommen neu eingekleidet. Als die Zwillinge sie endlich gehen ließen, fühlte sie sich wie eine zurechtgebastelte Puppe. Sie sah nicht mehr aus wie sie selbst.

Beim Abendessen traf sie endlich Lilliana wieder. Ihre Freundin musste schadenfreudig schmunzeln, als Lucia todmüde auf sie zu schlurfte. Ihre arme Freundin. Sie hatte es augenscheinlich nicht geschafft, den Klauen der Zwillinge zu entgehen. Gilandra und Griselda hatten sich an der Tochter des morofinischen Hauptmanns jahrelang die Zähne ausgebissen und sie irgendwann endlich in Ruhe gelassen. Außerdem hatte sie Fürst Greggin überreden können, ihr ein gemütliches Zimmer in einem anderen Flügel des Schlosses zu geben.

Aus Höflichkeit verzichtete Lucia darauf, Lilliana sofort alles zu erzählen. Stattdessen setzte sie sich lediglich neben sie und flüsterte: „Hättest du das nicht vorher sagen können?"

Lilliana sah sie unschuldig an. „Dieses Kleid steht dir wirklich gut. Passt gut zu deiner Augenfarbe. Aber mal im Ernst: Glaubst du, dass ich in grauen Kleidern gut aussehe?" Lucia stöhnte leise auf.

Nachdem Gregorius Greggin noch eine Begrüßungsrede gehalten hatte, begannen sie zu essen. Es gab einen knusprigen Braten, verschiedene exotische Gemüsesorten und frisch gebackenes Brot. In Töpfen dampfte schmackhafte Suppe und die Gläser vor ihnen waren mit dunkelrotem Wein gefüllt. Lucia nippte kurz daran und sah sich dann die Gefolgsleute des Fürsten an. Zu Greggins Linker saß eine auffallende Frau, die den Zwillingen sehr ähnlich sah. „Ist das ihre Mutter?", fragte sie Lilliana.

Ihre Freundin nickte. „Genau, das ist die Fürstin. An deiner Stelle würde ich ihr aus dem Weg gehen."

Lucia beobachtete die Frau unauffällig. Wenn sie lachte, zog sie ihre dünnen Augenbrauen unnatürlich weit nach oben und gackerte gekünstelt. Sie schien nicht viel zu den Gesprächen beizutragen zu haben und warf nur ab und zu ein überraschtes „Ach, wirklich?" ein. Lucia glaubte, das Gesicht unter der Salbenmaske wiederzuerkennen und nahm noch einen Schluck Wein, weil ihr der Appetit vergangen war.

Nach dem Essen lud Gregorius Greggin die Gyndoliner in sein Arbeitszimmer ein, um mit ihnen über den wichtigen Teil ihres Besuchs zu reden. Als sie noch kurz in ihr Zimmer lief, um die Schokoladenpackung zu holen, fand sie einen weiteren Zettel. Er lag zusammengefaltet auf ihrem Bett und schien auf sie zu warten. Was sollte das? Er war in derselben krakeligen Handschrift verfasst, wie der erste:

*Triff mich nach dem Essen im Park bei den Manilenbüschen.*

Ihr Herz klopfte schneller. Wer konnte diesen Zettel geschrieben haben? Warum wollte sich diese geheimnisvolle Person mit ihr treffen? Sollte sie dort wirklich hingehen? Sie wusste ja noch nicht einmal, wo diese Manilenbüsche überhaupt sein sollten.

Sie entschied, erst einmal zu Fürst Greggin und den anderen zu gehen. Man wartete sicher schon auf sie. Lucia schob den Zettel unter ihr Kopfkissen, wo sie auch schon den ersten versteckt hatte. Vorsichtshalber.

Als Lilliana ins Zimmer gestürzt kam, sprang sie erschrocken zurück.

„Was ist denn los? Hast du was verbrochen?"

„N…n…nein, ich äh, du hast mich nur so erschreckt." Sie fand ihr Selbstbewusstsein wieder. „Hast du schon mal was von Anklopfen gehört?"

Lilliana zuckte gleichgültig die Schultern: „Wenn es dir so wichtig ist, gerne. Du sollst dich doch nur beeilen. Wir warten schon auf dich."

„Tut mir leid, dass ich so lange gebraucht habe." Lucia schob den Zettel hastig noch etwas tiefer unter das Kissen und schnappte sich die Schokoladenschachtel.

Gregorius Greggins Arbeitszimmer lag im Erdgeschoss und war sehr geräumig. In der Mitte des Raums stand ein gewaltiger Schreibtisch, um ihn herum gruppierten sich mehrere Ledersessel und Möbelstücke. An den freien Wänden hingen Gemälde, aus denen die früheren Besitzer des Schlösschens düster herausstarrten. Lucia mochte den Raum nicht, er wirkte kalt und abweisend.

Ihrem Gastgeber schien es nicht so zu ergehen. Er nahm fröhlich lächelnd hinter dem Schreibtisch Platz und blickte erwartungsvoll in die Runde. Als er jedoch zu sprechen begann, wurde seine Miene ernst und kleine Sorgenfältchen bildeten sich auf seiner Stirn.

„Ihr sucht also einen Thronfolger für unseren guten König Adenor, die Götter seien ihm gnädig. Nun, ich weiß nicht, wie ich euch dabei behilflich sein kann. Ich könnte euch einige Menschen nennen, die ich für geeignet halte, aber das ist es wohl eher nicht, was ihr sucht?"

„Nein." Lord Sorron erbot sich erneut als Wortführer. „Wir suchen nach einem Hinweis, den Adenor ausgelegt hat. Sein Testament ist etwas undeutlich, weshalb wir auf eine geheime Botschaft schließen. Vor unserer Abreise aus Grefheim entdeckte die Prinzessin ein seltsam geformtes Blatt in einer Schachtel mit Schokolade, die Adenor für sie hinterlassen hatte."

Fürst Greggins dunkle Augen waren nun fest auf Lucia gerichtet, als vermutete er, dass sie ein Geheimnis verbarg, ja, als ob sie selbst der Hinweis wäre. Zögernd hielt sie seinem Blick stand und wartete auf seine Reaktion. „Könnte ich dieses Blatt einmal sehen?"

Lucia stand auf und zeigte es ihm in der Schachtel. Behutsam nahm Gregorius Greggin es heraus und drehte es einen Moment in den Händen. Dann lachte er plötzlich. „Ich wüsste nicht, was das für ein Hinweis sein sollte."

„Bitte, versucht doch wenigstens, es zu bestimmen", bat Lucia verzweifelt.

„Das habe ich bereits, Prinzessin. Es ist ein Blatt des Jungbaums."

Ein Blatt vom Jungbaum, dem heiligen Baum von Wegenn. Auf diese Idee wäre Lucia nie gekommen. Der Jungbaum war angeblich die älteste Pflanze in ganz Illionäsia. Es gab nur ein einziges Exemplar und das wuchs in Wegenn. Genauer gesagt wuchs es nicht, sondern hatte sich seit Jahrhunderten nicht mehr verändert. Daher kam der Name des Baums. Außerdem gab es noch eine weitere Besonderheit. Der Jungbaum ragte aus einem gigantischen Felsen hervor. Seine Wurzeln mussten irgendwo tief in seinem Inneren liegen. Man sagte, die Götter hätten ihn als Zeichen für die Kraft des Lebens, die sogar das härteste Gestein durchdringt, gepflanzt. Ausgerechnet dieser Baum. Sie mussten so schnell wie möglich dorthin.

Als ein wohliges Kribbeln ihre Hand durchlief, griff sie unwillkürlich nach dem Stein von Azur.

„Ohh!", stieß Fürst Greggin hervor, als er den Stein erkannte. „Wenn mich nicht alles täuscht, ist dies der Talisman des Königs!"

Lucia biss sich auf die Lippen und nickte. Adenor musste ihn sehr häufig bei sich getragen haben, wenn sogar Gregorius den Stein bemerkt hatte.

„Ich würde dir raten, einen Anhänger daraus zu machen. So ein wertvoller Gegenstand kann allzu leicht ... verloren gehen."

„Keine Sorge, ich passe darauf auf", versicherte Lucia. Bestimmt nahm sie Blatt und Stein an sich und kehrte zu ihrem Platz zurück.

„Nun ja, ich denke, damit können wir etwas anfangen", erklärte Lord Sorron vorsichtig.

„Ach, und was?", warf Lord Neriell höhnisch ein. „Wer wäre so dumm, dort etwas zu verstecken? Den ganzen Tag sind dort Schaulustige. Sie würden jedes Versteck sofort enttarnen."

„Lord Neriell, ich glaube nicht, dass Adenor *dumm* war. Er wird sich etwas dabei gedacht haben, als er der Prinzessin seine Hinweise vermachte", erwiderte Lord Sorron gereizt.

„Ich meine ja nur", grummelte der andere zurück und verschränkte missmutig die Arme vor seiner Brust. Für einen Moment herrschte eisiges Schweigen.

Dann meldete sich Lady Zynthia zu Wort: „Warum konntet Ihr das Blatt eigentlich nicht bestimmen? Wurde der heilige Baum in Ihrer Ausbildung vergessen?" Sie sprach Lady Edilia an und sah ihr misstrauisch in die Augen.

Die Lady wandte beschämt den Blick ab: „Es tut mir leid. Ich hatte diese Möglichkeit überhaupt nicht in Erwägung gezogen. Ich meine ... der Jungbaum, das ist doch vollkommen unwahrscheinlich."

„Machen sie sich keine Vorwürfe", beschwichtigte Lady Olivianna sie. „Wir hätten auch darauf kommen können."

„Jedenfalls wissen wir *jetzt*, wo unser Ziel liegt", stimmte Lord Amon zu.

Fürst Greggin setzte ein zufriedenes Lächeln auf. „Es freut mich, dass ich Euch weiterhelfen konnte, aber Ihr werdet uns doch nicht gleich wieder verlassen. Ich bestehe darauf, dass Ihr bis zum morgigen Ball bleibt."

„Natürlich. Einen Tag werden wir wohl erübrigen können", versicherte Lord Sorron.

Lucia sah ihn verständnislos an. Woher wollte er wissen, wie viel Zeit sie noch brauchten, um den Erben zu finden? Es kam doch auf jeden einzelnen Tag, auf jede Stunde an! Verließ er sich etwa darauf, dass ihr Vater sich um alles kümmern würde? Mittlerweile würde sich eine zweite Gruppe vom Tross ihres Vaters getrennt haben, um noch zwei weitere Fürsten zu treffen, die möglicherweise als Adenors Nachfolger infrage kamen. Aber Adenors Hinweise deuteten nicht auf sie. Sie biss sich auf die Lippen und ballte die Hände zu Fäusten.

Doch auch in Lord Sorrons Blick lag ein gequälter Ausdruck, als er das Angebot des Fürsten annahm. Sie würden einen endlos langen Tag verschwenden, um ihren Gastgeber nicht zu enttäuschen. Und danach blieben ihnen nur noch zwei Wochen Zeit, erst zum Stein von Wegenn und dann nach Ajuna zu gelangen. Warum hatte sich Adenor nicht klarer ausgedrückt? Das hätte alles um einiges leichter gemacht.

Hinter dem Schloss versank die Sonne blutig rot hinter dem Horizont und die Umrisse des Mondes zeichneten sich blass am Himmel ab, als Lucia das gewaltige Schlossportal, so leise sie konnte, zufallen ließ. Es war ihr gelungen, den beiden schrecklichen Zwillingen zu entkommen und Lilliana für einen Moment allein zu lassen. Dafür hatte sie noch nicht einmal eine Ausrede benötigt, denn ihre Freundin war in den Stallungen bei ihrer Stute.

*Triff mich nach dem Essen im Park bei den Manilenbüschen.*

Was waren Manilenbüsche? Sie versuchte, sich an die endlosen, öden Stunden des Unterrichts bei ihrem Privatlehrer zu erinnern. Seine strenge und eindringliche Stimme hallte ihr durch den Kopf und leierte Merkverse und Erkennungsmerkmale von Büschen hinunter. Irgendwann hatten sie wahrscheinlich auch Manilen durchgenommen. Der Name kam ihr flüchtig bekannt vor. Wenn sie jetzt bloß wüsste, wie diese unsäglichen Büsche aussahen …

Ihre Aufmerksamkeit wurde von einer hellgrün leuchtenden Smingfe abgelenkt, die müde auf sie zu taumelte. Das Geschöpf blieb dicht vor ihrem Gesicht in der Luft hängen, blinzelte mit den winzigen Äuglein und schwebte dann erschrocken zurück, als hätte es Lucias Anblick sehr verunsichert. Smingfen waren abhängig vom Sonnenlicht. Wenn es schwächer wurde, verloren sie ebenfalls ihre Energie und fielen bis zum nächsten Morgen in tiefen Schlaf. Lucia lächelte wie verzaubert, doch dann überschattete die Erinnerung den Augenblick.

*Die kleine Lucia hielt den beiden Mädchen die Smingfe entgegen. Die Fee flatterte leicht mit den Flügeln und fuhr sich durch das lange Haar. Plötzlich wurde sie von gigantischen Fingern gepackt und in die Luft gerissen. Gilandra kicherte, als sie sah, wie das winzige Wesen zappelte und zu entkommen versuchte. Sie umschloss den zerbrechlichen Körper fest und zupfte an den Schwingen.*

*„Du tust ihr weh!", rief Lucia entsetzt.*
*Die Smingfe stieß einen leisen Schmerzensschrei aus. Ein feiner Riss zog sich durch den Flügel und schließlich fiel sie kraftlos zu Boden. Der winzige Körper blieb verrenkt liegen und rührte sich nicht mehr. Gilandra hielt den Flügel wie eine Trophäe in Händen und steckte ihn ins Haar.*

Lucia atmete tief ein. Wie von selbst tasteten ihre Finger nach ihrer Tasche und schlossen sich um den Stein. Ein beruhigender Wärmeschauer ließ sie erbeben.

*Das hilflose Wesen lag vor ihren Füßen. Zerquetscht, zerrissen, tot.*
*Die kleine Lucia schrie.*

Der Stein von Azur begann, in ihrer Hand immer stärker zu glühen. Die goldenen Sprenkel glänzten wie kleine Sterne. Lucia strich über die glatte Oberfläche und konnte spüren, dass sie wieder ruhiger wurde. Es war vorbei. Diese Erinnerungen gehörten nicht mehr in die Gegenwart. Gilandra und Griselda waren vielleicht nicht netter geworden, aber zumindest vernünftiger. Einer harmlosen Smingfe würden sie sicher keine Flügel mehr ausreißen.

„Ist irgendetwas passiert?" Jemand stand vor ihr und blickte sie besorgt an. Seiner Kleidung und den eigenartigen Geräten, die er in Händen hielt, nach zu urteilen, war er einer der Gärtner, die den Garten zu jeder Tageszeit pflegten und umsorgten.

Geistesgegenwärtig fiel ihr ein, weshalb sie eigentlich hergekommen war: „Könntet Ihr mir sagen, was Manilenbüsche sind und wo ich sie hier finden kann?"

„Aber natürlich! Siehst du dort hinten die Hecken? Fürst Greggin hat ein eindrucksvolles Labyrinth entworfen, das nur aus Manilen besteht. Du erkennst diese Pflanze an ihrem dichten Wuchs und den ovalen Blättern, die auf der Unterseite goldgelb sind."

„Ich danke Euch. Das genügt mir schon."

Der Gärtner summte vor sich hin und goss die letzten Rosen des Tages.

Das Labyrinth war größer, als sie erwartet hatte. Die dichten Mauern aus Blattwerk waren doppelt so groß wie sie und erstreckten sich in alle

Richtungen. Die Gärtner mussten Jahre der sorgfältigen Pflege in die Manilen gesteckt haben. Aber wer immer sie hierher bestellt hatte – war ihm nicht klar, dass sie sich hoffnungslos verirren würde? Ihr Orientierungssinn würde sie mit Sicherheit schon nach der ersten Abzweigung verlassen. Wie sollte sie am Ende wieder herausfinden?

Ihr fiel ein Trick ein, den jemand in einem Buch beschrieben hatte, der sich ebenfalls verlaufen hatte. Man musste an den Abzweigungen immer in die gleiche Richtung abbiegen. Wenn man Glück hatte und sich immer daran hielt, fand man irgendwann aus dem Labyrinth heraus. Früher oder später. Aber soweit sie wusste eher später, denn man lief auf diese Weise jeden einzelnen Weg des Labyrinths ab.

„Hallo! Ist da jemand? Kann mich jemand hören?", rief sie.

Niemand antwortete ihr.

Vielleicht hatte der geheimnisvolle Jemand es aufgegeben, auf sie zu warten und war schon längst wieder verschwunden. Oder die Person hatte noch nicht vor, sich ihr zu zeigen, sondern wollte die Spannung erhöhen und sie zappeln lassen.

„Na warte, dich finde ich schon!", dachte sie und marschierte los. Als sie an der ersten Abzweigung angelangt war, entschied sie sich für den rechten Weg und folgte ihm schnurstracks. Doch wie sich herausstellte, handelte es sich bloß um eine Sackgasse. Sie folgte dem anderen Pfad, gelangte an eine Kreuzung, wählte den rechten Weg, erreichte die nächste Kreuzung ...

Das Labyrinth schien kein Ende mehr zu nehmen. Überall türmten sich vor ihr weitere Gänge aus goldenen und grünen Manilenbüschen auf. Es kam ihr vor, als wäre sie endlos herumgeirrt, ohne auf jemanden zu treffen oder den Ausgang zu erreichen. Ihr geheimnisvoller Schreiber hatte sich anscheinend einen Spaß daraus gemacht, sie hierherzulocken und zur Verzweiflung zu bringen.

Am liebsten hätte sie sich einfach auf den Boden gesetzt und darauf gewartet, dass sie gefunden wurde, doch ihr Entschluss, dem Labyrinth von allein zu entkommen, war stärker als der Wunsch aufzugeben. Schließlich erreichte sie einen kleinen runden Platz, in dessen Mitte eine schlanke Vase stand. Darin blühte die schönste Rose, die Lucia je gesehen hatte. Ihre Blütenblätter waren voll und perfekt geformt. Die Rose war purpurrot und glänzte, als ob sie leicht feucht wäre und von der Sonne angestrahlt würde. Als sie sich über die Blüte beugte, strömte ihr ein intensiver, süßer

Geruch in die Nase. Obwohl der Duft überirdisch schön war, musste sie leicht niesen. Sie löste sich wieder und entdeckte einen weißen Zettel, der in der Blüte steckte. Vorsichtig, um die Blüte nicht zu beschädigen, zog sie ihn heraus. Es war eine Nachricht von dem Unbekannten, in derselben krakeligen Schrift wie die beiden Nachrichten zuvor:

> *Du bist stolz wie die Rose*
> *und strahlend wie das Licht,*
> *doch beide erreichen*
> *deine Kühnheit nicht.*

Ein Gedicht. War das an sie gerichtet? Stolz, strahlend, mutig? Wer schrieb ihr denn so etwas? Für eine Weile starrte sie die Verse wie gebannt an. Bisher hatte ihr noch niemand solche Komplimente gemacht – und schon gar nicht in Form eines Gedichts. Höchstens Corillis sagte manchmal so etwas wie „Du bist wunderschön" oder „Deine Augen leuchten wie zwei Smaragde", aber der Koch war weit weg in Gyndolin und dachte wahrscheinlich gerade darüber nach, wie er den Ringelbutt für den nächsten Tag am besten zubereiten könnte, anstatt seiner poetischen Ader nachzugehen. Und für Gedichte hatte er, soweit sie wusste, nichts übrig.

Plötzlich legten sich zwei warme Hände auf ihre Augen. Sie fuhr zusammen. War sie etwa in eine Falle des Verräters geraten? Hatte er sie hierhergelockt, um ihr den Stein zu stehlen und sie zu töten? Ihr Herz schlug schneller und sie stieß einen leisen Schrei aus. Sie spürte, wie Wärme ihr ins Gesicht stieg.

Die Hände zuckten zurück und Gilgar, der hinter ihr gestanden hatte, taumelte ein paar Schritte von ihr fort. Er starrte auf seine Fingerspitzen, als hätte er sich verbrannt. Lucia bemerkte es nicht. Sie atmete erleichtert aus.

„Ach, du bist es nur. Weißt du, was du mir für einen Schrecken eingejagt hast?"

Einen Moment lang wusste Gilgar nicht, was er sagen sollte. „Es tut mir leid, ich hatte nicht vor, dir Angst zu machen. Aber was sollte das gerade?"

Erst jetzt fiel Lucia auf, dass seine Fingerkuppen verbrannt zu sein schienen. An ihnen klebte Ruß. „Oh je, was ist denn mit dir passiert?", fragte sie besorgt.

Gilgar verzog das Gesicht. „Das frage ich ja gerade dich. Ich wollte dich bloß überraschen und plötzlich fangen meine Hände an zu brennen."

„Wie bitte? Was soll ich denn damit zu tun haben? Du kannst dich doch nicht an mir verbrannt haben. Vielleicht hast du dir das nur eingebildet!" Lucia fasste nach seinem Handgelenk und strich den Ruß von seinen Fingerkuppen. Darunter war die Haut unversehrt. Verblüfft sah er sie an.

Lucia schenkte ihm ein Lächeln. „Siehst du! Du hast irgendwo in Erde gefasst und dir die Schmerzen gerade eben bloß vorgestellt." Sie hatte das sichere Gefühl, dass es nicht so gewesen war, aber Gilgar schien ihr zu glauben.

„Magie", dachte sie zitternd und versuchte, ihn davon abzulenken. „Hast du dieses Gedicht geschrieben? Es ist wunderschön."

Er sah noch immer etwas verdattert aus. „W…was? Äh, ja. Es gefällt dir also?"

„Ja. Ich habe noch nie jemanden kennengelernt, der dichtet. Hast du noch mehr geschrieben?"

Jetzt strahlte er geradezu. „Eine ganze Menge sogar. Zweizeiler, Vierzeiler und noch längere. Aber bisher hat mir noch niemand gesagt, dass er sie gut findet."

„Wirklich nicht? Du könntest damit berühmt werden!"

Gilgar winkte ab. „Meine Mutter sagt immer: Mit Gedichten bringst du es höchstens zum Hofnarren. Mit schönen Worten kann man nicht sein Geld verdienen. Möchtest du noch eins hören?" Gilgar entrollte eine kleine Pergamentrolle, die über und über mit seinem Gekritzel bedeckt war, und trug das Gedicht vor, ohne Lucias Antwort abzuwarten:

*Zarte Wesen sich erheben,*
*aus den Blüten, früh am Morgen,*
*schön wie Mythen, keine Sorgen,*
*wie sie durch die Lüfte schweben.*

*Flattern sie mit bunten Schwingen,*
*fröhlich in den Tag hinein,*
*kleine Herzen schlagen rein,*
*ihre Lieder hell erklingen.*
*Smingfen.*

Lucia war beeindruckt. „Stammen von dir die anderen Zettel?", fragte sie, obwohl sie die Antwort schon kannte.

„Ja", antwortete er und seine Wangen färbten sich leicht rosa. „Ich habe auf den ersten Blick erkannt, dass du etwas Besonderes bist." Besonders? Was meinte er damit? Ihre Reime konnten von jedem Dreijährigen nachgeahmt werden. Und sie konnte auch nicht beurteilen, ob seine Gedichte wirklich gut waren. Oder wusste er etwas von der Magie? Das hatte sie ja selbst noch nicht gewusst! Sie musste unbedingt Lilliana davon erzählen.

„Du bist anders als die anderen. Echter. Und netter. Du versteckst dich nicht hinter Lügen und sagst anderen ehrlich deine Meinung", meinte Gilgar. Weshalb war er sich dabei so sicher? Sie hatte so einige Geheimnisse, die sie nur mit Lilliana teilte.

So nett er es auch gemeint hatte, es stimmte nicht. Sie war zu einer Lügnerin geworden, die anderen Dinge verheimlichte, um sie nicht wütend zu machen, zu verletzen oder zu beunruhigen. Es war leicht zu lügen, aber tausendmal schwerer, die Wahrheit zu sagen, besonders, wenn man schon gelogen hatte.

„Ich glaube, du verstehst mich." Ihr war noch nicht aufgefallen, wie warm und melodisch seine Stimme klang. Wenn er wüsste, dass sie ihn vor einigen Minuten belogen hatte, würde er wahrscheinlich anders über sie denken.

„Danke Gilgar, aber ich glaube, du schätzt mich falsch ein. Ich bin nichts Besonderes. Nur weil ich eine Prinzessin bin, bin ich nicht anders als alle anderen auch. Bist du eigentlich mit Lilliana befreundet? Ihr kennt euch doch schon länger, oder?"

„Ja, aber sie ist immer so ernst und vernünftig. Du bist viel netter als sie."

„Oh, danke." Lucia wusste nicht, was sie noch sagen sollte. Irgendwie brachte sie keine richtige Unterhaltung mit ihm zustande und sie hatte das Gefühl, dass sie aneinander vorbeiredeten. „Ich muss zurück ins Schloss, Gilgar. Wahrscheinlich werde ich schon gesucht." Sie wandte sich zum Gehen.

„Schon? Du bist doch gerade erst gekommen." Er sah enttäuscht aus. Plötzlich lächelte er wieder. „Hast du vielleicht Lust, morgen mit mir zum Ball zu gehen?"

„Ja, das wäre schön."

„Soll ich dich noch aus dem Labyrinth herausführen? Nachher verirrst du dich noch." Dankbar ließ Lucia ihn vorangehen. Er fand zielsicher den Ausgang, ohne ein einziges Mal zu zögern, und rief ihr noch zu, als sie schon im Schloss verschwand:

*Liebe, Glück und Sonnenschein*
*mögen dir gewogen sein!*

# Der Furchtlose

Die Seeschlange schob sich durch die Öffnung auf sie zu. Aus ihrem leicht geöffneten Maul blitzten scharfe Zähne hervor. Instinktiv griff Len Ording nach dem Dolch, den er gerade erst in seinen Gürtel gesteckt hatte, und stürzte mit einem Wutschrei auf sie zu. Derrick, der sich noch immer auf dem gläsernen Hocker erholte, versuchte aufzustehen, doch sein Bein ließ sich auch jetzt nicht bewegen und zwang ihn, sich den soeben entbrannten Kampf hilflos anzusehen.

Len stach zu, so fest er konnte, doch selbst die kostbare Klinge aus Elfenmetall vermochte es nicht, die harten Schuppen der Schlange zu zerbrechen. Die Bestie hob ihren Kopf in die Höhe und ließ ihn auf Len niedersausen. Ihr Maul öffnete sich gierig und ihre geteilte Zunge zischelte hervor. Len gab einen erstickten Schrei von sich und machte einen Satz zur Seite. Ohne zu zögern, lief er im Bogen um seine Gegnerin herum und packte ihren Kopf von hinten. Sein fester Griff verhinderte einen weiteren Angriff, doch sie besaß immer noch ihre spitzen Schuppen, die sich im nächsten Moment aufrichteten und sich Len wie unzählige Messerspitzen tief in die Haut bohrten. Len stöhnte vor Schmerzen, aber trotz der höllischen Qualen gelang es ihm, die Schlange zu Boden zu drücken.

Immer wieder versuchte sie, den Kopf vor und zurück zu bewegen, um ihn abzuschütteln, doch dann wurde sie von einem kräftigen Fuß noch weiter hinabgepresst. Sie war unfähig, ihr Gesicht zu rühren. Aus ihren Nüstern dampfte heiße Wut. So leicht gab sie sich nicht geschlagen. Die beiden Menschen hatten sie schon einmal unterschätzt, ein fataler Fehler!

„Passt auf!", schrie Derrick und erhob sich.

Len wirbelte herum und starrte ihn mit großen Augen an. Blut rann an seinen Armen hinab und er konnte seine Hände nicht mehr spüren. Beim Anblick der roten Flüssigkeit begann Derrick zu zittern. Dennoch versuchte er aufzustehen, doch seine Beine versagten ihm erneut den Dienst. Schon spürte er, wie er umknickte, und konnte sich mit letzter Kraft zurück auf den gläsernen Schemel ziehen. „Hinter Euch!", rief er Len verzweifelt zu, aber sein Gefährte hatte noch immer nicht mitbekommen, worauf er hinauswollte.

Als er aus dem Augenwinkel eine Bewegung wahrnahm, war es schon zu spät. Mit überraschender Geschwindigkeit schlang sich der Hinterleib der Schlange um ihn und wurde zu einer unausweichlichen Schlinge. Len verlor den Halt und fiel.

„Nein!" Derrick blendete die eigenartige Schwäche in seinen Gliedern aus und sprang auf, um seinem Freund zu Hilfe zu eilen. Wenn er daran glaubte, konnte er stehen.

Die Schlange kümmerte sich nicht um ihn und wickelte Len Ording immer fester in ihr tödliches Schuppenkleid. Sie drückte alle Luft und alle Emotionen aus ihm heraus, bis er in Ohnmacht fiel.

Im selben Moment stürzte Derrick. Das kalte Gestein schürfte ihm die Knie auf, seine Muskeln ließen sich nicht mehr bewegen. Das Monster drehte sein Gesicht zu ihm. Seine tückischen Augen funkelten siegessicher. Derrick war zu weit entfernt, um es zu erreichen. Ein einziger Schritt kam ihm jetzt wie ein Kilometer vor. Er selbst war zu schwach, um die Schlange zu verletzen.

Sie öffnete das Maul und zischelte: „Ihr werdet beide sterben. Niemand darf die Ruhe des Schatzes ungestraft stören." Selbstzufrieden rammte sie dem bewusstlosen Len ihre Giftzähne in die Schulter. Er hatte zu wenig Angst und würde ihr nur als ordinäres Nahrungsmittel dienen. Der Junge hingegen war viel interessanter.

Unterdessen lag Derrick machtlos am Boden und vermochte nicht, sich zu bewegen. Er fühlte sich leer und hohl, obwohl er noch bei Bewusstsein war. Seine Lider flatterten, als der Geist der Schlange ihn zum Aufgeben zwang. Für jeglichen Widerstand besaß er weder die Kraft noch den Mut. Derrick verwandelte sich mehr und mehr zu einer emotionslosen Hülle, als hielte die Schlange nicht nur Len Ording, sondern auch ihn in ihren Fängen.

„Hast du Angst?", fragte ihre grässliche Stimme in seinem Kopf. Sie dröhnte und tat ihm weh. Sein Lebensfunke flackerte und drohte zu verlöschen. Noch ein Hauch und er war nur noch eine willenlose Puppe.

Und dann hatte er aufgehört zu denken und ließ sich von der allumfassenden Dunkelheit verschlucken. Sein Herzschlag verlangsamte sich. *Bumm ... bumm ... bumm ... bumm.* Ein gleichmäßiger, langsamer Rhythmus, wie geschaffen für ein Wesen, das nichts mehr zu befürchten hatte, weil es nichts mehr fürchten konnte. Wohlklingend, wie die Schlange fand.

*Plitsch.*

Ein kleiner Wassertropfen fiel auf Derricks von sich gestreckten Arm und perlte langsam hinab. Dieser Tropfen war nur ein einziger, unbedeutender von vielen. Tagelang war er an der feuchten Decke gereift und immer schwerer und schwerer geworden. Er war noch immer nicht besonders groß, doch sein Gewicht genügte, um ihn fallen zu lassen. Ein winziger Tropfen ...

Doch als er Derricks Haut berührte, wurde er bemerkt. Derrick spürte die Berührung. Er fühlte, wie feucht der Tropfen war. Dieser einzige, bedeutungslose Impuls reichte seinem Gehirn. Es begann wieder zu denken. Es dachte. Es verarbeitete die Frage, die ihm die Schlange so zufrieden gestellt hatte. Sein neues Selbst kehrte unaufhaltsam zurück.

„Hast du Angst?", formte er tonlos und behutsam mit den Lippen. Hatte er Angst? Die Antwort überraschte ihn: nein. Nicht mehr. Denn endlich ahnte er, wodurch ihre Macht zustande kam. Sie ernährte sich von seiner Angst. Wurde er schwächer, gewann sie an Kraft. Auf diese Weise hatte sie ihn beinahe vollständig unter ihre Kontrolle bringen können. Jetzt, wo er das wusste, hatte er eine Chance, sie zu besiegen.

„Nein ... ich habe keine Angst mehr vor dir", stieß er keuchend hervor.

Einen Augenblick lang erstarrte die Schlange. Sie lockerte erstaunt den Griff um ihr betäubtes Opfer und blickte dann direkt in Derricks Augen. Die Bosheit, die ihm entgegen schoss, war überwältigend. Mühsam hielt er ihr stand.

„Ach ja?", keifte es in seinem Kopf.

„Ja", erwiderte er mit fester Überzeugung. „Wenn es dir nicht gelingt, zwei Menschen zu töten, kannst du selbst auch nicht unbesiegbar sein."

Derrick meinte, ein leichtes Zucken gesehen zu haben, aber vielleicht hatte er sich nur geirrt. Denn die Schlange stieß ein kehliges Lachen aus. Als sie erneut in seinem Kopf sprach, schien sie kein bisschen eingeschüchtert zu sein.

„Wenn du dich schon nicht vor mir fürchtest ..." Sie flüsterte fast, doch jedes Wort bereitete ihm Qualen. Um ihn herum war es so still geworden, dass er seinen Herzschlag unnatürlich laut wahrnahm.

„... dann fürchte dich wenigstens vor dem Tod!"

Das Untier öffnete sein Maul wie zu einem dämonischen Grinsen und entblößte seine Zähne, von denen noch das Gift tropfte. Gleichzeitig entrollte sie leicht ihren Schwanz, sodass Derrick einen Blick auf Len Ording werfen konnte. Die Augen geschlossen und Schaum vor dem Mund lag er da. Sein Gesicht war bläulich angelaufen. Er sah mehr tot als lebendig aus.

Derrick ballte die Hände zu Fäusten und stand langsam auf. Die Sicherheit, die er eben noch gehabt hatte, war mit einem Schlag beiseite gefegt. Er musste sich dazu zwingen, nicht an seinen Freund zu denken. Seine Beine zitterten. Mit größter Anstrengung ging er Stück für Stück auf die Schlange zu. Jeder Schritt war schwerer, als der vorherige. Die Angst kehrte zurück. Schließlich musste er anhalten, schaffte es aber, aufrecht zu stehen.

„Du hast also doch Angst vor mir", zischelte die Seeschlange.

Derrick versuchte, einen kühlen Kopf zu bewahren und sich zu sammeln. Wie konnte er Len Ording retten? Indem er die Schlange tötete. Wie konnte er sie töten? Er wusste es nicht. Fest stand, dass sie Macht über ihn erlangte, wenn er Angst bekam. Also durfte er sich nicht einschüchtern lassen. Leicht gesagt. Es war gar nicht so einfach, diesem Monstrum mutig gegenüberzustehen. Das Maul voller todbringender Zähne, der schuppenbewehrte Schwanz, der gezackte Kamm, all das war nichts im Vergleich zu den Augen. Sie wirkten trotz der eisigen Gefühllosigkeit doch irgendwie menschlich. Die kalte Intelligenz und Überlegenheit fegte allerdings jede Hoffnung dahin.

Das war der ganze Zauber der riesigen, uralten Seeschlange. Doch Derrick konnte nicht leugnen, dass alles, was sie sagte oder vielmehr dachte, seine Seele berührte und sie verletzte. Er durfte sich nicht mehr auf diese Weise angreifen lassen.

Aber die entscheidende Frage konnte er nicht beantworten: Wie sollte man ein unbesiegbares Ungeheuer töten, dass alle seine Gedanken lesen konnte und seine Pläne durchschaute, ehe er sie zu Ende gedacht hatte.

„Ich muss ihn töten. Schade, dass er so schwach ist. Seine Gedanken waren so vielversprechend. Er muss nur noch etwas näher kommen", flüsterte eine leise Stimme wie durch Watte in seinem Kopf.

„Die Schlange", dachte er. „Warum lässt sie mich das hören? Ist das eine Falle, damit ich denke, ich wäre in ihre Gedanken eingedrungen?" Aber jetzt bemerkte er auch, dass sich etwas in ihm verändert hatte. Es war schwer zu beschreiben, denn er hatte noch nichts erlebt, das auch nur annähernd damit vergleichbar war. Seine Gedanken befanden sich plötzlich auf einer anderen Ebene, in einem Teil seiner Seele, der nur ihm zugänglich war. Das spürte er. Kein Gedankenleser, kein Magier und kein Monster würden jemals in diese Regionen eindringen können. Und er fühlte, dass er seine Gedanken nun überallhin lenken konnte.

Mit weichen Knien stolperte er weiter auf die Schlange zu. „Das war's!", dachte er triumphierend. Sie sollte ihn hören. Erst zu spät merkte er, dass das ein Fehler war. Die Schlange kochte vor Wut und Verwirrung. Ihr Schwanzende zuckte vor. Der Schlag ließ ihn vornüber auf den kalten Boden fallen. Nicht schon wieder! Er war nur noch wenige Meter von ihr entfernt. Als er sich vorsichtig umsah, entdeckte er neben sich auf dem Boden den Dolch, den Len Ording gegen sie verwendet hatte. Wenn er den Arm ausstreckte, konnte er ihn berühren. Er musste sie überraschen. Es blieb ihm nur noch diese eine letzte Chance.

Langsam glitt der Oberkörper der Schlange auf ihn zu. Sie richtete sich bedrohlich auf und ließ ihre Zunge vorschnellen. Und plötzlich sah er ihren Schwachpunkt. Die Unterseite ihres Körpers war nur schwach mit Schuppen besetzt und dicht unter ihrem Kopf leuchtete auf ihrer Haut ein tiefroter Fleck, der langsam und kräftig pulsierte. Ihr Herz! Er hatte geglaubt, sie besäße keins.

Er blickte sie an und versuchte, dabei so erschöpft und kraftlos auszusehen, wie er konnte. Sie schien vergessen zu haben, dass sie ihre verwundbare Stelle schützen musste. Bald würde sie so nahe sein, dass er sie treffen konnte. „Du bist so erbärmlich!", flüsterte sie. „Ich könnte dich doch bei mir behalten, wenn du dich ein bisschen weniger wehren würdest. Alles, was ich will, ist Gesellschaft und ein wenig Angst." Sie war ihm jetzt so nahe, dass er den fauligen Atem spürte, der ihm kalt ins Gesicht blies. Wenn er jetzt nicht handelte, würde sie ihn töten. Wenn er nicht die Kraft aufbrachte, sich zu bewegen.

Er oder sie.

Und dann reagierten alle Muskeln seines Körpers gleichzeitig. Er packte den Dolch, so fest er konnte, und stieß die Messerspitze tief in das Schlangenherz. Ein grässlicher Schmerzensschrei drang aus der Kehle des Ungetüms und es schnellte zurück. Keuchend erhob sich Derrick. Seine Hände zitterten unkontrolliert und er spürte, wie das Messer ihm entglitt und klirrend auf dem Boden aufschlug. Er konnte nicht glauben, dass er die Schlange tatsächlich erstochen hatte. Angeekelt trat er einen Schritt auf das Wesen zu, das sich im Todeskrampf auf dem Boden wand. Der Schrei verebbte zu einem heiseren Brüllen und schließlich zu einem kaum noch hörbaren Fauchen.

Len Ording lag zusammengekauert auf dem Boden. Blass und reglos. Seine Gliedmaßen standen unnatürlich vom Körper ab. Derrick sah ihn wie betäubt an, unfähig, den Blick abzuwenden.

„Ich bin noch nicht tot", zischte eine Stimme in seinem Kopf. Er sah sich um. Auf dem Boden lag wieder die Frau. Ihr Hals war rot angelaufen und dickflüssiges, dunkles Blut strömte ihr über die Schultern und tränkte den Boden. Ihre Augen waren starr auf Derrick gerichtet. Sie erhob sich, stürzte mit letzter Kraft auf ihn zu und krallte sich an seinen Armen fest. Mit rasselndem Atem flüsterte sie: „Du hast mich nicht wegen des Messers besiegt, sondern wegen deines Mutes. Du bist so wie ich."

„Nein!", schrie er. „Das ist eine Lüge!" Er wollte sie von sich stoßen und diesen Albtraum endlich beenden, doch sie klammerte sich an ihn und ließ sich nicht mehr abschütteln.

„Du weißt, dass es die Wahrheit ist. Sei verflucht. Unglück wird dich ein Leben lang begleiten."

„Lass mich los!"

„Dich ... und jeden, den du liebst. Du wirst niemals mit jemandem zusammen sein können, weil du jeden mit einem Kuss verfluchen wirst!" Dann geschah das Schrecklichste, das Derrick jemals gespürt hatte. Die vertrockneten grauen Lippen der Schlangenfrau pressten sich auf die seinen. Es war, als würde etwas Eisiges ihn berühren und seinen Körper vollends betäuben. Stechender Schmerz pulsierte in seinen Lippen. Doch dieses Gefühl war noch auszuhalten im Gegensatz zu der Flut von Gedanken, die innerhalb eines einzigen Augenblicks auf ihn eingeströmt waren. Gedanken an Qualen, Schmerzen und Angst, die ihn durchfluteten, überströmten und ausfüllten. Mittendrin war immer wieder der Hass zu finden, abgrundtiefer, ekelerregender Hass. Seine Gedanken mischten sich mit denen der Schlangenfrau. Sie hatte so viel durchstehen müssen, bevor sie selbst ein Scheusal geworden war.

„Nein!" Derrick war es endlich gelungen, sich von ihr loszureißen. Die Frau stürzte wie in Zeitlupe zu Boden. Dann rührte sie sich nicht mehr.

Während ihr Blut sich auf dem Boden ausbreitete, flüsterte sie ihm noch zu: „Ich bin wie du. Der Hass in dir ist stärker als alles andere. Sei dir nicht so sicher, dass du ein guter Mensch bist, und vergiss mich nicht!" Dann schlossen sich ihre funkelnden Augen und die letzte Cyrämne in Illionäsia starb. Ihr Blut tränkte den Boden und färbte alles rot. Derrick stand fassungslos da und war unfähig, sich zu rühren. Seine Lippen brannten noch immer und er schmeckte den durchdringenden Geschmack von Verwesung und – er konnte es nicht anders nennen – purer Bosheit. Zitternd und mit klopfendem Herzen sank er langsam zu Boden und fragte sich, ob sie nicht vielleicht doch die Wahrheit gesagt hatte.

*Er ist stärker, als ich dachte. Bald wird er meine Hilfe nicht mehr benötigen.*

*Oh ja, und seine Macht wird sehr schnell wachsen. Auch wenn er sich dessen noch nicht bewusst ist. Doch der Junge wird für sich selbst eine größere Gefahr werden, als ich es jemals sein könnte, Iramont.*

# Eine grausige Nachricht

Es war noch früher Nachmittag, als das Gewitter über das Schloss und die nahe gelegene Stadt hereinbrach. Zuvor hatte die Herbstsonne einen wunderschönen Tag versprochen, doch nun färbte sich der Himmel plötzlich dunkel. Der Regen lief in Strömen über die Fenster und wollte gar nicht mehr aufhören. Die Tröpfchen sammelten sich, wurden dicker, größer und schwerer und flossen dann zu immer größeren Bächen verlaufend weiter. Schon zuckte ein Blitz über den Himmel, der Donner folgte ihm gleich darauf. Lucia hatte den Kopf in die Hände gestützt und beobachtete den Regen. Sie fand es gemütlich, wenn man bei so schlechtem Wetter drinnen bei wohliger Wärme sitzen konnte und dem beruhigenden Plätschern der Tropfen lauschte.

Plötzlich fuhr sie hoch. Am Fenster war jemand gewesen. Jemand, der sie beobachtete. Aber das war doch nicht möglich! Sie befanden sich im ersten Stock des Schlosses und Lillianas Zimmer besaß keinen Balkon. Hatte sie Halluzinationen? Da, schon wieder. Dieses Mal konnte sie die Gestalt besser erkennen. Es war das Gesicht einer jungen Frau. Sie hatte blondes Haar und ein sanftes, aber trauriges Lächeln.

„Lilliana", rief Lucia aufgeregt.

„Was ist denn?" Lilliana, die bis eben in einem Buch gelesen hatte, blickte auf und legte die Lektüre beiseite.

„Hast du es auch gesehen?", fragte die Prinzessin sie gespannt.

Ihre Freundin suchte das Fenster einen Augenblick lang nach etwas Ungewöhnlichem ab. Dann weiteten sich ihre Augen. „Da war eine Frau", sagte sie langsam. Sie stand vom Bett auf und zog den schweren Vorhang gänzlich zur Seite. „Aber da ist niemand!", rief sie verwirrt. „Bei Iramont, kann man eigentlich das Gleiche träumen?" Sie runzelte die Stirn und drehte sich zu Lucia um. „Ich weiß langsam nicht mehr, was Traum und was Realität ist." Aus ihrem Auge kullerte eine einzelne Träne. „Es ist alles so unbegreiflich. Adenor war ein guter König. Ich kann noch immer nicht begreifen, dass er tot ist. Und dann dieser Krieg, den Jessina vorhergesagt hat. Ich möchte keinen Krieg. So viele Unschuldige müssen dabei ihr Leben lassen." Lilliana wischte die Träne mit dem Handrücken fort und setzte sich neben Lucia aufs Bett. Die Freundinnen umarmten sich still und versuchten, sich gegenseitig zu trösten.

„Es wird Krieg geben", flüsterte Lucia schließlich. „Es ist nur noch eine Frage der Zeit. Der Frieden in Illionäsia hat noch nie lange gehalten. Es muss sich endlich etwas ändern!"

„Aber was denn? Die Erwachsenen tun doch nichts. Sie sollten mit Zerbor reden, anstatt vor ihm zu buckeln und ihm aus dem Weg zu gehen. Wenn er keinen Grund für einen Krieg hat, wird er auch keinen anfangen."

Lucia seufzte. „Wer weiß, vielleicht können wir ja etwas verändern?" Sie streckte die Hand aus und öffnete sie. Der Stein von Azur lag in ihrer Handfläche. Er glühte und war von einem kräftigen goldgelben Schimmer umgeben. „Er wird uns dabei helfen", stellte Lucia zuversichtlich fest. Ihre Zukunft schien ihr ungewisser denn je. Nie hätte sie gedacht, dass Adenor so früh sterben würde und sie in die unzähligen Geheimnisse und Verschwörungen mit hineingezogen würde.

*Das Gestein erneut erwacht ...*
*... hat der Träger große Macht.*

Der Träger des Steins, der Träger des Steins von Azur. Sie – Lucia.

An diesem Abend fand der Ball statt. Trotz des schlechten Wetters waren beinahe alle Lords und Ladys und einige andere bedeutende Persönlichkeiten aus den umliegenden Städten erschienen. Sie wollten in den nächsten Tagen nach Ajuna reisen und zuvor noch einmal zusammenkommen, um Adenor zu feiern. Nur die Gruppe aus Gyndolin hatte beschlossen, zunächst noch den Umweg über Wegenn zu nehmen, um den Jungbaum aufzusuchen.

Lucia fand es seltsam, dass man feierte, obwohl gerade erst etwas Trauriges geschehen war. Nach dem Tod ihrer Mutter hatte niemand ein Festmahl zubereitet und das ganze Schloss war an der Trauer um die Königin beinahe erstickt. Sie besaß keine Erinnerungen mehr daran. Da waren nur noch ihre kindlichen Gefühle, die gespürt hatten, dass etwas Schreckliches geschehen war. Es hatte lange gedauert, bis sie verstanden hatte, dass ihre Mutter nie zurückkehren würde.

Der Ball bestand aus einem großen Büfett mit Köstlichkeiten, die im Laufe des Abends langsam verzehrt wurden, plaudernden Erwachsenen mit Weinkelchen in ihren Händen und hilflosen Musikern, die verzweifelt versuchten, die Menge zum Tanzen zu bewegen. Doch die Lords und Ladys schienen mehr Gefallen daran zu finden, sich über den neuesten Klatsch und die politische Lage auszutauschen.

Abgesehen von Merior und den Zwillingen, die sich unter die Erwachsenen gemischt hatten, waren Lucia, Lilliana und Gilgar die einzigen Jugendlichen. Gilandra und Griselda warfen ihnen beleidigte Blicke zu und drehten sich zeitgleich um, wenn die Prinzessin zufällig in ihre Richtung sah. Lucia hatte sich entgegen ihres freundlichen Rates, oder vielmehr indirekten Befehls, für ein helles fliederfarbenes Kleid entschieden und sich einen Zopf von Lilliana flechten lassen. Die Schwestern hatten ihr dies noch immer nicht verziehen, obwohl Gilgar nicht der Einzige war, der sie wegen ihres Aussehens mit reichlich Komplimenten überschüttet hatte. Während der lästigen *Pflichtgespräche* mit einigen älteren Ladys war vielen aufgefallen, „wie reizend die junge Prinzessin doch aussah".

Lucia befürchtete schon, vor Langeweile einzugehen, als Gilgar sie zu einem Tanz aufforderte. Sie willigte sofort ein. Zwar gehörten die Grundkenntnisse der wichtigsten Tanzarten zu ihrem Unterricht als Prinzessin dazu, aber sie hatte noch nie ein besonderes Talent dafür aufgewiesen. Beim Schwertkampf konnte sie sich leichtfüßig und tänzelnd bewegen – beim Tanzen war sie hingegen ungeschickt und trat ihren Partnern ständig auf die Zehen. Trotzdem hatte sie Spaß daran und hoffte, dass sie doch kein so hoffnungsloser Fall war. Gilgar störte ihre Tollpatschigkeit nicht, obwohl er selbst die Schritte viel besser beherrsche. Die eine Hand hatte er in die ihre gelegt, die andere ruhte warm auf ihrer Taille. Er führte sie gelassen, aber bestimmt und strahlte sie immer wieder aufmunternd an. „Du machst Fortschritte!", lobte er sie.

Lucia zog die Augenbrauen misstrauisch hoch. „Ach wirklich? Du brauchst das nicht mir zuliebe sagen."

„Doch wirklich. Wenn du dich konzentrierst, kannst du es." Lucia biss sich auf die Lippen und sah aufmerksam auf ihre Füße. Während Gilgars sich wie von selbst bewegten, hing sie selbst immer ein wenig hinterher.

„Entspann dich!", raunte Gilgar ihr zu. Erst jetzt bemerkte sie, dass sich ihre Finger krampfhaft in seine Handflächen gekrallt hatten.

„Tut mir leid. Ich hoffe, ich habe dir nicht wehgetan", meinte sie zerknirscht. Er schüttelte bloß den Kopf.

Nach einigen Liedern tauschte Lucia mit Lilliana, die ganz allein an der Fensterbank lehnte und ihnen lächelnd zusah.

Später am Abend setzten sich die Freundinnen und Gilgar in eine Ecke und beobachteten die Menschen. Gilgar wusste viel über den örtlichen Adel und konnte zu jeder Person etwas Witziges erzählen. Die Unterhaltung wurde spannender, als die Mädchen zu raten begannen, was für Persönlichkeiten hinter den fremden Gesichtern stecken könnten. Gilgar trug noch einige seiner Gedichte vor, doch dann fielen ihm langsam die Augen zu. Ein Blick auf die große Standuhr im Saal sagte ihnen, dass es schon lange nach Mitternacht war.

Die beiden Mädchen unterhielten sich im Flüsterton weiter, doch auch sie waren furchtbar müde. Schließlich verebbte das Gespräch und Lucia konnte nur noch mühsam ein Gähnen unterdrücken. Die Musiker spielten eine ruhige, langsame Musik, die im Hintergrund vor sich hinplätscherte und sie immer schläfriger werden ließ.

Lucia schloss die Augen. „Nur für einen Augenblick", dachte sie. Das Gemurmel der Leute um sie herum wiegte sie langsam in den Schlaf. Die Gestalten verschwammen mehr und mehr. Das Murmeln schwoll immer weiter an und füllte ihren Kopf schließlich vollständig aus. Plötzlich drehte sich ein Mann zu ihr um und sah sie an. Sein Gesicht war seltsam verzerrt und besaß keine Proportionen mehr. Er öffnete den verquollenen Mund und sagte mit tiefer, dumpfer Stimme: *Ich tu dir doch nichts!* Das letzte Wort wurde immer länger und unverständlicher, sodass Lucia seine Bedeutung nur noch erahnen konnte. Ihr war schwindelig und sie musste feststellen, dass der Rachen des Mannes immer größer wurde. Die Dunkelheit breitete sich immer weiter aus und umschloss sie von allen Seiten. Sie war gefangen in der schwarzen Leere, im unendlichen Nichts. Doch bevor sie sich dessen vollständig bewusst werden konnte, floss Blut in ihre Sicht.

*Wenn das Blute fließt in Strömen,*
*nicht der Tod kann sie versöhnen.*

Leuchtendes Rot füllte ihr Blickfeld und überlagerte die Schwärze in ihren Augen. Lucia hatte Angst. Sie hatte Angst vor dem, was das Blut bedeuten sollte. Warmes Rot stand sowohl für Liebe und Geborgenheit als auch für Wut und Hass.

Dann sah sie ihren Vater. Er kauerte einsam vor ihr und schien mit glasigen Augen durch sie hindurchzublicken. Sein Gesicht war faltig und sein Haar schlohweiß. Er war alt. Er wimmerte etwas und es klang wie das leichte Rascheln der Blätter im Wind. Melankor wiederholte die Worte noch einmal lauter: „Was soll ich bloß tun?" Es war nicht länger seine Stimme, sondern die eines alten Mannes. Lucia streckte eine Hand nach ihm aus, doch er löste sich auf, bevor sie ihn berühren konnte.

An seiner Stelle erschien die Frau, die sie im Fenster gesehen hatte. Über ihr Gesicht liefen funkelnde Tränen, in jeder von ihnen war Leben. Die junge Dame sah Lucia traurig an. In ihrem Blick war Hoffnungslosigkeit, aber auch Mut und Weisheit zu finden. Lucia flüsterte ihren Namen und vergaß ihn gleich darauf wieder.

Die Tränen wuchsen und sie erkannte in ihnen Gegensätze. Eben noch das sterbende Leben und nun den auferstehenden Tod. Ein Schlachtfeld, auf dem sich niemand mehr rührte. Tote Menschen, Tiere und fremdartige Wesen lagen leblos auf dem Erdboden. Aus ihren Körpern sprossen langsam Blumen und Bäume, unscheinbare Käfer nährten sich von ihren Leibern.

Auch dieses Bild verschwand. Ein Junge stand nun vor ihr. Sein Mund war zu einem Schrei verzogen, doch sein restliches Antlitz war verschwommen. Lucia fiel durch Zeit und Raum. Farben wehten an ihr vorbei, mal warme, helle, dann bedrohliche, dunkle. Gesichter tauchten auf, sie gehörten Leuten, die sie kannte oder auch nicht. Gregorius Greggin, Lilliana und Gilgar verschwanden so schnell, wie sie aufgetaucht waren. Einmal sah sie Corillis und sogar ihre Mutter, die sie liebevoll anlächelte. Am Ende flüsterte jemand: „Gib Acht und folge dem Stein. Sei guten Mutes, du hast es bald geschafft."

Lucias Geist kehrte langsam in ihren Körper zurück. Der Ball tauchte wieder auf. Die murmelnden Erwachsenen, Gilgar und Lilliana, die ihren Kopf gegen ihre Schulter gelehnt hatte und friedlich vor sich hin schlummerte. Sie entdeckte Merior in der Menge, der von Griselda und Gilandra vereinnahmt worden war und sich sichtlich unwohl fühlte.

Sie hatte nur geträumt. Ein gefährliches Kribbeln breitete sich in ihrem Bauch aus. Hatten die Träume etwas zu bedeuten? Oder hatte ihr müder Verstand ihr nur Dinge vorgegaukelt, die gar nichts mit der Wirklichkeit zu tun hatten? So musste es gewesen sein.

*Ja, dann kommt die große Wende,*
*es wird sein der Zeiten Ende.*

Ob die Träume etwas mit der Prophezeiung zu tun hatten? Das Ende der Zeiten. Lucia stellte sich vor, dass die Illionäsianer sich so lange bekriegen würden, bis kaum noch etwas von ihren Völkern übrig blieb. Das war für sie das Ende. Der Weltuntergang. Schlimmer konnte es doch nicht kommen!

Auf einmal wurde die Tür zum Saal geräuschvoll aufgerissen. Lucia fühlte sich an die Nachricht von Adenors Tod und die Warnung vor den Trollen erinnert. Sie hatte das starke Gefühl, dass sie auch dieses Mal eine schlechte Nachricht erwartete. Es konnte einfach nichts Gutes bedeuten, wenn jemand eine Feier störte. In diesem Falle war es eines der Dienstmädchen. Sie lief mit schnellen Schritten auf Gregorius Greggin zu, der sich gerade mitten unter den Gästen befand. Das Mädchen zupfte ihn hektisch am Ärmel und flüsterte ihm etwas ins Ohr. Die Augen des Fürsten weiteten sich, er murmelte eine Entschuldigung und folgte dem Mädchen auf seinen kurzen Beinen aus dem Saal. Lucias Herz schlug vor Aufregung schneller. Sie hatte Angst, dass etwas Schreckliches geschehen sein könnte. Vielleicht war ihrem Vater etwas zugestoßen ... Nein, das war äußerst unwahrscheinlich. Bestimmt fand sich eine vollkommen harmlose Erklärung.

Lucia bemerkte, dass Gilgar neben ihr erwacht war und seinem Vater besorgt nachsah.

„Wenn im Haus die Türen schlagen, sich die Leute sehr beklagen", sagte er zu sich selbst. Lucia musterte Gilgar. Konnte er Gedanken lesen oder dachte er einfach dasselbe wie sie? Jetzt sah er sie an. „Machst du dir Sorgen?", fragte er.

Sie nickte langsam. „Das kann doch nichts Gutes heißen. Sie sah aus, als wäre ihr ein Gespenst begegnet."

Gilgar runzelte die Stirn. „Wir sollten erst einmal abwarten. Wusstest du ... ach, vergiss es." Sein Gesicht wirkte plötzlich merkwürdig verträumt. Irgendwie abwesend.

„Was?", hakte sie nach.

„Ist nicht so wichtig."

„Jetzt sag schon." Er schien einen Moment lang abzuwägen, ob er das wirklich tun sollte. Dann senkte er den Blick und flüsterte: „Du siehst wunderschön aus, wenn du traurig bist."

Zuerst war sie nicht sicher, ob sie ihn richtig verstanden hatte. War das sein Ernst?

„Ich hab doch gesagt, es ist nicht wichtig", verteidigte er sich hastig. Sein Blick konzentrierte sich nun auf einen Fleck hinter ihr.

„Was hast du?", fragte sie verwirrt.

„Meine Mutter erzählt wieder irgendeine peinliche Geschichte über mich."

Lucia drehte sich möglichst unauffällig um und erkannte die große Frau, die beim Abendessen neben Gregorius gesessen hatte. Nun plauderte sie angeregt mit einigen Ladys und deutete ab und zu mit charmantem Lächeln in Gilgars Richtung. Ihre Zuhörerinnen lachten auf und schienen sich köstlich zu amüsieren.

Der Junge seufzte. „Sie verwöhnt uns. Gilandra, Griselda und mich. Ich glaube, sie hätte anstelle von mir lieber einen kleinen Helden gehabt, auf den sie stolz sein und mit dem sie prahlen kann. Als ich kleiner war, habe ich immer versucht, sie mit Absicht zu provozieren, wenn mir ihre nervtötende Art mal wieder reichte. Dann bin ich durchs ganze Schloss gelaufen und habe alle Türen möglichst laut zugeschlagen. Aber sie fand das nur niedlich und süß."

„Und das erzählt sie jetzt? Deine Mutter hat Nerven!"

Nachdenklich sah Gilgar zu Boden. „Mich interessiert vielmehr, was das Dienstmädchen nun von meinem Vater wollte", verkündete er.

„Ja, lass uns mal nachsehen", stimmte Lucia ihm zu. Das war ihr im Moment auch am wichtigsten und sie hatte keine Lust, sich weiter mit ihm über die Fürstin oder ihre Schönheit zu unterhalten. Sie strich ihrer schlafenden Freundin über das Haar und erhob sich dann. „Gleich sind wir wieder da", flüsterte sie Lilliana zu und verschwand mit Gilgar in der Menge. Vorbei an teuer geschmückten Damen und beleibten Herren gelangten sie schließlich zum Ausgang des Saals.

„Da sind sie ja", raunte Gilgar und machte eine Kopfbewegung in Richtung des Eingangsportals. Dort hatte sich eine Ansammlung von Menschen gebildet. Lucia erkannte Gregorius Greggin, das Dienstmädchen und einige ihrer gyndolinischen Reisegefährten. Sie hatten sich um jemanden versammelt, den Lucia und Gilgar nicht erkennen konnten.

„Es war furchtbar! Ich weiß nicht, wohin sie die anderen gebracht haben." Der Prinzessin kam die Stimme bekannt vor.

„Noch einmal der Reihe nach: Ihr wurdet also Opfer eines Trollangriffs?", fragte Fürst Greggin.

„Nun ja, eigentlich nicht ich, sondern meine Begleiter. Ich fürchte, ich bin der Einzige, den sie nicht erwischt haben."

„Was wollt Ihr damit sagen?"

„Sie sind doch nicht etwa tot?"

„Diese Scheusale. Man sollte sie alle vernichten!" Alle riefen durcheinander.

Lucia versuchte, sich einen Weg zu dem Berichterstatter zu bahnen. Sie musste wissen, wer es war.

„Nun beruhigt Euch doch, meine Herrschaften", rief Lord Sorron Einhalt gebietend. „Ich schlage vor, wir gehen ins Arbeitszimmer. Die anderen Gäste müssen ja nicht in Panik versetzt werden." Die Lords und Ladys stimmten ihm zu.

Endlich bemerkten sie auch Lucia und Gilgar. „Diese Angelegenheit braucht Euch nicht zu beunruhigen. Lord Jekos kam eben auf dem Schloss an und brachte uns diese schreckliche Nachricht", beschwichtigte der Fürst sie.

„Natürlich beunruhigt mich das. Ich würde gerne dabei sein, wenn Lord Jekos Euch von dem Überfall berichtet!", bemerkte Lucia entschlossen.

„Ich denke, es wird den Kindern nicht schaden. Sie sind alt genug. König Melankor befahl mir, seine Tochter an unseren Gesprächen teilhaben zu lassen." Lord Sorron lächelte.

Überrascht zog Lucia die Augenbrauen hoch. „Das hat er gesagt?"

Der Lord begann, herzlich zu lachen. „Oh ja. Er sagte: *Versucht nicht, Lucia von etwas abzuhalten. Es würde Euch nicht gelingen. Ihre Gefühle und ihr Wille sind stärker.* Zwar konnte er nicht ahnen, was geschehen würde, aber ich denke, es spricht nichts dagegen, wenn Ihr uns begleitet, Prinzessin."

Lucia wusste nicht, was sie sagen sollte. Sie hatte gedacht, ihr Vater würde sie endlich ernst nehmen, aber jetzt schien es ihr eher so, als machte er sich über sie lustig. Schmollend musste sie jedoch zugeben, dass ein Funken Wahrheit daran war. Sie verließ sich in letzter Zeit immer häufiger auf ihren Instinkt. Aber immerhin hatte sie das erreicht, was sie wollte.

„Verkannte Genies haben am meisten Verstand!", raunte Gilgar ihr aufmunternd zu. Lucia schüttelte den Kopf. Er hatte noch immer nicht begriffen, dass sie nichts Besonderes war. Sie wollte doch nur, dass ihre Meinung akzeptiert wurde. Das machte sie doch nicht zu einem Genie. Gilgar besaß eine völlig falsche Vorstellung von ihr. Vermutlich verwechselte er die echte Lucia mit der märchenhaften Traumgestalt, der Prinzessin von Gyndolin. Gilgar war schon etwas seltsam.

Wenig später hatten sich alle Lords und Ladys erneut im Arbeitszimmer des Fürsten eingefunden. Lord Jekos saß zusammengekauert in einem Sessel und bot einen erbärmlichen Anblick. Sein Armstumpf hatte wieder zu bluten begonnen und sein verdreckter Verband war vollkommen durchnässt. Sein Gesicht war zerkratzt, als hätte er sich durch dichtes Dornengestrüpp gekämpft, und an seiner Stirn klaffte eine Platzwunde, die sich anscheinend schon vor längerer Zeit entzündet hatte. Alles an ihm schien schmutzig und blutverschmiert zu sein. Obwohl er beteuerte, dass es ihm gut ging, war keine Spur mehr von dem gepflegten, jungen Lord zu erkennen, der er einst gewesen war. Lady Zynthia stand neben ihm und hatte schützend eine Hand auf seine Schulter gelegt, während sie begann, das Blut mit einem feuchten Lappen aus seinem Gesicht zu wischen. Die Schmerzen, die er litt, waren unübersehbar. Lucia konnte sich allerdings vorstellen, dass er ohne Jessinas Salbe noch deutlich schlimmer ausgesehen hätte. Immerhin hatte er überlebt und konnte jetzt mit ihnen reden. Mit immer wieder stockender Stimme erzählte er den Anwesenden, was geschehen war. „Wir wurden angegriffen, als wir uns gerade vom König getrennt hatten und unterwegs nach Samgura waren. Das Wetter war gut, wir kamen schnell voran und nichts schien auf einen Hinterhalt hinzudeuten. Ich war wegen meines Arms unfähig, mich auf einem Pferd zu halten, und lag deshalb auf unserem Vorratswagen. Mir war etwas mulmig zumute, denn ich hörte seltsame Geräusche. Jedoch schrieb ich sie meinem fiebrigen Geist zu, der mir in den letzten Tagen häufig Halluzinationen beschert hatte. Doch ich irrte mich und erkannte – genau wie meine Gefährten – zu spät die Gefahr.

Plötzlich sprangen Trolle aus dem Unterholz und versperrten uns von allen Seiten die Fluchtwege. Das Pferd, das den Wagen zog, bäumte sich auf und versuchte, sich loszureißen. Ich spürte noch, wie der Wagen in ein Schlagloch geriet und zur Seite kippte. Ich prallte auf dem Boden auf und landete im Straßengraben." Sein Gesicht strahlte die Angst aus, die er dabei empfunden haben musste. Er schluckte schwer – sein Mund musste vollkommen ausgetrocknet sein. Lady Zynthia reichte ihm geistesgegenwärtig einen gläsernen Krug mit Wasser, den er in einem Zug leerte.

„Was ist weiter geschehen? Sie sind doch nicht ..." Lord Sorron wagte es nicht, die Befürchtungen auszusprechen, die sie alle insgeheim hegten. *Tot* war so ein endgültiges, schreckliches Wort. Wenn er es ausgesprochen hätte, wäre es schon dadurch beinahe wirklich gewesen. Alle befürchteten Freunde oder Mitstreiter verloren zu haben. Lucia spürte, dass Gilgar nach ihrer Hand griff. Sie fühlte sich so warm und beruhigend an. Sie lächelte ihm dankbar zu.

Endlich hatte Jekos die Kraft aufgebracht, weiterzusprechen. „Nein, sie haben sie jedenfalls nicht sofort getötet. Das dachte ich zuerst auch. Ich lag hilflos in meinem Versteck und musste mit ansehen, wie die anderen niedergerungen wurden. Sie hatten keine Chance. Ihnen blieb nicht die Zeit, ihre Waffen zu ziehen. Innerhalb von kürzester Zeit hatten die Trolle sie überwältigt. Diese Kreaturen wirkten auf den ersten Blick so plump, doch sie besaßen eine Kraft und Eleganz, die man nicht von ihnen erwartet hätte. Sie selbst waren unbewaffnet, es gelang ihnen nur mithilfe ihrer Schnelligkeit und Gewandtheit, nach und nach jeden von uns zu entwaffnen. Dann fesselten sie unsere Leute mit festen Stricken und banden sie aneinander. Ihre verzweifelten Gesichter werde ich nie vergessen."

Er ließ seinen Blick über sie wandern, als suchte er darin Zustimmung. Aber keiner konnte nachvollziehen, was er erlebt hatte. Keiner hatte die Trolle gesehen, konnte sich vorstellen, dass die besten Krieger des Königs ihnen hoffnungslos unterlegen gewesen waren. „Lord Paulin wehrte sich", fuhr er mit zitternder Stimme fort. „Sie versetzten ihm bloß einen leichten, beinahe sanften Schlag auf den Kopf und er wurde ohnmächtig. Die Trolle waren hässlich und abstoßend, aber irgendetwas an ihnen wirkte ..." Jekos sprach den Satz nicht zu Ende, als wüsste er bereits, wie sie darauf reagieren würden. Lucia hatte das Gefühl zu wissen, was er meinte.

„Es schien, als suchten sie etwas, das sie aber nicht gefunden haben. Dann führten sie ihre Gefangenen fort. Keiner hat noch nach mir gesucht."

Lord Sorron blickte ihn mitfühlend an. „Wie seid Ihr hierhergekommen?", fragte er.

„Ein vorbeikommender Händler hat mich aufgesammelt und notdürftig versorgt. Als ich ihm erzählte, wer ich bin, hat er mich mitgenommen. Ich wusste, dass ihr noch hier seid, und bat ihn, mich hierherzubringen. In der nächstgelegenen Stadt beauftrage er einen Freund, mich zum Schloss zu bringen." Lord Jekos atmete erleichtert aus.

Lucia hatte keine Augen mehr für ihn. Sie sah aus dem Fenster, und was sie sah, gefiel ihr ganz und gar nicht. Orangefarbene Flecken leuchteten in der Dunkelheit und wippten auf und ab. Flammen loderten empor und warfen einen unheimlichen Schein auf den Garten und auf die unförmigen Wesen, die sie trugen …

# Allein im Wald

„Nun renn doch nicht so schnell, Luna!" Antonio bemühte sich, mit ihr Schritt zu halten, doch das Mädchen bewegte sich so leicht und selbstverständlich dahin, dass er ihr nicht folgen konnte. Über jede Wurzel, über die Antonio stolperte, machte sie einen kleinen Hüpfer, unter jedem Ast bückte sie sich mühelos hindurch. Ab und zu blieb sie stehen und wartete ungeduldig darauf, dass Antonio sie einholte.

„Komm schon, ich möchte dir diese Höhle unbedingt zeigen. Da lebt eine Hasenfamilie. Sie sind so zutraulich."

„Kaninchen", verbesserte Antonio, während er sich zwischen zwei Bäumen hindurchzwängte. „Es müssen Kaninchen gewesen sein."

Luna zuckte die Achseln. „Kann schon sein. Aber bitte beeil dich ein wenig." Sie sah ihn flehend an.

„Tut mir leid, dass wir *normalen* Menschen nicht so schnell im Wald vorankommen wie du." Er klopfte sich Erde von der Hose.

Luna legte den Kopf schräg, sodass ihr wirres Haar ihr ins Gesicht fiel. „Wir dürfen eigentlich auch gar nicht so weit in den Wald. Also müssen wir uns beeilen, damit unsere Eltern gar nicht merken, dass wir weg waren!"

Nach diesen Worten lief sie einfach weiter, ohne eine Antwort abzuwarten. Antonio wischte sich den Schweiß von der Stirn. Es blieb ihm nichts anderes übrig, als Luna zu folgen, denn ohne sie hätte er schon längst die Orientierung verloren. Wie hatte sie sich bloß diesen Weg merken können? Und wie war sie auf die Idee gekommen, alleine so weit vorzudringen? Es war nicht ungefährlich. Man konnte tagelang durch den Wald irren, ohne wieder hinauszufinden. Außerdem lauerten im Wald viele Bedrohungen. Immer wieder hörte man Berichte von Wesen, die im Wald herumstreiften und Menschen und Tiere töteten. Ab und zu fanden Jäger verweste Leichen mit unnatürlichen Verletzungen, die nicht von den gewöhnlichen Raubtieren stammen konnten. Wölfe und Füchse waren viel zu klein und zu klug, um sich mit Menschen anzulegen, und sie bedienten sich ganz anderer Jagdmethoden.

Es gab jedoch auch Wesen wie die Trolle, die niemand wirklich beschreiben konnte. Mal waren sie gutmütig und hilfsbereit, dann wieder grausam und böse. Auch die Kobolde und Zwerge, von denen man annahm, dass es sie gab, waren schwer einzuschätzen. Sie hatten sich tief in ihre Verstecke zurückgezogen, doch man munkelte, dass sie sich an einzelnen Menschen für das rächten, was ihnen angetan worden war.

Schauergeschichten wie diese machten Antonio normalerweise keine Angst. Er fühlte sich zu alt dafür, um noch daran zu glauben. Die Erwachsenen erzählten diese Geschichten doch nur, um ihre Kinder vor den wirklichen Gefahren zu warnen. Er selbst fürchtete sich mehr davor, in einer Grube hängen zu bleiben und an Hunger zu sterben. Besonders im kalten Winter und im Herbst wagte er sich nicht gerne in den Wald. In diesen Jahreszeiten konnte man Tiere zwar von Weitem erkennen, aber die abgestorbenen Pflanzen wirkten unheimlich und abstoßend.

Antonio machte einen großen Schritt über eine Wurzel, lief ein paar Schritte weiter und riss sich an einem vorstehenden Ast ein Loch in den Mantel. Er fluchte leise und blickte zu Luna, die so elegant vor ihm her hüpfte, wie ein junges Reh. Er musste sich beeilen, wenn er sie im Auge behalten wollte.

„Wie weit ist es denn noch?", fragte er keuchend, doch er erhielt keine Antwort. Langsam waren sie wirklich ein wenig zu tief im Wald.

Er hasste es, gegen Regeln verstoßen zu müssen. Manche seiner Altersgenossen hielten ihn für einen Spielverderber, weil er nie etwas Verbotenes tat und sogar versuchte, die anderen von ihren kleinen Abenteuern abzuhalten. Vielleicht war er das ja auch. Was war schon dabei, wenn man einen kleinen Ausflug in den Wald machte oder sich ein paar Kirschen aus dem Garten des benachbarten Bauern stibitzte. Damals hatten sie das noch ohne zu murren akzeptiert und ihn stillschweigend an ihrer Beute beteiligt, aber die Zeiten hatten sich geändert. Heute stahlen sich seine

Freunde mit Mädchen davon, plünderten die Elkinvorräte ihrer Eltern und faulenzten im Wald. Antonio beteiligte sich nur noch selten an ihren Aktionen, aber er konnte auch nicht jedes Mal ablehnen, wenn sie ihn fragten. Dafür war er dann leider auch zu feige.

Manchmal hasste er sich selbst dafür, aber es ließ sich nicht ändern, dass sein schlechtes Gewissen ihn jedes Mal schneller einholte, als ihm lieb war, und er sich niemals dem Reiz des Verbotenen hingeben konnte. Und er hatte es wirklich versucht.

Goldene Sonnenstrahlen fielen durch die noch immer vollen Äste der Bäume, doch sie genügten nicht, um dem Wald das Unheimliche zu nehmen. Antonios Blick wanderte umher und fiel auf ein totes Tier, das neben ihm auf dem Waldboden lag. Er zuckte zusammen und musste sich dazu durchringen, es näher zu betrachten. Es war ein Fuchs – dem orangefarbenen Fell nach zu urteilen – und sein Bauch war der Länge nach aufgeschlitzt. Seine Augen waren seltsam verdreht und milchig und die Eingeweide quollen aus dem geöffneten Leib. Es war offensichtlich, dass er erst vor Kurzem gerissen worden war, denn es strömte immer noch frisches Blut aus den Adern und das seidige Fell war nicht von Ungeziefer bedeckt, das sich normalerweise sofort auf Beute stürzte.

Antonio kam ein schrecklicher Gedanke. Möglicherweise hatten sie den Jäger aufgeschreckt! Nicht auszudenken, was für ein Tier das gewesen sein musste. Es war besser, wenn sie den Wald möglichst bald verließen. Hier irgendwo streifte ein gefährliches Wesen umher und es war vermutlich wütend und hungrig …

„Luna!", rief Antonio. Suchend blickte er sich nach ihr um. Ein böser Verdacht beschlich ihn. Luna war weder zu sehen noch zu hören. „Luna!", rief er lauter. Ein eiskalter Schauer lief ihm den Rücken hinunter. Es durfte doch nicht … Nein, vermutlich war sie einfach vorgelaufen und hatte vergessen, auf ihn zu warten. Voller Panik rannte er in die Richtung, in die sie gelaufen war. Sein Herz schlug ihm bis zum Hals. Er war für Luna verantwortlich. Was sollte er ihren Eltern bloß erzählen, wenn er sie verlor? Und wie könnte er sich selbst je wieder verzeihen? Er würde sich sein Leben lang Vorwürfe machen.

„Luna!" Immer wieder schrie er ihren Namen in den düsteren Wald. Plötzlich wirkte alles noch viel bedrohlicher und er hatte das Gefühl, dass die Bäume langsam näher rückten und ihre Äste nach ihm ausstreckten. „Ganz ruhig", versuchte er, sich die Angst auszutreiben. „Gleich kommt sie hinter dem nächsten Stamm hervor und lacht mich aus. Ich mache mir doch jedes Mal völlig unnötig Sorgen." Aber Luna war und blieb verschwunden.

Er blieb stehen und lauschte. Irgendetwas musste man doch hören. Aber da waren nur das Rascheln der Blätter und das zurückhaltende Pfeifen der Vögel. Langsam ging Antonio weiter. Auf dem Boden verlief eine Fußspur, der er folgen konnte. Als er um den nächsten Baum spähte, stockte sein Atem und sein Herzschlag setzte vor Angst aus.

Dort auf dem Waldboden lag Luna. Ihre Augen starrten ausdruckslos in die Baumkronen und wirkten so milchig wie die des Fuchses.

Über sie gebeugt kauerte eine scheußliche und abgrundtief hässliche Kreatur. Sie stand auf zwei Beinen wie ein Mensch, doch ihr Rücken war krumm wie der eines alten Mannes. Die Haut war überwuchert von rostrotem, struppigem Fell. Antonio unterdrückte gerade noch einen Schrei, aber schon sein bloßes Atmen genügte, um das Wesen auf ihn aufmerksam zu machen. Es drehte seinen Kopf zu ihm und stieß einen vogelartigen Ruf aus. Sein Gesicht war ein einziger hautfarbener Auswuchs, ein angeschwollener Klumpen, aus dem zwei grausige violette Augen glotzten. Das Geschöpf besaß statt einer Nase nur zwei Atemlöcher. Als es Antonio bemerkte, wandte es sich von Luna ab und sprang auf.

„Verschwinde!", schrie Antonio voller Angst.

Er stürzte sich auf die schmale Gestalt und drückte sie mit aller Kraft herunter. Den unzähligen Stunden auf dem Feld hatte er einige Muskeln zu verdanken, die ihn stärker als das Ungetüm machten. Seine Fäuste sausten immer heftiger und verzweifelter nieder. Er hatte nur noch das Bedürfnis, dieses Monster zu verletzen, es zu töten, es für seine Grausamkeit bezahlen zu lassen. Die Wut durchströmte ihn unaufhaltsam und er war überrascht, welche Härte sie ihm verlieh. Das Wesen wand sich unter ihm, krümmte sich zusammen und es gelang ihm, Antonio mit einem heftigen Ruck abzuschütteln. Mit einigen eleganten Sprüngen war es verschwunden. Das neue Gefühl von Hass erfüllte ihn mit Scham und Ekel vor sich selbst, als er sich Luna zuwandte.

„Nein, nein, das darf nicht sein." Schluchzend beugte er sich zu ihr herab und umarmte sie. Ihre Haut war unnatürlich bleich, doch ihr Herz schlug schwach aber gleichmäßig. Sie lebte. Erleichtert atmete er auf. „Luna", flüsterte er. „Wach auf." Ihre Augen waren noch immer geöffnet, aber es sah nicht so aus, als wäre sie bei Bewusstsein. Er drückte sie so fest an sich, wie er konnte. Sie lebte, das war die Hauptsache. Ohne sie konnte er nicht aus dem Wald herausfinden. Er brach zusammen und starrte sie hilflos an.

„Ist er fort?", fragte Luna plötzlich mit schwacher Stimme. Sie sah ihn nicht an, zeigte ihm nicht ihr vertrautes Lächeln. Irgendetwas stimmte nicht mit ihr.

„Du lebst. Luna. Dieses Untier ist verschwunden. Es wird nie wieder in deine Nähe kommen. Wenn es dir auch nur ein Haar gekrümmt hat, werde ich ihm alle Knochen brechen." Erschrocken über das, was er gesagt hatte, hielt er sich die Hand vor den Mund. Es kam ihm vor, als hätte jemand anderes an seiner Stelle Besitz von seinem Körper ergriffen.

Das Mädchen stand langsam und unbeholfen auf. „Antonio." Sie begann zu weinen. „Ich sehe nichts mehr!"

„Was soll das heißen?" Er nahm ihre Hände und sah ihr in die Augen. Sie hatten ihre dunkle Farbe verloren und zuckten panisch hin und her. Ganz gewiss waren es nicht mehr Lunas Augen. Das Mädchen blinzelte einige Male und schlug dann die Hände vor den Mund.

„Ich bin blind", schluchzte sie.

„Was hat es mit dir gemacht?"

„Ich weiß es nicht. Plötzlich war es hinter mir und da war etwas Kaltes an meinen Augen." Lunas Wangen waren gerötet. „Antonio, wie sollen wir hier jemals herausfinden?"

„Ganz ruhig. Wir schaffen das."

Luna presste ihren Kopf an seine Kleidung. Einen Moment standen sie schweigend da. Aneinandergedrückt und zitternd vor Angst und Kälte.

Antonio schossen tausend Gedanken durch den Kopf. Niemals hätten sie so tief in den Wald eindringen sollen. Das alles konnte nur ein grässlicher Albtraum sein. Es durfte einfach nicht sein. Doch leider war dies alles viel zu wirklich. Er spürte feuchte Tränen auf seiner Brust und Lunas zarten Körper, der sich an ihn schmiegte. Wenigstens war sie nicht tot.

„Es geht nicht anders, wir müssen den Weg finden. Ich glaube, ich schaffe es, die Spuren zu lesen", schlug er vor. Luna nickte und schniefte. Antonio nahm sie an der Hand und führte sie langsam vorwärts. Luna tastete sich mit bloßen Füßen über den Boden. Sie spürte jede kleine Erhebung und jeden Zweig, der sie unter den Fußsohlen pikste.

„Du musst immer nach Westen gehen, der untergehenden Sonne entgegen. Dann kommen wir ins Dorf zurück. Auf dem Hinweg hatten wir die Sonne im Rücken", riet sie ihm und konzentrierte sich darauf, nicht zu stolpern. Es war furchtbar, so hilflos zu sein, sich so vollkommen auf jemand anderen verlassen zu müssen und nichts sehen zu können.

„Wir schaffen das", sagte Antonio noch einmal und sie bildete sich ein, sein Lächeln zu sehen. Sie hatte es so oft gesehen, dass es nicht mit den übrigen Bildern verschwunden war.

Es war für Antonio schwierig, ihrer Spur aus zertretenem Laub und gebrochenen Ästen zu folgen, und auf die Sonne konnte er nur ab und zu einen Blick erhaschen. Sie kamen nur langsam voran, doch er lernte allmählich, auf welche Spuren er achten musste und konnte die Richtung leicht korrigieren, wenn er sich getäuscht hatte.

Als er endlich das Dorf sehen konnte, war er so erleichtert, dass er Luna einen Kuss auf die fiebrige Stirn drückte.

# Vergessene Geheimnisse

Derrick kauerte zitternd auf dem Boden und hatte die Hände vor das Gesicht gepresst. Immer wieder durchfuhr ihn ein Schauer der Verzweiflung und ein dicker Kloß schnürte ihm die Kehle zu, doch es war für ihn unmöglich zu weinen. Der Fluch der Schlange hatte seine Hoffnung auf ein sorgloses Leben vollends zerstört. Für ihn würde es kein Glück mehr geben. Und was war ein Leben ohne Glück wert? Hätte er da nicht auch sterben können?

„Der…Derrick", keuchte plötzlich eine vertraute Stimme.

„Len Ording!" Derrick stürzte zu dem vergifteten Mann und beugte sich über ihn. Der Schaum war von seinem Mund verschwunden und seine Gesichtszüge sahen etwas gesünder aus als zuvor. Überall an dem tapferen Kämpfer klebte Blut, das Blut der Schlange.

„Bei Iramont! Ihr seid am Leben. Geht es Euch gut? Kann ich Euch irgendwie helfen? Die Schlange ist tot. Ihr braucht Euch keine Sorgen machen. Bei Esnail, was bin ich froh, dass Ihr noch lebt." Derrick wusste nicht, was er sagen sollte, und stammelte stattdessen alles Mögliche, was ihm in den Sinn kam. Auf Lens Zügen breitete sich ein zaghaftes Lächeln aus.

„Kann ich irgendetwas für Euch tun?", fragte der Junge hilfsbereit und freute sich, wenigstens etwas Nützliches gesagt zu haben.

„Ich habe furchtbaren Durst", stöhnte Len.

„Ich bringe Euch einen Schluck Wasser." Derrick sprang auf und suchte nach einem Trinkgefäß. Nach kurzem Zögern entschied er sich für einen einigermaßen sauberen Silberbecher, der mit kostbaren Edelsteinen besetzt war. „Aus diesem Becher haben Könige getrunken", dachte Derrick flüchtig, während er die Schatzkammer verließ, sich über den Rand des schrecklichen Schlangenhorts beugte und den Kelch in das kühle, dunkle Wasser tauchte.

Als er zu Len zurückkehrte, fiel sein Blick unweigerlich auf die tote Frau. Ein eisiger Schauer lief über seinen Körper, als hielte sie ihn noch immer fest umklammert und drückte sich verzweifelt an ihn, um … Er konnte sich nicht von ihr abwenden. Das farblose Haar war wie ein Schleier um ihren Kopf drapiert, ihr Mund halb geöffnet. Ihre Augen waren weit aufgerissen und schienen ihn direkt anzusehen, aber er war sich sicher, dass sie endgültig tot war und sie nicht noch ein zweites Mal überraschen würde. Eigentlich hätte er erleichtert sein müssen. Kurzerhand zog er ein Leinentuch von einem der Gemälde im Raum und bedeckte sie damit. Einen Moment verharrte er und betrachte die Hand, die noch unter dem Tuch hervorragte. Mehrere Fingernägel waren abgebrochen.

Derrick riss sich los und kehrte zu seinem verwundeten Freund zurück. Um sich selbst und Len abzulenken, sagte er betont zuversichtlich: „Wir waren den ganzen Tag im Wasser und Ihr habt plötzlich Durst? Ihr müsst zugeben, dass das komisch ist."

Len musterte ihn verwirrt. „Was meinst du damit? Du wolltest mir Wasser bringen. Ich habe gar nichts gesagt. Kannst du Gedanken lesen?"

Derrick bildete sich ein, in seinen Augen Misstrauen zu entdecken. „W…was? Nein, natürlich nicht. Ich bin so durcheinander. Es ging alles so schnell", versuchte er zu erklären. Tatsächlich musste er zugeben, dass er Lens Stimme nur in seinem Kopf gehört hatte. Er versuchte noch einmal, in die Gedanken des Mannes einzudringen, doch dieses Mal gelang es ihm nicht. Vielleicht war das auch besser so. Er wäre sich schäbig vorgekommen, wenn er seinen einzigen Freund so ausgenutzt hätte. Die eigenen Gedanken waren das Persönlichste und Geheimste, was man besaß. Niemand anderes hatte das Recht, sich ihrer zu bemächtigen. Was die Schlange getan hatte, war hinterhältig und grausam.

„Was ist passiert, Derrick? Nachdem mich dieses Vieh überrumpelt hat, kann ich mich an nichts mehr erinnern. Du hast sie getötet, nicht wahr?", fragte er ernst.

Derrick erzählte ihm alles. Nur das Gedankenlesen und den Kuss ließ er aus. Er wusste selbst nicht warum. Er hatte Angst, was Len dazu sagen würde. Es war besser, wenn er nichts davon wusste, wenn niemand davon wusste. Allerdings merkte er selbst, dass die Geschichte mit den Lücken nicht besonders überzeugend klang. Len war am Ende noch immer etwas verwirrt, aber ließ alles ohne Fragen durchgehen.

„Das Einzige, was mich noch beschäftigt, ist, weshalb ich nach dem Tod der Schlange so plötzlich wieder gesund wurde. Du hast doch gesagt, ihr Gift wäre tödlich. Ich fühle mich im Moment aber kerngesund." Er sah fragend zu Derrick. Doch der schüttelte nur den Kopf.

„Das kann ich mir auch nicht erklären. Aber wir können froh darüber sein. Vielleicht hatte sie Euch mit einem Fluch belegt."

„Einem Fluch?", zweifelte Len. „Wie kommst du denn auf die Idee? Glaubst du an Flüche?" Wenn er wüsste, wie real sie gerade eben für ihn geworden waren …

„Jetzt überrascht mich nichts mehr. Die Schlange war doch auch mit so etwas wie einem Fluch belegt. Ansonsten hätte sie doch von hier fliehen können." Er deutete auf die Wendeltreppe, die sie entdeckt hatten, bevor die Schlange sie erneut angegriffen hatte.

„Natürlich, der Ausgang. Wenigstens können wir dieser Hölle auf diesem Wege entkommen."

„Seid Ihr sicher, dass Ihr schon wieder aufstehen könnt?", fragte Derrick besorgt, als Len sich langsam aufrichtete.

„Ich hab doch gesagt, dass es mir gut geht." Tatsächlich hatte er keine Schwierigkeiten, ohne fremde Hilfe zu stehen.

Doch bevor sie sich an das Erklimmen der Stufen machen konnten, fiel Derrick noch etwas Wichtiges ein. „Die Krone! Die Krone der Quellenzwerge! Sie muss hier irgendwo sein."

Len runzelte die Stirn. „Wollen wir uns diese Mühe nicht lieber sparen?" Er deutete auf die riesige Ansammlung von Schätzen und Gerümpel. „Wir haben jetzt doch gar keinen Grund mehr, zu diesen verrückten Quellenzwergen zurückzukehren." Es könnte Tage dauern, bis sie die Krone fanden. Außerdem bestand immer noch die Möglichkeit, dass die Krone gar nicht hier war.

„Und was ist mit Anno? Wir müssen sie retten! Sie hat sich für uns eingesetzt und wurde unseretwegen gefangen genommen. Es ist unsere Pflicht, ihr zu helfen", meinte Derrick.

„Du hast recht. Die Kleine besitzt mehr Mut als alle ihre Artgenossen zusammen."

Len lachte und drückte Derrick kurz und fest an sich. „Du hast ein gutes Herz. Ich bin froh, dieses Abenteuer mit dir zusammen durchgestanden zu haben, Junge."

Derrick war glücklich über dieses Lob. Aber die Seeschlange hatte etwas ganz anderes über ihn gesagt.

In den nächsten Stunden oder auch nur Minuten – ihr Zeitgefühl war vollends verloren gegangen – packte sie beide das Jagdfieber. Len und Derrick kämpften sich durch die Berge von alten Reliquien und stießen auf die erstaunlichsten Dinge, von denen sie teilweise noch nicht einmal geahnt hatten, dass es sie überhaupt gab. Derrick machte es Spaß, die Reichtümer zu durchstöbern und sich vorzustellen, wem sie einmal gehört hatten und wie sie in den Besitz der Schlange gelangt waren.

Lens Miene verfinsterte sich jedoch, denn er war auf eine Sammlung von Gegenständen gestoßen, die alle dem legendären König Tasekial gehört hatten. Er murmelte immer wieder vor sich hin, dass dies nicht mit rechten Dingen zugehen konnte.

Derrick war sich nach einer Weile sicher, dass jemand zumindest geplant haben musste, wie er die Schätze hier am sichersten unterbringen konnte. Denn im Gegensatz zum Rest des Schlangenhorts, den sie aus Ekel nicht weiter untersucht hatten, war diese Höhle möglichst trocken gehalten worden und alle wasserempfindlichen Gegenstände waren mit Leinentüchern umhüllt. So fand er zum Beispiel zwei vergilbte Gemälde, auf denen er nach längerem Betrachten ein längst verblichenes Königspaar erkannte. Doch sie mussten hier schon so lange liegen, dass auch die Schutzhülle nichts genutzt hatte. Schimmel fraß sich über das Gesicht der Königin und verunstaltete die Kleidung ihres Mannes. Ihre Umrisse waren verschwommen und Derrick konnte nur dank des beschrifteten Rahmens erkennen, wer diese beiden einmal gewesen waren.

In die goldbeschlagenen Truhen setzte er die meiste Hoffnung. Sie waren mit allerlei kleineren Teilen gefüllt und es war am wahrscheinlichsten, dass sie dort die Quellkrone finden würden. Zudem bereitete es ihm große Freude, die Kisten zu durchstöbern. In einer von ihnen hatte er ein ganz und gar vergoldetes Gebiss gefunden, in einer anderen einen verrotteten Stiefel, der seinem Besitzer wohl besonders am Herzen gelegen hatte.

Doch eine Truhe weckte seine Neugier ganz besonders: Sie war nur etwa halb so groß wie die übrigen und lange nicht so prächtig und protzig verziert. Allerdings war ihr Verschluss so verklemmt, dass er sie aus eigener Kraft nicht öffnen konnte. Auch Lens Versuche scheiterten. Nach den Jahrhunderten in der Höhle hatte sich das Metall des Verschlusses verbogen und war gerostet. „Wir brauchen irgendein Hilfsmittel, mit dem wir diese Truhe aufstemmen können!", überlegte er und sah sich um. Derrick griff kurzerhand nach einem kleinen Dolch und begann, die Schnalle aufzubrechen. Sofort gab die Truhe mit einem leisen Ächzen nach und sprang auf.

Sie starrten den Inhalt der Truhe verwirrt an. Es handelte sich bloß um einige Tücher, die zwar schon von allen möglichen Insekten angeknabbert worden waren, anscheinend aber aus Seide bestanden. Sie waren wohl einmal orange gewesen, doch die Farbe konnte man nur noch erahnen. Len hätte die Truhe am liebsten wieder zugeklappt und an anderer Stelle weitergesucht, doch Derrick ließ das nicht zu.

In ihm regte sich etwas und er spürte plötzlich mit absoluter Gewissheit, dass unter den Tüchern etwas Wichtiges verborgen war. Ohne Zögern griff er in die Truhe und zog die Stoffbahnen heraus. Darunter kam ein ganzes Sortiment an Ringen zum Vorschein. Siegelringe, Hochzeitsringe, Schmuckringe …

Len angelte einen heraus und entdeckte das eingravierte Wappen von Wegenn. Dies war der Siegelring eines verstorbenen Königs. Alles in dieser verborgenen Schatzkammer schien bedeutenden Personen gehört zu haben. Er steckte ihn sich probeweise an und betrachtete ihn. Er fühlte sich schwer an und sah nicht halb so königlich aus, wie er ihn sich vorgestellt hatte.

Derrick beachtete ihn kaum. Er starrte wie hypnotisiert auf die Ringe und konnte sich nicht von ihnen abwenden. Einer war schöner als der andere. Er spürte ein seltsames, warmes Kribbeln im Bauch. Irgendetwas in dieser Truhe zog ihn an. Seine Hand glitt wie von selbst hinein und griff scheinbar wahllos zu. Er hatte das sonderbare Gefühl, dass jemand Fremdes seinen Körper steuerte.

Langsam öffnete er seine Faust. Auf seiner Handfläche ruhte ein dünner Ring aus Elfenmetall. Die Oberfläche war mit zarten Mustern überzogen, die anscheinend winzige Blüten darstellten. Derricks Blick saugte sich an dem cremig orangefarbenen Edelstein fest, der in das Schmuckstück eingelassen war. Sofort wusste er, dass er diesen Ring behalten würde. Diesen und sonst keinen. Als er versuchte, ihn auf einen Finger zu schieben, stellte er fest, dass er nur am Ringfinger seiner linken Hand tatsächlich passte. Er musste wahrscheinlich einem Kind oder einer Frau gehört haben.

„Dieser hat etwas Besonderes an sich, findest du nicht?", fragte ihn Len plötzlich.

„W…was, ja?" Derrick sah nicht einmal hin. Der Edelstein schien, im schwachen Dämmerlicht der Höhle zu funkeln und zu strahlen. Er berührte das winzige Oval mit den Fingerspitzen und spürte den leichten Wärmeschauer, der seine Finger kribbeln ließ.

„Ich suche dann mal weiter. Wir sollten uns lieber beeilen und nicht die Zeit mit diesem Klunker vergeuden. Die Sonne geht wahrscheinlich bald unter", riet Len ihm. Tatsächlich war das dämmrige Licht noch weiter verblasst.

Derrick wusste nicht, was ihn an diesem Ring so fasziniert hatte, aber er würde ihn zweifellos als Andenken mitnehmen.

Weitere Ewigkeiten später entdeckte Len eine Ansammlung von Kronen, Diademen und verschiedenstem ausgefallenen Kopfschmuck. Langsam erkannte er, dass das vermeintliche Chaos einem System zu folgen schien. Im Vordergrund waren die besonders kostbaren und ansehnlichen Gegenstände wie Ausstellungsstücke angeordnet, sodass ein möglicher Betrachter sofort eine Auswahl der wertvollsten Reichtümer Illionäsias sah. Dahinter waren die vergleichsweise uninteressanten Schätze in Kisten, Truhen oder Stapeln zusammengefasst worden. Häufig wurden die Gegenstände nach ihrem Wert, Material oder ihrem ehemaligen Besitzer sortiert, aber es gab auch viele Ecken, in denen Ketten, Gemälde und Waffen gesammelt wurden.

Allerdings konnten sich Len und Derrick schlecht vorstellen, dass die Seeschlange sich in ihrer Einsamkeit in eine Frau verwandelt und ihre Reichtümer sortiert hatte. Derrick war sich ziemlich sicher, dass sie sich nicht besonders viel aus ihrem Besitz gemacht hatte. Das passte einfach nicht zu einem Ungetüm wie ihr.

Während er sich kurz ausruhte, beobachtete er, wie Len immer wieder Kronen zutage beförderte, sie abschätzig betrachtete und wieder sinken ließ. Ihre Suche war noch immer erfolglos. Derrick war müde und so erschöpft wie noch nie in seinem Leben. Er hatte das letzte Mal in der Höhle der Quellenzwerge geschlafen, und das auch mehr schlecht als recht.

Verwundert stellte er fest, dass er während ihrer Suche die Quellenzwerge beinahe vergessen hatte. Die letzten Ereignisse hatten ihre Gefangenschaft in den Schatten gestellt und verdrängt. Wie seltsam. Dass ein schreckliches Abenteuer mühelos von einem anderen übertrumpft werden konnte. Als würden sie von einem Albtraum in einen viel schlimmeren gleiten …

Er ließ seinen Blick über die Schatzkammer schweifen … und stieß keuchend die Luft aus. Ein Lachen bahnte sich einen Weg durch seine Kehle und brach hervor. „Len! Es war die ganze Zeit vor unserer Nase und wir haben es nicht bemerkt." Derricks Lachen perlte erleichternd und befreit durch den Raum. Er erhob sich von der Truhe, auf der er gesessen hatte, und deutete auf einen vergoldeten Gehstock, der am hinteren Ende der Kammer in eine erdige Lücke zwischen den Steinen gestoßen worden war. Die Spitze war schmal, elegant gezwirbelt und endete in einem prunkvoll verzierten Knauf. Und über den Knauf hatte jemand ein winziges Diadem gestülpt, das wahrscheinlich perfekt auf den Kopf des Großen Quells passen würde.

Len schloss sich seinem Lachen an, doch dann seufzte er. „Und wir haben uns die ganze Zeit vergeblich durch die Jahrhunderte gewühlt. Bei unserem Glück war das ja fast zu erwarten." Er wischte sich einen Schweißtropfen von der Stirn und griff nach der Miniatur-Krone.

Derrick stieß zu ihm und stellte sofort fest, dass die Krone einige Unterschiede zu denen der Menschen aufwies. Es handelte sich bloß um einen schlichten Reif aus einem ihnen unbekannten Metall, der an der Stirn etwas breiter wurde. Darauf war ein sehr detailgetreues Auge abgebildet und in die Innenseite waren befremdlich wirkende Schriftzeichen eingraviert. Derrick vermutete, dass es sich um die Namen der vergangenen Oberhäupter oder um heilige Worte der Zwerge handelte. Len übergab sie ihm und er bemerkte, dass die Krone kaum etwas wog.

„Seltsam, nicht? Wir unterscheiden uns in vielen Dingen von den Zwergen, doch es gibt weitaus mehr Gemeinsamkeiten, als uns lieb ist. Es ist fast, als würde man auf ungeliebte Verwandte stoßen, die einige unangenehme Eigenheiten entwickelt haben", überlegte Len.

Derrick nickte langsam. „Meint Ihr, sie sind tatsächlich mit uns Menschen verwandt?"

„Wieso nicht? Diese Reise bringt mich immer mehr zu der Überzeugung. Es war töricht von uns zu glauben, dass Menschen und Elfen die einzigen intelligenten Rassen auf diesem Kontinent sind. Aber was hältst du davon, wenn wir diesen Ort endlich verlassen und uns einen bequemen Platz zum Schlafen suchen?"

„Bequem? Ihr glaubt doch nicht ernsthaft, dass dort oben jemand ein weiches Bett für uns bereitgestellt hat." Derrick dachte voller Wehmut an den Luxus des Schlosses zurück. Wie sehr vermisste er jetzt die warmen Decken, in die er sich schon als kleiner Junge eingekuschelt hatte, wenn sein Vater wieder einmal einen Wutanfall bekam. Als er die Augen schloss, glaubte er, einen feinen Duft wahrzunehmen, der ihn an seine Mutter erinnerte. Sofort verzog sich seine Miene und er rief sich voller Schmerz in Erinnerung, wie auch sie ihn verlassen und verleumdet hatte.

Traurig folgte er Len zu der schmalen Wendeltreppe und begann, die Stufen emporzusteigen. Sie waren abgetreten und ließen ihn vermuten, dass die Schlange häufig Besuch bekommen hatte. Obwohl Besuch wahrscheinlich nicht der richtige Ausdruck war. Es fiel ihm schwer, sich vorzustellen, dass die Schlange selbst eine Gefangene gewesen war. Aber diese Vorstellung war womöglich nicht allzu weit von der Wirklichkeit entfernt. Derrick blickte nach oben und entdeckte über Len eine hölzerne Decke mit einem großen Loch, durch das grelles, warmes Tageslicht fiel. Er kniff geblendet die Augen zu und konzentrierte sich auf die Treppenstufen.

Kurz darauf fanden sie sich in einem winzigen Raum wieder, der schon seit Jahren verlassen sein musste. Das kleine Häuschen bestand aus groben Holzbalken, die jemand notdürftig zusammengezimmert hatte. Die Einrichtung bestand nur aus einem Tisch, einer Bank, die um zwei Seiten des Tischs herumlief, einem kleinen Schrank, einer Kochstelle und einem Lager, das vermutlich als Schlafplatz gedient hatte. Der Zugang zur Treppe konnte mit einer Luke verschlossen und sogar verriegelt werden, doch als Derrick dies versuchte, stellte er fest, dass die Scharniere eingerostet waren. Sie blickten sich überrascht an und sahen sich im Raum schweigend um.

Auf dem Tisch lagen einige Pergamente, die mit winziger, säuberlicher Schrift bedeckt waren. Daneben befanden sich ein einfacher Dolch, dessen Klinge von Blut oder Rost überzogen war, und ein irdener Krug sowie der dazugehörige Kelch und eine Schale. Derrick beugte sich über die Tischkante und blies vorsichtig den Staub von den Gegenständen.

„Was glaubt Ihr, wie lange der Besitzer fort ist?", fragte er Len leise. Er traute sich aus irgendeinem Grund nicht, die Stimme zu erheben. Die Hütte hatte eine sonderbare Atmosphäre über sie gelegt, die in ihm Ehrfurcht und Respekt weckte. In seinem Geist konnte er einen Menschen sehen, der hier gelebt hatte. Einsam und allein. Ein Mensch mit einer einzigen Bestimmung: einen vergessenen Schatz aus längst vergangenen Zeiten zu hüten. Derrick ahnte nicht, wie nahe er der Wahrheit bereits gekommen war.

Len öffnete den kleinen Schrank und entdeckte darin einige schlichte und einfach gefertigte Kleidungsstücke, zwischen denen einige wenige persönliche Gegenstände des Besitzers verborgen waren. Ein eigentümlich geformter Stein, Schnitzarbeiten, bei denen sich jemand sehr viel Mühe gegeben hatte, und ein aus Holz gefertigtes Musikinstrument.

„Len, seht Euch an, was hier steht!" Derrick hatte das dünne Pergament vorsichtig zur Hand genommen und sich in die winzigen Buchstaben vertieft. Beinahe glaubte er, den Schreiber sehen zu können, der hier seine letzten Worte für die Nachwelt festgehalten hatte, obwohl er geglaubt haben musste, dass sie nie jemand finden würde.

*Seit siebenunddreißig Sommern habe ich nun hier ausgeharrt, ohne dass etwas Nennenswertes geschehen ist, das den Schatz hätte bedrohen können. Weder haben die Feinde danach gesucht, noch habe ich Botschaft über unseren Sieg erhalten. Ich habe nun Gewissheit, dass meine Aufgabe und der Schatz in Vergessenheit geraten sind und es keinen Nachfolger für mich geben wird.*

*Ich habe mein Lebenswerk erfüllt und werde nun nach Hause zurückkehren, um dort mein wohlverdientes Ende zu finden. Der Schatz meiner Väter ist für alle Zeiten in Sicherheit, denn der Fluch ist von den beiden stärksten Magiern unserer Zeit über die Schlangenfrau verhängt worden und wird für immer auf ihr lasten. Es ist die Strafe für dieses Mischblut und gleichzeitig eine Gnade meiner Herren, dass sie den Schatz meines Volkes hüten darf, obwohl ihr Vater es mit einer vom wandelnden Volk verraten hat. Diese Kreatur hat kein Recht auf Leben und ist nicht in der Lage, Gefühle zu empfinden. Sie hat mehr Ähnlichkeit mit einem Monster als mit einem höheren Wesen. Tücke und Hinterlist zeichnen ihren Geist aus und so verstand sie es, auch mir immer wieder Angst einzujagen. Durch den Fluch ist sie jedoch an die Höhle gebunden und kann diese nicht verlassen. Es gehörte zu meinen schwersten Prüfungen, ihr jeden Tag aufs Neue zu widerstehen und sie zurückzudrängen. Wie dankbar war ich manche Abende*

*für die Gewissheit, dass sie mir in mein bescheidenes Heim nicht folgen konnte.*
*Die Einsamkeit hat mir am Anfang am meisten zu schaffen gemacht. Ich glaubte, nicht lange ohne die Gesellschaft anderer leben zu können, doch die Zeit lehrte mich etwas Besseres. Ich habe mich daran gewöhnt, auf mich allein gestellt zu sein, und kann die Nähe von anderen Lebewesen und die mit ihnen verbundenen Geräusche nicht mehr ertragen. Die Stille mit ihrer Sanftheit und Inspiration habe ich lieben gelernt.*

*Fremder, der du dieses Vermächtnis liest, sei dir bewusst, dass sich der Reichtum deiner Väter unter deinen Füßen befindet. Sie haben ihn dort vor allen Gefahren, Feinden und der Zeit selbst verborgen. Doch du kannst das Mischblut nur besiegen, wenn du es an List übertrumpfst und gegen die Angst, die selbst den stärksten Mann bei seinem abscheulichen Anblick befällt, gewappnet bist. Mögen dich die Allmächtigen behüten.*

*Ein getreuer Diener seiner Majestät König Tasekials von Illionäsia*

Derrick stieß keuchend die Luft aus. Mischblut. Die Schlange war von menschlichem Blut und trug noch die Gene einer weiteren, ihnen unbekannten Spezies in sich. Ihm wurde übel bei dem Gedanken. Dann jedoch überkam ihn ungewollt Mitleid mit der Kreatur. Sie musste über siebenhundert Jahre alt gewesen sein und hatte weder zu den Menschen noch zum Volk ihrer Mutter gehört. *Du bist wie ich.* Er gehörte nirgendwohin.
Und dennoch hatte er nichts mit dieser Bestie gemeinsam!
Sie hatte den Schatz bewachen müssen, war auch nach dem Tod ihres letzten Bewachers unfähig gewesen, diesen Ort zu verlassen. Er war frei und konnte gehen, wohin er wollte.
„König Tasekial! Dieses Pergament und der gesamte Schatz stammen noch aus der Zeit von Iramont und Esnail!", staunte Len. Es war kaum zu glauben, das noch vor 627 Jahren die Götter auf der Erde gelebt hatten.
„Und dieser Mann hat fast sein gesamtes Leben hier verbracht, um die Schlange und ihren Schatz zu bewachen", fügte Derrick hinzu.
„Meinst du, die Zwerge wussten davon?"
„Dass die Schlangenfrau ihre Krone hütete? Das hieße ja, dass sie uns

mit Absicht in den Tod geschickt hätten!" Derrick ballte die Hände zu Fäusten.

„Es würde aber auch ihre Angst vor dem Wasser erklären. Außerdem wäre es möglich, dass sie den Menschen begegnet sind."

„Wir werden ja sehen!"

„Ihr müsst Anno freilassen!", forderte Derrick.

Der Große Quell warf ihm einen finsteren Blick zu und kniff seine winzigen, dünnen Augenbrauen fest zusammen, als der Übersetzer ihm die Worte in seiner eigenen Sprache ins Ohr flüsterte. Len drehte die Krone verlockend in seiner Hand und tat so, als könne er sie im nächsten Moment fallen lassen. Die kniehohen Kreaturen quiekten jedes Mal wütend auf und warfen ihnen ebenso finstere Blicke zu wie ihr Anführer und dessen Übersetzer.

Dieses Mal wurden Len und Derrick nicht von der Leibgarde des Königs bedroht und sie hatten die Ehre, ganz in seiner Nähe zu sitzen. Sie waren am Morgen aufgebrochen und hatten rasch den Bach gefunden, ihn bis zur Quelle verfolgt und waren dort von den Zwergen aufgegriffen worden. Sie hatten sie dieses Mal als Gäste durch die weitverzweigten Gänge zu ihrem König geführt.

Der Übersetzer musterte sie eindringlich und schüttelte dann entschieden den Kopf. „Das gehen nicht. Anno hat unser Volk verraten, weil sie Menschenzunge gelernt hat. Wir können sie nicht wieder aufnehmen. Sie eine Verbannte."

Derrick konnte sich vorstellen, dass sie die kleine Zwergin ihr Leben lang mit Abscheu und Hass strafen würden, wenn sie sie nicht töten durften. Und dennoch war er sicher, das Richtige zu tun. Vielleicht war ewige Schande kein schönes Gefühl, aber die Freiheit war es wahrscheinlich wert.

„Gebt uns die Krone. Sie steht uns zu!", wurde ihnen der ausdrückliche Wunsch des Großen Quells mitgeteilt.

Len verzog den Mund. „Dafür müsst ihr Anno von jeder Schuld freisprechen. Lasst sie frei!" Seine Stimme duldete keinen Widerspruch, doch die Zwerge konnten den drohenden Unterton nicht einordnen. Der Große Quell gab ihnen schon allein durch seine Drohgebärden zu verstehen, dass er nicht bereit war, sein Urteil zurückzuziehen.

Len streckte den Arm über dem Höhlenfluss aus und grinste. „Na, wenn das so ist …"

Der Quell sprang auf und stürzte auf ihn zu. Er baute sich drohend vor ihnen auf, doch er verfehlte seine Wirkung, weil er Len kaum bis über die Knie reichte. Dann begann er, so rasend schnell zu sprechen, dass Derrick sich fragte, ob er zwischen den einzelnen Sätzen eigentlich Luft holte. Und sein treuer Untergebener hatte Mühe, alles wiederzugeben.

Erst als der Große Quell seine Hasstirade beendet hatte, erfuhren die beiden Menschen, was er gesagt hatte: „Wir können Menschen nicht trauen, weil sie halten Versprechen nicht und sind gierig nach Macht und Reichtum. Ihr gebt uns unseren Besitz nicht zurück und wollt eine Todgeweihte, die mit euch in Kontakt getreten ist, ihrer Strafe entziehen."

Len lachte bitter. „Ja, viele Menschen sind vielleicht habgierig und grausam, aber wir setzen uns für das Leben einer Unschuldigen ein, die unsere Freundin geworden ist."

Kurz darauf kam die Antwort: „Ihr mischt euch in Angelegenheiten an, die euch nichts angehen!"

Derrick reichte es. Er wollte dieser elendigen Diskussion ein Ende bereiten, obwohl ihm klar war, dass weder sie noch die Zwerge nachgeben würden, wenn nicht ein Wunder geschah.

„Wir haben dort unten unsere Leben aufs Spiel gesetzt! Dürfen wir dafür nicht eine winzige Gegenleistung verlangen? Ihr tut so, als würde es euch Schaden zufügen, wenn ihr Anno einfach gehen lasst! Ist euch eigentlich bewusst, was wir durchstehen mussten?"

Ihm drängte sich immer mehr das Gefühl auf, dass bei der ganzen Sache etwas faul war. Die Quellenzwerge wollten sie schnellstmöglich loswerden, keine Frage, und sie verheimlichen ihnen etwas Entscheidendes. Der Tod durch Ertrinken war für sie die leichteste Methode der Entsorgung für diese lästigen Menschen gewesen. Aber weshalb hatten sie solche Angst vor dem Wasser?

Der Große Quell hob beschwörend die Hände und wedelte damit in der Luft herum. Schlagartig wurde Derrick bewusst, was er die ganze Zeit über nicht wahrgenommen hatte.

Schwimmhäute! Die Zwerge besaßen Schwimmhäute und fürchteten sich dennoch vor dem Wasser wie die Katzen. Die dünnen Häutchen spannten sich deutlich sichtbar zwischen den Fingern der Zwerge.

Als Derrick Len von seiner Entdeckung in Kenntnis setzte, war dieser keineswegs überrascht. Auch ihm war aufgefallen, dass die Angst der Zwerge ihrer Natur widersprach. „Du hast recht!", flüsterte er dem Jungen ins Ohr. „Jetzt haben wir sie. Sie können nicht leugnen, dass ihr Körperbau sie zu ausgezeichneten Schwimmern macht. Sie wussten tatsächlich von der Schlange. Ganz, wie wir vermutet haben."

Derrick schüttelte wütend den Kopf. „Sie haben uns dort hinuntergeschickt, ohne uns zu warnen. Es scheint nicht so, als wollten sie diese Krone tatsächlich zurück."

Hinterhältige Kreaturen, miese Betrüger, Schwindler, Feiglinge, abscheuliche Würmer! Am liebsten hätte er ihnen all diese Schimpfworte ins Gesicht gebrüllt. Aber er konnte sich mit Mühe und Not beherrschen und stellte stattdessen den Großen Quell zur Rede.

Dieser schien für einen Moment sprachlos zu sein. Sein bläuliches Gesicht wirkte nicht länger wütend, sondern beschämt und traurig. Er senkte das spärlich behaarte Haupt und starrte die beiden Menschen aus müden Augen an. Das Oberhaupt der Quellenzwerge machte eine auffordernde Geste in Richtung seines Übersetzers und verzog dann den Mund, sodass einige seiner spitzen Zähnchen hervorblitzten.

„Großer Quell erlaubt mir, euch Geschichte zu erzählen", meinte der sonst so aufgeblasene Zwerg von einem Übersetzer kleinlaut.

Er forderte die Menschen auf, sich zu setzen, und begann dann mit der Geschichte. Der Geschichte eines kleinen Stammes voller harmloser Zwerge, die die Ungerechtigkeit der Menschen verbittert hatte. Derrick spürte, dass sie dieses Mal die Wahrheit erfahren würden, denn nun ergab alles einen Sinn.

Damals waren die Zwerge noch begeisterte Schwimmer, die jede freie Minute in ihrem Element verbrachten und kleinere Tiere in den Gewässern fingen.

Zu der Zeit, als der große Krieg zwischen Menschen und Elfen stattfand und die Zwerge sich bereits in die letzten Winkel der sieben Länder zurückgezogen hatten, fanden treue Untergebene Tasekials ihr Versteck unter der Quelle. Sie waren in der Überzahl und rotteten einen Großteil des Stammes aus, bevor ihnen bewusst wurde, dass sie die Hilflosigkeit der Wesen ausnutzen und ihr Gang-System als Versteck verwenden konnten.

Weiter unten am Fluss lebte damals noch ein weiterer, kleinerer Stamm der Zwerge, dessen Höhlen sie vollkommen ausraubten und verwüstet zurückließen. Die wenigen Überlebenden konnten sich mit letzter Kraft an die Quelle retten. Man hoffte, dass die Menschen sie vergessen und nie wiederkommen würden.

Doch die Menschen kehrten zurück. Sie hatten ihrem König Bericht erstattet und brachten kostbare Schätze mit, weil König Tasekial befürchtete, dass diese in die Hände der Elfen fielen, wenn sie den Krieg verlören. Sie brachten einen Wächter für den Schatz mit – halb Mensch, halb Cyrämne – der sich in eine entsetzliche Schlange verwandeln konnte und von ihnen verachtet wurde.

Angeblich besaß die Schlange die Fähigkeit, jemanden mit einem Fluch zu belegen. Jeder, der diesem Fluch unterlag, wurde zu einer Kreatur des Bösen, die ihrerseits andere tötete oder mit ihrem Kuss in den Wahnsinn trieb.

Das Halbblut wurde mithilfe zweier Magier an die Schatzkammer gebunden. Sie befahlen den Zwergen, ihr einmal im Jahr einen von ihnen als Opfer darzubringen, um sie nicht zu erzürnen. Die Menschen beuteten die kleinen Geschöpfe erbarmungslos aus und nahmen einige von ihnen als Sklaven mit. Und es blieb nicht bei diesen zwei Besuchen. Einer von ihnen blieb jedes Mal zurück und bewachte die Schlange, solange seine Gefährten fort waren. Jedes Mal brachten sie neue Reichtümer der Menschen mit und lagerten sie in den Hallen der Zwerge. Außerdem nahmen sie ihnen ihre Krone – ihr Zeichen der Macht – und brachten so noch mehr Schande über sie.

Die Quellenzwerge lernten notgedrungen ihre Sprache, übernahmen einen Teil ihrer Art und wollten ihnen ähnlich sein, um ihre eigene Kraft zu vergrößern. Doch die Grausamkeit, die dadurch auch zwischen ihnen entstand, veranlasste sie dazu, die menschliche Sprache zu verbieten. Nur einem einzigen Quellenzwerg war es erlaubt, weiterhin mit den Menschen zu reden, damit sie ihnen nicht hilflos ausgeliefert waren und Verhandlungen führen konnten. Dieses Erbe wurde jeweils an das älteste Kind weitergegeben. Jeder andere, der die menschlichen Gesten übernahm, wurde der Schlange geopfert. So kam es, dass sie das Wasser immer stärker mit der Schlange verbanden und sich davor fürchteten.

Als keine Menschen mehr kamen und auch der menschliche Wächter der Schlange vergessen wurde, blieben nur der Hass auf sie und die Abscheu. Der Frieden hatte etwas Trügerisches an sich, denn es war mehr von ihren Feinden in ihnen, als sie es bisher gespürt hatten.

Derrick zitterte. Die Zwerge hatten alles gewusst. Sie hatten ihnen soeben bestätigt, was sie schon vermutet hatten. Jetzt konnte er auch verstehen, weshalb sie sich ihnen gegenüber so abweisend verhalten hatten.

Er hatte Mitleid mit dem Großen Quell, der versucht hatte, sein Volk vor seiner größten Bedrohung zu schützen, und geglaubt hatte, dass Len und Derrick sie erneut auslöschen könnten.

Doch am meisten schockierte ihn das, was sie über die Schlange gesagt hatten. Wenn die Gerüchte, die die Zwerge sich erzählten, tatsächlich stimmten, würde er sich in ein Monster verwandeln. Eine Kreatur des Bösen. Alles in ihm gefror zu Eis und er schmeckte plötzlich Blut im Mund. Er hatte sich vor Anspannung auf die Zunge gebissen. Schnell schluckte er den metallischen Geschmack herunter und versuchte, nicht daran zu denken. Es war doch nicht möglich, dass die Berührung eines Mischwesens alles an ihm veränderte. Der Kuss einer Halbcyrämne konnte doch nicht anders sein als der eines Menschen? Höchstens vielleicht ekliger. Aber tief in sich spürte er, dass ein Tropfen Wahrheit an diesen Erzählungen war. Die Schlange hatte ihn nicht belogen. Nicht im Augenblick ihres Todes. Er hätte es in ihren Gedanken gesehen.

Er schwor sich, sich niemals zu verlieben. Nicht, wenn es bedeutet, jemanden dadurch zu verletzen.

„Ihr habt uns in den sicheren Tod geschickt! Mein Gott, eine Cyrämne! Wer konnte denn ahnen, dass diese Geschöpfe tatsächlich existieren. Wahrscheinlich haben wir mit ihr die ganze Art ausgerottet."

„Sie ist tot?", fragte der Übersetzer mit einem Anflug von Erleichterung.

„Ja, verdammt! Derrick hat sie getötet. Dafür könntet ihr uns wenigstens ein bisschen Dankbarkeit entgegenbringen", fauchte Len zurück.

„Lasst sie", beruhigte ihn Derrick. „Ich glaube, sie werden ihre Meinung ändern. Könnt Ihr Euch nicht vorstellen, was sie für eine Angst vor uns hatten?" Noch immer spürte er die Blicke der Zwerge auf sich. „Wir sind anders als diejenigen, von denen ihr so verletzt worden seid", versuchte er zu erklären. „Jeder Mensch ist anders, genau wie ihr euch voneinander unterscheidet. Es gibt viele unter uns, die den Wert eines Lebewesens zu schätzen wissen. Ihr braucht uns nicht zu verstehen, aber gebt Anno eine Chance."

Als der Übersetzer seine Worte diesmal an alle weitergab, wurde langsam zustimmendes Gemurmel laut. Len schob die Krone vorsichtig vor den Großen Quell, bereit, sie wieder zurückzuziehen. Doch dieser hatte nur noch eine einzige Bedingung. Er verlangte, dass sie niemandem von ihrer Begegnung erzählen und nie zu ihnen zurückkehren würden.

„Keiner wird erfahren, dass es hier einen Zwergenstamm gibt, und was die Schätze angeht … auch nach ihnen wird niemand suchen. In unserer Welt sind sie längst in Vergessenheit geraten und wir sind nicht an ihnen interessiert." Len reichte dem Quellkönig die Hand und schüttelte sie vorsichtig, als hätten sie einen Vertrag geschlossen. Der Winzling musste zu ihm aufsehen, obwohl Len sich hingekniet hatte, und in seinen Augen lag plötzlich ein seltsamer Glanz.

Derrick lächelte. Wenn es sich nicht um einen Zwerg gehandelt hätte, hätte er vermutet, dass er Freude und tiefe, aufrichtige Dankbarkeit empfand. Vielleicht waren sie sich doch ähnlicher, als sie alle dachten.

*Du bist wie ich.* Selbst an den Worten der Schlange war aus dieser Sicht etwas Wahres.

Kurze Zeit später wurde Anno von zwei Wächtern hineingeführt. Sie trug Fesseln an den Handgelenken, doch auf einen Befehl des Großen Quells durchtrennten ihre Begleiter diese mit winzigen Messern. Annos Augen waren vor lauter Angst weit aufgerissen und Tränen verschmierten ihr Gesicht, das auf die beiden Menschen viel friedfertiger wirkte als die der Krieger, die sie zu Anfang gefangen genommen hatten.

Doch als sie Len und Derrick sah, hellte sich ihre Miene auf und sie schenkte ihnen ein zartes Lächeln, bei dem sich ihre Eckzähne zwischen den Lippen hervorschoben. Sobald sie frei war, warf sie sich dem Großen Quell zu Füßen und wartete geduldig auf sein Urteil. Derrick konnte sehen, wie das Herz in ihrer Brust schneller schlug, so stark pochte es in ihrem zerbrechlichen Körper.

Der König der Quellenzwerge sprach in seiner rauschenden Sprache zu ihr und legte ihr eine Hand auf den Kopf. Als er sie zurückzog, richtete sie sich wieder auf und wäre ihm vor Begeisterung fast um den Hals gefallen. Nachdem sie ihr Oberhaupt mit einem Redeschwall überschüttet hatte, wandte sie sich an die Menschen und wollte diese an sich drücken. Derrick kam es komisch vor, wie sie sich an seinen Arm presste und ihren bläulichen Kopf an seine Haut schmiegte. Sie fühlte sich eiskalt und glatt an. Als wäre sie für ein Leben im Wasser geschaffen. Ihre gelben Augen strahlten ihn an, bevor sie sich an Len Ording wandte und auch diesen umarmte.

Der Übersetzer erklärte ihnen, dass sie zu einem benachbarten Stamm auswandern würde, in dem ihre Familie lebte. Sie würden sie dort nicht wie eine Ausgestoßene behandeln.

Derrick spürte, wie ihn trotz allem ein Glücksgefühl durchdrang. Sie befanden sich endlich wieder auf dem richtigen Weg. Nach all den Strapazen der letzten Tage würde es schön sein, einfach nur noch zu laufen, die Natur zu genießen und miteinander zu reden. Sie waren unterwegs nach Milbin, der größten Stadt Illionäsias, und dort waren sie ganz bestimmt sicher vor angriffslustigen Zwergen und sarkastischen Schlangen!

# Das Atelier

Lucia war nicht die Einzige, die die Gestalten im Garten bemerkte. Plötzlich keuchte jemand erschrocken auf und alle drehten sich zum Fenster um. Figuren begannen, über die Wände zu tanzen – dunkle, bedrohliche Schatten, verschwommen und ungewiss. Vor Schreck hielt Lucia die Luft an und hoffte, im nächsten Moment aus diesem kein Ende nehmenden Albtraum aufzuwachen.

Gregorius Greggin war einer der Letzten, die bemerkten, was sich im Garten abspielte. Sein erster Gedanke galt seinen Pflanzen, die er so liebevoll gezüchtet und umsorgt hatte. Was auch immer da draußen war, es musste sich mitten zwischen ihnen befinden und es nahm bestimmt keine Rücksicht auf seine Lieblinge. Dann besann er sich auf das Wesentliche und erhob sich einigermaßen gefasst aus seinem Sessel, um die Fackelträger besser sehen zu können. Doch das Einzige, was er erkennen konnte, waren schattige Fratzen auf groben Leibern, die sich entschlossen auf sein Heim zu bewegten und es zu umstellen begannen.

„Was soll das?", fragte er empört, mit dem unguten Gefühl, dass die anderen darauf ebenfalls keine Antwort wussten. „Ich muss etwas unternehmen", ging es ihm durch den Kopf. „Ich muss alle in Sicherheit bringen. Nicht auszudenken, wenn meinen Kindern oder meiner Frau etwas zustoßen sollte."

Von dem Gedanken an seine Familie beflügelt, erteilte er den Befehl, sich in der Eingangshalle zu versammeln und das Schlossportal zu verschließen, bis sie wussten, mit wem oder was sie es zu tun hatten.

Nun brach auch im Ballsaal Panik aus. Als Lucia den anderen aus dem Raum folgte, kamen ihnen lauter verängstigte Leute entgegen, die aus dem Portal zu fliehen versuchten. Eine Frau stieß sie rücksichtslos zur Seite, in der Hoffnung den Ausgang zu erreichen, bevor er von ihren mysteriösen Angreifern verstellt wurde. Der Fürst versuchte, die aufgebrachte Menge zu beruhigen, während es Lord Sorron und einigen anderen gelang, die massiven Flügeltüren mithilfe von Holzpflöcken zu verriegeln.

„Bitte bleibt ruhig! Wir haben alles unter Kontrolle. Es gibt keinen Grund zur Sorge, wir sind in der Lage, uns gegen jegliche Feinde zur Wehr zu setzen."

Seine Worte klangen viel zuversichtlicher, als er es sein konnte, und sie strahlten eine unerbittliche Kraft und Hoffnung aus. Nach und nach verebbte die Panik und wich einer bodenlosen Angst vor dem Unbekannten.

Lucia rappelte sich wieder auf und lehnte sich an ein Treppengeländer. Sie hatten Jekos' Geschichte nicht gehört. Sie hatten nicht diese unheimliche Gewissheit.

Lucia zuckte zusammen, als Lilliana sie an der Schulter berührte. „Bist du in Ordnung?"

„Ja."

„Wo warst du? Als ich aufgewacht bin, warst du schon verschwunden." In ihrer Miene lagen Besorgnis und Verwirrung, es war ein Spiegelbild ihrer eigenen Gefühle.

„Jekos ist hier", flüsterte Lucia. „Er wurde von Trollen angegriffen. Glaub mir, sie sind es. Sie sind ihm bis hierher gefolgt."

Lilliana keuchte. „Trolle? Ich hätte nicht …" Natürlich nicht. Keiner von ihnen hätte damit gerechnet. Zitternd schlossen sich die beiden Mädchen in die Arme und versuchten, sich gegenseitig ein wenig Sicherheit zu geben.

Drückende Stille breitete sich in der Halle aus. Nur das leise Wimmern einiger Frauen war zu hören und kurze, hastige Sätze. Als fürchteten alle, die Angreifer würden sie finden, wenn sie sich zu laut verhielten. Dabei waren sie nicht zu übersehen. Das hell erleuchtete Schloss musste in der Dunkelheit schon von Weitem sichtbar gewesen sein.

Dann klirrte irgendwo eine Scheibe, ein Luftzug strömte herein und die Lichter einiger Kerzen verloschen flackernd. Ein unterdrückter Aufschrei drang aus dem Ballsaal. Wie versteinert standen alle da und warteten darauf, dass etwas geschah. Lucia erfasste das nackte Grauen, als ihr klar wurde, wie leicht die Trolle durch die Fenster eindringen konnten. Die Lords hatten schließlich nur das Hauptportal verriegelt. Und welche andere Absicht konnten sie haben, wenn sie mitten in der Nacht das Schloss umstellten und die Bewohner und Gäste in Angst und Schrecken versetzten?

Langsam öffnete sich die Tür des Ballsaals und eine zierliche Gestalt erschien, die Lucia vage bekannt vorkam. Sie musterte die Frau genauer. Sie trug die gyndolinische Uniform und war im Gegensatz zu Lord Jekos weder verdreckt noch ernsthaft verletzt.

„Lady Miara?", fragte Lord Sorron überrascht und lief der Frau entgegen.

Diese nickte müde und ließ zu, dass ihre Kameraden sie umarmten und mit Fragen bombardierten.

In Lucia regte sich etwas, das glauben wollte, dass die ganze Aufregung eine harmlose Erklärung hatte, doch ihr Verstand war mittlerweile fest vom Gegenteil überzeugt.

„Sie ... sie lassen sie frei", gab Miara mühevoll von sich. Dann konnte sie die Tränen nicht mehr zurückhalten und schlug sich die Hände vors Gesicht.

„Ihr seid hier in Sicherheit. Keiner wird Euch etwas tun", versicherte Lord Sorron ihr. Abrupt verstummte das Schluchzen. Miara hob den Blick und stieß ein bitteres Lachen aus.

„Hört doch auf, so naiv zu sein. Wir sind nirgendwo vor ihnen in Sicherheit. Wenn sie wollten, wäre ich schon längst tot ... Und ihr auch."

Fürst Greggin drängte sich durch die Menge und gesellte sich zu seinen gyndolinischen Gästen. „Wer? Von wem sprecht Ihr eigentlich und weshalb haben sie uns noch nicht getötet, wenn sie doch die Möglichkeit dazu besitzen?"

„Die Trolle. Sie werden den anderen nichts tun, wenn wir ihre Forderung freiwillig erfüllen. Ich weiß nicht, was sie ihnen sonst antun werden."

„Von was für einer Forderung sprecht Ihr?" Sorgenfalten überzogen die Stirn des Fürsten. Lucia konnte deutlich spüren, dass er Mühe hatte, seine Autorität zu bewahren. Ihre Finger tasteten nach dem Stein – sie hatte ihn an diesem Abend in eine winzige Tasche in ihrem Kleid gesteckt. Als sie ihn zitternd herausfischte, glühte er noch stärker als vorher.

„Sie wollen ... dass Ihr ihnen die Prinzessin übergebt. Sie wollen Lucia!"

Die Worte trafen Lucia wie ein Blitzschlag und ließen sie erstarren. Lilliana drückte sie fester an sich, um zu verhindern, dass sie stürzte. Alle Blicke richteten sich auf die beiden. Keiner, am wenigsten sie selbst, konnte glauben, dass wilde, barbarische Wesen das Leben der jungen Prinzessin gegen das von vierzehn anderen Menschen verlangten.

„Wir werden sie ihnen nicht freiwillig geben!", schrie jemand wütend. Lucia schüttelte langsam den Kopf. Sollten die anderen sterben, nur damit sie gerettet würde? Nur weil sie eine Prinzessin war? Sie wollte nicht, dass sich jemand für sie opferte. Es würde sie ein Leben lang verfolgen. Außerdem war noch nicht klar, ob sie der Bedrohung standhalten konnten.

„Sie haben uns Zeit gegeben, darüber nachzudenken. Morgen Mittag verlangen sie eine Antwort. Ansonsten werden sie versuchen, in das Schloss einzudringen", erklärte Lady Miara.

Fürst Greggin schien sich endlich zu einer Reaktion durchgerungen zu haben. „Bringt Frauen und Kinder in die Gewölbe. Dort sind sie am sichersten. Und verschließt alle Türen und Fenster. Am besten ihr verstärkt sie mit Möbeln. Es ist wahrscheinlich, dass sie durch diese Schwachstellen einzudringen versuchen."

Einige liefen sofort los, um seine Anweisungen zu befolgen. Vielleicht hatten sie sich bereits gefasst oder aber sie wollten sich durch irgendeine Beschäftigung von ihrer Angst ablenken und mit anpacken. Viele blieben jedoch verunsichert stehen und sahen zu, wie sich das prächtige Schloss in eine notdürftige Festung verwandelte.

Lord Sorron barg den Kopf in den Händen, atmete tief ein und straffte sich. Auch für ihn war es nicht einfach, die sich überstürzenden Ereignisse zu begreifen. Er erinnerte sich an seine Ausbildungszeit, in der sie auch auf Belagerungen vorbereitet worden waren. Nie hätte er gedacht, dass er einmal in eine solche Situation geraten würde und seine theoretischen Fähigkeiten anwenden müsste.

Sorron beobachtete aus dem Augenwinkel, wie alle Frauen, die Kinder und auch viele der Männer in die Kellergewölbe liefen. Dann bemerkte er Lucia. Ihr Gesicht war leer und ausdruckslos. Sie klammerte sich an das Treppengeländer, als könnte es sie irgendwie beschützen oder ihr die Sicherheit bieten, die sie gerade verloren hatte. Von ihrer Freundin war nichts mehr zu sehen.

Er ging zu ihr und legte ihr beruhigend den Arm auf die Schulter. „Keine Angst. Euch wird nichts geschehen. Keiner von uns wird Euch im Stich lassen oder ausliefern." Er bemühte sich, so viel Wärme, wie er aufbringen konnte, in seine Worte zu legen, denn er mochte die Tochter des Königs wirklich. Doch er bemerkte selbst, dass es für sie wie der lächerliche Versuch eines Erwachsenen wirken musste, der sich in ihre Lage versetzen wollte. „Ich schwöre es. Ich werde Euch mit meinem Leben verteidigen", fügte er wie eine Beschwörungsformel hinzu.

Lucia nickte langsam. „Danke", murmelte sie.

In ihr war eine Welt zusammengebrochen. Denn bisher hatte sie noch immer gedacht, dass sie geborgen und weit entfernt von jeder Gefahr war. Es kam ihr vor, als wäre sie aus einem jahrelangen Traum erwacht und als stieße sie jemand rücksichtslos in die Realität. Ihre Welt, in der man alles mit Güte und Gerechtigkeit richten konnte, drohte zu zerplatzen wie ein empfindlicher Wassertropfen, der auf hartem, felsigem Untergrund aufschlug.

Die Kellergewölbe waren feucht und kühl. Der Eingang war unter einer hölzernen Luke verborgen, die unter der rechten der beiden großen Treppen lag. Wie sich herausstellte, bestanden sie aus mehreren Lagerhallen voller Vorräte, einigen unbenutzten Zimmern und einem Gebetsraum zu Ehren der Götter. Der Gebetsraum war in dieser Nacht zum ersten Mal überfüllt, weil sich die Menschen geradezu darum stritten, um die Gnade der Götter bitten zu dürfen.

Als Lucia eintrat und die vielen Menschen vor den reich verzierten Wänden knien sah, schoss ihr ein einziger Gedanke durch den Kopf: Heuchler. Einige edle Damen tuschelten sogar miteinander und kümmerten sich nicht darum, dass sie die anderen bei ihrer Meditation störten.

Lucia war noch nie eine Freundin von Meditationen gewesen, weil sie es nie geschafft hatte, ihren Geist von allen Gedanken und Gefühlen zu reinigen. Sie hoffte nur darauf, dass sie wenigstens ein bisschen Ruhe finden konnte und die Konzentration sie von ihrer Angst zumindest für kurze Zeit erlöste. Sie lehnte sich in den Türrahmen und versuchte, die aufwühlenden Emotionen aus ihrem Kopf hinauszudrängen. Doch immer wieder glitt ihre Aufmerksamkeit zu den Wänden, auf denen die Symbole der beiden Götter zu sehen waren. An die rechte Seite hatte jemand schwungvoll einen Lebensbaum gepinselt. Er war kräftig und besaß eine ausladende Krone mit dichten grünen Blättern. Der Baum war das Zeichen Esnails, des Wahrhaftigen. Er war wie der Baum mächtig und stark mit der Erde verbunden, also der Wirklichkeit. Für Lucia hatte Esnail immer etwas Gelassenes an sich. Schon als sie klein war, hatte sie ihn sich vorgestellt wie einen alten Mann, der viel lachte und immer ein gutes Wort für sie hatte.

Iramont war das komplette Gegenteil. Ihr Zeichen war eine wunderschöne und zarte Sternenblume. Die milchweiße Blüte mit den Zacken stand für neue Möglichkeiten, neues Leben und Hoffnung. Das Schicksal einer so winzigen Blume war noch lange nicht entschieden. Sie konnte unter viel Liebe und Sorgfalt gedeihen und zu einem Baum heranwachsen oder aber verwelken, wenn man sich nicht um sie kümmerte. Die Sternenblume war das Zeichen für die Zukunft. Sie erinnerte mit ihrer strahlenden Schönheit an die richtigen Sterne. So war Iramont für Lucia: ein Stern in der Nacht. Die Hoffnung, das Versprechen von Gutem, trotz allem Übel.

Endlich ruhte ihr Blick auf dem Becken mit Wasser, das in den Boden eingelassen war. Kleine Kerzen schwammen darauf und spendeten Licht.

Lucia schloss die Augen. Sie spürte, dass sie dem Zustand vollständiger Ruhe näher gekommen war als sonst. Eine gnädige Stille breitete sich in ihr aus.

Doch plötzlich machte sich ein bitterer Beigeschmack bemerkbar und alles kehrte zu ihr zurück. Die Ungewissheit, was draußen geschah, ließ ihre Augenlieder flattern. Nach einigen Minuten des angespannten Schweigens erhob sie sich.

Leise schlich sie hinaus und betrat einen der Lagerräume, in dem gerade einige Frauen und Männer damit beschäftigt waren, notdürftige Schlafplätze herzurichten. Dafür hatten sie Berge an Bettwäsche und Teppichen aus dem Schloss geholt. Es sah schon recht gemütlich aus, aber Lucia konnte sich nicht vorstellen, wie sie es lange in diesen kalten Gewölben aushalten sollten. Bestimmt gab es hier Schimmel und Krabbeltiere.

Sie half mit, breitete Teppiche aus und legte Kissen und Laken darüber, platzierte Polster und sorgte dafür, dass es jeder zumindest einigermaßen bequem und warm haben würde.

Nach einiger Zeit blickte Lady Zynthia auf und musterte sie besorgt. „Lucia, Ihr seid ja ganz blass!" Besorgt legte sie ihr eine Hand auf die Stirn. Sie fühlte sich kalt wie Eis an. „Ihr habt Fieber, Prinzessin", stellte Zynthia fest.

Lucia schwieg. Genauso fühlte sie sich. Krank und müde. „Legt Euch hin und ruht Euch aus. Kein Wunder, dass Ihr krank werdet. An Eurer

Stelle würde es mir nicht besser gehen. So viel Aufregung kann man einem Kind doch nicht zumuten." In ihrer Stimme klang beinahe mütterliche Besorgnis mit.

„Ich wünsche mir schon fast, auf meinen Vater gehört zu haben. Dann wäre ich jetzt in Gyndolin und all das hier wäre nicht geschehen."

„Sagt so etwas nicht. Es ist nicht Eure Schuld. Woher wollen wir denn wissen, was in den Köpfen dieser Ungeheuer vor sich geht?"

„Wie geht es oben voran?", fragte Lucia und gähnte.

Zynthia seufzte. „Die Türen sind alle verschlossen und werden wohl eine Weile standhalten. Wir haben jemanden rausgeschickt. Er soll Lord Revin alarmieren. Er ist als Einziger nicht zum Ball erschienen und kann vielleicht Unterstützung holen. Hoffentlich beeilt er sich."

Lucia kuschelte sich in die warme Decke. Sie spürte noch, dass sie zugedeckt wurde, dann war sie schon eingeschlafen.

Als sie erwachte, sah sie mitten in Gilgars schmales Gesicht. Er schreckte zurück, als hätte sie ihn bei etwas Verbotenem erwischt, und seine Wangen wurden eine Spur dunkler. „Wie geht es dir?", fragte er leise und kratzte sich verlegen am Kopf.

„Nicht so gut", erwiderte Lucia. Sie stellte fest, dass um sie herum alle schliefen. Was, bei Iramont, hatte Gilgar vor?

Viel zu schnell setzte sie sich auf und wurde dafür mit durchdringenden Kopfschmerzen bestraft. „Soll ich dir etwas zeigen? Vielleicht würde es dir dann besser gehen!", schlug Gilgar plötzlich vor.

„Kommt darauf an, was es ist", meinte sie herausfordernd.

„Dafür musst du aber mitkommen! Wir müssen leise sein, um nicht alle zu wecken."

Er führte sie aus dem Zimmer heraus und den Gang entlang. Am Ende bog er ab und sie durchquerten einen weiteren Raum, in dem Weinfässer gelagert waren. Gilgar öffnete eine alte Holztür, die sie beinahe übersehen hätte, und hielt sie ihr auf. Erst, als er eine Öllampe entzündet hatte, war es hell genug, um etwas zu erkennen. Sie war in Gilgars privater Schatzkammer gelandet, der Ort, an den er sich zum Dichten und Denken zurückzog. Aber er sammelte nicht nur Gedichte. Überall auf dem Boden verstreut lagen Kunstwerke. Detaillierte Zeichnungen, Skizzen und Malereien von Pflanzen, Tieren und Landschaften. Sie hob einen der Papierbögen auf. Neben seiner unverwechselbaren Schrift, die ihr jedoch diesmal um einiges ordentlicher erschien, hatte er die sorgsame Abbildung einer Rose platziert. Gespannt las sie den Text dazu:

> *Sieh, wie hold die Röslein blühn,*
> *sie die Köpf' zur Sonne ziehn,*
> *Blüten so unendlich schön,*
> *ihre Körper leuchten grün.*

„Das ist nicht von mir", bemerkte Gilgar.
„Und das Bild?"
„Das schon."
„Sie ist wirklich schön geworden. Du hast Talent", staunte Lucia.
„Naja, ich habe lange geübt, bis ich es so hinbekommen habe."
„Du hast keinen Grund, bescheiden zu sein."

Lucia wanderte umher und bestaunte alles. Sie entdeckte ein kleines Kaninchen und fragte sich, wie er es so naturgetreu nachgezeichnet hatte. Bei ihr hatten diese scheuen Tiere nie zugelassen, dass sie auch nur in ihre Nähe kam. Gilgar erklärte ihr, wie er tagelang immer wieder nach Kaninchen Ausschau gehalten hatte und seine Skizze immer wieder ausgebessert hatte.

Schließlich entdeckte sie den Kasten, in dem er seine Stifte und Farben aufbewahrte. „Mein Vater bringt sie mir mit, wenn er von seinen Reisen zurückkehrt", erzählte Gilgar. Dann schritt er zu einer Leinwand hinüber, die noch blütenweiß war. „Willst du, ich meine, möchtest du, dass ich dich zeichne?"

Lucia brachte ein gequältes Lächeln zustande. Sie hasste das lange Warten und das Dauergrinsen, das für Porträts unumgänglich war. Außerdem fand sie die Situation dafür unpassend.

„Wie lange brauchst du für ein Porträt?", fragte sie vorsichtshalber.

„Nicht sehr lange", beruhigte er sie. „Wenn ich mich beeile und du stillhältst: nicht länger als eine halbe Stunde."

„Das will ich hoffen." Sie machte es sich auf einem Stuhl bequem, den er ihr hastig hingeschoben hatte, und beobachte, wie er mit ein paar Handgriffen mehrere Kerzen so hinstellte, dass sie Lucia gut beleuchteten.

Nach und nach entstand unter Gilgars Händen ein Kunstwerk. Es war nicht zu leugnen, dass er ein Meister war, der sich darauf verstand, Lucias Gefühle unter ihrem schwachen Lächeln zum Ausdruck zu bringen. Auch ohne Farbe konnte man erkennen, wie strahlend schön ihre Augen waren. Ihren Mund hatte er besonders weich geschwungen und ihr Haar, das sie hinter das Ohr gestrichen hatte, sah aus, als würde ihr im nächsten Moment eine Strähne ins Gesicht fallen. Das ganze Bild sah aus wie Lucia, es war Lucia. Wer es ansah, musste zweifellos glauben, sie vor sich zu haben, sie spüren zu können. Jemand, der ihr noch nie begegnet war, würde bei diesem Anblick ganz genau wissen, wer und vor allem was sie war. Ein stolzes, neugieriges und momentan sehr verzweifeltes Mädchen.

Als Gilgar sein Werk beendet hatte, stand sie auf und betrachtete es nachdenklich. Dabei fing sie seinen Blick auf. Seine Augen leuchteten vor Entzücken und es wirkte beinahe zärtlich, wie er über die Leinwand strich.

„Das bin ich", flüsterte sie nur und fasste ihre Nase an, als wollte sie prüfen, ob sie noch in ihrem Gesicht war und nicht auf dem Papier. „Behalte es, Gilgar. Vielleicht wirst du eines Tages berühmt werden." Er konnte nur mühsam seine Enttäuschung darüber verbergen und drängte sie dazu, wenigstens ein anderes Bild auszusuchen. Sie entschied sich für ein Motiv mit einer Smingfe, die auf einer Hand saß und sich in der Sonne rekelte.

„Warum hast du dein Atelier hier unter der Erde? Hier ist doch kaum Licht."

„Es war der einzige Raum des Schlosses, der dafür geeignet war. Niemand wird mich hier stören. Es weiß keiner, dass ich hier unten bin. Außerdem zeichne ich meistens draußen. Und dichten kann ich überall. Selbst die Dunkelheit ist inspirierend. Findest du nicht?"

„Ich weiß nicht. Ich habe noch nie ein Gedicht geschrieben." Sie betrachtete die restlichen Bilder. Sie waren alle wunderschön und einzigartig.

„Wie ist das Leben einer Prinzessin?", fragte Gilgar abrupt.

Sie dachte darüber nach.

„Einsam. Hauptsächlich einsam. Nicht so schön, wie sich das alle vorstellen. Meine einzigen Freunde sind die Angestellten. Sie mögen mich um meiner selbst willen. Aber meine Stellung ist zu hoch, als dass ich ständig mit ihnen zusammen sein könnte."

„Was ist mit deinen Brüdern? Lord Edward, ich habe viel von ihm gehört!"

„Edward? Ja … er ist sehr klug und tapfer, aber er hat nur noch selten Zeit für mich. Er besucht gerade Königin Rosetta von Lirin. Sie soll sich mit dem künftigen Herrscher von Gyndolin bekannt machen. Vater spricht es nie aus, aber es ist offensichtlich, dass er König werden wird. Vielleicht wird er Prinzessin Dalima heiraten. Dann bekomme ich eine Halbelfe als Schwägerin." Kurz zischten ihr kleine Elfenbabys durch den Kopf, die alle aussahen wie Edward. Tante Lucia. Sie verwarf den Gedanken so schnell, wie er gekommen war. Sie hatte noch nie eine Elfe gesehen und wusste nur, dass sie den Menschen zwar sehr ähnlich waren, aber länger lebten und stärker mit der Natur verbunden waren.

„Ich kann dich verstehen", sagte Gilgar leise. „Mir geht es genauso. Diese Einsamkeit. Manchmal glaube ich, adelig sein heißt keinen Spaß zu haben, von der Außenwelt abgetrennt zu sein."

„Manchmal habe ich mir gewünscht, anders zu sein. Es ist kein bisschen toll, eine Prinzessin zu sein", fügte Lucia hinzu. Den strahlenden Blick, den Gilgar ihr zuwarf, bemerkte sie gar nicht. „Aber jetzt nicht mehr", sprach sie weiter. „Wir haben enormes Glück und ich finde, wir sollten das nutzen, um Gutes zu tun. Es hat doch keinen Sinn, sich selbst sein ganzes Leben lang zu bedauern." Lucia hatte sich seit ihrem Aufbruch in Mirifiea sehr verändert. Sie wusste, dass sie ihr Schicksal selbst in die Hand nehmen konnte und musste. Das hatte sie Lilliana zu verdanken und allem, was sie während der Reise miteinander erlebt hatten.

Gilgar hatte kaum mitbekommen, was sie gesagt hatte. Er hatte einfach dem Klang ihrer Stimme gelauscht und darüber alles andere vergessen. Ein unerfindliches Gefühl sagte ihm, dass sie genauso war wie er. Der richtige Moment war gekommen.

Lucia stellte irritiert fest, dass Gilgar die Augen geschlossen hatte und tief Luft holte. Als er sie wieder ansah, war irgendetwas anders. Wenn sie es nicht besser gewusst hätte, hätte sie vermutet, dass er Kraft sammelte und sich für irgendetwas ein Herz fasste. Plötzlich fühlte sie sich unwohl. Seine Nähe war ihr unangenehm. Sie wich zur Seite und wollte sich wieder auf den Stuhl setzen, doch sein Blick war jetzt so eindringlich auf sie gerichtet, dass sie es nicht über sich brachte. Was war mit ihm los?

„Lucia?", fragte er leise.

„Ja?", entgegnete sie vorsichtig. Sie war unfähig, etwas Intelligentes von sich zu geben.

Gilgars Gesicht wurde weicher. Er wirkte mit einem Mal schrecklich zerbrechlich und noch schüchterner als sonst. Seine Lippen bewegten sich auf und ab, als suchte der sonst so wortgewandte Dichter verzweifelt nach den richtigen Worten.

Schließlich starrte er verlegen zu Boden und sagte: „Lucia, ich möchte dich fragen, ob … ob du mich heiraten willst."

Lucia war sprachlos. Hatte er das gerade wirklich gesagt? Heiraten? War irgendetwas zwischen ihnen geschehen, was sie verpasst hatte? Hatte er vergessen, dass sie gerade erst fünfzehn war und sie sich erst seit drei Tagen kannten? Und wenn sie genauer darüber nachdachte: Der Mann ihrer Träume sah bestimmt nicht aus wie Gilgar. Sie schluckte die Überraschung so gut wie möglich herunter und bemühte sich, ihn nicht anzustarren.

„Ich meine natürlich nicht jetzt, sondern später, wenn wir erwachsen sind!", versuchte er, sich zu erklären.

Lucia wusste noch immer nicht, wie sie reagieren sollte. Ihr Gesichtsausdruck sagte mit Sicherheit mehr als alle Worte, doch sie hatte Angst, ihn dadurch zu verletzen. Für sie gab es nur eine Antwort auf seine Liebeserklärung und sie suchte panisch nach einer Lösung, wie sie ihm diese so schonend wie möglich beibringen konnte.

Sie setzte zum Sprechen an. „Ich …", stotterte sie hilflos.

„Lucia, ich wusste vom ersten Moment an, dass du etwas ganz Besonderes bist. So wie du ist keine andere. Wenn du lachst, geht die Sonne auf und …"

„Moment mal", unterbrach sie ihn vorsichtig. Endlich hatte sie den Mut aufgebracht, ihm zu widersprechen. „Es tut mir sehr leid, Gilgar, aber mir geht es nicht wie dir. Ich meine, wir kennen uns erst seit ein paar Tagen und ich weiß nicht, ob ich irgendjemandem so ein Versprechen geben könnte. Verstehst du … ich war noch nie verliebt und ich weiß nicht, wie sich das anfühlt, aber so jedenfalls nicht."

Jetzt war es heraus. Heftiger, als sie es vielleicht beabsichtigt hatte, aber das war immer noch besser, als ihn später zu enttäuschen. Kurz und schmerzlos, versuchte sie sich einzureden.

Wenn sie genauer darüber nachdachte, hatte sich Gilgar in ein Trugbild verliebt. Er interessierte sich für Poesie und glaubte, in ihr eine Gleichgesinnte gefunden zu haben, doch sie bewunderte ihn nur, wie es jeder andere auch getan hätte. Aber sie war keine Dichterin und sie wollte Dinge erleben, anstatt sie zu malen. Etwas in der Erinnerung festzuhalten, war für sie wichtiger als eine Abbildung, die der Wirklichkeit zwar sehr nahe kommen konnte, aber nicht perfekt war.

Sie beobachtete, wie das Leuchten in seinen Augen schlagartig verblasste. Er ließ den Kopf hängen und starrte auf den Boden, als wünschte er sich, dass dieser sich öffnete und ihn verschlang. „Es tut mir leid", antwortete er gefasster, als er aussah. „Ich hatte gedacht, dass mich irgendjemand verstehen würde." Bei Iramont, er redete wie sie – vor zwei Wochen. Er war zu spät!

„Wenn … wenn du willst, können wir Freunde bleiben. Ich verstehe dich doch … und ich finde dich nett, aber mehr ist es nicht", versuchte sie, ihn zu trösten. Freunde bleiben, das war vermutlich das Dümmste, was man überhaupt sagen konnte.

# Der verlorene Sohn

Sie erreichten Milbin gegen Mittag. Das Wetter hatte sich ein wenig gebessert und die Sonne lugte zwischen weißen Wattewölkchen hervor. Das Pflaster der Straße war uneben und ließ die Kutsche immer wieder hin und her schaukeln.

Vor dem Palast des Königs angekommen musste Zerbor sich eingestehen, wie prächtig dieser im Vergleich zu seinem eigenen Schloss war. Antilian hatte alles mit Gold verzieren lassen und an keiner Stelle gespart. Goldene Kuppeln glänzten und spiegelten das Sonnenlicht, und der blank polierte Marmor wirkte wie unberührt. Auch architektonisch war das Schloss sehr ansprechend. Schon von außen konnte man erkennen, dass es viele ineinander verschachtelte Räume besaß.

Zerbor hasste Verschwendung und dies fiel unverkennbar in diese Kategorie. Es grenzte für ihn schon an Wahnsinn, dass Antilian das Schloss vor vierzig Jahren ganz neu hatte errichten lassen, obwohl das Alte vollkommen ausreichend gewesen war. Ganz fertig war es auch noch nicht geworden. Er selbst bevorzugte die düstere Atmosphäre, die das *Schloss der Finsternis* verbreitete, und konnte sich beim besten Willen nicht vorstellen, es abreißen zu lassen.

Auch an König Antilian selbst war alles verschwenderisch und albtraumhaft teuer. Sein roter, schwerer Samtmantel, die goldene Krone und die Kinkerlitzchen, die er sich überflüssigerweise hatte anfertigen lassen. Wie zum Beispiel das protzige goldene Zepter, besetzt mit unzähligen Edelsteinen, das keinem bestimmten Zweck diente. Alles an dem alten

König verdeutlichte, dass sein Geldbeutel prall gefüllt und sein Land stark und mächtig war.

Zerbor konnte über den naiven Greis nur lachen. Zwar war er einer seiner beiden Verbündeten, doch er sah ihn nicht als ebenbürtig an. Antilian war schon längst tatterig geworden und merkte nicht einmal, dass sein bereits erwachsener Sohn Amir alles für ihn regelte.

Antilian breitete seine Arme aus, sodass sein Mantel wie ein Paar Flügel an ihm herabhing, und umarmte Zerbor als wäre er ein alter Freund. Für einen kurzen Moment kam sich der kiborische König im Gegensatz zu ihm ein wenig schäbig vor. Er trug wie immer nur schwarze Kleidung und wirkte dadurch wahrscheinlich eher bedrohlich als eindrucksvoll. Linda hingegen sah wie immer bezaubernd aus. Ob die Wegenner ihren König mochten? Es spielte eigentlich keine Rolle.

Als Nächstes begrüßte er Amir und Amina mit einem festen Händedruck. Amina besaß ein rundes und beinahe kindliches Gesicht. Ihre dunklen Augen strahlten eine seltsame Trauer und eine für ihr Alter besondere Weisheit aus. Obwohl ihr Bruder nicht viel älter war als sie, wirkte er ernster und grimmiger. Beide waren um einen erfreuten und höflichen Eindruck bemüht, doch er konnte in ihren Gesichtern etwas anderes lesen. Diese Tatsache erheiterte ihn ein wenig. Diese Gören waren auf das Reich ihres Vaters aus – keine Frage. Amir hatte ja schon beinahe die Kontrolle über Wegenn inne.

Zerbor konnte nur hoffen, dass Antilian sich noch ein wenig halten würde. Er konnte verstehen, dass Antilian ihn um seine Kinderlosigkeit beneidete, aber er hatte ja keine Ahnung von Derrick. Sein Sohn würde die ganze Sache erheblich verkomplizieren. Bei Esnail, er wusste nicht, was die Götter mit dem Jungen vorhatten. Manchmal kam es ihm fast wie ein schlechter Scherz vor.

Linda und Zerbor wurden in den Palast geleitet und in einen Raum geführt, in dem Antilian sie schon mehrere Male empfangen hatte. Sie setzten sich auf zwei Brokatsessel gegenüber ihrem Gastgeber und warteten darauf, dass die übrigen Anwesenden sie allein ließen. Schließlich kam noch eine Dienerin herein, warf ihnen einen scheuen Blick zu und servierte ihnen teuren Rotwein und eine Schale mit erlesenem Gebäck. Antilian machte es sich bequem und griff sofort nach einem Kuchenstück.

„Wie geht es Eurer Gattin?", fragte Linda mit einem reizenden Lächeln.

„Oh, meine Gemahlin fühlt sich nicht wohl. Sie hat sich in ihre Gemächer zurückgezogen", erwiderte Anitilian mit gespieltem Bedauern. Komisch, vielleicht hatte das mit ihrem Besuch zu tun. Die kleine, blasse Frau war schon immer etwas kränklich gewesen und hatte unter Zerbors Blick zu zittern begonnen. Schwach.

„Nun gut", begann Antilian. „Ich bin sehr erfreut, dass Ihr mir einen kleinen Besuch abstatten konntet. Der Anlass ist natürlich höchst bedauerlich und ich denke, wir alle sind von König Adenors Tod tief erschüttert." Seine Augen funkelten ironisch. Er hatte noch nie einen Hehl daraus gemacht, dass er Adenor nicht ausstehen konnte. Er hoffte auf einen besseren Handelspartner in Morofin, obwohl der Reichtum seines Landes kaum größer sein konnte. Wegenn war aufgrund seiner zentralen Lage der Mittelpunkt der sieben Länder. Hier wurde aller Handel betrieben und das Land war dementsprechend mächtig und weit entwickelt.

„Linda und ich hoffen, König Melankor ein wenig unter die Arme greifen zu können. Der Monat ist nun schon beinahe vergangen und er hat noch immer keinen Thronanwärter vorzuweisen. Da es dann an mir sein wird, seine Aufgabe zu übernehmen, habe ich bereits eine Wahl getroffen." Mogetron und Arlenion hatten ihm lange zureden müssen, bis er darauf eingegangen war, aber dieser Plan musste nur umgesetzt werden, wenn Melankor niemanden fand, und dessen war sich dieser vermutlich genauso bewusst wie Zerbor.

„Und wer ist Eure Wahl, wenn ich fragen darf?" Antilian war nicht nur streit- und prunksüchtig, sondern auch neugieriger, als ihm gut tat.

„Nun, ich denke da an meinen Schwager, Lord Lohran. Er ist bereits auf dem Weg nach Morofin und wird eine Woche nach Ablauf der Frist dort eintreffen."

Antilian nickte anerkennend und trank einen Schluck Wein. „Bedient Euch doch!", forderte er seine Gäste auf. Glücklicherweise war die Möglichkeit eines Giftanschlags so gut wie auszuschließen. Es wäre zu offensichtlich, Zerbor auf diese Weise aus dem Weg zu schaffen. Und dennoch. Antilian war vielleicht dumm und durchschaubar, aber trotzdem gefährlich. Er musste sich vor ihm in Acht nehmen. Zerbor nippte an dem Getränk und stellte fest, dass das Gesöff widerlich süß war.

„In den letzten Jahren habe ich begonnen, meine Truppen zu stärken und ihre Ausbildung zu verbessern", bemerkte Antilian. In seinen Augen lag ein verräterisches Glitzern. Das Angebot war deutlich.

Zerbor erwiderte seinen Blick kühl. „Das freut mich zu hören. Allerdings besteht in diesen friedlichen Zeiten doch keineswegs ein Grund für diese Aufrüstung." Dieser Mann war viel zu übereifrig. Richtig verlassen konnte er sich nur auf Islena, die Königin der Utonier. Aber ob diese sich von ihm abwenden würde, wenn sie einen stärkeren Verbündeten fand, war ungewiss. Treue und Loyalität waren etwas, was man schwor und hielt, solange man zu schwach war, um einen Alleingang durchzuführen. So war es doch schon immer gewesen. Mit Ehre und menschlichen Werten hatte das nichts zu tun. Aber er hatte seine Methoden, um sie schwach zu halten und ihnen Glauben zu machen, dass sie ihn brauchten.

Während des Gesprächs stellte er fest, dass seine Gedanken immer wieder zu Derrick wanderten. Antilian hatte ihm nichts Neues zu berichten und bestand darauf, dass sie dem *Hospital der helfenden Hände* einen Besuch abstatteten, bevor sie abreisten. Als hätten sie nichts Besseres zu tun, als kranke Menschen zu trösten und einen alten Baum anzustarren. Aber natürlich würden er und Linda sich dieser Pflicht nicht entziehen können.

Antilian versicherte ihm noch einmal seine volle Unterstützung und sein Vertrauen in ihn. Verstand dieser Mann nicht, wie unsinnig ein unvorbereiteter Krieg zu diesem Zeitpunkt war und wie leichtsinnig es war, Zerbor zu vertrauen? Welches Ziel verfolgte Antilian? Manchmal schien es Zerbor, als sei dem König von Wegenn egal, aus welchem Grund er kämpfen würde. Ihm ging es nur um den Krieg selbst.

Zum Abschluss des Besuches mussten sie noch eine Stadtbesichtigung hinter sich bringen. Antilians Kutsche war natürlich besonders edel und pompös ausgestattet und zog eine Menge Aufmerksamkeit auf sich. Zerbor ließ sich dazu herab, ein paarmal aus dem Fenster zu sehen und zu winken. Seine Beliebtheit würde er dadurch nicht steigern können, denn die meisten schreckten schon seine blutroten Augen ab. Die gewöhnlichen Bürger mussten ihn für ein Monster halten. Kein Wunder. Aber das war nun einmal der Preis des Blutsteins. Er berührte den Stein, der um seinen Hals hing, unauffällig und stellte fest, dass er noch stärker glühte als sonst. Er hatte gelernt, dass das ein Zeichen für die Anwesenheit anderer Steinträger war. Sollte diese kleine Göre Lucia in der Nähe sein oder waren die beiden verschollenen Steine hier irgendwo?

Linda spürte seine Beunruhigung und sah ihn fragend an. Ihm fielen die Ringe unter ihren Augen auf. Hatte sie geweint? Zugegeben: Sie hatten in letzter Zeit oft gestritten, aber er liebte sie trotzdem.

Linda war noch immer wütend auf Zerbor, weil er nicht verraten wollte, weshalb er plötzlich so viel über Derrick nachdachte. Ihre Differenzen waren heftiger denn je und sie fürchtete, ersetzt zu werden. Vor lauter Sorgen konnte sie kaum noch schlafen. Immer, wenn sie die Augen schloss, tauchten Bilder von Derrick vor ihr auf. Wie er sie anlächelte, wie er strahlte oder wie er weinte und sie bittend ansah. Ihr Herz verkrampfte sich. Als kleines Kind war er so niedlich gewesen. Sie konnte sich an das Gefühl erinnern, ihn in den Armen zu halten und ihm über das seidige Haar zu streicheln. Ein Engelskind. Manchmal hatte sie das wirklich geglaubt und sich vollkommen in seinem unschuldigen Lächeln verloren. Schwache Momente, in denen ihre Mutterliebe die Oberhand gewonnen hatte.

Mit Zerbor würde sie nie darüber sprechen können. Es sei denn … er hegte dieselben Gefühle. Linda hatte sich sein Vertrauen mühsam erkämpfen müssen und wollte es nicht verlieren.

Plötzlich spürte sie, dass Antilian ihr eine Frage gestellt haben musste. Sie war zu unkonzentriert gewesen und hatte seinem Geschwafel keine Aufmerksamkeit mehr geschenkt. „Ich habe Euch gefragt, ob Euch Milbin gefällt", wiederholte er auf ihre Bitte hin.

„Oh, doch. Diese Stadt ist einfach außergewöhnlich, in jeglicher Hinsicht." Sie lächelte verzweifelt, aber er ging nicht darauf ein und redete einfach weiter.

„Selbstherrlicher Schwachkopf", dachte sie. Sie konnte Antilian nicht ausstehen.

Desinteressiert sah sie aus dem Fenster und betrachtete die Menschen in der Menge. Ihre gewöhnlichen, teilnahmslosen oder bewundernden Gesichter widerten sie regelrecht an. Wie musste es sein, wenn man von Ruhm und Reichtum nur träumen konnte? Schrecklich. Im Grunde kümmerte es sie aber nicht. Verächtlich sah sie die kleinen Kinder an den Händen ihrer Mütter an. Sie würden ihr Leben lang einfache Bürger bleiben.

Dann verging ihr das höhnische Lächeln. Dort, mitten unter denen, die sie in Gedanken mit so degradierenden Worten bedacht hatte, stand er. Derrick. Als Erstes glaubte sie an Einbildung. Hatte sie so viel an ihn gedacht, dass sie sich bereits einbildete, ihn zu sehen? Doch als sie ihn genauer betrachtete, war kein Zweifel mehr möglich. Er war es, obwohl er anders aussah. Sein Haar war voller Dreck und hing ihm strähnig ins Gesicht und seine Kleidung war verblichen und staubig. Wie konnte sich ein Mensch in dieser kurzen Zeit nur so sehr verändern? Und wie war er überhaupt den ganzen weiten Weg nach Milbin gekommen? Ihr Herz zog sich schmerzerfüllt zusammen.

Derrick starrte sie hasserfüllt an und man konnte ihm ansehen, dass es ihm schwerfiel, seinen Zorn zu bändigen. Allerdings merkte er nicht, dass sie ihn ebenfalls ansah.

Neben ihm stand eine dunkle Gestalt, die den Hut tief ins Gesicht gezogen hatte. Plötzlich hob sie den Kopf und sah Linda direkt an. Es kam ihr vor, als hätte sie ihn schon einmal gesehen. Doch als sie in die Augen ihres Sohnes blickte, erkannte sie darin etwas, dass sie immer gesucht hatte: Entschlossenheit und Mut. Es verschlug ihr kurz den Atem und sie schwor sich, Zerbor nichts davon zu erzählen.

# Auf Trollart

Als Lucia in den Gang zurückkehrte, war es finster. Jemand musste die Lichter gelöscht haben. Sie tastete sich an der Wand entlang bis zum Schlafsaal. Die Stille war bedrückend und unheimlich, obwohl sie wusste, dass in den Schlafräumen etwa fünfzig Menschen untergebracht waren.

Ihr Fieber musste zurückgegangen sein, doch sie fühlte sich innerlich aufgewühlt und wusste, dass sie nicht wieder einschlafen konnte. Es tat ihr leid, was zwischen Gilgar und ihr vorgefallen war. Aber sie wusste, dass sie das Richtige getan hatte.

Sie beschloss, noch einmal in den Gebetsraum zu gehen. Doch sie war nicht die Einzige mit dieser Idee: Lord Jekos und Lady Miara hatten die Köpfe zueinander gebeugt und unterhielten sich leise. Jekos hob den Kopf und lächelte ihr zu, bevor er sie aufforderte, Platz zu nehmen. Sie folgte seiner Bitte und schlang die Arme um die Knie. Einen Augenblick lang wusste keiner, was er sagen sollte. Lady Miara starrte zu Boden, während Lord Jekos wie gebannt das Licht einer Kerze betrachtete.

„Was wollen die Trolle von mir?", fragte Lucia flüsternd, als sie die Stille nicht mehr aushielt.

Die Lady verzog ihren Mund zu einem halbherzigen Lächeln. „Sie haben uns nicht in ihre Pläne eingeweiht. Ich kann nur vermuten, dass es für sie von äußerster Wichtigkeit ist. Es ist seit langer Zeit das erste Mal, dass sie sich uns Menschen zeigen."

„Sie sind mir den ganzen Weg über gefolgt und haben uns nur deshalb angegriffen", ergänzte Jekos.

„Ich verstehe das nicht. Weshalb sind sie so hartnäckig? Meint Ihr, sie werden die Geiseln töten?" Bei dem Gedanken schluckte Lucia einen schweren Kloß hinunter. Ihretwegen. All dies geschah ihretwegen. Es war ganz allein ihre Schuld.

„Ich glaube nicht, dass sie so grausam sind", versicherte Miara sanft. „Sie haben andere Methoden, um jemandem ihren Willen aufzuzwingen. Das macht sie so gefährlich. Wir werden es schwer haben, uns gegen sie zu verteidigen."

„Hätten sie uns in Mirifiea angreifen sollen? Dafür waren sie doch viel zu wenige!", bemerkte Lord Jekos.

„Sie hatten den Überraschungseffekt auf ihrer Seite. Vielleicht werden wir sie hier besser bekämpfen können." Miara machte eine Pause. „Niemand will dich opfern."

Lucia fühlte sich durch diese Worte nicht getröstet. Selbst wenn keiner sie den Trollen ausliefern wollte, konnten diese Monster sie doch noch immer dazu zwingen. Im Zweifelsfall war es doch richtig, ein Menschenleben für das von vielen einzutauschen, oder? Ihr wurde abwechselnd heiß und kalt. Es klang so logisch und vernünftig, aber doch war es etwas anderes, wenn man selbst das Opfer sein sollte.

Und dann waren da noch die Trolle selbst. Was wollten sie und wer waren sie eigentlich? Waren sie wirklich so schrecklich, wie alle dachten?

Der Lord sah sie ernst an, als erwartete er, dass sie ihnen glaubte. Sein Vertrauen tat gut. Sie bemerkte, wie er seinen gesunden Arm ständig hin und her bewegte und die Hand unbewusst öffnete und schloss. Wie seltsam. Er war über seinen verbliebenen Arm bestimmt dankbarer als jeder mit zwei Händen. Konnte man etwas nur würdigen, wenn man es bereits verloren hatte?

„Wie geht es Eurem Arm, Lord Jekos?", fragte Lucia.

Er lächelte ein wenig. „Danke der Nachfrage. Es tut noch immer verdammt weh. Manchmal vergesse ich sogar, dass er nicht mehr da ist, und greife einfach ins Nichts oder ich bilde mir ein, die Greifer würden den Arm ein zweites Mal zerreißen. Aber ich habe überlebt und dafür bin ich sehr dankbar. Ich hätte niemals gedacht, dass es mir so schnell besser gehen würde."

„Ich habe Lady Zynthia den Auftrag gegeben, Euch mit einer heilkräftigen Salbe zu versorgen, die eine Freundin von König Adenor hergestellt hat."

„Ihr wart das? Ich kann Euch nicht genug dafür danken, Prinzessin! Ich habe sie noch immer bei mir und sie lindert die Schmerzen ganz ungemein."

Er musste ja nicht unbedingt wissen, dass Magie mit im Spiel war. Lucia lief ein Schauer über den Rücken. Ein schrecklicher Gedanke überkam sie. „Vielleicht ... weiß ich, was die Trolle haben wollen", sagte sie leise und zog vorsichtig den Stein aus der Tasche ihres Kleides. Er funkelte im Kerzenschein und die goldenen Pigmente leuchteten wie Sterne.

Lord Jekos runzelte die Stirn, während Lady Miara entschieden den Kopf schüttelte. „Wie kommt Ihr auf die Idee?", fragte sie irritiert.

Die Prinzessin biss sich auf die Lippe und schalt sich selbst in Gedanken für diese unüberlegte Reaktion. Was sollte sie denn sagen? Sie konnte die beiden doch nicht in alles einweihen. Sie durften nicht erfahren, dass der Stein magische Kräfte besaß.

„Ich ... das war nur so eine Vermutung. Keine Ahnung, weshalb ich das gesagt habe. Dumm von mir. Aber dieser Stein ist doch sehr kostbar und vielleicht ..." Sie verstummte und versuchte, möglichst hilflos auszusehen. Dies stellte allerdings kein großes Problem dar, denn es entsprach ihrer Situation doch sehr gut.

„Sie wissen doch gar nichts von dem Stein", erinnerte Jekos sie sanft und Lady Miara ergänzte, dass ein Stein sie wohl nicht zu einer derartigen Reaktion bringen würde. Lucia fürchtete, dass sie ihre Lüge durchschaut hatten. Sie glaubte zu wissen, dass die Trolle den Stein aufgespürt hatten. An ihr selbst war vielleicht nichts, was sie interessieren könnte, aber die magischen Kräfte des Steines – wenn das wirklich stimmte, wussten die Trolle vielleicht sogar mehr darüber als sie.

Lucia sah zur Sternenblume und bat Iramont um Unterstützung. Mehr denn je hatte sie das Gefühl, dass nur die Götter ihr helfen konnten. Ein sanftes Prickeln durchlief sie. Pure Aufregung oder ein Zeichen?

Im Stillen fasste sie Mut und traf einen Entschluss.

Für die im Schloss Gefangenen begann der Tag spät, aufgrund der langen, durchwachten Nacht. Die Sonne stand schon hoch am Himmel, als die ersten sich regten. Lucia stellte fest, dass die Tageszeit nicht mehr von Bedeutung war, wenn man von der Außenwelt abgeschnitten war.

Sie war nicht mehr zur Ruhe gekommen, obwohl sie zutiefst erschöpft gewesen war. Ihr Schlafplatz neben der Tür war von jemand anderem eingenommen worden und sie musste sich in die hinterste Ecke des Raumes schleichen, ohne jemanden zu wecken. Die Personen lagen so dicht aneinander gedrängt, dass dies schon beinahe einem Kunststück glich. Zu allem Überfluss war sie aus ihren Träumen auch gleich wieder geweckt worden, denn jemand hatte sich so herumgewälzt, dass Lucias Decke eingeklemmt worden war und ihre nackten Zehen der Kälte des Gewölbes ausgesetzt waren.

Lucia gähnte ungeniert und rekelte sich. Sie saß auf der untersten Stufe der breiten Treppe in der Eingangshalle und lehnte sich an den kunstvoll geschwungenen Pfosten. Lords und Ladys liefen müde im Schloss hin und her und man hatte wieder begonnen, die Türen zu verstärken, damit sie einem möglichen Angriff standhielten. Die Nervosität stieg mit jeder Stunde, die ereignislos verstrich. So fühlte sich die Ruhe vor dem Sturm an. Ungewiss und beängstigender als jeder offene Angriff.

Lucias Blick war beinahe beschwörend auf das Portal gerichtet. Sie hatte nicht vergessen, dass die Trolle am Mittag eine Entscheidung von ihnen verlangten: Lucia oder die Geiseln. Niemand hatte ihr gegenüber ein Wort verloren, doch sie zweifelte nicht daran, wie sie wählen würden. Sie war anscheinend die Einzige, die nicht glaubte, dass das die richtige Wahl war.

Wie dumm sie doch gewesen war. Sie hatte ihr ganzes Leben auf ein Abenteuer gewartet und gehofft, etwas Abwechslung zu erleben, und jetzt stellte sie fest, dass es nicht nach ihrem Geschmack war und sie es nicht mehr zurückgeben konnte. Idiotisch. Kindisch. Sie war wirklich nur ein dummes, kleines Mädchen, egal, was die anderen sagten und was sie selbst gedacht hatte.

Und selbst wenn die Trolle sie nicht bekämen und die Lords und Ladys die Geiseln befreien konnten, gab es immer noch den Verräter, der ihr den Stein stehlen wollte, und den Thronfolger, den sie finden mussten.

„Lucia, hier bist du also!" Sie drehte sich um und entdeckte Lilliana, die den Gang hinaufkam. „Es ist schon fast Mittag!", rief sie ihr zu.

„Ich weiß. Die Sonne hat ihren höchsten Punkt schon beinahe erreicht", erwiderte sie tonlos.

Lilliana hockte sich neben sie. „Du glaubst, es ist deine Schuld, oder?", fragte sie leise. Lucia sah sie traurig an, sagte aber nichts. „Eure Lords und Ladys sind tüchtig und stark. Sie werden die Geiseln ohnehin befreien können."

„Wie kannst du dir da so sicher sein? Du kennst die Trolle doch nicht. Wir wissen nicht, mit was für einem Feind wir zu rechnen haben. Das ist keine gewöhnliche Belagerung. Und selbst wenn es das wäre …"

„Du hast recht", versuchte Lilliana zaghaft, sie zu beruhigen. „Ich habe nur so ein ungutes Gefühl im Bauch. Ich habe Angst, dass du etwas Unüberlegtes tust."

Lucia schnaubte. „Ja, natürlich! Ich tue ja ständig Verbotenes und setze mein Leben leichtfertig aufs Spiel." Ihre Wut verschwand so schnell, wie sie gekommen war. „Das habe ich ja auch, aber ich bin nicht mehr so", flüsterte sie.

„Tut mir leid. Ich wollte nur sagen, dass ich Angst um dich habe. Was ist eigentlich mit Gilgar passiert? Weißt du, weshalb er plötzlich so abweisend ist? Er hat mich gerade nicht einmal begrüßt, als ich an ihm vorbeigegangen bin. So ist er doch sonst nicht."

„Daran bin ich wohl auch schuld", seufzte Lucia. Sie musste wieder an das denken, was Lilliana gesagt hatte. Was sie vorhatte, war gefährlich und sie würde es vielleicht nicht lebend überstehen. Und zu allem Überfluss hatte sie damit begonnen, ihre Freundin zu belügen. Es war zwar zu ihrem Besten, doch sie hätte es gar nicht so weit kommen lassen dürfen.

„Was hast du mit ihm gemacht? Er war nur noch ein Häufchen Elend."

„Ach, weißt du …" Lucia kam nicht dazu, ihren Satz zu Ende zu führen. Mit einem Mal durchlief eine mächtige Erschütterung die riesigen Tore des Schlosses und das Beben übertrug sich auf den Boden. Die Trolle. Sie warteten dort draußen. Es musste der Zeitpunkt für die Entscheidung sein!

Alles im Schloss verharrte vor Schreck und wartete, was als Nächstes geschehen würde. Menschen strömten aus den Gewölben und liefen zur Eingangshalle. Diejenigen, die direkt vor den Toren gestanden hatten, wichen zurück. Keiner wagte sich näher heran, als fürchteten sie, das Portal könnte jeden Moment zusammenbrechen.

Endlich kam Fürst Greggin und positionierte sich tapfer vor den anderen. Er strahlte eine natürliche, unantastbare Ruhe aus.

„Wir werden euch die Prinzessin nicht geben. Lucia bleibt bei uns. Wir geben uns nicht geschlagen."

Und dann donnerte die schrecklichste und gewaltigste Stimme auf sie herab, die sie je gehört hatten. Sie klang fast menschlich, aber dennoch so vollkommen anders. „Ihr habt keine Wahl. Ihr müsst sie uns übergeben.

Euer Bote konnte nicht entkommen. Lasst die Prinzessin zu uns, ihr wird nichts geschehen!"

„Niemals!", schrie jemand zurück und einige weniger überzeugte Stimmen schlossen sich ihm an.

Lucia zitterte vor Angst, als das Tor unter einem neuen Stoß erbebte. Nicht mehr lange und sie würde zu ihnen gehen. Sie konnte nicht anders. Diese Wesen sprachen sogar wie Menschen. Und das machte ihr sogar noch mehr Angst, statt sie zu beruhigen. Das waren keine unberechenbaren Monster, sondern intelligente Strategen, die ihnen vielleicht ebenbürtig waren.

Plötzlich vernahm sie das Geräusch von splitterndem und berstendem Glas. Von allen Seiten drang das hohe Klirren an ihre Ohren, als versuchten die Trolle, in jeden Raum des Schlosses gleichzeitig einzudringen. Als wollten sie das Schloss um jeden Preis einnehmen.

Lucias Herz setzte einen verzweifelten Schlag aus, als sie mit wachsender Panik beobachtete, wie die Möbel, die die Türen des Ballsaals verschließen sollten, unter erbitterten Stößen ins Wanken gerieten. Eine gewaltige Kommode aus Kirschholz wurde unerbittlich Zentimeter für Zentimeter nach hinten geschoben und der massive Balken, den jemand zwischen die Griffe der beiden Türhälften geschoben hatte, zitterte und drohte zu zerbrechen, da die Tür sich immer weiter nach innen lehnte.

Die Lords und Ladys aus Gyndolin und Morofin reagierten, so schnell es ging, und trotzdem wäre es an manchen der Türen beinahe zu spät gewesen. Sie waren zu wenige, um den übermenschlichen Kräften der Trolle auf Dauer standzuhalten.

Lucia schrie auf, als ihr einfiel, dass Fürst Greggins Arbeitszimmer vollkommen ungeschützt war. Es lag im hinteren Teil des Schlosses ganz im Schatten einer Wendeltreppe verborgen und wurde nur von einer ganz gewöhnlichen Tür verschlossen – dafür besaß es aber eine breite Fensterfront, viel zu breit, als dass die Trolle sie hätten übersehen können. Außer ihr schien jedoch niemand daran zu denken. An den großen Toren drängten sich jetzt auch die feinen Herrschaften, von denen sie geglaubt hatte, dass sie nie auch nur einen Finger rührten, sowie deren Diener und Familien. Ausnahmslos alle versuchten mitzuhelfen, so gut sie konnten.

Dies war nicht mehr nur Angelegenheit der Männer, sondern auch die Frauen stemmten sich gegen die Türen und hinderten die Trolle so am

Eindringen. Der Gedanke, vielleicht sterben zu müssen und den unbarmherzigen Ungeheuern in die Klauen zu fallen, spornte sie an.

Lucia hatte große Mühe, sich einen Weg zwischen den verzweifelten Verteidigern hindurch zu bahnen und rechtzeitig zum Arbeitszimmer zu gelangen. Für sie war es fast ein Wunder, als sie die Tür erreichte und sie weder in kleine Holzsplitter zerstückelt auf dem Boden lag noch eine Horde Angreifer hindurchstürmte. Das einfache Schloss, das die Tür verriegelte, war bis jetzt noch nicht zersprungen. Was, wenn die Trolle es nicht länger mit roher Gewalt versuchten und anfingen, Waffen zu benutzen?

Die Prinzessin verschob den Gedanken notgedrungen auf später und warf sich mit ihrer ganzen Kraft gegen die Tür. Doch das Etwas, was sich von der anderen Seite dagegenstemmte, war viel stärker als sie. Ein gewaltiger Schlag erschütterte die Tür und riss Lucia beinahe zu Boden. Die Tür war stabiler, als sie es für möglich gehalten hatte, doch sie würde nicht mehr lange halten können. Für eine Belagerung war sie nie gedacht gewesen.

Der nächste Hieb war weniger stark als der erste, doch auch er hob die Tür fast aus ihren Angeln und schob Lucia zur Seite. Würden sie sie einfach mit zu Boden reißen, wenn es ihnen gelang, die Tür zu überwinden? Über sie hinwegtrampeln und sie achtlos liegen lassen? Würden sie es bereuen, wenn sie merkten, wer sie war, oder suchten sie nur nach dem Stein? War sie für sie nicht von Bedeutung? Ein kleines, schwaches Mädchen, das versuchte, ihnen die Stirn zu bieten. Sie spürte, wie Zorn in ihr aufstieg. Sie wünschte sich plötzlich nur noch, ihrem Gegner ebenbürtig zu sein und die Tür verteidigen zu können.

Und dann explodierte hinter ihrer Stirn etwas und sie spürte, wie eine gewaltige Druckwelle über sie hinweg durch die Tür schoss. Durch die Wucht wurde sie gegen das Holz gepresst. Es fühlte sich plötzlich heiß an, als hätten Flammen daran geleckt und es dennoch verschont. Ihre Stirn pochte schmerzhaft, obwohl sie sich nicht verletzt hatte. Als sie zu Boden sank, war alle Kraft von ihr gewichen.

Ihre Augenlider flatterten, ein letztes Aufbegehren ihres erlöschenden Geistes, und sie nahm wage die Gestalt ihres Bruders wahr, der auf sie zustürmte und sie mit Todesangst in den Augen ansah. Zuletzt fühlte sie, wie er sie in die Arme schloss und hochhob, als wäre sie leicht wie eine Feder. Wärme, die sie eben noch vollständig ausgefüllt hatte, sickerte aus ihr heraus wie das Blut aus ihrer Stirn.

Kopfschmerzen, rasende Kopfschmerzen. Gequält verdrehte sie ihre geschlossenen Augen und wälzte sich unwillig herum. Dem unablässigen Dröhnen in ihrem Schädel nach zu urteilen, hatte ihr jemand das Herz aus der Brust gerissen und in ihren Kopf eingepflanzt. Sie stöhnte auf und rieb sich die Stirn. Die selige Ruhe des Schlafes verflüchtigte sich allmählich.

„Seht mal, ich glaube, sie wacht auf", quiekte jemand.

Und jemand anderes fügte in genau demselben Tonfall hinzu: „Sie ist ganz schön tapfer, ganz allein gegen alle anderen."

„Seid bloß ruhig. Ihr habt doch überhaupt nicht mitgeholfen. Ihr hättet das zum Beispiel verhindern können." Lillianas Stimme.

„Aber ..."

„Wir waren beschäftigt!"

„Ach ja, und womit? Fällt euch etwas ein, was wichtiger sein könnte, als die Trolle davon abzuhalten, ins Schloss einzudringen? Sagt mal, ist euch das etwa egal?"

Kurzes Schweigen.

Lucia hielt die Augen noch immer geschlossen, aber sie glaubte trotzdem, die beleidigten Gesichter der Zwillinge sehen zu können.

Eine kühle Hand legte sich beruhigend auf ihre Stirn und komischerweise fühlte sie sich gleich ein wenig besser. Der Schmerz wurde zu einem dumpfen Klopfen, das langsam verhallte.

„Gilgar hat ihr ein Gute-Besserung-Gedicht geschrieben. Kannst du dir das vorstellen? Er versteht es nicht. Es ist doch offensichtlich, dass sie nichts von ihm will."

„Gilandra, sei leise. Sie kann uns schon wieder hören. Lucia, komm schon. Es ist alles wieder gut." Wieder gut? Was sollte das heißen? Waren die Trolle etwa verschwunden und hatten aufgegeben?

Sie schlug die Augen auf und setzte sich so plötzlich von ihrem notdürftigen Krankenlager auf, dass ihr Kopf erneut zu schmerzen begann und die drei Mädchen um sie herum heftig zurückzuckten.

„Lucia", keuchte Lilliana. „Schön, dass es dir so schnell besser geht. Wir haben uns Sorgen um dich gemacht." Sie sah sie ernst an.

Was war geschehen? Müde, aber entschlossen stellte sie Lilliana diese Frage.

„Du bist plötzlich zusammengebrochen und keiner weiß weshalb. Die Trolle haben es kurz davor geschafft, eine Tür aufzubrechen, und wären beinahe vollends eingedrungen, aber nachdem Lord Sorron und die anderen fast aufgegeben hätten, haben sie sich plötzlich von selbst zurückgezogen. Sie haben den Angriff abgeblasen. Einfach so."

Lucia atmete tief ein und rang sich dazu durch, eine weitere Frage zu stellen: „Was ... im Arbeitszimmer?" Sie brachte nicht mehr hervor.

„Irgendjemand hat sich getraut nachzusehen. Dahinter war alles verkohlt", berichtete Griselda – oder war es Gilandra – angeekelt.

Lucia musste würgen. Entweder die Trolle hatten das Zimmer in Brand gesteckt oder ... Sie wollte gar nicht darüber nachdenken. Ihre verschwommenen Erinnerungen machten ihr schon genug Angst, weil sie nicht wusste, wie viel davon Einbildung, Traum oder Wirklichkeit war.

„Wie lange ... ist das jetzt her?", wisperte sie.

„Keine Ahnung. Einen Tag? Wir wissen nicht, ob es draußen schon wieder hell ist. Ich hatte wirklich Angst um dich. Wir haben geglaubt, dass du nicht mehr aufwachst. Du hättest Merior sehen sollen. Er hat sich Vorwürfe gemacht, weil er sich nicht genug um dich gekümmert hat." Lucia musste unwillkürlich lächeln. Ihr Bruder. Sie konnte wirklich froh sein, ihn hier zu haben. „Heute gab es noch einen neuen Angriff. Er war beinahe nicht aufzuhalten, weil wir nicht damit gerechnet hätten, dass sie in die oberen Stockwerke eindringen. Ein paar Lords wurden verletzt, aber sie haben sie dennoch zurückgeschlagen."

Dann begann der Schmerz hinter Lucias Stirn erneut zu pochen. Sie hatte sich fest vorgenommen, bei ihrer Entscheidung zu bleiben, koste es, was es wolle.

Schon kurze Zeit später verloren Gilandra und Griselda die Lust, auf sie aufzupassen, und nur Lilliana blieb übrig. Sie redeten leise miteinander und Lilliana brachte ihr nasse Stofffetzen für ihre Stirn, wärmenden Tee und eine weitere Decke. Doch Lucia fühlte sich längst nicht mehr so schlecht, und als Lilliana für einige Minuten in den Gebetsraum verschwand, nutzte Lucia die Chance. Sie wusste zwar nicht genau, wie sie es bewerkstelligen sollte, aber es sollte doch leichter sein, aus dem Schloss herauszufinden als einzudringen.

Niemand schien zu bemerken, dass Lucia den Raum auf leisen Sohlen verließ. Nur Lady Zynthia warf ihr einen mitleidvollen Blick zu, aber vermutlich dachte sie, dass Lucia nur kurz in den angrenzenden Raum gehen würde. Stattdessen lief die Prinzessin mit neu erweckten Kräften die Treppe ins Erdgeschoss hinauf.

„Lucia!"

Sie drehte sich um und entdeckte Fürst Greggin, der in der Dunkelheit allein auf der gegenüberliegenden Treppe saß. Er wirkte ein wenig verloren und traurig, lächelte ihr jedoch trotzdem gutmütig zu.

„Wie schön, dass du wieder gesund bist." Er lächelte noch einmal und stand auf.

„Ja, ich fühle mich schon etwas besser. Wurde irgendjemand bei den Angriffen verletzt?"

„Nein, glücklicherweise nicht, aber wir werden uns nicht mehr lange halten können. Und falls wir noch länger hier eingesperrt sein sollten, wird das Wasser allmählich zur Neige gehen", antwortete er mit sorgenvoller Miene.

Lucias Blick fiel auf den Schlüsselbund, den er am Gürtel seiner Uniform trug. Das brachte sie auf eine verzweifelte Idee. Sie war sich nicht sicher, ob es funktionieren würde, aber einen Versuch war es wert. „Könnte ich vielleicht den Schlüssel für Lillianas Zimmer haben? Ich würde gerne etwas daraus holen, was ich in der Eile nicht retten konnte."

Sie setzte ein flehendes Lächeln auf, doch den Fürsten ließ es kalt. „Es könnte uns jederzeit jemand angreifen. Du kannst nicht da rein. Es tut mir leid, aber ich kann keine Ausnahmen machen."

„Es ist mir so wichtig", bettelte sie.

„Nichts ist wichtiger als dein Leben. Wenn das alles hier vorbei ist, können wir nachsehen, was erhalten geblieben ist. Ich fürchte, das ganze Schloss liegt bereits in Trümmern und an den Garten mag ich gar nicht denken."

Sie verabschiedete sich schweren Herzens von ihm und ging zum Arbeitszimmer hinüber, um sich die Tür noch einmal genauer anzusehen. Mittlerweile war auch sie mit Möbeln verbarrikadiert worden und dennoch wirkte sie ganz normal. Nicht so, als hätte eine Amateurmagierin eine Katastrophe dahinter angerichtet. Aber das hatte sie ja auch nicht, oder? Jessina hatte gesagt, sie hätte noch ein halbes Jahr Zeit.

In der Hoffnung, irgendeine Tür zu finden, die unverschlossen war, ging sie sogar in den ersten Stock. Sie wusste, dass sie nicht aus einem Fenster würde springen können, aber in ihr war immer noch die Hoffnung, einen anderen Weg zu finden. Sie wollte unbedingt nach draußen und sich den Trollen stellen. Dann hatten sie keinen Grund mehr, den Geiseln oder den Schlossbewohnern etwas anzutun. Aber sie war sich sicher, dass Fürst Greggin das niemals zugelassen hätte. Sie musste an Lilliana und Merior denken und an all die anderen. Es war ein seltsames Gefühl. Vielleicht würde sie sie nie wiedersehen. Ihre Kehle war trocken und zugeschnürt. Die Angst, die anderen traurig zu machen, war größer als die vor ihrem eigenen Tod. Seltsamerweise hatte sie davor gar keine Angst. Vielleicht lag das aber auch daran, dass sie noch nicht unmittelbar in Lebensgefahr schwebte. Heiße Tränen stiegen ihr in die Augen.

Nach einer Ewigkeit entdeckte sie endlich eine Tür, die unverschlossen und unverstellt war. Lucia sah sich um. Es war niemand in der Nähe. Mit klopfendem Herzen drückte sie die Klinke nieder und trat ein. Der Raum war stockfinster. Es gab keine Fenster, durch die die Trolle hätten eindringen können. Ihre Augen gewöhnten sich an die Dunkelheit und sie erkannte, dass sie sich in einer Abstellkammer befand. Von hier aus konnte sie nicht fliehen. Enttäuscht schloss sie die Tür lauter als beabsichtigt hinter sich und zuckte leicht zusammen. Hoffentlich hatte sie niemand gehört. Noch immer waren einige Zimmer übrig, und wie es das Schicksal wollte, waren sie alle verriegelt.

Als sie sich umdrehte, stand sie vor der Tür eines Raumes, der in der Mitte des Schlosses lag, aber dennoch bot er ihr vielleicht eine – wenn auch unangenehme – Fluchtmöglichkeit. Bevor sie jedoch eintreten konnte, hörte sie das Klappern von Schritten auf dem Steinfußboden. Schnell bog sie um eine Ecke, drückte sich an die Wand und hielt die Luft an. Als könnte ein einziger Atemzug ihr Vorhaben zerstören.

„Ist da jemand?", fragte eine unsichere Stimme ganz in ihrer Nähe. Die Person hielt einen Moment inne. Ließen sie jetzt etwa Wachtposten im Schloss auf und ab patrouillieren? Oder war der Mann durch das Türenschlagen auf sie aufmerksam geworden und befürchtete einen erneuten Angriff?

Endlich entfernten sich die Schritte wieder und sie hörte den erleichterten Mann vor sich hin murmeln. Als die Geräusche vollends verstummt waren und sie ganz sicher war, dass er nicht wieder auftauchen würde, wagte sich Lucia aus der Deckung. Lautlos wie ein Schatten huschte sie zur Tür zurück und las erneut das schlichte Schild, das daran angebracht war: *Abort*.

Sie atmete noch einmal tief durch. Sie hatte den vermutlich einzigen Weg gefunden, der aus dem Schloss hinaus, aber nicht wieder hineinführte. Für einen Moment durchdrang eine zweifelnde Stimme ihre Gedanken und fragte sie, ob eine Umkehr nicht doch viel angenehmer sein würde.

Sie würde damit niemanden traurig machen und nichts Verbotenes tun ... aber sie alle ins Verderben stürzen.

Um den Zweifeln ein Ende zu bereiten, öffnete sie kurzerhand die Tür. Ein unangenehmer Geruch stieg ihr in die Nase. „Was soll's! Ich habe mich seit Tagen nicht mehr gewaschen. Ich stinke bestimmt wie ein Ferkel!", versuchte sie, sich selbst zu beruhigen. Sich selbst anzulügen, war eine Kunst, die man sich angewöhnte, wenn man andere Leute belog. Aber Lucia war sich sicher, dass niemand seinen eigenen Lügen uneingeschränkt Glauben schenkte. Manchmal wäre diese Gabe hilfreich ...

Mit einem leisen Seufzer erkannte sie das hölzerne Gestell, in dessen Mitte ein Loch war. Die Öffnung führte geradewegs hinunter in einen kleinen Fluss, der am Schloss entlanglief, aber sie war viel zu eng für Lucias Körper. Sie schloss die Tür und lehnte sich zitternd dagegen, denn sie wusste, was sie zu tun hatte, so widerlich es auch war. Sie machte sich daran, das Holzgestell abzubrechen.

Ein Geräusch ließ sie zusammenfahren.

„Hast du wirklich geglaubt, ich lasse dich gehen, ohne mich vorher von dir zu verabschieden?", fragte eine traurige Stimme hinter ihr.

„Lilliana!" Die Prinzessin drehte sich langsam um und lächelte mit vor Tränen glitzernden Augen. Sie spürte, wie die winzigen Tropfen ihre Wange hinabrannen. Sie schmeckte Salz im Mundwinkel. „Mach es mir nicht schwerer, als es ist", flüsterte sie verzweifelt. Ihre Stimme erstickte und sie ließ zu, dass Lilliana sie an sich drückte. Es war schön, sie bei sich zu haben. Lilliana gab ihr immer ein Gefühl von Sicherheit und sie wusste, dass sie sich auf ihre Freundin bis an ihr Lebensende verlassen konnte. Auch wenn dieses nicht mehr weit entfernt war.

Lilliana zog sie sanft von sich und sah ihr noch einmal in die Augen. Auch sie war den Tränen nahe.

„Bitte, lass mich gehen. Euer aller Leben hängt von mir ab. Ihr seid wichtiger als ich", flehte Lucia.

„Du weißt, dass das niemand von dir verlangt", erwiderte Lilliana ernst. „Wir werden die Gefangenen befreien."

Lucia schluckte. „Sie werden sie freilassen, wenn ich zu ihnen komme. Du wirst mich nicht aufhalten, oder?"

Ihre Freundin wirkte für einen Moment sehr nachdenklich. Dann flüsterte sie beinahe ehrfurchtsvoll: „Du spürst es doch auch. Etwas hält mich davon ab, dich ernsthaft zurückzuhalten."

„Genau wie es mich dazu bringt, zu den Trollen zu gehen. Glaubst du, sie haben solche Macht über uns?"

„Die Trolle? Das glaube ich nicht. Aber ich habe Angst vor dieser Macht. Hast du den Stein bei dir?"

Lucia zog ihn wortlos aus ihrer Rocktasche und hielt ihn ihr hin. Täuschte sie sich oder hatte sein Strahlen erneut an Helligkeit gewonnen? Sie musste die Augen zukneifen, um nicht geblendet zu werden.

Mehr brauchten sie nicht zu sagen. Sie verstanden sich auch ohne Worte. Mit vereinten Kräften gelang es ihnen, das Sitzgestell zu entfernen. Dahinter gähnte ein breites, verdrecktes Loch, in dem die Dunkelheit auf sie wartete. Lucia würde hindurchpassen.

Die Prinzessin versuchte, den Gestank zu ignorieren, und setzte sich auf den Rand der Öffnung. Vorsichtig schob sie ihre Beine hinein, doch als es Zeit war, endgültig loszulassen, hielt sie noch einmal inne. Sie lächelte Lilliana tapfer zu und verstärkte ihren Griff um den Stein von Azur. Sie musste sichergehen, dass er unterwegs nicht verloren ging. Dann schloss sie die Augen, stieß sich ab, so gut es ging, und glitt in den Schlund.

Wie sie erwartet hatte, war es dreckig, feucht und kühl. Sie versuchte, die Luft anzuhalten und sich nicht vorzustellen, was alles vor ihr diese Röhre entlanggeschlittert war, aber natürlich funktionierte es nicht. Die Zeit schien sich ins Unendliche zu dehnen und in ihr stieg Panik auf, als ihr einfiel, dass sie vielleicht stecken bleiben könnte. In dieser Situation gefangen zu sein und womöglich an Hunger und Durst zu sterben, musste schrecklich sein. Sie war zutiefst erleichtert, als sie mit einem sanften Platsch in den Fluss neben dem Schloss fiel und unter Wasser glitt. Als sie hustend, niesend und klatschnass wieder auftauchte, fühlte sie sich seltsamerweise etwas besser. Ihre Kleider sogen sich schnell mit Wasser voll und sie musste kräftig strampeln, um ans Ufer zu gelangen. Erschöpft zog sie sich schließlich an Land und blieb einen Moment liegen, um zu Atem zu kommen.

Lucia musste einen erbärmlichen Anblick bieten, wie sie so nass, verloren und schmutzig dasaß. Das lange Haar hing in ihrem Gesicht und alle Bemühungen, es zur Seite zu streichen, waren vergebens. Auch ihre Kleidung klebte an ihrem Körper und sah überhaupt nicht mehr so edel aus wie vor einigen Tagen.

Sie wrang ihr Haar und die Kleidung notdürftig aus und richtete sich bibbernd und schlotternd auf. Von den Trollen war nichts zu sehen, dafür waren die Scheiben des Schlosses allesamt eingeschlagen und die dahinter liegenden Räume dunkel. Sie wirkten verlassen und tot. Auch der Garten sah nicht besser aus. Einige Beete waren rücksichtslos zertrampelt worden und die sorgsam geharkten Wege besaßen keine Konturen mehr. Wie vergänglich alles war. Glück, Reichtum und Pracht konnten ebenso schnell verschwinden wie Geborgenheit.

Ihr kam der Gedanke an eine Flucht, doch als sie an die Geiseln dachte, besann sie sich eines Besseren. Sie hätte gar nicht gewusst, wohin sie gehen sollte.

Mit zaghaften Schritten überquerte sie den von unzähligen Füßen zertretenen Kies und gelangte zur Vorderseite des Schlosses. Vor den Toren, hinter der von Rosen überwucherten Mauer, brannten Fackeln in der Dunkelheit. Vermutlich hatten die Trolle dort ihr Lager aufgeschlagen. Sollte sie wirklich dorthin gehen?

Bevor sie weiter nachdenken konnte, stürzte eine Kreatur aus einem Gebüsch und baute sich vor ihr auf. Lucia schrie, riss die Hände vors Gesicht und schloss vor Angst die Augen. Gleich würde es sie packen und mit sich zerren und …

Nichts geschah. Sie wagte es langsam, die Hände herunterzunehmen. Das Wesen war ganz nahe bei ihr stehen geblieben. Aber es sah nicht so aus, als würde es sie gleich anfallen, sondern betrachtete sie nur neugierig. Lucia hob vorsichtig den Kopf und musterte den Troll, denn ein solcher war es ohne Zweifel.

Allerdings wirkte er nicht so furchterregend und grotesk, wie sie ihn sich vorgestellt hatte. Er war groß, größer als ein ausgewachsener Mann und viel kräftiger gebaut, aber dafür stand er leicht vorgebeugt und krumm. Seine Haltung hatte etwas Lauerndes, und wenn sie es nicht besser gewusst hätte, wirkte er ein wenig unsicher. Dunkle Haut, die mit flaumigem, kurzem Fell bedeckt war, spannte sich über seinen ganzen Körper. Ihr fielen vor allem seine langen und schlanken Finger auf, die einen seltsamen Widerspruch zum muskulösen und eher grobschlächtigen Leib bildeten. Der Troll stand auf zwei Beinen und trug sogar etwas wie Kleidung – einen kurzen Lendenschurz aus Stoff – seine kräftige Brust war entblößt.

Dann wagte sie es, in sein Gesicht zu blicken. Es zeigte weder die erwartete animalische Dummheit noch irgendein Zeichen von Boshaftigkeit. Der Troll besaß keine Lippen, aber leicht geknickte, spitze Ohren und zwei verkümmerte, ungefährlich aussehende Hörner.

Aber als sich ihre Blicke trafen, wusste sie, dass sie keine Angst vor ihm haben brauchte. Seine Augen wirkten so klug und neugierig wie die eines … sie traute sich nicht, das Wort Mensch in Bezug auf diese Kreatur zu verwenden, noch nicht. Waren das wirklich dieselben Wesen, die das Schloss belagert hatten? „Bitte bring mich zu deinen Artgenossen. Ich bin Lucia und … ich ergebe mich", sagte sie, so langsam sie konnte, und hoffte, dass er sie verstehen konnte.

Einen Augenblick wirkte der Troll irritiert, doch dann nickte er und sagte: „Guten Abend, Prinzessin Lucia. Es ist schön, Euch zu sehen und zu wissen, dass Ihr Euch freiwillig entschieden habt, zu uns zu kommen. Bitte erlaubt mir, Euch zu unserem Lager zu geleiten."

# Der Mörder und der König

Melankor ließ sich erschöpft in einen Sessel sinken. Adenor war tot. Der Gedanke klang so absurd. Er glaubte beinahe, das gütige Lachen seines Freundes zu hören, wenn er sich über einen klug erdachten Scherz amüsierte, oder seinen ernsten Gesichtsausdruck zu sehen, bevor er in die Schlacht ritt. Adenor hatte immer gespürt, was ihn beschäftigte, hatte ihn immer verstanden und sie hatten gemeinsam viele schöne und kostbare Momente erlebt. Die Erinnerungen waren so lebhaft, dass sie den Schmerz noch unerträglicher machten.

Adenors Körper war in der Kapelle im Park des Schlosses aufgebahrt worden. Seine Hände ruhten fest auf dem Knauf des Schwertes, das man ihm mitgeben wollte. Noch im Tode sah der König würdevoll aus, und Melankor war überrascht, dass nicht nur Adelige zu ihm kamen, um sich im Trauermonat von ihm zu verabschieden.

Als der König von Gyndolin die Hand seines alten Freundes berührt hatte, fühlte sie sich kalt und leblos an. Es war nicht länger Adenor, sondern nur seine sterbliche Hülle, die er hier hatte zurücklassen müssen.

Ob er dort, wo er jetzt war, auch Rika getroffen hatte? Der Schmerz wollte ihm schier das Herz zerreißen. Es hatte Momente gegeben, in denen er dachte, nie wieder glücklich sein zu können. Doch er musste weiterleben, seinen Kindern zuliebe. Terin, Edward, Merior und Lucia. Sie waren Sinn und Inhalt seines Lebens. Sie und seine Bürger, die ihre Hoffnungen in ihn setzten und für die er verantwortlich war. Sie verdienten seine Fürsorge und brauchten einen entschlossenen und vertrauenswürdigen König.

Hoffentlich würde Lord Derlin ein ebenso guter Herrscher für Morofin werden wie Adenor. Melankor war inzwischen sicher, in ihm den richtigen Nachfolger gefunden zu haben. Lord Derlin war verantwortungsbewusst, erfahren und barmherzig genug, um die richtigen Entscheidungen zu treffen und ein Land gut zu regieren. Gerechtigkeit, Verständnis und Verhandlungsgeschick zeichneten ihn aus und zeugten von einem guten Charakter. Melankor hatte unter den Kandidaten, die Hauptmann Meandros ihm in den letzten Tagen vorgestellt hatte, keinen besseren gefunden. Er selbst war vom alten König Gyndolins zu seinem Nachfolger bestimmt worden, weil dieser von seiner Loyalität für das Land tief beeindruckt gewesen war. Damals war Melankor noch jung und voller Tatendrang und sein Mut und seine überschäumende Kraft waren nicht zu bremsen gewesen.

Aber da war eine Sache, die ihn noch an seiner Wahl zweifeln ließ. Er verstand nicht, wieso ihm Adenor einen Krönungsring vererbt hatte und was er ihm damit hatte sagen wollen. Normalerweise behielten die Könige sie auch nach ihrem Tod und man verwendete sie nie wieder. Und weshalb trug dieser bereits einen Namen, passte aber dennoch zu keinem von Adenors Lords?

Nachdenklich betrachtete er seinen eigenen Krönungsring, der das Wappen Gyndolins trug und den er seit so vielen Jahren nicht mehr abgenommen hatte. Er saß direkt neben dem schlichten goldenen Ehering, der Rika und ihn noch im Tode verband.

Zu gut erinnerte er sich an sie und …

Plötzlich spürte Melankor einen dröhnenden Schmerz in seinem Hinterkopf, dessen Ursprung sich seinen Kenntnissen entzog. Jemand musste ihn mit einem Knüppel oder einer anderen Waffe getroffen haben.

Dieser Jemand hatte seinen Schlag allerdings schlecht platziert, sodass der König sein Bewusstsein schnell zurückerlangte. Melankor wollte sich umdrehen und den Unbekannten außer Gefecht setzen, aber dann siegte seine Vorsicht und er sank tiefer in seinen Sessel, als wäre er tatsächlich ohnmächtig.

Unterdessen zog der Attentäter ein schwarzes Fläschchen aus dem Gürtel seines Mantels und schraubte den Deckel ab.

Melankor hörte eine raue Stimme triumphierend flüstern: „Schlaf! Schlaf, mein König." Er fühlte kaltes Glas, das seine Lippen berührte, und sie langsam aufzwang. „Gift!", schoss es ihm durch den Kopf. „Jemand will mich vergiften!"

Blitzschnell öffnete er die Augen und zerschlug das Gefäß. Winzige Scherben regneten auf ihn herab und das rosafarbene Gift spritzte auf seine Uniform.

Er nutzte das Überraschungsmoment, um aufzuspringen und zur Tür zu hechten, wo er sein Schwert abgelegt hatte. Es gelang ihm, die Waffe zu zücken, bevor sich sein Angreifer wieder gefangen hatte. Sein Vorteil währte allerdings nicht lange. Der Unbekannte zog sein eigenes viel leichteres Schwert.

Roy Pinless hatte gehofft, dass das Attentat schnell und schmerzlos vonstattenginge. Er wollte den König nicht im Zweikampf besiegen, weil er keine Spuren hinterlassen durfte. Ein Duell und dessen Folgen waren immer unschön. Der Attentäter musste Melankor lediglich dazu bringen, das Gift einzunehmen. Lässig parierte er einige verzweifelte Hiebe des Königs und schlug dann kraftvoll zurück.

Melankor hatte sichtlich Mühe ihm standzuhalten, er taumelte und es kostete ihn große Kraft, das Schwert zur Seite zu schlagen. Immer weiter musste er an die Wand zurückweichen und seine Knie begannen, unkontrolliert zu zittern. Er war zu alt, um diesem starken Gegner Widerstand zu leisten. Was Schnelligkeit und Energie anging, war er ihm unterlegen. Er musste der bitteren Wahrheit ins Auge sehen. Dieser Mann würde ihn töten. Es war nur eine Frage der Zeit. Verbissen versuchte er, einen Schwachpunkt zwischen den Angriffen zu entdecken.

Nach einiger Zeit fiel ihm auf, dass an den Schlägen seines Gegners zwar aus der Sicht eines Lehrers nichts zu bemängeln war, er aber immer wieder dieselben Bewegungen verwendete. Melankor kostete es keine große Mühe, seine Züge vorherzusehen. Auf diese Weise konnte er einige Kraft sparen und den Attentäter in eine andere Richtung lenken.

Rasch wich er aus und floh zur anderen Seite, als er zu nahe an die Wand gedrängt wurde. Im Laufen stieß er einige Möbel zu Boden, in der Hoffnung seinen Gegner zu behindern und dessen Aufmerksamkeit auf das Zimmer zu richten, damit ihm jemand zu Hilfe kam.

Roy Pinless bemerkte das Vorhaben des Königs und ließ diesen mit einem gezielten Schwertstreich in die Knie gehen. „Schluss mit den Spielchen. Lass es mich zu Ende bringen!", rief er wütend.

Der König atmete schwer und starrte panisch in die kalten, herzlosen Augen des Attentäters. Schweißperlen rannen ihm über das Gesicht. Sowohl wegen des Kampfes als auch wegen der Todesangst, die ihn ergriffen hatte. Wenn jetzt kein Wunder geschah, war es vorbei mit ihm. Die Spitze der fremden Waffe ruhte gefährlich nah an seiner Kehle und bei jedem tiefen Atemzug stieß er leicht dagegen.

Der Fremde zog ein neues Fläschchen aus einer Tasche. Melankor versuchte anhand der Augen, die als Einzige unverhüllt waren, die Identität dieses Mannes festzustellen, doch er war sich sicher, ihn noch nie gesehen zu haben.

Nun packten kräftige Hände seinen Kiefer und zwangen ihn, den Mund zu öffnen. Schon rann das Gift in seinen Rachen hinab. Es schmeckte bitter und unangenehm süß zu gleich. Die Flüssigkeit brannte und zischte auf seiner Zunge, doch er widerstand dem Drang, sie hinunterzuwürgen. Wenn er schluckte, würde er innerhalb weniger Augenblicke sterben. Stattdessen nahm er allen Mut zusammen und spuckte das Gift in weitem Bogen aus. Es traf den Unbekannten am Handgelenk.

Roy ließ sich nicht ablenken und wollte nun keine Zeit mehr verlieren. Er hatte keine andere Wahl mehr. Stilvoll oder nicht. Er musste den König mit dem Schwert töten. Mit einem Schlag konnte er es zu Ende bringen.

Es würde nicht schon wieder alles schiefgehen. Nicht wie bei Adenor. Grimmig und ohne Gefühle – höchstens einem Anflug von Triumph und dem prickelnden Genuss, sein Opfer leiden zu sehen – hob er die Klinge an und zielte auf den faltigen Hals seines Opfers. Um diese Bewegung auszuführen, musste er seinen festen Griff jedoch lösen und dadurch rettete sich Melankor ein weiteres Mal.

Der König stieß die Beine des Auftragsmörders heftig zur Seite, duckte sich unter dessen niedersausendem Schwert hinweg und rollte sich schwer atmend zur Seite. Die Klinge fuhr in den Holzboden und blieb zitternd stecken. Mit einem Ächzen richtete Melankor sich auf und beäugte misstrauisch seinen Gegner, der stöhnend auf dem Boden lag und sich das Knie hielt. Erleichtert seufzte er und nahm dem Verletzten die Waffe ab. Solch einen Kampf hatte er schon lange nicht mehr ausgetragen. Er musste verwundert feststellen, dass die Anstrengung seinem Körper gut getan hatte.

Aber der Grund für dieses Duell war ein versuchter Meuchelmord gewesen und er musste den Täter bestrafen. Er war ein Mörder und hatte verdient, sein Leben im Gefängnis zu verbringen. Mit einem Ruck zog er die Kapuze des Mannes herunter und betrachtete das fremde Gesicht vor ihm. Melankor fiel nicht auf, wie sich Roys Gesichtsausdruck schlagartig veränderte, als die Luft ungefiltert in seine Atemwege strömte. Ein seltsam irrer Blick trat in die vernarbten Züge und er begann zu schwitzen. Die rostroten Haare klebten an seiner Stirn.

Melankor war froh, diesen Mann nicht zu kennen, aber er vermutete, dass ihn jemand geschickt hatte. Es würde sehr schwirig werden, den Auftraggeber zu finden, wenn nicht sogar unmöglich.

„Wer seid Ihr?", fragte er mit fester Stimme.

Der Mann stieß ein heißeres Lachen aus: „Ich ... ich bin ein Mörder." Melankor versuchte, ihm in die Augen zu sehen. Sie wirkten unklar, irgendwie abwesend, weit weg. Wenn sein Gegner nicht mehr bei Verstand war, konnte er ihm dann überhaupt noch vernünftig antworten? Versuchen musste er es.

„Das weiß ich bereits. Ich möchte Euren Namen hören." Die Stimme des Königs klang ruhig und befehlend zugleich.

„Mein Name?", keuchte der Fremde. „Namen sind ohne Bedeutung. Sie verraten nichts über ihren Besitzer. Er wird Euch nichts sagen. Er ist nicht mehr wichtig. Ich bin nicht mehr wichtig. Aber unterbrecht mich nicht. Es gibt da etwas, dass Euch interessieren könnte." Er machte eine Pause, um Atem zu holen. Ein scheußliches, niederträchtiges Grinsen stahl sich in sein Gesicht und seine Augen begannen zu leuchten und hin und her zu flackern, als wäre er im Rausch. Voller wahnsinnigem Stolz fuhr er fort, wobei seine Stimme immer lauter und bedrohlicher wurde: „Ich hatte den Auftrag erhalten, Adenor zu töten. Ich hätte es auch getan, aber da gab es niemanden mehr zu töten. Er hat sich selbst umgebracht."

„Aber ... er hat noch gelebt! Mehrere Tage! Sie haben ihn vergiftet!", stotterte Melankor verzweifelt.

„Nein, Ihr habt nicht gehört, was er mir anvertraut hat. Es war Selbstmord. Er sah keinen anderen Ausweg mehr."

Melankor schüttelte langsam den Kopf und sank in sich zusammen. Das konnte nicht sein, das durfte nicht sein. Sein Freund konnte nicht freiwillig aus dieser Welt gegangen sein. Er hätte ihn doch nicht freiwillig verlassen!

# Die letzten Strophen

Nur langsam löste sich Lucia aus ihrer Erstarrung. Alles, alles hätte sie erwartet, aber nicht diese Höflichkeit. Sie beobachtete, wie der Troll seine nachtschwarzen Augen zusammenkniff und seine Mundwinkel sich hoben. Ein Lächeln? Weiche Falten zeichneten sich in sein Gesicht und er sah belustigt aus.

„Das muss für Euch alles sehr schwer zu verstehen sein, aber glaubt mir: Heute werdet Ihr einige Antworten auf Eure Fragen erhalten."

Lucia war noch immer durcheinander, sie konnte sich nicht vorstellen, was der Troll meinte. Antworten auf Fragen, die sie sich selbst gestellt hatte und von denen eigentlich niemand etwas wissen durfte. Wie sollten gerade die Trolle ihr weiterhelfen können?

„Es ist nicht nur ein *bisschen* verwirrend. Bis gerade eben dachte ich, Ihr würdet mich töten."

Der Troll sah sie entsetzt an. Seine Kulleraugen wurden immer größer. „Aber das war nicht meine Absicht", sagte er mit tiefer und ein wenig verunsicherter Stimme. „Wir wollten Euch niemals Angst einjagen. Wir haben doch überhaupt keinen Grund Euch wehzutun."

Lucia verzog das Gesicht und verschränkte die Arme. „So? Meint Ihr nicht, dass es ein wenig *beängstigend* für uns war, dass Ihr Geiseln genommen habt?"

Der Troll schüttelte deprimiert den Kopf und sagte langsam: „Wir vergessen immer wieder, wie empfindlich ihr Menschen auf unsere ... nun ja, Druckmittel reagiert. Für uns ergibt vieles einen ganz anderen Sinn. Unser

Stammesführer wird Euch etwas Klarheit verschaffen." Lucia fühlte sich durch diese Worte zwar nicht getröstet, doch sie war neugierig, was sie im Lager der Trolle erwarten würde.

Um sich und ihren seltsamen Begleiter abzulenken, der sie nun zu seinem Oberhaupt bringen wollte, fragte sie ihn, weshalb er ihre Sprache sprechen konnte. „Es würde Euch wundern, wie häufig wir zu Menschen Kontakt haben. Auch diese Angelegenheit wollten wir mit Euch besprechen."

„Ich verstehe nicht, weshalb Ihr gerade mit mir sprechen wollt", versuchte sie, etwas aus ihm herauszukitzeln.

„Aber das wisst Ihr doch bereits, Lucia. Oder etwa nicht? Ihr müsst es doch bemerkt haben." Ein Ohr des Trolls begann leicht zu zucken und er drehte verlegen den Kopf zur Seite. Sie seufzte leise. Ja, sie hatte es geahnt. Wieso wussten plötzlich sogar die Trolle von der Magie und der Bedeutung des Steins? Doch sie beschloss, ihre Fragen aufzuheben, denn der Troll schien ein wenig in Erklärungsnot zu geraten. Vielleicht durfte er ihr gar nicht alles sagen.

Die beiden ließen den Garten des Schlosses hinter sich und gelangten in das Lager, das die Trolle in den letzten Tagen errichtet hatten. Lucia war überrascht, wie gemütlich es aussah. Die Trolle hatten mehrere kuppelförmige Zelte errichtet, die mit einem ihr unbekannten purpurnen Stoff überzogen waren. Die Prinzessin zählte etwa zehn dieser kleinen Behausungen und stellte fest, dass sie mithilfe von Stöcken und Tierknochen recht stabil gebaut worden waren. Sie formierten sich im Kreis um ein riesiges Lagerfeuer, an dem es sich einige Trolle bequem gemacht hatten.

Als Lucia ihrem Begleiter zurückhaltend folgte, richteten sich alle Blicke auf sie. Die grobschlächtigen, muskulösen Trolle rissen ihre Knopfaugen weit auf und starrten sie wortlos an. Lucia wusste nicht, wohin sie sehen sollte, und es war ihr unangenehm, im Mittelpunkt zu stehen. Zudem wirkten diese Wesen noch immer fremd auf sie und sie verstand nicht, weshalb ihr Besuch so wichtig für sie war. Ein graubrauner Troll begann, etwas in seiner Muttersprache zu murmeln, ein anderer stieß seine Faust kraftvoll in den Boden. Nicht alle wirkten erfreut, sie zu sehen.

„Herzlich willkommen, Prinzessin Lucia!" Sie drehte sich schlagartig um. Hinter ihr stand ein Troll, mit hellem cremefarbenem Fell, der im Gegensatz zu den anderen etwas mehr bekleidet war. Er trug eine Art goldenen Umhang, der mit einer schlichten Brosche über der rechten

Schulter zusammengehalten wurde. Als er Lucias erschrockenen und verängstigten Gesichtsausdruck sah, glitzerte es in seinen Augen und er legte ihr beruhigend seinen schweren Arm auf die Schulter. Dieser Troll wirkte etwas älter als die übrigen, denn vereinzelt mischten sich hellere Zotteln in sein Fell und um seinen Mund lagen Falten. Er musste der Stammesführer sein. Seine tiefe Stimme klang wie das Grollen des Donners und brachte die anderen Trolle sofort zum Schweigen.

„Ich freue mich sehr darüber, dass du dich entschieden hast, zu uns zu kommen. Wir hatten nicht mehr darauf zu hoffen gewagt. Willst du Platz nehmen? Wir können dir eine Decke anbieten, falls dir kalt ist und etwas Warmes zu trinken. Danach werden wir versuchen, deine Fragen zu beantworten."

Lucia lächelte zaghaft. Er duzte sie und sie fühlte sich dadurch schon ein bisschen wohler. „Eine Decke wäre toll. Ich bin schon richtig durchgefroren und Durst habe ich auch." Ihr fiel auf, dass sie seit dem Trollangriff nichts mehr gegessen und getrunken hatte.

Während sie sich auf ein seltsam flauschiges Polster neben dem Feuer setzte und die Trolle neugierig musterte, holte ihr einer von ihnen eine Decke aus warmem Stoff und eine Knochenschale mit einem dampfenden Getränk, für dessen Geruch sie keinen Vergleich fand. Sie kuschelte sich tief in die Decke und kostete einen Schluck des Getränks. Wohltuende Wärme kroch ihre Kehle hinab und sie genoss den aromatischen, aber so fremdartigen Geschmack.

„Was ist das?", fragte sie, einfach, um irgendetwas zu sagen.

Der Stammesführer verzog keine Miene. „Das möchtest du wirklich nicht wissen. Den meisten Menschen verdirbt es den Appetit."

Lucia begnügte sich mit dieser Antwort und nahm einen weiteren Schluck. Als sie die Schale sinken ließ, bemerkte sie, dass noch immer alle Aufmerksamkeit auf sie und den Stammesführer gerichtet war. Trotz der freundlichen Begrüßung hatte sie ein wenig Angst, dass auf sie eine böse Überraschung wartete und die Trolle ihr nicht alle so friedlich gesonnen waren.

Der große Troll verschränkte die Arme und begann, mit geschlossenen Augen zu sprechen. „Ich möchte dir gerne eine Geschichte erzählen. Eine Geschichte, die du bereits oft gehört haben wirst, die sich aber aus unserer Sicht ganz anders zugetragen hat und bis in die heutige Zeit weitergeschrieben wird."

Lucia riss die Augen auf. „Die Geschichte der Vergessenen Völker?", fragte sie leise.

„Ja, das ist sie. Vor vielen Jahrhunderten gab es tatsächlich eine Zeit, in der alle sieben Völker Menschen, Trolle, Kobolde, Zwerge, Elfen, Cyrämnen und Greife in Eintracht lebten. Wir ergänzten einander perfekt und konnten uns gegenseitig unterstützen und helfen. Alles schien friedlich und ausgewogen, bis sich plötzlich etwas veränderte."

Er sah sie vollkommen ernst und mit leichter Wehmut im Blick an. „In Wahrheit begann es schon viel früher. Doch die Zeichen waren trügerisch und es gelang uns, sie zu übersehen: Die Menschen verschlossen sich uns, begannen den Kontakt zu meiden und fingen an, sich selbst für die intelligenteste und stärkste Rasse zu halten. Schließlich gelangte ein neuer Menschenherrscher auf den Thron und stürzte uns in einen verheerenden und alles zerstörenden Krieg. Den Ausgang kennst du. Die Kobolde, die Zwerge und wir wurden versklavt und wie niedere Kreaturen behandelt. Unsere Intelligenz und unsere Gefühle wurden missachtet, bis das heutige Bild, das auch du von uns haben musst, entstanden ist. Ich hoffe, dass deine Anwesenheit bei uns dir genügt, um dich von der Wahrheit meiner Worte zu überzeugen. Wir sind nicht das barbarische, herzlose Pack, für das ihr uns haltet. Wir bemühen uns stets, mit der Natur in Eintracht zu leben, und die Entdeckungen und Erfindungen, die wir geschaffen haben, zeugen von unserer Auffassungsgabe, die die eurige sogar zu überschreiten vermag. Und an diesem Punkt kommen die Hüter ins Spiel."

Lucia wusste, was als Nächstes kommen würde, denn etwas Ähnliches hatte schon Jessina erzählt. „Die Hüter der Macht", fuhr er fort, „gibt es seit sehr langer Zeit. Gleich nach dem Krieg bildete sich diese Gemeinschaft. Sie existiert im Geheimen und hat sich der Magie verschrieben. Die Hüter haben es sich zur Aufgabe gemacht, die Magie zu kontrollieren, sie vor der Öffentlichkeit zu verbergen und sie nur für gute Zwecke zu verwenden. Jeder, der magisches Potenzial besitzt, wird von ihnen früher oder später gefunden, aber nicht jeder schließt sich ihnen auch an. Es gibt Magier, die ihre Fähigkeiten missbrauchen und immer wieder vor dem Bund zu fliehen versuchen."

In die Stille, die durch die Abwesenheit seiner Stimme entstand, fragte Lucia: „Könnt ihr es auch? Ich meine ... Magie? Was habt ihr mit dem Bund zu tun?" Falls es noch irgendeinen Zweifel an der Existenz von Magie oder der Hüter gegeben hätte, so wäre er spätestens jetzt ausgelöscht.

Der Troll starrte wehmütig ins Feuer. „Wir stehen seit langer Zeit in Kontakt mit ihnen und unterstützen sie, so gut wir können. Aber nein, wir sind nur schwach magisch veranlagt. Mehr brauchst du über die Aufgaben des Bundes noch nicht zu wissen. Etwas anderes bereitet uns Sorgen: Wir befürchten – und unsere Vorahnungen haben sich bis jetzt bestätigt – dass es zu einer Teilung der Hüter kommen wird. Zwischen ihnen kommt es immer wieder zu Streitigkeiten, die sich nicht ohne Weiteres lösen lassen. Die Mehrheit von ihnen hat nicht vor, dich und die anderen zu unterstützen." Lucia tastete nach dem Stein und ließ ihn auf ihrer Handfläche liegen. Das hörte sich nicht gut an und Jessina hatte es nicht erwähnt.

„Mich und die anderen … Was soll das heißen?" Sie bemerkte die Blicke der Trolle. Nicht wenige sahen entsetzt aus und sie war sich nicht sicher, ob das an ihren Worten lag oder einfach an ihr. Vielleicht hatten sie jemanden erwartet, der heldenhafter war.

„Du bist die Trägerin des Steins von Azur, auch Stein der Weisheit genannt. Doch du bist nicht allein. Es gibt noch andere: den Stein des Mutes, den Stein der Liebe und den Stein der Hoffnung. Ihre Träger werden das Schicksal gemeinsam erfüllen. Davor haben die Hüter Angst. Sie glauben, dass ihr nicht die Richtigen für diese Aufgabe seid und sie euch aufhalten müssen, bevor es zu spät ist."

„So ist das also!", unterbrach ihn Lucia. „Deshalb versucht ständig jemand, mir den Stein abzunehmen oder mich dazu zu zwingen, ihn fortzugeben! Woher weißt du das alles?"

„Wie gesagt stehen wir mit dem Bund in Kontakt und jemand von unseren Freunden hat uns von allem berichtet. Nicht alle wollen dich behindern. Es gibt auch Hüter, die dich unterstützen und in dir und den anderen unsere letzte Hoffnung sehen. Egal, ob ihr scheitert oder nicht." Der alte Troll blickte Lucia sanft an und sein großer Kopf beugte sich vorsichtig zu ihr herab. Ihr wurde plötzlich klar, dass es nicht mehr allein um Adenors Erben ging.

„Wir werden zu euch halten", sagte er leise und drückte sich selbst wie zum Schwur eine Hand auf die Brust, dann streckte er seine Finger nach Lucia aus und ließ sie auf ihrem Hals ruhen – an einer Stelle, an der er ihren Puls fühlen konnte. Die Prinzessin wagte weder sich zu rühren noch nach Luft zu schnappen. Ihre Haut brannte unter der Berührung, aber nicht so, dass es schmerzte. Sie schloss die Augen und versuchte, ruhig zu bleiben. Sie war sich sicher, dass die Wärme, die ihren Hals sanft kitzelte,

Magie war. So hatte es sich angefühlt, als sie Gilgars Finger angesengt hatte oder als sie den Pfeil des Verräters abgewendet hatte. Das war alles sie selbst gewesen. Ein Teil ihrer selbst, den sie nicht kontrollieren konnte und der ihr in letzter Zeit immer wieder geholfen hatte, wenn sie in Lebensgefahr schwebte. Der sanfte Druck auf ihre Kehle verschwand.

Der Troll reckte seinen stämmigen Hals in die Höhe und gab den Blick auf ein Zeichen frei, das seine Haut zum Leuchten brachte. Das Strahlen schien aus ihm selbst zu kommen. Sie betrachtete die kreisförmig angeordneten Linien und stellte fest, dass es nur an einer einzigen Stelle unsymmetrisch war. Enthielt es eine versteckte Botschaft?

Dann wurde ihr plötzlich bewusst, was das bedeutete. Wenn sie sich nicht sehr irrte, hatte ihr der Troll ebenfalls ein solches Mal verpasst. Sie schluckte verwirrt und sah ihn Hilfe suchend an. Ein Lächeln breitete sich auf seinem Gesicht aus.

„Keine Angst. Dieses Zeichen wird nur sichtbar, wenn du deine magischen Kräfte einsetzt. Es weist dich als Freund jedes Trolls aus und dient als Versprechen unserer Hilfe und Unterstützung. Ich möchte, dass du weißt, dass dies ein besonderes Privileg ist. Seit Hunderten von Jahren wurde es keinem Menschen mehr zuteil. Es ist ein Schriftzeichen und bedeutet in eurer Sprache so viel wie *behütet*."

Lucias Augen schimmerten im Licht des Feuers und ihre Wangen nahmen eine leichte rosige Färbung an. Freude und Dankbarkeit durchfluteten sie und irgendwo in der Magengegend spürte sie ein sanftes magisches Prickeln. „Danke", sagte sie leise. „Aber ich weiß noch immer nicht, weshalb ich das verdiene." Schon rannen Tränen über ihr Gesicht und es gelang ihr nicht, sie zurückzuhalten. Sie war so verwirrt, glücklich und verängstigt, dass sie gar nicht die Kraft dazu hatte. Die Trolle vertrauten ihr einfach, obwohl sie noch nicht unter Beweis stellen konnte, dass sie es wert war. Dieses tiefe Vertrauen erschütterte sie bis in die Grundfesten und berührte sie zutiefst. Noch nie hatte jemand solche Hoffnungen in sie gelegt. Doch das Schlimme war, dass sie das Gefühl hatte, die Trolle enttäuschen zu müssen. Sie besaß doch nur diesen Stein und wusste nicht einmal, was sie damit anfangen sollte. Sie war weder eine erprobte Kämpferin noch eine weise Frau. Sie war Lucia, ein Mädchen, das sich dem Druck und der Verantwortung, die ihr soeben übertragen worden war, nur allzu bewusst wurde.

Unter ihrem Tränenschleier konnte sie erkennen, wie einige Trolle die Köpfe zusammensteckten und sich beinahe lautlos unterhielten. Wahrscheinlich bereuten sie es jetzt schon, ihr das Zeichen verliehen zu haben. Lucia schniefte und merkte, wie lächerlich sie wirken musste. Diese starken Geschöpfe sahen nicht aus, als ob sie häufig weinen würden, vielleicht konnten sie es sogar gar nicht. Und nun hockte ein Menschenmädchen zwischen ihnen und fing an zu heulen, anstatt sich für ihre Auszeichnung zu bedanken. Nicht gerade ein Zeichen von Stärke und Gelassenheit. Wenn sie nicht schon vorher einen schlechten Eindruck vermittelt hatte, dann hatte sie sich jetzt mit Sicherheit alle Sympathien verspielt. Sie wischte sich mit dem Handrücken über die Augen und machte dadurch alles nur noch schlimmer.

Plötzlich spürte sie, wie sich ein starker und warmer Arm um sie legte. Der Troll war sehr vorsichtig, als hätte er Angst, sie mit seinen übermenschlichen Kräften zu zerbrechen wie ein Stück Glas. „Lucia", raunte seine tiefe Stimme dicht an ihrem Ohr. Er hatte sie bei ihrem Namen genannt. Irgendwie weckte das etwas Vertrautes in ihr.

„Es ist ganz egal, wie du es nennst. Ich bin nur ein Troll und meine Intelligenz reicht nicht aus, um die Genialität der Götter vollständig zu verstehen, aber eines weiß ich genau: Es ist kein Zufall, dass du eine Steinträgerin bist. Egal, wie unsinnig es dir erscheinen mag – es hat einen Grund. In dir schlummern schon seit Langem starke magische Kräfte und ich glaube nicht, dass der Stein sie hervorgerufen hat. Er hat Kräfte in dir geweckt, von denen du nicht wusstest, dass es sie überhaupt gibt. Hast du dich noch nicht gefragt, weshalb wir uns gestern so frühzeitig zurückgezogen haben? Du hast zwei von uns unbeabsichtigt schwer verletzt. Der ganze Raum stand plötzlich in Flammen und sie konnten nur mit Mühe entkommen. Der Stein entfesselt die Macht deiner Gefühle und du bist noch nicht in der Lage, damit umzugehen. Eine magische Begabung entwickelt sich normalerweise viel langsamer. Aber du bist etwas Besonderes, daran gibt es keinen Zweifel, Lucia."

In seinen dunklen Augen spiegelten sich die flackernden Flammen des Feuers wider und sie glaubte, etwas Trauriges darin zu erkennen. Sie verzog das Gesicht zu einer halbherzigen Grimasse und versuchte, die Tränen endgültig zu vertreiben.

„Das tut mir sehr leid. Ich weiß nicht, was in diesem Moment in mich gefahren ist. Plötzlich war es passiert und ich bin ohnmächtig geworden."

„Kein Wunder, nach dieser Anstrengung. Beinahe hättest du deine Energie vollends verbraucht. Solche Gefühlsausbrüche können für dich gefährlicher sein, als für deine Feinde, wenn du sie nicht kontrollieren kannst." Er schwieg und starrte in die Flammen. Die meisten anderen Trolle taten es ihm nach, aber sie glaubte, noch immer unterschwelliges Misstrauen in einigen der grobschlächtigen Gesichter zu finden. Vielleicht waren nicht alle so überzeugt von ihr, wie der Stammesführer behauptete.

Dann kam ihr ein entsetzlicher Gedanke: „Heißt das, dass ich sie fast getötet hätte?" Sie wagte es kaum, die letzten Worte auszusprechen. Es machte ihr Angst, auch nur daran zu denken, was hätte geschehen können. Aber dann könnten sie nicht so friedlich am Feuer beieinandersitzen.

Der Stammesführer erwiderte nichts, aber sein bedeutungsvoller Blick war ihr Antwort genug.

Sie atmete tief durch und fasste sich ein Herz. „Ich habe das wirklich nicht beabsichtigt. In diesem Moment haben meine Gefühle die Oberhand gewonnen. Ich hatte doch keine Ahnung, was ihr vorhattet. Wenn ich irgendwie lernen kann, das zu steuern, dann würde ich es gerne tun."

„Wir machen dir keine Vorwürfe, Lucia. Aber helfen können wir dir leider auch nicht. Du musst versuchen, in bedrohlichen Situationen die Ruhe zu bewahren, bis du jemanden triffst, der dir wirklich etwas über den Einsatz von Magie beibringen kann. Es ist nichts Falsches daran, dich auf dein Unterbewusstsein zu verlassen, denn es wird dir häufig einen Schritt voraus sein. Finde zu dir selber und versuche, die Magie zu spüren, um sie gezielt einzusetzen. So hat man es mir damals erklärt, aber es scheint nicht einfach zu sein. Hast du vielleicht selbst noch eine Frage, die wir dir beantworten könnten?"

Lucia dachte wieder an den Verräter. Er musste ebenfalls magisch veranlagt sein. Aber keiner der Lords und Ladys wirkte auf sie, als wäre er Teil eines geheimen Bundes, der das Schicksal bekämpfte. Nun war immerhin nicht mehr alles so ungewiss und sie wusste, dass sie das Richtige tat. Sie musste an Jessina denken. Sie hatte als Erste von Magie geredet und vorhergesagt, dass ein Verräter unter ihnen war. Alles nur Andeutungen. Aber noch etwas anderes hatte sie ihnen mit auf den Weg gegeben. Die Prophezeiung.

„Kennt ihr die Prophezeiung? Ich meine die letzten beiden Strophen?", fragte sie. Der Stammesführer zog die Mundwinkel so weit nach oben, dass zwei Reihen gigantischer Zähne sichtbar wurden. „Sind Trolle Vegetarier?", schoss es Lucia verrückterweise durch den Kopf.

„Du bist schlau, kleine Lucia. Das ist sogar eine sehr wichtige Frage. Und ja, wir kennen die Prophezeiung. Hör gut zu und versuche, sie dir einzuprägen." Dann begann er mit den vertrauten Worten der ersten Zeilen. Sie hatte sie bereits gehört und sie spukten ihr immer wieder durch den Kopf, doch sie lauschte so aufmerksam, als hinge auch von ihnen ihr Leben ab. Vielleicht tat es das sogar:

*Wenn die Zeiten wehn vorbei,*
*Glück und Frieden einerlei,*
*langer Krieg die Menschen stört.*

*Wenn der Blitz fährt in die Eiche*
*Und es fällt des Königs Leiche,*
*wird der Hilferuf erhört.*

*Wenn das Blute fließt in Strömen,*
*nicht der Tod kann sie versöhnen,*
*das Gestein erneut erwacht.*

*Wenn die Völker sind geteilt,*
*Hass durch ihre Reihen eilt,*
*hat der Träger große Macht.*

*Wenn der Weise hegt Gedanken,*
*die verleugnen seine Schranken,*
*ja, dann kommt die große Wende.*

*Wenn Lüge, Hass und Unheil siegen*
*und die Guten sich bekriegen,*
*wird es sein der Zeiten Ende.*

Er machte eine Pause, in der niemand zu sprechen wagte. Lucia hatte automatisch die Augen geschlossen. In ihrem Kopf erwachte die Prophezeiung zum Leben. Bilder zuckten durch ihren Kopf, von denen sie nicht wusste, ob sie ihrer eigenen Fantasie entsprangen oder der Prophezeiung selbst. Und dann folgten die letzten Worte.

*Wenn die Zeit sich selbst bekriegt,*
*und vier Kindern sie erliegt,*
*Friede wächst aus einstmals Dunkeln.*

*Wenn ein Leben wird gegeben,*
*wird ein neues sich erheben*
*und ein Stern beginnt zu funkeln.*

Einen seltsamen Moment lang fühlte Lucia sich mit den Worten verbunden. Sie hatte das Gefühl, Teil dieser Worte zu sein, und konnte ihren Klang, ihre Melodie spüren wie ihren Herzschlag. In ihren Ohren rauschte das Blut, dann flatterten ihre Lider und es war schon wieder vorbei. Als sie langsam die Augen öffnete, sah sie leuchtende silberne Sterne davor tanzen und es dauerte einen Moment, bis sie verschwunden waren und sie das Lagerfeuer und die Trolle wieder sehen konnte.

„Deshalb haben alle so sehr Angst davor, dass vier Kinder die Steine tragen. Sie glauben, dass wir die Welt dem Untergang weihen und die Zeit nicht ... besiegen können ... was auch immer das heißen soll", dachte sie laut nach und bemerkte nicht, dass die Trolle sie irritiert ansahen.

„Niemand weiß, was diese vier Kinder tun werden", meldete sich ein Troll zu Wort, dessen dunkelrotes Fell sehr lang und zottig war. „Wir wissen nur, dass es sich um vier Kinder handelt, die jeweils einen der Steine besitzen." Er starrte Lucia aus leicht zusammengekniffenen Augen an, als versuchte er abzuschätzen, ob sie etwas vor ihnen verbarg.

Sie erwiderte seinen Blick fest. „Es muss schon etwas sehr Wichtiges sein, wenn es mit der Zeit in Verbindung steht. Aber was ist mit den übrigen Steinen? Es ist doch relativ unwahrscheinlich, dass diese drei in nächster Zeit in die Hände von Kindern geraten, oder?"

„Da hast du recht. Die Steine können nur durch den Tod ihres ehemaligen Besitzers oder eine freiwillige Aufgabe weitervererbt werden. Und Zerbor hängt viel zu sehr an seinem Stein, um ihn jemals zu verschenken.

Außerdem ist er noch zu jung, um an Altersschwäche zu sterben", erklärte ihr der Stammesführer.

„Zerbor hat einen der Steine? Soll das heißen, dass ich vielleicht doch keine der Auserwählten bin und die Prophezeiung erst in den nächsten Jahrhunderten in Erfüllung geht?" Mit einem Mal fühlte sich Lucia leer und ausgehöhlt. Aus irgendeinem Grund wusste sie, dass es nicht stimmte und alles in naher Zukunft eintreten würde. Auch Zerbor würde das nicht verhindern können.

„Lucia, es hat seit dem Jahr null kein Kind mehr gegeben, das einen der Steine besessen hat. Natürlich besteht noch immer die Möglichkeit, dass alles ein großer Irrtum ist, aber es gibt nichts, was diese Annahme bekräftigt. Es ist dein Schicksal, Lucia. Du bist unser aller Schicksal." Und dabei sah er ihr so eindringlich in die Augen, dass ihr schwindelig wurde. Ein Teil von ihr wollte gerne diese Auserwählte sein, doch der größere andere Teil hat Angst davor und beschwerte sich leise jammernd darüber, dass sie noch nicht einmal wusste, was ihre Aufgabe war und wie bei allen Göttern sie sie erfüllen sollte.

Sie nahm einen letzten Schluck von dem köstlichen Getränk der Trolle, das während ihres Gesprächs ganz kalt geworden war, und gähnte ausgiebig. Der Stammesführer setzte eine besorgte Miene auf. Die Haut über seinen Augen, an der bei einem Menschen die Augenbrauen gewesen wären, zog sich nachdenklich zusammen. „Du bist anscheinend sehr müde. Ihr Menschenkinder benötigt viel mehr Schlaf als wir und es war mit Sicherheit ein langer und sehr anstrengender Tag für dich. Wir sollten dich jetzt zurück zu deinen Leuten bringen. Mit Sicherheit haben sie dein Fehlen bereits bemerkt und machen sich Sorgen um dich."

„So wie wir uns Sorgen um die Geiseln gemacht haben", bemerkte Lucia bitter.

„Es geht ihnen besser, als du denkst. Wir haben sie in eines unserer Zelte gebracht. Sie bekommen dort alles, was sie sich wünschen."

„Aber gefesselt sind sie trotzdem, oder?"

„Natürlich, irgendwie mussten wir doch dafür sorgen, dass sie bei uns bleiben würden und freiwillig hätten sie das nicht getan. Gewalt ist die einzige Sprache, die ihr versteht, und ihr hättet uns niemals einfach zur Tür hineingelassen, wenn wir darum gebeten hätten."

„Ihr hättet doch einfach mit uns sprechen können, ohne allen solche Angst einzujagen. Das wäre für uns alle viel einfacher …"

Lucia wurde von einem durchdringenden, unmenschlichen Schrei unterbrochen, der vom Schloss zu kommen schien. Im Bruchteil eines Augenblicks waren die Trolle aufgesprungen und warteten mit gespannten Muskeln auf die Befehle ihres Stammesführers. Lucia blickte suchend in seine Augen. Er hatte sie weit aufgerissen und starrte unverwandt in Richtung des Gartens, als könne er durch die Mauern etwas sehen. Kalte Angst legte sich um Lucias Herz, denn sie glaubte zu wissen, weshalb der Troll, der im Garten Wache gehalten hatte, diesen Warnschrei ausgestoßen hatte.

„Geht in Verteidigungsposition!", befahl der Stammesführer mit plötzlich erkalteter Stimme. „Sie werden uns angreifen." Das Dutzend Trolle formierte sich zu einem Halbkreis und baute sich schützend vor Lucia und ihrem neuen Freund auf.

„Was geht hier vor? Ihr könnt doch nicht …", stammelte Lucia und verstummte, da sie vor Verzweiflung keinen Laut mehr hervorbrachte. Sie war ebenfalls aufgesprungen und stand nun zitternd und die Hände fest um den sanft pulsierenden Stein geschlossen da.

Der Stammesführer warf ihr einen traurigen Blick zu und drehte seine Ohren in Richtung der Geräusche. Sie konnte sehen, wie sich die Muskeln unter seiner Haut bewegten – ein ständiger Wechsel zwischen Spannung und Entspannung – und wie sich seine langen, dünnen Finger zur Faust ballten.

Eine Minute oder zwei standen sie alle einfach nur da und warteten. Die Stille wurde nur von Lucias heftigen Atemzügen und dem sanften Prasseln des Feuers unterbrochen. Die Trolle selbst gaben keinen Laut von sich, ja selbst ihre Atemzüge waren unhörbar. Sie konnte nur erkennen, dass sie überhaupt lebten, weil ihre kräftigen Körper sich in gleichmäßigen Abständen hoben und wieder senkten. Der langsame Herzschlag der Trolle hatte etwas Beruhigendes an sich, doch Lucia gelang es nicht, ihre Vorahnungen zu verdrängen.

Sie sah Lord Sorron als Erstes. Er stürmte in Uniform und mit einem Schwert in der Hand durch das Schlosstor und machte nur kurz eine Handbewegung, um die anderen zu sich zu rufen. Verzweifelt versuchte Lucia, ihm in die Augen zu sehen, doch als es ihr gelang, bereute sie es sogleich. Sie funkelten voller Hass und unterdrückter Wut. Irgendwo glaubte sie auch, Angst zu spüren, aber am meisten erschreckte sie die Wildheit in seinem Blick und der Kampfeswille, der ihn vorantrieb und zu etwas machte, was er nie hatte sein wollen. Eine Bestie. Und als sie das Blut an seiner Klinge sah, wusste sie auch, was mit dem Troll geschehen war.

„Lasst die Prinzessin frei", knurrte er mit zusammengebissenen Zähnen, während lauter ihr bekannte Gesichter hinter seinem Rücken auftauchten. Auch an ihnen bemerkte sie seltsam animalische Züge, doch sie schienen nicht so entschlossen zu sein wie Lord Sorron und vor allem viel verängstigter.

„Nein", entgegnete der Stammesführer und setzte an, etwas Weiteres zu sagen. Doch er kam nicht dazu.

Lord Neriell stieß einen wütenden Schrei aus und Sorron stieß hervor: „Dann kämpft!" Lucia schloss instinktiv die Augen, als die anderen seinem Befehl folgten und sich auf die zahlenmäßig weit unterlegenen und unbewaffneten Trolle stürzten. „Seltsam", schoss es ihr irrsinnigerweise durch den Kopf, „einen menschlichen Gegner würden sie nie angreifen, wenn dieser unbewaffnet wäre."

Schon hörte sie die ersten Schreie – ob es ein Troll oder ein Mensch war, erkannte sie nicht – und die heftigen und nervösen Atemzüge der Lords.

„Ich muss sie aufhalten", dachte sie verzweifelt. „Ich bin die Einzige, die sie überzeugen kann, dass sie aufhören müssen." Sie öffnete die Augen wieder und versuchte, etwas zu sagen, doch aus ihrer Kehle drang kein Laut. Wie gelähmt blieb sie zwischen den Kämpfenden stehen, geschützt von den Trollen und im Begriff von den Menschen gerettet zu werden. Sie stand zwischen den Fronten und egal, wie es enden würde, es würde ihr wehtun.

Lucia sah, wie sich die Lords auf ihre Feinde stürzten und versuchten, sie mit gezielten Schwerthieben zu töten. Glücklicherweise kam den Trollen ihre atemberaubende Wendigkeit zu Hilfe. Den meisten Schlägen entgingen sie scheinbar so mühelos, als wären sie in Zeitlupe ausgeführt worden. In eleganten Bewegungen drehten sie sich zur Seite, wichen den Klingen aus oder duckten sich darunter hinweg. Lady Miara hatte behauptet, die Trolle könnten sich auch ohne Waffen gut verteidigen, doch sie hatten diesmal nicht das Überraschungsmoment auf ihrer Seite. Die Menschen hatten die Oberhand gewonnen und zwangen ihre Gegner langsam, aber sicher in die Knie.

Lucia begann zu wimmern, als ein junger Troll mit schwarz glänzendem Fell von einem Schwertstreich zu Boden gestreckt wurde, weil er einem anderen ausgewichen war. Er lag ausgestreckt und mit verrenkten Gliedern auf dem Boden, bis die ersten Blutstropfen aus der tiefen Wunde an seinem Hals tropften und sich in einen nicht enden wollenden Strom verwandelten. Sein Körper zitterte und bebte, während das Leben aus ihm herausfloss. Die Prinzessin sah, wie die anderen um ihn drängten, als wollten sie ihn vor den Angreifern beschützen. Der Verlust ihres Kameraden schien die Trolle sehr zu schmerzen, denn sie stießen Wutgebrüll aus und stürzten sich nur umso erbitterter auf ihre Widersacher. Da sie keine Waffen hatten, mussten sie versuchen, die Menschen mithilfe ihrer scharfen Klauen und ihres kräftigen Gebisses zu verletzen.

„Lucia, der Stein, Magie!", rief ihr der Stammesführer zu. Sie sah ihn verständnislos an. Er deutete auf seinen sterbenden Kameraden und dann wieder auf sie. Plötzlich begriff sie, was er von ihr wollte, und lief, so schnell sie konnte, zu dem jungen Troll. Sie kniete sich neben ihn auf den ausgetretenen Boden und zog hastig den Stein von Azur aus ihrer Tasche. Die goldenen Sprenkel funkelten im Licht des Mondes, während das Blau unter dem Strahlen pechschwarz wirkte. Behutsam legte sie eine Hand auf das dunkle Fell, so nahe an die Wunde, wie sie sich traute. Dann schloss sie die Augen und versuchte, sich ganz auf die Energie zu konzentrieren, die durch ihren Körper floss. Sie konnte sie spüren, brodelnd und zischend, aber es wollte ihr nicht gelingen, sie hinüberzuschicken. Es war nicht so einfach, wie sie sich das vorgestellt hatte, denn sie konnte nicht danach greifen, wie nach einem Gegenstand. Als sie bemerke, dass es nicht funktionieren würde, riss sie kurzerhand ein Stück Stoff aus ihrem Kleid und presste es fest auf die Wunde. Das dünne Material sog sich sofort mit Blut voll und wurde innerhalb kürzester Zeit zu einem klebrigen Fetzen. Sie war ja noch nicht einmal ganz getrocknet, seit sie aus dem Schloss geflohen war und besonders sauber konnte es auch nicht sein.

„Ich bin so nutzlos", dachte sie verzweifelt und biss sich auf die Lippen. „Um mich herum verwandelt sich alles in einen Albtraum und ich kann nichts dagegen tun und noch nicht einmal helfen. Ich kann nichts für ihn tun. Das muss aufhören!"

Sie hob den Kopf und sah in die Masse aus kämpfenden Leibern. Der junge Troll war nicht der Einzige, der verletzt worden war. Vor ihr sank Lord Mokon stöhnend zu Boden. Sein Gesicht zierten lange und blutige Schrammen von einer Trollklaue und sein Schwert war in zwei Teile zerbrochen. Lord Jekos baute sich vor ihm auf und versuchte trotz seines fehlenden Armes, es mit einem Giganten von einem Troll aufzunehmen. Dass er dabei große Mühe hatte, war nicht zu übersehen. Aber die Trolle hatte es viel schlimmer getroffen. Man konnte förmlich beobachten, wie ihre Kräfte nachließen und sie von der Überzahl ihrer Gegner zurückgedrängt wurden.

Und dann sah Lucia, wie der Stammesführer fiel. Ob es Zufall war, dass es gerade Lord Sorron gelungen war, ihn zu verletzen? Der cremefarbene Troll ging in die Knie, als die Klinge unterhalb seines Halses seine Haut durchbohrte. Seine Füße verloren ihren Halt und sackten unter ihm fort. Lucia nahm kaum war, dass sie schrie, als sie den massigen Körper zusammenbrechen sah. Tränen schossen ihr in die Augen und verschleierten ihren Blick. Irritiert ließ Lord Sorron sein Schwert sinken und versuchte zu verstehen, was mit Lucia los war. Die Prinzessin bahnte sich einen Weg zwischen den noch immer Kämpfenden hindurch und machte sich keinerlei Gedanken darum, dass sie selbst getroffen werden konnte. Als sie den reglosen Körper des Trolles erreicht hatte, ließ sie sich zu Boden fallen und drückte ihr Gesicht in das weiche Fell, das noch immer Wärme ausstrahlte.

„Ihr dürft sie nicht töten! Hört auf damit!", schrie sie und meinte damit nicht nur die Menschen.

„Lucia, kommt zu mir. Diese Monster werden Euch umbringen!" Sorron streckte die Hand nach ihr aus, aber sie griff nicht danach und schleuderte ihm nur einen wütenden Blick entgegen.

„Versteht Ihr denn nicht? Sie sind meine Freunde!" Ihre Worte gingen im Getümmel unter, sodass nur Lord Sorron sie hören konnte. Er starrte sie verwirrt an und machte Anstalten, sie von dem Troll wegzuzerren. Doch Lucia klammerte sich nur noch fester an den cremefarbenen Troll und holte so tief Luft, wie sie konnte.

„AUFHÖREN! Lasst die Waffen fallen und werdet endlich vernünftig!", rief sie und ihre Stimme klang kräftiger und eindringlicher als zuvor. Die ersten Menschen zuckten zusammen, hielten mitten in der Bewegung inne und sahen Lucia verblüfft an. Lord Neriell warf seinem Gegenüber einen feindseligen Blick zu, als dieser ihn sanft an den Handgelenken packte und von sich schob, aber er wagte nicht, sich dagegen zu wehren. Die Trolle wichen vor den Menschen zurück – sie sahen müde und enttäuscht aus. Vielleicht hatten sie gehofft, dass die Menschen sich geändert hatten und sich mit ihnen verbünden konnten, doch die Wunden und Verletzungen, die ihnen zugefügt worden waren, bewiesen eindeutig das Gegenteil.

Nur langsam verflogen die Wut und die Angst, die in der Luft gelegen hatten. Der Geruch nach Schweiß und Blut blieb, doch auf die Gesichter der Lords trat Erleichterung, obwohl sie noch immer misstrauisch waren.

Lucia erhob sich mit Tränen in den Augen und sah ihre Gefährten an. „Die Trolle sind keine Monster, sie sind Freunde. Sie hatten nicht vor, euch wehzutun."

Lord Neriell meldete sich als Erster zu Wort: „Das ist nicht wahr, Prinzessin. Sie haben unsere Freunde und Kameraden entführt und das Schloss belagert. Da sie Euch auch gefangen genommen haben, blieb uns nichts anderes übrig, als sie anzugreifen. Wir haben die Verantwortung für Euch übernommen und König Melankor würde es uns nie verzeihen, wenn seiner Tochter etwas zustieße."

„Ich weiß", sagte sie leise und strich sich eine nasse und verklebte Haarsträhne aus dem Gesicht. „Aber ich bin freiwillig gegangen. Ich hätte mich für euch alle geopfert. Wir hatten alle ein völlig falsches Bild von den Trollen. Alles, was wir über sie zu wissen glaubten, ist falsch. Sie sind weder blutrünstig noch gefühllos und schon gar keine Bestien." Sie glaubte, an der Trauer, die sich einen Weg durch ihre Kehle bahnte, ersticken zu müssen.

„Wir essen ja nicht einmal Fleisch." Lucia stockte der Atem, als sie die sanfte, tiefe Stimme vernahm. Der cremefarbene Troll hob mühevoll seinen Kopf und stützte sich mit seinen Händen auf dem Boden ab. „Keine Angst, Lucia", sagte er mit schmerzverzerrtem Lächeln. „So leicht gebe ich mich nicht geschlagen. Ich bin zäher, als du glaubst." Ein anderer Troll half ihm, auf die Beine zu kommen. Die Menschen starrten den großen, verletzten Troll ehrfürchtig an, als sie die Weisheit und Wärme in seinen Augen erkannten. „Was hier geschehen ist, tut mir sehr leid. Es war nicht unsere Absicht, euch zu unseren Feinden zu machen, und wir wussten, dass ihr die Prinzessin trotz all unserer Überredungskünste niemals hättet gehen lassen. Ihr saht uns als Gefahr und wolltet keine Erklärungen hören. Leider haben wir eure Loyalität ebenso unterschätzt wie ihr unsere Intelligenz." Er schloss die Augen und ihm war anzusehen, wie schwer ihm jedes Wort fiel. Lord Sorron steckte sein Schwert zurück in die Scheide und verbeugte sich knapp vor dem Stammesführer.

„Bitte verzeiht mir, dass wir versäumt haben, Euch zuzuhören. Soweit ich weiß, ist das große Zerwürfnis die Schuld unseres Volkes. Bitte lasst Eure Geiseln unversehrt gehen."

„Natürlich werden wir das. Es geht ihnen besser, als uns allen hier. Lucia?"

„Ja?" Die Prinzessin sah erwartungsvoll zu ihm auf. Der Troll lächelte gütig und strich über die Stelle an ihrem Hals, an der das Mal verewigt war.

„Ich habe eine große Bitte an dich. Es dürfte sehr schwierig werden, sie zu erfüllen, aber einen Versuch ist es wert. Du musst mit deinem Vater reden und ihn davon überzeugen, dass wir friedlich sind und ein Gespräch mit ihm suchen. Ich glaube zwar nicht, dass unsere Differenzen dadurch beigelegt werden können, aber es ist uns Trollen dennoch sehr wichtig."

Lucia nickte. „Ich werde es versuchen, aber macht euch nicht allzu große Hoffnungen."

„Ich glaube an dich!"

# Hospital der helfenden Hände

Derrick sah über die weite Ebene hinweg. Er konnte bis an den südlichen Horizont sehen, an dem die Sonne gerade ihren höchsten Punkt erreicht hatte. Hell strahlte sie auf die Landschaft und das Hospital, das mitten in einem großen Feld aus verblühten Blumen lag. Ein weitverzweigtes Geflecht aus Wegen verlief zum Hospital. Dort lebten die Menschen, die ihr Leben dem Heilen und Helfen verschrieben hatten und ohne Gegenleistung jeden Kranken oder Verletzten aufnahmen. Viele, die das Leben schon aufgegeben hatten und dann dort gerettet wurden, waren so dankbar, dass sie das Hospital mit ihren großzügigen Spenden unterstützten. Man hatte in vielen Jahrhunderten Forschung betrieben und die Medizin und Wissenschaft mit unzähligen Erkenntnissen bereichert. Derrick kannte den Grund, weshalb man das Hospital genau an diesem Ort erbaut hatte. In dem Park, der das Gebäude umgab, wuchs der legendäre Jungbaum, der Beweis für die heilende Kraft der Götter und Symbol für Gesundheit und Jugend war.

Der kiborische Prinz hatte seinen Begleiter gebeten, den Park zu besichtigen, doch Len Ording hielt die Geschichte über den Jungbaum nur für einen großen Schwindel, mit dem Touristen angelockt werden sollten. Derrick wollte sich lieber selbst davon überzeugen, wie viel an den Geschichten Wirklichkeit und wie viel erfunden war. Er fühlte sich schon fast wie ein richtiger Abenteurer und freute sich, dass sie halb Wegenn durchquert hatten, ohne erneut einer Gefahr in die Arme zu laufen. Len hatte ihn dazu überredet, mit ihm nach Morofin zu gehen, denn dort sollte in den nächsten Tagen die Krönung von König Adenors Nachfolger stattfinden. Es blieb ihnen noch etwas Zeit bis dahin und er wollte diese nutzen, um so viel wie möglich von der Welt zu sehen. Seine Eltern hatten ihm eine Menge vorenthalten und so viele Wunder waren ihm verwehrt geblieben, nur weil er nie das Schloss hatte verlassen dürfen. Nun hatte er das Gefühl, alles sehen zu müssen, was Illionäsia an Schönheit zu bieten hatte, und das so schnell wie möglich.

Len hatte nach einer sehr ausführlichen Diskussion und vielen hilflosen Argumentationsversuchen Derricks schließlich eingewilligt. Er hatte dort vor Jahren jemanden kennengelernt, der in der Bibliothek arbeitete, und hatte vor, diesem alten Bekannten einen Besuch abzustatten.

„Könnt Ihr eigentlich lesen?", hatte Derrick ihn beim Gedanken an die vielen Bücher gefragt. Schon im nächsten Moment kam er sich ziemlich dumm vor, da Len sonst wohl kaum die Botschaft auf dem Pergament oder die Inschriften der Schätze hätte entziffern können.

„Schon vergessen, dass ich auf dem Schloss aufgewachsen bin wie du? Ich glaube, du hast ein völlig falsches Bild von mir!" Der Mann lachte heiser und schenkte ihm ein nachsichtiges Lächeln.

„Ihr seid ein Abenteurer, geratet ständig in außergewöhnliche Situationen, kümmert Euch nicht um Grenzen und seid so frei wie ein Vogel", zählte Derrick übertrieben gelangweilt auf.

Len seufzte. „Ich hatte wohl recht mit meiner Vermutung. Derrick, ich habe dir nicht alles über mich erzählt. Glaubst du wirklich, dass ich mein ganzes Leben auf der Straße verbracht habe?"

„Ehrlich gesagt: Ja", erwiderte Derrick ein wenig beleidigt.

„Nun denn, vielleicht freut es dich ja zu hören, dass ich ein kleines Haus in Morofin besitze. Es liegt ganz in der Nähe der Hauptstadt und ich würde dich gerne für eine Weile dort aufnehmen. Eigentlich sollte es ja eine Überraschung werden, aber ich will nicht, dass du mich weiterhin für einen Bettler hältst."

„Das ist … danke. Ich habe Euch übrigens nie für einen *Bettler* gehalten. Für mich seid Ihr der tollste Mensch, den ich jemals getroffen habe."

„Danke, das hat noch nie jemand zu mir gesagt."

„Weshalb wart Ihr eigentlich in Kiborien?", wollte Derrick wissen.

„Ich hatte dort geschäftlich zu tun. Ein festes Einkommen habe ich zwar nicht, aber dafür sehr viele Beziehungen, die mir immer wieder kleinere Herausforderungen und Aufgaben einbringen."

Derrick runzelte die Stirn. „Das klingt so geheimnisvoll. Sind es irgendwelche schmutzigen Geschäfte? Dunkle Angelegenheiten, die in Nacht und Nebel verhandelt werden?"

Len warf ihm einen amüsierten Blick zu. „Nein, das meiste ist völlig legal. Falls es dich interessiert: Diesmal sollte ich nur den Briefträger spielen und habe dort etwas abgeliefert. Ganz schöner Zufall, was?"

„Eine Frage habe ich noch. Was heißt, das *meiste* ist legal?"

Derrick und Len waren nicht die Einzigen, die auf dem Weg zum Hospital waren. Lunas Eltern hatten ebenfalls beschlossen, dorthin zu reisen. Sie hatten schon oft gehört, dass die Ärzte dort Wunder vollbringen konnten, und ein solches brauchte Luna im Moment unbedingt. Antonio hatte sich nicht davon abbringen lassen, sie zu begleiten. Er gab sich selbst die Schuld für das, was Luna zugestoßen war, und wollte ihr jetzt nicht mehr von der Seite weichen. Sein Vater hatte ihm die Erlaubnis bereitwillig gegeben, denn er konnte sich vorstellen, welche Gefühle seinen so verantwortungsbewussten Sohn quälten. Alle Versicherungen, dass er nichts hätte ändern können, zeigten keine Wirkung.

Es hatte noch nicht einmal Ärger gegeben, als die beiden Kinder verzweifelt und erschöpft aufgetaucht waren. Das Entsetzen über den Verlust von Lunas Augenlicht hatte eine Strafe überflüssig gemacht.

Luna selbst war die Einzige, die nach der ersten Angst akzeptierte, dass sie nun nicht mehr sehen konnte. Sie begann, sich mehr auf ihre übrigen Sinne zu konzentrieren, und stellte fest, dass sich ihr eine ganz neue Welt offenbarte, die nur ihr gehörte und von allen anderen gar nicht beachtet wurde. Sie lernte, sich nur durch Tasten und Hören in ihrer Umgebung zurechtzufinden, Leute an ihren Händen und Gesichtern zu erkennen und zu laufen, ohne ständig Angst vorm Hinfallen zu haben. Am Anfang war es ihr sehr schwer gefallen, die Panikschübe zu überwinden, die sie immer wieder und zu allen Tageszeiten heimsuchten: wenn sie aufwachte, die Augen aufschlug und trotzdem nichts sah, wenn jemand Fremdes vor ihr stand und nichts sagte. Die Dunkelheit legte sich bedrückend und erstickend über sie und es bereitete ihr größte Qualen, wenn sie daran dachte, dass sich das vielleicht nie mehr ändern würde. Ewig in diesem Käfig gefangen sein – ohne Sonnenlicht und all die Farben, die es mit sich brachte.

Dann erst bemerkte sie, dass die Dunkelheit gar nicht so leer war, wie es den Anschein hatte. Das Licht, das sie selbst darin entzünden konnte, war ihre Fantasie und diese leuchtete heller als je zuvor. Sie malte sich in Gedanken die Personen und Gegenstände nach ihrer eigenen Vorstellung aus und fügte einige Details hinzu, die nicht der Wirklichkeit entsprachen. Wenn sie etwas Unbekanntes spürte, bildete sich in ihrem Kopf sofort ein Bild, das sie solange veränderte, bis es allen Empfindungen, die damit verbunden waren, gerecht wurde. Ihre Welt war um einiges bunter geworden als zuvor. Blumen und Bäume trugen nun die neuesten Farbkreationen und die Sonne war nicht mehr nur orange, sondern beinhaltete einen zarten Farbverlauf, der sich von Gold, über gelb und rot bis zu einem zarten Bronzeton am Rande entwickelte. Die Sterne zwinkerten ihr nachts zu und das Mondgesicht schenkte ihr ein Lächeln, wohingegen Bertram sich in das anmutige und schöne Pferd verwandelt hatte, das sie schon immer in ihm gesehen hatte.

Luna zuckte zusammen, als der Karren durch ein Schlagloch fuhr. Sie lag gemeinsam mit Antonio auf der Ladefläche des Wagens, während ihre Eltern auf dem Kutschbock saßen. Es war nicht gerade bequem auf den harten Holzbrettern und jede Unebenheit im Boden nahm sie sogar noch stärker wahr als sonst. Leider würde es noch eine Weile dauern, bis sie das Hospital erreichten, denn die beiden Pferde, die den Wagen zogen, besaßen ruhige Gemüter und bewegten sich dementsprechend langsam fort.

„Erzähl mir etwas!", forderte Luna Antonio auf. Er sah, dass sie ihre Augen erwartungsvoll geschlossen hatte und plötzlich sehr friedlich war. Luna hatte es sich nun auf einem der Säcke bequem gemacht, die sie ebenfalls auf dem Karren transportierten. Was konnte er ihr erzählen?

Als Erstes musste er an den seltsamen Fremden und seine Sammlung an giftigen Flüssigkeiten denken. Er hatte seiner kleinen Freundin nichts davon erzählen wollen, um ihr nicht unnötig Angst zu machen. Genauer gesagt wusste niemand davon. Antonio hatte an diesem Abend die ganze Zeit wach gelegen und gelauscht. Jedes Geräusch, das aus dem kleinen Raum unter seiner Dachkammer drang, ließ ihn aus seinem unruhigen Schlaf fahren und trieb ihm den Schweiß auf die Stirn. Glücklicherweise hatte der Fremde nicht vorgehabt, sie umzubringen, und war am nächsten Tag weitergezogen.

„Erinnerst du dich an den Fremden mit den roten Haaren, der dir so viel Angst eingejagt hat?", begann er.

„Ich hatte überhaupt keine Angst vor ihm", widersprach Luna.

„Natürlich hattest du das und du hattest auch allen Grund dazu." Es gelang ihm mühelos, seine Stimme düster und unheilschwanger klingen zu lassen. Antonio wusste, dass Luna Gruselgeschichten liebte, vor allem diejenigen, an denen ein wahrer Kern war. Und diese Geschichte war ganz nach ihrem Geschmack. Während er sprach, verschwand nach und nach seine eigene Furcht und alles war plötzlich viel weiter entfernt und nicht mehr so bedrohlich.

Luna lauschte seiner Stimme, die nun kaum mehr als ein gefährliches Flüstern war, verzog immer wieder den Mund und schüttelte sich vor Empörung. Sie hielt den Atem an, als Antonio ihr erzählte, dass er die Satteltaschen durchsucht hatte, und stieß einen leisen, ungläubigen Schrei aus, als er ihr die Giftflasche beschrieb. Er war ein guter Erzähler mit einer besonderen Beobachtungsgabe und seine Worte ließen mithilfe von Lunas Fantasie alles viel zu lebendig wirken.

„Ich wusste doch, dass etwas mit diesem Kerl nicht stimmt", flüsterte das kleine Mädchen, als er geendet hatte. „Gut, dass er dir nichts getan hat." Das Bild, das in ihrem Geist entstanden war, kam der Wirklichkeit sehr nahe. „Ich würde gerne wissen, was dieser Mann mit dem Gift vorhat", fügte sie nach einer Weile hinzu.

Antonio runzelte die Stirn. Für ihn waren die Absichten ihres geheimnisvollen Besuchers klar: Er war ein Auftragsmörder und war unterwegs zu seinem Opfer. Luna ließ sich davon allerdings nicht beeindrucken.

„Aber es gibt doch noch unendlich viele andere Möglichkeiten: Es kann doch sein, dass er die Flaschen irgendwo gefunden hat und gar nicht weiß, was darin ist, oder er ist ein verkleidetes Ungeheuer, das sich von Gift ernährt. Vielleicht hat er auch die Etiketten gefälscht und in Wirklichkeit verbirgt sich darin etwas viel Kostbareres."

Antonio lachte nur: „Das ist doch alles Unfug!"

„Woher willst du das so genau wissen?", fragte Luna provozierend.

„Zum einen gibt es keine Ungeheuer, die wie Menschen aussehen, und zum anderen glaube ich das einfach nicht."

„Nur weil du etwas nicht glaubst oder es dir völlig sinnlos erscheint, ist es noch lange nicht auszuschließen. Alles ist möglich und du hast keine Beweise, die dagegensprechen würden. Und selbst wenn dieser Mann tatsächlich ein Auftragsmörder ist, wissen wir noch immer nicht, was für ein Mensch er ist und wer sein Opfer ist. Es gibt auf dieser Welt mehr, als wir uns vorstellen können."

„Luna! Übertreib es nicht. Du gehst ein bisschen zu weit mit deiner Fantasie." Er verstand nicht genau, was sie ihm sagen wollte, doch Luna gab nicht so schnell auf.

„Was ist hinter dem Ozean?", fragte sie herausfordernd.

„Woher soll ich das wissen? Niemand weiß das."

„Ja, aber hast du dir schon einmal Gedanken darüber gemacht? Es kann doch nicht einfach aufhören. Dort muss etwas sein. Oder ist der Ozean unendlich? Nichts auf der Welt ist unendlich. Oder können wir das einfach nicht begreifen?"

„Jetzt gehst du aber zu weit. Irgendwann werden die Forscher und Entdecker uns eine Antwort liefern. Und ich wette mit dir, dass sie logisch und einleuchtend sein wird. Aber was hat das mit *Edwin Romeley* zu tun? Glaubst du etwa nicht, dass die Wahrscheinlichkeit sehr hoch ist, dass er nur ein gewöhnlicher Scharlatan ist?"

„Nicht *nur*."

„Es ist sehr wahrscheinlich. Und wir werden zum *Hospital der helfenden Hände* fahren. Man wird dich heilen und wir kehren zurück nach Hause."

Luna fuhr traurig mit den Händen über das raue Holz des Wagens. Sie konnte die einzelnen Ringe des Baums spüren, aus dem er gefertigt worden war. Nein, das Sehen fehlte ihr nicht allzu sehr, obwohl es eigentlich so sein sollte.

„Ich wäre da nicht so sicher", flüsterte sie.

„Aber Luna! Sag doch so etwas nicht!" Ängstlich sah Antonio sie an. Er hoffte so sehr, dass sie wieder gesund werden würde. Wie konnte sie solche Zweifel bloß aussprechen, die er selbst noch nicht einmal zu denken vermochte? Antonio lehnte sich ein wenig über den Rand des Karrens und betrachtete die Landschaft, während Luna die Augen geschlossen hatte und ganz in ihre Gedanken versunken zu sein schien.

Sie war ein wenig enttäuscht, dass Antonio sie nicht verstanden hatte. Sie hatte gar nicht sagen wollen, dass sie nicht wieder geheilt werden würde, sondern dass noch so viel anderes passieren konnte, an das er keinen Gedanken verschwendete. Das musste er wohl selbst herausfinden. Ihr war langweilig geworden und sie fragte ihn zum unzähligsten Mal auf dieser Reise: „Was siehst du?"

Er lächelte, obwohl er wusste, dass sie es nicht sehen konnte. „Ich sehe ein weites Feld voller Blumen", begann er. „Es sind schöne Blumen.

Die schönsten, die ich um diese Jahreszeit je gesehen habe. Sie leuchten in einem tiefen dunkelrot und haben zarte, gekräuselte Blütenblätter, in denen die Smingfen herumtollen. Eine von ihnen trennt sich von der Gruppe und folgt uns. Oh, sie hat sich auf meinen Finger gesetzt. Ihre Flügel schillern in den Farben des Regenbogens. Sie sind mit feinen Netzen durchzogen und hauchdünn. Das Gesicht der Smingfe ist wie das einer kleinen Puppe. Ihre Haut wirkt im Gegensatz zu ihren Flügeln sehr blass und ihre schwarzen Knopfaugen sind winzig. Ihre Haare haben die Farbe von geschmolzenem Gold und flattern mit jedem Flügelschlag auf und ab. Sie trägt ein feines Gewand, unter dem ihre zierlichen Knochen beinahe zu erahnen sind. Der Stoff ähnelt ihren Flügeln und verändert mit ihnen die Farbe."

Luna spürte eine kitzelnde Bewegung auf ihrer Hand, die gleich darauf wieder verschwand. Ein Hauch nur, eine so feine Berührung, dass man sie kaum spürte.

„Die Sonne steht groß und rund im Süden und vergoldet alles mit ihren Strahlen. Am Himmel stehen einige Wolken. Sie sehen irgendwie fluffig aus. Mindestens so zart und weich wie die Flügel einer Smingfe. Ich kann in ihnen Formen erkennen … Da ist ein Gesicht, das mich traurig anlächelt und langsam zerfließt, ein Tier mit riesigen Ohren und einem spitzen Maul … und jetzt fliegt ein Vogelschwarm über uns hinweg. Einer von ihnen fliegt an der Spitze und die anderen folgen ihm in zwei langen Reihen. Fliegen scheint so einfach zu sein, du musst nur die Flügel ausbreiten, abheben und dich von der Luft tragen lassen …" Er beschrieb Luna alles bis ins kleinste Detail und ließ nichts aus, auch wenn es noch so unwichtig war. „Ich sehe die weite Ebene und am Horizont taucht ein Gebäude auf. Ich sehe das *Hospital der helfenden Hände*. Wir sind da!"

„Kommt bitte hier entlang!", tönte die Stimme des Heilers Luna entgegen. Sie hörte, wie er eine Tür öffnete, und gab dem sanften Druck der Hand ihrer Mutter nach, die sie in Richtung des Raumes führte. Vorsichtig setzte Luna einen Schritt vor den anderen, bis sie eine Schwelle passiert hatten. In ihrem Kopf begann sich sofort eine Vorstellung des Saales herauszukristallisieren. Die Lautstärke, in der die Geräusche und Gespräche widerhallten, sagte ihr, dass der Raum lang gestreckt und etwas niedriger als die Halle des Hospitals sein musste. Zu beiden Seiten konnte sie Atemzüge wahrnehmen, vermutlich die Patienten, die in ihren Betten lagen oder leise miteinander redeten. Und irgendwo weiter hinten musste ein Kamin sein, denn das leise Prasseln war deutlich vernehmbar und es war angenehm warm. Eine fremde Hand griff nach ihr, während ihre Mutter sie losließ. Der Heiler brachte sie zu einem der Krankenbetten und half ihr, sich darauf zu setzen. Ein Gesicht näherte sich dem ihren und sie konnte den Atem des Heilers auf ihrer Haut spüren.

„Das sieht nicht gut aus. Ihre Netzhaut scheint nicht genug durchblutet zu sein. Ich glaube, ich weiß, worum es sich handeln könnte … Könntest du das Wesen, das sie angefallen hat, näher beschreiben?"

Antonio begann, mit heiserer Stimme zu erzählen, und gab sich größte Mühe, alle seine Beobachtungen präzise auszudrücken. Luna selbst konnte hinzufügen, wie das Monster sie überwältigt hatte und wie ihr plötzlich schwarz vor Augen geworden war.

„Ihr habt sehr viel Glück gehabt. Es gibt meines Wissens nur sehr wenige, die einer solchen Kreatur entkommen konnten. Es flößt seinen Opfern ein Gift ein, das die Durchblutung der Netzhaut stark behindert und zur sofortigen Erblindung führt. So haben die Beutetiere – meistens kleinere Säuger, aber auch in Ausnahmefällen Menschen – keine Chance mehr, um zu entkommen. Sie sind diesem Fleischfresser hilflos ausgeliefert."

In Antonios Kehle bildete sich ein fester Kloß und er schickte Dankesgebete an die Götter. Wie knapp Luna dem Tod entronnen war! Er konnte und wollte sich nicht vorstellen, was geschehen wäre, wenn er sie nicht rechtzeitig gefunden hätte. Er machte sich schon jetzt genug Vorwürfe.

„Könnt Ihr etwas für Luna tun?", fragte die Mutter seiner Freundin. Sie verschränkte besorgt die Hände vor der Brust und warf ihrem Mann einen Hilfe suchenden Blick zu.

„Ich kann mich nicht erinnern, hier jemals einen solchen Fall behandelt zu haben. Allerdings kann ich mich auch nicht an jeden Patienten erinnern und wir haben hier sehr häufig außergewöhnliche Krankheiten und Verletzungen. Es wird eine Zeit dauern, bis wir die Archive durchsucht haben. Möglicherweise finden wir ein Gegenmittel für das Gift … ansonsten wird ihre Tochter ihr Leben lang blind sein." Der Heiler rieb sich das Kinn. Er trug eine lange braune Kutte und hatte aufmerksame Augen, die alles zu erfassen schienen.

Antonio sah zu den anderen Krankenhausbetten hinüber. Neben Luna lag ein kleiner Junge mit geschlossenen Augen und wälzte sich fiebrig hin und her. Seine winzigen Beine strampelten unter der Decke, als wollten sie nach etwas treten.

Sein Blick schweifte ab und blieb an einer alten Frau hängen, die auf einen Stock gestützt auf ihn zu wankte. Plötzlich verloren ihre Füße den Halt und sie fiel. Antonio lief zu ihr und half ihr beim Aufstehen. Mit großer Mühe gelangte sie nach oben und klammerte sich an seinem Arm fest.

„Danke sehr", murmelte sie. „Wie es aussieht, werde ich es wohl nicht mehr bis zur Bibliothek schaffen." Sie seufzte und wollte bereits umkehren.

„Wartet! Ich könnte Euch doch dorthin begleiten", schlug Antonio vor und warf Lunas Eltern einen fragenden Blick zu.

„Geh ruhig. Luna wird noch weiter untersucht und die Ergebnisse werden wohl auf sich warten lassen. Du kannst jetzt nichts mehr für sie tun, also hast du genug Zeit, um dich ein wenig hier umzusehen. Wir treffen uns spätestens beim Abendessen wieder."

„Also, bis nachher!" Antonio hakte sich bei der alten Dame unter und versuchte, sie so gut zu stützen, wie er konnte.

„Wisst Ihr denn, wo die Bibliothek ist?", fragte er vorsichtig, als sie den Krankensaal verlassen hatten.

„Ja, aber dafür müssen wir in den zweiten Stock und alleine komme ich dort nicht mehr hin."

Während des kurzen Spaziergangs geriet die Dame immer mehr ins Erzählen. Antonio erfuhr, dass sie eine Halbelfe war und bereits hundertvier Jahre gelebt hatte. Sie war ins Hospital gekommen, weil sie sich einen besonders komplizierten Bruch zugezogen hatte, und befand sich nun endlich auf dem Wege der Besserung.

Antonio fiel bei näherer Betrachtung auf, dass ihre Haut außergewöhnlich blass und milchig war und ihre Gesichtszüge irgendwie etwas spitzer und anmutiger waren, als man es von einer Frau ihren Alters erwarten konnte. Es wunderte ihn, dass ihm nicht auf den ersten Blick aufgefallen war, welche sonderbare Form ihre Augen hatten. Sie waren geradezu riesig und standen etwas weiter auseinander als bei Menschen.

Als die Halbelfe verstummte und ihn erwartungsvoll ansah, erzählte er ihr im Gegenzug, was ihn hierher verschlagen hatte und was mit Luna geschehen war.

„Das tut mir sehr leid für deine Freundin. Aber vertraue auf die Ärzte hier: Sie haben schon gegen so vieles ein Mittel gefunden." Sie lächelte zuversichtlich und musste dann lachen. „Außer gegen das Altern."

Sie gingen schweigend weiter, bis sie die Bibliothek erreicht hatten. Die alte Frau bedankte sich herzlich bei ihm und verabschiedete sich. Antonio warf einen neugierigen Blick in die Bibliothek und staunte. So viele Bücher hatte er noch nie an einem Ort gesehen. Außerdem gab es eine gewaltige Anzahl Pergamentrollen, die sich in den Regalen stapelten. Er war sehr davon beeindruckt, obwohl er selbst nicht besonders gut lesen konnte. Sein Vater legte sehr viel Wert auf seine Bildung, aber für das Schreiben und Lesen von Texten hatte er sich nie begeistern können. Doch immerhin verhalf es ihm zu einem gewissen Vorteil gegenüber seinen Altersgenossen, deren Eltern ihnen nichts beibringen konnten.

Er schloss die Tür zum Bücherlabyrinth und überlegte, was er nun mit seiner restlichen Zeit anfangen konnte. Ganz oben auf seiner Liste stand der Jungbaum, und da die Alternativen eher spärlich waren, machte er sich auf den Weg dorthin.

Die Gänge des Gebäudes waren verlassen. Nur hier und da schritt jemand in schnellem Tempo an Antonio vorbei, ohne ihn eines weiteren Blickes zu würdigen. Alle schienen sehr beschäftigt zu sein. Er hatte sich vorgenommen, das ganze Gebäude zu erkunden, und fing gleich auf seinem Weg in den Garten damit an. An den Wänden hingen alte, düstere Gemälde von Leuten, die ihn finster anblickten und alle bestimmt schon tot waren. Sie trugen ausnahmslos schwarze Medizinermäntel und reckten ihre Nasen arrogant in die Luft, als wollten sie sagen: Ich bin der Größte und du bist nichts als ein kleiner Käfer unter meinem Fuß. Nicht selten kam es vor, dass Antonio sich abrupt umdrehte, weil er sich beobachtet fühlte. Ein kalter Schauer lief ihm über den Rücken, während der Stein, den er an einem Lederband um seinen Hals trug und der sonst eine beruhigende Kühle ausstrahlte, plötzlich zu glühen begonnen hatte.

„Es sind doch nur Gemälde", sagte er leise zu sich selbst und las stockend die Bildunterschrift zu einem besonders böse aussehenden Mann:

*Wolfram von Derbenfang*
*Erfinder des Narkosemittels*

Antonio drehte sich ruckartig um und stieß einen erleichterten Seufzer aus, als sich herausstellte, dass er sich eine Bewegung hinter seinem Rücken nur eingebildet hatte. Er fasste sich an die Brust und berührte den Stein. An seiner kalten Hand brannte er geradezu. Es musste an seiner eigenen Körperwärme liegen, die sich auf das Gestein übertrug, und den eisigen Temperaturen im Hospital. Warum hatte er so ein seltsames Gefühl im Bauch? War das eine Vorahnung? Ehrfurcht vor dem Hospital oder bloß ein Produkt seiner überreizten Nerven, gepaart mit seiner Vorstellungskraft? Er schüttelte energisch den Kopf, als wollte er alle Hirngespinste endgültig vertreiben. Vor solchen Zeitgenossen, wie denen auf den Gemälden fürchtete er sich doch nicht.

Antonio riss sich los und wollte weitergehen. Doch als er um die nächste Ecke bog, kam ihm jemand direkt entgegen und er stieß mit ihm zusammen.

„Aua!" Sein Gegenüber rieb sich die Schulter, gegen die Antonio geprallt war. Es handelte sich um einen Jungen, der etwa in seinem Alter sein musste. Einen Jungen, der nicht hier sein sollte.

# Zugeschlagen

„Lucia, ich möchte mich bei dir bedanken." Der cremefarbene Troll lächelte sie müde an. Um seinen Hals war ein festes Gewebe aus Pflanzenfasern geschlungen. Ihm war anzusehen, dass er starke Schmerzen empfand und eine Menge Kraft brauchte, um diese zu unterdrücken. Ein Mensch hätte eine solche Wunde nicht überleben können, doch er war ein Troll und seine dicke Haut und die darunterliegende Fettschicht konnten sich innerhalb einiger Wochen regenerieren. So hatte er es ihr zumindest erklärt, aber sie war sich sicher, dass die Schmerzen stärker waren, als er zugeben wollte.

„Wofür willst du mir danken? Ich hätte viel früher eingreifen sollen und dann wäre das alles nicht passiert." Die Prinzessin spürte, dass sich ihre Augen schon wieder mit Tränen füllten. Sie war im Moment so angespannt und verunsichert, dass das ständig passierte.

„Gibst du dir immer noch die Schuld an allem? Du hast dein Bestes getan, du hast versucht, einen von uns zu retten und hast es letztendlich geschafft. Niemand ist ernsthaft zu Schaden gekommen."

„Aber das stimmt nicht. Sieh dich an, Lord Mokon, all die anderen. Selbst wenn es keine äußeren Verletzungen geben würde: Unter der Oberfläche ist etwas viel Kostbareres zerbrochen. Ich kann mich täuschen, aber nach allem, was geschehen ist, wird es sehr schwierig werden, einander zu vertrauen und Frieden zu schließen. Ich weiß, wie mein Vater denkt. Er hat euch nie kennengelernt und wird sich auf das Offensichtliche berufen." Lucia blickte traurig in die dunklen Trollaugen.

„Du hast recht. Es wird mehr als schwierig werden und ich erwarte nicht, dass es dir gelingen wird, den König zu überzeugen. Aber ich hoffe es. Es ist uns sehr wichtig, mit ihm zu reden, und wir werden andere Wege finden müssen, falls es auf diese Weise nicht funktioniert."

„Kanntet ihr Adenor?", fragte Lucia plötzlich.

Der Troll lächelte. „Ich kannte ihn nicht persönlich, aber andere Stammesführer haben mit ihm gesprochen. Er war sehr offen zu uns und hat das eine oder andere Mal unsere Hilfe in Anspruch genommen. Vielleicht weißt du ja, dass er ebenfalls zum Bund gehörte, und kannst dir denken, dass dadurch unsere Verbindung zustande kam. In diesen Zeiten wäre es uns sehr von Nutzen gewesen, einen Verbündeten wie ihn zu haben."

„Vielleicht wird der neue König von Morofin ebenfalls mit euch Kontakt aufnehmen wollen. Ich glaube, dass Adenor mich dafür auserwählt hat, ihn zu finden."

„Das wäre ihm zuzutrauen. Du bist schließlich Steinerbin. Ich wüsste nur nicht, wie du dies bewerkstelligen solltest."

„Ich hatte gehofft, du könntest mir weiterhelfen. Es bleibt nicht mehr viel Zeit und ich weiß nicht, wo ich anfangen soll zu suchen und ob ich mich nicht irgendwie verrannt habe. Es sind nur noch zwölf Tage übrig."

„Wenn Adenor gewollt hat, dass du seinen Erben findest, dann wird er dir eine Botschaft hinterlassen haben."

„Das habe ich auch gedacht, aber ich habe keine Spur von einer solchen Botschaft gefunden."

Der Troll schwieg. Er wusste nicht, was er dem noch entgegensetzen sollte. Lucia hatte sich von ihm Antworten erhofft und sie hatte einige erhalten, aber nicht auf die Fragen, die entscheidend waren. Sie begann zu glauben, dass niemand ihr weiterhelfen konnte und sie sich nur einbildete, dass der Stein etwas Besonderes aus ihr machte. Vielleicht war das alles nur ein verrückter Traum, den ihre Fantasie zusammengesponnen hatte und den sie kurz nach dem Aufwachen wieder vergessen haben würde.

„Du musst gehen, deine Artgenossen warten auf dich", sagte der Stammesführer schließlich. Für Lucia war es noch viel zu früh. Sie wollte noch so vieles wissen. Über die Trolle, über ihn und über den *Bund der Hüter*. Sie wollte nicht schon wieder allein gelassen werden. Mit einem Mal wurde ihr bewusst, dass ihr die Sicherheit und Stärke, die die Trolle ihr – wenn auch nur für kurze Zeit – gegeben hatten, fehlen würde. Sie hatten ihr so viel mehr gegeben als nur Antworten.

„Falls du meine Hilfe noch einmal benötigen solltest, werde ich da sein", versicherte ihr der cremefarbene Troll sanft. Sie nickte dankbar.

„Wie kann ich euch finden?"

„Wir werden *dich* finden. Mach dir darum keine Sorgen. Aber wenn du einen von uns triffst, kannst du ihm eine Botschaft an mich übergeben. Sage ihm einfach, du bist eine Freundin von Kamisuasan." Lucia wiederholte den Namen und ließ ihn sich auf der Zunge zergehen. Der Klang war fremdartig, und doch passte er perfekt zu dem großherzigen Riesen.

„Auf Wiedersehen, Kamisuasan", flüsterte sie und umarmte den Troll zum Abschied. Er war so groß und muskulös, dass sie ihn noch nicht einmal mit den Armen umfassen konnte.

„Bis bald, kleine Lucia." Seine großen, dunklen Augen wirkten fast ein wenig traurig, als er sich behutsam aus ihrer Umarmung befreite.

Die Trolle waren nicht die Einzigen, von denen sie sich verabschieden musste. Fürst Greggin, die Fürstin und die beiden Zwillinge hatte sie schon vor ein paar Minuten entdeckt. Doch Gilgar war noch immer nicht aufgetaucht und sie konnte es nicht über sich bringen zu gehen, ohne noch einmal mit ihm gesprochen zu haben. Es tat ihr leid, dass sie seine Gefühle verletzt hatte, obwohl sie es nicht mit Absicht getan hatte. Seit seiner Liebeserklärung hatte sie ihn immer nur kurz und in der Gegenwart anderer Leute gesehen. Lucia wollte diese bedrückende Stille zwischen ihnen ein für alle Mal klären und aus der Welt schaffen. Obwohl sie noch nie ein gebrochenes Herz gehabt hatte, konnte sie sich gut vorstellen, wie es sich anfühlen musste. Im Stich gelassen und zurückgewiesen zu werden, war alles andere als angenehm.

Sie machte sich auf die Suche nach Gilgar und fand ihn schließlich bei seiner Lieblingsbeschäftigung. Er saß auf einer Bank im Park und war in eine seiner Zeichnungen von einem der unzähligen Rosenbeete vertieft. Lucia warf einen kurzen Blick zu den Lords und Ladys ihres Vaters, die bereits den Garten verlassen hatten und zahlreiche gute Wünsche mit dem Fürsten austauschten. Kurzerhand beschloss sie, dass sie auch noch einen Moment länger auf sie warten konnten, und lief zu ihm. Gregorius Greggin konnte mit Sicherheit noch mehrere Tage darüber jammern, wie unsanft die Trolle mit seinem Schloss und seinen Pflanzen umgegangen waren.

„Gilgar!", rief sie außer Atem. Er sah nicht einmal hoch, sondern fuhr damit fort, die roséfarbenen Blüten auf das Papier zu übertragen. Einzig und allein ein leichtes Zittern seiner Hände deutete darauf hin, dass er ihre Anwesenheit bemerkte. „Gilgar, ich … wollte mich von dir verabschieden."

Einen Moment lang sah es aus, als würde er noch immer nicht reagieren. Doch dann ließ er die Zeichnung sinken und wandte ihr ausdruckslos den Kopf zu. „Das ist nett von dir", sagte er und seine Stimme schwankte, als könnte er es nicht ertragen, sie anzusehen.

„Du darfst es dir nicht so zu Herzen nehmen", brach es aus ihr hervor. „Nur weil ich dich nicht liebe, heißt das nicht, dass ich nichts mehr mit dir zu tun haben möchte. Ich will nicht, dass du mich jetzt hasst. Ich kann nicht ertragen, dass du mich die ganze Zeit ignorierst." Er sah genauso hilflos aus, wie sie sich fühlte. „Können wir nicht so tun, als wäre das alles nicht geschehen?", versuchte sie es erneut.

„Ich hasse dich nicht", flüsterte er und ließ den Kopf sinken. „Entschuldigung, wenn ich so abweisend war, es ist nur … es tut so weh. Es ist nicht deinetwegen. Ich war einfach nur dumm. Ich glaube, einen Neuanfang habe ich nicht verdient."

„Hör auf mit dem Selbstmitleid. Das ist Unsinn." Sie setzte sich neben ihn und betrachtete die Zeichnung. „Versprich mir, dass du sie veröffentlichst. Sie sind unglaublich."

Ein Anflug von einem Lächeln stahl sich in sein Gesicht. „Ich verspreche es."

„Ich muss jetzt gehen", sagte sie nach einer Weile, in der sie schweigend nebeneinandergesessen hatten. „Werden wir uns wiedersehen?"

„Ganz bestimmt."


„Hast du mitbekommen, dass jemand versucht hat, unsere Abreise zu verhindern?", fragte Lilliana und beugte sich auf dem Pferderücken näher zu Lucia.

„Was ist denn nun schon wieder passiert?", hakte Lucia alarmiert nach.

„Jemand hat ein Rad des Karrens abmontiert. Glücklicherweise hat Fürst Greggin uns einen anderen Wagen geliehen, sonst hätten wir noch ein paar Tage länger auf dem *Schloss der Rosen* bleiben müssen. Das hätte uns eine Menge Zeit gekostet, die wir nicht haben."

„Dieser jemand versucht, uns mit allen Mitteln aufzuhalten. Er will den Stein. Aber bis jetzt waren all seine Versuche erfolglos." Lilliana runzelte nachdenklich die Stirn.

„Ein Grund mehr, sich Sorgen zu machen. Du solltest vorsichtig sein. Vergiss nicht, wahrscheinlich haben wir es mit einem Magier zu tun und du hast deine Kräfte noch nicht unter Kontrolle."

Lucia hatte ihr alles erzählt, was sie von den Trollen erfahren hatte, in der Hoffnung, dass ihre Freundin etwas damit anfangen konnte. Lilliana hatte sich die letzten beiden Strophen der Prophezeiung besonders genau angesehen und jedes einzelne Wort zu deuten versucht. Besonders der Stern, der zu funkeln beginnen würde, hatte es ihr angetan. Gerade weil sie so undurchsichtig war, musste diese Zeile eine besondere Bedeutung haben, behauptete sie. „Damit könnte eine spezielle Sternenkonstellation gemeint sein", kam ihr als Erstes in den Sinn. „Oder mit dem Stern ist etwas anderes gemeint. Ein besonders helles Licht oder eine Person."

„Oder einer der Steine", hatte Lucia eingeworfen.

„Klingt logisch. Und dann wäre da noch diese Passage: *Wenn die Zeit sich selbst bekriegt, und vier Kindern sie erliegt.* Weshalb diese Personifizierung? Die Zeit ist doch nichts Greifbares und weshalb sollte sie sich selbst bekriegen? Wie soll man etwas töten, dass gar nicht existiert, oder soll erliegen etwas ganz anderes bedeuten? Vielleicht sollt ihr die Zeit zum Stillstand bringen oder im übertragenen Sinne die Zerstörung der Erde aufhalten."

Lucia merkte, dass sie auf diese Weise nicht zu neuen Erkenntnissen gelangen würde. Die Prophezeiung war so vage, dass man alles daraus deuten konnte.

Die Reise zum *Hospital der helfenden Hände* dauerte vier Tage und auf dem Weg dorthin durchquerten sie belaubte Wälder, winzige, malerische Dörfer und ritten an abgeernteten Feldern und abgelegenen Gehöften vorbei. Lucia sah auf einem Bauernhof zwei Kinder spielen – sie hatten sich ein Spielfeld in den staubigen Boden gemalt und verwendeten kleine Kiesel als Figuren. Sie winkte ihnen zu und freute sich, als die beiden ihre Geste erwiderten und ihr zulächelten. Es war lange her, dass sie selbst solche Spiele gespielt hatte, und sie hatte schon beinahe vergessen, wie viel Spaß sie bereiten konnten. Damals, als die meisten der Lordkinder ihr noch nicht so hochnäsig und arrogant vorgekommen waren und sie einen großen Freundeskreis besessen hatte. Doch davon war, um ehrlich zu sein, niemand mehr übrig geblieben. Sie erinnerte sich daran, wie schön es mit den anderen Kindern gewesen war, und stellte mit einem schmerzhaften

Stich fest, dass sie sich mehr oder weniger selbst von den anderen abgekapselt hatte. Warum?

Das war eine schwere Frage. Vielleicht war sie sich zu erwachsen vorgekommen, zu wichtig. Vielleicht waren ihr die Lästereien der anderen Mädchen zu albern geworden. Vielleicht hatte sie den Anschluss verloren und den anderen seither nur noch von Weitem zugesehen. Es war Zeit einzusehen, dass es nicht nur die Schuld ihrer Freunde gewesen war.

Lucia seufzte leise und warf Lilliana einen wehmütigen Blick zu. Sie war froh, mit ihr zusammen zu sein. Doch plötzlich bohrte sich ein weiterer schmerzhafter Gedanke in ihr Bewusstsein. Was würde nach der Krönung geschehen? Sie würde zurück nach Gyndolin gehen und Lilliana kaum noch sehen! Sollte sie sich etwa weiterhin im Schloss verkriechen und einsam auf ihrem Zimmer hocken? Sie wollte das nicht mehr. Und umso schwerer war es zu begreifen, dass ihr gar keine andere Wahl blieb.

Am Nachmittag machten sie in einem winzigen Dorf Halt, das diese Bezeichnung kaum verdient hatte. Einige Hütten gruppierten sich um einen ungepflasterten Platz und in einiger Entfernung flatterte die Fahne eines im Wald verborgenen Gebetshauses im Wind. Der Himmel hatte sich verdüstert und dichte, dunkle Wolken zogen darüber hinweg, als wären sie in Eile.

Lucia zog ihren Umhang fester um sich und reichte Tristan einen Apfel, den dieser dankbar annahm. Er stieß sachte seinen Kopf gegen ihren und sie sog seinen Duft tief ein.

„Kommst du mit mir ein bisschen spazieren?", fragte Lilliana und warf ihr einen ernsten Blick zu, der bedeuten sollte, dass es nicht nur um *ein bisschen spazieren* ging. Sie verabschiedeten sich von den anderen und entschieden sich dafür, einem ausgetretenen Trampelpfad zu folgen, der sie zum Gebetshaus führen würde. Kaum hatten sie den Schutz der Bäume erreicht, sprudelte es aus Lucia heraus: „Was ist los?"

„Ich habe deine Lords und Ladys noch mal genauer unter die Lupe genommen. Unterwegs und auf dem Schloss. Wenn unter ihnen ein Verräter ist, dann wird er sich früher oder später selbst verraten. Sagt ja schon der Name."

„Hast du etwa einen Verdacht?"

„Nein, so kann man es nicht nennen. Eher so eine Ahnung. Aber ich bin mir ziemlich sicher, dass wir Lord Sorron ausschließen können."

„Da stimme ich dir absolut zu. Ich vertraue ihm, obwohl er sich gegenüber den Trollen anders verhalten hat, als ich gehofft hatte. Er ist loyal und würde mich niemals verraten."

„Genau und aus demselben Grund lässt sich auch Lord Neriell ausschließen."

„Wie bitte? Aber er ist der Unzuverlässigste, Zwielichtigste und Unsympathischste von allen!", warf Lucia empört ein.

„Ich glaube, du unterschätzt ihn. Er ist seinen Kameraden gegenüber zwar oft etwas hart und ungehalten, aber er besitzt einen ausgeprägten Gerechtigkeitssinn."

„Und das weißt du schon nach so kurzer Zeit? Meinst du nicht, dass ich ihn besser kennen müsste als du?"

„Offenbar nicht. Sonst wüsstest du, was ihm dein Vater bedeutet und dass er alles getan hätte, um dich zu retten. Und das nicht, weil du es verdient hättest oder er dich mag, sondern aus purer Loyalität", spöttelte Lilliana. „Außerdem war ich mehrere Tage fast mit ihm allein unterwegs, als ich nach Gyndolin gekommen bin. Ich weiß, dass er alles Magische verabscheut. Irgendwie schon schade, dass er jetzt nicht mehr unser Hauptverdächtiger ist." Sie lächelte Lucia fröhlich zu.

Die Prinzessin wusste nicht, was sie sagen sollte. „Jetzt bleiben dann wohl nur noch ein Dutzend andere Verdächtige. Wenn wir weiter in diesem Tempo *Beweise* sammeln, wissen wir spätestens in einem Jahr, wer von ihnen der Verräter ist."

„Lucia, das ist nicht komisch. Weißt du, um wirklich herauszufinden, wer am Stein interessiert ist, solltest du nicht nur nach Sympathie und Vertrauen urteilen. Und vielleicht könntest du ja auch ein bisschen mithelfen, denn soweit ich weiß, habe ich bisher alles alleine gemacht, weil du zu beschäftigt warst, die Heldin zu spielen und Gilgar zu verführen."

Lucia schnaubte sie frustriert an. „Ich habe nicht die Heldin gespielt. Das war todernst. Weißt du, wie schrecklich es war, mit anzusehen, wie die Trolle und die Lords aufeinander losgegangen sind? Glaubst du, das war spannend? Ich dachte, sie würden sich alle umbringen. Das war überhaupt nicht lustig! Und ich habe Gilgar nicht ..."

Lilliana legte ihr beruhigend eine Hand auf den Arm. „He, das war nicht böse gemeint. Ich kann mir vorstellen, dass das alles nicht angenehm war. War ein dummer Versuch, dich aufzumuntern. Du bist im Moment so angespannt, aber das wäre wohl jeder in deiner Situation."

Lucia verzog den Mund zu einem halbherzigen Lächeln. „Tut mir leid, aber im Moment habe ich überhaupt keine Lust, bessere Laune zu bekommen. Ich könnte jetzt jemanden gebrauchen, der mir ein bisschen Verantwortung abnehmen könnte. Zum Beispiel einen der anderen Steinträger. So langsam könnten sie sich doch auch mal blicken lassen."

„Ich bin doch auch noch da. Und wie du weißt, ist Zerbor auch einer der Steinträger. Es müsste eine ganze Menge geschehen, wenn er den Stein des Blutes freiwillig abgeben sollte. Ich glaube nicht, dass du ihn kennenlernen willst."

„Ich frage mich, ob er weiß, dass *ich* den Stein von Azur bekommen habe. Wenn ja, könnte das wahrscheinlich ziemlich unangenehm werden."

„Du brauchst aber keine Angst vor ihm zu haben. Er kann dich auf dem Schloss nicht ohne Weiteres allein erwischen. Ich werde dir nicht mehr von der Seite weichen. Und er wird es bestimmt nicht riskieren, dir irgendetwas anzutun", verkündete Lilliana feierlich.

„Na großartig, so meinte ich es doch gar nicht. Aber was ist, wenn er auch zu diesem *Bund der Hüter* gehört und seine Leute auch noch auf mich ansetzt?"

Lilliana überlegte kurz. „Dann hätten wir ein Problem."

„Eben. Und dummerweise können wir davon auch niemandem erzählen. *Deshalb* sind wir auf uns allein gestellt."

„Verdammt, du hast recht. Und was hast du vor, wenn du den Erben erst einmal gefunden hast? Willst du ihn oder sie einfach deinem Vater vorstellen und sagen: Guck mal, ich hab da jemanden mitgebracht …"

„Ehrlich gesagt habe ich darüber noch kein einziges Mal nachgedacht."

„Typisch. Nichts anderes hätte ich dir zugetraut." Lucia versetzte ihr einen kleinen Knuff.

Ohne es zu merken, waren sie bei dem kleinen Gebetshaus angelangt. Es war auf einem kleinen Hügel errichtet worden, um den sich Laubbäume, Moose und kleinere Sprösslinge drängten. Das Häuschen war kreisrund und besaß ein spitzes, mit dunkelroten Ziegeln gedecktes Dach. In einer der vielen Auswölbungen, die die äußere Wand zierten, konnte Lucia ein verlassenes Vogelnest entdecken. Eigentlich waren diese kleinen Nischen für Kerzen gedacht, damit die Dorfbewohner auch im Dunkeln den Weg zu ihrem heiligen Ort finden konnten. Doch im Moment waren die Kerzen alle erloschen und klebten in großen Seen aus Wachs fest.

„Ich würde gerne hineingehen und mich umschauen", meinte Lilliana und sah Lucia fragend an. Lucia wusste, dass sie auch dort keine Ruhe finden würde, und beschloss, lieber draußen zu warten. „Da drinnen ist es bestimmt total stickig und ich schaffe es doch sowieso nie, Körper und Geist in Einklang zu bringen und die vollkommene Ruhe zu erreichen." Sie verdrehte die Augen, doch Lilliana begann zu kichern.

„Glaub mir, jeder, der das behauptet, ist entweder eine Schlaftablette oder ein Heuchler." Sie grinste und fügte hinzu: „Ich bin trotzdem gespannt, wie es von innen aussieht."

„Geh ruhig. Ich warte hier draußen", meinte Lucia, lehnte sich gegen die Hauswand, schlug die Beine übereinander und schloss die Augen. Eine angenehme, kühle Brise wehte über sie hinweg und fegte ihr Haar zurück.

Sie versuchte sich vorzustellen, was sie am Jungbaum erwarten würde. Eine Botschaft, verborgen in den Ästen oder in den Stein geschlagen? Ein Symbol, das sie deuten sollte, oder am Ende eine Person, die ihr helfen konnte? Was würde sie dort erfahren? Wer der König werden sollte oder wo sie die verschollenen beiden Steine finden würde?

Sie konnte von Glück reden, dass Lord Sorron beschlossen hatte, einen Abstecher zum *Hospital der helfenden Hände* zu machen, aber wenn sie sich getäuscht hatte und das Blatt nur ein originelles Geschenk hatte sein sollen, wäre sie mit ihrer Weisheit am Ende. Es würde ihr keine Zeit mehr bleiben, eine andere Spur zu finden, geschweige denn sie zu verfolgen.

„Es bleibt mir wohl nichts anderes übrig, als auf das Schicksal zu vertrauen", dachte sie und öffnete die Augen, weil sie etwas rascheln gehört hatte. Es war nur ein kleiner Blätterhaufen, der von einem leichten Windstoß erfasst wurde und sich in einen Wirbel verwandelte.

Wie würde der König aussehen? Sie stellte sich einen Mann zwischen zwanzig und dreißig Jahren vor, der alle guten Eigenschaften eines Königs besaß: Würde, Gerechtigkeit und strategische sowie politische Erfahrung. Er musste gut aussehend und charmant, gebildet und charismatisch sein. Möglicherweise stammte er aus einer der reicheren Familien, aber auf keinen Fall war es eine Frau. Er würde vermutlich so perfekt sein, dass man schon von Weitem das Besondere an ihm erkennen könnte und ihr Vater ihn beim ersten Blick als Erben seines Freundes identifizieren würde.

„Klingt gut", überlegte sie und seufzte dann ein wenig, weil ihr das Ganze selbst irgendwie unwahrscheinlich erschien. Um so einen perfekten Helden zu finden, brauchte man schon mehr als ein paar kleine Hinweise. Sie atmete tief ein und versuchte, ihre Gedanken etwas zu sortieren. Wie viele Tage hatten sie noch Zeit bis zur Krönung? Elf. Eine Woche und vier Tage. Elfmal vierundzwanzig Stunden. So viel und doch so wenig.

Erneut raschelte es irgendwo neben ihr und sie sah auf und erwartete, wieder einen dieser niedlichen Blätterwirbel sehen zu können, doch stattdessen fiel ihr Blick auf ein Paar schwarze Stiefel. Vorsichtig hob sie den Kopf und hielt einen Moment lang die Hoffnung aufrecht, dass einer der Dorfbewohner gekommen war und sie hier zufällig getroffen hatte. Doch sie täuschte sich.

Voller Angst riss sie die Augen auf und starrte die fremde Person fassungslos an. Ein weiter schwarzer Mantel wehte ihr entgegen und die Kapuze warf Schatten auf ein Gesicht, in dem sie nur die blass leuchtenden Augen erahnen konnte. Lucia wollte um Hilfe schreien. Doch kaum hatte sie den Mund geöffnet, schoss ihr ein Luftstoß entgegen, der ihre Worte erstickte und sie zurück in ihre Kehle drängte. Bevor sie sich dagegen wehren konnte, hatte sich eine behandschuhte Hand über ihr Gesicht gelegt und drückte sie brutal gegen die Mauersteine.

Sie bekam keine Luft mehr und konnte sich nicht bewegen. Jeglicher Fluchtversuch war vergeblich. Ausgerechnet jetzt, wo sie sie wirklich hätte gebrauchen können, hatte auch die Magie sie scheinbar verlassen. Ihr Gegenüber wusste hingegen genau, wie er sie einsetzen musste. Als sie versuchte, dem Fremden in den Unterleib zu treten, hielt ihr Fuß mitten in der Bewegung inne und ihr Bein fiel schlaff herab, als gehörte es nur noch einer leblosen Puppe.

Lucia spürte, wie etwas unermüdlich an ihrer Kraft zog und sie immer schwächer werden ließ. Sie ächzte und keuchte, versuchte, sich aus dem festen Griff zu befreien, doch stattdessen laugte sie dies noch mehr aus, und schon nach kurzer Zeit fiel es ihr schwer, bei Bewusstsein zu bleiben. „Er wird mich töten", dachte sie verzweifelt. „Wenn das nicht endlich aufhört, habe ich nicht mal mehr die Kraft zum Atmen. Ich kann mich nicht wehren. Ich weiß nicht, wie."

Alles verschwamm vor ihren Augen und sie sank langsam an der Mauer herab. Düster nahm sie wahr, dass ihr ihre Tasche fortgerissen wurde. Für einen Moment wurde sie losgelassen und sackte in sich zusammen. Der Stein von Azur glühte hell auf, als der Fremde ihn ans Tageslicht beförderte und triumphierend hochhielt.

Lucia blinzelte und versuchte, den Schwindel und die Schmerzen in ihrem Kopf zu unterdrücken. Irgendwie musste sie doch … In ihrem Kopf fühlte sich alles wie in Watte gepackt an. Es dröhnte dumpf vor sich hin und ließ ihre Gedanken verstummen. Nur noch ein Bruchteil ihrer Energie war übrig geblieben und es reichte nicht mehr, um Magie zu entfesseln. Taumelnd streckte sie ihre Hände nach dem Fremden aus, der vor ihr zurückwich und im Begriff war, mit dem Stein zu verschwinden. Sie fiel und schaffte es gerade noch, sich an dem verschwimmenden schwarzen Umhang festzuklammern. Stoff zerriss unter ihren Fingern und ihre Nägel bohrten sich Halt suchend in blasse weiße Haut. Dann hörte sie nur noch einen spitzen, leisen Schrei, spürte etwas Warmes und bemerkte, dass sich etwas Festes, Übelriechendes auf ihren Mund presste und wie ihre Hände hinter ihrem Rücken zusammengezurrt wurden. Sie wurde erneut gepackt, vorangeschleift und in die Tiefe gestoßen.

Sie konnte nicht einschätzen, wie lange es gedauert hatte, bis sie ihr Bewusstsein wiedererlangt hatte. Aber auf jeden Fall musste einige Zeit vergangen sein, denn der Himmel hatte sich zunehmend verdüstert und es war unangenehm kalt geworden. Im ersten Moment umhüllte Lucia nur eine bittere, wolkige Ruhe. Doch dann war der Zeitpunkt gekommen, an dem sie wieder einen klaren Gedanken fassen konnte, und die quälende Wahrheit sickerte wie Gift in sie hinein. Lähmendes Entsetzen packte sie, als sie begriff, was geschehen war: Dem Verräter war es gelungen, sie außer Gefecht zu setzen und den Stein an sich zu nehmen. Sie hatte nicht genug aufgepasst und ihm die Gelegenheit dazu geboten. War sie also selbst schuld daran, dass sie nun hier lag, bewegungsunfähig und allein gelassen? Die anderen mussten nach ihr gesucht haben und sich Sorgen machen. Oder würden sie einfach weiterreisen, wenn sie sie nicht fanden? Sie hier verdursten lassen …

Der Verräter musste sie den kleinen Hügel hinabgestoßen haben, denn sie lag mit dem Gesicht halb in einem Blätterhaufen. Erde klebte an ihren Mund und füllte ihn mit … nun ja, erdigem Geschmack. Das Tuch, das er ihr ins Gesicht gedrückt hatte, war dafür leicht verrutscht und sie glaubte, dass der Knoten sich gelöst hatte. Doch ihre Arme waren noch immer fest aneinandergeknotet, und als sie versuchte, eine etwas bequemere Haltung einzunehmen, machte sie es nur noch schlimmer. Keuchend blieb sie auf dem Rücken liegen. Sie war zu schwach, um aufzustehen oder sich von ihren Fesseln zu befreien. „Hilfe", brachte sie trocken hervor. Kläglich brach das Wort aus ihr heraus, zu leise, um von irgendjemandem gehört zu werden. Weshalb verwendete der Verräter Magie, um sie zu verletzen, wenn er doch einem Bund angehörte, der sich dem Guten verschrieben hatte? Kamisuasan hatte ihr erklärt, dass der *Bund der Hüter* im Begriff war, sich in zwei Hälften aufzuteilen. Was war mit der zweiten Hälfte? Weshalb versuchten sie nicht, ihr zu helfen, und überzeugten die anderen davon, dass es viel wichtiger war, Morofins Erben zu finden? Sie könnte Unterstützung gebrauchen. Ohne Unterstützung war sie verloren. Für immer.

In diesem Moment hätte sie sich am liebsten in eine Ecke gepresst, mit den Händen auf den Boden getrommelt und ihre ganze Wut herausgebrüllt.

War sie jetzt überhaupt noch eine Steinträgerin? Hatte sie das Recht auf den Stein von Azur verloren, nachdem er ihr gestohlen worden war? Würde jemand anderes ihre Aufgabe erfüllen und die Prophezeiung sich erst viel später erfüllen? Das würde bedeuten, dass sie nun keine Verantwortung mehr trug. Eigentlich müsste sie sich darüber freuen, doch es versetzte ihr einen heftigen Stich.

Sie war gescheitert. Und nun lag sie hier und vermutlich sollte ihr das alles vollkommen egal sein. Wenn sie hier niemand fand, würde sie ... sie wagte es noch nicht einmal, daran zu denken.

„Du schaffst es, Lu!" Terins Stimme drang in ihre Gedanken und erinnerte sie an ihre Schwertkämpfe, die sie vor einem halben Jahr beinahe täglich ausgetragen hatten. Er war ihr aufgrund seiner Erfahrung und seiner Kraft immer überlegen gewesen und häufig hatte sie das sehr entmutigt. Trotz aller Konzentration und Anstrengung hatte er sie mühelos besiegt. Einmal hatte sie wirklich beinahe aufgegeben. Sie sah sein schalkhaftes Lächeln vor sich, als stände ihr großer Bruder neben ihr. Fast glaubte sie sogar, ihn zu spüren. Sie konnte sich daran erinnern, wie er ihr damals Mut gemacht hatte und wie überrascht er gewesen war, als sie plötzlich aufsprang und ihre verbrauchte Energie zurückgekehrt war.

„Ich bin so stolz auf dich", fügte Edward sanft hinzu und sah der kleinen Lucia fest in die Augen. Er hatte seine großen Hände auf ihre Schultern gelegt und sich zu ihr heruntergebeugt. Einer der wenigen Momente, in denen er seine strenge Hülle ablegte und ihr zeigte, wie sehr er sie mochte.

Schließlich kam auch Merior hinzu. „Trotz aller deiner Schwächen bist du eine wunderbare Schwester." Diese Erinnerung war noch besonders frisch, er hatte dies erst vor ein paar Tagen in Grefheim gesagt. Worte, die ihr Herz mit Wärme füllten und es zum Leuchten brachten.

„Manchmal merkt man es dir nicht an, aber du bist erwachsen geworden. Ich könnte es niemals ertragen, dich gehen zu lassen", sprach ihr Vater.

„Du hast immer noch mich. Ich werde für dich da sein." Lilliana.

„Ich glaube an dich!" Kamisuasan.

Und dann sah sie ihre Mutter. Ihr Lächeln war ehrlich und zärtlich. Es war, als würde sie sie umarmen und ihr zuflüstern: „Ich liebe dich!"

Die Stimmen in ihrem Kopf waren so wirklich geworden, dass sie die Anwesenheit ihrer Lieben spüren konnte. Ein warmer Schwall der Zuneigung durchströmte sie und sie hatte nur das Bedürfnis, wieder zu ihnen zu gelangen und zu zeigen, dass sie zu recht auf sie stolz sein konnten. In diesem Moment wurde ihr wirklich bewusst, wie sehr sie gemocht wurde, und dieses Gefühl gab ihr so viel Kraft, dass sie glaubte überzusprühen. Ihre Fingerspitzen begannen, zu kribbeln und zu prickeln, ihr Gesicht glühte und es gelang ihr, die nasse Kälte des Laubs völlig zu verdrängen. Ihre Gedanken konzentrierten sich nur noch auf diese wärmenden Gefühle und ihr Ärger und ihre Wut waren vergessen.

Irgendwann hatte sie den Punkt erreicht, an dem ihre Kraft nach außen drang. Durch ihre Haut hindurch fraß sich die Wärme und dann leuchtete etwas hell hinter ihren Lidern auf.

Lucia schlug die Augen auf und atmete langsam aus. Ihr ganzer Körper glühte und das nicht nur vor Hitze. Heller Lichtschein umhüllte sie und gleißende Strahlen schienen aus ihr herauszubrechen.

„Es hat funktioniert", hauchte sie und hob die Hände vors Gesicht. Sie wirkten angesengt, als hätte sie sie ins Feuer gehalten, doch dafür waren die Fesseln ebenfalls verkohlt und in der Mitte zerrissen. „Es ist wie bei Gilgar. Das war ich. Meine Finger können Dinge verbrennen." Sie setzte sich mühsam auf und versuchte, den Ruß von ihren Händen zu wischen. Die Haut darunter prickelte noch immer, doch Schmerzen hatte sie nicht. Es kostete Kraft, stellte sie fest, eine Menge Kraft. Magie war der Lebenssaft, der durch ihren Körper floss, und sie hatte die Fähigkeit, sie nach außen zu richten. „Wie seltsam", überlegte sie. „Bei Magie denkt man immer an etwas Besonderes. Menschen, die Dinge aus dem Nichts entstehen lassen können. Aber das hier ist irgendwie so viel einleuchtender. Was nichts daran ändert, dass es ungeheuer faszinierend ist."

Sie zog die Knie enger an ihren Körper und schloss die Arme fest darum. Ihr war wieder kalt und sie fühlte sich ein wenig benommen. Um aufzustehen, würde sie noch einige Minuten ausruhen müssen. Ihre Augen fielen wie von selbst zu, doch sie glitt nur in einen leichten Tagtraum.

Lange währte diese Ruhe jedoch nicht, denn Stimmen riefen nach ihr und ließen sie sofort aus dem Schlaf schrecken. Lucia hob plötzlich hellwach den Kopf ... und sah direkt in ein Paar klare, gelb leuchtende Augen. Sie stieß einen Schrei aus und wich zurück, als sie erkannte, was sie vor sich hatte. Ein Wolf hatte sich über sie gebeugt und fletschte seine Zähne. Sie hielt den Atem an und verzog das Gesicht zu einer Grimasse aus tiefster Todesangst. Doch gleich darauf verschwand ihre Furcht so plötzlich, wie sie gekommen war, und wich Überraschung und Erstaunen.

Der Wolf machte einen vorsichtigen Schritt auf sie zu und Lucias Blick fiel auf die rechte Vorderpfote. Im Gegensatz zur linken war sie vollkommen haarlos und vernarbt. Beinahe so, als wäre sie unabhängig von ihrem Körper gealtert.

„Du", flüsterte Lucia und schüttelte langsam den Kopf. „W...wie kommst du hierher? Das ist doch nicht möglich." Sie erinnerte sich an die Nacht, in der sie geschlafwandelt war. Da war auch ein Wolf gewesen, aber er konnte es doch ganz unmöglich bis hierher geschafft haben?

Vorsichtig streckte sie eine Hand aus und vergrub sie im weichen, hellen Fell des Tieres, um sich zu vergewissern, dass dies kein Traum war.

Sie erinnerte sich an den schrecklichen Geruch, der bei dem Duell zwischen Merior und Lilliana auf einmal da gewesen war. Er stand irgendwie im Zusammenhang mit diesem Wolf. Sie schnupperte vorsichtig und stellte fest, dass der Geruch verschwunden war. Feuchte Erde und frisches Gras konnte sie riechen, darunter lag eine weniger angenehme Duftnote von feuchtem Wolfsfell.

Der Wolf sah sie fest an und kniff dann die Augen leicht zusammen. Langsam öffnete er sein Maul und ließ etwas vor Lucia in das Laub fallen. Die Blätter begannen zu strahlen, als der Stein von Azur wieder zu glühen begann, und die Prinzessin stieß einen freudigen Laut aus.

„Was bist du?", fragte sie das Tier voller Verwirrung. „Mein ganz persönlicher Schutzengel? Ich glaube das einfach nicht."

Er legte den Kopf schräg. Es sah aus, als versuchte er zu sprechen. *Und hätte ich das in meinem Wolfkörper gekonnt, hätte Lucia erfahren, dass sie mit ihrer Vermutung gar nicht so falsch lag.*

Sie hob den Stein auf und drückte ihn an sich. Ganz nahe an ihr Herz, um zu spüren, dass sie ihn wieder hatte. „Danke", wisperte sie und legte einen Arm um den Hals des Wolfes. „Ich weiß nicht, wie du das gemacht hast, aber ich verdanke dir eine ganze Menge." Ganz egal, was das Schicksal bereithielt, sie wusste nun, dass sie ihm nicht entgehen konnte und es unumstößlich mit dem Stein der Weisheit verwoben war.

Grüne Augen verloren sich in gelben Augen und für einen Moment durchschaute sie die Fassade und sah dahinter, sah den Geist des Tieres, der etwas anderes war, als er zu sein schien. Fenster, Träume, ein Gesicht. Es war das Gesicht der jungen Frau. Der Augenblick war nur sehr kurz und es fühlte sich an wie eine Halluzination.

„Ich werde langsam verrückt", sagte sie und fügte in Erkenntnis ihrer eigenen Worte hinzu: „Ich spreche sogar mit dir. Verrückt sein fühlt sich gut an." In den gelben Augen glomm etwas auf, doch dann senkte der Wolf den Kopf, stupste Lucia sanft vor die Brust und drehte sich um. Fast erwartete sie, dass er noch einmal umkehren würde, aber das tat er nicht. So plötzlich, wie er aufgetaucht war, verschwand er nun zwischen den Laubbäumen und gelangte schnell außerhalb ihrer Sichtweite.

Lucia wandte den Kopf. Es waren raschelnde, näher kommende Schritte, die den Wolf aufgescheucht hatten.

„Prinzessin! Seid Ihr hier irgendwo? So antwortet doch!" Sie konnte eine kräftige Silhouette zwischen den Bäumen erahnen und erkannte Lord Neriells Stimme.

„Hier bin ich", antwortete sie schwach. Der Lord brach durch die kahlen Äste hindurch und blieb keuchend vor ihr stehen.

„Lucia", lächelte er und schüttelte den Kopf. „Was für ein Glück! Endlich. Sorron hat uns alle zusammengetrommelt und uns dazu verdonnert, nach Euch zu suchen. Er war fast krank vor Sorge. Ein paar meiner Kameraden haben das Gebiet rund um das Dorf abgesucht, aber wenn Euch jemand zu Pferd entführt hätte, wären wir vermutlich machtlos gewesen. Lilliana bestand darauf, dass wir hier nach Euch suchen."

„Nun habt Ihr mich ja gefunden", erwiderte sie.

„Aber was macht Ihr hier? Wer hat Euch hierhergebracht? Und weshalb seid Ihr nicht von selbst zurückgekommen?" Sie berichtete ihm alles (Nun gut, fast alles. Die Magie, den Stein von Azur und den Wolf ließ sie aus.) und erzählte ihm, dass es ihr schließlich gelungen war, ihre Fesseln alleine zu lösen und freizukommen.

„Glaubt Ihr etwa, dass es einer von uns war?", fragte er grimmig. Es war ihm anzumerken, dass dieser Gedanke ihn sehr beunruhigte. Sie nickte und er half ihr aufzustehen, als er sah, wie kläglich sie mit ihren eigenen Versuchen scheiterte.

„Das ist Verrat. Aber Ihr habt recht. Niemand wusste, dass Ihr heute hier sein würdet. Es muss einer meiner Kameraden gewesen sein. Vielleicht wäre es besser gewesen, wenn Ihr tatsächlich diesen Leibwächter mitgenommen hättet. Euer Vater hat sich nicht umsonst Sorgen gemacht." Dem konnte sie nichts mehr entgegensetzen.

„Habt Ihr eine Idee, wer das getan haben könnte?"

Er schüttelte heftig den Kopf und führte sie vorsichtig den Abhang hinauf. „Ich würde nie einen der anderen ohne eindeutigen Beweis anklagen. Für die meisten würde ich meine Hand ins Feuer legen … Und für Euch auch", fügte er hinzu.

Zum ersten Mal wurde Lucia bewusst, wie ernst es ihm damit war, und sie spürte einen leichten Stich in ihrer Brust. Es tat ihr leid, dass sie ihn verdächtigt hatte. Sie schluckte leicht. „Ich glaube, Euch und Lord Sorron kann ich vertrauen. Würdet Ihr das hier geheim halten?"

Lord Neriell lachte auf. „Geheim halten? Fällt Euch etwas ein, was diese Situation erklären könnte? Wir können das hier nicht vor den anderen zurückhalten. Nur gemeinsam können wir den Verräter aus seiner Reserve locken. Was meint Ihr?"

Lucia lächelte ihn vorsichtig an und versuchte, die Tränen zu verbergen, die unaufhaltsam und heiß in ihr aufstiegen. Sie war so dankbar dafür, dass sie sich in ihm getäuscht hatte. Nun fühlte sie sich viel sicherer und sie glaubte, einen neuen Verbündeten gewonnen zu haben.

„Ich hoffe es. Würdet Ihr wirklich … Eure Hand für mich ins Feuer legen?"

Lord Neriell nickte bestimmt. „Immer wieder. Ich würde für Euch mein Leben opfern. Genau wie für Euren Vater. Ich glaube, Ihr habt die Fähigkeit, Dinge zu verändern, die Welt zu verändern. Es liegt in Euren Augen. Es sind die Eurer Mutter. Und glaubt mir … ich bin nicht der Einzige, der für die Königin gestorben wäre. Von solchen Menschen wie Euch gibt es nicht viele und sie gehen nie, ohne etwas verändert zu haben."

# Eine zufällige Begegnung

„Entschuldigung, das tut mir leid."
Der andere Junge lächelte nur traurig. „Ist doch nicht der Rede wert. Sieh mich an: Glaubst du, ein blauer Fleck mehr oder weniger stört mich?"
Tatsächlich. Der Fremde hatte zahlreiche Prellungen, Schürfwunden und bereits verkrustete Striemen vorzuweisen. Sein blondes Haar war so strähnig, als ob er es mehrere Wochen nicht gewaschen hatte, und seine zerlumpte Kleidung triefte vor Dreck. Sogar sein Gesicht war von einer dünnen Schmutzschicht überzogen. Antonio verzog das Gesicht. Lebte der Junge etwa auf der Straße? „Du siehst wirklich nicht gut aus", sagte er mitfühlend.
„Du untertreibst. Ich sehe schrecklich aus … und ich stinke." Er schien selbst nicht besonders glücklich darüber zu sein. „Kannst du mir vielleicht helfen? Ich suche den Jungbaum und …"
Antonio unterbrach ihn: „Als Erstes brauchst du vielleicht etwas Wasser zum Waschen und frische Kleidung? Es gibt hier im Hospital Waschräume für die Patienten."
„Das ist eine gute Idee. Ich glaube, ich könnte auch dringend neue Schuhe gebrauchen. Meine sind nach dem tagelangen Laufen durchgetreten. Ich habe wohl Glück, dass ich gerade mit dir zusammengestoßen bin, was?" Als der fremde Junge zu lächeln begann, wusste Antonio bereits, dass er ihn sympathisch fand.
„Ich bin Antonio und komme aus Kiborien." Er streckte die Hand aus und der andere Junge schüttelte sie. Es kam beiden übertrieben vor.

„Derrick. Und ich habe auch mal da gewohnt."

Er führte ihn zum Waschraum im Erdgeschoss, den ihnen der Heiler vor einigen Stunden gezeigt hatte. Es gab hier neben zahlreichen kleineren Waschschüsseln auch einen Springbrunnen mit klarem, sauberem Wasser. Derrick tauchte dankbar sein Gesicht hinein und kam dann erfrischt wieder hoch.

„Du weißt gar nicht, wie gut das tut!", meinte er, während er sich den Hals reinigte und seine Jacke auszog, um sich die Arme zu säubern.

Antonio lächelte nur und setzte sich auf den Rand des Beckens. Doch ihm verging das Lächeln, als er den fremden Jungen genauer betrachtete. Ihm fiel auf, dass seine Kleidung überhaupt nicht aus Lumpen bestand. Die Jacke dieses Jungen war aus Pelz, der zwar schon einiges miterlebt hatte, aber trotzdem sehr wertvoll sein musste. Darunter trug er ein verschmutztes ehemals wahrscheinlich blütenweißes Hemd und eine dazu passende weite Hose. Seine Stiefel waren für längere Märsche ungeeignet, da sie sehr dünn zu sein schienen, doch die Stickereien darauf und die feine Herstellung bewiesen eindeutig, dass Derrick nicht so arm war, wie er auf den ersten Blick aussah.

„Ist irgendetwas?" Der Fremde hatte Antonios überraschten Blick wahrgenommen. „Könntest du mir bitte zeigen, wo die Seife ist?"

Antonio schüttelte langsam den Kopf. „Nein, hier gibt es keine Seife. Die ist – wie du vielleicht weißt – nur der hohen Volksschicht vergönnt." Er wurde misstrauisch. Weshalb sah der Fremde so heruntergekommen aus und musste sich Kleidung aus dem Hospital leihen? Seine Gewänder gehörten doch zu einer mehr als gut situierten Familie und keinesfalls zu einem Straßenjungen.

„Bin ich immer noch so leicht zu durchschauen? Ich bin von zu Hause weggelaufen, falls dir das weiterhilft."

Antonio strich sich einige ungebändigte Haare aus dem Gesicht und begann, nachdenklich mit einer der pechschwarzen Strähnen zu spielen. „Einfach so? Du musst wohlhabend gewesen sein", stellte er fest. Ihm war klar, dass der Fremde ihm vielleicht nicht antworten würde, aber seine Neugier war entfacht und er riskierte eine Ablehnung.

Erst schien es so, als würde Derrick überhaupt nichts erwidern, doch dann verzog er den Mund und rang verzweifelt nach Worten, die seine aufgewühlten Emotionen angemessen beschreiben konnten. „Kennst du das Gefühl enttäuscht zu werden? Gedemütigt, verletzt und ausgestoßen?"

Sein Gesicht verzerrte sich zu einer schrecklichen Grimasse aus Trauer, Verzweiflung und Hass.

Antonio fühlte sich ein wenig hilflos, aber er glaubte, spüren zu können, was der andere meinte. Vor nicht allzu langer Zeit war er selbst enttäuscht worden. Und es schmerzte noch immer. Jedes Mal, wenn er diesem Mädchen begegnete und seinem gehässigen und übertrieben mitleidigen Blick auf sich spürte. Er holte tief Luft. „Vielleicht. Es ist wahrscheinlich nicht dasselbe, aber es tut trotzdem weh."

„Dann weißt du, wie ich mich fühle. Ich werde auf keinen Fall zurückkehren."

„Hoffentlich findest du deinen Platz in der Welt."

Derrick lächelte traurig. „Ich wünschte, es wäre so. Glücklicherweise habe ich einen Weggefährten gefunden, der sich besser mit dem Leben auf der Straße auskennt als ich. Aber ich habe in den letzten Tagen so viel Schreckliches und Böses gesehen, dass ich fast den Glauben daran verloren hätte. Aber das war es alles wert. Solange ich nur nie wieder zurück muss."

Einen Moment sahen sie sich nur an und hingen beide ihren Gedanken nach. Sie fühlten sich auf seltsame Weise miteinander verbunden, als wären sie sich nicht gerade zum ersten Mal begegnet, sondern sähen sich nach langer Zeit der Trennung wieder.

„Reichtum und Wohlstand machen eben nicht glücklich", wiederholte Antonio eine Weisheit seines Vaters. Er entdeckte ein königliches Wappen an Derricks Hemd. „Sind deine Eltern Untergebene von Zerbor?"

Über Derricks Gesicht huschte ein Ausdruck kalten Zorns und die Temperatur im Raum schien, um mehrere Grad zu fallen. „So könnte man es sagen", erklärte er mit eisiger Stimme.

Antonio beschloss, nicht weiter darauf einzugehen, weil er so Salz in eine unverheilte Wunde streuen würde. „Du siehst wirklich aus, als hättest du eine Menge durchgemacht", bemerkte er mitfühlend.

„Das habe ich auch. Ich habe nach einem Abenteuer gesucht, aber das, was ich gefunden habe, war gefährlich und albtraumhaft. Ich wünschte, ich könnte dir davon erzählen, aber das würde wahrscheinlich Stunden dauern und ich weiß ja noch nicht einmal, ob ich dir vertrauen kann." Bei diesen Worten lächelte er jedoch halbherzig, um zu zeigen, dass sie nicht ernst gemeint waren. „Ich glaube, ich gehe mich jetzt umziehen", fügte er hinzu und stand auf, um sich eines der weißen Laken zu nehmen und hinter einer Trennwand zu verschwinden, die zum Umkleideraum führte.

Antonio blieb auf dem Beckenrand sitzen und starrte nachdenklich in das klare Wasser, das die Fontäne ausspie. Es war seltsam. Derrick kam ihm so bekannt vor. Jede seiner Bewegungen und Gesten war ihm so vertraut, als hätte er sie schon unzählige Male gesehen. Aber er war sich sicher, dass er ihn nicht kannte.

Sein gewöhnliches und absolut unspektakuläres Leben hatte sich in den letzten Tagen von Grund auf verändert. Es kam ihm vor, als ob er immer stärker in einen Strudel von Ereignissen hineingezogen wurde und sich unvermeidlich in diese verstrickte. Um ihn herum entstanden Abenteuer und Geheimnisse, denen er sich nicht gewachsen fühlte. Erst der rätselhafte Auftragsmörder, dann Lunas Erblindung und jetzt dieser Derrick. Was würde als Nächstes kommen? Was war geschehen, dass er plötzlich in diese neue, viel gefährlichere Welt eingetaucht war? Er horchte tief in sich, fand aber keine Antworten. Etwas anderes hatte er auch nicht erwartet.

Derrick sah vollkommen verändert aus, als er hinter der Trennwand hervortrat und sich wieder zu ihm gesellte. So sauber und in weißer Kleidung, wirkte er nicht wie ein Straßenkind, sondern auf seltsame Weise sogar übernatürlich. Antonio beneidete ihn, um seine schönen, beinahe makellosen Gesichtszüge und das goldfarbene Haar, das einen starken Kontrast zu seinem eigenen nachtschwarzen Schopf bildete. Selbst die unzähligen kleinen Kratzer schmälerten seine Erscheinung nicht: Statt ihn zu verunstalten, betonten sie sein Gesicht und gehörten irgendwie dazu. Seine Anspannung hatte sich sichtlich gelegt und ein mattes Lächeln umspielte seine Lippen. Wenn er ihn so zum ersten Mal gesehen hätte, hätte er ihn für einen eingebildeten Schönling gehalten. Ein zarter, stechender Keim der Eifersucht erwachte in ihm, doch er erstickte ihn rasch, indem er sich daran erinnerte, dass dieser Junge vermutlich einiges durchgemacht hatte.

„So siehst du gleich ganz anders aus", sagte Antonio beeindruckt und stellte in Gedanken fest, dass das noch vollkommen untertrieben war.

„Ich fühle mich auch viel wohler. Man bekommt von allen Seiten misstrauische Blicke zugeworfen, wenn man wie ein Bettler aussieht. Du kannst dir nicht vorstellen, wie seltsam das ist. Als ob du in den Körper eines anderen gesteckt wurdest!"

„Nun, wo du sauber bist, können wir ja in den Park gehen", schlug Antonio vor und erhob sich von seinem Platz. „Du wolltest vorhin unbedingt dorthin und ich habe den Jungbaum auch noch nicht gesehen."

Derrick willigte sofort ein. „Unbedingt! Ehrlich gesagt … gerade hatte ich ihn fast vergessen."

Sie machten sich schweigend auf den Weg und Antonio musste immer wieder anhalten, um jemanden nach dem Weg zu fragen. Der Park besaß anscheinend zwei Eingänge: einen, der auf die Ebene hinauslief, und einen weiteren, der nur durch das Hospital zu erreichen und für einen Besucher schwer zu finden war.

Antonio hatte das Bedürfnis, mit Derrick zu reden, doch er wusste einfach nicht, was er sagen sollte und ob er ihm überhaupt von seinen Abenteuern erzählen wollte. Schließlich war es Derrick, der das Schweigen brach und ihn nach dem Grund für seinen eigenen Aufenthalt fragte. Antonio erzählte ihm von Luna, ihrer Erblindung, ihrer unermesslichen Fantasie und ihren verrückten Ideen. Über sein Gesicht glitt ein Strahlen, als er an seine kleine Freundin dachte. Luna gelang es immer wieder, ihn in fremde Welten eintauchen zu lassen, die nur in ihren Träumen existierten, oder ihn mit einer ganz und gar unrealistischen Vermutung zu überraschen, die bei genauerer Betrachtung immer nachvollziehbarer wurde. Gespräche mit Luna waren immer tiefsinnig und lehrreich.

„Sie muss für dich wie eine Schwester sein", bemerkte Derrick interessiert.

„Ja, sie bedeutet mir sehr viel, mehr als meine gleichaltrigen Freunde."

„Ich habe gar keine Freunde." Derrick ließ traurig den Kopf hängen.

Antonio legte ihm instinktiv den Arm um die Schulter. „Du hast keine Freunde? Das kann doch nicht sein. Nach allem, was ich bis jetzt von dir weiß, müsstest du Tausende Freunde haben."

Der Junge stieß nur einen verächtlichen Laut aus. „Das wäre zu schön, um wahr zu sein. Vielleicht hättest du sogar recht, aber ich kenne absolut niemanden, der auch nur annähernd in meinem Alter ist. Das ist das Problem. Außer Len Ording, der mich aufgegabelt hat und mich begleitet, mag mich vermutlich niemand." Antonio sah ihn fragend an. „Meine Eltern lassen niemanden an mich heran. Das war einer der Gründe, die mich dazu gebracht haben, wegzulaufen. Es ist alles ein bisschen kompliziert. Mein Vater …"

Er wurde von einem leisen Schrei Antonios unterbrochen. Der Junge fasste sich schmerzerfüllt an die Brust und keuchte. Sein Glücksbringer war für einen Moment aufgeglüht, als wollte er ihn in Flammen setzen. Gleich darauf war es schon wieder vorbei, doch die Schmerzen blieben.

Derrick runzelte die Stirn. „Geht es dir gut?", fragte er besorgt.

„Alles in Ordnung", antwortete Antonio knapp und war erleichtert, dass es so schnell wieder verschwunden war.

Endlich beim Jungbaum angekommen konnten sie nur kurz einen Blick darauf erhaschen, denn die Menschenmasse, die sich darum drängte, war undurchdringbar, und sie waren nicht groß genug, um über deren Köpfe hinwegzusehen.

Schließlich gelang es ihnen, einen Platz auf einem höher gelegenen Felsbrocken zu erobern, von dem sie den legendären Baum endlich ausmachen konnten.

Antonio stellte fest, dass er viel schlanker war, als er ihn sich vorgestellt hatte, seine Krone im Vergleich dazu aber sehr ausladend war. Um diese Jahreszeit besaß der Jungbaum schon längst keine Blätter mehr, doch an seinen dünnen Zweigen waren bereits die ersten zarten Knospen zu sehen. Dieser Baum schien von Zeit und Raum vollkommen unabhängig zu sein.

„Es ist unfassbar, dass es nur diesen einzelnen Baum gibt", flüsterte Derrick ihm zu.

„Und dass er sich gerade diesen Felsen als Nährboden aussuchen musste", fügte Antonio hinzu. Er reckte sich ein wenig und bemerkte mit einem Mal, wie sich der Garten langsam, aber stetig zu leeren schien. Die Leute, die den Baum zuvor entzückt angestarrt hatten, verfielen in langsam zunehmende Hektik und beeilten sich, den Park wieder zu verlassen. Er maß seiner Beobachtung keine Bedeutung bei, bis er durch Zufall das Gespräch eines Ehepaares mitbekam.

„Komm schon, Schatz, lass uns gehen", raunte eine korpulente Dame ihrem Ehemann zu. Dieser bemühte sich darum, einen Platz in der Nähe der goldenen Plakette zu erreichen, die über den Jungbaum Auskunft gab.

„Noch nicht, Liebling", rief er begeistert.

„Aber in zehn Minuten muss der Platz geräumt sein! Hast du nicht gehört, was dieser freundliche Torwächter gesagt hat?" Sie klang ein wenig empört und stemmte missmutig die Hände in die Hüften. Ihrer Kleidung nach zu urteilen, handelte es sich um ein reiches Kaufmannsehepaar, das auf seinem Weg in eine der großen Handelsstädte Wegenns hier vorbeigekommen war. Der Mann schien keine Notiz vom Drängen seiner Frau zu nehmen.

„Was hast du denn? Zehn Minuten sind doch noch lang genug", sagte er und schob sich weiter nach vorne.

Antonio fasste sich ein Herz und tippte der Frau auf die Schulter. „Entschuldigung, darf ich fragen, was in zehn Minuten passiert?"

Sie fuhr überrascht herum, doch auf ihrem Gesicht breitete sich ein herzliches Lächeln aus.

„Aber natürlich darfst du das, mein Junge." Er kam sich wie ein Kleinkind vor. Herrje, so winzig war er doch wirklich nicht! Nun gut … im Vergleich zu dieser Dame schon. „Es gibt hier gleich hohen Besuch. König Zerbor von Kiborien und seine Gemahlin Linda möchten diese Sehenswürdigkeit besichtigen. Sie sind gerade auf der Durchreise."

Antonio sah, wie Derrick erschrocken zusammenzuckte. Gleich darauf konnte sich sein neuer Freund kaum das Lachen verkneifen, denn die Dame fügte hinzu: „Bis dahin solltest du aber schleunigst deine Mutter wiederfinden. In diesem Gedränge ist es einfach verantwortungslos, seine Kinder allein zu lassen." Danach wandte sie sich wieder ihrem Mann zu. Antonio warf Derrick einen entnervten Blick zu. Er machte sich noch immer über ihn lustig – seine Augen funkelten amüsiert und um seinen Mund bildeten sich zwei Grübchen. Was war daran so lustig? Er war doch selbst nicht viel größer.

Doch bevor er einen rüden Kommentar von sich geben konnte, wurde Derrick wieder ernst. Viel zu ernst. „Ich muss gehen", sagte er und sah Antonio fragend an. Ihm fiel nicht auf, dass seine Stimme denselben frostigen Unterton angenommen hatte wie vorhin, als sie über seine Eltern gesprochen hatten.

Ohne auf eine Antwort zu warten, sprang Derrick vom Felsen und lief aufs Hospital zu.

Antonio folgte ihm auf der Stelle und schaffte es, ihn einzuholen. „Was ist denn los? Weshalb so plötzlich?" Er wollte nicht, dass sich ihre Wege so schnell wieder trennten. Sie waren sich gerade erst begegnet, und wenn Derrick jetzt ging, würde es sein, als hätten sie sich niemals gesehen. Und etwas sagte ihm, dass das falsch war.

Derricks Gesicht blieb hart. „Das kann ich dir nicht sagen." Antonio wollte sich damit nicht zufriedengeben. Es musste etwas Wichtiges dahinterstecken.

„Hat es mit Zerbor zu tun?"

„Nein!", erwiderte Derrick angespannt. „Ich muss Len holen." Das war gelogen. Man merkte es sofort, denn der Klang seiner Stimme hatte sich verändert. Aber wenn er log … was hatte er dann mit diesem finsteren

Herrscher zu tun? Hoffentlich konnte er sich lange genug an seine Fersen heften, um dieses Rätsel zu lösen.

„Wohin gehst du?", wollte Antonio wissen, als sie die Eingangshalle passierten und einen Weg zum Speisesaal einschlugen.

„In die Bibliothek. Ich habe dir doch von Len erzählt. Er wartet dort auf mich." Derrick hielt hektisch nach einer Treppe Ausschau und stürzte hinauf, als er sie fand. Seine Angst schien immer größer zu werden. Antonio hatte sich den Weg bereits eingeprägt und wusste, dass im nächsten Gang die Gemäldegalerie war.

Derrick war ein Stück vor ihm und bog gerade um die Ecke, an der sie sich begegnet waren. Doch kurz bevor er einen Fuß in diese Richtung setzte, hielt er abrupt inne und taumelte in den Gang zurück. Seine Augen waren weit aufgerissen und er versuchte vergeblich, seinen schneller werdenden Atem zu beruhigen. Pure Panik stand in seinem Gesicht und Antonio hörte plötzlich, was ihn so beunruhigt hatte. Stimmen drangen zu ihnen herüber.

„Und das ist Angoth, der Heiler – der Erbauer und Stifter dieses Hospitals. Er hat viel für uns getan", verkündete jemand stolz.

„Ah ja, sehr interessant", erwiderte eine weitere Person mehr oder weniger gelangweilt, aber auf jeden Fall herablassend. Derrick drückte sich mit klopfendem Herzen an die Wand und legte sich einen Finger an die Lippen, um Antonio zu bedeuten, dass er ebenfalls ruhig sein sollte. Kannte er diese Leute? Es musste so sein.

Doch Derrick war nicht unbemerkt geblieben. Lindas aufmerksamer Blick hatte ihn gestreift und sofort erkannt. Er musste es sein, wie auch immer er es geschafft hatte, so weit zu kommen. Sie konnte ihren Sohn nicht ein weiteres Mal laufen lassen, das durfte sie einfach nicht. Eine lautlose Geste in Richtung ihrer Gefolgsleute genügte, um sie ebenfalls darauf aufmerksam zu machen.

Als Derrick das leise Rascheln der Uniformen vernahm, lief er los, ohne sich nach Antonio umzusehen. Die Angst trieb ihn vorwärts und verlieh ihm eine Kraft, die er nicht von sich kannte. Antonio war erst zu verwirrt, um zu verstehen, was vor sich ging, doch er reagierte schnell genug, um dem anderen Jungen zu folgen. Hinter ihnen ertönte eine beißende, weibliche Stimme: „Bringt mir den Blonden!"

Er eilte Derrick nach und wagte es, einen kurzen Blick nach hinten zu werfen. Eine Frau in wallenden roten Gewändern starrte ihn an und hatte herrisch einen Arm ausgestreckt. Drei Lords in kiborischen Rüstungen hatten die Verfolgung aufgenommen und waren ihnen dicht auf den Fersen.

Was war nur los? Würden sie ihn und Derrick gefangen nehmen oder töten, wenn sie sie schnappten? Würden sie ihn laufen lassen und seinen neuen Freund mit sich nehmen? Eines war sicher, zimperlich waren diese gewaltigen Kerle nicht und es würde schwer werden, ihnen zu entkommen.

*Halte dich aus politischen Angelegenheiten heraus!* War dies eine?

Schnell stellte sich heraus, dass die Rüstungen der Lords einen entscheidenden Nachteil darstellten. Die Jungen konnten ihren Vorsprung halten und nach und nach sogar vergrößern. Doch die Lords blieben weiterhin beharrlich. Durch ein hartes Training hatten sie nicht nur Stärke, sondern auch Kondition gewonnen.

„Von wegen reich und bequem", schoss es Antonio kurz durch den Kopf. Er zitterte und fragte sich, ob sie überhaupt eine Chance hatten zu entkommen.

Der Gang war zu Ende und Derrick lief zu einer Treppe, die sie weiter nach oben rannten. Von dort aus gelangten sie an eine Weggabelung, von der drei weitere Gänge abzweigten. Vielleicht bot sich ihnen hier die Möglichkeit, ihren Verfolgern zu entkommen. Derrick hatte die Führung ohne Zögern übernommen und entschied sich für den rechten Weg.

Sie gelangten rasch außer Reichweite ihrer Verfolger, und als Antonio sich umdrehte, war zu seiner Überraschung niemand mehr zu sehen. Doch einen Augenblick später wendete sich ihr Schicksal und einer der Lords kam ihnen aus einem Seitengang entgegen. Sie drehten um, so schnell sie konnten, und liefen in entgegengesetzter Richtung weiter.

Schon bald hatten sie sich so in den Windungen und Abzweigungen des Hospitals verirrt, dass sie vollkommen die Orientierung verloren hatten. Antonio glaubte nicht einmal mehr zu wissen, in welchem der vier Stockwerke sie sich befanden, doch noch immer wurden sie von zwei Lords verfolgt. Dass sie nicht wussten, wo sich der dritte befand, beunruhigte ihn noch mehr, denn sie hatten schon mehrmals versucht, ihnen eine Falle zu stellen und sie von mehreren Seiten zu umkreisen. Glücklicherweise eignete sich das Hospital nicht für solche Manöver und die Lords kannten sich hier zu wenig aus, um ihnen gefährlich werden zu können.

Plötzlich keuchte Derrick verzweifelt auf. Sie waren in einer Sackgasse gelandet. Irgendwann hatte das ja passieren müssen. Einen Moment glaubten sie bereits die Schritte ihrer Verfolger um die Ecke biegen zu hören und Antonio spürte, wie sich seine Kehle immer mehr zusammenzog und sein Herz sich vor Furcht beinahe überschlug.

Als dann auch nach einer ganzen Weile niemand aufgetaucht war, breitete sich Erleichterung in ihnen aus. Antonio wischte sich lachend den Schweiß von der Stirn und Derrick starrte schwer atmend zu Boden. Fast hätte Antonio vergessen, dass er noch nicht einmal den Grund für diese Verfolgungsjagd kannte.

„Warum suchen sie dich?", fragte er eindringlich.

Derrick seufzte tief. „Ich glaube, ich bin dir wirklich eine Erklärung schuldig, aber das ist nicht so einfach, wie du denkst. Ich kann, nein, ich darf es dir nicht sagen … das würde dich vermutlich nur in Gefahr bringen. Glaub mir, es ist besser so. Ich …"

Das Geräusch der klappernden Rüstungen versetzte beide sofort in Alarm. Antonio sah sich hastig um und entdeckte einen großen Schrank, der als Einziges als Versteck dienen konnte. Vorsichtig öffnete er ihn und fluchte, als ein leises Quietschen ertönte. Voller Erleichterung stellte er fest, dass sich darin nur ein paar Besen und alte Arztkittel befanden. Er gab Derrick einen kleinen Schubs und schloss die Tür.

Dunkelheit umfing sie und es blieb nur ein winziger Spalt, der ein wenig Licht hereinließ. Antonio fiel es schwer, seinen Atem unter Kontrolle zu bringen. Denn je mehr er versuchte, ruhiger zu atmen, desto lauter kam ihm jeder Atemzug vor. Noch dazu schlug sein Herz immer schneller und er begann, am ganzen Körper zu zittern. Vorsichtig drehte er seinen Kopf und erkannte Derricks Konturen hinter einem der Kittel hervorragen.

Draußen kamen die Schritte der Lords immer näher, bis sie schließlich vor dem Schrank verharrten und er konnte hören, wie sie leise miteinander sprachen. Plötzlich erhob einer von ihnen die Stimme. „Ich glaube, sie sind hier entlanggelaufen. Gleich haben wir sie." Antonio hielt die Luft an, während sich die Schritte immer weiter von ihnen entfernten.

Die beiden Jungen blieben eine Weile reglos und fest an die Wände des Schranks gepresst stehen. Minutenlang wagten sie nicht, sich zu rühren, doch in ihnen machte sich Hoffnung breit. Die Lords waren verschwunden und würden sie hier nicht mehr finden.

Antonio stieß die Tür mit einem tiefen Seufzer auf und sprang heraus. Er wurde böse überrascht. Vor ihm stand ein kräftig gebauter Riese und grinste ihn aus seinen Schweinsäuglein höhnisch an. Antonio stolperte einen Schritt zurück und wäre beinahe gefallen, wenn eine starke Hand ihn nicht am Kragen gepackt und wieder hochgezerrt hätte. Gleich darauf schloss sich ein eisenharter Griff um seine Schultern und drückte ihn unsanft zusammen.

„Wusste ich es doch!", raunzte der Kerl mit undeutlicher Stimme. „Aber dich brauchen wir nicht." Antonio wurde zur Seite geschubst und konnte sich gerade noch abfangen. Als er sich umdrehte, sah er, wie der Lord Derrick aus dem Schrank zerrte, dessen Gesicht eine hasserfüllte Grimasse war.

Antonio konnte sich nicht bewegen und er hatte das Gefühl, dass jeder einzelne Knochen in seinem Körper gebrochen worden war. Der Lord warf sich Derrick wie einen Sack Kartoffeln über die Schulter und verschwand mit ihm.

Gegen eine Rüstung, ein Schwert und kiloweise Muskelmasse konnte dieser nichts ausrichten. Derrick war gefangen und Antonio konnte nur hilflos mit ansehen, wie man ihn zu Linda schleifte. Dass es seine Mutter war, wusste er nicht.

# Zum Jungbaum

Lord Sorron war geschockt, als Lord Neriell und Lucia ihm berichteten, dass die Prinzessin von jemandem überfallen worden war. Er war enttäuscht, weil einer der Lords oder Ladys sein Vertrauen, das des Königs und aller anderen missbraucht hatte, und versuchte, seinen Leuten klarzumachen, was es bedeuten würde, wenn sie den Verräter in den eigenen Reihen entlarvten.

„Und glaubt mir, wir werden ihn finden", verkündete er eindringlich. „Es ist eine Schande für uns alle. Wer auch immer es ist, er wird sofort all seiner Ämter enthoben werden und seinen Titel verlieren. Ihr wisst alle, was das bedeutet."

Die Lords und Ladys nickten betroffen. Die meisten waren genauso entsetzt wie er und sahen sich gegenseitig misstrauisch an. Lady Zynthia kniff erbost die Augen zusammen und ballte die Fäuste, während Lord Baldur die kräftigen Arme verschränkt hatte und die Zähne bleckte.

Ein weiteres Problem war, dass sich die Reisegruppe der Lords und Ladys seit der Belagerung der Trolle verdoppelt hatte. Die ehemaligen Geiseln kamen nicht als Verdächtige infrage, doch das konnte Lucia Lord Sorron nicht sagen, weil sie dann hätte zugeben müssen, dass es schon vorher Angriffe auf sie gegeben hatte. Und auch wenn sie damit den Verräter schützte, sie konnte auf keinen Fall ihre Geheimnisse vor allen enthüllen.

„Ist alles in Ordnung mit dir?", fragte Merior, drückte sie überraschend besorgt an sich und zog sie außer Hörweite der anderen. Lilliana blickte ihnen nach und biss sich auf die Lippen. Lucia hatte noch keine

Gelegenheit gehabt, ihr alles zu erzählen, und sie musste unbedingt die ganze Geschichte erfahren.

„Ich weiß nicht. Ich bin noch ein bisschen müde, aber sonst geht es mir gut."

Merior nickte ernst. „Und wie sieht es in dir drinnen aus? Du bist so verschlossen. Als würdest du dir die ganze Zeit über etwas Gedanken machen. Das war doch nicht die ganze Wahrheit, oder?"

Sie senkte den Kopf, obwohl sie wusste, dass das schon beinahe ein Eingeständnis war. „Natürlich beschäftigt mich das. Ich habe Angst. Was ist, wenn dieser Verrückte noch einmal zuschlägt? Ich weiß doch gar nicht, was er von mir will."

Ihr Bruder verzog keine Miene und musterte sie aufmerksam. Sie befürchtete, dass sie sich längst verraten hatte. Wie gut waren ihre Ausreden wirklich? Kannte er sie nicht gut genug, um die Wahrheit in ihren Augen zu lesen, in ihren Gesten oder ihrer Mimik?

„Das war vielleicht nicht das letzte Mal, aber auch nicht das erste Mal", sagte er fest. „Ich glaube, ich weiß jetzt, was bei den Wendrills geschehen ist. Das war auch dieser *Verräter*."

Sie vergrub ihren Kopf an seiner Brust, um ihn nicht länger ansehen zu müssen.

„Lucia, sag doch was. Warum tust du so geheimnisvoll?"

Sie verkrampfte sich. Ihr Herz raste vor Verzweiflung. Es fühlte sich an, als würde sie von allen Seiten bedrängt. Für sie gab es keinen Ausweg mehr. Ihre Schritte endeten in einer Sackgasse, egal, wohin sie sie lenkte.

„Schh, ist schon gut", flüsterte Merior und begann, sie in seinen Armen zu wiegen. Seine Uniform wurde feucht, aber Lucia gab keinen Laut von sich. Er strich ihr behutsam übers Haar und sagte nichts mehr.

Sie konnte es nicht ertragen, dass er so nett zu ihr war. Seine Hänseleien und ironischen Bemerkungen wären ihr in diesem Moment so viel lieber gewesen. Die Sanftheit und diese Einfühlsamkeit war sie nicht von ihm gewohnt. Jedes Wort schmerzte, weil sie es nicht verdiente. Sie konnte es einfach nicht ertragen.

„Es tut mir leid." Mehr brachte sie einfach nicht heraus. „Ich kann nicht."

Sie schluckte und versuchte, sich von ihm zu lösen, doch er ließ es nicht zu. Merior konnte seine Schwester nicht so todunglücklich im Stich lassen. Er musste ihr helfen.

„Versuch es wenigstens!", machte er ihr Mut.

Lucia schloss kurz die Augen und sammelte sich. Was sprach dagegen? Sie hatte versucht, ihn zu schützen und nicht in das Chaos ihrer Sorgen hineinzuziehen. Aber ergab das jetzt noch einen Sinn?

„Glaubst du an Magie?", flüsterte sie erstickt.

„Natürlich nicht", antwortete er, ohne zu zögern, und runzelte die Stirn. Und um seine Worte noch zu bekräftigen, fügte er hinzu: „Irgendwie lässt sich doch alles erklären."

Lucia schüttelte den Kopf. „Nein, nicht alles." Es gelang ihr, sich aus seiner Umarmung zu befreien. Sie trat einen Schritt zurück und öffnete ihre Hand. Strahlendes Licht schoss daraus hervor und Merior musste für einen Augenblick geblendet die Augen schließen. „Es ist noch heller geworden", murmelte Lucia und strich über den Stein, der mittlerweile heiß wie Feuer war.

„Was ist das?", fragte Merior verwirrt und blinzelte.

„Der Stein von Azur. Erinnerst du dich? Adenor hat ihn mir vererbt."

„Und das soll heißen ..."

„Wer auch immer versucht, mich auszuschalten, ist hinter dem Stein her."

Ihr Bruder sah sie entsetzt an. „Warum?", hauchte er.

„Keine Ahnung. Die Trolle haben mir erzählt, dass es vier solcher Steine gibt. Und ihre Träger entscheiden gemeinsam darüber, ob die Welt untergeht oder nicht. Außerdem glaube ich, dass Adenor möchte, dass ich seinen Erben finde."

„Aber ... was hat das dann mit unseren Lords und Ladys zu tun?"

„Es gibt eine geheime Sekte. Und ihre Mitglieder versuchen, mich aufzuhalten, weil sie glauben, sie könnten so den Weltuntergang aufhalten."

„Ich ..."

„Glaub mir, ich weiß, wie sich das anhört. Und jetzt weißt du, wieso ich niemandem davon erzählen kann."

Ihr Bruder sah sie betroffen an. Seine Augen hatten sich verengt und er wirkte nachdenklich und ein wenig abwesend. „Du hast recht. Das klingt ziemlich weit hergeholt. Keiner wird dir glauben."

„Und du?"

„Ich weiß es nicht. Ich weiß nur, dass du nicht verrückt bist und dir das nicht alles ausgedacht haben kannst."

„Frag Lilliana, sie kann dir alles bestätigen."

„Gib mir ein bisschen Zeit, das zu verstehen. Aber eins kann ich dir versprechen: Ich passe auf dich auf. Und danke. Dafür, dass du mir vertraust." Er beugte sich zu ihr herab und streckte eine Hand aus. Vorsichtig, unendlich behutsam, wischte er mit den Fingern eine Träne aus ihrem Augenwinkel. Sie konnte sich nicht daran erinnern, dass er so etwas je getan hätte.

Das Hospital war ein altes, düsteres Gemäuer und Lucia fröstelte bei seinem Anblick, was nicht nur an der Kälte des Gesteins lag. Ein ungutes Gefühl machte sich in ihr breit und mahnte sie zur Vorsicht. Sie konnte nicht weiterhin leichtsinnig handeln und erwarten, dass sie jedes Mal mit einem blauen Auge davonkam. Der Verräter musste ebenso gut wie sie wissen, dass sie hier, am Stein von Wegenn, am Jungbaum etwas Wichtiges erwartete. Er konnte nicht riskieren, dass sie Adenors Nachricht erhielt, oder? Wussten die Hüter überhaupt, dass sie dazu auserkoren war, Morofins neuen König zu finden? Wollten sie auch dies verhindern?

Quälende Neugier machte sich in ihr breit, sobald sie das Gebäude betreten hatte. Sie wusste, dass sie nicht am helllichten Tag in den Garten spazieren konnte, um den Jungbaum einer genaueren Betrachtung zu unterziehen. Vor ihr lagen noch eine lange Hospitalführung, ein langes Abendessen und eine sehr lange Wartezeit, bis sie sicher sein konnte, dass sie niemand mehr beobachtete. „Und wir werden warten, bis alles ruhig ist. Egal, wie lange das dauert", hatte Lilliana ihr eingeschärft. Lucia hatte beschlossen, die Sache alleine durchzuziehen, und ihre Freundin hatte das akzeptiert, aber sie wollte trotzdem sichergehen, dass Lucia sich keiner Gefahr aussetzte.

Die Eingangshalle war voll mit neugierigen Menschen, die eine Gasse für sie bildeten und von einigen Mitarbeitern des Hospitals auf Abstand gehalten wurden.

„Ein bisschen übertrieben", befand Lucia und ließ ihren Blick über die Menge schweifen. Doch plötzlich durchfuhr sie ein Stich und sie hielt mitten in der Bewegung inne. Der Stein schien sich plötzlich in ihre Haut zu bohren und mit ihr verschmelzen zu wollen. Sie sah genau in die hellen blauen Augen eines Jungen, der genauso erschreckt zu ihr zurückstarrte. Lucia konnte dichtes schwarzes Haar erkennen und ein Gesicht, das ihr auf seltsame Weise vertraut war. Er fasste sich an die Brust, blinzelte und wurde dann abrupt von der Menge verschluckt.

Sie rührte sich nicht und versuchte, einen weiteren Blick auf ihn zu erhaschen, doch er war endgültig verschwunden. Wer war das gewesen?

Wenig später begann die Führung des Hospitalleiters. Der ältere Herr brachte sie zunächst in die Gemäldegalerie. Eine Reihe von Porträts bedeutender Heiler und Entdecker war hier ausgestellt, doch keiner von ihnen wirkte glücklich über die Tatsache, etwas Besonderes vollbracht zu haben und in einem staubigen Bilderrahmen festzustecken.

Als sie die Galerie hinter sich ließen, wäre jeder der Lords und Ladys in der Lage gewesen, einen stundenlangen Vortrag über die Geschichte des Hospitals zu halten. Anschließend folgte ein kurzer Rundgang durch einen der Patientensäle und schließlich die lang ersehnte Besichtigung des Jungbaums.

Er war anders, als Lucia ihn sich vorgestellt hatte. Der Jungbaum war schlank und glatt und schien am Ende seines Stamms nicht einfach aus dem Stein herauszuwachsen, sondern mit ihm zu verschmelzen. Seine zahlreichen, dünnen Äste zierten zarte Knospen. Sie konnte eine entdecken, die sich bereits geöffnet hatte und eine weiße Blüte offenbarte. Dennoch war sie ein wenig enttäuscht, denn der Baum hatte auf den ersten Blick nichts Magisches an sich. Weder umgab ihn ein Lichtschein noch eine Aura, die jeden sofort hätte erkennen lassen, dass er etwas Heiliges war.

Gedankenverloren starrte sie auf den Felsen und fragte sich, was sie hier eigentlich suchte. In diesem Augenblick fuhr ein Windhauch durch das Geäst und ließ ein Rascheln ertönen, das fast wie eine melancholische, wehmütige Melodie klang. Das Lied des Jungbaums. Es hörte sich schön an und unterschied sich sehr von den Melodien anderer Bäume. Aber konnte Adenor ihr hier einen Hinweis hinterlassen haben?

Der Heiler machte gerade eine Pause in seinem Vortrag über den verschobenen Blührhythmus des Jungbaums und begann, sich mit Lord Sorron zu unterhalten.

„Wie Ihr vielleicht wisst, ist König Melankor noch immer auf der Suche nach einem neuen Herrscher für Morofin. Einige von uns sind der Meinung, dass uns von König Adenor eine Spur hinterlassen wurde. Wir fanden ein Blatt des Jungbaums in einer Schokoladenschachtel, die er Prinzessin Lucia geschenkt hat, und hofften, hier irgendeinen weiteren Hinweis zu finden."

„Und was soll das bedeuten?", fragte der Hospitalleiter verständnislos.

„Ich dachte, das könntet Ihr uns sagen."

„Vermutlich habt Ihr den Weg zu uns umsonst zurückgelegt. Blätter des Jungbaums sind überaus selten und wertvoll. Zwar ist es verboten, sie als Andenken mitzunehmen, doch König Adenor wurden tatsächlich einige Exemplare geschenkt. Er hat sich häufig hier aufgehalten, aber vielleicht war dieses Blatt nur ein Präsent seinerseits. Außerdem hat ein solches Jungbaumblatt zahlreiche symbolische Bedeutungen."

„Soll das heißen, dass es am Baum selbst keinerlei Auffälligkeiten gibt?" Lord Sorron rieb sich die Stirn. Sie konnten nicht so viel Zeit verschwendet haben, um nun zu solchen Erkenntnissen zu gelangen.

„Nun ja, wie Ihr seht, gibt es natürlich gewisse Auffälligkeiten. Aber ich weiß nicht, was Ihr erwartet hattet: eine Geheimschublade oder eine Botschaft?" Der Heiler wirkte ein wenig hilflos.

„Was machen wir denn jetzt?", flüsterte Lucia Lilliana zu, die direkt hinter ihr stand.

Lilliana grinste siegessicher. „Nicht aufgeben! Schließlich hast du etwas, das niemand anders hat, schon vergessen?"

Lucia brachte nur ein klägliches Schulterzucken zustande.

Nachdem sie die Führung hinter sich gebracht hatten, ihre Gästezimmer bezogen waren und sie sich noch ein wenig im Hospital umgesehen hatten, trafen sich Lilliana und Lucia mit den anderen im Speisesaal. Mit Bedauern musste Lucia feststellen, dass die Patienten mit einer Trennwand von den Gyndolinern abgeschirmt wurden. Selbst ein eigenes Büfett hatte man für sie zubereitet. Eigentlich hatte sie gehofft, sich hier während des Essens unbemerkt etwas umsehen zu können. Vielleicht hätte sie den schwarzhaarigen Jungen aus der Menge wiederfinden können. Im Gegensatz zu den Kranken, von denen viele ihr Essen ans Bett gebracht bekamen oder sich an lange Tafeln gesetzt hatten, gab es in ihrem Bereich nur kleine Tischchen, die jeweils Platz für vier Personen boten. Die beiden Freundinnen machten es sich an einem noch freien Tisch bequem.

Wenig später reservierte Merior ungefragt den Platz neben Lilliana, während Lord Sorron sich höflich erkundigte, ob seine Anwesenheit sie stören würde. Natürlich tat sie das nicht. Merior warf seiner Schwester einen Blick zu und folgte ihr zum Büffet, als sie sich erhob.

„Was habt ihr vor?", zischte er ihr zu, sodass es niemand anderes hören konnte. „Wolltet ihr nicht unbedingt zum Jungbaum?" Sie lud sich ein zartviolettes Stück Bechling-Fleisch auf den Teller und griff nach einem Stück Brot.

„Ja, aber es sieht nicht besonders vielversprechend aus. Morgen wissen wir mehr", flüsterte sie genauso unauffällig zurück.

„Wie bitte? Wollt ihr etwa …?"

Sie unterbrach ihn rasch und flötete: „Möchtest du auch ein bisschen Soße? Sie riecht ganz vorzüglich!"

Merior starrte sie verwirrt an, bis er bemerkte, dass Lady Edilia hinter sie getreten war und sich ebenfalls bediente. Warnend blickte er seine Schwester an, die jedoch nicht klein beigeben wollte.

Lord Sorron verhinderte unabsichtlich, dass sich die Geschwister weiter mit Blicken duellieren konnten. Es war Lord Sorron anzusehen, dass er sich unwohl fühlte. So als wäre ihm bewusst, dass die Jugendlichen ihre Geheimnisse und Sorgen nicht mit ihm teilen würden. Doch das hätten sie sowieso nicht gekonnt, da sich am Nebentisch einige Ladys zusammengefunden hatten und diese ihr Gespräch direkt hätten mitverfolgen können.

Lucia schob sich ein Stück Fleisch in den Mund und betrachtete Lord Sorron nachdenklich. Er war schon im Dienst ihres Vaters, seit sie denken konnte, aber wenn sie genauer über ihn nachdachte, fiel ihr noch nicht einmal ein, für welchen Bereich er eigentlich zuständig war. Sie hatte bisher kein Interesse an Politik und den sonstigen Angelegenheiten des Königs gehabt und sich nie darüber Gedanken gemacht. Obwohl es ihr ein wenig peinlich war, dass sie ihn überhaupt darauf ansprechen musste, fragte sie ihn, welche Position er innehatte.

Lord Sorron sah sie überrascht an und brauchte einen Moment für seine Antwort. „Ich arbeite in der Versorgung. Hauptsächlich kümmere ich mich um die Überwachung der Wasserleitungen in Mirifiea, aber auch in den anderen Städten. Früher habe ich das noch persönlich übernommen, aber jetzt bin ich nur noch für die Verwaltung zuständig." Er lächelte wehmütig.

„Gefällt es Euch also nicht?", hakte Lucia nach.

„Nun ja, ich muss zugeben, dass mir die praktischen Aufgaben besser gefallen haben."

„Aber Ihr könnt gut organisieren", bemerkte die Prinzessin und grinste frech. „Und bestimmt werdet Ihr gut entlohnt und könnt Euch und Eure Familie gut versorgen. Ich gehe davon aus, dass Ihr Familie habt?"

„Ja, doch. Als Lord erhält man mehr Geld, als man zum Leben benötigen würde. Und ja, ich habe eine Frau und zwei Töchter."

„Zwei Töchter?"

„Vielleicht kennt Ihr sie ja. Meine jüngere, Masora, ist erst sechs und die älteste ist jetzt zehn Jahre alt. Sie heißt Salina."

Die Namen sagten ihr zwar nichts, doch sie erinnerte sich an ein schüchternes Mädchen, dass sie einmal in der Begleitung Lord Sorrons gesehen hatte. Wie seltsam. Es war leicht zu vergessen, dass die Amtsträger ihres Vaters auch ein Privatleben besaßen.

„Es ist schade, dass wir diese Reise umsonst gemacht haben", seufzte plötzlich Lady Zynthia am Nebentisch.

„Wir hätten diese ganze Sache von Anfang an weniger ernst nehmen sollen. Es war doch nur ein Blatt", fügte Lady Edilia hinzu.

„Eines vom Jungbaum, das Ihr nicht einmal erkannt habt."

„Ach herrje, es tut mir doch leid. Aber wer konnte das ahnen. Am besten wäre es, wenn wir morgen früh sofort wieder aufbrechen würden, um noch rechtzeitig zur Krönung zu kommen."

„Wir hätten gleich auf Lord Neriell hören sollen!" Lady Olivianna rührte ihren dampfenden Tee um, hob ihn an die Lippen und kostete einen Schluck. Die Vierte im Bunde, Lady Sydas, fuhr sich durch das von grauen Strähnen durchsetzte Haar und nickte zustimmend. Sie waren einer Meinung, dass die Reise zum Baum von Wegenn vergeudete Zeit bedeutete. Zeit, die sie nicht mehr hatten. „Wir haben uns getäuscht. Adenor hat uns keine Spur gelegt. Ich habe es ja von Anfang an gesagt: Das Ganze war doch sehr vage und aussichtslos. Und was diesen Stein angeht …"

Lucia drehte sich unauffällig um und erhaschte gerade noch einen Blick auf Lady Edilia, die sie eindringlich ansah.

„Ich glaube nicht daran, dass er so kostbar ist. Diese Gerüchte sind ganz einfach lächerlich. Wer glaubt denn schon an Magie?" Diese Frage hatte Lucia sich selbst nun schon oft gestellt. Und eigentlich war sie sicher gewesen, endlich eine Antwort darauf bekommen zu haben. Doch weshalb machte sich dieses seltsame Gefühl in ihr breit. In ihr grummelte etwas und sie war plötzlich nicht mehr ganz so überzeugt von ihren Erlebnissen.

„Und du kannst es wirklich auswendig?"

Lilliana und Lucia waren auf ihrem Zimmer und saßen dicht beieinander und in Decken gehüllt auf Lucias Bett. Die Vorhänge hatten sie zugezogen und nur eine einzige Kerze und das sanfte Licht des Steins von Azur erhellten den Raum. Die Sonne war längst untergegangen, doch noch immer hallten Schritte durch das Hospital und Stimmen aus den Nachbarräumen drangen zu ihnen hinüber. Ein Hospital schlief nie, mussten sie mit Bedauern feststellen. Die Patienten brauchten rund um die Uhr Aufmerksamkeit, was ihre Aufgabe noch mehr verkomplizieren würde.

„Nein, nicht wirklich. Es ist ganz seltsam. Manchmal gehen mir die Zeilen wie von selbst durch den Kopf. Vollkommen ohne Ankündigung, als wollten sie mich auf etwas Wichtiges aufmerksam machen. Sie sind plötzlich da, wenn ich sie brauche, und verschwinden danach wieder. Als hätten sie sich selbstständig gemacht." Die Prophezeiung war den beiden noch immer ein Rätsel, zu dem sie keinen vollständigen Zugang hatten. Hinter den Worten und dem sich aus ihnen ergebenden Sinn schien noch etwas Wichtigeres, Höheres verborgen zu sein, das sie bislang vergeblich zu entdecken versuchten.

„Nur bei den letzten Zeilen ist es anders", flüsterte Lucia. „Sie haben sich irgendwie in mein Gehirn eingebrannt und gehen nicht wieder weg."

„Ich kann es auch nicht mehr vergessen", sagte Lilliana leise und wartete auf eine Reaktion, doch Lucia schien es gar nicht gehört zu haben. Lilliana betrachtete sie aufmerksam. Die Prinzessin hielt den Stein von Azur in ihrer rechten Hand und strich mit der linken immer wieder gedankenverloren und unendlich behutsam darüber. Wie über den Kopf eines kleinen Kindes, das sie langsam in den Schlaf wiegte. Das gleißende Licht war beinahe weiß und ließ die Schatten und Staubkörner im Raum deutlich hervortreten. Winzige Flocken tanzten in seinem Schein, drehten sich um sich selbst in einem absurden und doch eleganten Tanz und rieselten gemächlich zu Boden.

„Wie das Troll-Mal. Ich würde es zu gerne sehen."

Lucia sah überrascht auf. „Tut mir leid. Noch kann ich die Magie ja nicht kontrolliert anwenden. Aber du hast recht: Man kann es miteinander vergleichen. Ich würde ja gerne lernen, mit all diesen Kräften umzugehen, aber ich habe das dumpfe Gefühl, dass ich dabei eine Menge kaputt machen würde."

„Du brauchst einen Lehrer."

„Ja, aber woher soll ich einen nehmen?" Die Frage blieb unbeantwortet zwischen ihnen hängen. Lucia wusste, dass sie ganz auf sich allein gestellt war. Alle Magier, die ihre Kräfte zum Wohle der Menschheit einsetzten, gehörten auch zum *Bund der Hüter*. Und bei dessen Mitgliedern konnte sie sich nicht darauf verlassen, dass sie ihr wohl gesonnen waren. Wie sollte sie überhaupt einen Magier ausfindig machen? Geschweige denn einen, der auf ihrer Seite stand und in der Lage war, ihr beizubringen, wie sie ihre Fähigkeiten einsetzen konnte.

Lucia seufzte leise und rekelte sich. In ihr krochen Müdigkeit und Kälte hoch, und sie hatte das Gefühl, sich schon stundenlang mit Lilliana über die unterschiedlichsten Themen unterhalten zu haben.

„Warst du eigentlich schon mal verliebt?", fragte sie nach einer Weile leise.

Lilliana zuckte merklich zusammen und verdrehte leicht die Augen. „Erinnere mich bitte nicht daran." Ihre Stimme wurde schwächer.

„Also, ja?", hakte Lucia erbarmungslos nach und grinste. „Und?"

„Was und?"

„Wie ist das so?" Lilliana rutschte etwas zurück und lehnte sich gegen die Wand.

„Also, in Ordnung. Ich erzähle es dir, aber du musst damit rechnen, dass ich schlechte Laune bekomme und plötzlich Lust habe, Sachen gegen die Wand zu werfen."

„So schlimm?"

„Ja, ich hatte es gerade geschafft, es erfolgreich zu verdrängen. Herzlichen Glückwunsch."

Ihre Augen funkelten schon jetzt, aber Lucia konnte nicht erkennen, ob sie wirklich so wütend auf den Unbekannten war, wie sie tat.

„Sein Name ist Seann und er sieht unwahrscheinlich gut aus. Das wäre ja an sich kein Problem, im Gegenteil, aber das Dumme ist: Er weiß es ganz genau. Er ist immer höflich und charmant zu dir, macht dir Komplimente und lässt dein Herz höher schlagen, wenn er dir nur einen einzigen von seinen Blicken zuwirft." Lilliana beschrieb ihn ihrer Freundin in allen Einzelheiten – von dem kleinen Muttermal über seiner linken Augenbraue bis zu den hellen Sprenkeln in seinen Augen und dem Grübchen, das sich bei seinem Grinsen unwiderstehlich in seine Wange grub. Lucia konnte am Ton der Hauptmannstochter erkennen, dass da noch immer etwas war, das ihn bewunderte, obgleich sie einen unbändigen Zorn auf ihn entwickelt haben musste.

„Seann war einer meiner Rivalen beim Trainieren mit dem Leichtschwert. Normalerweise war ich das einzige Mädchen inmitten von Jungen, weil mein Vater mich im Gegensatz zu den anderen zum Kämpfen ausbilden ließ. Je älter ich wurde, desto schwerer wurde es, aber ich glaube, ich war ziemlich gut. Es hat ein bisschen gedauert, bis sie aufgehört haben, mich zu unterschätzen. Von da an war ich so was wie ein Kumpel für sie, aber keiner hat mich mehr als Mädchen wahrgenommen." Sie machte eine Pause. Lucia schloss die Augen. Zwar konnte sie nicht behaupten, Ähnliches erlebt zu haben, aber zuhören konnte sie. Lilliana hatte ihr im letzten Monat mehr zugehört als irgendjemand sonst und nun war es an der Zeit, ihr etwas davon zurückzugeben.

„Und dann kam Seann", bemerkte sie vorsichtig.

Lilliana nickte verbittert. „Und dann kam Seann." Sie kniff die Lippen zusammen. „Er ist mit seinen Eltern vor eineinhalb Jahren nach Ajuna gekommen. Vorher waren sie im Gebiet von Fürst Lonerian tätig. Was soll ich sagen: Ein einziges Duell genügte und er hatte mich. Nur ein Lächeln und ein paar zuckersüße Worte und … ich weiß nicht, was in mich gefahren ist."

„Wart ihr zusammen?"

Bei dieser Frage lachte Lilliana bitter auf. „Eher solltest du fragen, wie oft! Jedes Mal, wenn ich ihn mit anderen Mädchen gesehen habe, hat er mich vergessen. Dieser Mistkerl. Und ich war dumm genug, jedes Mal auf ihn hereinzufallen. Seann brauchte mich nur anzusehen und konnte alles von mir verlangen. Egal, wie oft ich mir vorgenommen habe, ihn abblitzen zu lassen, kaum hat er mich wieder so angesehen, konnte ich gar nicht anders, als ihm zu verzeihen."

„Und jetzt?"

„Ich habe ihm gesagt, dass es diesmal endgültig vorbei ist und ich ihn nie wieder sehen will. Und er stand einfach nur da und hat mich so angesehen. Aber ich werde nicht noch einmal zu ihm zurückkriechen."

„Er hat dich gar nicht verdient", flüsterte Lucia und strich ihr beruhigend über den Rücken.

„Du weißt noch nicht alles. Rate mal, wer sein Vater ist!"

„Ich kenne doch kaum jemanden aus Morofin. Obwohl … Du meinst doch nicht etwa?"

„Doch, genau der. Lord Derlin höchstpersönlich."

„Das kann doch nicht wahr sein." Lucia hatte die Augen aufgerissen und versuchte, sich vorzustellen, wie Seann aussehen musste. Aufgrund von Lillianas Beschreibung war ein recht realistisches Bild in ihrem Kopf entstanden, doch die Verwandtschaft mit Derlin ließ ihn wieder in einem ganz anderen Licht erscheinen.

„Du wirst ihn früher oder später kennenlernen", meinte Lilliana missmutig. „Da sein Vater Thronanwärter ist, wird er sich häufiger im Schloss aufhalten als sonst."

Lucias Gedanken spannen Fantasien. Derlin König, Seann Prinz, das würde ja bedeuten, dass er dieselbe Position innehaben würde wie sie. Was für eine seltsame Vorstellung.

„Was hältst du davon, dich langsam auf den Weg zu machen. Es ist draußen endlich etwas ruhiger geworden, und wenn wir noch länger warten, wird es bald wieder hell. Ich beobachte dich von hier aus." Sie deutete auf das Fenster, das mit einigen Vorhängen verdeckt war und einen guten Blick auf den Garten freigab. Ihr Zimmer lag drei Stockwerke darüber. Lucias Herz machte einen kleinen Hüpfer. War es denn wirklich eine so gute Idee, alleine zu gehen und die *Heldin zu spielen?* Was machte es schon, wenn Lilliana sie begleitete? Sie hatte doch nichts vor ihr zu verbergen.

„Willst du nicht vielleicht doch …"

„Was? Mitkommen. Nein, das ist ganz allein deine Aufgabe. Ich habe das Gefühl, dass mich das nichts angeht. Was auch immer Adenor dir sagen wollte, wenn du tatsächlich etwas findest, ist es nur für dich bestimmt."

„In Ordnung. Dann sollte ich jetzt vielleicht gehen." Lucia stand vorsichtig auf, blieb einen Moment unschlüssig stehen, in dem sie die Hand mit dem Stein zu einer Licht überströmten Faust ballte, und lächelte dann traurig. „Pass auf mich auf", flüsterte sie mit ironischem Unterton in der Stimme. „Und versuch, dir Seann endlich aus dem Kopf zu schlagen."

„Leichter gesagt, als getan. Beides."

Nachdem Lucia das Zimmer verlassen hatte, schlug Lilliana den Vorhang zur Seite, setzte sich auf die breite Fensterbank und schloss den schweren Stoff wieder hinter sich. Den Jungbaum konnte sie von hier erkennen, denn einige Smingfen hatten sich darin wie bunte Lampions niedergelassen. Auch Lucia würde durch das Leuchten des Steins für sie gut sichtbar sein. Umso größer war aber auch die Gefahr, dass jemand anderes sie sah. Und wenn dieser jemand mehr als einen Blick auf die unnatürliche Lichtquelle verschwenden würde, konnte er oder sie sehr leicht erkennen, was Lucia dort unten trieb. Es blieb zu hoffen, dass niemand um diese Zeit in den Garten hinaussah, und schon gar nicht der Verräter.

Sie beschloss, beim ersten Anzeichen von Gefahr sofort die übrigen Lords und Ladys zu wecken. Lord Sorrons Zimmer lag schräg gegenüber von ihrem eigenen und irgendwie fühlte sie sich durch diese Tatsache gleich ein wenig besser.

# Adenors letzter Wille

Auf leisen Sohlen huschte Lucia durch die von Kerzen erleuchteten Gänge des Hospitals. Ihre Schritte hinterließen auf dem steinernen Boden keine Geräusche, doch sie zuckte jedes Mal zusammen, wenn der Wind durch die Fugen des alten Gemäuers fuhr. Sie war unendlich erleichtert, als sie das Portal erreichte, dass sie in den Garten führen würde. Ihre Nerven waren beinahe am Ende und ihre Neugierde wuchs ins Unermessliche. Ein leises Quietschen ertönte, als sie sich gegen einen der Türflügel lehnte und ihn vorsichtig aufschob. Definitiv zu leise, um bemerkt zu werden, oder? Sie ließ die Tür nach kurzem Nachdenken offen und stürmte voran, den Stein fest umklammert. Die verschlungenen Wege des Parks lagen verlassen da und die Blüten der letzten Blumen hatten sich für die Nacht geschlossen, um sich vor Kälte und Nässe zu schützen.

Der Jungbaum thronte mitten zwischen ihnen. Er war noch immer derselbe, doch dieses Mal löste er in ihr eine Ehrfurcht aus, die sie kaum beschreiben konnte. Mit immer langsamer werdenden Schritten kam sie auf ihn zu und blieb schließlich stehen. Die Krone des Baums wiegte sich noch immer im Takt des unbekannten, fremdartigen Liedes und die Blätter rauschten sacht hin und her. Lucia spürte nun noch etwas anderes, das von ihm ausging. War es eine Aura, etwas Lebendiges? Sie konnte dieses Gefühl nicht in Worte fassen. Bei genauerem Hinsehen entdeckte sie zwischen Zweigen und Blattwerk die Smingfen. Die winzigen Geschöpfe saßen zusammengekauert auf den Ästen des Baums, hatten die Augen geschlossen und ihre Flügel dicht an den Körper gezogen. Es waren viele und ihre Schwingen pulsierten im selben Rhythmus, als würden ihre Herzen alle mit derselben Geschwindigkeit schlagen. Sie leuchteten schwach in blassen Blau-, Rot- und Violetttönen und ließen Lucia für eine Weile einfach nur reglos dastehen. Noch nie hatte sie etwas vergleichbar Schönes und Zauberhaftes gesehen und sie wusste, dass sie diesen Augenblick für immer in sich tragen würde.

Erst dann fiel ihr auf, dass sie selbst ebenfalls zu strahlen begonnen hatte. Es war nicht mehr nur der Stein, sondern auch ihre Haut leuchtete nun und begann zu kribbeln. Lucia atmete tief durch und stieg dann über die Abzäunung, die sie vom Jungbaum trennte.

Dann stand sie direkt davor und strich mit den Fingern über den dünnen Stamm. Das Holz fühlte sich weich an und erinnerte mehr an ein atmendes Lebewesen als an einen Baum. Nach unten wurde es jedoch immer härter, bis es sich schließlich in Stein verwandelt hatte. Der Übergang war so nahtlos und fließend, dass man nicht hätte sagen können, wo das eine anfing und das andere aufhörte.

„Du bist doch etwas Besonderes", flüsterte sie und begann, das Wahrzeichen Wegenns langsam zu umrunden. Sie suchte nach etwas, von dem sie nicht wusste, was es eigentlich war. Auch auf der Rückseite war der große Felsen zerklüftet, doch etwas erschien ihr daran seltsam. Lucia kniete sich hin und betrachtete alles genauer. Ihr heller Schein ermöglichte ihr eine gute Sicht, doch er erhöhte auch das Risiko, entdeckt zu werden.

Es war beinahe zu einfach, als dass es für Jahrhunderte hätte unentdeckt bleiben können: Dicht am Stamm des Jungbaums stachen ihr vier unregelmäßige in etwa daumengroße Einkerbungen ins Auge. Sie beugte sich noch weiter vor und hielt den Stein von Azur vor sich. Rings um die winzigen Kuhlen hatte jemand fremde Schriftzeichen arrangiert. Die Schrift war zwar sorgfältig und klar, doch ihre Bedeutung entzog sich Lucia. Sie blickte zurück auf ihre Hände und verstand. Die Namen der Steine. Noch einmal musterte sie die Fugen eindringlich und glaubte, dann zu erkennen, welche für sie bestimmt war. Behutsam drückte sie den Stein von Azur in die Kerbe, die am tiefsten zu sein schien und spürte, wie ein sanftes, magisches Prickeln sie erfasste. Sie hielt die Luft an und zog ihre Hand zurück. Der Stein sank wie von selbst in den Felsen ein, so als hätte dieser plötzlich seine Härte verloren.

Für einen Moment schien nichts zu geschehen und Lucia glaubte, sich das alles nur eingebildet zu haben, doch dann begann der Felsen zu glimmen. Goldene Fäden spannen sich durch das Gestein, bildeten Formen, Worte, Sätze. Erst waren sie kaum erkennbar, dann fraßen sie sich tiefer in den Stein und wurden zu einer Handschrift, die Lucia bekannt vorkam. Goldene Buchstaben überzogen nun den gesamten Felsen. Adenors Letzter Wille. Seine letzte Botschaft an sie, Lucia. Ihre Augen weiteten sich vor Staunen und sie strich vorsichtig über die raue Oberfläche, um zu prüfen, ob dort wirklich etwas geschrieben stand. Nichts deutete darauf hin. Sie schloss einen Moment die Augen, doch als sie sie wieder öffnete und sich noch immer nichts verändert hatte, begann sie zu lesen.

*Liebe Lucia,*

*ich weiß, dass du diesen Brief finden wirst und dass ich zu diesem Zeitpunkt bereits tot sein werde. Ich werde nicht mehr lange genug am Leben bleiben, um mit dir zu reden und dir alles zu erklären.*
*Und so gerne ich all das aufhalten würde – es wäre selbstsüchtig und ich habe längst keine Kraft mehr dazu. Du sollst nur wissen, dass du auf deinen Wegen nicht allein bist und immer jemand für dich da sein wird, egal, was geschieht.*
*Du trägst nun einen der Steine und mit ihm eine große Verantwortung. Es liegt an dir, meinen Erben zu finden und ihm beizustehen, denn es wird auch für ihn nicht leicht werden. Er soll nicht nur den Thron von Morofin besteigen, sondern ebenfalls einen der vier Steine besitzen. Mut ist eine Eigenschaft, die selbst die nicht kennen, die zahllose Abenteuer bestanden haben. Derjenige, der wahren Mut erfahren will, der muss auch lernen, mit seinen Ängsten umzugehen und diese nicht zu verdrängen. Mut und Angst bedingen sich gegenseitig, sie gehören zusammen und können niemals ohne einander existieren. Finde ihn, er ist näher, als du es dir vorstellen kannst, und du wirst ihn erkennen. Ich glaube nicht an Zufälle.*
*Ich weiß, dass es nicht mehr lange dauern kann, bis auch Zerbor seinen Stein verlieren wird und der verschollene vierte Stein der Hoffnung wieder auftaucht. Dann ist es an der Zeit für euch, alles zu verändern. Zerbor weiß mehr, als es manchmal scheint, und seine Ziele sind längst nicht so eindeutig, wie er anderen glauben machen will. Merke dir: In jeder Dunkelheit ist ein Funken Licht, und jedes Licht wirft auch einen Schatten!*

*Das alles mag für dich noch sehr verwirrend klingen, doch bewahre diese Worte in deinem Herzen und du wirst sie bald verstehen. Es liegt in niemandes Macht, dir die ganze Wahrheit zu offenbaren. Doch nun ist es vor allem wichtig, dass ihr zusammenhaltet und eure Kräfte auf diese Weise vereint! Vergiss das nicht.*

*In vollstem Vertrauen*
*Adenor von Morofin*
*Iramont und Esnail mögen dich leiten!*

*PS: In meiner Bibliothek wartet jemand auf dich, mit dem du dich unbedingt unterhalten solltest. Du kannst ihm vertrauen.*

*PPS: Richte Melankor aus, dass er der beste Freund war, den ich jemals hatte, und dass er recht hatte. Magie ist nicht nur eine gute Gabe. Sie kann töten und den Blick für die wirklich wichtigen Momente des Lebens verschleiern. Ich würde ihn gerne umarmen, um ihn zu trösten, doch leider ist das wohl nicht mehr möglich. Übernimm du dies für mich.*

Lucia saß für einen Augenblick wie betäubt da und begann dann, die Botschaft noch einmal zu lesen, um sich den Inhalt wirklich einprägen zu können. Auch beim zweiten Mal war der Text nicht aufschlussreicher als vorher, doch das Wichtigste wusste sie nun: Adenors Erbe trug den Stein des Mutes bei sich und sie musste ihn innerhalb der nächsten Tage finden!

Antonio war mitten in der Nacht schweißgebadet aufgewacht. In seinem Kopf dröhnte es und sein Herz schlug schnell, doch er konnte sich nicht erinnern, ob er einen Albtraum gehabt hatte oder etwas anderes ihn geweckt hatte. Als er auch nach einigen Minuten vergeblich auf den Schlaf wartete und feststellte, dass es draußen noch sehr dunkel war, beschloss er, einen kleinen Spaziergang durch das Hospital zu machen. Im Grunde hätte er gar keine andere Wahl gehabt, denn etwas zog ihn geradezu magisch an.

Leise verließ er das Zimmer, das er sich mit Lunas Vater und zwei anderen Männern teilte, und wanderte im Schlafanzug den Gang entlang. Schon nach einigen Schritten wurde ihm bewusst, dass das keine gute Idee gewesen war, denn er war barfuß und der steinerne Fußboden war verdammt kalt.

„In Ordnung, dann eben nur ein bisschen frische Luft schnappen", überlegte er und öffnete eines der Fenster auf der gegenüberliegenden Seite. Eine kühle Brise wehte ihm entgegen. Er schloss die Augen und genoss das Gefühl auf seiner Haut. Doch als er sie wieder öffnete, entdeckte er etwas, was ihn ganz und gar verwirrte. Irgendwo dort draußen leuchtete etwas, so hell und gleißend, dass er blinzeln musste. Ging dieses Strahlen etwa vom Jungbaum aus?

Antonio dachte nicht lange nach, lief den Gang und einige Treppen hinunter und fand sich kurz darauf im Erdgeschoss wieder. Aber er war anscheinend nicht der Einzige, der die Merkwürdigkeiten, die sich im Park abspielten, bemerkt hatte. Dicht an die Wand gepresst und alle Muskeln angespannt stand dort jemand. Fast hätte er zu einem „Guten Morgen" angesetzt, doch es blieb ihm im Halse stecken. Die Person war in einen schwarzen Umhang gehüllt, der bis zum Boden reichte und ihren Kopf mithilfe einer Kapuze bedeckte.

Ihm lief ein Schauer über den Rücken, denn dieser jemand erinnerte ihn stark an den Unbekannten, der sich als Edwin Romeley ausgegeben hatte. „Nicht schon wieder so etwas. Verschwinde doch endlich! Solange du noch Zeit dazu hast!", schrie er sich selbst in Gedanken an. Antonio rührte sich nicht vom Fleck, was wenigstens den Vorteil hatte, dass er keine Geräusche von sich gab. Die innere Stimme sagte ihm aber auch, dass jemand sich in Gefahr befand, und das war mit Sicherheit nicht die dunkle Gestalt vor ihm.

Kurz entschlossen machte er einige Schritte auf sie zu. Seine Gedanken schlugen Saltos, denn sie sagten ihm klar und deutlich, dass das keine so gute Idee war. Er würde vielleicht nicht gleich ein Messer in den Bauch bekommen, aber dieser jemand sah auch nicht so aus, als würde er ihm voller Freude in die Arme springen.

Das überzeugte ihn. Besser doch nichts riskieren. Also lieber den Rückzug antreten. Und das möglichst leise. Er drehte sich um und versuchte, genauso schnell zu verschwinden, wie er gekommen war. Das Leuchten konnte warten. Vielleicht gehörte es ja zu den besonderen Eigenschaften des Jungbaums.

Er kam nicht weit. Ein Arm schloss sich fest um seine Taille und eine Hand drückte ihm ein Messer an die Kehle. Antonio schluckte und spürte, wie sein Herz zu rasen begann. Wieso musste das alles ihm passieren? Metall fuhr kühl über seine Haut und hinterließ einen winzigen Kratzer. Es brannte wie verrückt und einige winzige Blutströpfchen perlten seinen Hals hinab.

„Nicht so eilig, mein Freund", flüsterte ihm eine bittersüße Stimme ins Ohr. Die vermummte Gestalt war so dicht hinter ihm, dass er ihren warmen Atem im Nacken fühlen konnte.

„Was soll das?", keuchte er.

„Gib mir den Stein", forderte die Stimme und ließ das Messer noch einmal über seine Haut wandern. Eine leichte, fast sogar sanfte Berührung.

Blut stieg in seinen Kopf und sein Puls raste nun. „Wie bitte? Was für einen Stein?" Antonio fühlte sich hilflos. Er konnte sich nicht rühren und er wusste noch nicht einmal, wovon dieser Verrückte sprach. Ein Stein? Was wollte er bloß mit einem Stein? Meinte er Geld? Er trug doch nur seinen Schlafanzug, wie sollte er da etwas bei sich haben?

„Ich weiß nicht, wovon Ihr redet!"

„Natürlich weißt du das. Ich kann es doch sehen." Die Klinge schmiegte sich enger an seine Kehle und zwang sein Hirn zu Höchstleistungen. Panik erfasste ihn. Es gab nur einen einzigen Stein, den er besaß. Seinen Glücksbringer. Aber daran war bei Weitem nichts Besonderes. „Ich trage ihn um den Hals."

Die Person wich einen Schritt zurück, nicht ohne das Messer weiter an ihn zu drücken. Sie musste das Lederband in seinem Nacken entdeckt haben. „Gut so", wisperte sie in beruhigendem Tonfall.

„Lasst ihn los!", ertönte es von irgendwo hinter ihnen.

Lucia hielt den Stein von Azur fest umklammert und versuchte, allen Nachdruck in ihre Stimme zu legen. „Und kämpft lieber mit einem ebenbürtigen Gegner." Das war leider ein Bluff und sie konnte nur hoffen, dass ihre Fähigkeiten tatsächlich so überragend waren, wie die Trolle ihr versichert hatten. Sie musste sich wohl oder übel auf ihre Instinkte verlassen. Wenn diese nicht zur rechten Zeit reagierten, wäre das vermutlich ihr erster und letzter magischer Kampf gewesen. Denn die Gestalt im schwarzen Umhang wirkte nicht, als würde sie Spaß machen. Und was auch immer sie mit diesem Jungen vorhatte, es konnte nichts Gutes sein.

„Willst du mir etwa drohen?", höhnte der Fremde. Lucia versuchte, die Stimme zu identifizieren, jemandem zuzuordnen, doch sie klang seltsam verzerrt, und sie konnte noch nicht einmal entscheiden, ob sie einem Mann oder einer Frau gehörte.

„Lasst ihn endlich los oder Ihr werdet es bereuen."

Die Gestalt drehte sich um und schob den Jungen dabei mit sich. Er sah sie mit schreckgeweiteten Augen an und ließ sie vor Überraschung erbeben. Er war es. Es war der Junge, den sie in der Eingangshalle gesehen hatte. Sein Gesicht war vor Angst und vielleicht sogar Schmerz verzogen, und sie konnte sehen, dass er aus einer Wunde am Hals blutete. Wie hatte Adenor es ausgedrückt?

*Finde ihn, er ist näher, als du es dir vorstellen kannst, und du wirst ihn erkennen. Ich glaube nicht an Zufälle.*

Adenor hatte recht behalten. Doch jetzt musste sie handeln. Sie konnte nicht dabei zusehen, wie dieser Junge, der Träger des Steins des Mutes und zukünftiger König von Morofin, umgebracht wurde. Sie durfte das nicht zulassen.

„Wir wissen beide ganz genau, dass du mir nicht ebenbürtig bist. Gib es lieber auf. Ich habe nicht vor, euch zu töten, wenn ihr mir die Steine freiwillig überlasst."

Die Lippen des Jungen bebten, als er versuchte zu sprechen: „Ich werde Euch geben, was Ihr verlangt." Lucia ließ ihren Blick über ihn gleiten und entdeckte den Anhänger. Der Junge schien es nicht zu bemerken, doch er glühte beinahe ebenso hell wie der Stein von Azur und sie selbst.

„Tu das nicht", flehte sie ihn an. Wenn er den Stein weitergab, wäre alles verloren und umsonst gewesen.

Er warf ihr einen nicht zu deutenden Blick zu und sagte dann so leise, dass sie es kaum verstehen konnte: „Lasst mich los." Er konnte nicht sehen, wie sich das Gesicht unter der Kapuze zu einem Lächeln verzog.

Doch die Gestalt ließ ihn los. Er stolperte einen Schritt nach vorne, fing sich und wollte sich umdrehen, um den Verräter zu überwältigen. Dieser hatte jedoch damit gerechnet und stieß seine Hände kraftvoll vor den Brustkorb des Jungen. Antonio wurde von der Wucht der Magie, die sich in seinem Körper ausbreitete, zurückgeschleudert und auf den Boden katapultiert. Über sich hörte er, wie das Mädchen schrie. Ein metallischer Geschmack breitete sich in seinem Mund aus. Er hustete und in seinem Hinterkopf explodierten die Schmerzen.

In Lucia begann sich alles zu drehen, als sie sah, wie der Junge reglos auf dem Boden liegen blieb. Aus ihrer Kehle drang ein verzweifelter Schrei und sie stürmte auf ihren Gegner zu. Dieser ließ sie näher an sich herankommen und wartete darauf, dass sie eine geeignete Position erreichte, an der er sie stoppen konnte. Mit einer bloßen Handbewegung schickte er der Prinzessin einen vernichtenden Schlag entgegen. Doch dieser sollte sein Ziel nicht treffen. Er prallte einfach ab. Um Lucias Körper hatte sich ein Schutzschild gebildet, der so stark war, dass der Fremde bezweifelte, ihn jemals mit Magie durchdringen zu können. Ein solcher Schild benötigte mehr Energie, als einem gewöhnlichen Magier zur Verfügung stand, und konnte schon gar nicht instinktiv hervorgerufen werden. Es stimmte also, was man sich über die ungewöhnlichen Fähigkeiten der Steinträger erzählte. Die Prinzessin war noch nicht einmal ausgebildet worden und verfügte schon über eine derartige Macht. Fieberhaft zischten diese Gedanken durch den Kopf des Fremden, bevor er die Gefahr, die nun von der Prinzessin ausging, realisierte und in aller Eile selbst einen notdürftigen Schutz hochzog.

Lucia stürzte sich auf ihn und es gelang ihr, ihren Widersacher mit ihrem Schwung zu Boden zu reißen. Sie war selbst überrascht, denn sie hatte erwartet, dass der Verräter ihr standhalten würde. Alle Lords übertrafen sie bei Weitem an Körpermasse und würden sich nicht von ihr aus dem Gleichgewicht bringen lassen. Und wenn es …

Sie kam nicht dazu, diesen Gedanken zu vollenden. Unter ihr wand sich ihr Rivale, krallte sich in ihrem Schulterblatt fest und versuchte, sie auf den Rücken zu drehen. Er hatte das Messer verzweifelt festgehalten und richtete es nun drohend gegen Lucia. Die Prinzessin wich, so gut es ging, zur Seite und kniff kurz die Augen zusammen. Etwas streifte ihren Arm, zerriss den dünnen Stoff ihres Kleides und hinterließ eine glühende Spur auf ihrer Haut. Sie verlagerte ihr Gewicht auf den unverletzten, rechten Arm und musste schmerzlich feststellen, dass ihr Gegner genau das vorhergesehen hatte. Hier auf dem Boden war es vermutlich schwer für ihn, Magie zu verwenden, doch er besaß ein Messer und Lucia hatte nur eine Hand frei, um sich zu wehren. Mit der linken hielt sie noch immer den Stein von Azur fest umklammert.

Sie keuchte auf, als sich ihr Widersacher über sie warf. Sein Mantel war schwarz wie die Nacht, erstickte sie fast und machte sie blind. Ihre Beine wurden von dem fremden Gewicht zu Boden gedrückt, doch sie bekam einen Ellbogen frei und stieß ihn, so fest sie konnte, in das Gesicht unter der Kapuze. Ein dumpfes Stöhnen ertönte, doch sie konnte ihren Erfolg nicht auskosten. Ihr Gegner wechselte seine Position und bohrte ihr nun ein Knie in die Rippen. Ihr blieb die Luft weg und sie konnte nur hilflos mit ansehen, wie die Gestalt sich ein wenig aufrichtete und das Messer im Mondlicht aufblitzen ließ. Sie war sich nun ziemlich sicher, dass ihr Rivale nicht viel schwerer als sie selbst sein konnte, doch diese Erkenntnis half ihr in diesem Augenblick rein gar nichts.

Als Nächstes stachen spitze Fingernägel in ihre Handfläche und wollten sie dazu zwingen, den Stein freizugeben. Merior hatte vor vielen Jahren ähnliche Techniken verwendet, um seiner kleinen Schwester Geheimnisse zu stehlen und ihre kleinen Fäuste aufzubiegen. Sollte auch dies jetzt sein Gutes haben? Es war ein Kräftemessen, bei dem sich Lucia in der ungünstigeren Position befand, und es kostete sie enorme Anstrengung, sich nicht unterkriegen zu lassen. Der Stein glühte in ihrer Faust. Sie befürchtete fast, dass er ihre Hand verbrennen würde. Diese Hitze …

Die Idee schoss ihr urplötzlich durch den Kopf und sie hatte keine Zeit, das Risiko abzuwägen. Sie tat es einfach. Blitzschnell öffnete sie ihre Hand und ging zum Gegenangriff über. Erbarmungslos presste sie den Stein von Azur auf die ungeschützte Hand des Verräters und ließ ihn seine Wirkung entfalten.

Der Schmerzensschrei, der daraufhin ertönte, war das Schlimmste, das Lucia je gehört hatte. Der Verräter – denn niemand anderes konnte ihr Gegner sein – wand sich und versuchte, ihr zu entkommen und seinen Griff aus ihrem zu befreien, doch sie war erfüllt von Wut und schaffte es, ihn festzuhalten. Sie konnte sehen, wie sich die Handfläche ihres Gegners dunkelrot färbte und begann, Blasen zu werfen. Ihr Herz hämmerte hinter ihrer Stirn und ihr Gewissen wollte sie dazu zwingen loszulassen. Es sagte ihr, dass sie selbst keine Verletzungen verursachen sollte, um sich zu verteidigen. Doch sie sah keine andere Möglichkeit, den Verräter zu bezwingen, und in diesem Moment wäre es ihr auch egal gewesen, wenn es einen anderen Weg gegeben hätte. Sie war einfach nur verdammt zornig und verzweifelt und würde nicht eher ruhen, bis der Verräter seine Strafe bekommen hatte. Er hatte den Treueschwur, den er dem König geleistet hatte, gebrochen und versucht, Lucia zu töten. Womöglich hatte er sogar den Jungen umgebracht. Bei diesem Gedanken begann sie nur noch mehr zu rasen. War das nicht Grund genug, um ihm Schmerzen zufügen zu wollen? Sie hatte ja nicht vor, ihn umzubringen, aber sie musste sich verteidigen!

Doch dann veränderte sich etwas ganz gewaltig. Die Hitze des Steins wich langsam zurück und schwand immer stärker, als erstickte jemand eine widerspenstige Feuerquelle. Das wohlige Kribbeln in ihrer Hand verblasste. Da erst begriff sie: Der Verräter bediente sich an ihrer Machtquelle, dem Stein von Azur. Ohne zu zögern, hatte er begonnen, ihre Waffe gegen sie zu wenden. Er verdiente ihr Mitleid nicht!

Sie spürte, wie das Gestein immer stärker erkaltete und diese Kälte sich auch in ihre Hand und ihren Arm hinaufzog. Als es ihr gelang, sich aus der Umklammerung zu befreien, war es schon zu spät. Der Verräter hatte so viel Energie in sich aufgenommen, dass ihr Licht verloschen war und er selbst dafür angefangen hatte zu glimmen.

Rasend schnell erhob sie sich und taumelte vor dem am Boden Liegenden zurück. Sie traf eine Entscheidung. Sie hatte keine Chance mehr zu gewinnen. Ihr blieb nur noch der Rückzug. „Hilfe!", schrie sie, so laut sie konnte. Wenn es nicht der Schrei des Verräters getan hatte, so mussten wenigstens jetzt alle Bewohner des Hospitals aufgeweckt worden sein.

Schritt um Schritt wich sie zurück und sah zu, wie sich ihr Gegner langsam aufrappelte. Die Kapuze war leicht verrutscht und entblößte ein hartes, siegessicheres Lächeln. Doch im Hospital blieb es nach wie vor still. Irgendwo ging zwar ein Licht an, doch von helfenden Heilern und besorgten Lords und Ladys war nichts zu sehen.

Ihre Augen wurden groß vor Angst und sie fühlte sich schwach und ausgebrannt. Die Magie des Steins stand nun gegen sie. Sollte er ihr so zum Verhängnis werden?

Langsam kam der Verräter auf sie zu und streckte die Hände aus, als wollte er zum Todesstoß ansetzen. Lucia schloss kurz die Augen und versuchte, die Ruhe zu bewahren. Sie durfte nicht darüber nachdenken, was er ihr antun würde.

Dann traf sie etwas mit so grausamer Gewalt in die Magengegend, dass sie für einen Moment keine Luft mehr bekam und zurückgeschleudert wurde. Sie würde fallen, mit dem Hinterkopf auf dem Fußboden aufschlagen und zerbrechen wie eine Smingfe. Auch wenn sie einen Dickschädel besaß, der steinerne Boden war härter. Sie würde …

Sie wurde gefangen. Lucia prallte gegen einen menschlichen Körper und klammerte sich verzweifelt fest. Sie stolperten gemeinsam einige

Schritte zurück und fingen sich schließlich. Es war nicht zu sagen, wer wen gehalten hatte, denn der Junge hätte alleine gar nicht die Kraft gehabt, die Prinzessin aufzufangen.

Lucia blieb gegen Antonios Brust gelehnt stehen.

„Verzeih mir", flüsterte sie erstickt und löste sich von ihm.

„Alles in Ordnung. Ich…" Er schüttelte den Kopf. Das war eine Lüge. Sein Kopf dröhnte höllisch und er wusste nicht, was ihm die Kraft gegeben hatte, wieder aufzustehen. Er tastete nach seinem Hinterkopf und fasste nur in von Blut verklebtes Haar. Ein Schauer der Übelkeit überkam ihn. Wenn er es richtig beurteilte, konnte er froh sein, dass er überhaupt bei Bewusstsein war und lebte.

„Das meine ich nicht. Tut mir leid, dass ich ihn nicht besiegen kann. Ich bin einfach zu schwach." Es fiel ihr schwer, das Offensichtliche auszusprechen.

Sie taumelte einige Schritte zurück und zog ihn am Ärmel mit sich. Der Verräter hatte sich ihnen gegenüber positioniert. Er schien nun alle Anspannung verloren zu haben und hatte sich bedrohlich vor ihnen aufgebaut. Lucia und Antonio stießen gegen die Wand und blieben keuchend und mit klopfenden Herzen stehen.

„Es gibt da eine Menge, was du wissen solltest." Sie sah ihn nicht an, den Blick hatte sie starr auf ihren Gegner gerichtet.

„Das will ich auch meinen", erwiderte er und schluckte. Die Ironie seiner Worte klang lächerlich schwach. Nicht mehr lange und seine Beine würden nachgeben und er das Bewusstsein verlieren. Ein dumpfes Gefühl sagte ihm, dass alle seltsamen Ereignisse der letzten Tage zusammenhingen. Bei diesem geheimnisvollen Edwin Romeley angefangen über die Verfolgungsjagd durch das Hospital und nun das hier. Er hätte zu gerne gewusst, weshalb jemand in Begriff war, ihn und dieses Mädchen, ohne mit der Wimper zu zucken, zu töten.

*Sterben, wie fühlte sich das wohl an?*

Lucia tastete hektisch nach der Hand des Jungen. Ein jämmerlicher Trost, das war ihr klar, aber trotzdem hatte der warme Händedruck etwas Beruhigendes an sich. Ihre Brust hob und senkte sich verzweifelt, denn ihr war nur zu bewusst, dass dies die letzten Augenblicke ihres Lebens waren. Sie war nicht einmal sechzehn geworden.

Dann durchflutete sie ein Gedanke grimmigen Triumphes. Sie hatte den König von Morofin gefunden! Auch wenn er gleich sterben würde und nicht viel älter als sie sein konnte – sie hatte ihre Aufgabe erfüllt! Heiße Tränen strömten ihr aus den Augen und verschleierten ihre Sicht.

„Auf Wiedersehen!", hauchte sie erstickt.

Der Verräter stand unmittelbar vor ihnen und schien es zu genießen, dass sie vor Angst zitterten. „Ihr habt es nicht anders gewollt", verkündete er und diese Worte hatten eine verwirrende Endgültigkeit. Aber Lucia glaubte, auch einen Funken Unsicherheit darin zu erkennen. Vielleicht war es Wunschdenken oder Einbildung.

Das Letzte, woran sie dachte, bevor sie ihre Augen schloss und die tödliche Energieladung erwartete, waren Adenors Worte. So deutlich, als würde er sie ihr ins Ohr flüstern:

*Es ist vor allem wichtig, dass ihr zusammenhaltet!*

Irgendwo heulte ein Wolf.

# Gedanken in der Dunkelheit

In dieser Nacht fand Derrick keinen Schlaf. Das Rattern der Kutsche und die aufgewühlten Gedanken in seinem Kopf wollten ihm einfach keine Ruhe gönnen. Müdigkeit steckte in all seinen Gliedern, doch seine Augen waren hellwach und auf seine Eltern gerichtet. Sie saßen ihm gegenüber auf einer der Bänke und schliefen. Zerbor hatte seinen Kopf gegen die gepolsterte Innenseite der Kutsche gelehnt, während Linda sich dicht an ihn schmiegte und die Arme um ihn geschlungen hatte. Hinter den Augenlidern seines Vaters zuckte es immer wieder, als hätte er seltsame Träume und könnte jeden Moment wieder aufwachen.

Derrick streckte sich ein wenig und rieb sich über die Augen. Immer stärker ballte sich in ihm vor allem eins: Wut. Hatte er all die Prüfungen und Gefahren durchgestanden, um am Ende wieder bei ihnen zu landen? Hatte er mit Len Ording Abenteuer erlebt und die Schlange getötet, nur um jetzt alles zu verlieren, wofür er gekämpft hatte? Im Grunde hatte er nie irgendetwas besessen, aber nun wollten sie ihm auch das Letzte nehmen: Hoffnung und Freiheit. Und sie verlangten von ihm, so zu tun, als wäre nichts geschehen, als hätte er das alles nicht erlebt.

Doch er war nicht der Einzige, der sich verändert hatte. Linda hatte merkwürdig oft den Kontakt zu ihm gesucht, versucht, ihn zu umarmen, an sich zu drücken und einfach nur irgendwie festzuhalten. Und Derrick war abweisend geblieben, doch es hatte ihn sehr gewundert, wie sehr sie dies zu treffen schien. Nie hatte sie sich um ihn gesorgt und nun schien sie plötzlich Angst zu haben, dass sie ihn wieder verlieren könnte. Selbst von

Zerbor gab es keine Strafpredigt. Die beiden benahmen sich, als wären sie froh, ihren Sohn wiedergefunden zu haben, als wäre er für sie nicht immer das lästige Anhängsel, der missratene Versager gewesen. Aber von Schuldbewusstsein gab es keine Spur.

In Gedanken rekapitulierte er die Situation. Er, gefangen, von seinem neuen Freund fortgeschleift und zu seinen Eltern gezerrt. Linda, überglücklich und beinahe erleichtert. Zerbor, mit steiler Sorgenfalte auf der Stirn und einem seltsamen Lächeln auf den dünnen Lippen. Die Führung war sofort abgebrochen worden und Zerbor hatte sich beim Heiler entschuldigt. Dann hatten sie sich zu dritt in ein leeres Zimmer zurückgezogen und sich *ausgesprochen*.

„Derrick, wo warst du bloß? Wir haben uns Sorgen um dich gemacht! Wie bist du bloß hierhergekommen?" Nie hätte er sich solche Worte aus dem Mund seiner Mutter vorstellen können. Sorgen? Sie machte sich um niemanden Sorgen. Schon gar nicht um ihn. In Ermangelung einer Antwort und zu verblüfft und stur, um irgendetwas von sich zu geben, hatte er einfach geschwiegen und vor sich hingestarrt.

„Derrick! Verstehst du nicht? Weshalb bist du fortgelaufen?", hakte sie weiter nach.

Er stieß einen Seufzer aus, der aus seinem tiefsten Inneren kam, und schmetterte ihr entgegen: „Das wisst ihr genau. Ich hasse euch! Mehr als irgendjemand jemals gehasst hat." Und er meinte dies vollkommen ernst. Linda verzog das Gesicht, als litte sie Schmerzen, doch ihre blutrot gefärbten Lippen nahmen einen Ausdruck von gnadenloser Strenge an. Zerbor starrte seinen Sohn unerbittlich an, ohne auch nur mit der Wimper zu zucken.

„Ihr habt mich schließlich auch schon immer gehasst. Weshalb lasst ihr mich dann nicht einfach gehen und vergesst, dass es mich jemals gegeben hat? Wart ihr nicht erleichtert, dass ich endlich weg war?"

„Nein, wir haben nach dir gesucht und bemerkt, dass wir einen Fehler begangen haben. Wir haben dir zu wenig Aufmerksamkeit geschenkt." Sie log. Linda und Zerbor hatten ihn jahrelang gequält und wie Dreck behandelt. Weshalb kamen sie nun zu ihm gekrochen und wollten ihn wieder zurückhaben? Dafür musste es einen Grund geben. Niemals würden sie ihn freiwillig auch nur anfassen.

„Das glaubt ihr ja wohl selber nicht. Lasst mich einfach wieder gehen. Ich komme jetzt alleine zurecht und brauche euch nicht mehr. Weshalb wollt ihr mich jetzt plötzlich zurück?" Er kam sich so schrecklich lächerlich vor. Alles, was er sagte, war machtlos gegen seine Eltern.

Nun setzte Zerbor endlich zu reden an: „Derrick, nach dem, was vorgefallen ist, können wir nicht erwarten, dass du uns verstehst oder vergibst. Doch egal, was du getan hast, du bleibst immer noch unser Sohn."

Derrick starrte ihn entgeistert an und schüttelte langsam, aber entschieden den Kopf. „Nein, das bin ich nicht. Nicht mehr." Er hatte nicht erwartet, dass sein Vater dies jemals aussprechen würde. Er hatte sich vor diesen Worten geekelt, als wären sie giftig und schleimig, als würde allein der Gedanke daran ihn anwidern.

„Ihr habt Angst, dass ich euch verrate", stellte er fest und schluckte. Eine andere Möglichkeit fiel ihm nicht ein.

„Weshalb sollten wir? Keiner würde dir Glauben schenken. Dein Wort gegen unseres. Was zählt deines da schon." Das war wieder der alte Zerbor, hart und selbstgerecht.

Derrick stand auf und positionierte sich angriffslustig. „Dann macht es euch doch sicher nichts aus, wenn ich jetzt wieder gehe und mein neues Leben anfange."

Zerbor warf seiner Gemahlin einen bedeutungsvollen Blick zu und sagte: „Lässt du uns bitte einen Augenblick alleine, Linda?"

Sie nickte wortlos, und obwohl sie nicht ganz so glücklich darüber schien, verließ sie den Raum und zog die Tür etwas heftiger zu, als es nötig gewesen wäre.

Der König erhob sich ebenfalls und beugte sich ein wenig zu Derrick herab, sodass er ihm in die Augen sehen konnte. „Derrick", stieß er aus und es klang wie eine Drohung. „Erwarte nicht von mir, dass ich dir in Zukunft mehr Zuneigung zukommen lasse als sonst."

Derrick lachte auf. „Zuneigung? Ich wusste gar nicht, dass du zu solchen Gefühlen überhaupt fähig bist", zischte er zurück.

Sein Vater funkelte ihn bloß an, hielt es aber nicht für nötig, darauf einzugehen. „Ich werde dich nicht umarmen, dir Mut zusprechen oder zulassen, dass du dich bei mir aussprichst. Ich werde mich nie wie ein Vater verhalten. Aber ich habe beschlossen, dich zu meinem Nachfolger zu ernennen."

„Was?" Derrick riss die Augen auf und starrte ihn an, als wäre er soeben wahnsinnig geworden. Aber vielleicht war er das ja auch. Unter keinen anderen Umständen würde er so etwas jemals von sich geben. Seine

Schande, sein größter Fehler, sein undankbarer, verzogener und nutzloser Wurm und was er ihm noch alles für Kosenamen gegeben hatte. Derrick war es leid und das, was er gehört hatte, klang wie ein seltsamer Traum, bei dem er nicht sicher war, ob es sich vielleicht nicht doch um einen Albtraum handelte.

„Ich meine es ernst. Wenn ich eines Tages sterbe, sollst du König von Kiborien werden."

„Warum? Warum gerade ich? Weshalb tust du mir das an?" Darauf konnte es gar keine Antwort geben.

„Weil du mir ähnlich geworden bist." Zerbor verzog seine schmalen Lippen zu einem schwachen Lächeln. Er meinte es tatsächlich ernst.

„Willst du damit sagen, dass ich eines Tage genauso sein werde wie du? Ein Tyrann, der sein Volk quält und verhungern lässt?" Er schloss die Augen und erwartete eine Ohrfeige. Doch sie kam nicht. Stattdessen sah ihn Zerbor nur weiter an. Seine roten Augen bohrten sich in seine.

„Viele denken so wie du. Aber das stimmt nicht. Ich mag vielleicht tyrannisch herrschen, aber ich bin niemals ungerecht und das Volk bekommt, was es verdient."

„Niemand hat so etwas verdient."

„Leider doch. Und ich erwarte nicht, dass gerade du das verstehst, aber ich kann auch nicht riskieren dich jetzt wieder gehen zu lassen. Ich werde dir alles beibringen, was du wissen musst. Vielleicht wirst du es irgendwann begreifen."

„Und wenn ich das gar nicht will?" Die Frage klang schwach und er fühlte sich in die Ecke gedrängt. Zweifel kamen in ihm auf. Sie waren leise und es wäre ein Leichtes gewesen, sie zu ignorieren, doch allein durch ihre Anwesenheit machten sie ihm Angst.

„Dann werde ich dich dazu zwingen müssen."

Und jetzt saß er hier, vor Schock noch immer ein wenig erstarrt und betrachtete seine schlafenden Eltern. Er wusste nicht recht, ob und weshalb sie es ernst meinten. Doch er schwor sich, dass er seinem Vater keinen Glauben schenken würde, egal, was dieser ihm erzählte. Seine Worte waren Lügen und würden es immer bleiben. Er war nicht wie er und er war auch nicht wie die Seeschlange. Er war doch einfach nur er selbst. Derrick. Nicht mehr und nicht weniger. Das Problem war nur, dass er noch nicht so genau wusste, was Derrick eigentlich wollte.

Ohne es zu bemerken, fingerte er an dem silbernen Ring an seiner Hand herum und löste ihn schließlich. Wie er so dalag, schwach glänzend durch die Mondstrahlen, die sich durch die Vorhänge der Kutsche stahlen, wirkte er irgendwie verwunschen.

Was wollte er wirklich? Ihm fielen auf diese Frage tausend Antworten ein, doch keine von ihnen war die richtige. Alles in ihm drehte sich um diese eine Frage, aber was ihm wirklich wichtig war, schien irgendwo in einem Winkel seiner Seele verborgen zu sein, den er selbst noch nicht kannte. Verzweifelt vergrub er das Gesicht in den Händen und schloss die Augen.

Irgendwo im *Hospital der helfenden Hände* fragte sich ein Abenteurer, was mit seinem jungen Freund geschehen war und weshalb dieser so plötzlich verschwunden war. Ein kleines Mädchen drehte sich im Schlaf auf die Seite. In ihren Träumen spukten farblose Schatten umher, die sie jagten und in die Enge trieben. Ihrem leicht geöffneten Mund entwich ein lautloser Schrei. Fiebriger Schweiß trat ihr auf die Stirn, ihre Augenlider flatterten, bevor sie sie schlagartig aufriss. Vor ihr lag nur Schwärze. Hoffnungslose und alles umfassende Schwärze, aus der sie niemals entkommen würde. Dessen war sie sich bewusst und in diesem Moment machte ihr das große Angst. Ein Windhauch strich über ihr erhitztes Gesicht. Sie glaubte, irgendwo Schreie zu hören, doch bestimmt hatte sie sich geirrt.

Weiter unten, gegenüber der Eingangshalle, drückten sich ein Junge und ein Mädchen dicht aneinander und erwarteten den Tod.

# Erkenntnisse

Zusammenhalten! Lucia drückte die Hand des Jungen fester und spürte, wie sie angenehm zu kribbeln begann. Etwas floss von ihm zu ihr herüber und breitete sich wohlig warm in ihrem Körper aus. Seine Energie strömte in sie hinein und ließ sie wieder zu Kräften kommen. Es tat ihr leid, dass sie ihm vorher nicht alles hatte erklären können und sie nun ungefragt den Lebenssaft aus ihm herausziehen musste.

Sie konzentrierte sich, kniff die Augen noch stärker zusammen und bündelte die Energie in ihrer Körpermitte. All dies geschah fast automatisch. Magie floss mit ihrem Blut zum Herzen. Lucia atmete und lebte sie.

Antonio zitterte. Seine linke Hand, mit der ihn das Mädchen umklammert hielt, begann zu ziehen und taub zu werden. Sein Blick flackerte, doch es gelang ihm, sich weiter an die Wand zu stützen. Der Attentäter hatte ihn schon einmal mit übermenschlicher Kraft zu Boden geschleudert und langsam glaubte er nicht mehr, dass alles mit rechten Dingen zuging. Irgendwann musste ihr Gegner sein Messer verloren haben, doch obwohl er unbewaffnet war, sah er aus, als würde er ihren Leben gleich ein Ende bereiten.

Erneut breitete er die Arme aus, winzige Blitze züngelten um seine Finger und ihr Gegner begann zu glühen.

Im gleichen Moment brach die Energie in Form von Licht aus Lucia hervor. Sie explodierte in einem Feuerwerk von grellem Weiß, und bevor Antonio hastig die Augen schloss, sie losließ und sich mit den Armen schützte, sah er nun noch blendendes, alles umfassendes Weiß. Er konnte nur noch erahnen, dass es ihr Gegner war, der zu schreien begann und in sich zusammensackte. Etwas schoss ihnen entgegen und Antonio reagierte geistesgegenwärtig und riss das Mädchen beherzt mit sich zu Boden. Es donnerte in seinen Ohren und schlug dicht über ihnen ein. Gerade noch rechtzeitig.

Lucia blinzelte und versuchte, die Mischung aus Staub und Dreck, die bei der Explosion aufgewirbelt worden waren, aus ihrer Lunge zu befreien. Alles an ihr brannte und prickelte. Vorsichtig wagte sie es, die Augen zu öffnen und sah zunächst nur tanzende, bunte Schlieren, was an dem blendenden Licht liegen musste, das sie noch vor wenigen Augenblicken ausgesandt hatte. Neben ihr atmete jemand schwer, und als sie sich ein wenig aufrichtete und umdrehte, sah sie den Jungen dort liegen. Sein Gesicht und seine Haare waren von Schmutzpartikeln verklebt.

Er hatte ihr das Leben gerettet. Sie wischte sich feinen Staub aus Wimpern und Augen und verschlimmerte das Ganze nur noch. Erst dann bemerkte sie das riesige Loch in der Wand hinter ihnen. Es sah aus, als hätte eine Naturgewalt gewütet und sich an den alten, ehrwürdigen Mauern ausgetobt. Ihr wurde bewusst, wie knapp das gewesen war. Irgendwie hatte sie es geschafft, ihre Energie in Licht umzuwandeln und diese auf den Verräter loszuschicken. Doch bevor dieser zu Boden gegangen war, hatte er ihr mit einer zerstörerischen Druckwelle geantwortet. Ihre Ohren dröhnten noch immer ein wenig.

Aber was war mit dem Verräter passiert? Sie entdeckte ihn keine zwei Meter von ihnen entfernt. Ihn schien es schlimmer erwischt zu haben als sie. Als sie vorsichtig auf ihn zu robbte, konnte sie erkennen, dass sich der Brustkorb unter dem schwarzen Mantel nur noch schwach bewegte. Vielleicht hatte er zu viel Energie verbraucht oder war durch seinen eigenen Angriff verletzt worden. Ein leises Wimmern ertönte und die Gestalt vor ihr rollte sich noch mehr zusammen. Lucia kniete sich neben sie. Sie wollte endlich wissen, wer hinter alledem steckte. Wer sie bedroht, verfolgt und überwältigt hatte. Wer ihr den Stein stehlen wollte und wem es fast gelungen war, sie umzubringen. Mit einem Ruck zog Lucia die Kapuze zurück.

Darunter kam ein dunkler Haarschopf zum Vorschein, der am Hinterkopf zu einem adretten Knoten hochgesteckt war. Einzelne Strähnen hatten sich gelöst und fielen der Lady ins Gesicht, die nun langsam den Kopf hob und noch immer vor sich hin jammerte. Lady Edilia!

Lucia konnte in den grauen Augen lesen, dass ihre Gegnerin noch immer geblendet war und völlig hilflos vor ihr lag.

Doch auch nach allem, was Lady Edilia ihr angetan hatte, konnte sie noch immer keinen Hass empfinden. Die junge Frau sah so schwach und verzweifelt aus, dass Lucia ungewollt Mitleid bekam.

„Weshalb habt Ihr das getan?", fragte sie leise.

Lady Edilia wog ihren Kopf hin und her. „Ihr seid nur Kinder. Ihr werdet niemals schaffen, was anderen vor euch misslungen ist. Alle sind bisher gescheitert und jetzt habe ich ebenfalls versagt. Wenn ihr auch nur einen Funken Verstand im Leib habt, dann gebt ihr eure Steine freiwillig auf."

„Das kann ich nicht. Der Stein gehört zu mir. Unsere Schicksale sind miteinander verbunden, bis ich sterbe." Lucia spürte, wie Tränen in ihr aufstiegen, und kämpfte sie hastig fort. „Ihr habt versucht, uns zu töten. Gehört Ihr zu dieser Sekte, zu diesem *Bund der Hüter*?" Ein zaghaftes Nicken. „Ihr wisst, dass mein Vater Euch dafür in den Kerker werfen lässt?" Lucia merkte selbst, wie eingebildet das klang. Es sollte bloß eine Feststellung sein. „Ist es nicht merkwürdig? Im Grunde kämpfen wir beide für dasselbe und dennoch stehen wir uns feindlich gegenüber und schwächen uns so lange gegenseitig, bis unsere wirklichen Feinde leichtes Spiel mit uns haben. Das ergibt in meinen Augen keinen Sinn."

Lucia erhob sich, blickte auf das Häufchen Elend herab und entschied, dass Edilia vermutlich zu geschwächt war, um einen Fluchtversuch zu unternehmen. Dann wandte sie sich Antonio zu. Er erwiderte ihren Blick aufmerksam. Er war bei Bewusstsein und hatte ihnen zugehört.

„Komm mit! Es kann nicht mehr lange dauern, bis hier das Chaos ausbricht. Was hältst du von ein paar Antworten auf das hier? Wenn wir uns beeilen, schaffen wir es noch rechtzeitig hier wegzukommen."

Er starrte das Mädchen einfach nur an und nickte wortlos. Dann folgte er ihr in den Garten.

„Wie heißt du?", fragte Lucia und es klang nicht, als hätten sie gerade um ihr Leben gekämpft.

„Antonio", erwiderte er.

„Und weiter?"

„Nichts weiter. Und wer bist du?"

„Lucia", murmelte sie kaum hörbar. „Lucia von Gyndolin."

„Glaubst du an Magie?" Die Frage belastete Antonios bereits zu genüge strapazierte Nerven noch mehr. Zum einen war er gerade knapp einem Attentat entronnen, das jemand anscheinend ohne ersichtlichen Grund auf ihn verübt hatte, und dann stellte sich auch noch heraus, dass seine neueste Bekanntschaft eine Prinzessin war. Die Tochter des Königs von Gyndolin. War es nicht schon genug gewesen, dass seine Freundin erblindet war und er einen Jungen kennengelernt hatte, der von Zerbor höchstpersönlich verfolgt worden war?

Und jetzt auch noch Magie. Wieso eigentlich nicht? Ihm fiel nichts ein, was seine Lage auch nur annähernd logisch erklären konnte. Irgendwie passte Magie sehr gut dazu. Als Krönung des ganzen Schlamassels. Er wusste ja nicht, dass es noch schlimmer werden sollte.

„Nein", antworte er wahrheitsgemäß. Zumindest war dies noch vor einigen Minuten die Wahrheit gewesen. Jetzt war er sich da nicht mehr so sicher.

„Es gibt sie. Magie kann Wunden heilen, aber auch verwunden. Sie ist Licht und Feuer und … ich weiß leider noch nicht besonders viel darüber."

„Dann war das gerade eben also das, was du … Magie nennst", stellte er mit gerunzelter Stirn fest. Der Anflug von einem Lächeln stahl sich auf seine Lippen und legte den Kopf schräg, als er weitersprach: „Ehrlich gesagt, kannte ich mal eine alte Frau, die mir von Magie erzählt hat. Sie glaubte, dass Magie in jedem von uns steckt, aber nicht jeder seine Kräfte auch anwenden kann." Es war Lunas Großmutter gewesen. Alle im Dorf hielten sie für verrückt und Luna hatte vermutlich einige ihrer seltsamen Theorien übernommen.

„Und?", hakte Lucia nach.

„Als ich noch jünger war, habe ich manchmal daran geglaubt. Es glauben wollen. Sie beherrschte einige Tricks, mit denen sie uns Kinder beeindruckt hat. Aber im Nachhinein stellte sich heraus, dass es wirklich nur Tricks waren und nichts anderes. Es sind nur die Fantasien einer Kind gebliebenen Greisin gewesen." Er schüttelte den Kopf und lehnte sich gegen den Felsen.

Lucia schwieg und sah ihn von der Seite an. Die dunklen Strähnen fielen ihm ins Gesicht und warfen Schatten auf seine nachdenklich verzogenen Lippen und seine hellen Augen. Er hatte eine spitze Nase und seine Haut war um einiges dunkler als ihre, was vermutlich daran lag, dass er seinem Vater täglich bei der Arbeit auf dem Feld half und sich von der Sonne verbrennen ließ.

Sie führten vollkommen verschiedene Leben und hatten weit auseinandergehende Ansichten von der Welt und den Menschen. Soviel wusste sie schon jetzt, nachdem Antonio mit seinem Teil der Geschichte geendet hatte und sie nun eine Vorstellung davon bekommen hatte, wer er war.

„Vielleicht war das kein Zufall", sagte sie und malte mit dem Finger einen Kreis in die Erde zu ihren Füßen. Wie, bei Iramont, sollte sie ihm bloß erklären, dass er König werden sollte? Er war erst siebzehn, nicht einmal adelig, ganz bestimmt nicht heldenhaft und kam noch dazu aus Kiborien. Das alles kam ihr vor wie ein schlechter Scherz des Schicksals. Sie wollte nicht glauben, dass alles, was sie tat, vorherbestimmt wurde oder von jemandem kontrolliert wurde, aber ganz so klang Antonios Geschichte.

Erst jetzt bemerkte sie, dass er sie ansah.

„Du hast mir Antworten versprochen", stellte er ein wenig traurig fest, denn er hatte nicht das Gefühl, dass sie ihm wirklich weiterhelfen konnte.

Doch dann begann Lucia, leise zu erzählen. Sie begann mit der Nacht vor fast einem Monat, in der sie die Nachricht von Adenors Tod erhalten hatten, fuhr fort mit der Versammlung, dem Stein von Azur und Lilliana. Dann berichtete sie von der Reise, vom *Schloss der Rosen* (wobei sie die Geschichte mit Gilgar geflissentlich ausließ), den Trollen und den Anschlägen des Verräters, die sich immer weiter gesteigert hatten, bis hin zu ihrer Begegnung. Und am Ende hatte Antonio seine Antwort, ohne dass sie es aussprechen musste. Es dauerte nur einen Moment, bis auch er verstand, was das alles mit ihm zu tun hatte und er das Unfassbare begriff.

„Nein, das kann nicht dein Ernst sein!" Antonio sprang auf und starrte sie vollkommen durcheinander an. „Das kann nicht sein. Irgendwo muss dir ein Fehler unterlaufen sein. Das ergibt doch alles keinen Sinn. Ich bin nicht … Ich kann nicht …" Ihm gingen die Worte für etwas aus, für das er ohnehin keine Umschreibung finden konnte. Zitternd und angespannt blieb er stehen und wartete darauf, dass Lucia irgendetwas von sich gab, irgendetwas, das ihm sagte, dass er etwas falsch verstanden oder sich getäuscht hatte. Doch das tat sie nicht. Die smaragdfarbenen Augen der Prinzessin hörten langsam auf zu leuchten und sie senkte den Blick.

„Es tut mir so leid. Ich will das alles doch auch nicht, ich will dich nicht in die ganze Sache mit hineinziehen … aber eine andere Möglichkeit gibt es nicht. Du trägst den Stein des Mutes und es war ganz eindeutig Adenors Wille, dich zu seinem Erben zu machen. Das musst du akzeptieren."

Antonio ließ sich langsam gegen den Stein von Wegenn sinken und schloss die Augen. „Ich werde nicht König werden. Ganz egal, was du sagst oder was Adenor gesagt hat."

„Aber was soll ich dann machen? Was soll aus Morofin werden? Du kannst mich doch nicht einfach im Stich lassen."

Er schüttelte energisch den Kopf. „Das will ich doch auch gar nicht. Verstehst du nicht? Ich bin der Falsche. Ich bin für so etwas absolut ungeeignet. Ich kenne nicht einmal die Namen von allen sechs Königen …"

„Es sind sieben. Wenn man Adenor noch mitzählt", bemerkte Lucia trocken.

„Siehst du? Wie soll ich das deiner Meinung nach schaffen? Ich bin vielleicht einer dieser Steinträger, daran kann ich nichts ändern, aber Adenor konnte doch auch nicht in die Zukunft sehen. Woher wollte er so genau wissen, dass ich sein Nachfolger werden würde? Vielleicht hat er jemand anderen erwartet."

Lucia sah ihn mutlos an. Sie hatte keinen Gedanken daran verschwendet, dass sich der Erbe verweigern würde und überhaupt nicht König werden wollte. Und auch etwas anderes hatte sie nicht bedacht. Zum Beispiel, wie sie ihren Vater überreden und Antonio auf den Thron verhelfen sollte. Nie hätte sie geglaubt, dass jemand die Herrschaft ablehnen würde. Man bekam nur einmal im Leben so eine Chance und sie dachte, dass die meisten Menschen sie auch nutzen würden. Aber sie konnte ihn dennoch verstehen. Das alles war viel zu viel für sie und für ihn musste es noch tausendmal schlimmer sein.

„Dein Stein. Woher hast du ihn?", fragte sie, um ihn wieder zu beruhigen.

„Ich habe ihn gefunden, als ich noch ziemlich klein war. Mitten auf dem Marktplatz einer größeren Stadt, in die mich Emilio früher häufiger mitgenommen hat, um dort unser Gemüse zu verkaufen. Er lag einfach so da. Vielleicht hat ihn jemand dort verloren. Jedenfalls habe ich ihn gesehen und mitgenommen. Emilio hat es später geschafft, einen Anhänger daraus zu machen. Seitdem trage ich ihn fast immer bei mir. Ich habe das Gefühl, dass er mir Kraft gibt. Aber dass das Magie ist, konnte ich ja nicht wissen."

„So ist das also. So bist du an den Stein des Mutes gekommen. Ich wünschte, die Fähigkeit meines Steins könnte auch auf mich übergehen.

Der Stein von Azur, der Stein der Weisheit. Bis jetzt war alles, was ich getan habe entweder dumm, leichtsinnig oder sinnlos. Meistens sogar alles auf einmal." Ihre Augen wurden feucht, doch sie ließ nicht zu, dass sie vor diesem Jungen solche Schwäche zeigte. Hastig wischte sie mit der Handfläche über ihre Augenlider und unterdrückte die salzigen Tränen.

„Ich bin nicht mutig", flüsterte er. „Wenn ich es wäre, würde ich König werden."

„Du hast mir das Leben gerettet."

„Das beruht auf Gegenseitigkeit." Seine Stimme hatte eine tiefe Wärme, und obwohl er ein wenig zitterte, gab er Lucia etwas, woran sie sich festhalten konnte. Sie fühlte sich nicht mehr allein gelassen.

„Adenor hat für mich auf dem Stein eine Botschaft hinterlassen", wiederholte sie und fügte hinzu: „Vielleicht steht für dich auch etwas dort."

Er sah sie nachdenklich an, bevor er antwortete: „Einen Versuch ist es vermutlich wert." Vorsichtig löste er das Band von seinem Hals und streifte den Stein vom Lederband. Lucia stellte sich zu ihm und öffnete ihre Hand, sodass beide Steine dicht nebeneinanderlagen. Der blaue, von goldenen Sprenkeln gezeichnete und der grüne. Der Stein des Mutes war übersät von dunkleren und helleren Linien, die sich um seine gesamte Fläche ringelten. An der oberen Kante waren winzige dunkelgrüne Flecken zu erkennen und an der Rundung, die die untere Spitze des unvollkommenen Dreiecks bildete, schimmerte eine Maserung, die Lucia an die zarten Blütenblätter einer Rose erinnerten. Er war wunderschön und er leuchtete mit dem Stein von Azur um die Wette. Lucia und Antonio leuchteten. Ihre Hände begannen zu kribbeln, obwohl sie einander nicht berührten. Lucia wagte kaum zu atmen und schloss die Augen. Sie blieben lange einfach so stehen, überwältigt von dem Gefühl der Magie, die zwischen ihnen hin und her wogte wie die Wellen im Meer.

Es war Lucia beinahe unangenehm, als Antonio seine Hand zurückzog. Die Wärme verschwand fast sofort und ließ nur einen schwachen Hauch zurück. Sie zeigte ihm die Stelle im Stein des Jungbaums, an der sie die vier Einkerbungen entdeckt hatte. Antonio drückte den Stein des Mutes links neben ihre Kerbe und wartete gespannt.

„Das ist nur für dich bestimmt", stellte Lucia fest, als die ersten blassen Buchstaben auf dem rauen Felsen erschienen. Er nickte mit aufgerissenem Mund und starrte die entstehenden Worte und Sätze fasziniert an, während Lucia sich auf die andere Seite des Steins kauerte. Es war ihre letzte und einzige Hoffnung, dass Adenor passende Worte fand, die Antonio überzeugen würden.

Als sie müde und ausgelaugt endlich auf ihr Zimmer zurückkehrte, war es fast schon wieder Morgen und Lilliana lag zusammengerollt auf ihrem Bett und schlief. Sie trug noch immer die Kleidung, die sie am Tag zuvor angehabt hatte. Lucia beschloss, ihnen beiden das viele Erzählen zu ersparen. Doch kaum hatte sie die Tür geschlossen, rieb Lilliana sich noch halb im Schlaf die Augen und erwachte langsam. Es sah fast so aus, als hätte sie auf sie gewartet.

Lucia schlich auf leisen Sohlen zu ihr und setzte sich neben sie. Ihre Freundin war mittlerweile hellwach und sah sie erwartungsvoll an. „Erst du", meinte Lucia und ließ sich in die Kissen sinken.

„Das ist nicht dein Ernst. Du kannst mich doch nicht so auf die Folter spannen", protestierte Lilliana.

„Doch, kann ich. Und wenn du dich weigerst, befehle ich es dir." Lucia war zu erschöpft, um ihre Worte auch nur annähernd bedrohlich klingen zu lassen.

„Schon verstanden, Prinzessin." Lillianas Augen funkelten. „Ich denke mal, dass du nicht ganz unbeteiligt daran warst, dass wir mitten in der Nacht alle von einem riesigen Lärm geweckt wurden und Lady Edilia halb blind auf dem Flur gefunden haben. Und wie das riesige Loch in die Wand gekommen ist, weißt du wahrscheinlich auch." Lucia nickte schwach. „Ich konnte nicht sehen, was am Stein passiert ist, und als du nicht gleich zu mir gekommen bist, nachdem du wieder ins Hospital gegangen bist, habe ich angefangen, mir Sorgen zu machen. Aber ich wollte Lord Sorron nicht unnötig stören. Ja, und dann diese Explosion, du glaubst nicht, wie sehr ich mich erschrocken habe. Ich wusste ja nicht, was los ist." Lilliana schluckte leicht und berichtete, wie sie völlig panisch auf den Flur gestürmt war, um die anderen zu wecken. Als sie endlich beim Portal angekommen waren, hatten sich dort bereits verwirrte Heiler und verschreckte Patienten eingefunden, die versuchten, Lady Edilia zum Reden zu bringen.

„Sie hat sofort gestanden", fuhr sie fort. „Hat zugegeben, dass sie es war, die diese Attentate auf dich verübt hat. Du hättest Merior sehen sollen. Er hätte ihr am liebsten den Hals umgedreht. Ihren Titel wird sie verlieren und sie wird all ihren Besitz aufgeben müssen, aber die Entscheidung über weitere Strafen wird man deinem Vater überlassen."

„Und wie hat sie unsere *kleine* Meinungsverschiedenheit erklärt?", fragte Lucia mit bitterem Unterton in der Stimme.

„Sie wollte dazu nichts sagen, jedenfalls nicht, solange wir alle zuhörten. Ich weiß nicht, ob Lord Sorron sich damit zufriedengeben wird."

„Ich werde auch mit ihm sprechen müssen ... Weißt du, wenn ich genauer über mein Leben nachdenke, gibt es einige Momente, in denen Magie mir näher gewesen sein könnte, als ich geglaubt hätte. Vielleicht waren die Zeichen schon immer deutlich und wir haben sie nicht wirklich wahrgenommen. Wie hast du ihnen eigentlich mein Verschwinden erklärt?"

Lilliana warf ihr einen vorwurfsvollen Blick zu. „Dazu hätte ich gerne noch eine Erklärung von *dir*! Ich habe gesagt, du wärst völlig erschöpft auf unser Zimmer zurückgekehrt und aus dir sei nichts mehr herauszuholen."

„Und das haben sie dir geglaubt?"

„Was hätte ich ihnen sonst erzählen sollen? Lucia, du musst wahnsinniges Glück gehabt haben, um diese Explosion, oder was auch immer es war, zu überstehen, ist dir das klar?" Ihre Freundin lächelte. „Ich hatte kein Glück, ich hatte einen Beschützer." Und dann erfuhr Lilliana, wie sich die Dinge aus Lucias Sicht zugetragen hatten.

Am nächsten Morgen, der leider viel zu früh kam, wurden sie von einer besorgten und etwas zerzausten Lady Zynthia geweckt. „Alles in Ordnung?", fragte sie, nachdem sich die Mädchen endlich ein wenig regten. Lucia rieb sich den Schlaf aus den Augen.

„Ich denke schon", sagte sie gähnend. Es war nicht ganz die Wahrheit, denn ihr Körper fühlte sich an, als hätte es sich letzte Nacht ein fetter Bechling auf ihr bequem gemacht. Überall spürte sie blaue Flecken, die Spuren, die Edilia in ihre Schulter gekratzt hatte, waren leicht mit neuer rosafarbener Haut überdeckt und ihre linke Seite war übersät mit Schürfwunden, die sie sich zugezogen hatte, als Antonio sie mit zu Boden gerissen hatte. Sie war ein wenig verwundert, dass bereits alles zu heilen begann. Lag das auch an der Magie? Gegen die ernüchternde Erkenntnis, dass ihre Suche nach einem Erben für Morofin wohl umsonst gewesen war, war diese jedoch machtlos.

Lady Zynthia machte keine Anstalten wieder zu gehen. „Ich hätte niemals erwartet, dass es Edilia ist", flüsterte sie.

„Ich auch nicht", erwiderte Lucia. „Selbst als wir gekämpft haben, hätte ich nie gedacht, dass es überhaupt eine Frau ist."

„Sie war meine Freundin. Ich habe ihr vertraut. Und ich verstehe noch immer nicht, weshalb sie das getan hat."

„Sie glaubte, mir meinen Stein abnehmen zu müssen, um mich aufzuhalten. Kennt Ihr die Legende der Steinträger?" Zynthia nickte langsam, während Lilliana langsam aufstand, sich vor den kleinen Spiegel des Zimmers setzte und müde ihr Ebenbild betrachtete.

„Natürlich. Aber Edilia ist vollkommen verrückt geworden. Sie hat irgendetwas vom Weltuntergang erzählt. Wie viel von dem soll denn bitte schön wahr sein?"

„Ich weiß es nicht. Ich glaube nur, dass sie trotz allem ein gutes Herz hat."

„Sie wollte Euch umbringen. Dafür gibt es keine Entschuldigungen."

„Was habt Ihr jetzt mit ihr vor? Wollt Ihr sie bestrafen?"

Lady Zynthia seufzte. „Daraus wird nichts mehr werden. Sie ist in der Nacht geflohen. Aber sie wird es bereuen, sollte sie sich jemals wieder in Gyndolin blicken lassen."

Der Gesichtsausdruck ihres großen Bruders drückte Erleichterung und überschwängliche Freude aus. „Lucia!", rief er, schloss sie in die Arme und hätte sie am liebsten herumgewirbelt.

„Schon gut", murmelte sie, als er sich endlich wieder von ihr löste.

„Was hast du dir bloß dabei gedacht? Was ist geschehen?" Er ließ zu, dass sie sich zu Lord Sorron, Lilliana und ihm an den Tisch setzte. Lord Sorron schien diese Frage ebenfalls sehr zu beschäftigen, denn er musterte die junge Prinzessin mit gerunzelter Stirn.

„Ich habe die Verantwortung für unsere Gruppe übernommen und besonders für Euch. Euer Vater würde mich in der Luft zerreißen, wenn Euch etwas zugestoßen wäre", sagte er eindringlich.

Lucia versuchte, die Situation mit einem unschuldigen und ein wenig reumütigen Blick zu entschärfen. Keine Chance. Es half nur die Wahrheit. „Ihr erinnert euch doch noch an Jessina und das, was sie uns damals erzählt hat", begann sie.

Lord Sorron nickte.

„Das war doch diese alte Hexe mit ihrem Esoterikgefasel, oder?", bemerkte Merior und sah sie fragend an.

„Genau, aber das war keineswegs nur Gefasel. Diese Sekte, den *Bund der Hüter* gibt es tatsächlich. Sie beherrschen die Magie und Lady Edilia gehört zu ihnen. Sie wollte mir den Stein abnehmen, weil er besonders mächtige Kräfte besitzt."

Merior kannte diesen Teil der Geschichte schon, Lord Sorron jedoch nicht. Er kratzte sich am Kinn und schien ein wenig blass um die Nase zu sein. Lord Sorron konnte sich nicht entscheiden, ob er Lucias Worte glauben sollte oder nicht. Doch als er der Prinzessin in die Augen sah, konnte er darin nichts erkennen, was dagegen sprach. Sie sagte die Wahrheit oder zumindest das, was sie dafür hielt. Ihm kam eine alte Weisheit in den Sinn, die von Magie handelte.

*Sie ist da, schon immer, und wird es immer sein. Auf die eine oder andere Weise.*

Wieso eigentlich nicht? Er würde bei Gelegenheit einmal danach suchen müssen. Aber dennoch ... „Das klingt irgendwie ..."

„Nicht besonders glaubwürdig? Braucht Ihr irgendeinen Beweis? Den Stein vielleicht? Oder wollt Ihr Euch lieber anhören, was ich zu sagen habe?" Lucias Tonfall wurde leicht ungehalten, aber das lag nicht daran, dass sie ungeduldig war, denn wenn sie es aussprach, klang es selbst in ihren eigenen Ohren unwirklich.

Sie überlegte kurz, ob sie Antonio in ihre Erzählung einbeziehen sollte, entschied sich dann aber dagegen. Es reichte, wenn sie wussten, dass sie den Erben noch nicht gefunden hatten. Es wäre ungerecht gewesen, Lord Sorron von ihm zu erzählen und ihn so noch tiefer in das Ganze hineinzuziehen. Insgeheim hoffte sie immer noch, dass er seine Meinung ändern würde.

Mit Erschrecken über sich selbst stellte sie fest, dass ihr die vielen kleinen Lügen immer leichter über die Lippen gingen. Noch vor einem Monat war sie schon rot angelaufen, wenn sie jemandem eine winzige Einzelheit verschwiegen hatte, und jetzt gelang es ihr ohne Weiteres, alle an der Nase herumzuführen. Nur Lilliana wusste die ganze Wahrheit.

Nein, sie hatte ihre Gründe zu lügen, doch sie musste aufpassen, dass sie sich nicht in ihrem selbst gesponnenen Netz verfing.

Lucia sah Antonio schneller wieder, als sie gehofft hatte. Sie erkannte ihn sofort an seinem schwarzen Haar. Er hatte genau wie sie selbst gerade den Speisesaal verlassen und führte ein kleines Mädchen mit dunklen

Locken vorsichtig den Gang entlang. Luna. Er hatte ihr von seiner besten Freundin erzählt. Hinter ihnen gingen zwei Erwachsene, bei denen es sich nur um Lunas Eltern handeln konnte.

„Antonio!", rief sie, ohne nachzudenken. Er reagierte erst nicht, wandte dann den Kopf zu ihr um und lächelte. Sie konnte erkennen, dass er irgendetwas zu den anderen sagte, dann überließ er Luna ihrer Mutter und kam auf sie zu.

Lucia strahlte ihm überglücklich entgegen und warf Lilliana einen bedeutungsvollen Blick zu.

„Das ist er also", murmelte ihre Freundin. „Bei Iramont, er ist ja wirklich kaum älter als wir!"

„Sag ich doch!", zischte Lucia beleidigt zurück und ging auf ihn zu.

„Guten Morgen, Prinzessin", begrüßte er sie im Hinblick auf die vielen Lords und Ladys um sie herum. Lord Sorron warf ihm einen irritierten Blick zu und auch einige andere schienen sie neugierig zu beobachten.

„Du hast es dir nicht anders überlegt, oder?", fragte sie hoffnungsvoll.

Er schüttelte entschieden den Kopf. „Nein, tut mir leid. Es geht einfach nicht." Adenors Worte hatten ihn nicht überzeugen können. Sie hatten ihn verändert, aber er beharrte noch immer darauf, dass alles ein Irrtum war. Daran konnte sie nichts ändern.

„Entschuldigt, wenn ich störe, aber ich glaube, dass wir einander noch nicht vorgestellt wurden." Lord Sorron war hinter sie getreten. Natürlich störte er, aber das würde Lucia ihm wohl kaum auf die Nase binden.

„Das ist schon in Ordnung. Das ist Antonio, er kommt aus Kiborien", flötete sie. „Antonio, Lord Sorron, Lord meines Vaters." Antonio deutete eine Verbeugung an und nahm dann die angebotene Hand. Er wirkte plötzlich unsicher und versuchte, mit Lucia Augenkontakt aufzunehmen.

„Ach ja, und das ist Lilliana, meine beste Freundin."

„Hallo Antonio, Lucia hat schon von dir erzählt." Die Tochter des Hauptmanns musterte ihn prüfend.

„Schön, dich kennenzulernen. Und sie hat mir auch schon von dir erzählt." Er erwiderte ihr Lächeln zaghaft, doch auf seiner Stirn bildete sich eine tiefe Falte.

„Gehören Eure Eltern zu König Zerbors Gefolge?", hakte Lord Sorron nach.

„Genau", entschied Lucia hastig. „Wir haben uns gestern zufällig kennengelernt."

„Ja, was für ein Zufall", stimmte Antonio fahrig zu. Er schien ganz und gar nicht glücklich mit dieser Lüge zu sein.

„Sind Eure Eltern auch hier?"

„Nein, ich bin alleine." Lord Sorron nickte verstehend und schien gar nicht mehr damit aufhören zu wollen. Er begutachtete kurz Antonios einfache Kleidung und schien dann genug gesehen zu haben.

„Dann lasse ich euch junge Leute mal alleine." Sein Lächeln ließ Lucia erröten. Lilliana verabschiedete sich ebenfalls hastig, sie würde Lucia auf dem Zimmer über alles ausfragen können.

Kaum waren sie außer Hörweite, zischte Antonio: „Was sollte das?"

„Es musste sein! Was hätte ich denn sagen sollen?", verteidigte sie sich.

„Ach, ja? Wunderbar, jetzt bin ich also ein Lordsohn."

„Ich weiß gar nicht, weshalb du dich so aufregst! Er wird dich nie wiedersehen. Ich dachte … Was machen wir denn jetzt?" Sie ließ die Schultern hängen.

„Ich weiß es nicht", flüsterte er zurück. Lucia führte ihn in eine Nische, wo sie ihr Gespräch in Ruhe weiterführen konnten. Aus dem Augenwinkel bemerkte sie Lilliana, die sie interessiert beobachtete und ihr frech zu grinste.

„Warum kannst du nicht einfach nach Morofin mitkommen? Das würde alles so viel einfacher machen", seufzte sie. Antonio lehnte den Kopf gegen die kühle Mauer.

„Für dich vielleicht, aber ich schaffe das einfach nicht. Ich kenne mich doch gar nicht mit all den Dingen aus, ich bin viel zu jung dafür und … ich bin einfach nicht königlich."

„Aber kannst du nicht einfach so mitkommen? Vielleicht finden wir eine andere Lösung. Ich möchte dich nicht schon wieder verlieren, jetzt, nachdem ich dich gerade erst gefunden habe."

„Ich will dich doch auch nicht im Stich lassen. Verstehst du nicht? Ich kann nicht einfach mein altes Leben dafür aufgeben. Das wäre Wahnsinn."

„Du hast so vollkommen recht. Ich verstehe einfach nicht, wie er auf diese verdammte Idee gekommen ist. Adenor hätte vielleicht ein bisschen weiterdenken können und uns irgendwie behilflich sein können." Sie ballte die Hände zu Fäusten und vergrub sie in den Falten ihres Kleides.

„Er wollte das auch nicht", meinte Antonio leise. „Es ist Schicksal, hat er mir geschrieben. Alles, was wir tun. Und er hofft, nein, er weiß, dass wir uns richtig entscheiden."

„Woher will er das gewusst haben?"

„Keine Ahnung, aber es klingt so, als hätte ihm jemand anders diese Ideen in den Kopf gesetzt."

„Wer soll das denn gewesen sein? Vielleicht die Götter?", erwiderte sie kraftlos.

„Vielleicht. Wer weiß?"

„Wie bitte? Ich glaube es nicht! Das ist fantastisch! Ich freue mich so für dich!" Das kleine Mädchen strahlte ihn an und drückte seine Hand fester. Nur ihre Augen waren noch immer trüb und grau und schienen keinerlei Emotionen zu zeigen. Doch alles andere an ihr sprühte nur so vor Begeisterung. Antonio seufzte. Er hockte auf Lunas Bettkante und war redlich darum bemüht, dass die anderen Patienten so wenig wie möglich von ihrem Gespräch mitbekamen. Er hatte das Gefühl, von allen Seiten angestarrt zu werden.

„Luna, das ist Unsinn. Ich ...", setzte er an.

Sie kniff ihre blinden Augen zusammen. „Lass mich raten: Du hast Nein gesagt. Wieso stehst du dir selbst im Weg?" Sie ließ sich in die Kissen zurücksinken und entzog ihm ihre Hand.

„Wie soll ich denn ... Wie stellst du dir das bitte schön vor? Ich kann nicht einfach König werden, nur weil mich eine Prinzessin und ein verstorbener König dazu auserwählt haben."

Ihm war klar gewesen, dass seine Geschichte Luna begeistern würde. Solche Geschichten waren genau nach ihrem Geschmack. Armer Bauernjunge wird zum König, heiratet am besten gleich noch die gut aussehende Prinzessin und lebt glücklich und zufrieden bis an sein Lebensende. Aber er hatte gehofft, dass wenigstens sie ihn verstehen würde. Nun gut, sie war erst elf, aber für ihr Alter schon sehr reif. Dass sie vernünftig war, konnte man allerdings nicht behaupten.

„Hast du denn überhaupt kein Selbstbewusstsein? Trau dich doch, versuch es!", forderte sie.

„Ich kann einfach nicht. Das kann ich dem Volk nicht antun, das kann ich mir nicht antun. Das hat nichts mit Mut zu tun. Ich jage nur keinen Träumen hinterher und halte mich an die Regeln. Und die Regeln besagen, dass einer wie ich nicht zu etwas Höherem bestimmt ist. Ich werde eines Tages den Hof meines Vaters übernehmen, heiraten, Kinder kriegen und dort alt werden. Etwas anderes habe ich nicht zu erwarten."

Luna schüttelte leicht den Kopf. Dicke Tränen kullerten aus ihren Augen und liefen zu ihrem Kinn herab. „Du kannst diese Chance nicht einfach ignorieren", sagte sie leise. „Wer hat denn diese Regeln festgelegt? Niemand. Es gibt sie nicht. Sie sind nur so lange da, wie wir uns an sie halten. Man kann sie überwinden, neu gestalten. Hast du denn überhaupt keine Wünsche und Träume mehr?"

„Luna, ich bin realistisch."

„Nein!" Sie schrie es fast. „Das bist du nicht. Du hast Angst vor dem, was du bist. Du hast Angst vor dir selbst, vor deiner Bestimmung und davor, Verantwortung zu übernehmen. Und ich dachte, du trägst den Stein des Mutes!"

Sie rollte sich fester zusammen und klammerte sich an ihr Kopfkissen. Jetzt sahen die Leute wirklich zu ihnen herüber, aber das störte Luna nicht. Dieses kleine, dickköpfige Mädchen. Ohne es zu wollen, hatte er sie traurig gemacht, und er wusste noch nicht einmal, weshalb sie sich so aufregte.

„Luna?", flüsterte er und strich ihr mit der Hand vorsichtig die schwarzen Locken aus dem Gesicht.

„Nein, lass mich in Ruhe, Antonio. Du bist so ein Feigling."

„Tut mir leid. Du hast recht." Er sah hoch.

Vor Lunas Bett stand die Prinzessin, Lucia von Gyndolin. „Ich störe", sagte sie mitfühlend und wollte schon wieder gehen.

„Ja, tust du", erwiderte Antonio. Langsam wurde ihm alles zu viel.

„Bitte bleib", flüsterte Luna.

Lucia sah auf das kleine Mädchen herab. Ihr Gesicht war tränennass und ihre langen schwarzen Haare waren über das ganze Kissen verteilt. Sie war niedlich und wirkte unendlich hilflos und zerbrechlich. Vorsichtig setzte sie sich Antonio gegenüber und spürte, wie eine kleine Hand nach ihrer tastete. Es war ihr unangenehm und sie wäre am liebsten gleich wieder gegangen, doch sie wollte dieser Kleinen keinen Wunsch abschlagen. „Ich bin Lucia", sagte sie leise, „Prinzessin Lucia von Gyndolin."

„Schön, dass du gekommen bist." Ihre Augen huschten irgendwo zu einem Punkt hinter Lucia. „Kannst du ihn nicht überreden, dass er mit dir mitgeht?"

Die Prinzessin musste unwillkürlich lächeln. Antonio warf ihr einen finsteren Blick zu.

„Das muss er selbst entscheiden. Und ich akzeptiere seine Entscheidung, so schwer es mir auch fällt", erklärte sie sanft.

Luna hielt die Luft an, da sie plötzlich ein Kribbeln durchlief. Es ging von Lucias Hand aus und breitete sich langsam in ihrem eigenen Arm aus. Es strömte zu ihrer Schulter hinauf, sammelte sich in ihrem Herzen und floss von dort aus in die Lunge. Sie atmete tief durch und fühlte sich befreit. Ihre Augenlider flatterten, als es auch dort zu kribbeln begann. Kurz löste sich der Schleier der Dunkelheit und sie glaubte, ein Gesicht erkennen zu können. Lucia. Dann legte sich wieder Schwärze über sie, aber es wurde nicht vollständig dunkel. Etwas hatte sich verändert. Da waren plötzlich Schatten. Bedrohlich und düster, aber sie konnte sie sehen. Umrisse und Konturen und dazwischen Licht. Dunkles Licht. Lebenslicht.

Sie stieß einen überraschten kleinen Schrei aus und spürte, wie Lucia zurückzuckte. „Was habe ich getan? Habe ich dir wehgetan?", fragte sie entsetzt.

Ein zartes Lächeln breitete sich auf Lunas Lippen aus. „Nein, ganz im Gegenteil. Ich kann wieder sehen. Anders, aber es ist trotzdem wie sehen."

Antonio erfasste ihre linke Hand. „Du bist geheilt?"

„Nein, nicht völlig. Ich sehe Schatten."

Lucia warf ihm einen Blick zu. „Das war Magie", stellte sie fest. „Ich habe damit noch nie jemanden geheilt." Ihr fiel der junge schwarze Troll ein, der im Kampf gegen die Lords verwundet worden war. Sie hatte ihm nicht helfen können. Aber woran lag das? Sie hatte es schließlich so sehr gewollt. Immer wenn sie sie herbeisehnte, ließ die Magie sie im Stich. Dafür kam sie aber in anderen Momenten völlig ungefragt und half ihr.

„Versuch es weiter!", forderte Antonio sie auf.

„Ich bin mir nicht sicher, ob das funktioniert. Versprechen kann ich nichts." Vorsichtig ergriff sie Lunas Arm, schloss die Augen und versuchte, sich auf den Energiestrom ihres Körpers zu konzentrieren, um ihn nach außen zu lenken. Er war da, sie konnte ihn fühlen, aber er ließ sich nicht greifen. Die Magie rauschte an ihr vorbei und wollte sich nicht einfangen lassen. Sie verkrampfte sich und spürte, dass sie keinen Erfolg haben würde.

„Tut mir leid", flüsterte sie bedauernd. „Ich kann es nicht. Ich beherrsche sie noch nicht so gut, wie ich es gerne hätte."

„Es ist nicht deine Schuld. Du hast mir sehr geholfen." Luna schloss die Augen und wirkte plötzlich friedlich.

„Was ist mit den Ärzten, werden sie dich heilen können?", fragte die Prinzessin.

Das kleine Mädchen kniff die Lippen fester zusammen. „Vielleicht in einem Monat, vielleicht nie."

„Was soll das heißen?" Antonio sprang verzweifelt auf. „Du kannst doch nicht …"

„Ich wollte es dir noch sagen. Aber ich wusste schon, dass du so reagieren würdest."

„Aber Luna, du musst wieder sehen können. Sie können dich nicht für immer in der Dunkelheit gefangen halten!"

Sie schien nicht annähernd so traurig zu sein wie er. „Die Heiler haben noch kein Gegenmittel dafür gefunden, aber sie bemühen sich sehr darum. Außerdem weiß ich jetzt, dass Lucia mich heilen wird."

„Mach dir nicht allzu große Hoffnungen. Ich würde es ja gerne, aber dafür brauche ich einen Lehrer."

„Ich vertraue dir. Wisst ihr, es ist gar nicht so schlimm, wie ihr denkt. Für mich jedenfalls nicht."

„Luna, es tut mir so leid. Wir hätten damals nicht in den Wald gehen sollen." Antonio raufte sich die Haare.

„Versprich mir eins", begann sie nach einer kurzen Pause.

„Was? Ich werde alles tun, nur nicht …"

„Das verlange ich ja auch nicht von dir. Aber geh mit Lucia nach Morofin. Tu es für mich, bitte."

Antonio starrte sie lange und nachdenklich an. Dann nickte er langsam. „Also gut. Aber mehr nicht. Nach der Krönung komme ich sofort zu dir zurück."

Luna lächelte und auf ihrem Gesicht breitete sich Ruhe aus. Lucia sah zu Antonio hinüber, dessen Züge die unterschiedlichsten Gefühle zeigten. Vielleicht würde er sich ja doch noch seinem Schicksal fügen.

# Die Warnung

Edward, der einundzwanzig Jahre alte Prinz von Gyndolin und zweitälteste Sohn von König Melankor und Königin Rika, zupfte zum unzähligsten Mal seine Uniform zurecht. Er hatte eigentlich keine Schwierigkeiten, sich mit hohen Persönlichkeiten aus der Politik zu unterhalten und tiefsinnige Gespräche über die aktuelle Lage zu führen, was vermutlich daran lag, dass er von Kindesbeinen an die Gelegenheit dazu gehabt hatte und mit Wissenshunger und einer gesunden Auffassungsgabe ausgestattet worden war. Diesmal war es jedoch etwas anderes. Der König von Kiborien war so ganz anders als die herzensgute Königin Rosetta oder die lebensfreudige Serafina.

Nach der endlosen, floskelnreichen Begrüßung des Königspaares hatte sein Vater die Gäste auf einen Wein in den *kleinen* Salon gebeten, um die Stimmung ein wenig aufzulockern. Doch dies wollte einfach nicht gelingen. Während es sich Vater und Sohn je in einem samtenen Sessel bequem gemacht hatten, saßen Linda und Zerbor ihnen gegenüber auf einem Sofa. Und obwohl Melankor einen besonders edlen Jahrgang geöffnet hatte, war Linda die Einzige, die sich davon nachschenken ließ.

Edward beunruhigte vor allem die eisige Aura, die das Königspaar ausstrahlte. Zerbors bohrender Blick gab ihm das Gefühl, dass jeder seiner Gedanken genauestens erfasst wurde und seine roten Augen flackerten angriffslustig. Es wäre unhöflich gewesen zu fragen, weshalb seine Iris eine solche abnormale Farbe angenommen hatten, und doch konnte er nicht aufhören, ihn anzustarren. Linda hingegen spielte die reizende Ehefrau, lächelte pausenlos – auch wenn dies nur gekünstelt war – und hielt sich aus dem Gespräch heraus. Was Edward aus Vorsicht bisher auch getan hatte.

Nachdem sie sich ausgiebig über Adenors Tod unterhalten hatten – sein Vater trauerte noch immer, wohingegen Zerbor klang, als würden sie über etwas so Nebensächliches wie das Wetter reden – kamen sie auf Lirin zu sprechen. Der Vorrat an Elfenmetall war in den letzten Jahren stark gesunken und die Preise dementsprechend gestiegen. Der kostbare, silbrig glänzende Stoff hatte seinen Namen aufgrund seiner Herkunft erhalten. Lirin, die Heimat der Elfen, war das einzige der sieben Länder, in dem man ihn finden konnte.

Zerbor schien jedoch auf etwas anderes hinauszuwollen. „Lord Edward, mir ist zu Ohren gekommen, dass Ihr vor Kurzem bei Königin Rosetta zu Gast wart. Man erzählte mir von einer Verlobung, aber bisher konnte ich noch nicht feststellen, ob es nicht nur Gerüchte sind", sprach Zerbor Edward plötzlich an.

Er zuckte unmerklich zusammen, denn er hatte gehofft, nicht schon wieder daran erinnert werden zu müssen. „Es sind keine Gerüchte. Ich habe mich mit Prinzessin Dalima verlobt."

„Tatsächlich?" Zerbor schenkte ihm ein undurchsichtiges Lächeln und traf damit seinen wunden Punkt. „Eine Zweckverbindung, nehme ich an." Selbst Linda machte ein interessiertes Gesicht. Politische Verbindungen und Zwangsehen waren in letzter Zeit aus der Mode gekommen, doch sie kamen noch immer recht häufig vor. Sein Vater hätte ihn nie zu so etwas gezwungen, es war seine eigene Entscheidung gewesen. Und auch Dalima hatte ohne Zögern eingewilligt. Damals hatte er sie ja noch nicht gekannt, sie und … Ihm stieg Röte ins Gesicht und er verdrängte die Gedanken, die sich einen Weg bahnten und aus ihm hervorzubrechen drohten.

„Ja, das ist es. Aber Dalima ist hinreißend und intelligent."

„Eine politische Verbindung. Ich kann mich nicht daran erinnern, dass Lirin so etwas je zugelassen hat."

„Die Zeiten ändern sich", mischte sich nun auch Melankor ein. „Außerdem handelt es sich vielmehr um eine freundschaftliche Verbindung. Wir leben in friedlichen Zeiten und dennoch ist es wichtig, unsere Beziehungen zu pflegen." Edward realisierte, dass sein Vater sich Zustimmung erhoffte, um so den Frieden bestätigt zu sehen. Kiborien und Gyndolin waren in der Geschichte Illionäsias selten auf einer Seite gewesen und dieses Thema war sehr heikel.

„Wohl wahr. Friedliche Zeiten. Wir dürfen uns glücklich schätzen. Frieden ist etwas so *Zerbrechliches*." In Zerbors Mund klangen diese Worte wie eine unverhohlene Drohung. Edward lief ein eisiger Schauer über den Rücken. Er versuchte, sich nichts anmerken zu lassen, und erwiderte den forschenden Blick des dunklen Herrschers tapfer. Eine Weile blieben die Worte im Raum hängen, ohne dass jemand etwas darauf zu erwidern wusste. Es war Linda, der es gelang, die Situation zu entschärfen. Sie verlagerte die Spannung auf ein weiteres unangenehmes Thema.

„Im Moment besteht ja kein Grund, einen Krieg zu beginnen. Der letzte hat so viele Opfer gefordert und keiner möchte erneut so viele Menschenleben riskieren." Ihr Gesicht war eine Maske, das Gesicht einer eiskalten Puppe. „König Melankor, Ihr habt doch bereits einen Nachfolger für König Adenor gefunden."

Edwards Vater nickte traurig. „Ich habe beschlossen, Lord Derlin, den Handelsbeauftragten, am letzten Tag der Frist zu krönen."

„Also ist es bereits beschlossen?"

„Ja, das ist es. Es gibt nichts, was mich noch umstimmen könnte."

Zerbor zog seinen schwarzen Mantel enger um sich. „Ich habe ihn bereits kennengelernt. Er ist eine gute Wahl. Er versteht etwas von dem, was er tut", stellte er gefährlich langsam fest. „Allerdings habe ich das Gefühl, dass er noch nicht genau weiß, was er überhaupt erreichen möchte. Außerdem scheint sein Selbstbewusstsein ein wenig angeschlagen."

Edward zog eine Augenbraue hoch. Diesen Eindruck hatte er von Lord Derlin nicht gewonnen. Aber wahrscheinlich lag das an Zerbor. In seiner Anwesenheit verlor jeder sein Selbstwertgefühl und fühlte sich unwichtig und klein. Es war seltsam, was für eine Wirkung manche Menschen auf die Atmosphäre eines Raumes und die Stimmung von anderen haben konnten.

Lord Sorron beobachtete den fremden Jungen aus Kiborien und fragte sich zum bestimmt hundertsten Mal, wo und wie Lucia ihn aufgegabelt hatte. Der Kleine war eine Kuriosität und er hatte mehrmals mitbekommen, wie die Ladys darüber spekuliert hatten, woher er wirklich kam. Sie hatten ihn auf Wunsch der Prinzessin einfach auf die Reise nach Morofin mitgenommen, doch von seiner Familie oder anderen kiborischen Lords war nie die Rede gewesen. Auffällig waren vor allem Antonios Umgangsformen. Er besaß gar keine. Weder verbeugte er sich vor Ranghöheren, noch ging er richtig mit Messer und Gabel um. Seine Haltung war einfach grauenvoll, und auch wenn er auf einem Pferd saß, merkte man, dass in seiner Erziehung darauf kein Wert gelegt worden war. Sorron hatte sich ein paarmal mit dem Jungen unterhalten. Ohne Zweifel war er gutherzig und aufrichtig und man konnte mit ihm interessante Gespräche führen, doch sobald Sorron auf politische Themen zu sprechen kam, lenkte Antonio ab. Er besaß nicht die Fähigkeiten und das Allgemeinwissen eines angehenden Lords. Selbst eine Uniform hatte er nicht aufweisen können. Prinz Merior hatte ihm eine seiner eigenen geliehen, doch Lord Sorron war Antonios eigene sehr einfache Kleidung trotzdem aufgefallen.

Es war offensichtlich, dass Lucia sie über seine Herkunft angelogen hatte, doch er überließ es ihr, was sie daraus machte. Seine Vermutung, dass ihr Zusammentreffen irgendetwas mit dem Rätsel um die Steine zu tun hatte, fand er am wahrscheinlichsten, obwohl die Art, wie sie miteinander umgingen, durchaus andere Schlüsse zuließ.

An diesem Abend waren sie in einer kleinen Herberge am Rande einer Stadt untergekommen und genossen das gute Essen, das die Bedienungen ihnen auf flinken Füßen brachten. Für alle Lords und Ladys bot das Haus leider nicht genügend Zimmer, weshalb sich ein Teil von ihnen auf der gegenüberliegenden Seite in einem größeren Heim einquartieren musste.

Die beiden Königskinder, Lilliana und ihr neu gewonnener Freund hatten es sich in einer Ecke gemütlich gemacht und alberten mehr herum, als sich auf das Essen zu konzentrieren. Sie aßen Teigrollen, die mit einer würzigen Gemüsemischung gefüllt waren.

Antonio ließ sein Besteck sinken und seufzte vollkommen entnervt.

„Benutzt ihr bei euch wirklich keine Gabel?", fragte Lucia entsetzt. Wenn sie sich ansah, wie er sich mit den Esswerkzeugen quälte, war eine Antwort überflüssig. Lilliana machte ihm vor, wie er den Teig in kleine Stückchen schneiden konnte, doch sein Problem lag vielmehr in der Haltung. Er umfasste die metallenen Griffe zu verkrampft.

„Schau, so musst du es machen." Lucia fasste nach seinen Händen und brachte sie in eine vernünftige Stellung. „Nicht so grob. Ganz vorsichtig." Sie machte sich wieder daran, ihre eigene Portion zu genießen.

Merior nickte nachdenklich. „Hast du es gut. Musst keine Manieren lernen. Kannst machen, was du willst. Hast keine Verpflichtungen. Es wäre schön, wenn ich wenigstens einen Tag auf meine Ausbildung verzichten könnte."

„Das täuscht. Dafür muss ich meinem Vater täglich auf unserem Hof helfen. Wenn die Ernte schlecht wird, heißt das für jeden Abend hungrig bleiben", versuchte er, den anderen zu erklären.

„Das musst du jetzt nie wieder", versprach Lucia und brach gleich darauf in einen Lachanfall aus.

„Was mache ich denn jetzt schon wieder falsch?", fragte Antonio genervt. Er besah sich nachdenklich die Haltung von Messer und Gabel, die Position seines Bechers und versuchte, sich an irgendeinen Fehler zu erinnern, den er möglicherweise beim Zerkleinern der gefüllten Teigrolle begangen haben könnte. Im Gegensatz zu den anderen nahm er das Ganze sehr ernst. Endlich hatte sich Lucia wieder ein wenig beruhigt.

„Nichts, gar nichts. Du bemühst dich so sehr, alles perfekt zu machen, dass es schon wieder komisch aussieht", klärte sie ihn auf und kicherte erneut. Er verzog das Gesicht und nahm pikiert einen weiteren Bissen.

„Sag mal, kannst du überhaupt lesen und schreiben?", fragte Merior ihn nachdenklich, Lucias Bruder war in alles eingeweiht worden, obwohl er es noch immer nicht wirklich glauben konnte und Lucia ihre Geheimnisse gerne vor ihm geheim gehalten hätte.

„Ein wenig. Aber ich würde nicht sagen, dass ich gut darin bin."

„Ein weiteres Problem. Kämpfen kannst du auch nicht, oder?", fügte Lilliana hinzu.

„Doch, ich habe einen Dolch."

„Das reicht nicht. Du musst auch wissen, wie du ihn einsetzt. Hattest du schon mal ein Leichtschwert in der Hand?"

„Moment mal", unterbrach Lucia ihre Freundin. „Er will doch gar nicht König werden, er begleitet uns nur. Es ist völlig in Ordnung, wenn er nicht alles kann. Das muss ja niemand erfahren. Schließlich wird ihn wohl kaum jemand plötzlich zum Duell auffordern!"

„Und wenn doch? Es war deine Idee, ihn als Sohn eines Lords auszugeben", gab ihr Bruder zu bedenken.

„Ich weiß, dass es nicht das Schlauste war, aber etwas anderes ist mir auf die Schnelle nicht eingefallen. Wir bekommen das schon noch hin. Wir haben doch noch einen Tag Zeit." Lucia sah noch immer nicht ein, worin das Problem bestand. Antonio war bloß ihr Gast, nicht mehr und nicht weniger. Er würde nicht im Mittelpunkt stehen und auf keinen Fall König von Morofin werden. Sie war dankbar dafür, dass Antonio mitkam, freiwillig oder nicht, und sie nicht mehr die einzige Steinträgerin sein musste. Sie hatte nun jemanden, der ebenfalls magisch veranlagt war und mit dem sie die Verantwortung für ihre bevorstehenden Aufgaben teilen konnte. Und sie war sich sicher, dass weder Lilliana noch Merior das wirklich verstehen konnten.

„Lucia, ich befürchte nur, dass Antonio in eine Menge unangenehme Situationen schliddern wird, wenn er sich mit anderen Leuten unterhält", warf Merior ein.

„Wir werden einfach ein bisschen auf ihn aufpassen müssen", entgegnete Lucia.

„Improvisieren ist nicht immer eine so gute Idee", meinte jetzt auch Antonio niedergeschlagen. Er hätte wirklich lieber einen Plan gehabt, eine Ausrede für seine geringen Kenntnisse oder am besten eine andere Identität. Es war seltsam, mit all den hohen Herrschaften zu reisen, und es fiel ihm schwer, sich zu merken, was sie ihm über ihre Politik und die Ausbildung eines Lords erzählen wollten.

„Manchmal geht es nicht anders. Was hast du schon zu verlieren? Deinen Ruf? Kommt schon! Wir machen einfach das Beste daraus."

Oder besser gesagt, er sollte das Beste daraus machen. Es ärgerte Antonio, dass Lucia es sich so leicht machte und dabei gar nicht an ihn dachte. Er war noch nie auf einem Schloss gewesen und bekam jetzt schon Panik, wenn er sich vorstellte, den Vater der beiden Königskinder kennenzulernen oder Zerbor gegenüberzutreten. Und doch, ihre Freude darüber, dass er einfach nur da war, war unübersehbar und er wusste, dass sie ihn in allem unterstützen und gegen jeden verteidigen würde. Sie war eine Kämpferin. Und sie hätte auch dafür gekämpft, wenn er … ja, selbst wenn er König hätte werden wollen. Aber das wäre ein hoffnungsloses Unterfangen gewesen und eine vergebene Schlacht.

„Wie ist es eigentlich so auf dem Schloss? Ich habe euch jetzt schon so viel über mich erzählt, jetzt seid ihr mal dran", forderte er und lehnte sich ein wenig auf der Bank zurück. Lucia und Merior blickten zu Lilliana. Sie war auf Adenors Schloss aufgewachsen, obwohl sie mit ihren Eltern in einer Villa in der Stadt lebte.

„Du musst es selbst sehen. Wenn man es zum ersten Mal betritt, ist es ziemlich überwältigend. Manche sagen, dass es schon seit Iramonts und Esnails Zeiten existiert. Alles ist dort drinnen höher und größer als nötig und manchmal ist es auch ein bisschen unheimlich, durch einen der älteren Teile zu gehen, die nicht mehr benutzt werden. Der Haupttrakt wurde allerdings vor kurzer Zeit renoviert. Es ist dort jetzt nicht mehr so kalt und zugig. Wisst ihr, das ganze Schloss hatte schon immer so etwas Geheimnisvolles. Es hat gut zu Adenor gepasst."

In diesem neuen Teil des Schlosses wartete Prinz Edward einen Tag später auf seine beiden jüngeren Geschwister und die gyndolinischen Lords und Ladys. Er lehnte sich gegen eine der steinernen Säulen und versuchte nach den aufwühlenden und anstrengenden Gesprächen der vergangenen Tage endlich ein wenig Ruhe zu finden. Es wurde ihm langsam alles zu viel. Erst der lange Besuch bei Königin Rosetta, bei dem so einiges außer Kontrolle geraten war, und jetzt die verwirrenden Unterhaltungen mit König Zerbor, die ihn verunsicherten und viel Kraft kosteten. Edward hatte das Gefühl, dass König Zerbor seinen Vater mit allem, was er tat, provozierte. Die Situation war ständig angespannt und Zerbor schien einen Plan zu verfolgen, den nur er selbst kannte.

Doch seine privaten Komplikationen – er fand kein besseres Wort dafür – wogen beinahe genauso schwer. Am schlimmsten war für ihn, dass er niemanden hatte, mit dem er darüber reden konnte. Sein Vater war der Einzige, der eventuell als Zuhörer infrage gekommen wäre, aber dessen Reaktionen konnte er sich bereits ausmalen. Vermutlich würde sein Geheimnis nicht lange eines bleiben, wenn er es weitererzählte.

Er hatte die Verlobung mit Dalima gewollt, hatte sich vorgestellt, seinem Land damit einen großen Dienst erweisen zu können. Er hatte wirklich gedacht, dass es ihm nichts ausmachen würde, eine Zweckehe einzugehen. Vielleicht hätte es das ja auch nicht, wenn er nicht *ihr* begegnet wäre. Und jetzt bereitete ihm der Gedanke, Dalima zu heiraten, Schmerzen, weil er sich eine gemeinsame Zukunft mit einer anderen ausmalte. Ihm war durchaus bewusst, dass die Verlobung noch immer gelöst werden konnte, doch die Folgen, die sich daraus ergaben, würden nicht angenehm sein.

Edward blickte auf, als er das Klackern von Schritten auf dem Marmorboden vernahm. Die Person, die den Gang entlanggeschritten kam, war Linda. Wie immer saß alles an ihr tadellos: das eng geschnittene Kleid, die Komposition ihrer Haare und das Paar Schuhe, das sie zu jedem Anlass wechselte. Doch ihr Gesichtsausdruck und ihre Blässe machten ihm klar, dass sie in diesem Moment mindestens so unglücklich wie er selbst sein musste. Sie schien in sich zusammengefallen zu sein und von dem charmanten Lächeln war nichts mehr zu erkennen. Er fragte sich, was der Grund dafür sein konnte: Hatte sie sich womöglich mit Zerbor gestritten? Das konnte er sich gut vorstellen. Soviel er wusste, hatten sie aus eigenständiger Entscheidung geheiratet, doch er konnte sich nicht vorstellen, dass Zerbor jemals etwas mehr lieben konnte als sich selbst. Geschweige denn, dass jemand ihn attraktiv oder anziehend finden könnte.

„Eure Majestät." Er räusperte sich, um auf sich aufmerksam zu machen. Er hatte erwartet, dass sie ein höfliches Wort an ihn richten und dann einfach weitergehen würde, aber das tat sie nicht. Sie blieb vor ihm stehen und lächelte traurig. Er begann, sich unwohl zu fühlen, und zum ersten Mal fiel ihm auf, dass sie viel älter aussah als sonst. Sie hatte noch nicht einmal ihr vierzigstes Lebensjahr überschritten.

„Ist mit Euch alles in Ordnung?", fragte er vorsichtig.

„Ja, danke der Nachfrage. Es sollte alles in Ordnung sein. Das denke ich zumindest."

„Ihr denkt es?"

„Das ist es wohl auch. Aber nicht alles ist so einfach, wie es auf den ersten Blick scheint." Ihr Verhalten verwirrte ihn. Obwohl sie erst wenige Worte gewechselt hatten, war dieses Gespräch auf seltsame Weise sehr persönlich. Und dabei war sie die Frau seines Feindes.

„Hat es etwas mit Zerbor zu tun?" Er bereute diese Frage und wollte sie am liebsten wieder zurückziehen, doch sie ließ ihn nicht dazu kommen.

„Ja, das kann man so sagen." Sie schwieg einen Moment und wechselte dann wie beiläufig das Thema. „Wie geht es eigentlich Euren Geschwistern?"

„Ich habe sie lange nicht mehr gesehen. Es dürfte jetzt beinahe drei Monate her sein. Ich hoffe nur, dass Lucia keinen Unsinn angestellt hat. Vater hat erwähnt, dass sie im Moment wieder sehr dickköpfig ist und lauter verrückte Ideen hat."

„Kinder in dem Alter sind sehr schwierig, fürchte ich." Aus ihrem Mund klangen die Worte komisch. „Ich hätte manchmal auch gerne ein Kind, ein richtiges." Sie erklärte nicht, was sie mit diesen rätselhaften Andeutungen meinte oder ob sie ihm damit überhaupt etwas sagen wollte. Sie ging einfach weiter. Fassungslos und sehr durcheinander blieb Edward zurück und starrte ihr hinterher.

Ihm blieb nicht lange Zeit, um sich über das merkwürdige Verhalten der Königin zu wundern. Während er noch darüber nachdachte, weshalb sie ihm einen ihrer innersten Wünsche anvertraut hatte, hörte er plötzlich das Geräusch von Fanfaren. Klar und hell schallten die Töne zum Schloss hinüber und weckten ihn aus seinen Gedanken. Sofort sprang er auf und lief zum nächsten Fenster. Hinter der Mauer, die das Gelände umgab, konnte er eine ganze Ansammlung von Reitern erkennen. Auch ein Proviantwagen war dabei und er konnte nur vermuten, dass sich irgendwo auch seine jüngeren Geschwister befanden. Die Gyndoliner hatten das Schloss erreicht.

Voller Vorfreude lief er los und machte an der Tür zu Adenors früherem Arbeitszimmer halt. Es war vorübergehend das Büro seines Vaters und nach der Krönung würde es Lord Derlin zur Verfügung stehen. Besser gesagt: König Derlin. Melankor saß hinter einem Berg von Papieren und schien ganz vertieft in die Lektüre zu sein. In seinem Augenwinkel klemmte ein fein geschliffener, durchsichtiger Stein, der sein schwindendes Sehvermögen verbessern sollte.

„Edward! Ich bin gerade mit den Papieren meines alten Freundes beschäftigt. Übrigens findet übermorgen der Prozess gegen den Verrückten statt, der mich angegriffen hat." Er schien ein wenig übermüdet, doch als sein Sohn ihm von der Ankunft seiner beiden Jüngsten berichtete, leuchtete das Gesicht des Königs auf. Er schien sie sehr vermisst zu haben und sprang sofort auf, um ihnen entgegenzueilen.

Endlich erreichten sie das Erdgeschoss, ließen die Halle und den Weg hinter sich und liefen zu ihren Landsmännern und -frauen. Melankor fiel sofort auf, dass es mehr waren, als er erwartet hatte. Die beiden Gruppen mussten sich begegnet sein, nachdem sie die jeweiligen Fürsten besucht hatten.

Und dann sah er seine beiden Kinder. Lucia und Merior. Seine beiden Schätze. Und da war auch die Tochter von Lord Meandros. Neben ihr entdeckte er noch einen fremden Jungen. Er trug die gyndolinische Uniform, doch er war sich sicher, ihn noch nie in seinen Reihen gesehen zu haben.

„Vater!" Lucia stürmte ihm entgegen, sobald sie von Tristan abgestiegen war, und ließ sich von ihm umarmen. Er drückte sie fest an sich und war glücklich, sie wiederzuhaben. Doch es kehrten auch die Erinnerungen an ihre Auseinandersetzungen zurück. Lucia war schon immer stur gewesen und er konnte sich nicht vorstellen, dass sie die Sache mit dem Stein von Azur einfach auf sich hatte beruhen lassen. Er war sich inzwischen ziemlich sicher, dass sie ihn bei sich trug. Merior riss ihn sogleich wieder aus seinen Gedanken. Er schenkte ihm ein Lächeln und trat ihm gelassen entgegen, aber auch ihm war die Wiedersehensfreude deutlich anzusehen.

Lucia war überglücklich, als sie auch ihren zweitältesten Bruder in der Menge aus Gyndolinern und Morofinern entdeckte. „Edward! Du bist auch gekommen." Sie strahlte über das ganze Gesicht. Es war so lange her, dass er nach Lirin aufgebrochen war.

„Täusche ich mich oder bist du gewachsen?"

Sie verdrehte die Augen. „Mit Sicherheit. Aber bestimmt nicht so viel, dass du es sehen kannst! Musst du dich immer so schrecklich erwachsen verhalten?"

„Aber ich bin doch auch erwachsen." Er musste lachen und schloss sie in die Arme. Jetzt fing auch Lucia an zu lachen und alles Förmliche und die Anspannung fielen von ihnen ab. Sie spürte wieder die Geborgenheit, die sie ihre ganze Kindheit über begleitet hatte. Doch sie wusste, dass dieses warme Gefühl nicht für immer anhalten würde. Den Stein besaß sie immer noch und das Geschehene war nicht zu ändern.

Lilliana hatte gerade ihren Vater Hauptmann Meandros und ihre Mutter entdeckt, als ihr jemand in den Weg trat. Sie trat erschrocken zurück und verzog die Augen zu Schlitzen.

„Hau ab", brachte sie wütend hervor.

Seann schenkte ihr lediglich ein Grinsen und kam näher. „Schön, dass du wieder da bist. Ich hab dich vermisst", sagte er leise und ignorierte ihre freundliche Begrüßung.

In ihr begann es zu kochen. „Sag mal, verstehst du es nicht? Ich will nichts mehr mit dir zu tun haben. Es ist aus. Endgültig! Für immer!" Es kümmerte sie nicht, dass die Umstehenden ihr Blicke zu warfen.

Seann runzelte die Stirn und versuchte es erneut: „Lilliana, was hast du denn?"

„Hör endlich auf, dich so aufzuspielen! Du glaubst wohl immer noch, dass du mich jederzeit ausnutzen kannst, wie es dir passt. Vergiss es! Nicht mit mir!" Es fühlte sich gut an, ihm endlich die Meinung zu sagen, und ein Teil ihres Herzens war bereits über ihn hinweggekommen.

Antonio erging es vollkommen anders. Alles um ihn herum war fremd und neu, die einzigen Personen, die er kannte, waren zu sehr mit dem Begrüßen ihrer Familie beschäftigt und er war plötzlich ganz allein. Unsicherheit machte sich in ihm breit und der Anblick des gigantischen, steinernen Kolosses, der sich Schloss nannte, verursachte ihm Unbehagen.

Niemand nahm ihn wahr und er fühlte sich plötzlich wieder unwichtig und ausgeschlossen. Ob Lucia, Lilliana und Merior ihn einfach vergessen würden?

Er ließ seinen Blick schweifen und spürte einen Kloß im Hals. Zwei Gestalten waren ihm aufgefallen und er war sich sicher zu wissen, wer sie waren. Zerbor, der finstere Herrscher, und seine elegante Gemahlin Linda. Ein Schauer lief ihm über den Rücken und er war froh, dass Zerbor seinen Blick nicht zu bemerken schien. Rote Augen. Der König von Kiborien hatte also tatsächlich rote Augen, und es handelte sich dabei nicht nur um ein Gerücht. Alles an dem hageren Mann war Furcht einflößend und er konnte beinahe spüren, dass diese Person von Bösem durchdrungen war. Jetzt sah er Lucia direkt an und Antonio wünschte sich, sie vor ihm beschützen zu können. Unwillkürlich ballte er die Hände zu Fäusten, denn Zerbor war der Verursacher für all die Armut und die Not in seinem Heimatland.

Dann richtete er seine Aufmerksamkeit auf die Königin. Sie war auf eine bizarre und grausame Art und Weise schön. Von ihr ging dieselbe Kälte aus wie von Zerbor, obwohl sie keine Harmonie zu bilden schienen, und er bezweifelte, dass sie sich von irgendetwas verunsichern lassen konnte. Doch da bemerkte Linda plötzlich, dass er sie anstarrte, und ihre Maske fiel. Irgendetwas an seinem Anblick schien sie in Panik zu versetzen, denn sie öffnete ungläubig den Mund und begann ein wenig zu zittern. Aber gleich darauf war der Moment der Schwäche vorbei, denn sie wandte sich von ihm ab und flüsterte Zerbor etwas zu. Ihr Kleid flatterte im Wind hin und her und nichts wies darauf hin, dass es diesen Augenblick wirklich gegeben hatte.

„Das sind König Zerbor und Königin Linda. Gestatten: Meine Tochter Lucia und mein jüngster Sohn Merior." Melankor stupste seine Kinder leicht vorwärts. Lucia trat einen Schritt auf den Träger des dritten Steins zu. Seine furchtbaren Augen hielten sie fest, sodass die Anziehungskraft beinahe körperlich wurde. Verwendete er Magie? Sie zwang sich dazu, sich nichts anmerken zu lassen, und schüttelte ihm, obwohl es sie eine Menge Überwindungskraft kostete, die Hand. Als sie seine Hand berührte, durchlief ein unangenehmes Kribbeln ihre Fingerspitzen. Es wurde stärker und ließ ihren Arm vom Handgelenk bis zur Schulter hinauf beinahe taub werden. Sie versuchte verzweifelt, dagegen anzukämpfen, doch ehe sie die fremde Kraft aus ihrem Körper vertreiben konnte, hatte er sie schon wieder losgelassen. Die Berührung brannte noch immer auf ihrer Haut, als hätte sie in ein Beet voller Brennnesseln oder eine glühende Feuerstelle gefasst. Sie sah erschrocken zu ihm auf und wurde von seinem grausamen Lächeln aus dem Konzept gebracht. Ihr wurde leicht schwindelig. Endlich ging er weiter und begrüßte Merior. Lucia atmete tief durch und wurde erstaunlich ruhig. Zerbor hatte ihr einen Energiestoß zukommen lassen – eine ausdrückliche Warnung. Wusste er, was sie wusste? Alles über Antonio und den Stein? Aber woher sollte er das wissen? Sie beschloss, sich auf keinen Fall einschüchtern zu lassen. Allerdings war dies leichter gesagt, als getan. Als sie Antonio berührt hatte, hatte es sich vollkommen anders angefühlt.

# Überflüssige Rettungsversuche

Lucia starrte gedankenverloren zu Boden. Sie hatte die Hände tief in den Taschen ihres Umhangs vergraben und saß unbewegt auf einem der maigrünen Samtsofas vor dem Thronsaal.

Als Antonio die Treppe hinaufkam, schenkte sie ihm ein Lächeln und staunte darüber, was ein Nachmittag im Schloss bereits alles an ihm verändert hatte.

„Du siehst …", begann sie und fand keine passende Umschreibung.

Antonio vollendete den Satz für sie: „… anders aus." Er fühlte sich auch ganz anders. Lord Sorron hatte sich für den angeblichen Lordsohn verantwortlich gefühlt und ihn umgehend zu den höfischen Schneidern geschickt. Diese hatten ihn völlig neu eingekleidet, sodass er sich selbst im Spiegel nicht mehr wiedererkannt hatte. Er trug nun eine warme blaue Jacke aus Samt, darunter ein weißes leicht gerüschtes Hemd und dazu eine weite Hose und ein Paar teurer Stiefel. Die Kleidung, die er mitgebracht hatte, hatten sie, ohne ihn zu fragen, entsorgt. Es kam ihm vor, als hätten sie damit auch die letzte Verbindung zu seinem früheren Leben zerbrochen, obwohl er doch nur zu Besuch war. Mit einem Seufzer ließ er sich neben Lucia nieder.

„Gefällt es dir nicht?", fragte sie erstaunt. Sie musste zugeben, dass er in dieser vornehmen Kleidung elegant aussah und ein ganz anderes Selbstbewusstsein ausstrahlte. Aber man sah ihm an, dass er nicht glücklich war.

„Doch schon. Nein, eigentlich eher nicht. Es ist alles so neu und ungewohnt. Das bin nicht mehr ich."

„Aber du wirst es sein! Glaub mir, du gewöhnst dich daran." Behutsam nahm Lucia seine Hand und drückte sie aufmunternd. „Ich habe gleich ein Gespräch mit meinem Vater", begann sie zu erzählen. „Ich habe ihn darum gebeten, mir zuzuhören. Ich muss ihm schließlich noch die ganze Sache mit den Trollen erklären. Sie wollen mit ihm ein Bündnis schließen."

„Du erzählst ihm aber nichts vom Jungbaum und mir, oder?", fragte Antonio.

„Keine Sorge! Eigentlich bin ich sogar ziemlich froh, dass wir wenigstens ein Problem weniger haben. Obwohl ich Lord Derlin immer noch nicht ausstehen kann. Ich habe das Gefühl, dass meine Abneigung sogar noch stärker geworden ist." Sie verdrehte die Augen und dachte schon wieder an das schmierige Lächeln des künftigen Königs. Und dann war da ja auch noch Zerbor, der sie die ganze Zeit zu beobachten schien.

„Kommst du gleich mit rein? Ich glaube, die Versammlung ist bald zu Ende", schlug sie vor.

Er schüttelte den Kopf. „Nein, ich bin doch nur dein neuer Freund aus Kiborien. Schon vergessen?" Er lächelte. „Aber wenn du willst, warte ich hier auf dich."

„Danke", meinte Lucia erleichtert. „Ich habe nämlich das dumpfe Gefühl, dass ich mal wieder alles vermasseln werde."

„Das wirst du nicht", entgegnete er aufmunternd.

„Du kennst meinen Vater nicht. Er nimmt mich nicht richtig ernst, weil ich in seinen Augen noch ein Kind bin. Na ja, eigentlich bin ich das ja auch." Sie seufzte leicht. „Es hat sich alles so sehr verändert, seit ich den Stein habe", murmelte sie nachdenklich.

„Stimmt. Und ich habe ihn schon seit Ewigkeiten, aber es ist nie etwas Ungewöhnliches geschehen."

„Möglicherweise bricht die Magie erst aus den Steinen hervor, wenn sie gebraucht wird. Ist dir nie aufgefallen, dass er warm war oder geleuchtet hat?"

„Nein, aber kurz bevor ich dich getroffen habe, hat er angefangen zu glühen. Einmal, als ich dich in der Eingangshalle gesehen habe und schon davor, als ich Derrick begegnet bin." Erst in dem Moment, in dem er es aussprach, wurde ihm die Bedeutung wirklich bewusst.

„War das nicht der Junge, von dem du mir erzählt hast? Den Zerbor hat verfolgen lassen?", fragte Lucia. Sie stutzte und riss den Mund auf.

„Das könnte etwas zu bedeuten haben! Warum hast du mir noch nicht davon erzählt?"

Antonio biss sich auf die Lippen. „Es ist so viel geschehen, dass ich kaum noch an ihn gedacht habe. Und schon gar nicht an das Glühen des Steines. Ich frage mich wirklich, was aus ihm geworden ist."

Lucias Augen leuchteten und ihre Hände begannen vor Aufregung zu schwitzen. „Weißt du was? Ich vermute, dass er auch einen der Steine besitzt!"

„Wie bitte? Aber du hast doch gesagt, dass Zerbor den Stein des Blutes bei sich trägt und der vierte und letzte verschollen ist!" Antonio wollte es nicht glauben.

„Er könnte den Stein der Hoffnung gefunden haben. Oder ... es gibt noch eine Möglichkeit. Unsere Steine würden uns ganz bestimmt auch zeigen, wer unsere Nachfolger oder diejenigen der anderen Steine sind."

„Dann hat er also wirklich etwas mit uns zu tun. Und theoretisch könnte er auch einen von unseren Steinen erben." Lucia fuhr ein Schauer über den Rücken. Ein seltsamer Gedanke. Soweit wollte sie noch gar nicht denken.

„Und Zerbor hat dies ebenfalls gemerkt. Deshalb hat er ihn verfolgt und gefangen genommen", schlussfolgerte Antonio.

„Das ist ja alles schön und gut", bemerkte Lucia ein wenig sarkastisch. „Das Problem ist nur, dass du ihn verloren hast und wir nicht wissen, wo er sich jetzt aufhält. Oder was Zerbor mit ihm angestellt hat."

„Wir müssen ihn unbedingt finden", stimmte Antonio ihr zu.

Sie waren zu sehr in ihr Gespräch vertieft, um zu bemerken, dass jemand wie aus dem Nichts vor ihnen erschienen war. Lucia nahm den plötzlichen Wechsel der Atmosphäre wahr und blickte auf – direkt in ein Paar blutrote Augen. Hastig sprang sie auf, so als wäre sie bei etwas Verbotenem erwischt worden. Zerbor hatte ein süffisantes Lächeln auf den Lippen, das ihr nur noch mehr Angst machte. Wie viel hatte er mitbekommen?

„Prinzessin Lucia, wie schön Euch zu sehen. Habt Ihr Euch bereits von der anstrengenden Reise erholt? Und wie ich sehe, habt Ihr einen Begleiter." Lucia lief rot an. Ob vor Angst oder aus einem anderen Grund, konnte sie selbst nicht sagen. Antonio erhob sich ebenfalls und stellte sich neben sie.

„Das ist Antonio. Er stammt ebenfalls aus Kiborien und ist der Sohn eines Lords."

Er verbeugte sich tief und schüttelte dann die angebotene Hand. Seinem Gesichtsausdruck war anzusehen, dass er sich genauso unwohl fühlte wie sie.

„Tatsächlich. Ein Landsmann. Aus welchem Gebiet stammt Ihr denn?"

„Aus Cavanae", entgegnete Antonio flüchtig. Er kannte nur dieses eine Gebiet, weil er darin wohnte. Immerhin keine richtige Lüge.

„Cavanae, so. Wie geht es denn dem Fürsten?"

Antonio stotterte ein wenig herum: „Als ich ihn das letzte Mal gesehen habe, ging es ihm gut."

„Sind nicht vor einigen Monaten zwei seiner Kinder an einer Epidemie verstorben?" Zerbors Lächeln wurde noch breiter und überheblicher.

Lucia wusste, dass er nur mit ihnen spielte und Antonios Identität bereits durchschaut hatte.

„Den Umständen entsprechend geht es ihm gut", versuchte sich der Junge herauszureden. Zerbor nickte wissend.

Dass sich plötzlich die Flügeltüren des Bankettsaals öffneten und eine Menge schwatzender und diskutierender Lords und Ladys heraustrat, war für Lucia Glück, für Antonio hingegen Pech. Er sah sich schon ganz alleine mit Zerbor und wie dieser ihm die Wahrheit einfach ins Gesicht sagen würde. Lucia verabschiedete sich, während jemand Zerbor in ein Gespräch verwickelte und Antonio einfach verschwinden konnte.

Die Prinzessin entdeckte unter den herausströmenden Menschen auch Lord Wyn und passte ihn ab. „Würdet Ihr bitte noch einen Moment bleiben? Ich glaube, es wäre gut, wenn auch Ihr das hört, was ich Vater zu sagen habe."

Der kräftige Mann runzelte die Stirn. „Wenn Ihr es für nötig haltet, gerne. Ich nehme an, dass es mit Eurer Reise zu tun hat. Wir haben bereits über die Geschehnisse geredet."

Das hieß, dass ihr Vater schon über die Trolle Bescheid wusste. Sie war sich nicht sicher, was das zu bedeuten hatte.

Als sie den Bankettsaal betrat, fiel ihr ein, wie ihr Lilliana von Adenors letzten Stunden erzählt hatte, in denen er bei Bewusstsein gewesen war. Alles war genau so, wie sie es ihrer schwachen Erinnerung entnehmen konnte. Das Podest, die Kerzenhalter, die in regelmäßigen Abständen an der Wand angebracht waren, sogar der Fußboden. Auf was für lächerliche Details kleine Mädchen achteten. Ihr Vater stand vor einem geöffneten Fenster und drehte ihnen den Rücken zu. Er wirkte noch immer so erschöpft wie vor einem Monat. Außer ihm waren nur noch Merior, Edward und Lord Sorron anwesend. Sie hoffte, dass sie ihre beiden Brüder und ihr ehemaliger Gruppenführer unterstützen würden. Sie saßen auf Stühlen, die auf dem Podest vor dem Thron aufgebaut waren. Lord Sorron sprang auf, als er sie sah, und ihr Vater drehte sich mit niedergeschlagener Miene um.

„Was hast du dir nur dabei gedacht, freiwillig in das Lager dieser Untiere zu gehen?" Melankor kam auf sie zu und wollte sie umarmen, doch sie ließ es nicht zu. Die Traurigkeit in den Augen ihres Vaters machte es ihr nicht leichter.

„Ich …", wollte sie beginnen. Plötzlich waren alle ihre zurechtgelegten Worte verschwunden.

„Du warst in großer Gefahr! Wann begreifst du endlich, dass du nicht weiter so leichtsinnig sein kannst? Ich dachte, du würdest langsam erwachsen werden, aber ich hätte dich gar nicht erst mitlassen sollen." Er fasste nach ihrer Hand und führte sie zu einem Stuhl, doch sie schüttelte den Kopf und sah ihm, so fest sie konnte, ins Gesicht. Sie hatte genug. Viel zu oft hatte sie seine Ermahnungen und Befürchtungen, Zurechtweisungen und Angstzustände schon über sich ergehen lassen.

„Ich weiß, dass ich mich in Gefahr begeben habe. Das war mir zu diesem Zeitpunkt auch sehr bewusst. Und wenn schon: Ich hätte mein Leben für das der anderen gegeben."

„Lucia!"

„Ich kann selbst über mein Leben entscheiden. Aber darüber wollte ich nicht mit dir reden. Dass ich heute hier vor dir stehe, habe ich auch den Trollen zu verdanken. Sie sind friedfertige Wesen und weitaus intelligenter, als wir bisher geglaubt haben." Sie verschränkte die Arme, während ihr Vater sich langsam und entsetzt auf seinen samtbezogenen Sessel sinken ließ.

„Sie haben das Anwesen meines Freundes vernichtet und zur Ruine gemacht. Außerdem haben sie meine Leute gefangen gehalten. Lucia, sie sind Monster. Man kann dem, was sie sagen, keinen Glauben schenken." In seinen Augen stand nur Unverständnis. Er konnte und er würde ihr nicht vertrauen. Lucia atmete tief durch. Ein einziger falscher Satz, sogar eine falsche Bewegung konnten jetzt alles zunichtemachen. Sie musste ruhig bleiben.

Irgendwie brachte sie die Kraft auf, ihn anzusehen. Trotzig und stur, wie es in ihrer Natur lag. Kurz warf sie Lord Sorron einen Blick zu, aber von ihm konnte sie sich keine Hilfe erhoffen. Er war genauso ratlos wie sie.

„Vater, hast du je einen Troll gesehen, geschweige denn ein Wort mit ihm gewechselt?"

Er wollte zu einem „Natürlich nicht" ansetzen, doch sie hob beruhigend die Hände.

„Sie sind vollkommen anders als wir. Sie denken und fühlen auf eine andere Art und Weise, aber diese Tatsache macht sie in meinen Augen nicht zu Monstern." Ihre Stimme wurde ruhiger und gelassener und sie legte alle Überzeugungskraft und ihre Gewissheit mit hinein.

Für alle Anwesenden klang es beinahe, als würde sie mit einem Kind reden und nicht mit ihrem Vater. Es ging darum, einen für Melankor unerschütterlichen Grundsatz ins Wanken zu bringen, der ihn seit seiner Kindheit begleitete. Und das war ebenso schwer, wie ihn von der Existenz von Magie überzeugen zu wollen oder zu erklären, dass die Sonne plötzlich grüne Strahlen warf. Seine Überzeugung stand gegen ihre. Man hatte ihm von blutrünstigen und erbarmungslosen Ungeheuern, von hässlichen, unmenschlichen Kreaturen berichtet. Alles, was er über sie gehört hatte, sprach gegen sie, vor allem die Tatsache, dass sie seine Tochter in ihrer Gewalt gehabt hatten.

„Eure Majestät, es stimmt, was Prinzessin Lucia sagt", mischte sich Lord Sorron nun doch noch ein. „Wir haben versucht, sie von den Trollen mit Gewalt zu befreien, doch das ist nicht nötig gewesen. Sie hatten sie wie einen Gast bei sich aufgenommen und ihr kein Leid zugefügt. Übrigens erging es den anderen Gefangenen ebenso. In unserer Blindheit haben wir dies aber übersehen. Es wäre schrecklich gewesen, wenn wir eines dieser Wesen getötet hätten. Sie sind faszinierend und sehr kultiviert. Ihre ganze Art ist harmonisch und friedliebend. Ich kann nur bestätigen, dass sie keine bösartigen Absichten hegen, obwohl es zunächst so schien."

Melankor schien nicht überzeugt von dem Bericht seines Untergebenen zu sein.

„Und weshalb haben sie uns jahrhundertelang in dem Glauben gelassen, dass sie unsere Feinde sind? Weshalb haben sie das Schloss belagert?"

„Sie haben geglaubt, dass es keine andere Möglichkeit geben würde, mit uns in Kontakt zu treten. Außerdem war es immer genau anders herum. Sie dachten, dass wir ihre Feinde wären. Schließlich wurden sie lange Zeit in Sklaverei gehalten und von den Menschen verachtet", gab Lucia zu bedenken. Sie glaubte, es geschafft zu haben. Ihr Vater hatte das Gesicht angestrengt verzogen und sie war sich sicher, dass er nicht nachgeben wollte, aber sie würde einen Weg finden, um ihn mit den Trollen zusammenzubringen. Es gab immer einen Weg und Melankor würde erkennen, dass er sich geirrt hatte. Sie lächelte. Allerdings war es schwer, einen solchen Weg zu finden.

Ihr Vater war auf etwas anderes aufmerksam geworden. „Weshalb wollten sie denn mit dir in Kontakt treten?", fragte er ernst.

„Weil sie über mich an dich herankommen wollten." Das war leider nur die halbe Wahrheit. Da war ja noch die Sache mit dem Stein … Aber immer wenn sie mit Melankor auf dieses Thema zu sprechen gekommen war, hatte er mehr als abweisend reagiert.

„Das kann ich mir nicht vorstellen. Lucia, was verschweigst du mir?"

„Sie … sie wollten sich mit mir unterhalten, weil ich eine der Steinträgerinnen bin. Ich habe den Stein von Azur von Adenor erhalten, wie du weißt."

Edward sah sie verständnislos an, Merior schüttelte warnend den Kopf, Lord Wyn machte eine interessierte Miene und Lord Sorron fuhr sich nervös mit der Hand über die Stirn. Doch die größte Verwandlung machte ihr Vater durch. Seine Gesichtszüge verhärteten sich zu einer kalten Grimasse. Noch nie hatte er sie so angesehen. So, als wäre sie nicht mehr seine Tochter, sondern etwas, dass er über alles hasste und zerstören wollte.

„Vater!" Sie sah zu Boden. Was hatte er gegen die Steinträger? Gehörte er am Ende etwa auch zu dieser Sekte? Nein, er hatte Magie schon immer abgelehnt. Selbst die kleinsten Alltagswunder beruhten für ihn auf logischen Erklärungen.

„Lucia, ich dachte, wir hätten dieses Thema endgültig abgeschlossen! Der Stein ist einfach nur ein Stein, der Adenor gehört hat. Ein Schmuckstück, ein Glücksbringer, ein Spielzeug. Weiter nichts!" Er steigerte sich in seine Wut hinein und machte Lucia langsam Angst. Ihr Körper begann zu zittern und in ihrem Gesicht wurde es heiß.

„Du verstehst überhaupt nichts! Weshalb siehst du nicht ein, dass du dich selbst belügst? Warum verschweigst du uns etwas?" Ihre Stimme versagte beinahe. Selbst wenn er mit seinen Behauptungen recht behalten hätte, wäre dies kein Grund gewesen, sie so anzuschreien. Er verbarg wirklich etwas vor ihr und sie war sich sicher, dass es wichtig war.

„Lucia, das ist genug. Es gibt keine Magie. Deine Fantasie ist mit dir durchgegangen, du bildest dir das alles nur ein."

Tränen schossen ihr in die Augen. Er leugnete es, obwohl sie noch nicht einmal zu Ende gesprochen hatte. Alle Beweise sprachen gegen ihn. Es gab Magie! Sie schlummerte in ihr, in Antonio, Lady Edilia und vermutlich noch vielen mehr.

„Nein, ich bin es nicht, die sich etwas vormacht." Am liebsten wäre sie vor Verzweiflung auf die Knie gefallen. Was war mit ihrem Vater los?

Plötzlich hatte sie das Gefühl, eine fremde Stimme in ihrem Kopf zu hören. Es klang wie die Stimme einer Frau, doch die Worte kannte sie bereits. Es war Adenors allerletzte Botschaft an sie, die sie an Melankor weitergeben sollte.

Sie schluckte kurz und rang sich dazu durch, es auszusprechen. „Du warst für Adenor der beste Freund, den man sich vorstellen kann und ich soll dir noch etwas von ihm ausrichten. Es gibt Magie, aber sie ist nicht nur heilsam. Man kann mit ihr auch töten und den Blick für das Wesentliche verlieren. Er ... er hätte dich jetzt gerne getröstet, aber ..."

Sie sah ihn mit Tränen in den Augen an und spürte, dass das Band der Freundschaft zu Adenor den Tod überdauert hatte. Ihr Vater glaubte nicht nur an Magie, er wusste sogar, dass es sie gab. Aber irgendetwas hatte ihn dazu gebracht, sie zu verleugnen. Vielleicht wollte er sie schützen oder er konnte es sich selbst nicht eingestehen, doch Lucia verstand nun, was Adenor ihr mit diesen Worten für einen Dienst erwiesen hatte.

Die Reaktion ihres Vaters war jedoch anders, als sie erwartet hatte. Seine Unterlippe begann, unkontrolliert zu zittern, doch er schüttelte fest den Kopf und schloss die Augen. „Lucia, geh. Du hast schon genug angerichtet." Seine Stimme wurde lauter, als er bemerkte, dass sie sich nicht vom Fleck rührte. „Geh. Du glaubst, alles verstehen zu können, aber du machst es nur noch schlimmer."

„Sieh es doch ein", beharrte sie. „Adenor wollte ..."

„Adenor ist tot!" Seine Augen funkelten sie an. „Nichts kann ihn wieder lebendig machen. Weder ihn noch Rika. Und an allem ist die Magie schuld. Die Magie und vor allem dieser gottverdammte Stein!"

Lucia schüttelte ungläubig den Kopf. „Das kann nicht sein. Das darf nicht sein." Ihre Beine begannen, wie von selbst zu laufen und sie von den Worten ihres Vaters fortzutragen. Hinter ihr schlug die Flügeltür mit voller Wucht zu und hallte wie ein Donnerschlag im gesamten Schloss nach. Sie lehnte sich zitternd und schwer atmend dagegen und wusste nicht mehr, was sie glauben sollte.

Auf Schloss Morofin kannte sich Lilliana gut aus. Es war Teil ihrer Kindheit gewesen und sie hatte fast täglich nicht nur hier trainiert, sondern auch mit ihren Freunden gespielt. Sie waren durch die Gänge gejagt, hatten in den düsteren, verstaubten Räumen des Ostflügels Verstecken gespielt und immer neue Teile des Schlosses für sich entdeckt und erobert. Es war wie ein zweites Zuhause für sie, sie hielt sich hier sogar lieber auf als in ihrem großen Haus in der Stadt. Tief sog sie die leicht stickige und um diese Jahreszeit noch immer drückende Luft ein, die sie seit ihrem Aufbruch vermisst hatte.

Eigentlich hatte sie vorgehabt, Lucia zu suchen, doch zuvor musste sie noch ein wenig Ruhe finden und an einen Ort zurückkehren, der sich ganz besonders dafür eignete. Statt in den Westflügel, in dem sich auch der Bankettsaal befand, lief sie zur nördlichen Seite, auf der unter anderem auch die Gäste untergebracht waren. Der Eingang zum Turm war schon lange abgesperrt, weil einige der hölzernen Stufen bereits morsch waren, doch sie ging dieses Risiko ein, weil sie dafür wenigstens einen Platz für sich alleine hatte.

Doch mit einem Mal wurde sie durch ein Geräusch von ihrem Ziel abgelenkt. Sie glaubte, jemanden schreien gehört zu haben. Ein Streit? Sie begann, unkontrolliert zu zittern, denn sie fühlte sich unmittelbar in die Situation zurückversetzt, in der Adenor gestorben war. Wieder schrie jemand und sie musste sich die Ohren zuhalten, um nicht vollends in Panik auszubrechen. Das Geräusch wurde durch Wände gedämpft, doch sie war sich sicher, dass sie es sich nicht eingebildet hatte. Nicht noch einmal. Sie wollte das nicht noch einmal miterleben.

Ohne nachzudenken, rannte sie los und blieb vor der Tür zum Turm stehen. Angst stieg in ihr auf und sie wusste nicht, was sie tun sollte. Wenn in dem Zimmer jemand gequält wurde, musste sie ihm helfen. Und alleine würden sie es nicht wagen, den Raum zu betreten. Zu sehr erinnerte sie die Situation an Adenors letzte Momente. Sie musste jetzt die Ruhe bewahren und Lucia finden! Und das möglichst schnell.

„Was ist passiert?" Antonio stürzte zu der schluchzenden Prinzessin und drückte sie, ohne zu zögern, an sich. Er spürte ihren Herzschlag gegen seine Brust hämmern, schnell und aufgebracht, wütend und verzweifelt. „Lucia, beruhige dich", flüsterte er ihr sanft ins Ohr. „Du hast dein Bestes gegeben."

Sie sah zu ihm auf und schniefte. „Nein, ich habe alles kaputt gemacht." In ihrer Stimme schwang Hass auf sich selber mit.

Antonio löste sich vorsichtig von ihr, und Lucia ließ sich kraftlos auf das Sofa neben ihn fallen. Ihre rechte Hand krallte sich verbissen um den Stein von Azur und er konnte sich denken, dass sie keine gewöhnliche Auseinandersetzung mit ihrem Vater gehabt hatte. Lucia schien sich sonst nicht so leicht aus dem Konzept bringen zu lassen.

Nach einer Weile, in der sie vor sich hin gejammert hatte und kein vernünftiges Wort aus ihr herauszubringen war, hatte sie sich ein wenig beruhigt und konnte ihm wieder in die Augen sehen.

„Mein Vater glaubt, dass der Stein schuld an Adenors Tod ist", murmelte sie mit versagender Stimme.

„Wie bitte? Was weiß er von den Steinen?"

Lucia schüttelte den Kopf. „Ich habe keine Ahnung. Aber er weiß, dass es Magie gibt. Er hat von Anfang an versucht, mich aufzuhalten und davon zu überzeugen, dass der Stein von Azur vollkommen gewöhnlich ist."

Antonio konnte Melankor verstehen. Was man mit Magie alles anrichten konnte, war Grund genug, um Misstrauen auf alles zu entwickeln, was damit zu tun hatte.

„Das war wohl noch nicht alles, oder?", fragte er mitfühlend.

„Nein, er hat angedeutet … meine Mutter wurde mit Magie getötet." Ihre Mutter, die sanftmütige, liebevolle und immer fröhliche Königin Rika. Es schmerzte noch immer, dass sie sie so früh verloren hatte, aber jetzt zu erfahren, dass sie nicht an einer Krankheit gestorben sein sollte, war grausam. Am liebsten hätte sie den Stein in kleine Splitter zerbersten sehen. Doch da war noch immer diese beruhigende und mittlerweile so vertraute Wärme.

„Lucia." Antonio legte seine Hand auf ihre, die den Stein umklammert hielt. „Wir sollten uns erst davon überzeugen, was damals wirklich passiert ist. Und was mit Adenor geschehen ist. Dein Vater hätte dir schon längst davon erzählen müssen."

„Er wollte mich beschützen", flüsterte sie. „Er leidet. Und ich kann das nicht länger mit ansehen. Ich habe das Gefühl, dass alles meine Schuld ist."

„Aber das stimmt nicht. Du kannst nichts dafür. Vertrau mir, wir werden die Wahrheit herausfinden."

Sie musste unwillkürlich unter einem Schleier aus Tränen lächeln. „Woher plötzlich dieses Selbstbewusstsein?", fragte sie erstickt.

Antonio zuckte mit den Schultern. Sie konnte wieder lächeln – das war das Wichtigste. Eines ihrer unbekümmerten und energiegeladenen Lucia-Lächeln war es zwar nicht, aber mindestens genauso schön.

„Da seid ihr ja!", rief ihnen plötzlich jemand entgegen. Die beiden wandten gleichzeitig ihre Köpfe und Antonio ließ Lucias Hand los. Lilliana blieb aufgelöst und völlig außer Atem stehen.

„Das Gespräch lief wohl nicht so gut?", bemerkte sie und biss sich auf die Lippen.

„Ihr Vater ist vollkommen ausgerastet, als sie ihn auf den Stein angesprochen hat." Antonio wiederholte für Lucia, was vorgefallen war, und Lilliana starrte sie fassungslos an.

„Ich glaube nicht, dass das alles war", meinte sie nachdenklich, erinnerte sich dann aber daran, weshalb sie gekommen war. „Ihr müsst mir dringend helfen. Tut mir leid, dass das gerade jetzt sein muss, aber ich weiß nicht, ob jemand in Gefahr ist oder nicht." Sie erzählte von den Geräuschen und deutete in die Richtung, aus der sie gekommen war.

Lucia wischte sich die Tränen aus den Augen und fragte verstört: „Glaubst du, dass jemand ermordet wurde?" Ihre Stimme zitterte zwar noch immer, doch ihr war ihre Neugier anzuhören.

„So weit will ich gar nicht denken, aber die Situation erinnert mich an Adenor. Als ich ihn gefunden habe …"

„Wo war das?", fragte Antonio.

„Bei den Gästezimmern?" Lucia sah Antonio an und beiden schoss ein und derselbe Gedanke durch den Kopf, als Lilliana zustimmend nickte.

„Zerbor", stieß die Prinzessin hervor.

„Derrick", fügte Antonio hinzu.

Lilliana sah sie fragend an. Sie konnte sich nur vage daran erinnern, dass da etwas mit einer Verfolgungsjagd durch das Hospital gewesen war und einem geheimnisvollen Jungen, der etwas mit Zerbor zu tun hatte.

„Wir vermuten, dass er einer der Steinträger ist", gab Lucia zu.

„Weshalb sagt ihr das nicht gleich?" Lilliana fuhr sich durch die Haare und seufzte tief. „Besser geht es ja gar nicht mehr. Ich muss sagen: Langsam verliere ich den Überblick."

„Ich auch", meinte Lucia leise und musste schon wieder an ihre Mutter denken.

„Einen Versuch ist es wert, ihn dort zu suchen. Worauf warten wir noch?"

„Hätte Zerbor eine Möglichkeit, dort jemanden zu verstecken?", erkundigte sich Lucia.

„Auf jeden Fall! Du hast das Zimmer deines Vaters noch nicht gesehen. Da drinnen könnte man eine ganze Schafherde unterbringen oder einen Berg Leichen ..." Lilliana stoppte, erschrocken über ihre eigenen Worte.

„Na ja, das wollen wir jetzt mal nicht hoffen", bemerkte Antonio.

„Jedenfalls bestehen seine Gemächer aus mehreren Räumen, in denen man theoretisch auch jemanden einsperren kann." Lilliana legte die Stirn in Falten, weil ihr die ganze Sache nicht gefiel. Sie hatte Angst vor dem, was sie erwarten würde, auch wenn es nur ein Junge in ihrem Alter war, der von Zerbor gefangen gehalten wurde.

Antonio schien ihre Gedanken zu erraten. „Wir können ihn nicht im Stich lassen. Vielleicht braucht er oder jemand anderes unsere Hilfe. Wir sind zu dritt und es kann uns nichts passieren."

Lucia nickte zustimmend. Sie konnte etwas Ablenkung gut gebrauchen, bis sie endlich die Kraft aufbrachte, um ihrem Vater erneut unter die Augen zu treten. Und Lilliana musste sich geschlagen geben, weil sie nicht alleine zurückbleiben wollte. Sie war es schließlich gewesen, die mit der ganzen Sache begonnen hatte. Sie sah zu Lucia hinüber, deren Gesicht von den unterschiedlichsten Emotionen beherrscht wurde. „Nun gut. Hier geht es lang."

Während sie ihre beiden Freunde in die nächste Etage und zum Gästezimmer des kiborischen Königspaares – denn darum handelte es sich – führte, gingen ihr Adenors letzte Worte durch den Kopf: „Finde Frieden, den Stein und den Erben." Im Nachhinein wurde ihr nun bewusst, dass Antonio dieser Erbe gewesen war. Würde sie für immer die Rolle der besten Freundin spielen? Immer treu ergeben und hilfsbereit, aber die ewige Nebenrolle, das fünfte Rad am Wagen der vier Steinträger? Ein ungutes Gefühl stieg in ihr auf, je näher sie dem Raum kamen.

Sie konnte sich an den Aufbau der Gästezimmer erinnern, weil sie früher auch ohne Erlaubnis und zum Ärger der Hausmädchen dort gespielt hatte. Es enthielt ein großes Wohn- und Arbeitszimmer, zwei Schlafzimmer und einen kleinen Waschraum. Zusätzlich gab es auch noch einen Kamin und einen großen Balkon. Von diesen Zimmern gab es nur drei, von denen momentan zwei belegt waren.

Größer und besser ausgestattet war nur noch das Königsgemach, aber dem war sie noch nie allzu nahe gekommen. Zu Adenors Lebzeiten war es unmöglich gewesen, es zu betreten. Wer es dennoch tat, war des Todes oder bekam jede Menge Ärger, da er möglicherweise Staatsgeheimnisse herausgefunden haben konnte. Davor hatte sogar sie Respekt gehabt.

„Hier ist es." Sie hielt an und deutete auf den Raum. „Hier sind Linda und Zerbor untergebracht. Und vielleicht noch jemand anderes." Lucia trat einen entschlossenen Schritt nach vorne.

„Du kannst da doch nicht einfach so reinplatzen!" Lilliana packte sie bei der Schulter.

„Natürlich nicht. Ich klopfe erst einmal an." Doch sie zögerte. Beim Gedanken an Zerbors blutunterlaufene Augen wurde ihr schwindelig.

„Er kann uns nichts tun. Ich finde, wir sollten wirklich klopfen. Uns fällt schon noch eine Ausrede ein", überlegte Antonio. Er trat neben sie und schlug zweimal kräftig gegen das Holz. Lilliana stellte sich unsicher hinter die beiden. Sie warteten. Eine seltsame, beinahe unnatürliche Stille senkte sich über sie. Im Hintergrund brodelte die Geschäftigkeit des Schlosses weiter. Man hörte das Klirren von Geschirr, das für das Mittagessen vorbereitet wurde, Schritte, die über die Gänge eilten und Stimmen, deren Lautstärke auf und ab wallte. Dennoch lag über ihnen drückende Stille, so als wären sie durch eine dünne, unsichtbare Schicht plötzlich von der Außenwelt abgeschnitten worden. Es war die Stille, die entstand, wenn man wusste, dass jemand da war, aber ihn nicht hören oder sehen konnte. Die Zeit schien den Atem anzuhalten und abzuwarten. Doch nichts geschah.

Antonio gelang es als Erstes, sich aus der unheimlichen Starre zu befreien. Er öffnete den Mund, ohne etwas zu sagen, und klopfte noch einmal etwas eindringlicher.

Lilliana hatte genug. „Das reicht, es ist niemand da. Lasst uns besser gehen. Es war sowieso eine dumme Idee. Wahrscheinlich hätten sie uns gar nicht herei…" Sie verstummte abrupt, denn Lucia hatte die reich verzierte Türklinke bereits leise heruntergedrückt. Die Tür sprang mit einem freudigen Quietschen auf.

„Ich habe das Gefühl, dass doch jemand hier ist. Weshalb hätte er sonst vergessen sollen abzuschließen!", triumphierte Lucia.

„Ist es dann nicht eher unwahrscheinlich, dass hier jemand gefangen gehalten wird?", fragte Lilliana mit ironischem Unterton.

„Da hast du auch wieder recht", gab die Prinzessin zu. Nach kurzem Zögern stieß sie die Tür trotzdem noch ein Stück weiter auf. Lilliana verdrehte die Augen. Antonio, der ihren Gesichtsausdruck bemerkt hatte, schenkte ihr ein entschuldigendes Lächeln und folgte Lucia in den Raum.

„Ach komm schon, wir tun doch nichts Verbotenes", flüsterte er ihr zu.

„Nein, wir riskieren nur, den Zorn des dunklen Herrschers auf uns zu ziehen und zur Todesstrafe verurteilt zu werden, weil wir in seinen Räumen herumgeschnüffelt haben. Habt ihr schon eine Ausrede? Wie wäre es denn mit: Wir haben uns irgendwie verlaufen und wollten das gar nicht. Wartet!"

„Es war deine Idee!", zischte Lucia zurück. Sie durchsuchte das Zimmer mit ihren Blicken und kam zu dem Urteil, dass alles zwar sehr prächtig und protzig ausgestattet war, aber beinahe unberührt wirkte. Nirgendwo lag ein persönlicher Gegenstand herum und nicht die kleinste Unordnung deutete darauf hin, dass in diesem Zimmer zurzeit ein Königspaar residierte.

„Hallo?", rief sie mutig. „Ist da jemand?"

Keine Antwort.

Mittlerweile hatte sie jede Angst verloren. Zerbor war vermutlich bereits zum Abendessen gegangen, das in einem der Salons stattfand und nur für eine kleine Gesellschaft gedacht war. Sie fluchte in Gedanken, als ihr einfiel, dass sie dort ebenfalls hin musste.

„Lass uns bitte wieder gehen!", meinte Lilliana eindringlich.

„Aber jetzt, wo wir schon einmal hier sind … Ich gehe erst wieder, wenn wir alles durchsucht haben", beharrte sie.

„Vielleicht habe ich mir das auch nur eingebildet. Wegen der Sache mit Adenor. Also ist vielleicht gar niemand in Gefahr." Lucia sah sie an und merkte plötzlich, dass ihre Freundin ernsthaft Angst hatte. „Ich muss dauernd daran denken, wie er gestorben ist. Dass ich ihm nicht helfen konnte."

„Möchtest du wieder gehen?" Jetzt verstand sie endlich, weshalb sie sie erst so gedrängt hatte mitzukommen und jetzt einen Rückzieher machte. Erinnerungen konnten grausam real werden.

Lilliana schien mit sich zu ringen, doch dann schüttelte sie den Kopf. „Nein, ich weiß, dass das albern ist. Wenn jemand ernsthaft in Not wäre, wäre er entweder durch die offene Tür geflohen oder hätte uns zumindest geantwortet."

Lucia nickte und schritt auf die Tür zum Waschraum zu. Die Schlafzimmertür war halb geöffnet und Lilliana beschloss dort hinzugehen, während Antonio ein wenig überwältigt von der Ausstattung innehielt und überlegte, wie viel größer dieser Raum als sein zu Hause war und wie lange sein gesamtes Dorf von dem Geld überleben könnte, was für die Dekoration ausgegeben worden sein musste.

Lucia öffnete, ohne nachzudenken, die Tür vor ihr und spähte hinein. Sie hatte nicht damit gerechnet, dass sich ihr jemand entgegen werfen würde. Reflexartig riss sie die Arme hoch und spürte, wie eine Druckwelle von ihr ausging und sich ihren Weg auf ihren Gegner zu bahnte. Sie taumelte und wurde von einem geistesgegenwärtigen Antonio aufgefangen, der nun genauso irritiert wie sie den Jungen anstarrte, der ihnen gegenüberstand. Er hatte auf die Druckwelle keinerlei Reaktionen gezeigt, so als hätte es sie nie gegeben. Lucia vermutete, dass er sie abgeblockt hatte, unbewusst oder aus Können.

Lilliana stürzte zu ihnen und eine Weile musterten sich die vier Jugendlichen abschätzig.

„Was macht ihr hier?", fragte der fremde Junge schließlich, wich einen Schritt zurück und sah Hilfe suchend zu Antonio. Es war tatsächlich Derrick, doch er sah anders aus, als bei ihrer ersten Begegnung. Er trug nun beinahe ebenso teure Kleidung wie er selbst und sein Äußeres wirkte gepflegter. Dafür zierten seine Wange frische blaue Flecke, die von Ohrfeigen oder Schlägen stammten. Außerdem war seine Haut so blass und blutleer wie die eines Toten. Aber mit seinen Augen war eine noch viel schrecklichere Veränderung vonstattengegangen. Aus ihnen sprach Hass, so überwältigend und stark, wie sie ihn noch nie gesehen hatten. Derricks Verzweiflung hatte sich in etwas viel Mächtigeres verwandelt. Seine Lippen, die an einer Stelle eine halb verheilte Wunde zierte, verzogen sich zu einem merkwürdigen Lächeln.

„Was haben sie bloß mit dir gemacht?", fragte Antonio voller Entsetzen.

„Das möchtest du wirklich wissen? Ich glaube, eine Antwort ist überflüssig. Was mich aber viel mehr interessiert ist, wie du hierhergekommen bist. Doch nicht etwas meinetwegen?"

„Nein, eigentlich nicht. Ich bin nur zu Besuch. Es ist eine lange Geschichte."

Es war Lucia unangenehm, dass sich die Aufmerksamkeit des Jungen nun auf sie und Lilliana zu richten schien. Ihre unverhohlene Abneigung gegen ihn schien ihm nicht zu entgehen, doch er streckte eine Hand aus, um sie zu begrüßen. „Lucia von Gyndolin, nehme ich an. Wie schön Euch endlich kennenzulernen", meinte er mit einem charmanten Lächeln.

„Woher …"

„Ich kenne dich von einem Gemälde."

„Alle Gemälde von mir sind scheußlich. Und die meisten dürften schon etwas älter sein", befand sie. Sein Lächeln erreichte seine Augen nicht.

Ohne etwas zu erwidern, wandte er sich an Lilliana und die beiden musterten sich abschätzig. Sie nahm nicht an, dass er sie kannte, und stellte sich deshalb selbst vor: „Lilliana Turwingar, ich bin die Tochter des morofinischen Hauptmanns."

Derrick nickte ihr höflich zu, doch es schien nicht so, als hätte er ihr wirklich zugehört. Vielleicht war er mit Wichtigerem beschäftigt. Er ließ sich auf einem Hocker neben der in den Boden eingelassenen Wanne nieder.

Aufrechte Haltung, korrekte Beinstellung, gute Manieren. Wer, bei Iramont, war er? Lucia lehnte sich gegen den Türrahmen und verschränkte die Arme.

„Und du bist Derrick", stellte sie in sachlichem Ton fest, um ihn zu einer Antwort zu bewegen.

„Antonio hat euch von mir erzählt, soso. Ja, ich bin Derrick." Lucia konnte sein vornehmes Getue und die Überlegenheit, die er ihnen gegenüber an den Tag legte, nicht ausstehen. Dabei hatte Antonio über ihn geredet wie über einen Freund und sie hatte ihn sich sympathischer vorgestellt.

Antonio sah ihn fassungslos an. „Was ist mit dir los? Weshalb hat Zerbor dich gefangen genommen? Hat es etwas mit den Steinen zu tun?"

Nun war es an Derrick, verwirrt auszusehen. „Was für Steine? Nein, es hat einen anderen Grund. Ich bin vor ihm geflohen." Er senkte den Kopf und verlor langsam seine Arroganz. Plötzlich war er nur noch ein hilfloser, fremder Junge.

„Wir sind gekommen, um dich zu retten", sagte Lucia und fand, dass das seltsam klang. Als wären sie Helden, die das Opfer aus den Klauen des Bösen befreiten.

„Das braucht ihr nicht mehr. Ist euch denn gar nicht aufgefallen, dass nicht abgeschlossen war? Es hat keinen Sinn. Zerbor würde sofort merken, dass ihr es wart. Alle anderen sind schon beim Abendessen." Er sah sie nicht mehr an. Seine ganze Aufmerksamkeit schien sich angestrengt auf einen Punkt auf dem Boden zu richten.

„Aber wieso willst du denn gar nicht mehr von hier weg? Willst du dich für immer quälen lassen?", fragte Lucia verständnislos.

„Ich kann nicht mehr weg. Ich habe es schon einmal versucht und sie haben mich wiedergefunden. Ein zweites Mal schaffe ich das nicht. Verstehst du, sie haben mich unter Kontrolle. Ich habe einfach nicht mehr die Kraft dazu."

„Wer bist du?"

Jetzt richtete er seinen Blick auf sie. Beinahe so trotzig, wie sie selbst es manchmal sein konnte. Mit einem Hauch zerbröckelnden Stolzes und hinterlegt durch einen Hass, der sich nicht gegen sie richtete, sondern gegen alles auf der Welt und am allermeisten ihn selbst. „Ich bin Zerbors und Lindas Sohn. Derrick von Kiborien", sagte er und man konnte den Schmerz und die Abscheu über diese Tatsache deutlich hören.

Atemlose Stille wallte auf und drohte, sie alle zu ersticken. Antonio keuchte leise und schüttelte den Kopf, Lucia riss die Augen auf und Lilliana nickte langsam.

Sie konnten spüren, dass es keine Lüge war, denn plötzlich ergab auch Derricks Geschichte, oder zumindest der kleine Teil, den sie kannten, einen Sinn. Ein weiteres Puzzlestück, das Zerbor, Linda und Derrick miteinander verband, aber zu wenig, um das Motiv erkennen zu können. Noch immer fehlte die Verbindung zu ihnen selbst.

„Wie bitte? Wie kann das sein? Wie kann niemand von dir wissen, wenn du der Prinz von Kiborien bist?" In Lucias Kopf überschlugen sich die Fragen und sie konnte nur einige von ihnen einigermaßen geordnet hervorbringen.

„Ich bin bei ihnen aufgewachsen, aber sie haben mich geheim gehalten. Ich habe mehr gelebt wie ein Gefangener als ein Prinz und sie haben mich nie als Sohn akzeptiert. Aber jetzt plötzlich bin ich ihnen wichtig."

Antonio erinnerte sich an ihre erste Vermutung. Die Steine. Vielleicht lagen sie damit gar nicht so falsch und Zerbor hatte nun ebenfalls herausgefunden, dass Derrick mit ihnen zu tun hatte. Umso mehr er darüber nachdachte, umso wahrscheinlicher erschien ihm diese Idee. „Hast du jemals gesehen, dass dein Vater irgendeinen Glücksbringer bei sich getragen hat?", fragte er.

„Ein Glücksbringer? Ich denke nicht, dass er an solche Dinge glaubt."

„Hat er vielleicht einen besonderen Stein?", fügte Lucia hinzu. Sie hatte sofort verstanden, worauf Antonio hinauswollte.

„Ja, er ist rot und hat die Form eines Herzens, aber ich weiß nicht, was daran so besonders ein soll."

„Das muss der Stein des Blutes sein", schlussfolgerte Lucia. An Derrick gewandt sprach sie hastig weiter: „Er besitzt magische Kräfte. Antonio und ich haben ebenfalls einen Stein und es könnte sein, dass du ihm nicht durch Zufall begegnet bist."

Derrick sah sie lange und durchdringend an, doch dann breitete sich ein echtes Lächeln auf seinem Gesicht aus. „Oh Mann, als hätte ich nicht schon genug verrücktes Zeug in letzter Zeit erlebt", murmelte er.

Als Antonio seine Geschichte zu Ende erzählt hatte, war das Abendessen schon beinahe vorbei. Derrick war verwirrt und verstört, aber ein Teil von ihm freute sich sehr darüber, dass sie ihn gefunden hatten und ihm eine – wenn auch sehr unwahrscheinliche und abgedrehte – Erklärung für Zerbors plötzlichen Gefühlsumschwung gegeben hatten. Sein Vater erhoffte sich etwas von ihm. Außerdem war es ein seltsames Gefühl, zu wissen, dass er eines Tages einer der Steinträger werden und zu Lucia und Antonio gehören würde. Gedankenverloren drehte er den Ring an seinem Finger hin und her. Irgendwo dazuzugehören und Freunde zu haben, ein schöner Gedanke, aber vielleicht nur eine Wunschvorstellung.

Währenddessen kamen die anderen drei viel zu spät zum Abendessen. Lucia wurde von vorwurfsvollen Blicken ihres Vaters erwartet, und als auch noch Zerbor herablassend eine Augenbraue hob, verging ihr jeder Appetit. Melankor schien sie die ganze Zeit über zu ignorieren und in eigenen Gedanken verloren zu sein, sodass sie keine Möglichkeit sah, ihn noch einmal auf ihre Mutter anzusprechen. Merior und Edward sahen ebenso verwirrt aus wie sie. Lilliana und Antonio, die ein wenig von ihnen entfernt saßen, hüllten sich ebenfalls in Schweigen. Die Atmosphäre war drückend und die einzigen Gespräche kamen zwischen ihrem Vater und Lord Derlin sowie zwischen Lord Wyn und Lord Sorron zustande.

Als schließlich alle zu Ende gegessen hatten und Melankor die Runde auflöste, ging Lucia zu ihm.

„Vater, ich wollte vorhin nicht …", begann sie, aber sie schaffte es nicht, lange darum herumzureden. „Was ist damals mit Mutter geschehen?"

Die Gesichtszüge ihres Vaters verhärteten sich. „Lucia, ich möchte nicht darüber reden. Halte dich aus meinen Angelegenheiten heraus."

„Aber ich habe ein Recht zu wissen, was passiert ist, genau wie Edward und Merior auch", sagte sie fest.

„Falls es dich glücklich macht: Ich habe noch einmal über die Trolle nachgedacht und beschlossen, ihren Anführer kennenzulernen. Ich kann dir aber nicht mehr versprechen." Seine Aufmerksamkeit fixierte jemanden hinter ihr. „Du hast mir diesen jungen Mann noch gar nicht vorgestellt."

Antonio machte eine zögerliche, aber tadellose Verbeugung.

„Das ist Antonio. Er kommt aus Kiborien und ich habe ihn im *Hospital der helfenden Hände* gefunden." Ihr fiel auf, dass sie es geschafft hatte, zwei Sätze zu sagen, ohne dabei jemanden anzulügen. Nicht ganz so stolz war sie über die Tatsache, dass sie dafür etwas vor ihrem Vater verschwieg.

„Du hast ihn gefunden?", fragte Melankor irritiert.

„Wir haben uns dort getroffen", korrigierte sie und spürte, wie ihr Gesicht heißer wurde.

„Er wollte auch nach Ajuna und da haben wir ihn einfach mitgenommen." Ihr Vater schien etwas ganz anderes zu denken. Sie errötete noch stärker. Vorsichtshalber versuchte sie, Antonio nicht anzusehen, und schenkte Melankor ein harmloses Lächeln. Lange würde sie diese ganzen Lügen nicht mehr aushalten.

# Der Prozess

Die nächsten Tage verliefen geschäftig, denn die bevorstehende Krönung bedurfte vieler Vorbereitungen. Es wurden Festtagskleider zurechtgeschneidert, neue Beziehungen geschlossen, die Zeremonie geplant und das ganze Schloss auf Hochglanz poliert. Die Trauer wurde mitsamt dem Staub aus den Ecken gefegt und entwich durch die weit aufgerissenen Fenster oder verschwand in den Staubwedeln der Hausmädchen.

Lucia wurde von dem Trubel mitgerissen, ohne sich dagegen wehren zu können. Auch sie wurde nach der langen Reise, auf der sie fast die ganze Zeit ein einziges Kleid getragen hatte, neu eingekleidet. Die Schneiderin hatte ihr einen Traum aus grüner Seide gezaubert und sie hatte endlich wieder den vollen Luxus ihres Prinzessinnen-Daseins zurück. Doch freuen konnte sie sich darüber nicht. In zwei Tagen fand die Krönung statt und immer häufiger überkam sie der Gedanke, dass noch nicht alles zu spät war. Vielleicht hätte sie Antonio überzeugen können, dass nur er Morofins neuer König werden konnte, wenn sie ihn noch ein wenig länger bearbeitet hätte. Insgeheim wusste sie, dass er seine Meinung nicht mehr ändern würde und sie ihr Bestes gegeben hatte, aber ihre Selbstvorwürfe ließen sich dadurch nicht verdrängen. Aus ihrem Vater hatte sie auch gemeinsam mit ihren Brüdern nichts über ihre Mutter herausbekommen können und von Derrick hatte sie nichts mehr gehört. Letzteres war allerdings kein Wunder, da der Prinz von Kiborien ja keine Möglichkeit hatte, mit ihnen Kontakt aufzunehmen. Sie befürchtete, dass sie ihn verlieren würden, wenn Zerbor ihn wieder mit nach Fundrak nahm.

Und dann war da noch der Prozess gegen den Attentäter, der versucht hatte, ihren Vater umzubringen. Sie hatte erst im letzten Moment davon erfahren und darauf bestanden, an der Verhandlung teilzunehmen. Lucia entsetzte die Vorstellung, dass Melankor beinahe gestorben wäre, und sie war enttäuscht, weil er ihr nicht davon erzählt hatte.

In ihr kam immer mehr das Gefühl auf, dass die alte Vertrautheit nie wieder zurückkehren würde. Ihr Vater redete kaum noch mit ihr, sie hatte Geheimnisse vor ihm. Aber tat er das nicht alles, um sie zu beschützen? Der letzte Monat hätte mehr als einmal tödlich für sie enden können. Konnte sie jemals wieder die kleine Lucia werden, die er schützte und liebte? Nein, das alles war nicht mehr rückgängig zu machen.

Zerbor ging langsam im Zimmer auf und ab, die Hände hinter dem Rücken verschränkt. Seine Schritte auf dem Fußboden knirschten jedes Mal unangenehm. Derrick saß zusammengekauert auf dem Bett seiner Eltern und wartete. Auf eine neue Strafpredigt, eine Ohrfeige, eine gehässige Bemerkung. Schließlich blieb Zerbor stehen.

„Versuch es noch einmal!", forderte er mit teilnahmsloser Stimme, so als wollte er Derrick auf das schöne Wetter aufmerksam machen. Doch sie beide wussten, dass seine Laune sich sehr schnell verändern konnte. Innerhalb kürzester Zeit konnte er wütend werden und die Geduld verlieren. Manchmal wünschte Derrick sich das sogar, denn mit Zerbors vorgetäuschter Freundlichkeit konnte er nicht umgehen.

„Wie denn, bitte schön? Es funktioniert einfach nicht", beharrte er trotzig und massierte sich seine Handflächen, die mittlerweile schon verkrampft waren. Sein Vater versuchte, ihm beizubringen, wie er Magie einsetzen konnte, aber entweder er erklärte es ihm falsch oder Derrick besaß dafür kein Talent.

Langsam begann er zu begreifen, was Zerbor mit ihm vorhatte. Er hatte angefangen, ihn als eine Art Geheimwaffe auszubilden und er wusste nicht, ob das nun gut oder schlecht war. Irgendwie war er dahintergekommen, dass sein Sohn nicht vollends tollpatschig und talentlos war. Aber dies schien für ihn noch immer kein Grund zu sein, ihn besser zu behandeln.

„Du musst es in dir spüren, musst in dich selbst eintauchen und es dann nach außen kehren." Das war viel leichter gesagt, als getan. Ihm war aufgefallen, dass Zerbor das Wort Magie nicht verwendete. Er sagte stattdessen Energie oder Macht. Aber war es nicht einfach eine Mischung aus beidem? Macht über die Energie?

„Was soll das? Ich … kann es nicht", beteuerte er. Er musste insgeheim zugeben, dass er sich auch nicht die größte Mühe gab. Es tat gut, Zerbor provozieren zu können und ihn zur Weißglut zu treiben.

„Natürlich klappt es! Es wird lange dauern, aber du hast die Veranlagung dazu. Das weiß ich doch. Und jetzt streng dich gefälligst ein bisschen mehr an!"

Derrick schloss wütend die Augen und versuchte wie befohlen, in sich einzutauchen. Er erinnerte sich an den Kampf mit der Schlange, bei dem es ihm gelungen war, ihre Gedanken zu lesen. Es hatte nicht noch einmal funktioniert, ausgenommen das eine Mal bei Len, aber es wäre amüsant, diese Fähigkeit auch bei Zerbor anzuwenden.

Allmählich wurde er ein wenig ruhiger und versuchte, sich auf seinen Körper zu konzentrieren. Auf das regelmäßige Auf und Ab seines Brustkorbs und den dumpfen Rhythmus seines Herzens. Er spürte, wie das Blut durch seine Ohren rauschte, glaubte, jede einzelne Ader unter der Haut fühlen zu können, und plötzlich war es ganz einfach. Er brauchte nur hinauszuschlüpfen, der Ausgang war schon immer da gewesen. Seine Haut war plötzlich kein Hindernis mehr für die Energie, sie wurde durchlässig, wie Glas für einen Sonnenstrahl. Er brauchte sich bloß zu öffnen, um sie freizulassen.

Die Energie strömte aus ihm heraus, floss durchs Zimmer und suchte sich ihren Weg hinüber, in den fremden Körper.

„Was ist? Funktioniert es?" Zerbor wurde ungeduldig.

Für einen kurzen Moment verschloss sich der Zugang wieder und Derricks Augenlider flatterten. Eine Störung war jetzt nicht gerade hilfreich. Er war sich dessen, was er tat, nicht bewusst und doch spürte er, dass er auf dem richtigen Weg war.

Als Nächstes spürte er eine Grenze, doch sie war dünn und bog sich sanft zur Seite, als er den Druck seines Bewusstseins verstärkte. Und dann hatte er es geschafft.

Fremde Gedanken strömten auf ihn ein und er hatte Mühe, sie zu entziffern. In ihnen standen Sorgen, Ungeduld und Hass. Erleichterung darüber, dass er Derrick wiedergefunden hatte und dass es ihm endlich gelang, ihn zu bändigen. Er hatte sich so entwickelt, wie er es sich vorgestellt hatte, und bald würde der richtige Moment gekommen sein, um ihn einzusetzen. Doch er hatte noch Zeit, genug Zeit um ihn auszubilden und mit seinen Gedanken zu füllen.

Zerbor hatte keine Ahnung, wie wahr sein Wunsch in diesem Augenblick wurde. Doch bevor Derrick mehr über die Details erfahren konnte, machte sein Vater einen Schritt zur Seite und entzog ihm unbewusst den Kontakt. Ihm war ein wenig schwindelig und er musste erst einmal verstehen, was er da gehört hatte.

„Spürst du es jetzt?"

Derrick hob den Kopf und lächelte in sich hinein. Er würde seinem Vater bestimmt nicht auf die Nase binden, was ihm gelungen war. Nicht, wenn er sich so einen Vorteil ihm gegenüber verschafft hatte. Gedanken lesen. Eine kostbare Gabe, aber auch eine ebenso große Verantwortung.

„Nein, ich glaube nicht. Da ist nichts." Zerbor grollte und seine Augen funkelten vernichtend.

„Es muss da sein! Es ist da. Die Energie … sie ist deinem Blut. Sie ist in dir!" Er ging auf ihn zu, packte ihn am Kragen und schüttelte ihn, so als könnte er ihn so dazu zwingen, es zu verstehen.

„Mir reicht es. Ich gebe mein Bestes und mehr kann ich leider nicht tun. Kannst du mir nicht zeigen, wie es geht? Eine kleine Kostprobe? Vielleicht ist es dann leichter."

Zerbor sah ihn an, als wäre diese Bitte vollkommen überflüssig und dumm. „Natürlich nicht. Es muss aus dir selbst kommen. Wenn dir wenigstens ein bisschen Licht gelingen würde."

Derrick sah in Zerbors Hand etwas rot aufblitzen. Es musste der Stein des Blutes sein!

Jemand klopfte gegen die Tür und beide wirbelten erschrocken herum. Zerbor stand auf und öffnete Linda, die die Tür hektisch wieder hinter sich schloss. Sie sah schon wieder müde und verängstigt aus und hatte nichts mehr mit der Person gemeinsam, die sich seine Mutter nannte, aber nie eine für ihn gewesen war.

„Was machst du den ganzen Tag mit ihm?", brachte sie gereizt hervor und stemmte die Hände in die Hüften. Täuschte er sich oder machte sie sich Sorgen um ihn?

„Ich trainiere ihn", war Zerbors knappe Antwort.

„Aber so kann das doch nicht weitergehen! Du bringst ihn noch um! Sieh ihn dir doch an! Ich bin so froh, wenn wir hier endlich raus sind und die ganze verdammte Sache mit der Krönung endlich ein Ende hat."

„Du brauchst dir um mich keine Sorgen machen", spottete Derrick. „Er wird mich nicht umbringen, und wenn doch, kann es dir auch egal sein."

„Ich halte das nicht mehr aus. Das stimmt nicht, Derrick." Linda zerraufte sich die Haare, die nun mehr aussahen wie ein Nest als eine Frisur.

„Ihr braucht mich nur, weil ich euch plötzlich nützlich bin und eines Tages euren verdammten Thron übernehmen soll! Ich wäre lieber tot, als mich euch zu Füßen werfen zu müssen!"

Zerbor kräuselte genüsslich seine dünnen Lippen. „Sag so etwas nicht. Irgendjemand könnte das eines Tages ernst nehmen."

„Ich habe keine Angst mehr vor dem Tod!"

„Lass uns gehen, Linda. Wir kommen sonst noch zu spät."

Derrick hatte sich erhoben und sich so entschlossen wie möglich vor ihnen aufgebaut. „Wohin wollt ihr?"

„Zu einem Gerichtsverfahren."

„Gegen wen?"

„Gegen einen Mörder, der versucht hat, Melankor umzubringen. Ich wünschte, ich hätte es selbst getan."

„Sag so etwas nicht. Irgendjemand könnte das eines Tages ernst nehmen", wiederholte er die Worte seines Vaters. Doch dieser schenkte ihm nur ein unheilvolles und geheimnisvolles Grinsen, das er nicht einordnen konnte, und schob ihn mit einer Leichtigkeit zur Seite, die ihn aus dem Konzept brachte.

Lucia ließ sich auf ihren Platz in der zweiten Reihe zwischen Lord Wyn und Lilliana sinken. Sie war noch nie bei einem Prozess dabei gewesen und stellte sich die ganze Angelegenheit eher langweilig vor. Und dennoch, sie hatte schließlich darauf bestanden, dabei zu sein.

Das Ergebnis stand schon vor Beginn der Verhandlung fest. Nur über das Strafmaß musste noch beraten werden. Die Aussage ihres Vaters war die einzige und sie zählte weitaus mehr, als die eines gewöhnlichen Bürgers.

Lucia drehte sich um und entdeckte wichtige Persönlichkeiten aus der Regierung und deren Angehörige. Ihren Vater entdeckte sie zu ihrer Rechten auf einem frei stehenden Sitz, während Edward direkt hinter ihnen Platz genommen hatte. Der Gerichtssaal hatte riesige, hohe Fenster, durch die das Sonnenlicht hineintanzte und auf das gigantische Pult purzelte.

Darauf stand ein kleiner Glaszylinder, in dem eine Smingfe aufgebracht hin und her schwebte und lautlos immer wieder gegen die Wände ihres Gefängnisses schlug. Ihre Flügel changierten zwischen mattem Grau und aggressivem Grün.

Lord Wyn beugte sich zu Lucia herüber und raunte ihr mit tiefer Stimme zu: „Der Prozess wird gleich beginnen. Versucht, Euch alles zu merken und gut aufzupassen. Vielleicht wird es ja ganz unterhaltsam für Euch."

Sie nickte ihm zu, glaubte aber nicht an seine Worte. Ihr war eher unbehaglich zumute. Sie kam sich in dem Saal so verloren und klein vor und sie wollte die Person, die versucht hatte, ihren Vater zu vergiften, nicht kennenlernen.

Nach und nach verstummten alle Gespräche und erwartungsvolle Stille machte sich breit. Lucia rutschte nervös auf ihrem Platz hin und her und tauschte Blicke mit Lilliana aus. Ihre Freundin war bereits bei einigen Prozessen dabei gewesen und hatte ihr berichtet, dass die gesamte Prozedur äußerst eintönig war.

Schließlich öffneten sich die Türen des Saals und der Richter trat würdevoll und stolz in den Gang. Seine Robe war schwarz, die Farbe Esnails, und stand für Gerechtigkeit und Ordnung. Ein goldener Faden zierte die Ränder und unter seinen weiten Ärmeln konnte man sehen, dass er darunter weiß trug. Er hatte ein feistes Gesicht mit winzigen, in den Höhlen versinkenden Äuglein.

Kaum hatte er hoheitsvoll sein Pult erreicht und sich nach einigem Sortieren seines weiten Gewandes auf seinem Platz niedergelassen, als der Angeklagte hereingeführt wurde. Er wurde von zwei Lords flankiert, die ihn stützten. Lucia musste sich recken, um ihn sehen zu können. Der Attentäter wurde zu einem Stuhl gebracht, der neben dem Richterpult stand, und dort an Händen und Füßen fest gekettet. Sein Gesicht konnte sie noch immer nicht erkennen, da es von kupferrotem Haar verborgen wurde.

Lucia kaute nervös auf ihrer Lippe herum, denn es verwirrte sie, dass der Attentäter so erschöpft und entkräftet aussah. Sie hätte Abscheu oder sogar Hass auf diesen Mann empfinden müssen, der beinahe ihren Vater umgebracht und Adenor grausam ermordet hatte. Doch das konnte sie nicht. Seltsamerweise fühlte sie gar nichts für ihn.

Man hatte ihr erzählt, dass er während des versuchten Attentats die Dämpfe seines eigenen Giftes eingeatmet und dabei den Verstand verloren hatte. Ihr Vater hielt ihn für nicht zurechnungsfähig. Stimmte das? Konnte man jemanden verurteilen, der sich seiner Tat nicht mehr bewusst war? War es nicht Strafe genug, dem Wahnsinn verfallen zu sein? Hastig wandte sie den Blick von ihm ab, denn sie konnte keine Antworten auf ihre Fragen finden.

Der Richter eröffnete die Verhandlung, indem er sich eindringlich räusperte, mit einem gigantischen Hammer auf den Tisch schlug und unnötigerweise um Ruhe bat.

„Hiermit ist der Prozess eröffnet. Es geht um den versuchten Mord an König Melankor von Gyndolin, seines Zeichens vorübergehender Stellvertreter des verstorbenen Königs Adenor. Zunächst bitte ich das Opfer und den Angeklagten um ihre Aussage, anschließend folgt die Urteilsbildung mithilfe einer Wahrheitsprobe und die Verkündung der Strafe."

Der Richter verlas die Fakten, die sich größtenteils aus Berichten von Bediensteten und Begutachtungen des Zimmers zusammensetzten, und verkündete danach die Anklage. Anschließend bat er König Melankor, seine Sicht des Überfalls zu wiederholen und alles so detailliert wie möglich wiederzugeben.

Lucia wurde bei dem Gedanken an die Gefahr, der ihr Vater ausgesetzt gewesen war, leicht schummerig. Ihr Blick wanderte langsam zu dem gläsernen Käfig, in dem die kleine Smingfe eingesperrt war. Ihr tat die kleine Kreatur leid, denn die Gefangenschaft musste ihr sehr zusetzen. Sie würde eine wichtige Rolle bei der Wahrheitsprobe spielen.

„Angeklagter!", donnerte mit einem Mal die Stimme des Richters und weckte sie aus ihren Gedanken. „Bekennt Ihr Euch der Anklage schuldig?"

Der Mann schien erst nicht zu reagieren, doch dann hob er langsam den Kopf und lächelte das Publikum auf verstörende Weise an. Sein Gesicht war übersät von schlecht verheilten Narben und sein Blick glasig. Er lachte leise. So als hätte er keinerlei Angst.

„Bekennt Ihr Euch SCHULDIG?" Die Stimme hallte im Raum wider und erfüllte ihn mit einem nervtötenden Echo.

„Habe ich denn eine andere Wahl? Nein! Aber ich bekenne mich dazu. König Melankors Bericht entspricht den Tatsachen, doch er hat vergessen, etwas zu erwähnen."

Lucia sah zu ihrem Vater, der seinen Gegner mit einer Mischung aus Verzweiflung und Hass anstarrte. Seine Hände waren zu zitternden Fäusten geballt und seine dunklen Augen hatten allen Glanz verloren.

„Stimmt es, dass Ihr versucht habt, Melankor von Gyndolin zu töten?"
„Ja, das stimmt."
„Stimmt es, dass Ihr Adenor von Morofin vergiftet habt?"
Der Mann öffnete den Mund und steigerte die Spannung im Raum ins Unermessliche.
„Nein, das habe ich nicht, aber ich war Zeuge seines Untergangs."
Der Richter fuhr sich über seine spärliche Haarpracht und wirkte etwas irritiert, wusste diesen Umstand aber recht gut zu verbergen. Lucia spürte eine unheimliche Ahnung in sich aufsteigen. Sie hatte das Gefühl, dass der Attentäter ganz und gar nicht verrückt war.
„Adenor starb im Beisein der Tochter des morofinischen Hauptmanns. Zuvor litt er tagelang an einer Krankheit, die niemand heilen konnte. Wenn Ihr gekommen wart, um ihn zu töten, weshalb habt Ihr das dann nicht getan, als Ihr die Gelegenheit dazu hattet?"
Keiner hätte mit einer solchen Wendung des Falls gerechnet. Es war schließlich alles eindeutig gewesen. Ein Attentäter hatte König Adenor vergiftet und dasselbe einen Monat später auch bei Melankor versucht. Allerdings hatte er dabei Pech gehabt und war erwischt worden. Sollte nun alles anders gewesen sein?
„Ich kam ganz einfach nicht dazu. Adenor von Morofin hat den Freitod gewählt."
Alle im Raum hielten den Atem an. Ein Hauch des Entsetzens wehte über sie alle hinweg und Lucia begann unwillkürlich zu frieren. Sie wollte nicht glauben, was der Attentäter gesagt hatte, aber insgeheim wusste sie, dass er sie nicht belog. Es war beinahe genauso verwirrend wie die Ansicht ihres Vaters, dass Adenor durch Magie zu Tode gekommen war. Was war die Wahrheit? Was war an jenem Abend vor einem Monat wirklich geschehen? Sie sah hilflos zu Lilliana, deren Gesicht kreidebleich geworden war. Tränen standen ihr in den Augen.
„Weshalb sollte er so etwas getan haben?", platzte Melankor mit einem Mal hervor. Es fiel ihm schwer, seine Gefühle zu kontrollieren und nicht aufzuspringen und auf den Mann loszugehen, der es wagte, das Andenken seines Freundes so zu beschmutzen. Der Richter wies ihn nicht zurück, obwohl er unaufgefordert gesprochen hatte, und sah wie alle anderen erwartungsvoll zum Angeklagten.
„Ich weiß es nicht, schließlich kannte ich ihn auch nicht persönlich", erwiderte dieser gereizt.

Der Richter schien einen Moment angestrengt zu überlegen, dann kam er zu einem Entschluss. „Ich denke, es ist nun der Zeitpunkt für die Wahrheitsprobe gekommen, bevor wir falschen Aussagen zu früh Glauben schenken."

Er schob die kleine Glaskuppel mit der Smingfe an den Rand seines Pults und gab einem bereitstehenden Diener ein Zeichen, sich um das Geschöpf zu kümmern.

Lucia war mit der Methode, die Wahrheit aus Verbrechern herauszubekommen, nicht einverstanden, weil dafür harmlose Kreaturen leiden mussten. Andererseits sah sie ein, dass es sehr hilfreich sein konnte und die Smingfe dabei nicht sterben würde. Sie würde nach dem Prozess freigelassen werden und schon am Abend wieder mit ihren Artgenossen herumtollen.

Der Gehilfe des Richters trug den Käfig zum Angeklagten und stellte ihn auf einem kleinen Tisch daneben ab. Nachdem er ihn geöffnet hatte und die sich heftig wehrende Smingfe unsanft herausgezogen hatte, beförderte er eine hauchdünne Nadel aus den Tiefen seines Gewandes, die Lucia von ihrem Platz aus nur erahnen konnte. Ein winziger, lautloser Schrei schien der Kleinen zu entweichen, als sich die Spitze in ihre Haut bohrte. Der Gehilfe hielt sie noch immer unbarmherzig am Nacken fest, legte die Nadel zur Seite und fing in einer kleinen Schale durchscheinende, silbrig leuchtende Tropfen von Blut auf. Danach erlöste er die Smingfe von ihren Qualen und setzte sie zurück in das Glasgefäß. Die Schale mit dem Blut positionierte er so auf der Armlehne vor dem Angeklagten, dass dieser einen Finger hineinhalten konnte.

Smingfenblut war sehr kostbar, weil es unwiderruflich anzeigte, ob jemand log oder die Wahrheit sagte. Allerdings konnte man es nicht lange lagern und die Wirkung verflog schon nach wenigen Minuten. Wie es funktionierte, war niemandem ganz klar, und wie man diese Fähigkeit entdeckt hatte, wollte Lucia, wenn sie ehrlich war, gar nicht wissen.

„Erzählt uns, was sich am Tag, an dem Adenor sein Bewusstsein verloren hat, aus Eurer Sicht zugetragen hat", forderte der Richter den Angeklagten auf und bat seinem Helfer ihm mitzuteilen, wenn sich das Blut verfärben sollte.

„Nur zu gerne", säuselte der Attentäter ironisch und lachte leise. „Ich hatte genau geplant, wie ich auf das Gelände des Schlosses gelangen und die Sicherheitsmaßnahmen umgehen konnte. Alles verlief perfekt. Für den

Fall, dass Adenor noch nicht in sein Zimmer zurückgekehrt wäre, hätte ich mich in seinen Gemächern versteckt und auf ihn gewartet, doch er war bereits dort. Ich hatte das Gefühl, dass noch jemand anderes anwesend war, und war deshalb sehr vorsichtig, jedoch fand ich ihn allein und hinter dem Tisch in seinem Aufenthaltsraum vor. Ich hatte ein Gift dabei, das ihn schmerzlos innerhalb von Minuten getötet hätte, aber ich kam nicht dazu, es einzusetzen. Die Luft im Raum war trotz des geöffneten Fensters, durch das ich in das Nebenzimmer eingestiegen war, stickig und roch fremdartig. Ich hatte kaum die Gelegenheit, genauer darüber nachzudenken, denn in diesem Moment drehte er sich zu mir um und sah zu mir. Aber er sah mich nicht. Er sah durch mich hindurch. Sein Blick war glasig und wirkte sehr weit entfernt. Dann weiteten sich seine Augen für einen Moment, als hätte er soeben etwas Schreckliches bemerkt, und Adenor keuchte auf. Was ich in seinen Augen sah, war blanker Wahnsinn. Er sank in sich zusammen und blieb reglos in seinem Sessel liegen. Ich kann mich noch daran erinnern, dass auf seinem Schreibtisch in diesem Moment eine Schachtel zuklappte und mir ebenfalls die giftigen Dämpfe, die er eingeatmet hatte, zu Kopf stiegen. Mir blieb keine andere Wahl, als zu fliehen. Adenor von Morofin hat sich entweder selbst vergiftet oder jemand ist mir zuvorgekommen. Aber das bezweifele ich stark."

Es stimmte. Man hatte Adenor am selben Abend zusammengesunken in seinem Sessel vorgefunden. Der Mann lächelte überlegen, so als säße er nicht als Angeklagter, sondern als Kläger hier. So als hätte er nichts mehr zu befürchten. So als hätte er ihnen gegenüber einen Vorteil, den er noch nicht ausgespielt hatte. Vermutlich bereitete es ihm einfach ein höllisches Vergnügen, Adenors Namen so durch den Dreck zu ziehen.

Jedoch war ihnen mittlerweile allen klar, dass er die Wahrheit sagte. Das Blut war noch immer silbrig und nicht rot. War es nicht in Hinblick auf das rote Blut eines Menschen eine Ironie der Natur? Das Problem war, dass es sich bei der Wahrheit nur um das handelte, was der Angeklagte zu wissen glaubte. Jemand konnte lügen, weil er es nicht besser wusste, und das Blut würde seine Farbe behalten. Die Wahrheitsprobe war nur ein weiterer Balanceakt der Gerechtigkeit. Zeugen hatten es so an sich, sich hin und wieder zu irren.

„Ich habe Melankor, kurz nachdem er mich überwältigt hat, mitgeteilt, dass Adenor Selbstmord begangen hat, doch er hielt es anscheinend für richtig, diese Tatsache zu verschweigen."

„Ich dachte, Ihr würdet lügen. Adenor hätte niemals …", versuchte sich Melankor zu rechtfertigen.

„Er hat", kommentierte der Angeklagte nüchtern.

„Nun gut", schaltete sich der Richter wieder ein. „In Anbetracht dieser Vernehmung können wir lediglich sagen, dass Ihr versucht habt, ihn zu töten. Es bleibt die Frage offen, wie unser sehr verehrter König tatsächlich zu Tode gekommen ist. Eure Aussage wird Euch nicht vor einer Strafe bewahren, doch sie hat Euch Schlimmeres erspart. Aber Ihr habt uns noch nicht alles gesagt. Wer war Euer Auftraggeber?"

„Das werde ich Euch nicht sagen, egal wie sehr Ihr mich foltern oder quälen werdet. Denn er würde mir noch viel Grausameres antun, wenn er davon erfahren würde." Sein rätselhaftes Lächeln blieb noch immer fest in sein Gesicht eingeprägt.

„Ihr bleibt ihm also treu. Wie bedauerlich. Die Peitschenschläge werden Euch eines Besseren belehren."

„Glaubt mir, Ihr wollt es gar nicht wissen."

Lucia schnaubte wütend. Der wahre Grund war, dass ihm die Sache so viel Genugtuung bereitete. Adenor hatte sich doch nicht freiwillig … In seinem Brief an sie hatte er angedeutet, dass er nicht mehr lange leben würde, aber war er wirklich so verzweifelt gewesen? Sie konnte sich daran erinnern, dass er geschrieben hatte, wie gerne er es verhindert hätte. Er hatte nicht mehr die Kraft gehabt, das Unheil von sich abzulenken. War er bedroht und erpresst worden? Sie wusste, dass der Fall noch lange nicht beendet war. Auch wenn der Richter sich nun zurückzog, um das Urteil zusammen mit seinen Gehilfen zu fällen und sich darüber ärgerte, dass er die Hintermänner und die Identität ihres Zeugen nicht erfahren konnte. Adenors Tod blieb ein Geheimnis. Ebenso wie der Tod ihrer Mutter und Derrick, der von seinen Eltern jahrelang von der Außenwelt ferngehalten worden war.

An diesem Tag würde Lilliana auf dem Schloss übernachten und nicht in die Villa ihrer Eltern zurückkehren. Lucias Zimmer war zwar nicht so groß wie das ihres Vaters oder das von Zerbor, aber immer noch sehr ausladend. Es würde kein Problem sein, ein zweites Bett dazuzustellen.

Die Hauptmannstochter hatte vor, endlich wieder ihren Lieblingsplatz auf dem abgesperrten Turm zu besuchen. Seit sie vor zwei Tagen versucht hatte, sich dorthin zurückzuziehen, war wieder eine Menge geschehen, worüber sie nachdenken musste. Der Gerichtsprozess hatte sie wie alle anderen sehr mitgenommen und sie war sich nicht mehr sicher, ob sie Adenor wirklich gekannt hatte.

Sie machte einen großen Schritt über eine der morschen Stufen und zog sich am Geländer weiter hinauf. Als sie endlich oben angekommen war und die leicht verklemmte Tür nach draußen öffnete, wurde ihre Vorfreude auf ein winziges bisschen Ruhe sofort zunichtegemacht. Da war schon jemand.

Der Junge beugte sich weit über das Geländer und starrte auf die Stadt hinab, die langsam in der Dunkelheit versank. Sein blondes Haar wurde vom Wind mitgerissen und er musste es sich immer wieder aus dem Gesicht streichen. Erst, als sie sich leicht räusperte, schien er sie zu bemerken.

Derrick, Zerbors heimlicher Sohn, stellte sie mit Bedauern fest. Eigentlich war es egal, wer es war, es war schlimm genug, dass sie ihren Lieblingsplatz überhaupt mit jemandem teilen musste. Aber dass es gerade er sein musste, störte sie trotzdem irgendwie. Schließlich musste sie auch über ihn nachdenken.

Als er sich zu ihr umdrehte, strahlte sein Gesicht zunächst einen vernichtenden Zorn aus, doch dann erkannte er sie und seine Züge glätteten sich.

„Ach, du bist es nur", stellte er sichtlich erleichtert fest.

Lilliana zog die Augenbrauen hoch. „Was hast du hier zu suchen?", fragte sie barsch.

Derrick lächelte spöttisch. „Glaubst du wirklich, ich würde mich die ganze Zeit in unserem Zimmer verkriechen?"

„Hast du das nicht früher auch gemacht?"

Er schenkte ihr einen tödlichen Blick. „Nun ja, jedenfalls dachte ich, dass ich hier ein wenig Ruhe hätte. Schließlich steht unten Zutritt verboten." Das war logisch. Sie hatte dasselbe auch immer gedacht. Trotzdem war das noch kein Argument dafür, dass sie sich ihren Lieblingsplatz mit ihm teilen sollte. Aber ihr war klar, dass sie kein Recht auf diesen Ort hatte und es reichlich albern gewesen wäre, sich noch weiter anzustellen.

Demonstrativ wandte sie sich von ihm ab und lehnte sich an einer Stelle gegen das Geländer, die möglichst weit von ihm entfernt war. Dann schloss sie die Augen und versuchte, den Rest der Welt auszublenden.

„Kommst du öfter hierher?" Sie erhob sich betont genervt und verschränkte die Arme. Dann entschied sie sich dafür, dass es leichter war, wenn sie ein bisschen freundlicher zu ihm war. Er hatte es nicht verdient, dass sie ihre schlechte Laune an ihm ausließ.

„Um ehrlich zu sein, sogar sehr häufig. Die Aussicht von hier ist wahnsinnig schön und man hat hier normalerweise genügend Ruhe, um über alles nachzudenken, was einem durch den Kopf geht."

Er nickte. „Ajuna ist eine sehr schöne Stadt", versuchte er, das Gespräch in Gang zu halten. „Viel schöner als Fundrak."

Lilliana seufzte. „Was willst du?"

„Reden. Einfach nur mit dir reden. Ist das denn verboten?"

Sie lächelte entschuldigend und schüttelte den Kopf. „Tut mir leid. Aber ich bin gerade ziemlich verwirrt. Normalerweise bin ich umgänglicher. Ist nicht gegen dich persönlich."

„Was ist denn passiert?", fragte er und rückte ein bisschen näher an sie heran. Er konnte ihre Anspannung fühlen, konnte das Misstrauen aus ihrem hübschen Gesicht ablesen. Es tat weh.

„Heute fand eine Gerichtsverhandlung statt."

„Meine Eltern waren auch dort. Gegen Adenors Mörder, richtig?"

„Ja, er hat gestanden, dass er versucht hat, Melankor und Adenor zu töten, aber es ihm beide Male nicht gelungen sei. Adenor soll sich selbst vergiftet haben, zumindest hat der Angeklagte das behauptet."

Lilliana kannte diesen Jungen kaum, sie wusste nur, wer er war und wer seine Eltern waren. Ein Junge, der sein Leben lang von der Außenwelt isoliert gewesen und nie liebevoll oder zärtlich behandelt worden war. Konnte er überhaupt verstehen, was ihr für Gedanken durch den Kopf gingen? Ergab es einen Sinn, ihm zu erzählen, was sie bewegte? Irgendwo in ihm musste ein Teil von Zerbor sein und sie konnte nicht glauben, dass er diesen Teil von sich einfach ausschalten konnte.

„Das tut mir leid. Deine Familie stand ihm sehr nahe, oder?", fragte Derrick, unsicher, wie er reagieren sollte.

„Ich glaube schon. Wenn das überhaupt jemand von sich behaupten kann. Er war ein Einzelgänger. Aber was mich so erschöpft, ist, dass alles im Moment drunter und drüber geht und ich das Gefühl habe, keine Kontrolle mehr über mein Leben zu haben. Ich stehe einfach nur da und lasse das alles über mich ergehen, obwohl ich es nicht verstehe."

„Das Gefühl hatte ich in letzter Zeit häufiger", überlegte er.

„Was ist mit dir passiert? Antonio hat erzählt, dass du vor deinen Eltern geflohen bist. Erzähl mir davon!"

„Nein, das kann ich nicht. Aber was ist mit dir? Dieser Attentäter … Glaubst du, dass Zerbor und Linda ihn geschickt haben könnten?"

Lilliana starrte ihn fassungslos an. Wusste er überhaupt, was er da für einen Verdacht äußerte?

„Deine Eltern? Du meinst, sie setzen Auftragsmörder ein?", fragte sie entsetzt.

Derrick sah sie prüfend an, so als fragte er sich ebenfalls, wie viel er ihr anvertrauen konnte. „Ja, in Ausnahmesituationen schon. Wenn jemand Schwierigkeiten macht oder ihnen gefährlich wird, kann es schon mal vorkommen, dass er auf unerklärliche Weise von der Bildfläche verschwindet. Es ist ein offenes Geheimnis. Eine Art Waffe, um sich ein bisschen mehr Respekt und Ehrfurcht zu verschaffen. Sie haben es mir gegenüber zwar nie erwähnt, aber ich habe schließlich auch Augen im Kopf. Außerdem habe ich die Fähigkeit, mich so gut wie unsichtbar zu machen, was auf dem Schloss ziemlich hilfreich sein kann." Er grinste sie an, sichtlich stolz auf sich selbst.

„Dir ist bewusst, was das bedeuten würde? Wenn jemand davon erfährt, könnte es Krieg geben." Ihr wurde plötzlich klar, weshalb der Attentäter seine Auftraggeber geheim gehalten hatte. Genau aus diesem Grund. Weise Voraussicht oder hatte er vor, sich freizupressen oder die Information an geeigneter Stelle preiszugeben? Ein Schauer lief ihr über den Rücken.

Derrick beobachtete sie von der Seite und lehnte sich dann wieder über die Brüstung, um den tiefroten Sonnenuntergang zu beobachten. Ajuna versank in einem Farbenspektakel aus warmem Rot, zartem Orange und glänzendem Gelb. Es sah aus, als würde die Sonne selbst schmelzen und sich über die Welt ergießen, wie ein Schwall warmen, flüssigen Feuers.

„Ich habe so etwas noch nie gesehen", meinte er andächtig und versuchte, sie von ihren trübsinnigen Gedanken abzulenken.

„Wirklich nicht? Was machst du so den ganzen Tag? Eingesperrt in deinem Zimmer sitzen?"

„Ich bin ja gar nicht eingesperrt. Hauptsächlich erkunde ich ein bisschen das Schloss. Einige Teile sind so ausgestorben, dass ich dort herumlaufen kann, ohne Angst zu haben, entdeckt zu werden. Und den Rest der Zeit langweile ich mich auf meinem Zimmer oder werde von Zerbor gequält." Es sollte ironisch klingen, war es aber nicht. Er musste eine ganze Menge durchmachen und an seiner Stelle hätte ihr am meisten die Einsamkeit zu schaffen gemacht.

Sie erzählte ihm von den verlassenen Räumen im Nordflügel und was es dort für Geheimnisse und Schätze zu entdecken gab. Außerdem beschrieb sie ihm den Weg zu einem der Schränke, in dem Uniformen aufgehoben wurden, die ihm als Tarnung dienen konnten. Sie würden ihm ermöglichen, sich freier im Schloss zu bewegen.

„Vielen Dank. Du hast mir sehr geholfen." Sein Lächeln war echt und kam aus tiefstem Herzen.

„Wie hältst du das nur alles aus, ohne verrückt zu werden? Schlagen sie dich?"

Augenblicklich wechselte seine Miene. „Ich habe schon einmal versucht, ihnen zu entkommen. Tut mir leid, aber davon kann ich dir nicht erzählen."

Lilliana hatte das Gefühl, dass er sich ihr wieder verschlossen hatte und ihr Gespräch hiermit ein Ende fand. Und wirklich. Keiner von beiden wusste noch etwas zu sagen, weshalb sie sich schließlich, nachdem sie noch eine Weile schweigend auf Ajuna hinab gesehen hatte, ein wenig enttäuscht von ihm verabschiedete.

# Stadtrundgang

*Lieber Antonio,*

*ich hoffe, es geht dir gut. Bist du immer noch so stur oder hast du eingesehen, dass dich kein Weg daran vorbeiführt? Egal, was du tust, ich glaube an dich und unterstütze dich in Gedanken.*
*Mama und Papa machen sich Sorgen und wollen mir nicht glauben, dass du jetzt in Ajuna bist. Sie wissen auch nichts von diesem Brief. Ich diktiere ihn einem der netten Heiler und lasse ihn mit dem nächsten Boten zu dir schicken. Schreib so schnell wie möglich zurück, damit sich Mama und Papa ein bisschen beruhigen und ich weiß, dass meine Botschaft bei dir angekommen ist. Wie sieht es in Ajuna aus? Es ist ganz schön weit weg, oder?*
*Hier ist es ohne dich sehr langweilig. Ich kann immer noch nicht alles sehen, nur Schatten, aber dank Lucia finde ich mich schon viel besser zurecht und brauche nicht mehr so viel Hilfe.*
*Bitte überlege es dir noch einmal! Ich weiß, dass du es kannst.*
*Ich vermisse dich!*

*Luna*

*Bitte grüß auch Prinzessin Lucia und deine anderen neuen Freunde von mir! Und König Melankor!*

Antonio musste schmunzeln, als er Lunas Brief, den ihm der Bote an diesem Morgen unter der Tür hindurchgeschoben hatte, zu Ende las. Er schlüpfte aus den bequemen Pantoffeln von Merior und tauschte sie gegen sein neues Paar Stiefel.

Glaubte sie etwa immer noch, dass sie ihn umstimmen konnte? Selbst wenn er es gewollt hätte, hätte König Melankor ihn doch niemals akzeptiert. Wenn Lucia schon ihre Schwierigkeiten hatte, ihn von etwas zu überzeugen, wie hätte er dann erst auf ihn reagiert? Einen armen Bauernsohn, der neuer König von Morofin werden wollte und sich dabei auf eine Botschaft aus dem Jenseits berief. Es war kompletter Irrsinn.

Aber er vermisste Luna auch. Ihre fantasievolle, optimistische Art. Ihre Lebensfreude und das Funkeln in ihren Augen. Wenn er genauer darüber nachdachte, ähnelte sie Lucia in ihrer Sturheit und in ihrer Neugierde. Obwohl er wusste, dass Lucia ihn im Gegenteil zu seiner kleinen Freundin nie zu etwas zwingen würde, war er sich sicher, dass auch sie die Hoffnung noch nicht aufgegeben hatte. Manchmal wünschte er, er wäre nicht nach Ajuna mitgegangen und in diese fremde Welt eingetaucht.

Liebevoll platzierte er den zusammengefalteten Zettel auf der Kommode des Gästezimmers und lief danach zum Kleiderschrank. Die Uniform, die ihm die Schneiderin besorgt hatte, war zwar ein wenig zu groß für ihn, doch sie gab ihm das Gefühl, dazuzugehören. Er sah nun aus wie alle anderen Morofiner und dieser Gedanke tat ihm gut. Schmerzlich war dagegen, dass er sich diese Ehre nicht verdient hatte und im Gegensatz zu den anderen Jugendlichen nie zum Lord ausgebildet werden würde. Er hatte sich schon einmal überlegt, ob er nicht Merior oder Lucia nach einer Ausbildung zum Lord fragen könnte, aber dann war ihm immer wieder eingefallen, dass er sich vorgenommen hatte, nach der Krönung ins Hospital und damit in sein altes Leben zurückzukehren. Er würde nie ein Lord sein und es war dumm, dies auch nur in Erwägung zu ziehen.

Als Nächstes zog er sich eines der blütenweißen Hemden über den Kopf, deren Rüschen ihn am Hals kratzten und irgendwie albern wirkten, und fingerte den Stein des Mutes hervor. Die maigrüne Uniform von Morofin gefiel ihm besser. Sie war aus weichem Samt. Den Saum zierte ein goldfarbener Faden und auf der linken Seite prangte ein gesticktes Wappen, auf dem ein Schwert, das Wahrzeichen Morofins, zu sehen war. Er legte sie an und begann damit, die Reihe von polierten goldenen Knöpfen zuzumachen. Er war gerade beim letzten angekommen, als es an der Tür klopfte.

Hastig schubste er den kleinen Haufen, den seine Kleidung bildete, hinter das Bett, zog die Decke darauf einigermaßen in Positur und öffnete die Tür.

„Guten Morgen!" Lucia schenkte ihm ein strahlendes Lächeln. Sie schien schon länger auf den Beinen zu sein und keine Probleme gehabt zu haben, sich aus dem Bett zu quälen. Er hasste Frühaufsteher.

„Na, endlich ausgeschlafen? Du hast das Frühstück schon verpasst, aber ich habe dir ein bisschen was mitgebracht." Sie zog eine Serviette aus der Tasche, die sie ständig bei sich trug, und Brot, ein Stückchen Käse sowie ein Apfel und ein Stängel Ranarillen kamen zum Vorschein. Ohne zu zögern, stürzte sie in das Zimmer, das er sich mit Merior teilte, übersah geflissentlich die notdürftige Ordnung und ließ sich auf dem Bett ihres Bruders nieder. Sie schien zu erwarten, dass er sofort zu essen begann.

„Wir haben nicht mehr so viel Zeit. Gleich wird Lord Derlin den Bürgern offiziell als Nachfolger von König Adenor vorgestellt. Die anderen sind schon aufgebrochen, du solltest dich also beeilen."

„Muss ich denn unbedingt dabei sein?", fragte er lustlos und biss hungrig in den Käse, den sie ihm gegeben hatte.

„Sagen wir es so: Außer mir wird dich wahrscheinlich niemand vermissen, aber es ist ein Ereignis, das nur sehr selten vorkommt. Ich möchte es jedenfalls nicht verpassen. Aber wenn du stattdessen noch ein Nickerchen machen willst, kannst du das natürlich gerne tun."

Antonio murmelte etwas vor sich hin, das sie nicht verstehen konnte. Er fragte sich, weshalb niemand ihn früher geweckt hatte und auf dem Schloss alle zu solchen unmenschlichen Zeiten aufstehen mussten.

„Müssen Bauern nicht auch aufstehen, wenn es draußen noch nicht mal hell geworden ist?", fragte Lucia.

Er seufzte leicht und nickte. „Ich bin nur irgendwie ein wenig erschöpft von den letzten Wochen. Du etwa nicht?"

„Doch", bestätigte sie und wippte mit den Füßen auf und ab. Sie trug ein weit ausladendes orangefarbenes Kleid mit roter Spitze und ihre Haare steckten in einem üppigen Knoten, der mit einer Schleife fixiert worden war. So erinnerte sie ihn mehr an eine Prinzessin als je zuvor, aber der Gedanke war immer noch überwältigend.

Während er das Brot und die Früchte ungeniert herunterschlang, um keine Zeit zu verlieren, starrte Lucia nachdenklich zu Boden.

„Es ist jetzt endgültig entschieden", meinte sie mit einem Anflug von

Bedauern. „Lord Derlin wird König werden und wir können nichts mehr daran ändern."

„Das hätten wir sowieso nicht gekonnt", beteuerte er, während er in den Apfel biss.

„Aber die Vorstellung von Lord Derlin auf dem Thron ist so seltsam. Ich kann einfach nicht glauben, dass wir ganz umsonst gekämpft haben sollen."

„Aber wieso denn? Du hast mich doch gefunden. Ich bin schließlich auch einer der Steinträger. Es geht ja nicht nur um Morofin." Er sah ihr fest in die Augen und fragte dann: „Könntest du dir denn mich auf dem Thron vorstellen?"

Lucia schluckte leicht. Ja, das konnte sie gut. Ein großer roter Mantel um seine Schultern, eine goldene Krone, unter der seine dunkle Mähne hervorlugte, es fühlte sich richtig an. Und wie er sie so ansah, konnte sie sich auch vorstellen, wie er später einmal als Erwachsener aussehen würde.

„Sehr gut sogar", flüsterte sie. Sie wusste, dass sie daran hätte zweifeln müssen. Wenigstens ein kleines bisschen. Aber sie war noch nie so überzeugt von etwas gewesen. Sie wollte ihm keine Schuldgefühle bereiten oder ihm das Gefühl geben, dass er sich falsch entschieden hatte, aber belügen konnte sie ihn auch nicht.

Kritisch legte sie den Kopf schief und betrachtete seine Montur. Dann streckte sie die Hand aus, zupfte seinen Kragen ein wenig zurecht und öffnete die beiden obersten Knöpfe wieder. Ein leichter Energiestrom durchfuhr ihre Fingerspitzen und ließ sie ein wenig zurückzucken.

„Schon viel besser", stellte sie fest. „Komm schon. Den Rest musst du wohl unterwegs essen. Wir haben nur noch eine halbe Stunde, um zum Marktplatz zu gehen."

Antonio faltete die Serviette gewissenhaft zusammen, warf noch einen letzten Blick auf das Chaos und Lunas Brief und folgte Lucia zur Tür hinaus.

Antonio und Lucia kamen gerade rechtzeitig, um sich durch die Menschenmassen vor der Villa von Lillianas Eltern, den Turwingars, zu kämpfen und zu den anderen zu stoßen. Es war seit der Errichtung des Gebäudes Brauch, dort die neuen Könige vorzustellen und zu krönen, damit die Öffentlichkeit daran teilhaben konnte. Vor dem Eingangsportal hatten sich einige Lords postiert, die Lucia erkannten und die beiden durchwinkten. Im Inneren des Hauses wurden sie von einem Dienstboten erwartet, der sie einige Treppen hinauf und zu einem kleinen Salon geleitete, von dem aus sie auf den Balkon gelangen konnten, den sie schon von unten gesehen hatten.

Melankor begrüßte seine Tochter mit einer liebevollen Umarmung, während er Antonio nur einen flüchtigen Blick schenkte. Dieser hatte jedoch nichts dagegen. Er wollte nicht die Aufmerksamkeit des Königs erwecken und gesellte sich möglichst unauffällig zu Lilliana und Merior, die es sich auf einem Sofa bequem gemacht hatten. Lucia hatte noch alle Hände voll zu tun, dem kiborischen Ehepaar und Lord Derlin mehr oder minder höfliche Worte zu entlocken, Lillianas Eltern mit einem herzlichen Lächeln von sich zu überzeugen und dem Volk zuzuwinken.

„Da ist ja unser Langschläfer!", neckte Merior Antonio und zwinkerte ihm zu.

Lilliana lächelte ebenfalls. „Ihr habt euch aber ganz schön Zeit gelassen. Lucia hat versprochen, dass ihr nur zehn Minuten brauchen würdet." Die beiden hatten auf dem Tisch vor sich zwei Gläser mit Wein stehen und waren dem Anlass entsprechend herausgeputzt. Lilliana in Cremefarben mit weißen Rüschen und Handtasche, Merior in einer Uniform in der Farbe seines Landes, violett.

Lucia ließ sich mit einem leisen Seufzer auf der Lehne neben ihrer Freundin nieder.

„Edward fehlt noch", informierte sie die anderen. „Er soll die Rede für Lord Derlin halten." Sie warf ihrem Bruder einen vielsagenden Blick zu. Es deutete wirklich alles darauf hin, dass ihr älterer Bruder von Melankor auf das Dasein eines Königs vorbereitet wurde. Sie dachte an ihren ältesten Bruder und war sich sicher, dass Terin nichts dagegen haben würde, denn seine Freiheit war das Wichtigste für ihn. Es wäre langsam Zeit für ihn zurückzukehren. Er fehlte ihr. Er fehlte in diesem Moment, in dem er eine aufmunternde Bemerkung oder einen Witz über Lord Derlin gemacht hätte. Ihm hätte sie auf der Reise alles anvertrauen können, ohne dass er sie ausgelacht hätte, doch stattdessen musste er sich irgendwo auf den Weiten des Meeres herumtreiben und seinen Freiheitsdrang ausleben.

Ihr zweitältester Bruder traf einige Minuten später ein, sichtlich nervös und dennoch mit stolzgeschwellter Brust. Das Pergament, auf dem er seine Ansprache notiert hatte, schob er nach einigem Überlegen zurück in seine Westentasche und forderte nach einem kurzen Blickkontakt mit seinem Vater die Anwesenden auf, ihm auf den Balkon zu folgen. Lord Derlin schien noch um einiges aufgeregter zu sein als er. Immer wieder fuhr er sich durch seine Haarpracht, nestelte an seinem Kragen herum oder pustete imaginäre Staubkörner von seiner Uniform.

Lucia sprang von der Lehne auf und wollte sich bei Lilliana unterhaken, als ihr auffiel, dass Antonio keine Anstalten machte mitzukommen.

„Na los, willst du dir das etwa entgehen lassen?", fragte sie.

„Geh schon. Ich bleibe besser hier drinnen."

„Aber wieso denn?"

„Ich gehöre einfach nicht dazu. Deinem Vater würde es wahrscheinlich auch nicht gefallen. Ich kann nicht nach da draußen gehen und so tun, als ob ich ein Lordsohn bin, verstehst du? Die kennen mich doch gar nicht."

„Ach, komm schon. Das kann denen doch vollkommen egal sein." Entschlossen packte sie den hilflosen und protestierenden Antonio am Ärmel und zerrte ihn mit sich. Sie positionierte ihn zwischen sich und Lilliana, als ob sie befürchtete, er könnte es sich noch einmal anders überlegen.

„Du bist schließlich so etwas wie meine Begleitung", stellte sie fest und nahm Haltung an. Antonio wäre liebend gerne geflohen, doch vor aller Öffentlichkeit wäre er auf diese Weise vermutlich mehr aufgefallen, als wenn er sich einfach still verhielt. Sollten sich die Bürger doch wundern, wer der fremde Junge war – spätestens, wenn Edward zu reden begann, würde sich die Aufmerksamkeit nur noch auf ihn und Lord Derlin richten.

Der gyndolinische Prinz räusperte sich leicht, schaute ernst in die Menge und versuchte dabei, den Menschen das Gefühl zu geben, wahrgenommen zu werden. Es hatten sich Menschen aus den unterschiedlichsten Ständen und Rängen, Frauen, Männer und auch Kinder hier versammelt, um endlich zu erfahren, wer an Adenors Stelle treten würde. Alle Gespräche verstummten, damit man Prinz Edward auch aus weiter Entfernung noch verstehen konnte.

„Im Namen meiner Familie, der Turwingars und im Namen König Zerbors, freue ich mich sehr, dass ihr euch heute hier eingefunden habt. Wie euch allen bekannt ist, verstarb König Adenor vor knapp einem Monat im Alter von fünfundsechzig Jahren. Die Frist, in der es meines Vaters Aufgabe war, einen geeigneten Nachfolger für ihn zu finden, wird am morgigen Tag ablaufen. Wir sind alle sehr glücklich darüber, dass seine Suche erfolgreich war und die Krönung von Lord Derlin, dem ehemaligen Handelsminister, morgen um die Mittagszeit stattfinden wird. Hauptmann Meandros wird ihm in der ersten Zeit seiner Regentschaft zur Seite stehen."

Nachdem Edward noch erklärt hatte, wie sie zur Auswahl Lord Derlins gekommen waren und dass alle Lords ihn unterstützen würden, erhielt der zukünftige König selbst die Gelegenheit, das Wort an die Menge zu richten. Lucia hielt sich rasch eine Hand vor den Mund, um ein Gähnen zu unterdrücken, und versuchte, ihm wenigstens ein bisschen Aufmerksamkeit zu schenken, doch sein sinnloses Gefasel widerte sie an und sie konnte beim besten Willen nichts Sympathisches daran finden. Seine Versprechen an die Bürger klangen zwar blumig und fortschrittlich, allerdings war sie sich sicher, dass er sie schon am nächsten Tag wieder vergessen würde.

Sie wandte unmerklich den Kopf. Zerbor registrierte ihre Bewegung und sah sie an. Wieder traf sie dieser eiskalte, wissende Blick. Sie sagte sich, dass er nur versuchte, sie auf diese Weise einzuschüchtern, und er keine Möglichkeiten hatte, ihr wirklich etwas anzutun. Doch das war nur ein schwacher Trost, denn selbst als sie sich wieder auf Lord Derlin konzentrierte, spürte sie das Glühen zweier blutroter Augen auf sich gerichtet.

„Was machen wir jetzt?", fragte Lilliana, nachdem die Vorstellung des neuen Königs endlich beendet war und sich die Erwachsenen und Merior bereits wieder zum Schloss aufgemacht hatten. Die Menschenmenge vor der Villa löste sich langsam wieder auf und die Leute gingen ihren ganz normalen Tagesgeschäften nach.

„Du könntest uns euer Haus zeigen oder noch besser Ajuna", schlug Lucia vor.

„Sind wir nicht ein bisschen auffällig?", fragte Antonio und deutete auf ihre extravaganten Kleider.

„Da hast du recht. Hohe Herrschaften sind nicht immer gerne gesehen. Hm ...", überlegte Lilliana. „Wir könnten uns umziehen. Lucia müsste in meine Sachen passen. Für dich habe ich leider nichts, es sei denn, du möchtest einen Mantel von meinem Vater anziehen. Ich denke, das ist nicht weiter auffällig. Hier gibt es viele angehende Lords."

Kurze Zeit später stießen die Mädchen wieder zu Antonio, der solange auf den steinernen Stufen der Villa gewartet hatte. Lucia hatte ihre Haare gelöst und ließ sie nun wieder offen über ihren Rücken fallen. Sie wirkte in Lillianas Kleidung viel zu blass und zierlich, aber von Glanz und Luxus war nichts mehr zu entdecken.

Lilliana führte sie zunächst über den Marktplatz, der an diesem Tag allerdings verlassen dalag und vom Gewimmel verschont blieb, danach zu einigen in der Nähe liegenden Herrenhäusern. Ajuna besaß keine besonderen Attraktionen, doch es hatte einen ganz eigenen Charme, der vor allem Lucia schnell in seinen Bann gezogen hatte. Die Stadt selbst war schon so alt, dass das Gründungsjahr nur geschätzt werden konnte und sie war in vielen der letzten Kriege überfallen und zerstört worden. All das war trotz des Wiederaufbaus nicht spurlos an Ajuna vorbeigegangen. So kam es, dass sich hier neue Häuser aus Stein an kleine Holzhütten drängten und unbefestigter Boden in einen gepflasterten Weg überging. Einige der neuen Häuser waren bunt gestrichen, Efeu zierte die älteren und auf den großen Plätzen waren Trinkwasserbrunnen errichtet worden, die aus den nahe gelegenen Bergen gespeist wurden. Ajunas Bürger schienen sehr fleißig zu sein, und an jeder Ecke gab es jemanden, der seine Dienste anbot oder etwas zu Verkaufen hatte.

Sie kamen an einer Bäckerei vorbei, die noch immer den süßen Kuchenduft des Morgens verströmte, und Lucia konnte nicht widerstehen, einige Küchlein für sie zu kaufen. Draußen auf der Straße empfing sie eine kleine Gauklertruppe, die an ihnen vorbeizog, und Späße machte. Viele Menschen wichen ihnen aus und ignorierten sie, andere liefen ein Stück mit und warfen einem kleinen, verschmutzten Jungen ein paar Kupfertaler in eine ausgeblichene Kappe.

Natürlich gab es nicht nur das herausgeputzte, strahlende Ajuna, die Hauptstadt Morofins, mit lauter anständigen Bürgern, sondern auch Taschendiebe, vor denen sich Lucia seit der Begegnung mit dem jungen Purwen besonders in Acht nahm. Bettler, zwielichtige Gestalten, die sich in Hauseingänge drückten und dubiose Geschäfte vereinbarten, zerlumpte Kinder, verzweifelte Frauen und arbeitslose Männer. Die Stadt besaß viele Facetten, von denen die meisten den Reichen verborgen blieben, und weniger schön waren, als der Gesamteindruck Ajunas vortäuschte.

Sie kamen durch Straßen, die zu den unterschiedlichsten Zünften gehörten. Die der Fischhändler und der Metzger rochen erbärmlich, es folgte die Straße der Tischler und die der Schmiede. Anschließend gelangten sie in das Künstlerviertel und Lilliana erklärte, dass viele der Musiker, Maler und Schriftsteller wenig verdienten und ihre Leidenschaft entweder aufgaben oder in sehr ärmlichen Verhältnissen lebten, um sie fortführen zu können.

Ein Zeichner saß vor einer der kleineren Hütten und beugte sich konzentriert über seine Staffelei, doch als die drei an ihm vorbeikamen, blickte er auf und forderte die beiden Mädchen auf, sich von ihm porträtieren zu lassen. Lucia musste unwillkürlich an Gilgar denken und lehnte ab, allerdings nicht, ohne dem Mann noch ein Silberstück zuzustecken.

Eine halbe Stunde später waren sie wieder in einer der Nebenstraßen des Marktplatzes angelangt und unterwegs zum Schloss, als Lilliana abrupt stehen blieb und eine andere Richtung einschlagen wollte.

„Was ist los?", fragte Lucia irritiert und sah in die Richtung, die sie eigentlich zum Platz vor der Villa geführt hätte. Eine kleine Gruppe Jugendlicher kam ihnen entgegen und schien sehr gute Laune zu haben. Es waren vornehmlich Jungen in ihrem Alter, die Uniformen trugen, aber auch einige Mädchen hatten sich zu ihnen gesellt.

Es blieb ihnen keine Zeit mehr, unauffällig zu verschwinden, denn eines der Mädchen hatte sie schon bemerkt und stürmte auf sie zu. Sie hatte lange, helle Locken und trug ein edles Kleid in Violett.

„He, Lilliana, schön, dass du dich auch mal wieder blicken lässt", stellte sie überglücklich fest und fiel ihrer Freundin um den Hals.

„Samantha." Mehr schien sie nicht hervorbringen zu können, denn sie starrte noch immer mit düsterer Miene auf einen Jungen, der sich nun vor den anderen aufgebaut hatte und ebenfalls Anstalten machte, zu ihr zu gehen.

„Warum hast du denn nicht mal vorbeigeschaut? Ich hab dich vermisst." Samantha schien überglücklich zu sein. „Oh, und Prinzessin Lucia. Welche Ehre, Euch endlich kennenlernen zu dürfen!" Sie machte rasch einen Knicks und blickte mit siegessicherem Lächeln zu den anderen.

„Hallo Samantha, du kannst mich einfach Lucia nennen. Diese offizielle Anrede ist für mich nicht so wichtig."

Lucia fragte sich kurz, weshalb Lilliana nie von ihr gesprochen hatte. Stattdessen hatte sie aber von jemand anderem erzählt und sie war sich plötzlich ziemlich sicher, dass dieser Jemand der Grund für ihr seltsames Verhalten war. Sie sah die Jungen und Mädchen der Reihe nach an und fand sofort heraus, wer auf Lillianas Beschreibung von Seann passte.

Alle anderen kamen nun näher, so als hätten sie erst jetzt wahrgenommen, wen sie vor sich hatten, stürzten sich auf Lilliana und schüttelten Lucia feierlich die Hand. Antonio blieb wie immer außen vor. Nur einer schien sich der allgemeinen Begeisterung ebenso zu entziehen wie Lilliana.

Der dunkelhaarige Junge sah mit ein wenig enttäuschter Miene zu Antonio hinüber und schüttelte dann langsam den Kopf.

„Dann hast du es also ernst gemeint", stellte er an Lilliana gewandt fest. „Du willst nichts mehr mit mir zu tun haben."

Schon allein ihr Blick sagte mehr als tausend Worte. „Müssen wir uns jetzt vor allen anderen darüber streiten?" Samantha fasste sie, wie um sie unterstützen, am Arm und sah sie fragend an.

„Wie ich sehe, hast du schon einen Ersatz für mich gefunden", sagte Seann in überheblichem Tonfall.

Lilliana trat entrüstet einen Schritt nach vorne und riss sich somit auch von Samantha los. Lucia verstand nicht so recht, was hier vor sich ging. „Das ist Antonio. Und genau genommen ist er Lucias Freund. Ich meine, ein Freund von Lucia." Die Prinzessin lief rot an, während Antonio noch verwirrter aussah als sie.

„So ist das also. Ein Günstling der Prinzessin. Wie wäre es mit einem kleinen Kampf?" Seann baute sich vor dem anderen Jungen auf. Er reichte nicht ganz an ihn heran und war auch etwas zierlicher als Antonio, aber Lucia war sich sicher, dass mit ihm nicht zu spaßen war. Zudem überkam sie ein ungutes Gefühl und sie glaubte, den Geruch von verwestem Fleisch wieder in der Nase zu haben. Mittlerweile war dieser Gestank für sie ein untrügliches Zeichen dafür geworden, dass etwas ganz und gar nicht in Ordnung war.

„Jetzt spiel dich nicht so auf, Seann. Du musst niemandem etwas beweisen", mischte sich Lilliana ein.

Er ignorierte sie. „Nimmst du die Herausforderung an?"

Antonio schluckte leicht. Er hatte bis jetzt noch kein einziges Wort gesagt und es sah so aus, als fiele es ihm noch immer schwer, die Situation zu begreifen.

„Bist du taub oder so?", fragte Seann arrogant und kam näher.

Lucia meinte förmlich, Antonio knurren zu hören.

„Du hast es nicht anders gewollt", sagte er leise und so bedrohlich, dass ihr selbst ein Schauer über den Rücken lief. „Aber fang hinterher nicht an zu heulen."

Einer der Jungen grölte. Langsam bildete sich eine Gasse um die beiden Gegner und die vorbeikommenden Leute machten einen großen Bogen um sie oder wählten einen anderen Weg.

„Große Töne für einen Feigling!", zischte Seann.

„Das soll hier kein Gemetzel werden, sondern ein freundschaftliches Duell", rief ein pausbäckiger Junge, der etwas kräftiger gebaut war, und trat zwischen sie, um zu verhindern, dass sie haltlos aufeinander losgingen.

„Nur so lange, bis einer von beiden aufgibt", verkündete er und trat dann wieder einen Schritt zurück. So wie sich die beiden ansahen, ging dieser Kampf auf Leben und Tod.

Lucia ballte unwillkürlich die Hände zu Fäusten und reihte sich neben Samantha, Lilliana und die anderen ein. Ein Faustkampf war meistens blutiger, als eine Übung mit hölzernen Leichtschwertern und hinterließ viele blaue Flecke.

„Los", sagte der stämmige Junge schlicht.

Die beiden Kontrahenten musterten sich abschätzend und begannen, sich langsam zu umkreisen. Seann schlug als Erstes zu. Er war so schnell, dass Antonio keine Zeit hatte zu reagieren und in die linke Seite getroffen wurde. Es war kein besonders harter Schlag, aber er stellte eine unmissverständliche Drohung dar.

Antonio wich vor seinem Gegner zurück und suchte nach einer Schwachstelle in dessen Deckung. Er brauchte einen Ansatzpunkt.

In seiner Kindheit hatte er häufig mit anderen Jungen gerauft. Nicht sonderlich gut, aber auch nicht besonders schlecht. Er war sicher, dass dieser Junge mit den rauen Sitten der Dorfkinder nicht vertraut war und er daraus einen Vorteil für sich herausschlagen konnte.

Unvermittelt ging er auf Seann los und rammte ihm die Faust so fest in den Bauch, wie er nur konnte. Dieser taumelte und wäre gefallen, wenn Antonio ihn nicht aufgefangen hätte. Er schlang ihm einen Arm um den Nacken und nahm ihn in den Schwitzkasten. Seann keuchte schwer, versuchte, sich aus seinem festen Griff zu lösen und Antonios unerbittlicher Härte zu entgehen. Ihm blieb nichts anderes übrig, als seine Hände zu nutzen, um dem Jungen in die Seite zu boxen und mit den Fingernägeln eine blutige Spur über seinen Hals zu ziehen.

Antonio fluchte, gab den Schwitzkasten auf und nahm eine Haltung ein, in der er Seanns Hände besser unter Kontrolle hatte. Verdammt, dieser Junge kämpfte wie ein Mädchen. Kratzen und Kneifen waren ja wohl unfair. Unfair, aber anscheinend nicht gegen die Regeln, sofern es sie denn gab. Gut, er konnte auch andere Saiten aufziehen.

Die beiden Jungen befanden sich mittlerweile fast am Boden, mal war der eine in einer günstigeren Lage, mal der andere. Immer wieder gelang es ihnen, sich zu befreien und sich aus den scheinbar ausweglosesten Situationen zu entwinden.

Lucia hatte ihre Hände mittlerweile fest auf ihren Mund gepresst, um zu verhindern, dass sie einen Schrei ausstieß. Das hier war blutiger Ernst. Seann schien von einer aggressiven Kraft ergriffen worden zu sein, die weit über die bloße Eifersucht und die Wut auf Lilliana hinausging. Der Geruch nach faulendem Fleisch wurde immer stärker und betäubender und sie hatte nun das Gefühl, dass er von Seann ausging. Aber wenn dem so war, was bedeutete das dann für Antonio? War Seann ein Magier? Das glaubte sie eher nicht. Aber möglicherweise hatte etwas in diesem Moment von ihm Besitz ergriffen und ihn unter Kontrolle. Etwas, das auch anwesend gewesen war, als Lucia geschlafwandelt hatte und dem Wolf begegnet war. Wie auch immer das funktionieren sollte, es gab für sie keinen Zweifel mehr: Antonio war in ernsthafter Gefahr!

Sie starrte mit vor Angst geweiteten Augen auf das Knäuel, das aus den beiden Leibern entstanden war, und warf Lilliana einen verzweifelten Blick zu. Doch weder ihre Freundin noch sonst jemand schien wahrzunehmen, was Lucia in diesem Moment durchstand.

„Es hilft alles nichts, vielleicht täusche ich mich auch. Ich muss mich beruhigen", dachte sie hektisch und atmete tief ein.

Voller Angst beobachtete sie, wie Seann seine Hände in Antonios schwarzem Haar vergrub und daran zerrte, während dieser den Oberkörper seines Gegners zur Seite stieß, um sich freizumachen. Straßenstaub verklebte seine Uniform und Schweiß rann ihm in Strömen über das Gesicht.

Antonio kämpfte mit einer Verzweiflung, die er von sich selbst nicht kannte. Er wusste nicht mehr, wer von ihnen gerade im Vorteil war und wer dem anderen unterlag, denn es spielte keine Rolle mehr. Zu schnell wechselte die Situation und sein Verstand kam längst nicht mehr mit. Sein Körper reagierte von allein, führte Befehle aus, die er ihm nicht gegeben haben konnte, und er fühlte, dass sein Bewusstsein wie betäubt danebensaß und sich vom Rest seiner Seele sehr weit entfernt hatte.

Erst, als ein Blitz in seine Haut fuhr und ein kribbelndes und Funken sprühendes Feuerwerk darunter entfachte, begriff er, dass er es nicht mehr mit Seann zu tun hatte, sondern mit Magie. Ein weiterer Energiestoß traf ihn diesmal härter und lähmte seinen rechten Arm vollkommen. Er wurde von einer übermenschlichen Kraft zu Boden gedonnert und fühlte sich sehr an den Kampf mit Lady Edilia erinnert. Doch dieses Mal war da kein Blut, kein Schmerz. Er spürte, wie Magie durch seinen eigenen Körper strömte, bereit, gegen seinen Kontrahenten eingesetzt zu werden und ihn zu vernichten. Er hatte keine Kontrolle über sie. Das, was er tat, kam aus seinem tiefsten Innern und konnte deshalb nicht von ihm aufgehalten werden. Es sammelte sich in seiner linken Hand und richtete sich wie von selbst auf den Jungen, der soeben aufgestanden war und sich Staub von Händen und Kleidung strich. Er spürte die Gefahr nicht.

Um Antonio herum wurde es zunehmend leiser, alle Geräusche drangen nur noch gedämpft zu ihm hindurch und ein einziger Ton wurde dafür immer lauter und deutlicher. Der des Herzens, das in Seanns Brust schlug und entkräftet und dennoch Leben spendend Blut durch seine Adern pulsieren ließ.

Der Energiestrom ließ sich nicht mehr aufhalten und schoss aus ihm hervor.

Lucia reagierte blitzschnell, als sie den abwesenden Ausdruck in Antonios Augen bemerkte. Er hatte sich schwankend und zitternd ein wenig aufgesetzt, doch sie sah als Einzige, dass in ihm noch eine gewaltige Kraftreserve schlummerte. Viel zu gewaltig, um sie beherrschen zu können.

Geistesgegenwärtig stürzte sie vor und stieß Seann zur Seite, ohne zu überlegen, was für Folgen das für sie haben konnte. Sie stolperte, fiel hin und spürte, wie eine sanfte Erschütterung sie durchlief.

Irgendwo schrie jemand und sie registrierte, dass es Lilliana war.

„Lu, Lucia? Was sollte das?" Antonio war plötzlich neben ihr, hellwach und wieder Herr seiner Sinne. Er drückte sie fest an sich und sagte dann mit trockener Stimme: „Ich gebe auf. Ich kann nicht mehr."

Die anderen Jungen grölten und schlugen ihm bewundernd auf die Schultern. Sie hatten beide gut gekämpft und keiner hatte wahrgenommen, dass Antonio Seann beinahe umgebracht hätte. Lucia oder ihn.

Lucia wurde in diesem Moment klar, dass sie die Magie dringend kontrollieren lernen mussten. Wenn jemand sie angriff oder versuchte zu verletzen, hatten sie ihre Reaktionen nicht mehr im Griff. So hatte sie beinahe die Trolle getötet und Gilgar die Hand verkohlt. Wenn sie nicht bald einen Lehrer fanden, würde es vermutlich nicht dabei bleiben. Es könnte jemand sterben.

Seann lächelte triumphierend, doch noch immer schien er nicht wieder er selbst zu sein.

„Das sollte dir eine Lehre sein. Ich gebe dir einen guten Rat: Mach mir keinen weiteren Ärger und wir sehen uns nie wieder, ansonsten …" Sein Blick sagte alles.

Dann keuchte Seann plötzlich. Seine Schultern bebten und er blinzelte verwirrt. „Ich … es tut mir leid. Das war nicht so gemeint. Du warst nicht schlecht."

Ein Hauch von Verwesung umgab sie alle, der süßliche Geruch den Rajonis, der vergessene Gott, ausströmte. Er hatte Seann aus seinen Diensten entlassen.

Auch an diesem Abend bekam Derrick Besuch auf dem Turm. Insgeheim hatte er gehofft, dass Lilliana kommen würde. Seit er Len Ording kennengelernt und mit ihm den Quellenzwergen und der Seeschlange standgehalten hatte, war es viel schwerer geworden, die Einsamkeit zu ertragen. Und auch wenn er mit Lilliana nicht über seine Abenteuer und vor allem den Fluch reden konnte, tat es gut, mit einem anderen Menschen zusammen zu sein und ein bisschen über die Geschehnisse zu erfahren, die sich innerhalb und außerhalb des Schlosses zutrugen.

„Du schon wieder", bemerkte er grinsend und rückte ein Stück zur Seite, doch sie zog es vor, sich etwas mehr von ihm zu entfernen.

„Ja, ich schon wieder."

„Schön, dass du gekommen bist."

Sie zog eine Augenbraue hoch. „Ach wirklich? Hast du mich etwa vermisst?"

Derrick musste lachen und schüttelte den Kopf. „Irgendwie schon. Was habt ihr heute so gemacht? Wird Lord Derlin nun tatsächlich König?"

„Ja, es führt wohl kein Weg mehr daran vorbei. Er wurde heute dem Volk vorgestellt. Morgen ist die Krönung. Schade eigentlich. Irgendwie hatte ich gehofft, dass noch ein Wunder geschehen würde und er plötzlich freiwillig zurücktritt. Aber ich fürchte dafür ist es leider zu spät."

„Wie geht es Antonio?"

Sie runzelte die Stirn. „Lucia und er haben mittlerweile keine Kontrolle mehr über ihre magischen Kräfte. Heute gab es eine unschöne Szene mit einem meiner alten Freunde. Antonio und er haben sich geprügelt und ich fürchte, dass Lucia ihn gerade noch aufhalten konnte, bevor er einen Energiestoß auf ihn losgeschickt hätte. Sie wollten nicht mit mir darüber reden."

Es tat ihr weh, dass Lucia und Antonio sie nicht mehr in ihre Probleme einweihten, seit sie sich gefunden hatten. Sie bekam manchmal das Gefühl, nicht mehr dazuzugehören und von ihnen nicht erwünscht zu sein. Vielleicht glaubten sie, dass sie nicht nachvollziehen konnte, wie sie sich fühlten, aber das konnte sie sehr wohl. Schließlich war sie fast überall dabei gewesen und wusste, wie sehr Lucia ihre Reise hierher erschöpft hatte und wie sie mit ihren eigenen Fähigkeiten kämpfen musste.

„Ich habe Angst um die beiden", sagte sie und sah Derrick Hilfe suchend an, doch seine Augen waren seltsam ausdruckslos.

Er musste zugeben, dass er am Anfang gerne versucht hätte, ihre Gedanken zu lesen, um zu wissen, was in ihrem hübschen Kopf vor sich ging. Es war zu verlockend, in den Geist eines anderen hineinzuschlüpfen und für einen kurzen Moment Macht über ihn zu haben. Doch es war ihm nicht gelungen, da er sich nicht genug konzentrieren konnte und Lilliana sich unbewusst verschloss. Gleich darauf hatte er sich dafür geschämt, dass er überhaupt daran gedacht hatte. Die große Verantwortung, die man mit den Gedanken eines anderen auf sich nahm, wollte er nicht tragen. Er hatte kein Recht dazu, in ihre Träume und Wünsche einzudringen. Jeder musste selbst entscheiden, wie viel er jemand anderem preisgeben wollte. Bei Zerbor war es trotzdem etwas anderes.

„Wie ist es mit dir?", fragte Lilliana und holte ihn in die Realität zurück.

„Ich ..." Er überlegte kurz und kam dann zu dem Schluss, dass er mit ihr ruhig über seine ersten magischen Versuche reden konnte. Sie war im Moment zu enttäuscht, um Lucia oder Antonio davon zu erzählen. Außerdem konnte er ihr vertrauen, das hatte er sofort gespürt.

„Zerbor versucht, mich zu seinem Nachfolger auszubilden. Er versucht, mich in die Geheimnisse der Magie einzuweihen."

„Du wirst auch eines Tages zu ihnen gehören, stimmt's?", fragte sie mit bitterem Unterton in der Stimme. Fast hatte sie es vergessen. Dann wären sie zu dritt und brauchten sie nicht mehr. Sie war schließlich überhaupt nicht magisch begabt und nicht vom Schicksal auserwählt worden, die Welt zu retten. Aber sie musste zugeben, dass sie die Steinträger nicht um diese Rolle und die damit verbundenen Sorgen und Lasten beneidete.

„Vielleicht. Ich weiß es nicht." Ihr fiel auf, dass er etwas in den Händen hin und her schob. Als sie genauer hinsah, entdeckte sie einen silbernen Ring zwischen seinen Fingern, dessen gelber Stein im Sonnenlicht glänzte.

Er war wunderschön. Wie würde es wohl sein, diesen Ring zu tragen, ihn zu berühren, Derricks Hand zu berühren.

„Und funktioniert es?", fragte sie, um ihre Unsicherheit zu verdrängen.

„Was?"

„Kannst du zaubern?"

„Ja, aber er weiß davon noch nichts. Ich habe es geschafft …" Derrick sah sie forschend an. Er mochte sie wirklich. Was würde sie denken, wenn er ihr die Wahrheit sagte? „Ich bin in seine Gedanken eingedrungen."

„Wie bitte? Du hast was? Ihr könnt Gedanken lesen?" Lilliana war entsetzt und wich unwillkürlich weiter vor ihm zurück. Sie fühlte sich benutzt und irgendwie lächerlich. Hatten sie ihre Gedanken durchstöbert und waren in ihre Privatsphäre gelangt? Konnte er jetzt, in diesem Moment, alles sehen, was sie über ihn dachte, alle ihre Gedanken und Wünsche kontrollieren?

„Ich weiß nicht, ob es die anderen auch können", versuchte er, sie zu beschwichtigen. „Es funktioniert nicht mehr. Ein einziges Mal und danach nicht mehr. Ich werde es nur gegen ihn einsetzen, wenn ich es wirklich kann."

„Und woher soll ich wissen, dass du dich auch daran hältst? Dass du nicht zufällig plötzlich in meinen Gedanken landest und plötzlich alles über mich weißt?"

„So einfach ist das nicht. Ich schwöre dir, dass ich es niemals gegen dich oder jemand anderen einsetzen werde. Vertrau mir." Er presste eine Hand an sein Herz und blickte sie ernst an.

„Und was ist mit Zerbor? Hast du nicht gerade noch gesagt, dass du es bei ihm noch einmal versuchen willst?"

„Ich …", versuchte er, irgendetwas zu entgegnen.

„Er macht dich kaputt! Willst du das etwa weiterhin zulassen? Du wirst in seinem Kopf nichts anderes finden als Grausamkeit. Manche Dinge sollte man besser ruhen lassen. Gedanken lesen ist etwas, das er tun würde, und gerade deshalb ist es besser für dich, gar nicht erst damit anzufangen." Sie wurde immer leiser, lehnte sich dann müde über das Geländer und begann, mit dem Zeigefinger die Konturen Ajunas zu umkreisen. Die hohen Türme des alten Tores weit draußen vor der Stadt, die Mauern, die sie begrenzten, die dahinter liegenden Baracken und die Häuser der Reichen mit ihren eleganten Erkern. All das war Ajuna, die Stadt, in der sie ihr ganzes Leben verbracht hatte und die so viele verschiedene Gesichter zeigte.

Derrick sah sie traurig an. Sie wirkte so weich und verletzlich, obwohl sie zu Anfang versucht hatte, ihm das Gegenteil zu beweisen. Er hätte sich gerne neben sie gestellt, um die zarte Vertrautheit auszukosten, die er noch nie so gefühlt hatte. Aber das wagte er nicht.

„Du hast recht", sagte er und schluckte. „Das Schlimme daran ist, dass ich es nicht mehr aufhalten kann. Ich kann mich ihm nicht länger widersetzen, so sehr ich es auch versuche. Ich habe Angst davor, Angst, dass ich so werde wie er."

„Das wirst du nicht. Ganz bestimmt nicht. Du musst du selbst bleiben und darfst dich nicht von ihm zu etwas zwingen lassen", beschwor sie ihn.

Derricks Gesichtszüge erhärteten und plötzlich verstand sie nur allzu gut, was er meinte, ohne dass er es aussprechen musste. „Sag so etwas nicht. Niemand, aber auch wirklich niemand kann sich Zerbor widersetzen, das scheinst du noch nicht begriffen zu haben. Und wie soll ich es schaffen, ich selbst zu bleiben, wenn ich noch nicht einmal weiß, wer ich bin und wie ich sein will? Wer weiß! Vielleicht bin ich schon immer wie er gewesen! Kennst du mich gut genug, um mir sagen zu können, wer Derrick ist? Kennst du Zerbor überhaupt?"

Lilliana wich zurück. Sprachlos und voller Verständnis für diesen Jungen, der noch nie jemandem etwas bedeutet hatte und noch nie von jemandem geliebt oder bewundert worden war. Er war verloren, verloren in seiner Angst und seinem Hass auf seine Eltern. Ohne dass sie es bemerkt hatte, rollte plötzlich eine Träne ihre Wange hinab.

„Du weinst?" Derrick sah plötzlich ein wenig hilflos aus. Er hob vorsichtig die Hand, so als wollte er die Träne wegwischen. Seine Finger blieben unsicher in der Luft hängen, hin und her gerissenen von seinem inneren Kampf.

Und dann ging er auf sie zu und umarmte sie. Unendlich behutsam, als wäre sie eine zerbrechliche Blume, legte er seine Arme um sie. Es fühlte sich ein wenig unbeholfen an, aber das machte es noch kostbarer. Lilliana musste lächeln und erwiderte seine Umarmung. Sie schloss die Augen und sog den Duft seiner Haut tief in sich auf. Seine warmen Hände auf ihrem Rücken ließen sie erschauern. Die Wärme breitete sich in ihr aus und da war plötzlich keine Traurigkeit mehr. Nur noch unerschütterliche Zuversicht und Zuneigung.

„Ich kenne Zerbor vielleicht nicht", flüsterte sie in seine Haare, „aber ich kenne dich. Du bist du, ganz egal, was sie dir sagen oder was du denkst."

„Lilliana." Er hätte nie gedacht, dass es sich so gut anfühlen konnte, jemanden zu berühren. Es fühlte sich gleichzeitig wie das Natürlichste und das Aufregendste auf der Welt an.

„Du darfst die Hoffnung nicht aufgeben. Niemals. Du darfst dich selbst nicht aufgeben."

Das würde er nicht. Nicht, wenn sie bei ihm war, wenn es Menschen gab, die ihn daran erinnerten.

Lilliana schlug die Augen wieder auf und stutzte im ersten Moment ein wenig. Sie musste lachen und drückte Derrick nur noch fester an sich.

„Was ist denn?", fragte er verunsichert.

„Du leuchtest." Ganz wie sie es bei Lucia beobachtet hatte. Der goldene Schein hatte sich wie eine Aura um ihn gelegt. Ein dichter Umhang aus Magie. Er würde ein Steinträger sein, aber das bedeutete, dass sie ihn wiedersehen würde.

# Leben und Tod

Lucia drehte sich um sich selbst und betrachtete ihr Spiegelbild in der polierten und glänzenden Scheibe. Die Person, die ihr daraus entgegenblickte, war innerhalb kürzester Zeit ein ganzes Stück reifer und vielleicht auch vernünftiger geworden. Sie hatte viele Ängste ausgestanden, gekämpft, sich gegen die Erwachsenen durchgesetzt und war am Ende doch gescheitert. Dennoch hatte sie nicht das Gefühl, etwas falsch gemacht zu haben. Sie würde alles wieder genauso machen, dieselben Entscheidungen treffen und dieselben Wege gehen. Nur was die Zukunft anging, war sie sich unsicher, wie sie handeln sollte und ob es richtig war, dass sie die Dinge nun sich selbst überließ.

Für einen Moment tat es gut, einfach nur dazustehen und so zu tun, als wäre alles in Ordnung und ihre Frisur das Einzige, worüber sie sich Sorgen machen musste.

Beinahe ehrfürchtig strich sie über den weichen grünen Stoff des wunderschönen Kleides, das sie morgen tragen würde. Zur Krönung von Lord Derlin. Es bestand aus mehreren geriffelten Lagen eines kostbaren Stoffes in der Farbe Morofins. Ein warmes Maigrün. Dazu würde sie eine Stola tragen und das silberne Diadem, das kurz nach ihrer Geburt für sie angefertigt worden war und nur bei besonderen Anlässen hervorgeholt wurde.

Alles war einfach wunderschön, geradezu perfekt und sie könnte eigentlich erleichtert sein, dass sie nun keine Verantwortung mehr für Morofins Zukunft hatte. Aber was heute geschehen war, hatte ihr noch einmal das Gegenteil bewiesen. Sie konnten den Steinen und der Magie nicht mehr entkommen und brauchten dringend einen Lehrer, der sie über die Gefahren ihrer neu erwachten Kräfte unterrichtete.

Mit einem Mal wieder todunglücklich ließ Lucia ihr Kleid zu Boden fallen und warf sich nur im Nachtgewand auf ihr Bett. Sofort sank sie tief in die weiche Oberfläche der Matratze ein und stieß einen lang gezogenen befreienden Seufzer aus. Sie beschloss, noch ein bisschen länger so liegen zu bleiben und auf Lilliana zu warten. Nichts mehr zu tun, keinen beunruhigenden Gedanken mehr nachzuhängen und nicht in der ständigen Angst leben zu müssen, jemanden durch eine überraschende Bewegung unabsichtlich anzugreifen, war einfach nur wohltuend.

Leider währte der Augenblick der Ruhe nicht lange. Jemand klopfte an die Tür. Angesäuert setzte sie sich wieder auf und warf einen Blick aus dem Fenster, vor dem es bereits stockdunkle Nacht geworden war. Wer störte sie noch so spät abends?

„Wer ist da?", rief sie und gab ihrem nächtlichen Besucher zu verstehen, dass er einen ungünstigen Moment gewählt hatte.

„Lu? Kann ich reinkommen?", erklang Antonios gedämpfte Stimme.

„Natürlich. Was gibt's?"

Er schloss die Tür leise hinter sich und blieb einige Meter von ihr entfernt stehen. „Ich wollte nur noch einmal sagen, dass es mir leidtut. Heute war es wirklich knapp. Ich hätte es mir nie verziehen, wenn dir etwas passiert wäre. Und ich wollte mich dafür entschuldigen, dass ich nicht König werde."

Lucia brachte ein schwaches Lächeln zustande. „Es geht mir gut. Ist das nicht die Hauptsache?" Sie stand unschlüssig auf und fuhr sich verlegen durchs Haar, weil ihr keine Möglichkeit einfiel, ihn zu trösten. Dann hob sie die Hand und deutete auf seinen Hals.

„Die Striemen sind alle verheilt. Wie von selbst. Als wir gegen den Verräter gekämpft haben und du auf dem Boden lagst … Überall war Blut. Ich dachte, du würdest sterben."

„Das dachte ich auch. Aber wie es aussieht, lässt die Magie es nicht zu."

„Wir werden sie in den Griff bekommen. Es wird nie wieder zu so etwas kommen."

„Ich habe schon einmal zugelassen, dass Luna verletzt wurde."

Er machte sich wirklich Vorwürfe deswegen. Dabei hätte er weder den Unfall seiner kleinen Freundin noch das Ausbrechen seiner Magie verhindern können.

Sie wollte auf ihn zu gehen, ihn umarmen, ihm die einzige Sicherheit geben, die sie hatte, doch es klopfte erneut.

Edward trat ungebeten herein, schreckte jedoch zurück, als er bemerkte, in welcher Verfassung sich seine Schwester und Antonio befanden.

„Alles in Ordnung mit euch?", fragte er besorgt.

Die beiden nickten stumm.

„Wenn es euch nichts ausmacht: Könntest du vielleicht mitkommen, Lucia? Vater hat etwas mit uns zu bereden. Er hat mich gebeten, dich zu holen."

„Hat er gesagt, worum es geht?" Lucia war sofort hellhörig geworden. Es wurde Zeit, dass sie sich endlich mit ihm aussprach und versöhnte. Die Spannung, die sich zwischen ihnen aufgebaut hatte, schmerzte und verunsicherte sie. Melankors Worte waren ihr nur allzu gut in Erinnerung geblieben. Was war mit Adenor und ihrer Mutter geschehen? Was wusste er darüber? Sie musste es herausfinden.

„Nein, das hat er nicht. Aber es ist ihm sehr wichtig."

„Bis morgen dann, Antonio. Schlaf gut!"

Der junge Kiborier ließ sich widerstandslos hinauskomplimentieren und schenkte Lucia noch ein flüchtiges und ein wenig enttäuschtes Lächeln, bevor sie ihrem Bruder zum kleinen Salon folgte.

Melankor hatte sich bereits in einen der Sessel gelehnt und vor Müdigkeit die Augen geschlossen, während Merior sie mit auf die Knie gestützten Händen erwartete. Lucia ließ sich zwischen ihre beiden Brüder fallen und stellte beiläufig fest, dass sie sich etwas Vernünftiges hätte anziehen sollen. Möglicherweise würde ihr Gespräch etwas länger dauern und sie trug nur ihr dünnes Nachthemd. Leicht fröstelnd schlang sie sich die Arme um den Oberkörper und zog ihre Füße zu sich aufs Sofa.

Edward griff nach einem Glas, das noch bis zur Hälfte mit rubinrotem Wein gefüllt war, und trank einen großen Schluck. Seine Miene war todernst und sie vermutete, dass ihr Vater ihm gegenüber bereits angedeutet hatte, worüber er sich mit ihnen unterhalten wollte.

Der König von Gyndolin war ein gebrochener Mann. Seine Wangen waren stark eingefallen und sein Haar viel grauer als noch vor einigen Wochen. Für die Fassade, die er der Außenwelt und Zerbor präsentierte, hatte er längst keine Kraft mehr. Es tat weh, ihren starken, unbesiegbaren Vater so hilflos und schwach zu sehen. Doch noch mehr schmerzte es, dass sie nicht bemerkt hatte, in welchem Zustand er sich befand.

„Vater", flüsterte sie.

Er sah seine drei Kinder eine ganze Weile an und sagte nichts, blickte ihnen in die Augen und schien sich zu sammeln. Schließlich setzte er sich etwas aufrechter hin und begann: „Ich werde nach der Krönung zurück nach Gyndolin reisen. Edward wird noch bleiben, um Lord Derlin zu unterstützen und Erfahrungen zu sammeln. Wie sieht es mit euch beiden aus?"

Merior zuckte mit den Schultern. „Ich komme mit dir zurück nach Hause. Und du Lucia?"

Sie war überrascht, dass er fragte, und zögerte nicht lange. „Ich bleibe", sagte sie fest. „Meine Freunde brauchen mich hier."

Melankor nickte langsam, doch ein Ausdruck tiefer Trauer legte sich über sein Gesicht. „Ich habe so etwas schon erwartet. Es hat keinen Sinn, dich für immer festhalten zu wollen. Aber du bist erst fünfzehn und ich habe Angst um dich."

„Edward ist doch hier. Ich verspreche, dass ich nichts Leichtsinniges mehr tun werde und hier auf dem Schloss bleibe. Zumindest meistens."

„Wir wissen beide genau, was ich meine. Nur weil man etwas verdrängt oder so tut, als ob es nicht da wäre, kann man es noch lange nicht ungeschehen machen. Du hattest recht, Lucia. Ihr verdient es, die Wahrheit zu erfahren."

„Hat …" Edward musste sich räuspern, um seine Stimme wieder zu finden. „Hat es etwas mit Mutter zu tun?"

Melankor nickte und schloss die Augen.

„Sie ist doch an einer Krankheit gestorben, am Lichtfieber, oder nicht?" Auf der Stirn seines zweitältesten Sohnes bildeten sich tiefe Furchen.

„Ja, Rika starb am Lichtfieber, aber das ist nur ein kleiner Teil der Geschichte. Du warst damals erst zehn, Merior fünf und Lucia gerade mal vier Jahre alt. Terin war schon fünfzehn und fast erwachsen – wenn ich es genau bedenke, ist er es bis heute noch nicht geworden. Als ich Rika kennengelernt habe, hat sie mir gezeigt, dass es Magie wirklich gibt."

Lucia hielt den Atem an, denn sie hätte nie gedacht, dass er es jemals zugeben würde. Schon gar nicht vor sich selbst.

„Eure Mutter war eine Magierin und keine schlechte. Sie hat mich oft zu den Treffen ihrer Gemeinschaft mitgenommen, dem *Bund der Hüter*, und ich wurde dort aufgenommen und gehörte dazu, obwohl ich keinerlei Fähigkeiten besaß. Die Gemeinschaft gab Rika Kraft, die ihr sonst niemand geben konnte, ein Gefühl von Geborgenheit und Selbstvertrauen. Sie hatte manchmal Momente, in denen sie am Boden lag und niemand, nicht einmal ich, sie erreichen konnte. Der Magie aber gelang es immer wieder, sie aufzurichten. In der Zeit, als Terin zur Welt kam, erlebte sie einen Aufschwung und ihm gelang es, sie ganz in Besitz zu nehmen. Ich hoffte, dass sie nie wieder unglücklich werden würde und eine ganze Weile schien es auch so zu bleiben. Sie verwendete kaum noch Magie, weil sie wusste, dass ich ein normales Leben führen wollte, und kümmerte sich von ganzem Herzen um euch Kinder. Kurz bevor das Lichtfieber über Gyndolin hereinbrach, machte sie jedoch einen Wandel durch. Sie verfiel zurück in ihre Aussichtslosigkeit und wurde immer stiller. Ich bin mittlerweile sicher, dass dies nicht aus Zufall geschah, obwohl sie nicht mit mir darüber redete. Eines Tages fand ich sie in ihrem Zimmer, konzentriert und vollkommen abwesend über ein Kästchen gebeugt. Sie hatte mir selbst beigebracht, wie man Magie erkennen konnte und von diesem Gegenstand ging eine unvorstellbar starke Energie aus. Als sie sah, dass ich den Raum betreten hatte, klappte sie das Kästchen zu und leugnete, dass es schuld an ihrer immer schlechter werdenden Verfassung war. Ich konnte nicht aufhalten, dass sie immer schwächer und ausgezehrter wurde, das Kästchen und das, was darin war, zerstörte sie innerlich. Gleichzeitig verschloss sie sich mir, wurde aggressiv und ich redete mir ein, dass es ihr bald wieder besser gehen würde, weil ich zu feige war, um sie daran zu hindern, den verdammten Kasten zu öffnen. Und dann brach die Epidemie über Gyndolin herein. Sie war für Erwachsene harmlos, doch viele Kinder mussten ihretwegen ihr Leben lassen. Und dann traf es dich, Lucia."

Die Prinzessin sah ihn an, unfähig irgendetwas zu sagen oder den Sinn seiner Worte zu verstehen. Nur eines ging ihr immer wieder durch den Kopf und hallte immer lauter werdend nach.

Das Kästchen. Instinktiv wusste sie, dass es eine wichtige Rolle spielte und auch mit Adenors Tod zu tun haben musste. Erst dann drang zu ihr durch, was Melankor als Letztes gesagt hatte. Man hatte ihr nicht davon erzählt, dass sie das Lichtfieber gehabt hatte. Sollte das etwa bedeuten …?

„Wir taten alles, um dich zu retten, aber es schien auswegslos und ich dachte schon, dich aufgeben zu müssen. Doch Rika entschloss sich dich zu retten, wie sie es schon Tausende Male bei anderen Menschen getan hatte. Aber dieses Mal war es anders. Das Lichtfieber ist nicht so leicht zu besiegen. Möglicherweise hätte es ihr keine Probleme bereitet, wenn sie nicht selbst so geschwächt gewesen wäre. Jedenfalls setzte sie ihre Magie ein, um dich zu heilen."

Edward war kreidebleich geworden. „Das wusste ich nicht", hauchte er entsetzt. „Ich dachte, Lu hätte es allein überstanden. Das darf nicht wahr sein."

„Rika war nur noch ein Schatten ihrer selbst. Überglücklich, dass sie Lucia hatte retten können und so naiv zu denken, dass sie unbesiegbar sei. Bald darauf erkrankte sie selbst am Lichtfieber und es vergingen nur einige Tage bis ..." Ihr Vater konnte nicht weitersprechen, denn seine Augen füllten sich mit Tränen, die ihm jeden Halt nahmen. Er trauerte noch immer um sie, auch nach zwölf vergangenen Jahren und sie alle wussten, dass sich daran nie etwas ändern würde. Niemand konnte Rika wieder lebendig machen oder sie ersetzen.

Lucia konnte nicht mehr weinen. Vielleicht lag es daran, dass sie ihre Mutter nur vier Jahre ihres Lebens gekannt hatte, vielleicht daran, dass sie noch nicht bereit war, es zu begreifen. Doch sie hatte schon geahnt, was geschehen war, und der Schmerz, den sie fühlte, war derselbe. Merior schien noch ebenso geschockt zu sein wie sie, während sie in Edwards Augen etwas glänzen sah.

„Was ist mit dem Kästchen passiert?", fragte sie und kannte die Antwort bereits.

Melankor warf ihr einen von Kummer verzerrten Blick zu und antwortete: „Adenor hat es an sich genommen. Er gehörte ebenfalls zum *Bund der Hüter*, war aber stärker als Rika. Nachdem die Beerdigungsfeier stattgefunden hatte, konnte ich das Kästchen nicht mehr finden. Ich wusste, dass er es haben musste, doch er leugnete es zunächst. Und als er es dann zugab, erzählte ich ihm von meinen Beobachtungen und nahm ihm das Versprechen ab, es niemals, aber auch wirklich niemals, zu öffnen. Nach all den Vorzeichen und dem, was der Attentäter berichtet hat, bin ich mir sicher, dass er es doch getan hat. Das, was in dem Kästchen ist, hat ihn getötet und es hätte auch Rika getötet, wenn nicht ... An all dem ist die Magie schuld und ich kann nicht zulassen, dass sich meine Tochter ebenfalls in Gefahr begibt. Du weißt, was es mit den Steinen auf sich hat. Ich hätte dich besser beschützen müssen."

Lucia schüttelte vorsichtig den Kopf. „Das hättest du nicht gekonnt. Es ist mein Schicksal, den Stein zu tragen. Und es wäre dir nicht gelungen, mich von der Magie fernzuhalten, weil sie früher oder später aus mir herausgebrochen wäre. Solange ich sie noch nicht beherrschen kann, ist sie sehr gefährlich."

„Was, bei Iramont, ist Magie?", fragte Edward überwältigt.

Lucia schloss ihre Finger um sein Handgelenk und ließ ein wenig von ihrer Kraft zu ihm hinüberfließen. Zuerst zuckte er, doch sie hielt ihn fest, bis er zuließ, dass die feinen Wellen in seinen Körper eindrangen.

„*Das* ist Magie", stellte sie fest und fixierte wieder ihren Vater. Sie wusste, in welchem Zustand er war, wusste, wie sehr er litt und dass er versucht hatte, sie von den Steinen fernzuhalten. Sie verstand jetzt, weshalb er so vehement gegen ihre Beteuerungen, der Stein sei etwas Besonderes, protestiert hatte und weshalb er all ihre Fragen fortzudrängen versuchte.

„Lucia, ich hoffe, du kannst mir verzeihen." Seine Stimme war so rau, als ob zwei zerbröckelnde Steine gegeneinander rieben.

„Vater, du hast mir das Gefühl gegeben, dumm und leichtsinnig zu sein. Ich habe gedacht, dass du mir nicht mehr vertraust und mich nicht mehr ernst nimmst. Wenn du mir zugehört hättest, hätte ich das alles nicht alleine durchstehen müssen."

Sie wollte es nicht wie eine Anklage klingen lassen, aber die Worte kamen ihr zu schnell über die Lippen, um sie mildern zu können. Das Band, das zwischen ihnen einmal bestanden hatte, konnte nicht mehr mit ein paar Entschuldigungen geflickt werden.

„Du musst den Stein abgeben. An den *Bund der Hüter* oder ihn wegwerfen, so weit du nur kannst. Ich habe gedacht, dass an der Prophezeiung und all den Legenden nichts Wahres ist, aber da habe ich mich wohl getäuscht. Ich kann nicht zulassen, dass dir auch noch etwas zustößt."

„Wir können es nicht mehr aufhalten. Ich kann den Stein nicht mehr einfach abgeben. Ich will es auch nicht. Der *Bund der Hüter* hat mich beinahe getötet, um ihn in die Finger zu bekommen, ich habe Antonio auch noch in diese Sache mit hineingezogen und die Trolle haben für mich ihre Leben riskiert. Ich kann nicht mehr so tun, als wäre nichts geschehen."

„Antonio? Was hat dieser Junge damit zu tun?"

Lucia biss sich auf die Lippen und überlegte, wie viel sie ihm sagen durfte. Vielleicht hatte sie schon zu viel verraten.

„Ich habe ihm versprochen, dass ich niemanden einweihe."

„Ist er auch …" Melankor riss verstehend die Augen auf und hinter seiner Stirn schien es angestrengt zu arbeiten. Sie hatte sich verplappert. Er hatte die Wahrheit bereits erraten.

„Vater, es ist zu spät! Ich hätte dich vor einem Monat gebraucht, vor einer Woche, die ganze Zeit! Aber jetzt ist alles entschieden. Vielleicht hättest du etwas ändern können!"

„Wovon redest du?"

„Das ist jetzt nicht mehr von Bedeutung." Erst jetzt spürte sie, wie ihre Sicht verschwamm und Tränen über ihre Wangen liefen. Sie tropften auf ihr dünnes Nachthemd und ließen sich nicht mehr bezwingen. Es war einfach zu viel.

Melankor beobachtete seine Tochter und wusste nicht, wie er je wieder gut machen konnte, dass er sie so im Stich gelassen hatte. Er hatte in seiner Absicht, sie zu beschützen, versagt und ihr alles nur noch schwerer gemacht.

Edward legte einen Arm um seine kleine Schwester. Vollends verwirrt wusste er noch nicht einmal, was er sagen sollte, um sie zu trösten.

„Lass mich!" Lucia schüttelte Edwards warme Hand von ihrer Schulter und stand auf.

„Warum hast du uns das alles erst jetzt gesagt?", fragte sie schwach.

Ihr Vater rang nach Worten, ballte die Hände verzweifelt zu Fäusten und sah sie flehend an.

Lucia hielt es nicht länger aus, ihn leiden zu sehen, weil er alles nur ihr zuliebe getan hatte und Vorwürfe die Sache nicht besser machten. Sie sank in sich zusammen und stürzte zu ihm hinüber. Schluchzend und zitternd drückte sie sich an ihn, als ob sie noch immer klein und schutzbedürftig wäre.

„Ich werde dir ab jetzt immer zuhören und dir vertrauen", sagte Melankor leise und strich ihr über das Haar. „Ich hoffe du kannst mir verzeihen."

An diesem Tag sah man alles nur verschwommen, alle Farben wurden ein Stück grauer und die Stimmung war gedämpft und erfüllt von Trauer und Schmerz. Vielleicht war der Regen daran schuld, der sich über die Straßen und Häuser ergoss, die Wege überflutete und nordische Kälte mit sich brachte. Es war, als wollte er nicht mehr aufhören und seine volle Kraft entfalten, um die Menschen in die Knie zu zwingen und ihnen zu zeigen, wie schwach sie im Vergleich zu den Naturgewalten waren.

Die Trauergemeinde, bestehend aus etwa zwei Dutzend Würdenträgern Morofins, den beiden Königsfamilien und Menschen, denen Adenor besonders nahestand, hatte sich unter einem weißen Baldachin versammelt. Darüber erstreckte sich die bereits kahle Krone einer alten Eiche, die Lucia unwillkürlich an die verbrannte Friedenseiche in Mirifiea erinnerte.

Sie stand zwischen Antonio und Samantha, die ausnahmsweise still war und ihre Lippen fest aufeinander gepresst hatte. Wie alle anderen überkam sie beim Anblick des toten Königs ein andächtiges Gefühl. Eine aufwendig hergestellte Salbe, in deren Rezeptur nur ein paar wenige Priester eingeweiht waren, hatte Adenors Körper konserviert. Er war bewahrt worden, wie er zu Lebzeiten ausgesehen hatte: Er trug noch immer seinen Umhang, einen Siegelring und das Schwert, das ihn im dritten der großen Kriege begleitet hatte. Durch die dicke Glasschicht, die am vorigen Tag nach Abschluss des Trauermonats um ihn gegossen worden war, glaubte sie noch immer, ein wohlwollendes Lächeln erkennen zu können. Diese Art der Bestattung wurde nur besonders wichtigen und reichen Menschen zuteil, da man glaubte, dass ihre Körper so die Ewigkeit durchstehen würden. Außerdem war Glas die Verbindung zwischen den Menschen und den Göttern. Iramont selbst sollte ab und zu einen Blick durch eines der vielen Fenster ihrer Welt werfen und den Sterblichen zusehen.

Der durchscheinende Sarg war von Wasser vollkommen umschlossen. Zahlreiche bunte Kerzen wippten in dem ringförmigen Becken auf und ab, wurden rund um die kleine Insel getrieben und verstrahlten schwaches Licht, das trotz des dunklen Himmels an diesem Nachmittag kaum zu erkennen war.

Den sanften Worten des Predigers schenkte Lucia kaum Beachtung. Sie hatte wirklich versucht, ihm zuzuhören, doch ihre Gedanken trieben immer wieder zu ihrer Mutter, zu Antonio, zu Lord Derlin. Die Krönung würde sich gleich an die Beerdigung anschließen, um mit dem alten König vollständig abschließen zu können. So war es, so weit sie wusste, schon immer gewesen. Aber noch immer wollte Lord Derlin nicht in ihr Bild von Adenors Nachfolger passen. Er stand in der ersten Reihe und fuhr sich ständig nervös durchs Haar. Vermutlich war er in Gedanken schon längst König und verschwendete keinen Gedanken mehr an Adenor.

Kurz warf sie einen Blick zu Antonio. Sein Gesicht war ernst und nachdenklich und sie hatte das Gefühl, dass er es bedauerte, Adenor nie getroffen zu haben. Er hatte ihn noch viel weniger als sie selbst gekannt und dennoch nahm er Anteil an dem Ganzen. Sie hätte gerne gewusst, was in der Botschaft des verstorbenen Königs an ihn gestanden hatte. Was wusste er?

„Ich kann mich noch genau an den Tag erinnern, an dem ich ihm zum ersten Mal begegnet bin. Es war zu Beginn des großen Krieges und wir waren als Anführer nebeneinanderliegenden Flügeln unseres Heeres zugewiesen worden. Ich, der emporkommende Lord, er, der tapfere Königssohn und Erbe von Morofin."

Melankor bedeutete es sehr viel, diese letzte Rede für seinen alten Freund halten zu können. Es war nicht nur ein offizieller Abschied, nein, diesmal war er wirklich bereit, zu akzeptieren und hinzunehmen, dass ihn keine Schuld an Adenors und Rikas Tod traf und dass er ohne sie leben musste. Es war schwer und dennoch wusste er, dass ihm keine andere Wahl blieb. Es konnte nichts mehr geändert werden.

„Er war nie überheblich und hat sehr viel Wert auf die Meinung anderer gelegt. Ich habe ihn schon damals um seine Weisheit und seinen Sinn für Gerechtigkeit beneidet. Er hat mir das Leben gerettet. Mehr als nur einmal und ich bin mir sicher, dass es keine aufrichtigere und tiefere Freundschaft gibt. Er war nicht nur ein Freund für mich, sondern auch Lehrer, Vater und Bruder in einem. Adenor von Morofin. Mögest du in Frieden ruhen und in den Herzen der Menschen unvergessen bleiben."

Antonio schluckte lautlos und blinzelte. Er konnte sich vorstellen, wer Adenor gewesen war und dass er nicht nur Melankors Hochachtung genossen hatte.

Plötzlich spürte er, dass Melankor ihn musterte. Ihre Blicke trafen sich und der König hob den Kopf. Etwas in seinen Augen und die Aufmerksamkeit, die ihm so unerwartet zuteilwurde, machten ihm Angst. Er hatte es nicht verdient, hier zu sein.

Hinter dem Schloss lag der alte Friedhof der Könige. Es war ein friedlicher Ort, an dem zu jedem Zeitpunkt Stille zu herrschen schien. Nichts brachte das Gleichgewicht, das von den uralten Bäumen und den versteinerten Bildnissen getragen wurde, durcheinander. Worte klangen hier gedämpft, Tränen trockneten wie von selbst und nur manchmal durchdrang das sanfte Säuseln einer gewaltigen Weide oder der fragende Laut eines verirrten Vogels die Stille. Nicht nur die Könige Morofins hatten hier ihre letzte Ruhe gefunden. Tapfere Krieger, bedeutende Weise und Helden, die nur noch aus Legenden bekannt waren, schliefen hier bis in alle Ewigkeit zwischen den Monarchen, die in längst vergangenen Zeiten das Land regiert hatten. Ihre Namen waren nicht mehr zu lesen, verschwommen vom Regen, der wie Tränen des Himmels auf sie hinabfiel, ausgelöscht von den geduldigen Fingern der Zeit und überwachsen mit alten Moosen und Farnen. Doch ihre Taten sollten unvergessen bleiben.

Adenors Grab lag direkt neben dem seiner Eltern, in einem von weit ausladenden Baumkronen überschatteten und etwas abgelegenen Teil des Friedhofs. Nicht weit entfernt von der Ruhestätte des alten Königspaares lag noch ein weiteres Grab. Es war eines der älteren und war kurz vor dem Beginn der neuen Zeitrechnung entstanden. Eine marmorne Gestalt in einem weiten Mantel kauerte sich darüber, wie um es zu schützen. Das Gesicht des Engels hatte sich aufgelöst. Zwischen dem wild wachsenden Efeu und Laub, das seit vielen Jahren ungehindert auf die modernde Erde gefallen war, hatte jemand eine kleine Stelle freigeräumt und eine Kerze aufgestellt. Es konnte noch nicht lange her sein, doch es würde nie wieder jemand kommen, um sie zu entzünden.

Auf dem schlichten Grabstein waren zwei Namen eingraviert. Die einzelnen Buchstaben waren kaum noch zu erahnen, doch selbst wenn sie es gewesen wären, hätte kaum jemand die altertümliche Schrift noch entziffern können: *Azur und Ajuna*

Die Trauerprozession kam auf dem Weg zu dem frisch ausgehobenen Grab an dieser Stelle vorbei. Den Anfang bildeten sechs Träger, die den gläsernen Körper mittels einer Stofftrage vorsichtig zwischen sich transportierten, es folgten ein gebeugter König, ein Mann mit roten Augen und ein stolzer Lord, der in Gedanken bereits den wichtigsten Tag seines Lebens feierte.

Das Mädchen war die Einzige, die einen Moment innehielt und vor dem alten Grab stehen blieb. Ihr Blick fiel auf die Kerze und kurz durchzuckte sie eine Regung, doch dann wandte sie sich ab und folgte den anderen. Regentropfen prasselten auf das Blätterdach und sie strich sich ihre nassen Haare aus dem Gesicht. Lilliana maß ihrem seltsamen Gefühl keinerlei Bedeutung bei und gelangte zu der Erkenntnis, dass ein Gärtner die Kerze dort hinterlassen haben musste.

# Die Krönung

Derrick zog seine Kapuze tiefer in die Stirn. Er hoffte, dass niemand ihn erkennen würde. Seine Kleidung war durchnässt und klebte ihm am Körper, doch er bemerkte es kaum, weil er sich voll und ganz auf die Personen auf dem Balkon konzentrierte. Wie all die anderen Menschen, zwischen die er sich gedrängt hatte, war er begierig, die Zeremonie zu verfolgen und hätte seinen Platz um nichts in der Welt freigegeben.

Vor ihm stand ein besonders großer Mann, der es ihm schwer machte, einen Blick auf die Krönung zu werfen. Ab und zu erhaschte er einen Blick auf Lucia, ihre Brüder und Lilliana, die brav vor den Erwachsenen aufgereiht standen, auf seine Eltern, die Hauptmänner der Länder und Lord Derlin. Antonio konnte er nirgendwo entdecken, doch er war sich sicher, dass er ganz in der Nähe war. Der angehende Thronfolger stand neben König Melankor in der Mitte des Balkons und hatte seinen Kopf ehrfürchtig zu Boden geneigt.

Es hatte gerade erst begonnen. Derrick hatte Lord Derlin bisher nur von Weitem gesehen, doch er konnte auch auf die Entfernung erkennen, dass dieser Mensch ihm zutiefst unsympathisch war. Er hatte ein paar Worte an das Volk gerichtet, bevor Melankor mit seiner Vereidigung begonnen hatte, und diese wenigen Sätze hatten eine starke Abneigung in ihm geweckt.

Der König von Gyndolin schien trotz des besonderen Anlasses nicht ganz bei der Sache zu sein. Er sprach leidenschaftslos und trug seinen Text wie ein Gedicht vor, das er möglichst schnell zu Ende bringen wollte.

„Nach der einmonatigen Trauer und der Beerdigung König Adenors ist es nun an der Zeit für einen neuen König und einen damit verbundenen Neuanfang. Ich möchte mich sehr für die Unterstützung der gyndolinischen und morofinischen Lords auf meiner Suche bedanken und jedem Einzelnen von ihnen ein großes Lob aussprechen. Es ist ihnen zu verdanken, dass Lord Derlin heute zum König gekrönt werden kann."

Irgendjemand fing an zu klatschen und einige andere stimmten mit ein. Das einfache Volk hielt sich mit den Beifallsbekundungen jedoch zurück. Sie spürten kaum die Zuwendung der Adligen und standen ihnen teilweise sogar feindlich gegenüber. Es gab zu viele Versprechen, die nicht eingehalten worden waren.

Unwillkürlich ballte Derrick die Hände zu Fäusten, weil ihn ein Schauer eisigkalter Wut durchlief. Ungerechtigkeit, wohin man auch sah.

Lucia fröstelte und starrte hinauf zu dem maigrünen Baldachin über ihnen, der sie vor dem Regen schützen sollte. Ihr Herzschlag hatte sich beschleunigt und sie hatte das Gefühl, kaum noch Luft zu bekommen. Die Entscheidung, Lord Derlin den Thron zu überlassen, lastete schwerer denn je auf ihr und sie befürchtete, dass sie davon erdrückt werden würde.

Melankor hatte begonnen, Adenors Testament noch einmal vor dem ganzen Volk Ajunas vorzutragen und somit an den letzten Wunsch des Verstorbenen zu erinnern.

*Da ich keine Kinder in die Welt gesetzt habe und mit mir der letzte Nachkomme meines Geschlechts gestorben ist, übergebe ich das Schicksal meines Volkes mit vollstem Vertrauen an jemanden, dem ich mehr verdanke, als irgendjemand ahnt.*

Zu sehr schmerzte der Gedanke, dass er damit nicht, wie bisher alle angenommen hatten, ihren Vater Melankor, sondern sie selbst gemeint hatte. Die Wiederholung dessen, was sie ganz zu Beginn ihrer Reise gehört hatte, rief ihr nur allzu deutlich ins Gedächtnis, was sie längst wusste. Sie hatte versagt.

*Morofin braucht einen neuen, mutigen Herrscher, der die Kraft besitzt, sich und sein Reich zu verändern.*

Mut, sie hatte nicht genug davon, um die Zeremonie zu unterbrechen und in einer waghalsigen Aktion die ganze Situation noch umzukehren. Genauso wenig wie Antonio, der sich von Anfang an fest gegen die Voraussehungen entschieden hatte. Wo waren Mut und Weisheit geblieben?

Melankor von Gyndolin hob den Kopf und sah ins Volk. Die Worte waren ihm die ganze Nacht über durch den Kopf gegangen und er würde sie nie wieder vergessen können. Sein Blick schweifte über die Menge. Schmutzige, durchnässte und dennoch erwartungsvolle Menschen hingen an seinen Lippen. Mit seiner Stimme und den wenigen Zeilen, die von Adenor geblieben waren, versuchte er, sie alle zu erfassen.

*Es ist seit Langem offensichtlich, dass die Zeiten sich wandeln, und niemand kann das Schicksal aufhalten.*

Lucia wusste, dass es bereits begonnen hatte. Es war nicht zu leugnen, dass die Prophezeiungen in Erfüllung zu gehen drohten und die Magie sich ihren Weg suchte, auch wenn sie aufgehalten und verdrängt wurde.

Als Zerbor zu sprechen ansetzte, begannen Derricks Arme unkontrolliert zu zittern. Die dunklen roten Augen des Königs stachen ihm wie Messerstiche ins Herz und schienen ihn geradewegs zu durchbohren. Zerbor verkörperte alles, was er je gehasst hatte, alles, wodurch er je gedemütigt worden war. Derricks Augen weiteten sich, als sich seine Wahrnehmung abrupt veränderte. Vor ihm verschwamm alles zu flüchtigen Schemen und nur eine Person blieb klar und deutlich zu erkennen. Ohne darüber nachzudenken, schickte er seinen Geist aus und tastete sich mithilfe der feinfühligen Magie weiter voran.

Er tat es einfach, ohne es kontrollieren zu können. Weshalb es geschehen war, konnte er auch später nicht erklären. Vielleicht war es aus seinem tiefsten Herzen gekommen, aus dem Bösen, das darin schlummerte, oder auch aus der Wut, die sich in all den Jahren und vor allem in den letzten Tagen dort angesammelt hatte. Nichts konnte ihn aufhalten. Nicht einmal der Gedanke an Lilliana und das, was sie gesagt hatte.

Bilder flogen durch seinen Kopf.

*Du bist so wie ich*, zischte die Schlange mit tödlicher Gewissheit und presste ihre verwesten Lippen fest gegen seine. *Du wirst nie jemanden lieben können!*

Linda schüttelte nur hartherzig den Kopf und verpasste dem kleinen Jungen eine Ohrfeige. Erinnerungen an Schmerzen, die weitaus schlimmer waren als die körperlichen Verletzungen. Ablehnung, Verachtung, anstelle der Anerkennung, die er sich so sehnlich gewünscht hatte. Ein höhnisches Lachen, ein paar Worte und noch viel schlimmer: Nichtbeachtung.

*Wer bin ich? Wer **bin** ich? Wer bin ich wirklich? Kann mich niemand hören? Ich finde den Ausweg nicht mehr!*
*Sag mir, dass das alles nur ein Albtraum ist.*
*Es ist ein Albtraum.*
*Du lügst.*

In ihm wuchs eine Kraft heran, die nicht mehr aus ihm selbst zu kommen schien. Etwas war in ihm erwacht, das er bis dahin noch nicht einmal erahnt hatte. Und es wurde immer größer und suchte sich den Weg in sein tiefstes Inneres.

*„Du bist sein Sohn. Natürlich bist du wie er!"*
*„Du verdienst das alles nicht!"*
*„Sie bringen Leute um, wenn sie ihnen Ärger machen."*

Und dann der Tropfen, der das Fass zum Überlaufen brachte, der Funken, der alles explodieren ließ.

*„Es wird bald der Tag kommen, an dem sie alles bereuen werden. Ihr Kriechen und Buckeln vor den Stärkeren, die Grausamkeit und Härte gegenüber den Schwächeren. Es wird ein Ende haben und sie werden leiden. Sie alle werden sterben. In dem Wissen, dass sie selbst daran schuld sind."*

Zerbors Gedanken waren für Derrick unerträglich. Dass Zerbor voll von Hass war, hatte er gewusst, aber diese Art von Hass war etwas ganz anderes.

Vielleicht hätte er es aufhalten können, wenn er den seltsamen Geruch um sich herum bemerkt hätte. Zu dem Mief der Straße und den Ausdünstungen der Leute um ihn herum hatte sich ein weiterer durchdringender Gestank gesellt, der ihn hätte alarmieren können. Der Hauch des Vergessenen. Doch er war zu fixiert auf den Hass in sich, und so war es für Rajonis ein Leichtes, die Kontrolle über ihn zu gewinnen.

Nachdenklich kniff die Prinzessin von Gyndolin die Augen zusammen. Tief in ihrem Inneren hatte es plötzlich zu kribbeln begonnen und sie hatte ein ungutes Gefühl. Das Kitzeln, das sich von ihrer Magengegend immer stärker auch auf ihren restlichen Körper ausbreitete, hatte Ähnlichkeit mit Magie, doch es war keineswegs angenehm.

Sie war nervös, das war die einfache Erklärung. Es war ja auch kein Wunder, dass sie Schuldgefühle hatte und sich vor der Krönung Lord Derlins fürchtete. Lucia atmete tief die nach Regen duftende, schwere Luft ein und fühlte sich ein bisschen besser. Gleich würde das alles vorbei sein.

Gerade beendete Zerbor seine Rede und trat zurück auf seinen Platz, sodass er nun direkt hinter ihr stand. Das unangenehme Gefühl wurde stärker. Zerbors rote Augen huschten beunruhigt über die Menge und er strich sich einen dünnen Schweißfilm von der Stirn.

Antonio spürte plötzlich, dass etwas nicht stimmte. Er fühlte die Gefahr so stark, als ob bereits etwas geschehen wäre. In Alarmbereitschaft versetzt, sprang er vom Sofa auf und lief zum Vorhang, hinter dem die Krönungszeremonie ablief. Von seiner Position aus hatte er alles mitverfolgen können, ohne dass ihn jemand bemerkte, doch jetzt benötigte er die drängende Gewissheit, dass alles in Ordnung war. Etwas sagte ihm, dass seine Hoffnungen trügerisch waren. Alle seine Instinkte sprachen dagegen. Die Bedrohung war so körperlich wie an dem Tag, an dem er nach Luna gesucht hatte und entdecken musste, dass er in seiner Funktion als ihr Beschützer versagt hatte.

Als er durch einen schmalen Spalt im Vorhang blickte, darauf bedacht, sich durch nichts bemerkbar zu machen, da die Erwachsenen von seiner Anwesenheit nichts wussten, überkam ihn keine Erleichterung. Alles war genauso, wie es sein sollte. Und doch traute er dem Schein nicht. Jeder stand auf seinem Platz, die Krönung war mittlerweile in vollem Gange. Ein flüchtiger Blick zu Lucia verriet ihm, dass es ihr gut ging. Sie fuhr sich gerade durchs Haar, vielleicht aus Nervosität.

„Und nun frage ich Euch, Lord Derlin, Handelsbeauftragter Ajunas: Erklärt Ihr Euch bereit dazu, die Verantwortung für ein ganzes Volk zu übernehmen, seine Geschicke zu lenken und zum Wohle aller zu handeln?"

Lord Derlin grinste breit und senkte das Haupt, während er ehrfürchtig auf die Knie sank. Melankor umklammerte zitternd die Krone, die er ihm in wenigen Augenblicken aufsetzen würde. Die Krone war nur ein Symbol und weit weniger bedeutungsvoll, als man allgemein glaubte. Sie würde die nächsten Jahrzehnte in einer Vitrine verstauben, sofern sie nicht zu besonders festlichen Zeremonien hervorgeholt oder von den Dienstmädchen poliert wurde.

Viel wichtiger war der kostbare Siegelring, der eigens für jeden König angefertigt wurde. Melankor selbst trug seinen Ring nun schon seit fast dreißig Jahren und er würde ihn genau wie Adenor und alle Könige, die vor ihnen da gewesen waren, mit ins Grab nehmen. Die Siegelringe waren individuell gestaltet, gingen auf die Eigenschaften seines Trägers ein und trugen seinen Namen.

Warum also hatte Adenor ihm diesen zierlichen, wunderschönen Ring aus Elfenmetall vermacht, der in diesem Moment in seiner Tasche ruhte? Sollte er für immer unverwendet bleiben? Es war zu spät für Zweifel, doch plötzlich fragte er sich, ob er all den Zeichen, dem im Ring eingravierten Namen und dem Testament mehr Beachtung hätte schenken sollen.

Den Moment, in dem er seine Energie fast verdoppelte, erlebte er nur verschwommen, weil die Kontrolle über ihn längst ein anderer Geist übernommen hatte, der sich jedoch gleich danach wieder zurückzog. Sein Hass hatte sich zu etwas gesteigert, das er nicht beherrschen konnte, und er merkte nicht, dass er damit nicht Zerbor, sondern die Person vor ihm traf. Die Verbindung, durch die er die Gedanken des Königs gelesen hatte, war verrutscht, seine geistigen Finger abgelenkt worden, und nun traf sein Zorn die Falsche.

Derrick durchströmte eine Sintflut an köstlicher, warmer Lebenskraft und er schwankte unter der Macht, die seinem Körper mit einem Mal innewohnte. Er spürte nur, wie das Verlangen in ihm wuchs, immer mehr davon zu bekommen, und sein Sog ließ nicht nach. Erst, als der fremde Körper vollkommen leer war und ihm nichts mehr geblieben war, das er ihm hätte nehmen können, zog er sich zurück und brach die Verbindung ab. Aus Gedanken lesen war etwas ganz anderes, viel Gefährlicheres geworden.

Derrick kehrte in die Wirklichkeit zurück, als er den markerschütternden Schrei König Melankors hörte. Sein ganzer Körper glühte vor Hitze und er glaubte, vor Leichtigkeit fast zu schweben. Die gestohlene Energie ließ ihn taumeln vor Trunkenheit. Er fiel zu Boden, mitten in die Menge, doch die anderen beachteten den Jungen nicht. Hätten sie gewusst, was er getan hatte und wären sie nicht so konzentriert auf den jetzt entstehenden Tumult gewesen, dann wäre er nicht so einfach davongekommen.

Es fühlte sich so an, als risse jemand mit einem einzigen, kraftvollen Griff ihren Brustkorb auf und zerrte ihr Herz gewaltsam aus ihrem Körper. Lucia empfand keine Schmerzen, denn dafür blieb keine Zeit, und plötzlich war da nichts mehr, mit dem sie hätte Schmerzen empfinden können. Von einem Augenblick auf den anderen war alles vorbei und ihr Körper versagte seinen Dienst. Das Letzte, was ihre Augen sahen, war das verschwommene Gesicht einer fremden jungen Frau mit goldenen Haaren, deren Antlitz ein Ausdruck tiefer Verzweiflung und blinden Zornes war. Dann wurde alles schwarz.

Lilliana reagierte gerade rechtzeitig und streckte die Arme nach Lucia aus, um sie aufzufangen, doch ihre Freundin war schwerer, als sie erwartet hatte, und zog sie mit sich zu Boden. Jeder Herzschlag hämmerte das Wort *Panik* durch ihren Körper und in ihren Kopf. Ihr war genau wie allen anderen sofort klar, dass Lucia nicht nur einen Ohnmachtsanfall erlitten hatte, sondern ihr etwas viel Schlimmeres zugestoßen sein musste.

Melankor ließ die Krone klirrend zu Boden fallen und stürzte ohne einen weiteren Gedanken an die Zeremonie zu seiner Tochter.

Durch das Volk ging eine Welle des Erschreckens und einige der Damen verloren vor Aufregung ebenfalls das Bewusstsein. Doch bis auf die überraschten Laute und Rufe zeigten sich kaum Reaktionen. Keiner von ihnen konnte ahnen, dass Magie im Spiel war.

Zerbors Gesicht wurde kalkweiß und er begriff, wie nahe er dem Tode gewesen war. Er hatte etwas gespürt, aber noch nicht gewusst, dass man jemanden ohne Berührung mit Magie töten konnte. Er war sich sicher, dass ihm und nicht der Prinzessin der Angriff gegolten hatte.

Er beobachtete, wie der König von Gyndolin in Hysterie ausbrach und seine beiden Söhne mit bestürzten und gleichermaßen verwirrten Blicken neben Lucia niederknieten. Sie alle zeigten dem gesamten Volk ihre

Schwäche, doch von den Bürgern würden sie kein Mitleid bekommen. Dies war nur ein weiteres Spektakel, das bei den Waschweibern am nächsten Tag ein herrliches Gesprächsthema abgeben würde, die Herzen der Menschen aber nicht bewegte.

Lilliana ließ Lucias unnatürlich erkaltete Hand unter Tränen los und sprang auf, um den einzigen Menschen zu holen, dem sie zutraute, Lucia retten zu können. Antonio stand bereits auf dem Balkon, den Blick ausdruckslos und wie versteinert auf die am Boden liegende Gestalt und die Leute, die um sie herum kauerten, gerichtet.

„Wir brauchen einen Arzt!", schrie Melankor, ballte die Hände zu Fäusten und ließ sie dann wieder kraftlos sinken.

„Antonio! Du musst ihr helfen! Sie wird sterben, wenn du es nicht tust!" Lilliana versuchte, Antonio aus seiner Erstarrung zu lösen, indem sie ihn an den Schultern packte und, so fest sie konnte, rüttelte.

„Ich kann nicht", flüsterte er und begann zu zittern.

„Doch. Versuch es! Du bist ein Steinträger." Fest sah sie ihm in die weit aufgerissen Augen, bis er sich endlich mit beinahe mechanisch wirkenden Schritten in Bewegung setzte.

Melankor und die anderen wichen schweigend zurück, als er neben Lucia niederkniete und nach ihrer Hand tastete.

„Sie hat keinen Puls", sagte er leise und hoffte, an ihrem Hals oder auf ihrer Brust doch noch ein Lebenszeichen zu spüren.

Die Menge hielt vor Anspannung den Atem an und König Melankor stützte den Kopf in die Hände, ohne etwas zu sagen, während Edward in ein Gebet zu Iramont verfiel.

Sanft zog Antonio Lucia näher zu sich, legte ihren Kopf behutsam auf seinen Schoß und drehte sie vollends auf den Rücken. Ihr Mund war leicht geöffnet, obwohl sie nicht mehr atmete und ihre Augen geschlossen waren. Die Kälte, die von ihrer Haut Besitz ergriffen hatte, war die einer Toten, die schon vor Tagen gestorben war. Seine Intuition sagte ihm, dass ein Magier ihr mit einem Schlag all ihre Lebensenergie geraubt hatte. Und er konnte sie nur wieder zum Leben erwecken, wenn es ihm gelang, ihr ein Stück davon zurückzugeben. Doch er hatte keinen blassen Schimmer, wie er das bewerkstelligen sollte.

Antonio warf einen kurzen Blick auf Lucias linke Hand, die weit ausgestreckt neben ihr lag und in unnatürlichem Winkel zum Körper abstand. Er umschloss ihre rechte mit beiden Händen, schloss die Augen und konzentrierte sich ganz auf den Energiestrom in ihm, so wie sie es ihm beschrieben hatte. In seinen Fingerspitzen pulsierten seichte Magiestöße, doch er vermochte nicht, sie in den leblosen Körper der Prinzessin zu lenken. Er erinnerte sich an ihre magische Verbindung am Stein von Wegenn. Damals war es ihm so einfach erschienen und nun musste er feststellen, dass er absolut hilflos war und nicht mehr für sie tun konnte als jeder andere auch. Vielleicht war eine Rettung unmöglich, wenn der Körper bereits leer war.

Der Junge bemerkte die Tränen nicht, die langsam aus seinen noch immer geschlossenen Augen strömten und auf Lucias regloses Gesicht tropften. Er schüttelte den Kopf und schluckte schwer. Er würde versagen. Der Moment, in dem er noch zu betäubt gewesen war, um zu verzweifeln, war vergangen.

„Ich kann nichts mehr für sie tun. Lucia ist ... sie ist ...", keuchte er, unfähig weiterzusprechen.

Melankor fiel ihm ins Wort. „Sag es nicht. Bitte! Das darf nicht wahr sein. Sie kann doch nicht ..." Er schrie seine Wut in den Regen hinaus und wollte auch nicht auf die Worte seiner beiden Söhne hören, die selbst viel zu verwirrt waren, um zu begreifen, was geschah.

Auf dem Balkon bemerkte niemand, was die Bürger am Horizont erkennen konnten. Am dunklen Nachmittagshimmel war eine Wolkenwand aufgebrochen und ließ einen zarten Sonnenstrahl über die Erde gleiten. Viel heller leuchteten jedoch die beiden Kinder, auf die sich ihre ganze Aufmerksamkeit richtete. Vor allem von dem Jungen ging ein starkes Leuchten aus und weiter vorne konnten einige erkennen, dass in der geschlossenen Hand der Prinzessin ebenfalls etwas glühte.

Das Murmeln und Raunen wurde lauter und der Himmel riss nun endgültig auf. Der Regen, der zuvor unablässig auf sie hinabgeprasselt war, verstummte je und die dichten Wolken wichen wie böse Geister von ihnen. Was für ein Hohn der Götter.

„Es tut mir so leid, Lucia. Ich hätte besser auf dich aufpassen sollen", flüsterte Antonio und strich die langen Haare hinter ihr Ohr, so als ob sie ihn noch hören könnte. Als ob es noch irgendetwas bedeuten würde. „Ich hätte ... ich hätte von Anfang an mutiger sein sollen, dann wäre das hier vielleicht nicht passiert. Ich hätte mich dem Schicksal stellen sollen. Adenor hat gewusst, dass so etwas passieren würde. Er hat es mir geschrieben."

Krampfhaftes Schluchzen überkam ihn. Wen kümmerte es, ob er seine

Gefühle verbarg und die Tränen unterdrückte. Das alles war belanglos. Er würde sich noch heute auf den Weg machen und in sein Dorf zurückkehren. Wahrscheinlich würde er nie glücklich werden, weil er seine Vorhersehung nicht erfüllt hatte, aber dann würde er mit dieser Strafe leben und sie klaglos ertragen. Er hatte sie verdient.

Antonio sank in sich zusammen, drückte Lucia dabei an sich und begann, sie hin und her zu wiegen. Lilliana fiel neben ihm auf die Knie und starrte das Mädchen fassungslos an, das sie erst seit einem Monat kannte und dennoch so vermissen würde. Ihre Mutter strich ihr beruhigend über den Rücken, Lord Meandros kehrte gerade mit einem Arzt zurück, hielt diesen aber zurück, als er sah, dass sie zu spät kamen. Sogar Linda spürte in sich Anteilnahme, konnte sich aber nicht dazu entschließen, diese preiszugeben, obwohl ihr die Fassungslosigkeit wie allen anderen ins Gesicht geschrieben stand. Lord Derlin überlegte kurz, wie lange es dauern würde, bis man mit der Krönung fortfahren konnte, doch dann überkam auch ihn tiefes Mitleid mit dem König, der schon durch den Tod seines Freundes so gelitten hatte. Einzig Zerbor hielt weiterhin seinen Blick auf die Menge gerichtet und suchte nach dem Verantwortlichen für diese Tragödie. Er vermutete, dass er sich schon längst verflüchtigt hatte, wenn er schlau genug gewesen war.

Antonio hatte sich noch nie so schrecklich gefühlt wie in diesem Moment, sodass er den vorsichtigen Druck auf seinen Schultern zuerst nicht spürte. Erst als eine glockenhelle Stimme folgte, reagierte er und hob den Kopf, um sich nach der Sprecherin umzusehen.

„Denk an den Stein", säuselte sie. Doch da war niemand, der das gesagt haben konnte.

„Bei Iramont!", hauchte er verblüfft, und als Antwort ertönte ein perlendes Lachen. Es klang unendlich traurig.

Der Stein von Azur. Wer auch immer ihn gerade auf diese Idee gebracht hatte, die Götter sollten ihr danken.

Ihm fiel plötzlich auf, dass Lucias linke Hand etwas umklammert hielt, und was das war, konnte er sich nur allzu gut denken. Sie trug ihn schließlich immer bei sich und hätte ihn nicht einmal im Augenblick größter Gefahr fallen lassen. Außerdem war der Glanz, der davon ausging, unübersehbar.

In seinen Augen flackerte ein Funken Hoffnung auf. Lilliana hob den Kopf und rutschte näher an ihn heran, als er Lucias Arm zu sich zog und vorsichtig ihre verkrampften Finger löste. Der Stein von Azur, in dem sie unbewusst die ganze Zeit über Energie gesammelt hatte, war der letzte Rest ihrer Kräfte, doch selbstständig konnte er sie ihr nicht zurückgeben. Es benötigte ein wenig Hilfe. Der glänzend blaue Lapislazuli wärmte die Hand der Toten mit seiner Hitze. Lucia hatte ihm erzählt, dass die Verräterin sich daran sogar verbrannt hatte, doch er hatte keine Angst davor. Dieses Risiko musste eingegangen werden.

Antonio wollte seine Hand um Lucias und den Stein von Azur schließen, aber Lilliana stupste ihn an und warf ihm einen fragenden Blick zu. Er nickte und sie taten es gemeinsam. Erneut schloss Antonio die Augen und fand diesmal Lillianas Kraft und die beinahe lebendige Energie des Steins neben sich. Alles begann plötzlich, wie von selbst zu funktionieren. Ihre Lebensströme flossen zusammen und bildeten eine Einheit, die durch den Stein von Azur strömte und von dort aus auch zu Lucia gelangte. Die Wärme, die vom Gestein ausging, verletzte sie nicht und fühlte sich sehr vertraut an.

Und dann, nach einer gefühlten Ewigkeit hob ein tiefer Atemzug Lucias Brustkorb und sie hustete leicht.

Lilliana schrie vor Freude auf und sprang auf die Füße. Das ganze Volk schien mit der Prinzessin aufzuatmen und Erleichterung machte sich breit. Es entstand ein neues Wispern, kaum zu verstehen waren die ehrfürchtigen Worte derer, die sich an die alten Legenden erinnerten und denen der Glaube an sie immer geblieben war.

Edward nahm seinen Vater in den Arm und wischte diesem ungeschickt die Tränen vom Gesicht.

„Sie lebt!", verkündete Frau Turwingar mit einem strahlenden Lächeln.

Antonio übergab Lucia vorsichtig an Lilliana. Die Prinzessin hatte aufgehört zu husten und ihre Herzschläge wurden immer kräftiger.

„Du hast es geschafft, Lucia", sagte er.

Doch Lilliana unterbrach ihn resolut. „Nein, *du* hast es geschafft, Antonio. Ohne dich wäre sie jetzt tot."

Nur langsam begriff er, was das bedeutete, und nach und nach breitete sich ein unbeschreibliches Glücksgefühl in ihm aus. Er hatte tatsächlich Mut bewiesen und sie gerettet.

Melankor beugte sich mit zitternden Händen über seine Tochter und strich ihr über die Haare. Er sah Antonio voller Herzlichkeit und Dankbarkeit an, doch dahinter schlummerte noch immer Schmerz.

„Ich weiß nicht, wie ich dir danken kann", meinte er.
„Das braucht Ihr auch nicht", erwiderte Antonio.
„Aber ich habe schon wieder einen schrecklichen Fehler begangen und damit vielleicht auch das Leben meiner Tochter aufs Spiel gesetzt. Adenor hat mir etwas vererbt, das eigentlich für dich bestimmt ist."
Antonio erstarrte, als der König den Ring aus Elfenmetall aus seiner Tasche hervorzog. Er glänzte silbrig und gefiel ihm auf Anhieb. Melankor drehte ihn in seinen Händen und ein Schriftzug kam zum Vorschein:

*Antonio von Morofin*

„Das kann ich nicht annehmen!" Antonio schüttelte entschieden den Kopf.
„Du musst dich schnell entscheiden. Ich habe zu lange gezögert und sieh, was ich alles angerichtet habe. Ich bin dir zu tiefstem Dank verpflichtet und ich bin mir sicher, dass du dich deiner Aufgabe als würdig erweisen wirst, weil Adenor an dich geglaubt hat. Du bist einer der Steinträger … und du hast meiner Tochter das Leben gerettet."
Melankor von Gyndolin verbeugte sich vor ihm. Antonio sprang auf, in seinem Kopf arbeitete alles auf Hochtouren. Er hatte Angst vor dieser Aufgabe. Aber schließlich hatte er auch geglaubt, dass er Lucia nicht mehr würde retten können.
Wenn doch jetzt sein Vater oder Luna bei ihm wären. Sie hätten ihm helfen können, diese Entscheidung zu treffen, und hätten auf jeden Fall zu ihm gestanden. Jetzt war er ganz auf sich allein gestellt. Adenor musste tatsächlich hellseherische Kräfte besessen haben, denn diesen Ring konnte er sich sonst nicht anders erklären.
Aber er war ja gar nicht allein. Ein flüchtiger Blick auf Lucia sagte ihm, was er zu tun hatte.
„Entschuldigung, Euer Majestät, können wir nun zunächst mit der Krönung fortfahren? Das Volk wird bereits ungeduldig." Lord Derlin hatte die Unterhaltung zwischen Melankor und Antonio nicht mitbekommen, aber er begann zu fürchten, dass man die Zeremonie um zwei oder gar drei Wochen verschieben würde.
Melankor schenkte ihm keine Beachtung, sondern sah stattdessen dem Jungen in die Augen, der vor Kurzem noch ein Bauernsohn gewesen war. Er wirkte auf ihn aufrichtig und pflichtbewusst. Wenn er nicht so

jung gewesen wäre, hätte er keinerlei Zweifel an der geheimnisvollen Auswahl seines Freundes.

Ein zaghaftes und zögerliches Nicken. „Wir machen alle Fehler, Euer Majestät", sagte er vorsichtig. „Aber sogar das wusste Adenor." Melankor atmete zitternd auf.

„Lord Derlin, die Krönung wird gleich fortgesetzt, aber ich muss Euch leider mitteilen, dass Ihr nicht der König von Morofin werdet. Es war ausdrücklich der Wunsch meines alten Freundes, diesen jungen Mann, Antonio, zu seinem Nachfolger zu bestimmen. Leider habe ich das zu unser aller Unglück viel zu spät erkannt."

Antonio stand ein wenig unsicher auf und trat an dem sprachlosen Lord Derlin vorbei neben den König. Derlin riss sich enttäuscht den Mantel von den Schultern, schleuderte ihn zu Boden und kehrte mit eiligen Schritten ins Haus zurück.

Scheu lächelte Antonio der Menge zu und wartete einen Moment auf die Ablehnung und Empörung, die aus seiner Sicht unweigerlich folgen mussten. Doch sie kamen nicht. Stattdessen brandete Jubel auf und er glaubte mehrfach die Worte *Steinträger* und *Wunder* zu hören. Glück durchflutete ihn.

Dann wurde es plötzlich wieder still und an den erwartungsvollen Blicken konnte er ablesen, dass die Menge eine Rede hören wollte. Er fragte sich, was sie von ihm erwarteten – schließlich hatte er keine Zeit gehabt, sich die Worte zurechtzulegen. Aber dann vergaß er alle Zweifel und sagte das, was wichtig war.

„Es stimmt tatsächlich. Die Legende der Steinträger ist wahr. Prinzessin Lucia besitzt den Stein der Weisheit, den Adenor ihr vererbt hat, und sollte mit seiner Hilfe nach mir suchen.

Ich weiß, ich bin nur ein Kind, ich komme aus Kiborien und meine Familie ist weder adelig noch reich, aber ich wurde von den Göttern ausgewählt und werde mein Bestes geben. Ich habe mir mein Schicksal nicht ausgesucht und sogar versucht, dagegen anzukämpfen, aber es ist unmöglich. Und jetzt stehe ich hier und kann nur hoffen, dass ich meiner Aufgabe gewachsen sein werde.

Was ihr heute gesehen habt, ist Magie. Es hat sie immer gegeben, auch wenn wir alle nicht mehr an sie geglaubt haben. Um einen Jungen namens Derrick zu zitieren: *Das war es alles wert, solange ich nur nie wieder zurück muss.*" Er wurde von tosendem Beifall belohnt. Obwohl die Menschen dort auf dem Platz nicht miterlebt hatten, was ihm geschehen war, fühlten sie mit ihm.

Antonio trat mit klopfendem Herzen zurück und wusste, dieser Kampf war nur der erste einer langen Reihe.

König Zerbor trat auf seine rechte Seite und warf Melankor und ihm flüchtig einen säuerlichen Blick zu. „Dann war deine Identität also erfunden", stellte er leise fest und sagte lauter: „Er hat meinen Segen."

Eine neue Welle des Jubels brandete auf und schien nicht mehr enden zu wollen. Zerbor war ein guter Schauspieler. Er hatte die ganze Zeit über gewusst, dass Antonio gelogen hatte. Genau wie Lucia hatte er ihn sofort als Steinträger entlarven können. Vielleicht sollte Zerbor dankbar sein, dass er nichts über den Stein des Blutes oder Derricks Eltern gesagt hatte.

Melankor hatte beschlossen, die Krönung nun ein wenig zu beschleunigen, da die feierliche Stimmung ohnehin vergangen war.

„Bürger von Ajuna, ich frage euch stellvertretend für das gesamte Volk Morofins: Akzeptiert ihr Antonio als euren neuen König und gelobt ihr ihm Unterstützung und Treue?"

Applaus und der Widerhall von Hunderten Stimmen erklang.

Melankor bückte sich nach der Krone und dem roten Mantel, den Lord Derlin wutentbrannt zurückgelassen hatte. Er hängte Antonio das viel zu große Kleidungsstück stolz um die Schultern.

Als Nächstes rief er den morofinischen Hauptmann zu sich. „Lord Meandros, gelobt Ihr, Antonio bis zu seiner Volljährigkeit mit all Eurer Kraft in seiner neuen Funktion als König zu beraten und mit seiner Zustimmung Entscheidungen zu treffen?"

Meandros brauchte einen Moment, um zu begreifen, dass das kein Scherz war.

„Ich gelobe es", brachte er schließlich so schwach hervor, dass das Volk die Bedeutung nur von seinen Lippen und Melankors zufriedener Miene ablesen konnte.

„Und nun", fuhr der König feierlich fort, wobei er dem Jungen gebot niederzuknien „frage ich dich, Antonio aus Kiborien, willst du König dieses wunderbaren Volkes werden und die Verantwortung auf dich nehmen, es zu regieren? Willst du mit Hilfe von Hauptmann Meandros gerechte Wege gehen, für Frieden, Freiheit und die Bürger kämpfen?"

Das musste ein Traum sein. Es gab keinen Zweifel. All das war zu unwirklich, um wahr zu sein. Wenn ihm dies vor einem Monat jemand erzählt hätte, hätte er ihm niemals geglaubt. Er musste mit gesenktem Kopf grinsen. Doch, Luna. Vielleicht hatte sie es schon immer gewusst.

Dann hob er den Kopf. Einen Moment zögerte er noch, dachte an alles, was dagegen sprach, aber dann fiel ihm ein, dass er so gut wie keine Wahl mehr hatte und das Beste daraus machen musste. Er wollte nicht mehr davonlaufen.

„Ja!"

Antonio spürte, wie sich ein schweres Gewicht auf seinen Kopf legte. Die goldene Krone Morofins war zu groß für ihn und er musste sie ein wenig stützen, damit sie ihm nicht über die Ohren rutschte. Zu groß, genau wie die Verantwortung. Trotzdem musste er lächeln.

„Begleitet von Esnail, dem Wahrhaftigen und Gerechten ..."

Antonio streckte die linke Hand aus, während seine rechte auf dem Stein des Mutes ruhte, und Melankor schob bedächtig den Krönungsring auf seinen Finger. Von Nahem betrachtet sah er noch schöner aus. In der Mitte prangte das Wappen Morofins, das er als Siegel verwenden konnte, und um den Rand herum waren feine Sternblumen kreiert worden. Er war auf eine schlichte Weise schön und wirkte nicht überladen oder protzig, zog jedoch die Aufmerksamkeit des Betrachters unweigerlich an.

„... und Iramont, der Wünschenden und Barmherzigen."

Melankors Hand ruhte auf seinem Rücken und drückte ihn sanft nach oben.

Sein „So sei es" ging in dem darauf folgenden Beifallssturm hoffnungslos unter.

Die Minuten, in denen das Volk ihm zu seiner Krönung gratulierte, waren vielleicht die schönsten seines Lebens, obwohl er nur eine Viertelstunde zuvor noch die schrecklichsten hatte durchstehen müssen. Das Gefühl, im Mittelpunkt so vieler Menschen zu stehen und von ihnen allen angenommen zu werden, war berauschend und deprimierend zugleich. Es war schwer, eine Belohnung zu erhalten und erst dann den Preis dafür bezahlen zu können. Schließlich war er immer noch ein gerade mal siebzehnjähriger Junge.

König Melankor drückte seine Hand, als der Lärm so weit abgeklungen war, dass sie sich verstehen konnten. „Ich wünsche dir alles Glück der Welt ... König Antonio. *Der Geringste der Geringen* also."

Antonio konnte nichts erwidern und blieb auch in dem Zustand der Erstarrung, als die übrigen Adligen ihm ihre Aufwartung machten. Zerbors kalter Händedruck wirkte bedrohlich, während Hauptmann Meandros noch einige persönliche Worte an ihn richtete.

Lilliana grinste breit und drückte ihn lange und fest an sich.

„Kopf hoch, du schaffst das schon. Wir bleiben bei dir", meinte sie mit zitternder Stimme und folgte seinem Blick zu Lucia. Sie lag noch immer fast reglos da, aber ihr Herzschlag war deutlich sichtbar und ihre Wangen hatten etwas Farbe bekommen. „Sie erholt sich wieder", flüsterte sie.

Antonio griff nach der Hand der Prinzessin, die sie wie aus Instinkt wieder um den Stein von Azur geschlossen hatte. Plötzlich bewegten sich ihre Finger in seinen, und als er in ihr Gesicht blickte, breitete sich langsam ein Lächeln darauf aus. Ihre Augen blitzten ihn so munter und voller Tatendrang an wie eh und je. Smaragdgrüne Funken schienen um sie herum zu sprühen.

„Herzlichen Glückwunsch", flüsterte sie. Ihrer Stimme war ihre Schwäche noch deutlich anzuhören. „Ich wusste, dass du der Richtige bist. Von Anfang an. Aber beinahe hatte ich die Hoffnung aufgegeben."

„Dir auch einen herzlichen Glückwunsch!"

„Wofür?"

„Du hast überlebt."

Sie kniff die Augen zusammen, so als müsste sie überlegen. „Du hast mich gerettet. Schon zum zweiten Mal." Danach blinzelte sie müde und schloss die Augen wieder.

„Adenor hat geschrieben, dass Lucia ohne mich sterben würde. Auf den Stein von Wegenn. Ich wollte nicht nach Morofin mitkommen, er hätte mich anbetteln können, er hätte alles schreiben können – es wäre mir egal gewesen. Aber das hätte ich nicht zulassen können. Niemals", murmelte Antonio. „Wer hat ihr das angetan?"

Lilliana sagte nichts und starrte nur in die Ferne, zu dem Jungen, dessen Gesicht von einer Kapuze bedeckt war. Derrick. Was, bei Iramont und Esnail, hatte ihn dazu gebracht?

„Ich weiß jetzt, warum Zerbor uns nicht aufgehalten hat", sagte Lucia plötzlich. „Er wollte es gar nicht. Er will, dass wir die Welt für ihn zerstören." Das war nicht ihre eigene Erkenntnis, sondern Derricks. Sie wusste nur nicht, wie sie in ihren Kopf gekommen war.

Eine kleine Smingfe hatte sich auf den Balkon verirrt und tänzelte, fasziniert vom Licht der beiden Steine, über das Gesicht der erschöpften Prinzessin, drehte eine Runde über ihr und flog dann der Sonne entgegen.

# Epilog

Iramont blickte durch das Fenster in den Sonnenschein. Ein zartes Lächeln glitt über ihr blasses Gesicht und sie strich behutsam über das Glas. Dort waren sie. Ihre Schützlinge. In kurzer Zeit war ihnen viel zugestoßen und sie bedauerte, nur wenig verhindert zu haben. Mit jeder Faser ihres Seins sehnte sie sich danach, neben ihnen zu stehen und mit ihnen zu feiern. Aber für die Kinder war sie nicht mehr als ein guter Geist. Vielleicht hatten sie ihre Anwesenheit gespürt, vielleicht für etwas anderes gehalten.

Nein, zuerst hatte sie nicht eingreifen wollen. Hatte sie nur beobachtet. Doch er hatte ihr keine Wahl mehr gelassen. Rajonis hatte sein Versprechen gebrochen und es hatte keinen Grund für sie gegeben, ihm freie Hand zu lassen. Auch wenn es falsch war – sie hatte es tun müssen.

„Spürst du es auch?" Esnail stand hinter ihr. Sie brauchte sich nicht einmal umzudrehen, um seinen Gesichtsausdruck zu erahnen. Besorgnis mit einer Mischung aus wohlwollender Nachsicht.

„Was?", fragte sie leise.

„Sie werden stärker." Er trat neben sie, ließ seinen Blick über den frisch gekrönten König gleiten, über das Mädchen, über den Steinträger.

„Und gleichzeitig werden wir immer schwächer." Es war nicht leicht, das einzusehen, aber es stimmte. Schon der Kampf mit Rajonis hatte ihr bewiesen, dass sie nun verletzlich war, und auch ihr Körper wurde schwächer. Es führte kein Weg daran vorbei. Es musste ein Ende haben.

„Rajonis und du, ihr habt gegen die Regeln verstoßen und das sogar mehr als jemals zuvor."

„Ich weiß. Alles ist anders als jemals zuvor. Hast du dich damals so schwach gefühlt? Vor 627 Jahren? Es ist nicht dasselbe."

Er schwieg und sah sie lange Zeit nachdenklich an. Würde er sich auf ihre Seite stellen oder hielt er sich weiterhin an seine sorgfältig erstellten und gut gehüteten Regeln, die ihm so viel bedeuten? Bedeuten sie ihm mehr als diese Welt? Das Leben in ihr?

Schmerzerfüllt verschränkte sie die Arme und trat einen Schritt vom Fenster zurück. Sie hatte lange genug hier gestanden.

„Was meinst du? Wie lange wird es dauern, bis ein neuer sinnloser Krieg beginnt?", fragte Esnail. Er klang verbittert und das konnte sie gut verstehen. Sie war es leid zu sehen, wie ihre Welt starb. Sie würde nicht mehr länger eine Beobachterin bleiben. Rajonis hatte sie zum Kampf aufgefordert und sie würde seine Herausforderung annehmen. Das war sie ihnen allen schuldig. Es hatte gerade erst begonnen.

# Die Autorin

Sonja Bakes wurde 1994 in Hannover geboren. Sie lebt mit ihren Eltern und ihrem jüngeren Bruder in Ronnenberg und besucht seit 2005 das Matthias-Claudius-Gymnasium in Gehrden.

Sie verfasste ihre ersten Geschichten in Zusammenarbeit mit ihren Eltern, die sie für ihre Tochter aufschrieben, weil diese noch gar nicht schreiben konnte.

Später diktierte sie sich selbst ihre Lieblingsromane auf Kassetten, um sie immer wieder hören zu können. An ihrem ersten eigenen Roman *Der Stein von Azur* begann sie schon vor vier Jahren zu arbeiten und so wuchs und reifte er mit ihr zusammen heran.

# Papierfresserchens MTM-Verlag

## Die Bücher mit dem Drachen

**Laura Schmolke**
*Aviranes – Das Licht der Elfen*
**ISBN: 978-3-86196-075-1, 16,40 Euro**

Als die fünfzehnjährige Alisha erfährt, dass sie aus einer magischen Parallelwelt namens Aviranes stammt und die Enkelin des dort herrschenden grausamen Tyrannen ist, ändert sich ihr Leben grundlegend.

Gemeinsam mit ihrer Mutter Celia begibt sie sich auf den Weg nach Aviranes. Dort will sie die sechs versprengten Widerstandsgruppen einen und für den Frieden kämpfen. Doch schnell erkennt sie, dass nicht alles so einfach ist, wie es auf den ersten Blick scheinen mag ...

**Nina Maruhn**
*Die Chroniken von Tydia - Weltenreiter*
**ISBN: 978-3-86196-128-4, 13,70 Euro**

Als die fünfzehnjährige Kim erfährt, dass sie zur Weltenreiterin erwählt wurde, ist ihr noch nicht klar, wie sehr das ihr Leben verändern wird. Auf dem Rücken eines Zuhurs kommt sie in die Parallelwelt Tydia.

Dort wurde sie schon lange erwartet: als Retterin für das Volk der Jumias, das kurz vor einem schrecklichen Krieg gegen die feindlichen Tauruiten steht. Kim wird zu einer Kriegerin, die tapfer um Leben und Tod kämpft.

Auf dem Spiel steht nicht nur die Zukunft der Jumias und die der göttlichen Zuhure. Auch Kims Liebe zu dem tauruitischen Kämpfer Valirius wird auf eine harte Probe gestellt.

**Bastien Anderie-Meyer**
*Die Legende von Marana*
**ISBN: 978-3-86196-072-0, 17,90 Euro**

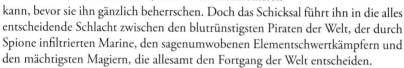

In einer geheimnisvollen Welt voller Magie, Piraten und Tiermenschen gibt es einen Jungen, der nicht weiß, wohin er gehört: Zezaya. In ihm ruhen zerstörerische Kräfte, die immer häufiger ausbrechen und es für jeden lebensbedrohlich machen, sich in seiner Nähe aufzuhalten.

Auf einer Reise zum magischen Zentrum der Welt erhofft er sich, herauszufinden, wie er sie kontrollieren kann, bevor sie ihn gänzlich beherrschen. Doch das Schicksal führt ihn in die alles entscheidende Schlacht zwischen den blutrünstigsten Piraten der Welt, der durch Spione infiltrierten Marine, den sagenumwobenen Elementschwertkämpfern und den mächtigsten Magiern, die allesamt den Fortgang der Welt entscheiden.

Die Warnung wurde gesprochen: Nur, wer sich anmaßt, die unverfälschte Wahrheit über den Untergang der Alten Welt zu erfahren, sollte es wagen, der Legende von Marana Gehör zu schenken.

**Christine Troy**
*Nibelar – Das Bündnis*
**ISBN: 978-3-86196-143-7, 13,90 Euro**

Nachdem Felsstadts Zwergenkönig und Dalwas' Ältester von einem Fabelwesen namens Mooswürger heimgesucht worden sind, müssen des Königs Nichte Raja und die Elfengeschwister rasch handeln. Um das Leben der beiden zu retten, begeben sie sich auf eine gefährliche Reise in die Genusischen Sümpfe. Denn dort wächst die Pflanze, die Heilung verspricht: die Fauldorne. Die Feuerelfen Zemeas und Azarol begleiten die Freunde durch das gefährliche Moor.

Doch bald schon stellt sich heraus, dass ihre kleine Gruppe weit mehr als ein einfaches Rettungsteam ist. Denn sie alle sind Teil eines Bündnisses, auf dem schon bald die Hoffnung ganz Nibelars ruhen wird.

**Papierfresserchens MTM-Verlag**
**Sonnenbichlstraße 39, D- 88149 Nonnenhorn**
www.papierfresserchen.de

# MEIN BUCH - DEIN BUCH

## Macht euer eigenes Buch!

- Schulen und Kindergärten
- Schreibgruppen für Kinder und Jugendliche
- Familien, die kreativ sein möchten
- Senioren, um Lebenserinnerungen niederzuschreiben und zu bewahren
- Und viele andere, die mit einem individuellen Buch die Erinnerung an eine gemeinsame Zeit festhalten möchten
- Eigene Illustrationen / Fotos möglich!

Wer einmal der „Faszination Buch" erlegen ist, kommt von ihr so schnell nicht mehr los. Dieser Aufgabe hat sich Papierfresserchens MTM-Verlag mit dem Kinder- und Jugendbuchprojekt „Mein Buch - Dein Buch" mit Leib und Seele verschrieben. Ein individuelles Buch für jeden Jungen und jedes Mädchen, das Lust am Lesen weckt!

## Wie entsteht dieses Buch?

Sie schicken uns die Texte, Bilder und Zeichnungen per E-Mail oder CD-ROM ein, wir erstellen das Layout und lassen das Buch drucken. Natürlich zeigen wir Ihnen das fertige Buch als PDF vor Drucklegung! Lassen Sie sich für Ihr Projekt ein individuelles Angebot erstellen. Haben Sie weitere Fragen? Wir beantworten sie gerne!

Natürlich haben wir die Preise für ein solches Projekt moderat gehalten: Buchpreis pro Buch (Mindestbestellmenge 30 Bücher) ab 9 Euro (bis 100 Seiten Taschenbuch, einfarbiger Druck).

## Beispiele: